TOP THRILLER

Charlotte Link

L'INGANNO

Romanzo

Traduzione di Alessandra Petrelli

CORBACCIO

Titolo originale: *Die Betrogene*

Traduzione dall'originale tedesco
di *Alessandra Petrelli*

Casa Editrice Corbaccio è un marchio di Garzanti S.r.l.
Gruppo editoriale Mauri Spagnol

www.corbaccio.it

ISBN 978-88-6380-991-6

Venerdì, 14 settembre 2001

Faceva ancora caldo come d'estate. Tornato da scuola, aveva subito preso la bicicletta. Era bellissima, veloce, blu metallizzato, gliel'avevano regalata a luglio per il compleanno. Aveva compiuto cinque anni e a settembre aveva iniziato la scuola. Gli piaceva. Gli insegnanti erano simpatici, e pure i compagni. Si sentiva grande, e soprattutto aveva la bici più bella di tutti. Gavin, il suo compagno di banco, si vantava di averne una migliore, ma non era vero. L'aveva vista, non era neppure lontanamente come la sua.

«Torna entro le sei!» gli aveva gridato sua madre. «E fai attenzione!»

Le aveva risposto con un cenno disinvolto del capo. Era sempre così ansiosa. Il traffico, i malintenzionati che rapivano i bambini, il brutto tempo...

«È solo perché ti voglio tanto bene» gli diceva quando lui se ne lamentava.

Era stato attento finché era uscito dalla città. Non era più un bambino, sapeva badare a se stesso. Finalmente aveva raggiunto il suo circuito. L'aveva scoperto qualche settimana prima, e da allora ci veniva quasi tutti i giorni. Era una stradina di campagna dove non passava quasi nessuno. Si snodava tra prati e campi, e sembrava non avere inizio né fine. In giornate di sole come quella, era un nastro bianco e polveroso che svaniva all'orizzonte. D'estate le spighe erano così alte da limitare la vista, ma il periodo della mietitura era passato, e ora il panorama si apriva senza confini.

Lui era un famoso pilota. Era alla guida di una Ferrari. Era in testa alla corsa. Gli altri però lo tallonavano. Adrenalina pura. Doveva impegnarsi al massimo. La vittoria era a portata di mano, ma ora bisognava lottare con tutte le forze. Anche gli altri erano bravi. Ma lui era il migliore. Sarebbe salito sul podio e avrebbe spruzzato lo champagne sulla folla che lo festeggiava entusiasta, le telecamere puntate su di lui e il telecronista con la voce arrochita dall'emozione. Spinse più forte sui pedali. Si abbassò sul sellino. Quasi si appoggiò al manubrio. Il vento gli scompigliò i capelli.

Aveva voglia di gridare da quanto era bella la vita.

A parte i suoi inseguitori immaginari, era completamente solo. Nessun altro a perdita d'occhio. Solo lui. E quella strada infinita.

Non immaginava di non essere più solo. Non immaginava che gli sarebbero rimasti solo due minuti, prima che tutto finisse. La sua carriera come pilota più famoso di tutti i tempi.

E la vita che conosceva.

Sabato, 22 febbraio 2014

Avrebbe potuto facilmente salvarsi la pelle.

La camera da letto di Richard Linville era nel sottotetto. Aveva il telefono sul comodino, e la porta poteva essere chiusa a chiave. Nelle prime ore di quella fredda e nebbiosa mattina di febbraio, quando fu svegliato all'improvviso da un rumore indistinto, simile a quello di un vetro che va in frantumi, sarebbe potuto balzare giù dal letto, chiudere la porta a chiave e chiamare la polizia.

Ma non era tipo da chiedere subito aiuto, solo perché di notte gli era parso di sentire qualcosa di strano. Poteva pure essersi immaginato tutto. Prima di andare in pensione era stato ispettore capo della polizia del North Yorkshire, e non si lasciava intimidire facilmente.

Nelle situazioni critiche era abituato a cavarsela da solo.

In silenzio, con un'agilità insolita per la sua età, scese dal letto, aprì al buio il cassetto superiore del comodino e prese la pistola che teneva sul fondo, sotto una pila di fazzoletti. In servizio non aveva mai portato armi, ma come ex funzionario di polizia sapeva di poter correre dei rischi anche ora, da pensionato. Aveva dato la caccia, arrestato e portato davanti al giudice troppi criminali. Naturale che avesse dei nemici. Alcuni erano rimasti dietro le sbarre per anni a causa sua. Si era procurato una pistola e, come pura misura precauzionale, non andava mai a dormire senza averla a portata di mano.

Uscì di soppiatto dalla camera e si fermò in cima alle scale ad ascoltare. Nessun rumore, a parte il lontano gorgoglio dell'acqua nell'impianto di riscaldamento. Né un cigolio o uno scricchiolio sospetto, niente che facesse pensare a dei vetri rotti. Probabilmente si era sbagliato, o aveva sognato. Per fortuna non si era reso ridicolo avvisando gli ex colleghi.

Comunque, prima di tornare a letto, voleva essere sicuro.

Scese le scale senza fare rumore. A marzo avrebbe compiuto settantun anni ed era fiero della sua forma fisica perfetta. Era convinto che dipendesse dal fatto di aver sempre praticato dello sport. Andava ancora a correre ogni giorno, con qualsiasi tempo, e aveva compensato le abitudini alimentari non proprio salutari rinunciando del tutto al fumo e quasi completamente all'alcol. Tutti gli davano meno anni della sua età, e anche con le donne avrebbe potuto riscuotere un notevole successo. Ma a lui non interessava. Brenda, con cui era stato sposato per quarantun anni, era morta da tre anni, dopo una lunga lotta contro il cancro.

Era arrivato di sotto. Alla sua destra c'era la porta d'ingresso, accuratamente chiusa a chiave come tutte le sere. Davanti a lui il salotto, con il bovindo affacciato sulla strada. Richard gettò un'occhiata all'interno. Tutto tranquillo, buio, deserto. Le tende non erano chiuse. Le notti non erano mai del tutto buie, e di solito si vedeva la chiesa di Scalby svettare su una collina boscosa in fondo alla strada. Ma quella notte la nebbia era troppo fitta. Era calata sulla strada come una coltre di spessa ovatta, impedendo persino di vedere la casa di fronte. Per un istante Richard ebbe l'inquietante impressione di essere solo al mondo, abbandonato da tutti. Subito si riscosse: che scemenza. Era tutto come sempre. Colpa della nebbia.

Stava per voltarsi di nuovo, quando udì un altro rumore. Un lieve scricchiolio, e non era uno dei soliti suoni notturni della casa. Sembrava provenire dalla cucina, come se qualcuno camminasse su delle schegge di vetro. Questo avrebbe spiegato il rumore di vetri infranti che poco prima si era insinuato nei suoi sogni e lo aveva svegliato.

Tolse la sicura all'arma e avanzò nel corridoio verso la cucina. Stava per fare proprio ciò che la polizia sconsiglia vivamente, se ne rendeva perfettamente conto, e che lui stesso aveva sempre sconsigliato a chiunque: Se pensa che ci sia un intruso in casa, cerchi di non agire impulsivamente. Si metta al sicuro, esca di casa o si chiuda da qualche parte, poi chiami aiuto per telefono. Cerchi di non fare rumore e di non farsi notare. L'intruso non deve capire che la sua presenza è stata notata.

Naturalmente questo non valeva per lui. Lui *era* un poliziotto, anche se non più in servizio. Inoltre aveva un'arma e la sapeva usare. Questo lo rendeva diverso dalla maggior parte delle altre persone.

Era arrivato alla porta della cucina. Era chiusa, come tutte le notti d'inverno, per impedire al freddo che entrava dalla porta posteriore, vecchia e malmessa, di diffondersi nel resto della casa. Richard avrebbe dovuto cambiarla da tempo. Anche Brenda se ne lamentava spesso. Del freddo, ma anche del rischio che rappresentava. A differenza della robusta porta d'ingresso, quella del giardino poteva essere facilmente forzata.

Rimase in ascolto, impugnando la pistola. Sentiva il rumore del proprio respiro. Nient'altro.

Ma c'era qualcosa. *Qualcuno*. Lo sapeva. Non sarebbe stato un poliziotto così bravo se negli anni non avesse sviluppato un sesto senso infallibile per il pericolo.

In cucina c'era qualcuno.

Sarebbe stato il momento di chiamare aiuto. Non aveva idea di quante persone fossero entrate. Forse una sola. Oppure aveva a che fare con due o più individui, e allora anche il vantaggio di essere armato non gli sarebbe servito a lungo. Non avrebbe saputo più spiegare perché avesse ignorato ogni precauzione, esponendosi a un rischio imprevedibile. Ostinazione senile? Eccessiva fiducia in se stesso? Oppure voleva dimostrare qualcosa? In ogni caso non gli sarebbe rimasto più molto tempo per rispondere a questa domanda.

Mentre stava per abbassare con cautela la maniglia della porta della cucina, avvertì accanto a sé un movimento provenire dalla sala da pranzo immersa nell'oscurità, seguito da un violento colpo al braccio che gli strappò un grido di dolore. Tentò disperatamente di mantenere la stretta sulla pistola, ma la botta lo aveva preso a un nervo che per qualche secondo gli paralizzò i muscoli. L'arma cadde sul pavimento e rimbalzò verso la sala. Richard scartò di lato nel tentativo di recuperarla, pur sapendo quanto fosse inutile: il nemico era proprio lì, in sala da pranzo; allora si rese conto che l'errore più grave era stato quello di dare per scontato che l'intruso, o gli intrusi, fossero entrati dalla cucina, perché era quello il punto debole della casa. Ma anche la sala da pranzo aveva una porta che dava sul giardino. Con ogni probabilità era lì che il vetro era stato rotto. Durante gli anni di servizio, Richard aveva istruito molti giovani poliziotti, e il dogma assoluto che aveva inculcato loro era stato: Non date mai niente per scontato. Verificate ogni particolare, anche le opzioni più remote. Ne va della vostra vita e di quella del vostro prossimo. Quella notte aveva infranto quasi tutti i suoi principi, e non riusciva a capacitarsene.

Un altro colpo micidiale allo stomaco lo fece piegare sulle ginocchia, e subito dopo un pugno lo raggiunse alla tempia. Per un attimo la vista gli si annebbiò, e Richard crollò sul pavimento. Non perse i sensi, anche se all'improvviso fu colto dalle vertigini. Tentò di rimettersi in piedi, ma un calcio alle costole lo atterrò di nuovo. Subito dopo un paio di mani possenti lo afferrarono e lo sollevarono.

Il suo avversario era molto forte. E molto determinato.

L'aggressore aprì la porta della cucina con un calcio, accese la luce e spinse dentro Richard. Lo tenne fermo con una mano, mentre con l'altra prendeva una sedia da sotto al tavolo e la piazzava in mezzo alla stanza. Richard sbatté le palpebre abbagliato. Un attimo dopo si trovò seduto, ancora boccheggiante: il calcio nelle costole gli aveva tolto il respiro. L'occhio sinistro si stava gonfiando e un liquido appiccicoso, probabilmente sangue, gli colava dal naso. Non era in grado di pensare, men che meno di difendersi. Tutto stava succedendo troppo in fretta.

L'uomo gli strattonò le braccia dietro la spalliera, poi gli legò i polsi, con tanta brutalità e così saldamente che le mani gli si intorpidirono all'istante. Subito dopo un sottile filo rigido penetrò nelle caviglie nude che sbucavano dai pantaloni del pigiama. Fascette stringicavo, notò poco dopo: non aveva alcuna possibilità di liberarsi da solo. Le piastrelle sotto i suoi piedi erano gelide.

Mi sarei dovuto mettere le pantofole, pensò.

Una riflessione assai bizzarra in una situazione simile. Aveva ben altri problemi a cui pensare.

Alzò lo sguardo e capì di avere a che fare con una sola persona, anche se in quelle circostanze il numero degli avversari non era così rilevante. Un uomo di statura superiore alla media. La corporatura lasciava intuire che fosse relativamente giovane, sulla trentina. Aveva un fisico muscoloso, si allenava regolarmente, forse faceva pugilato. Aveva un aspetto decisamente aggressivo.

Richard notò un altro particolare, ma non sapeva ancora se considerarlo un elemento a proprio vantaggio o meno: il giovane portava guanti e passamontagna. Non voleva lasciare impronte né possibili tracce di DNA. E non voleva farsi riconoscere dalla vittima. Questo tradiva una certa professionalità, e in generale si sapeva che con un criminale di quel tipo le possibilità di un esito positivo erano maggiori; un individuo così non perdeva la testa tanto facilmente, non si faceva prendere dal panico provocando un bagno di sangue. Forse il fatto che l'aggressore non volesse rivelare la propria identità poteva significare che avrebbe risparmiato Richard. Ma per qualche motivo, forse per istinto, Richard aveva l'impressione che non sarebbe andata così. Il giovane agiva in quel modo solo per precauzione.

Richard era piombato in un incubo dall'esito incerto.

Non riteneva possibile che l'uomo fosse penetrato in casa per commettere un furto. In base alla sua esperienza, un semplice ladro non cercava il confronto violento con i proprietari della casa. L'uomo avrebbe potuto tranquillamente uscire dalla porta della sala da pranzo non appena avesse sentito i suoi passi per le scale. Avrebbe avuto tutto il tempo per farlo. Non avrebbe dovuto tendergli un agguato, disarmarlo e correre un rischio enorme.

L'intrusione aveva qualcosa a che fare con lui. Se non si fosse svegliato, lo sconosciuto sarebbe salito di sopra e lo avrebbe aggredito nel letto. Il destino gli aveva offerto una possibilità: lui l'aveva sprecata.

Maledizione, cosa voleva quel tizio da lui?

«Guardami, stronzo» disse il giovane incombendo minaccioso davanti a Richard. Jeans e maglietta a maniche corte, nonostante la temperatura invernale. Braccia muscolose. Era forte come un orso.

Richard alzò lo sguardo. L'occhio sinistro era sempre più gonfio, ma con il destro ci vedeva ancora.

«Mi riconosci?» gli chiese l'aggressore.

Era proprio ciò che Richard si chiedeva freneticamente da qualche minuto, e il volto coperto dell'altro non rendeva certo più facile l'impresa.

«Come faccio a saperlo?» chiese. «Fatti vedere in faccia!»

Per tutta risposta un pugno lo colpì al mento. Richard vide dei lampi davanti agli occhi e capì di essere sul punto di svenire. Il dolore arrivò con un lieve ritardo, e quando lo assalì fu così intenso da strappargli un gemito. Doveva essersi rotto qualcosa. La mandibola, forse. Cercò di deglutire e ci riuscì solo dopo qualche tentativo. Inghiottì densi grumi di sangue.

«Che cosa... vuoi?» ansimò.

«Non ti ricordi?» chiese l'uomo. «La mia faccia non conta. Devi solo ricordare qualcosa che hai fatto durante la tua perversa esistenza. Allora di sicuro capirai chi hai davanti.»

Era qualcuno che aveva arrestato nel corso della sua carriera? Ma erano così tanti.

Richard non osava rispondere, fissando disperato l'avversario.

«Credevi davvero di potertela cavare?»

Richard formulò faticosamente una risposta. «Non... so... chi... sei.»

Si preparò al colpo successivo, ma non arrivò. Lo sconosciuto si dondolava avanti e indietro sui piedi.

«Non se lo ricorda, questo stronzetto. Non te lo ricordi proprio, vero?»

«No» confermò Richard e un altro pugno lo colpì allo stomaco, lasciandolo per qualche secondo senza respiro. Boccheggiò e si chinò in avanti fin dove riusciva, sputando sangue sul pavimento.

Vuole uccidermi. È l'unico motivo per cui è venuto.

Era sicuro che non fosse penetrato in casa sua per caso. Non aveva cercato un'abitazione qualunque spinto dal desiderio di aggredire qualcuno, torturarlo e tormentarlo un po' e quindi ucciderlo. Nella sua carriera di poliziotto Richard si era trovato di fronte a casi del genere e a volte gli era sembrato inconcepibile che qualcuno potesse diventare vittima di un orrendo delitto per un capriccio del destino. Ma non era questo il caso. Avvertiva l'odio personale nei suoi confronti. Sebbene non conoscesse il giovane che gli stava davanti, costui lo aveva scelto in maniera del tutto consapevole. «Per... favore» gemette, «dimmi...»

Un calcio negli stinchi lo fece urlare di dolore. L'avversario portava stivali chiodati. Richard sentì il sangue colargli caldo lungo la gamba.

La sua unica possibilità era scoprire cosa lo legasse a quell'uomo. Riuscire a parlare con lui. Era sempre utile parlare con le persone. Ma naturalmente prima era necessario capire di cosa parlare.

Fece appello a tutto il proprio coraggio. Aveva dolori dappertutto, alle costole, allo stomaco, alla gamba, al viso. Aveva il terrore di essere picchiato di nuovo se avesse provato ad aprire bocca, ma se non lo avesse fatto sarebbe stato perduto.

«Non... capisco... di cosa... mi accusi» disse. Gli costava fatica pronunciare ogni singola parola. Nel frattempo anche le labbra si erano gonfiate e gli sembrava di ingoiare sangue. «Vorrei... saperlo. Ne possiamo... parlare...»

Partì un pugno, ma Richard piegò istintivamente la testa di lato e il colpo lo sfiorò soltanto. Subito l'aggressore gli afferrò i capelli con una mano e gli tenne ferma la testa. Poi gliela strattonò con violenza all'indietro, tanto che Richard pensò che volesse spezzargli il collo. Altri pugni lo colpirono al naso già rotto, all'occhio gonfio, alla bocca. I colpi si succedevano implacabili sulla sua faccia.

Sto morendo, pensò. Sto morendo.

L'altro si fermò un istante prima che Richard perdesse i sensi. Sarebbe bastato un altro secondo, e rimpianse che non fosse successo. In quel momento desiderava solo svenire. E morire rapidamente.

Tremava ed era scosso dai dolori in tutto il corpo. Era febbricitante e gli mancava il respiro. Si domandava come facesse a essere ancora vivo.

Si vide con gli occhi della mente: un vecchio con un pigiama di flanella a quadri, legato mani e piedi a una sedia in cucina, la faccia spappolata, insanguinato e gemente. Era bastato un quarto d'ora a ridurlo a un relitto condannato a morte.

Pensò brevemente a Kate. Sapeva che cosa avrebbe significato la sua morte per lei. Non aveva nessun altro al mondo, e l'idea di doverla lasciare lo riempiva di una sofferenza abissale. La sua unica figlia... Una donna solitaria, infelice, che non riusciva a trovare amici, a conquistare il cuore di un uomo, a crearsi una famiglia. O quantomeno a essere soddisfatta del proprio lavoro. Non avevano mai parlato di quanto si sentisse sola e triste. Davanti a lui Kate aveva sempre finto di condurre una vita tranquilla e lui aveva rispettato il desiderio evidente di mantenere quella facciata di normalità. Non le aveva mai detto di sapere quanto soffrisse. Ora, in questi che erano probabilmente gli ultimi istanti della sua vita, si rendeva conto che era stato un errore. In pratica avevano sprecato tutto il loro tempo insieme ingannandosi a vicenda.

Be', non avrebbe più avuto la possibilità di rimediare.

Sollevò faticosamente la testa che gli era ricaduta sul petto. Dagli occhi ormai ridotti a due fessure vide che l'uomo aveva cominciato ad aprire senza fretta i cassetti e a frugarci dentro. Alla fine doveva aver trovato quello che cercava: un sacchetto di plastica del supermercato.

Richard capì. Aprì la bocca per gridare, ma ne uscì solo un flebile gemito di disperazione. *No*, voleva dire, *no, per favore!*

Un istante dopo l'uomo gli infilò il sacchetto sulla testa e glielo legò intorno al collo con un filo, o del nastro adesivo.

Richard voleva dire qualcosa. Ora sapeva. Sapeva chi era l'aggressore. Aveva capito a quale storia della sua vita si riferisse. Come aveva fatto a non arrivarci prima?

Troppo tardi. Non poteva più parlare. Respirava solamente. In maniera frenetica, irragionevole, precipitosa, spaventata, sempre più veloce.

Inspirò l'ultima boccata di ossigeno che gli rimaneva.

Lunedì, 28 aprile

Uno

Jonas Crane era quasi sicuro che fosse una perdita di tempo, ma aveva promesso a Stella di recarsi all'appuntamento dal dottor Bent. E lo avrebbe fatto, nonostante la cosa non lo convincesse affatto. A differenza della moglie, non era un seguace della medicina omeopatica, ma neppure un suo dichiarato detrattore. In qualche caso funzionava, in altri no. Stella tornava sempre rilassata e soddisfatta dalle sue visite dal dottor Bent. Tuttavia, per la storia del bambino, non c'era stato niente da fare: nessuno aveva potuto aiutarli. A volte certe cose è destino che non accadano.

Jonas aveva dovuto aspettare piuttosto a lungo, e questo lo aveva innervosito e indispettito. L'appuntamento era fissato per le undici, e mancavano venti minuti a mezzogiorno quando venne finalmente il suo turno. Stella lo aveva avvertito. «È molto scrupoloso con i pazienti. Per questo a volte bisogna aspettare un bel po'. In compenso dedica tutto il tempo necessario a ognuno. Non ti sbatte fuori dall'ambulatorio solo perché c'è un altro che aspetta.»

Lei lo trovava un approccio fantastico, mentre Jonas giudicava questo comportamento parecchio discutibile. Cercò tuttavia di convincersi di essere stato fortunato a ottenere un appuntamento al mattino. Quelli messi peggio erano i pazienti del tardo pomeriggio, che dovevano subire l'accumulo di tanti ritardi. A confronto, i suoi quaranta minuti di attesa erano ben poca cosa.

A parte questo, anche lui trovò il dottor Bent molto simpatico.

Appassionato e sensibile. Concentrato. Un medico che prendeva sul serio i pazienti e voleva aiutarli davvero.

Esaminò l'elettrocardiogramma che Jonas aveva portato con sé. «Direi che va tutto bene.»

«Già, è proprio questo il problema» rispose Jonas. Cercò di non pensare che all'una aveva un importante appuntamento di lavoro e che prima doveva attraversare mezza Londra. Finalmente toccava a lui e doveva concentrarsi su questa storia. «Sembra tutto a posto. Sono già stato da diversi specialisti. Cuore, circolazione, pressione... Tutto okay. Ecco» proseguì tirando fuori un altro foglio piegato dalla tasca interna della giacca e porgendolo al medico, «questi sono esami del sangue che ho fatto due settimane fa. Tutti i valori nella norma.»

«Proprio così» concordò il dottor Bent. Poi guardò serio Jonas. «Sembra che lei sia in perfetta forma. Eppure, c'è qualcosa che la preoccupa?»

«In effetti sì» confessò Jonas. Che momento imbarazzante. Un quarantaduenne, in perfetta salute, seduto nello studio di un medico molto rinomato, sul punto di rivelare la sua convinzione di essere malato, sebbene finora nessun altro avesse trovato il benché minimo indizio. Ipocondriaco cronico? Incipiente crisi di mezz'età? Aveva tuttavia la sensazione che il dottor Bent non lo avrebbe giudicato e questo cominciò a fargli capire perché Stella glielo avesse consigliato con tanto entusiasmo: trasmetteva l'impressione che gli si potesse dire qualunque cosa, senza sentirsi ridicoli né suscitare il suo biasimo.

«Ecco... sono un po' preoccupato. Da qualche tempo... in pratica dall'inizio dell'anno, accuso strani sintomi. Vertigini. Orecchie tappate. Un formicolio al braccio sinistro, poi un senso di paralisi. La prima volta ho creduto che fosse un infarto. Ma la cosa è stata esclusa. Gli esami non hanno rilevato niente che possa giustificare questi disturbi. Ma continuano. Certo, sono più tranquillo sapendo che non si tratta di niente di grave. Però mi preoccupo lo stesso. Secondo Stella non potevo far finta di niente.»

Il dottor Bent sorrise. «Come sta Stella?»

«Bene, grazie.»

«E il piccolo Sammy?»

«Anche lui sta bene. Anzi molto bene. Tra pochi giorni compirà cinque anni. È già in fibrillazione per la sua festa di compleanno.»

«Siete sempre contenti di questa decisione? Di aver adottato un bambino?»

«Sì, assolutamente. È la cosa migliore che potessimo fare. E ha messo fine a quell'eterno e inutile calvario...» Non aggiunse altro. Il dottor Bent era al corrente della situazione.

«Otto tentativi di inseminazione artificiale, giusto?» disse il medico.

«Sì, per diversi anni. Eravamo così esausti alla fine... Stella a un certo punto ha accettato di smettere e di pensare all'adozione. Abbiamo salvato il nostro rapporto. E il conto in banca. Non avremmo resistito ancora per molto, anche finanziariamente.»

«È riuscito a sistemare la sua situazione economica? Ormai sono passati diversi anni.»

Jonas scosse la testa. Scoprì che gli faceva bene parlare liberamente una volta tanto. Non doveva interpretare la parte di Mr Sistemo-Tutto-Io. Poteva dire le cose come stavano.

«No. Abbiamo ancora parecchi debiti. Non abbiamo nemmeno finito di pagare la casa e ho dovuto accendere una seconda ipoteca, per pagare Bournhall.» Era la clinica dove avevano cercato di concepire un bambino, fondata dai medici che avevano creato la prima bimba in provetta, Louise Brown. Nel caso di Stella e Jonas, tuttavia, non avevano avuto successo. «Faccio molta fatica a pagare le rate. Non posso permettermi nemmeno il più piccolo errore professionale, ecco come stanno le cose.»

«Lei lavora come sceneggiatore freelance?»

«Esatto.»

«È bravo nel suo lavoro?»

«Sì, però...» Scrollò le spalle con rassegnazione.

Il dottor Bent lo osservò con espressione tranquilla. «Se un giorno il telefono non suona, comincia a preoccuparsi. E anche quando non riceve e-mail dalle case di produzione. Quando i dati di ascolto non sono buoni. Immagino tuttavia che si senta vicino alla catastrofe persino quando le cose vanno bene. Più la situazione è positiva, più aumenta il terrore di non essere all'altezza delle aspettative. Di precipitare. Non è così?»

Jonas lo fissò incredulo. Era stupefatto di come quell'uomo fosse riuscito a cogliere la realtà oltre la facciata nel giro di pochi minuti. A individuare con tanta chiarezza e precisione le sue paure.

«Sì» confermò, «è così. Vivo sempre in attesa di una catastrofe.»

Rifletté sulla parola che aveva appena usato. *Catastrofe.* Troppo drammatico? No. Corrispondeva esattamente a quello che provava. Si aspettava la catastrofe. Il crollo finanziario. Il declino professionale. Il fallimento completo. Il collasso su tutta la linea.

Catastrofe, crollo, declino, fallimento, collasso... Erano queste le paure che a volte dominavano la sua mente razionale e il suo subconscio continuamente? Non c'era da stupirsi.

«Riesce a dormire?» chiese il dottor Bent.

«Poco e male. La sera mi addormento abbastanza facilmente, ma verso le due mi sveglio. Tachicardia, attacchi di panico. E poi continuo a rimuginare. In genere non chiudo più occhio fino al suono della sveglia.»

Mentre Jonas parlava, il dottor Bent prendeva appunti. Poi il medico posò la penna, appoggiò i gomiti alla scrivania e guardò Jonas con espressione grave.

«Mr Crane, deve abbandonare la modalità catastrofica. È fondamentale. Fisicamente è ancora in forma, ma il suo corpo le sta inviando numerosi segnali d'avvertimento. L'insonnia, la tachicardia, le vertigini, l'insensibilità al braccio. La situazione è seria, a dispetto di quanto possano dirci questi referti» disse indicando l'elettrocardiogramma e gli esami del sangue. «Manca ancora un po' di tempo all'ora X, ma è il momento di tirare il freno d'emergenza.»

Abbandonare la modalità catastrofica.

«Come posso fare?» chiese Jonas.

«Un modo c'è» lo tranquillizzò il dottor Bent. «Ma non è semplice.»

«Com'è potuto accadere? Insomma, capita a tutti di essere preoccupati, è normale. Ma lei ha ragione, anche quando tutto sembra andare bene, io mi aspetto sempre un disastro. Prima non era così. È una sensazione che è cresciuta a poco a poco. Senza che me ne accorgessi.»

Il dottor Bent annuì. «Certi fenomeni non avvengono mai dall'oggi al domani. Le tensioni si accumulano lentamente, abbiamo l'impressione di poterle gestire, crediamo di avere tutto sotto controllo. E poi, quando il corpo all'improvviso segnala: Non ce la faccio più!, di solito è troppo tardi. Gli ultimi anni non sono stati facili per lei, Mr Crane, Stella me ne ha parlato. Lei e sua moglie avete sperato per anni di avere un figlio. E poi vi siete sottoposti ai logoranti trattamenti di inseminazione artificiale. Avete affrontato diverse delusioni. Costi molto elevati. Quindi c'è stato l'iter dell'adozione, tutt'altro che semplice. Nel frattempo doveva continuare a lavorare con successo, e pagare i debiti che aveva accumulato. Scommetto che ha tenuto per sé questi problemi finanziari, per non caricare sua moglie di ulteriori angosce, ma l'ansia l'ha profondamente stressata.»

Jonas annuì. Era andata proprio così.

«Possiamo permettercelo, Jonas?» gli aveva chiesto Stella preoccupata dopo il quinto, il sesto, il settimo, l'ottavo tentativo. Lui aveva sempre risposto con un sorriso: «Nessun problema. Guadagno abbastanza. Non preoccuparti!»

Lei era stremata dalle iniezioni di ormoni, le visite infinite, i prelievi di ovuli, gli impianti di quelli fecondati, l'attesa e la speranza e la delusione. Da un punto di vista clinico il processo era stato molto più semplice per lui, per questo aveva ritenuto suo dovere evitare a Stella tutte le altre preoccupazioni. Questa era la sua parte e, a quanto sembrava, lo aveva logorato.

«Le prescriverò delle gocce. Le prenda tutte le mattine prima di colazione» disse il dottor Bent strappando un foglio dal ricettario. «Ma non è tutto...»

«Mi dica.»

«Pensa sia possibile staccare la spina del tutto per un paio di settimane?»

«Staccare la spina?»

«Quando è stato in vacanza l'ultima volta, Mr Crane? Intendo veramente *in vacanza*? Senza cellulare, portatile, o altro. Senza essere rintracciabile o reperibile in ogni momento?»

Jonas ci pensò su. «Mai, credo. Da quando esiste la tecnologia. Tutte le volte che andavamo in vacanza, mi portavo dietro l'ufficio, in pratica. E non smettevo mai di lavorare.»

«È esattamente quello che volevo dire. Diversi dei miei pazienti,

Mr Crane, presentano i suoi stessi sintomi. Lei non è un caso isolato. L'era digitale ci ha garantito un sacco di comodità, ma ci ha precluso la possibilità di isolarci, di trovare un posto dove poterci concentrare solo su noi stessi e sul momento. Controlliamo la posta continuamente, fino a tarda sera, e ricominciamo la mattina dopo. Non stacchiamo mai, non siamo mai soli *con noi stessi.*»

Jonas anticipò la proposta del medico. «Mi consiglia di prendermi una pausa? Di andare da qualche parte lontano, di non essere raggiungibile?»

«Tutti i miei pazienti che lo hanno fatto, sono rimasti entusiasti del risultato. Si sono sentiti rinati. Hanno ritrovato l'equilibrio, hanno imparato di nuovo a distinguere tra ciò che è importante e ciò che non lo è. Anche i problemi. Hanno ritrovato la serenità.»

«L'effetto dura per tutta la vita?»

«Ogni tanto bisogna rifarlo, ma poi diventa naturale. La cosa difficile è compiere il primo passo.»

Jonas non riusciva neppure a immaginarselo. «Io impazzirei se mi ritrovassi in un deserto tagliato fuori da tutto!»

«I primi giorni, forse. Ma poi arriva la pace. Vedrà.»

«La cosa migliore allora sarebbe affittare una casa da qualche parte. In mezzo al nulla. Senza telefono né altro. È questo che intende?»

«C'è chi sceglie anche di andare in un monastero» rispose il dottor Bent, ma Jonas scrollò il capo. «Non fa per me. Ma una specie di isola deserta... posso portare la famiglia?»

«Sarebbe consigliabile andare da solo. Ma per cominciare è meglio di niente. Magari la seconda volta sceglierà la solitudine.»

Jonas si alzò e prese la ricetta del dottor Bent. «Grazie, dottore. Le gocce le prenderò di sicuro. Per il resto... devo rifletterci su. Credo a ciò che mi ha detto. Ma non posso immaginare di riuscire a mettere in pratica il suo suggerimento.»

«Cominci a pensarci» disse il dottor Bent. «Vedrà che la prospettiva diventerà man mano sempre più allettante.»

Figuriamoci, pensò Jonas. Guardò l'ora e trasalì. «Com'è tardi! Devo andare. Ho un impegno urgente, sa.»

«Arrivederci.»

*

Una cosa era certa: anche Hamzah Chalid viveva in modalità catastrofica, e senza dubbio gli avrebbe fatto bene trovare un modo qualunque per uscire da quella situazione. I suoi occhi scuri vagavano instancabili qua e là, sembrava incapace di tenere lo sguardo fisso sull'interlocutore per più di mezzo minuto. Sussultava al suono di una voce forte, e quando una cameriera del bar dove Jonas aveva proposto di incontrarsi aveva fatto cadere una tazza di caffè, Hamzah era stato assalito da un tremito incontrollabile. Era un ometto magro, poco più che cinquantenne, le tempie brizzolate. Era in preda all'ansia continua che da un momento all'altro dovesse piombargli addosso una terribile sventura.

Come se gli dessero ancora la caccia. Gli scagnozzi del dittatore ormai defunto. Saddam Hussein.

Jonas conosceva la storia di Hamzah, destinata a essere raccontata in un film-documentario, di cui lui doveva scrivere la sceneggiatura. Quando gli era stato proposto il lavoro, aveva accettato subito, sebbene non avesse mai fatto niente del genere. Scriveva gialli per la televisione, ideandone la trama, oppure adattandola dai romanzi. Una storia a sfondo politico non gli era mai capitata, e non aveva mai lavorato a un documentario. Ma aveva ricevuto un'offerta molto generosa e questo era stato decisivo.

Tuttavia si rendeva perfettamente conto che in quel momento sarebbe stato meglio non affrontare una sfida di tale portata.

La casa di produzione gli aveva riassunto la storia di Hamzah. Nel settembre del 1998 Hamzah Chalid era stato prelevato a casa sua in piena notte dalla polizia segreta e rinchiuso in carcere. Era rimasto per molto tempo all'oscuro delle accuse, ma alla fine gli sembrava di aver capito che c'entrasse un suo amico, il quale aveva manifestato opinioni critiche nei confronti del regime in maniera assai poco prudente ed era stato a sua volta arrestato. Chiunque avesse avuto contatti ravvicinati con lui era finito sotto la lente dei servizi segreti. Hamzah era stato torturato, riportando lesioni che avrebbero gravemente minato la sua salute per sempre. Alla fine era stato giudicato politicamente non pericoloso ed era stato rimesso in libertà. Non era più tornato come prima; soffriva di attacchi di panico, disturbi alimentari e una grave depressione, e non riusciva a riprendere la vita normale di un tempo. Andava spesso dal medico, che lo metteva in malattia, e mancava dal lavoro. Non riuscì mai a scoprire se proprio questa circostanza lo avesse reso nuovamente sospetto; un giorno qualcuno lo avvertì che il suo arresto era imminente. Hamzah riuscì a fuggire letteralmente all'ultimo istante da una finestra sul retro del suo appartamento, mentre la polizia segreta era già davanti alla porta. Venne accolto da alcuni amici, ma doveva spostarsi spesso, perché tutti temevano per la propria incolumità. A questo punto ebbe luogo la scena che si sarebbe impressa in maniera indelebile nella sua mente. La raccontò subito a Jonas, anche se lui, naturalmente, la conosceva già.

«Mi stavano portando di nuovo da un nascondiglio all'altro. Sulla macchina di un conoscente. Ero rannicchiato sotto il sedile posteriore, nascosto sotto una coperta. Ci fermammo al semaforo. Sembrava tutto normale. Sotto la coperta era buio e faceva caldo. Soffocavo. I rumori mi arrivavano ovattati e lontani...»

«Però all'improvviso avvertì un pericolo...» lo interruppe Jonas con tatto. Aveva letto attentamente la storia.

«Sì. Ho avvertito il pericolo. L'ho *percepito*. Ancora oggi non so spiegarmi che cosa mi abbia messo in allarme. È stata come una certezza improvvisa: sono qui. Sono vicinissimi. Cominciai a tremare. Mi mancava l'aria...» Hamzah si bloccò, gli occhi ancora più scuri, il volto ancora più pallido. La fronte gli si imperlò di sudore.

«L'inconscio. Sensori che aveva sviluppato dall'epoca del suo primo arresto» spiegò Jonas. «Come gli animali selvatici. Avvertono il pericolo molto prima di vedere o sentire qualcosa. Il suo istinto ha funzionato in maniera sorprendente, Mr Chalid.»

Hamzah aveva gettato via la coperta, spalancato la portiera ed era saltato giù dalla macchina. La fortuna aveva voluto che fossero fermi a un incrocio accanto a un piccolo parco dalla folta vegetazione. Hamzah si nascose tra gli arbusti. Come venne a sapere in seguito, l'auto della polizia segreta era solo a due veicoli di distanza da lui. L'attacco sarebbe stato sferrato nel giro di pochi secondi. Ancora una volta Hamzah si era salvato per un soffio.

In seguito era stato aiutato a varcare il confine con il Pakistan, in maniera decisamente rocambolesca, rischiando di finire nelle mani degli agenti governativi. Era riuscito a raggiungere l'Inghilterra, dove aveva chiesto e ottenuto asilo politico. La sua storia era avvincente e un giornalista l'aveva raccolta e pubblicata, suscitando così l'interesse di una casa di produzione cinematografica. Jonas aveva l'impressione che Hamzah aspettasse con trepidazione questa opportunità. Era la sua occasione per raccontare. Per essere ascoltato. Per rendere nota la propria vicenda. Soprattutto per rendere nota l'*ingiustizia* di cui era stato vittima. Hamzah era un individuo profondamente traumatizzato, al quale era stata strappata l'esistenza normale. Era *sopravvissuto*, senza tuttavia ritrovare una vita degna di essere vissuta. Non riusciva a rielaborare gli avvenimenti, non aveva mai compreso perché il mondo non si fosse indignato di fronte a storie come la sua. Ora, ora finalmente avrebbe sentito il grido di protesta. E allora le cose sarebbero migliorate, lui avrebbe potuto chiudere quel capitolo e pensare al futuro.

Jonas dubitava che le speranze di Hamzah si sarebbero realizzate, ma preferì non parlargliene subito. Il film non avrebbe mai suscitato l'eco che l'iracheno immaginava. Tante cose erano accadute da allora nel suo paese... Il dittatore di un tempo non esisteva più, la regione era sconvolta da altri problemi e altre crisi. Hamzah e la sua storia appartenevano ormai al passato per l'opinione pubblica. Sicuramente la vicenda avrebbe destato interesse e avrebbe attirato un pubblico abbastanza numeroso, ma non avrebbe suscitato discussioni né riempito le pagine dei giornali. Hamzah sognava di essere ospite di talk show, tenere conferenze e rilasciare interviste. Sognava di guarire, se non fosse stato più solo con il terrore che lo dominava.

«Lei scriverà la sceneggiatura?» chiese più volte. «Il film si farà? È sicuro?»

«Allo stato attuale delle cose, tutto andrà come previsto» rispose Jonas. «Non deve preoccuparsi.»

Hamzah continuava a girarsi, esaminava ansioso gli ospiti del bar, scrutava i passanti fuori dalla vetrina.

«L'istinto» disse, «l'istinto che mi salvò a Baghdad, ecco... Non posso più staccarmene. C'è sempre. È sempre vigile.»

«È comprensibile» rispose Jonas in tono tranquillo. Naturalmente ciò che Hamzah definiva *istinto* non era più tale. Hamzah immaginava nemici inesistenti. Il suo era un comportamento nevrotico, forse paranoico. Credeva di essere circondato dai tirapiedi di un dittatore morto da tempo. Quando si portò la tazza alla bocca, le mani gli tremavano così forte che si versò il caffè sulle gambe. Appena posò la tazza sul tavolo, il suo sguardo ricominciò a vagare inquieto per il locale.

Jonas ripensò ancora una volta alla definizione di *modalità catastrofica* del dottor Bent, riconoscendo che in fin dei conti lui e il povero Hamzah Chalid non erano poi tanto diversi. Entrambi erano in preda a timori del tutto irreali nella loro presente condizione, ma che per loro erano tangibili. Hamzah e Saddam Hussein. Jonas e il fallimento professionale e sociale. Due storie completamente diverse, due uomini esteriormente diversi.

Entrambi però convivevano con una piccola bomba a orologeria, la cui presenza era nota soltanto a loro, di cui solo loro sentivano il ticchettio.

«Ora che cosa succederà?» si informò Hamzah.

«Scriverò un trattamento» spiegò Jonas. «In pratica si tratta di una storia già suddivisa in immagini e scene, basata sulla ricostruzione della sua vicenda. Non appena sarà terminato, ne riceverà una copia. Poi ci incontreremo di nuovo, per definire i particolari, quindi inizierò il lavoro vero e proprio.»

«Quanto tempo ci vorrà? Voglio dire, quando terminerà di scrivere il trattamento?»

Jonas trattenne un sospiro. Non sarebbe stato facile avere a che fare con Hamzah.

«Ci vorrà un po' di tempo. Bisogna ancora decidere se dare un taglio documentaristico alla storia o se proporla come un film, e come alternare le due parti. Ho un appuntamento con il produttore la settimana prossima. Affronteremo anche questa questione.»

Hamzah annuì, ma non sembrava soddisfatto. Al di là del suo incessante terrore di un pericolo in agguato, doveva essere una di quelle persone che pensano sempre al peggio e non si fidano di niente e di nessuno.

«Non deve diventare un progetto affrettato» aggiunse Jonas, «bensì una storia solida, e per questo non bisogna essere precipitosi.»

«Però ci terremo in contatto, vero?» si accertò Hamzah. La prospettiva di starsene rinchiuso per mesi nella sua stanzetta londinese senza sapere che cosa stesse succedendo gli risultava insopportabile, e Jonas lo comprendeva benissimo.

«Certo. Sarà informato di tutte le fasi e di tutte le variazioni. In fondo lei è il protagonista!» Quest'ultima frase era una bugia bella e buona. Nessuno alla casa di produzione considerava Hamzah Chalid come il protagonista, e neppure come una *persona importante*. Lui aveva venduto i diritti della propria storia e adesso non rivestiva più la minima importanza per nessuno. Al contrario, tutti sarebbero stati più felici se non si fosse immischiato. Era un po' come accadeva per gli autori di romanzi da cui venivano tratti film: protestavano per ogni modifica che veniva introdotta, volevano dire sempre la loro, si lamentavano e creavano solo difficoltà. Avrebbero dovuto farsi da parte e starsene in silenzio, ma non era facile. Tutt'altra faccenda, invece, era questo profugo impaurito, sull'orlo di un esaurimento nervoso. Nessuno se lo sarebbe filato. Jonas prevedeva già che sarebbe stato l'unico a starlo a sentire per pura compassione. Hamzah si sarebbe attaccato a lui come una piattola. E se tutto si fosse concluso con un'amara delusione, Jonas ne avrebbe subito le drammatiche conseguenze.

Scacciò quel pensiero. Troppo presto, troppo imprevedibile. Non aveva senso pensare già a possibili sviluppi.

Il concetto di *protagonista* aveva in parte rincuorato Hamzah. Il suo sguardo non era più così sconsolato. Finì di bere il caffè, poi gettò un'altra occhiata frenetica intorno a sé.

«Sono contento che ci siamo incontrati» disse.

«Anch'io» rispose Jonas. Rivolse un cenno alla cameriera, pagò per entrambi e si alzò. «Le farò avere mie notizie» promise.

Anche Hamzah si alzò. Jonas si rese conto che l'iracheno non riusciva a raddrizzare la schiena. Pensò alle torture che doveva aver subito. Era un mondo così distante dal suo, difficile da immaginare, difficile da comprendere. Per un istante si vergognò.

I due uomini si separarono fuori sul marciapiede. Era una nuvolosa giornata d'aprile, ma l'aria era tiepida. Jonas guardò Hamzah allontanarsi zoppicando.

Quindi si diresse verso la propria auto.

Altri due appuntamenti. Poi sarebbe potuto tornare a casa a dedicarsi al suo vero lavoro: la scrittura.

Due

Arrivati a casa, Stella e Sammy andarono in cucina dove il bambino, che non aveva chiuso la bocca per tutto il tragitto in macchina, si arrampicò sul seggiolone davanti al tavolo e continuò a chiacchierare. Stella era andata a prenderlo alla scuola materna, dove quella mattina era stato festeggiato il compleanno di un compagno di classe e questo, semmai ce ne fosse stato bisogno, aveva riacceso in Sammy la trepidazione per la grande festa di venerdì. Sammy sciorinò per la centesima volta l'elenco sempre più lungo dei suoi desideri, inventando i giochi più incredibili per la festa. A Stella piaceva vederlo così, pieno di trepidazione e traboccante di energia e creatività. Sammy avrebbe potuto mangiare all'asilo, ma lei andava a prenderlo quasi sempre, soprattutto quando Jonas non tornava a casa per pranzo. Per quale motivo avrebbe dovuto sedersi da sola a tavola a mandare giù svogliatamente qualche cucchiaiata di yogurt? Era molto più divertente condividere il pasto con il figlio e godersi la sua compagnia. Quel giorno aveva previsto patatine fritte e crocchette di pollo, il piatto preferito di Sammy.

Mentre distribuiva le patate surgelate sulla teglia del forno, ascoltava distrattamente le chiacchiere di Sammy e pensava al proprio futuro. Dall'arrivo di Sammy non aveva più lavorato, ma a settembre lui sarebbe andato a scuola e secondo lei era un ottimo momento per dare una svolta alla propria vita. Non voleva rimanere a casa per sempre, ma non si illudeva che il rientro nel mondo del lavoro sarebbe stato facile. Un tempo lavorava per una casa di produzione cinematografica. Aveva nostalgia del proprio lavoro, ma si rendeva conto che non era sempre facile conciliarlo con gli impegni familiari. Un lavoro part-time sulla carta era sempre molto bello, ma in concreto non sempre sostenibile. D'altro canto, Jonas lavorava spesso a casa. Con una buona pianificazione, accordandosi sempre con largo anticipo sui reciproci impegni...

«E i palloncini» stava dicendo Sammy. «Mamma, mi hai sentito? Apprenderemo dappertutto dei palloncini colorati, sì?»

«Ma certo che lo faremo. Anche in giardino, se il tempo è bello.»

Le patatine erano in forno e Stella stava regolando il termostato, quando il telefono squillò.

Quella scena le sarebbe rimasta impressa per sempre nella memoria, con lo squillo del telefono in apparenza innocuo. Ma in seguito sarebbe diventato un suono molesto. Un suono che interrompeva una serena scena di vita domestica, la cucina luminosa e invitante. I fiori alla finestra. Le patatine che rosolavano in forno. Sammy seduto sul seggiolone che faceva progetti e chiacchierava. Un'auto stava passando lentamente lungo la via. Qualche timido raggio di sole aveva squarciato le nuvole che fino a quel momento avevano dato una luce torbida e lattiginosa alla giornata.

Il telefono era in salotto. Andò a rispondere senza fretta. Doveva essere Jonas. Quando era in giro telefonava spesso, e quel giorno non si era fatto ancora sentire dal mattino. Ormai doveva aver terminato la visita dal dottor Bent. Stella era ansiosa di sentire le sue impressioni.

Sammy intanto continuava a parlare imperterrito in cucina. «E poi la torta di banane ricoperta al cioccolato...»

«Pronto» rispose.

Un breve silenzio. Poi una voce: femminile, giovane, un po' timida. Che cercava di mascherare la timidezza con una disinvoltura eccessiva e forzata.

«Pronto! Stella? Sono Terry. Terry Malyan. Si ricorda di me?»

Eccome se la ricordava.

La madre biologica di Sammy. Che aveva sperato di non dover incontrare mai più in vita sua.

Era seduta in cucina, davanti a Sammy, senza in realtà rendersi conto della presenza del figlio che aveva ridotto il piatto a una vera e propria orgia di ketchup. Era riuscita a preparare il pranzo e ad apparecchiare, non sapeva nemmeno lei come, aveva agito in uno stato di trance, la mente occupata a chiedersi da cosa derivasse quel senso di minaccia.

Terry Malyan.

«Il 2 maggio Sammy compirà cinque anni» aveva detto al telefono, con quella buffa voce festosa e impostata. «Pensavo che sarebbe un'ottima occasione per rivederlo!»

Terry non si era fatta viva per quasi cinque anni. Non aveva né telefonato né scritto. Né per il compleanno di Sammy né per Natale. Quando Sammy aveva compiuto un anno, Stella le aveva spedito delle foto, senza tuttavia ricevere una risposta. Alla fine aveva interrotto ogni contatto con la donna.

E l'aveva vissuta come una liberazione.

«Casualmente saremo a Londra per il fine settimana...»

Ma davvero, *casualmente*? E che cosa significava quel *saremo*?

«Il mio compagno e io. Lui ha degli affari da sbrigare.»

Si riferiva al padre di Sammy? Stella non lo aveva mai conosciuto, non si era fatto vedere neppure allora, all'epoca dell'adozione. Uno studente diciassettenne, annientato dal risultato della sua prima esperienza sessuale, avvenuta con una sedicenne in una tenda durante un campo estivo sulla costa del Galles, e che era stato un centro perfetto: sotto forma del neonato venuto al mondo nove mesi più tardi.

Stella ricordava ancora la telefonata dell'operatrice dei servizi sociali che seguiva il suo caso nell'aprile del 2009. «Abbiamo un bambino per lei. Nascerà all'inizio di maggio. I genitori sono decisi a darlo in adozione subito dopo il parto. Sono poco più che ragazzi, frequentano ancora la scuola e sono sopraffatti dalla situazione.»

Inizialmente era stata concordata una «adozione in anonimato», l'unica opzione presa in considerazione da Stella e Jonas. I genitori biologici non avrebbero conosciuto quelli adottivi, e viceversa. Se successivamente l'adottato avesse voluto conoscere i genitori biologici, naturalmente avrebbe avuto il diritto di farlo; fino ad allora, tuttavia, non ci sarebbero stati contatti. Stella e Jonas non avevano mai pensato di tacere al figlio di essere adottato, ma volevano evitare visite insistenti, scambi, intromissioni. E soprattutto conflitti interiori nel bambino per la presenza di due coppie di genitori.

«No, non è il padre di Sammy» aveva detto Terry. «Non so più niente di lui. Convivo con il mio nuovo compagno da sei mesi. Si chiama Neil Courtney. Molto probabilmente ci sposeremo.»

«Mamma, mi ascolti?» chiese Sammy osservando la madre dall'altra parte del tavolo. Aveva la faccia tutta impiastricciata di ketchup, come se fosse caduto in un secchio di vernice.

Stella si sforzò di sorridere. «Ma certo, tesoro.»

Neil Courtney. Il nuovo fidanzato di Terry. Al quale Terry evidentemente voleva mostrare il bambino che aveva messo al mondo e del quale non si era interessata per anni. Oppure Neil aveva finalmente dato un senso alla sua vita? Ma quale uomo si interesserebbe con entusiasmo di un figlio non suo, un figlio che non aveva mai avuto un ruolo neppure nella vita della madre?

Stella non vedeva l'ora che Jonas tornasse a casa. Doveva parlare con qualcuno. Con qualcuno che potesse tranquillizzarla. Che spazzasse via tutte le paure che finora lei non era riuscita neppure a formulare con precisione.

All'epoca la cosa era completamente sfuggita di mano. Il 2 maggio era nato il bambino tanto agognato, ed era stato subito affidato ai genitori adottivi. Poco prima dello scadere del periodo di prova, durante il quale la madre biologica aveva la possibilità di ripensare alla propria lacerante decisione e cambiare idea, era accaduto proprio questo: i servizi sociali avevano contattato di nuovo Jonas e Stella spiegando che purtroppo Sammy non poteva rimanere con loro.

«Lei lo rivuole. La madre. Non riesce a superare la separazione. Vuole riavere a tutti i costi il figlio.»

Stella si era sentita crollare il mondo addosso. «Non è possibile! È con noi da quasi cinque settimane. Gli vogliamo bene. È nostro figlio. Non potete portarcelo via così!»

L'assistente sociale si era mostrata estremamente comprensiva. «Sono davvero desolata, Mrs Crane. Vorrei potervi risparmiare questo dolore. Ma ho le mani legate. Devo attenermi al regolamento, non posso fare altro.»

«Quella ragazza ha solo sedici anni!»

«Sì. È molto giovane e la situazione non è positiva. Ciò nonostante...»

Erano venuti a prendere Sammy. Stella non avrebbe mai dimenticato quel momento terribile. Era stato come se qualcuno le strappasse un pezzo di cuore. E nonostante quanto sarebbe accaduto in seguito, la ferita sarebbe rimasta. Per sempre.

Dopo tre agghiaccianti settimane, durante le quali Stella era ricorsa ripetutamente all'aiuto del dottor Bent e si era imbottita di tranquillanti, e Jonas non si era azzardato a uscire di casa, temendo che la moglie potesse commettere un gesto disperato, i servizi sociali si erano rifatti vivi. C'erano dei problemi. La madre di Sammy non era all'altezza della situazione e non era più sicura che la decisione di tenere il bambino fosse quella giusta. Era tormentata dall'idea di rovinarsi la vita e di impedirsi qualunque possibilità futura crescendo il bambino, ma nel contempo non sopportava l'idea di separarsi da lui.

«Le piacerebbe molto conoscerla, Mrs Crane. So che sarebbe del tutto contrario agli accordi, ma...»

«Sì?»

«Secondo me, conoscere i futuri genitori e convincersi che Sammy crescerebbe in un ambiente molto positivo con voi potrebbe rappresentare una spinta decisiva per convincerla ad affidarvelo. La ragazza si rende perfettamente conto di non poter offrire alcuna stabilità al piccolo. Ciò che le occorre è sapere di aver preso la decisione giusta, e parlare con voi gliene darebbe la conferma.»

«A quel punto però l'adozione non sarebbe più anonima.»

«Infatti. Potrei capire perfettamente le sue remore se non volesse accettare queste condizioni. Le propongo questa strada soltanto perché il nostro primo obiettivo è il benessere del bambino e...» Si bloccò. Non voleva parlare troppo.

Stella indovinò il suo pensiero. «E secondo lei per Sammy sarebbe meglio venire a vivere con noi.»

«In tutta sincerità, sì.»

A questo punto Stella non aveva più avuto dubbi. Decise di incontrare la madre di Sammy.

Jonas non era d'accordo. «Potrebbe venirne fuori un tira e molla senza fine. Questa ragazza non sa ancora ciò che vuole. Oggi la pensa in un modo, domani in un altro. Che facciamo se ce la ritroviamo in continuazione davanti alla porta, tutte le volte che il suo istinto materno dovesse risvegliarsi?»

«Dopo un certo intervallo di tempo l'adozione diventa definitiva. A quel punto non potrà più fare niente.»

«Da un punto di vista giuridico. Ma potrebbe importunarci. Telefonate. Visite continue. Richieste di vedere Sammy. Potrebbe cercare di ricattarti con le lacrime. Ne abbiamo già parlato, Stella. C'era un motivo se avevamo scelto l'adozione in anonimato.»

«È vero. Ma le circostanze sono cambiate. Dobbiamo modificare il nostro punto di vista, non abbiamo altra scelta.»

«Sì che ce l'abbiamo. Possiamo aspettare un altro bambino.»

«C'è voluto quasi un anno prima che arrivasse Sammy!»

«E allora ne passerà un altro. Non è un tempo così lungo. E poi magari le cose andranno più velocemente.»

Lei si sentì salire nuovamente le lacrime agli occhi, anche se si era imposta di non piangere per nessun motivo. «Non ce la faccio più ad aspettare, Jonas. Combattiamo da più di sei anni per avere un bambino. Abbiamo avuto solo delusioni. È stata una battaglia logorante. Non ne posso più, sono esausta. E poi voglio bene a Sammy. È stato qui. L'ho tenuto in braccio. Non posso dire, ma sì, aspettiamo un altro bambino. Non è possibile. Non ce la faccio.»

Jonas aveva ceduto. Aveva percepito la profonda disperazione, il totale esaurimento della moglie. Lui stesso era sfinito. Non se la sentiva di affrontare un'altra discussione sull'argomento.

E poi tutto era andato per il meglio, e persino Jonas aveva dimenticato i propri dubbi. Si erano incontrati con la madre biologica, la sedicenne Therese Malyan di Truro, in Cornovaglia.

«Mi chiami Terry. Posso chiamarla Stella?»

Stella era disposta a fare qualunque concessione. A lei importava solo Sammy. Aveva invitato Terry a casa sua a Kingston, alla periferia di Londra, le aveva mostrato la camera del bambino, i giocattoli, le tutine. Terry aveva pianto. «Con voi starà bene, lo vedo. Siete due persone di buon cuore.»

Stella aveva percepito il sollievo della ragazza. La gravidanza indesiderata aveva fatto piombare la sua vita nel caos. Fin dall'inizio l'unica soluzione per ritrovare la libertà era stata quella di affidare il bambino ad altri. Ora che si era accertata che sarebbe stato in buone mani, «le migliori, Stella, veramente, non sarebbe potuto capitare meglio di così!», aveva fatto dietrofront e stavolta in modo definitivo: prima del termine del periodo di prova non c'erano stati ripensamenti.

L'adozione del piccolo Samuel Malyan era stata ratificata. Ora il suo nome era Samuel Crane ed era figlio di Jonas e Stella.

Fino a quel giorno non avevano più avuto notizie di Terry. Si erano quasi dimenticati della sua esistenza.

«Mamma, ma tu non mi ascolti!» protestò Sammy.

Lei smise di fingere. «Devo telefonare a papà. Torno subito, tesoro. Poi ricominceremo a pensare al tuo compleanno.» *Con la tua altra mamma e il suo nuovo amico come ospiti d'onore.*

Andò in salotto. Aveva il cuore in gola. Aveva bisogno di qualcuno che le dicesse che le sue preoccupazioni erano infondate.

Jonas rispose subito, quasi tenesse il cellulare in mano.

«Stavo proprio per telefonarti, Stella. Ho parlato con un collega della produzione. Che ne diresti di due settimane di vacanza a fine maggio, inizio giugno, nella brughiera dello Yorkshire? In completa solitudine, e stavolta non mi porto dietro il lavoro. Niente computer, niente smartphone, niente di niente. Questo mio collega, anche lui sceneggiatore, ci affitterebbe la sua casa. Sembra fatta apposta per staccare la spina. Che ne dici? Secondo il dottor Bent dovrei...»

Non le importava quello che diceva il dottor Bent, e le brughiere dello Yorkshire le interessavano ancor meno. Interruppe il suo fiume di parole.

«Jonas, mi ha telefonato. Venti minuti fa. Terry Malyan. Vuole venirci a trovare per il compleanno di Sammy.»

Jonas rimase in silenzio per qualche secondo. Evidentemente non aveva capito subito di chi stesse parlando Stella. Oppure gli risultava difficile lasciare la brughiera per tornare alla vita di tutti i giorni. «Va bene» disse infine lentamente. «Va bene.»

«Jonas, non va bene per niente. Ho paura che lei... insomma, che cosa vuole? Perché ha telefonato?»

Lui la interruppe. «Non agitarti, Stella. Di sicuro vuole soltanto venire a trovarlo. Non si è fatta sentire per cinque anni e ora le è venuto questo desiderio. Non ha nessun legame con Sammy né potrà crearselo passando un pomeriggio da noi. Scommetto che poi non la sentiremo più per altri cinque anni.»

«Ha un nuovo fidanzato. Verrà con lei. Jonas, perché ho questa bruttissima sensazione?»

«Perché ti senti in competizione con lei» rispose Jonas, «e questo ti destabilizza. Andrà tutto bene, Stella. Fidati di me.»

Soltanto a distanza di molte settimane avrebbe ammesso di aver provato lui stesso una brutta sensazione. Un oscuro presentimento che tuttavia si affrettò a scacciare.

Sabato, 3 maggio

Uno

L'ispettore capo Caleb Hale osservava i passeggeri in arrivo all'aeroporto di Leeds-Bradford superare le porte automatiche. Il volo della British Airways da Londra era atterrato da venti minuti e ormai Kate sarebbe dovuta uscire. Probabilmente aspettava ancora la valigia. Al telefono gli aveva detto che si sarebbe trattenuta per un certo periodo, quindi di sicuro non viaggiava solo con il bagaglio a mano.

Sperava di riconoscere Kate Linville. Si erano incontrati una sola volta, molti anni prima, e sinceramente lei lo aveva colpito soprattutto per l'aspetto anonimo. Era la tipica donna insignificante, minuta, esile, dimessa. Poteva solo sperare che la memoria gli venisse in aiuto quando l'avesse scorta tra la folla.

Si stava già pentendo di essersi offerto di andare a prenderla in aeroporto e di accompagnarla a Scalby, ma non poteva più tornare indietro e inoltre era il minimo che potesse fare per la figlia del suo ex collega, ucciso in maniera estremamente brutale. Forse era addirittura necessario.

D'altro canto era proprio questo a intimorirlo. Quanto doveva essere traumatizzata quella donna? Era una collega, sovrintendente a Scotland Yard, e in un certo senso avrebbe dovuto essere vaccinata contro i crimini violenti. Ma quando sono coinvolti dei familiari, la situazione cambia. A quanto ne sapeva lui, le era rimasto solo il padre. Non era sposata, almeno non lo era l'ultima volta che si erano visti. Gli aveva dato l'impressione di essere molto sola.

L'avrebbe portata nella casa dove era cresciuta. Dove suo padre era stato torturato a morte nel febbraio precedente.

Temeva di vederla crollare. E di non sapere come reagire. Certo, non era estraneo a simili situazioni. Gli era capitato spesso di dover portare terribili notizie ai parenti delle vittime. Ma questa era un'altra faccenda. Qui si trattava della figlia di un suo ex collega. Per quanto si sforzasse di mantenere le distanze, era coinvolto personalmente e questo rendeva tutto molto più difficile.

La riconobbe subito, quando finalmente uscì dalla porta. In una mano reggeva una borsa da viaggio e con l'altra tirava un trolley. I capelli sottili raccolti sulla nuca mettevano in risalto ancora di più il pallore del viso, più spigoloso di come lo ricordava. Doveva anche essere dimagrita molto, ma era comprensibile. Caleb trovava raccapricciante il solo pensiero di perdere un parente in maniera così drammatica come era accaduto a lei con suo padre.

Le andò incontro. «Mrs Linville?» Indugiò un istante. Dopotutto non si conoscevano bene. «Sovrintendente?» aggiunse.

Lei gli porse la mano. «Kate» disse, senza sorridere. Sembrava essersi dimenticata come si fa.

«Caleb» ribatté lui stringendole la mano. Quindi le prese la borsa e la valigia. «Vieni, ho la macchina parcheggiata qua fuori. Il volo è andato bene?»

«Nessun problema» rispose lei.

Lui cercò di ricordare se avesse sempre avuto un'espressione così impietrita. Non sapeva dirlo con precisione. Era stata nello Yorkshire a febbraio, subito dopo l'omicidio del padre, ma in quell'occasione lui non c'era stato. Era stato dimesso all'inizio di marzo. Ufficialmente aveva trascorso un lungo periodo di riabilitazione dopo un intervento di bypass. Questo era ciò che aveva concordato con i superiori. Solo i collaboratori più stretti di Caleb sapevano che non c'era stato nessun bypass, bensì a dicembre, dopo l'ultimo grave episodio, il medico gli aveva dato un chiaro ultimatum: se non si fosse disintossicato, i suoi giorni sarebbero stati contati. Per la prima volta aveva compreso quanto fosse grave la sua situazione. Era sull'orlo del baratro, e se non fosse tornato indietro subito, sarebbe precipitato. Poteva essere contento che il medico fosse stato così diretto e spietato con lui, e che i suoi superiori gli avessero offerto una seconda possibilità. Sapeva che dipendeva dall'alta percentuale di casi che aveva risolto con successo. Era considerato uno dei migliori, per questo cercavano di aiutarlo. Sotto l'effetto dell'alcol era infallibile. Ora restava da vedere se lo sarebbe stato anche senza bere.

Durante le telefonate settimanali con Kate, successive al suo rientro in servizio, quando aveva preso il comando delle indagini sul caso Linville, aveva avvertito chiaramente le riserve della donna nei suoi confronti. Kate era stata tutt'altro che entusiasta del fatto che le indagini fossero state affidate a un uomo rientrato in servizio solo due settimane dopo il delitto. Lui le aveva assicurato che gli altri due uomini assegnati al caso, l'agente investigativo Jane Scapin e il sovrintendente Robert Stewart, che Kate aveva conosciuto subito dopo il delitto, avevano svolto un ottimo lavoro e gli avevano fornito tutte le informazioni necessarie; lui si era inserito senza alcuna difficoltà, come se fosse stato presente fin dal primo giorno.

Era evidente che Kate la vedeva in maniera diversa. Molto probabilmente dubitava delle sue capacità. Avrebbe preferito che del caso non si occupasse qualcuno che, stando alle sue informazioni, era stato appena dimesso dopo un difficile intervento e probabilmente aveva ricevuto dai medici l'indicazione di riguardarsi e di evitare ogni tipo di stress e di agitazione.

Di sicuro sarebbe rimasta ancora più sconvolta se avesse saputo la verità.

Caricarono i bagagli in macchina, e partirono. Mentre faceva manovra nel parcheggio, lui le chiese: «Quanto tempo hai intenzione di fermarti?»

«Ho preso tutte le ferie che avevo, e ci ho aggiunto un periodo di ferie non pagate. In tutto probabilmente rimarrò un mese e mezzo. Non lo so ancora. Magari anche di più.»

«Il tuo capo ti ha concesso un mese e mezzo?»

Lei annuì. «Si rende conto della situazione. Da quando è successo... ecco, non riesco più a concentrarmi. Immagino che i miei colleghi siano contenti di essersi liberati di me.»

«Hai già pensato a che cosa fare con la casa? Ora appartiene a te.»

«Non lo so ancora. È il motivo per cui mi sono presa tutto questo tempo. Devo capire che cosa fare. È tutto... un incubo.» Aveva pronunciato l'ultima parola sottovoce. Lui le gettò un'occhiata fugace e vide che era ancora più pallida. Era distrutta, affranta.

«Sei sicura di voler... sì, di alloggiare proprio lì?» le domandò cauto. «È piena di ricordi, e poi è anche il posto dove... è successo.»

«È anche casa mia. Certo che voglio starci.»

Secondo lui non era una scelta opportuna, ma preferì tacere. Rimasero in silenzio per un po', mentre Caleb usciva da Leeds e si dirigeva verso la costa.

A un certo punto lei domandò: «Ci sono novità?»

Era stata la prima domanda di tutte le sue telefonate. Era ossessionata dall'idea di trovare il colpevole. L'assassino era solo o c'era qualcuno con lui? Perché un delitto simile? Perché Richard Linville era morto in modo così atroce? Tutte le sue energie erano concentrate nell'impresa di trovare il colpevole, o i colpevoli, e di arrestarli. Questo l'aiutava a non sprofondare nella depressione. Le assicurava, almeno temporaneamente, la sopravvivenza psicologica.

Caleb non aveva notizie rilevanti da offrirle, ma se non altro avevano trovato un nuovo indizio.

«Tuttavia non siamo ancora in grado di stabilire quanto sia importante» si affrettò a precisare.

«Dimmi.»

«All'epoca l'agente Scapin aveva interrogato i vicini di casa, senza ricavare informazioni utili. Ora invece si è fatta avanti una testimone. Si tratta della fidanzata di uno dei vicini che pochi giorni prima del 22 febbraio era in visita a Church Close. Ha dichiarato di aver visto nel tardo pomeriggio del 19 febbraio una Peugeot verde scuro che l'aveva insospettita.»

«In che senso?»

«Aveva fatto avanti e indietro per Church Close diverse volte. Non era qualcuno del luogo. Abbiamo controllato, e nessuno possiede una Peugeot e neppure un'automobile simile di quel colore, casomai la testimone avesse sbagliato marca. Le aveva dato l'impressione di qualcuno che cercasse un indirizzo preciso, e all'inizio non le era sembrato insolito. Solo quando aveva visto l'auto imboccare per la terza volta la via, arrivare fino in fondo e fare manovra nello slargo, si era insospettita. Ormai l'automobilista doveva aver capito se l'indirizzo che cercava era in quella strada o no. Sul momento, però, non le era parso tanto singolare da doverlo segnalare a qualcuno.»

«Perché l'ha fatto ora? Perché *soltanto* ora?»

«È una situazione delicata. La donna è sposata e ha una relazione con un uomo che vive a Church Close. Non se la sentiva di uscire allo scoperto, per paura che il suo segreto venisse alla luce. Alla fine però i sensi di colpa che la tormentavano hanno avuto il sopravvento e si è rivolta a noi insieme al suo compagno. Ovviamente con un ritardo disastroso.»

«Hai parlato con la testimone?»

Caleb annuì. «Sì. Ma non sono riuscito a scoprire più di quanto ti ho appena raccontato. È sicurissima di ciò che ha visto. Purtroppo non si è annotata la targa dell'autovettura.»

Kate si tormentò le mani. «Troppo tardi. Sempre troppo tardi! Se quella donna fosse stata interrogata subito il 22 febbraio, i suoi ricordi magari sarebbero stati più nitidi. Così invece...»

«Ma... Kate! Tuo padre è stato trovato solo il 23 febbraio. Prima... non era possibile svolgere indagini di alcun tipo.»

Lei rimase in silenzio, il viso girato verso il finestrino. Caleb comprese che stava ripensando agli agghiaccianti avvenimenti di dieci settimane prima. La mattina del 23 febbraio, domenica, una vicina di casa aveva notato con sorpresa che la bottiglia di latte lasciata il giorno prima davanti alla porta di Mr Linville non era stata ancora ritirata. Quando Linville partiva, la informava sempre, e le lasciava la chiave affinché gli bagnasse i fiori. Siccome aveva il numero di Kate a Londra, per le emergenze, aveva deciso di telefonarle. Successivamente raccontò alla polizia che Kate aveva reagito subito in maniera allarmata, pregandola di provare a bussare a casa del padre o di guardare dalla finestra. Kate era già preoccupata, perché contrariamente alle sue abitudini, il padre non si era fatto sentire né sabato né domenica mattina. Lei stessa aveva provato a chiamarlo ripetutamente, ma le aveva sempre risposto la segreteria telefonica.

La vicina aveva suonato alla porta, aveva bussato, ma non aveva ottenuto risposta. Allora era andata in giardino e, prima di scoprire la porta forzata in sala da pranzo, aveva dato un'occhiata dalla finestra della cucina scorgendo uno spettacolo raccapricciante: una figura legata a una sedia in mezzo alla stanza con il busto inclinato in avanti. Non si era accorta del sacchetto di plastica sulla testa della vittima. Subito dopo aveva notato la porta forzata, e a quel punto si era messa a gridare.

Un medico aveva poi stabilito che Richard Linville era morto per asfissia.

«La testimone è riuscita a descrivere nei particolari il guidatore della Peugeot?» domandò Kate con voce forzatamente professionale e composta.

Caleb avrebbe voluto tanto darle qualche speranza, ma non poteva ignorare i fatti. «Purtroppo no. Ha detto soltanto che era un uomo.»

Kate lanciò un gemito. «In pratica è come dire niente.»

«Certo, ma non sappiamo nemmeno se questa macchina abbia un legame con il delitto. Per il momento non è il caso di prendercela troppo se non facciamo progressi su questo versante.»

«È probabile che qualcuno pedinasse mio padre. L'aggressione era stata programmata e pianificata con cura.»

«È quello che pensiamo anche noi. Non si è trattato di un tentativo di furto finito male solo perché tuo padre ha avuto la disgrazia di sorprendere l'intruso. Era...» Caleb si bloccò e non terminò la frase, ma Kate intuì che cosa stava per dire. «Era ridotto troppo male. È stato ucciso con troppa crudeltà. Il colpevole era spinto dall'odio e dalla rabbia. E poi non hanno rubato niente.»

«Esatto. Come ci hai confermato tu nella prima dichiarazione. Non mancava niente a casa, e inoltre abbiamo trovato un'ingente somma in contanti nella borsa di tuo padre. Evidentemente all'assassino i soldi non interessavano.»

«Questo lascia spazio a un unico movente possibile» disse Kate, non per la prima volta. «Alla luce della professione di mio padre, può trattarsi solo di una vendetta. Nel corso della sua carriera, chiaramente, si era fatto molti nemici. Criminali. Assassini. Bisogna esaminare ogni singolo caso che ha seguito...»

«È quello che stiamo facendo, con il massimo impegno» le confermò Caleb. «Devi credermi, abbiamo preso la cosa molto sul serio. Abbiamo formato una squadra apposita e tutti stanno dando il massimo. Richard era uno di noi. Vogliamo andare a fondo di questa storia, e ce la faremo.»

«Hai provato a metterti in contatto con Norman Dowrick?»

Per molti anni il sovrintendente Norman Dowrick era stato il più stretto collaboratore di Richard Linville, oltre che suo amico. Kate lo ricordava dall'epoca della sua infanzia: lui e la moglie frequentavano spesso casa Linville. Una ferita da arma da fuoco che lo aveva paralizzato aveva messo fine alla carriera di Dowrick dieci anni prima. Non aveva mai superato l'amarezza per il proprio destino e da allora si era isolato da tutto e da tutti, anche dai colleghi e dagli amici. Kate aveva sentito spesso suo padre parlare con tristezza e rassegnazione dell'episodio. Vista la lunga frequentazione tra i due, era possibile che Dowrick avesse informazioni utili per il caso.

Caleb invece smorzò subito il suo entusiasmo. «Uno dei miei agenti è stato da lui. In realtà ha parlato con la moglie. Norman l'ha lasciata da parecchi anni e si è trasferito a Liverpool, dove vive isolato e consumato dal rancore. Secondo me non servirebbe a niente cercare di rintracciarlo. Non credo possa aggiungere niente alle informazioni che abbiamo già. Dopotutto, lui e Richard non lavoravano in incognito. È tutto documentato.»

«E quali conclusioni avete tratto finora dall'analisi di tutti questi documenti?»

Intanto erano arrivati a Scalby. Caleb entrò nel parcheggio di un supermercato all'ingresso della cittadina e si fermò. «Kate, prenditi un attimo di pausa. Non dobbiamo parlare di tutto adesso. Prima dovresti ambientarti. Non sarà facile. Entrare in casa, essere assalita dalle immagini... non ho intenzione di nasconderti niente. Non voglio tenerti all'oscuro. Ma non dobbiamo per forza affrontare il discorso *ora.*»

Lei lo guardò con un'espressione carica di sconforto e agitazione. «Non avete niente. Assolutamente niente. Sono passati più di due mesi dal delitto e non hai in mano niente di niente. Non hai fatto nemmeno un passo avanti.»

«Non è vero. Sai benissimo anche tu con quanto scrupolo e meticolosità bisogna analizzare ogni dettaglio.»

«Il tempo lavora contro di noi.»

«Non è detto, se si tratta di una vendetta legata al lavoro di Richard come poliziotto. Lo scopriremo, non importa se un mese prima o un mese dopo. Non preoccuparti. Continueremo a indagare.»

Lei era il dubbio in persona, ma non aggiunse altro. Caleb indicò il supermercato davanti a loro. «Dovresti comprare qualcosa da mangiare. Non credo che troverai niente a casa di tuo padre. All'epoca l'agente Scapin aveva svuotato il frigorifero. Di sicuro non è rimasto niente di niente.»

«Grazie. Mi arrangerò.»

«Sei proprio sicura di non voler comprare niente? Domani è domenica...»

«No, non voglio prendere niente.»

«Devi mangiare qualcosa.»

«Me la caverò.»

Non c'era nulla da fare. Caleb mise di nuovo in moto. Se la immaginò, seduta nella casa vuota e silenziosa, dove un tempo aveva abitato con i genitori. La vide immobile ad ascoltare il ticchettio degli orologi e il ronzio di una mosca che sbatteva contro i vetri. Poi andava in cucina, si fermava a fissare la sedia dove il padre era morto, mani e piedi legati. Al posto suo Caleb si sarebbe tuffato in qualche buon piatto... Oddio, il Caleb di prima anche in un paio di bottiglie di whisky. In una situazione del genere le uniche cose che servono sono calorie e alcol. Ma a giudicare dall'aspetto di Kate, non erano le consolazioni a cui ricorreva. Chissà da quanto tempo non si concedeva più un pasto come si deve, per non parlare poi di ubriacarsi di tanto in tanto. Sembrava credere che ormai niente potesse più darle conforto. Solo l'arresto e la punizione del colpevole. Ma nemmeno questo, secondo Caleb, sarebbe bastato a guarire le sue ferite interiori.

Ripartì in direzione di Church Close.

Verso la casa del defunto ispettore capo Richard Linville.

Due

Seduti intorno al tavolino del salotto, si sforzavano visibilmente di intavolare una conversazione educata. A essere precisi, lo sforzo era tutto da parte di Stella e Jonas. I due ospiti non si curavano di rendere quel lugubre pomeriggio un po' meno teso e difficile. Terry Malyan era sostanzialmente occupata a idolatrare il compagno e, questa era l'impressione di Stella, a scandagliarne in continuazione l'umore con una certa apprensione, o quantomeno un po' di nervosismo.

Neil Courtney. Quello nuovo.

A Stella era capitato raramente di incontrare una persona che le risultasse tanto antipatica a prima vista. Che suscitasse in lei in maniera automatica un senso di diffidenza, ripugnanza ed estrema cautela. Se avesse dovuto descrivere Neil Courtney in poche parole, avrebbe detto: un individuo arrogante. Presuntuoso. Gelido. Senza la minima empatia. Una persona alla quale non avrebbe mai stretto la mano, se possibile.

Aveva un aspetto attraente. Era alto, le spalle larghe, i capelli rasati e un brillantino all'orecchio destro. Maglietta bianca, pantaloni e giubbotto di jeans. Un uomo che esercitava un certo fascino sulle donne. Quantomeno di sicuro su Terry.

Negli ultimi cinque anni Terry era cambiata molto, o almeno, così supponeva Stella, era cambiata da quando stava con Neil. Stella ricordava la ragazzina un po' esaltata di allora, in pratica ancora una bambina, diventata improvvisamente madre, profondamente scombussolata dal caos emotivo in cui era piombata. Stella non ne era stata conquistata, ma l'aveva trovata simpatica. Adesso aveva la netta sensazione che fosse telecomandata. Che non fosse più lei. A partire dall'aspetto: un tempo Terry era stata un tipo da jeans e felpa. Sportiva, con la coda, le scarpe da tennis, un filo di trucco, ma senza esagerare.

Adesso aveva scelto la variante vistosa e sexy. Trucco troppo pesante, i capelli tinti di un nero opaco e innaturale, le unghie smaltate di nero. Minigonna cortissima. Calze a rete. Tacchi a spillo che la facevano sembrare più alta. Una scollatura fin quasi all'ombelico.

Si era conciata così per passare il pomeriggio a casa dei genitori adottivi di suo figlio? Del tutto fuori luogo. Soprattutto dava l'impressione di non sentirsi per niente a suo agio. Aveva perso ogni spontaneità, non sembrava una giovane un po' arrogante magari, ma spensierata, che si diverte e non si cura dell'opinione altrui. Risultava insicura e stressata. Non era naturale. Era come se nella sua vita esistesse un unico scopo, al quale lei era pronta a sacrificare tutto il resto e soprattutto se stessa: compiacere il tizio che le stava di fianco, dovunque lo avesse pescato o fosse stata pescata da lui.

Forse però sono io che esagero, pensò Stella. Vedo troppe cose in entrambi, perché trovo la situazione intollerabile.

Aveva cercato di evitare l'incontro, adducendo la scusa della festa di compleanno da tempo programmata, dove non c'era spazio per gli adulti, ma Terry e Neil si erano subito dichiarati disponibili a spostare la visita al giorno dopo, e così adesso erano tutti seduti in salotto. Stella aveva i nervi a fior di pelle. Avevano portato a Sammy un gioco di costruzioni che lo avrebbe conquistato a due anni, ma per il quale adesso era troppo grande. Era plausibile che non fossero in grado di giudicare correttamente quale gioco fosse adatto a un bambino di cinque anni, ma Stella si chiedeva se sarebbe stato davvero tanto difficile chiedere consiglio a una commessa. Aveva l'impressione che avessero preso un regalo a caso, tanto per avere qualcosa da portare. Appena entrati in casa, quando Sammy era spuntato in corridoio, Terry si era voltata verso Neil e aveva esclamato tutta fiera: «Ecco, è lui! È mio figlio!»

Stella si era sforzata di tenere a freno la lingua, Sammy aveva guardato la nuova venuta con espressione perplessa e Neil gli aveva gettato un'occhiata nella quale Stella aveva letto un totale disinteresse. Dappertutto c'erano ancora le tracce della festa, bicchieri di carta, palloncini – attaccati alla ringhiera della scala, sui cespugli e sugli alberi in giardino, che si andavano sgonfiando a poco a poco –, resti di festoni negli angoli. Stella si era scusata per il disordine, ma gli ospiti non avevano battuto ciglio. Non chiesero neppure come fosse andata la festa, quanti bambini avessero partecipato, se Sammy avesse dei buoni amici. Non davano affatto l'impressione di essere ansiosi di sapere qualcosa del bambino, della sua vita. Devo sentirmi sollevata o devo preoccuparmi? si era domandata Stella.

Per fortuna gli abbondanti avanzi di torte e gelato le avevano permesso di offrire qualcosa ai due. Terry aveva preferito un tè, Neil un caffè. Sammy era uscito in giardino e si era messo a giocare con un bambino che abitava nella casa accanto e aveva scavalcato la staccionata. Un sabato pomeriggio sereno.

Almeno in apparenza.

«Neil voleva conoscere a tutti costi il mio Sammy» disse Terry. «E naturalmente anche voi, Stella e Jonas. In fondo siete parte della mia vita.»

Stella non si considerava affatto parte della vita di Terry né ambiva a esserlo. Si accorse che Neil la fissava. Sembrava aver colto il suo disagio e trarne una segreta soddisfazione.

«Non vogliamo destabilizzare Sammy» spiegò. «Non abbiamo intenzione di nascondergli il fatto che sia un bambino adottato, ma in questo momento non è ancora in grado di capirlo. Lui pensa di essere nostro figlio.»

«Non c'è niente di male in questo, a patto che siate consapevoli che prima o poi dovrete metterlo di fronte alla verità» commentò Neil.

Le sue parole furono seguite da un silenzio imbarazzato. Sia Jonas che Stella la giudicavano un'intromissione bell'e buona, ma entrambi erano decisi a evitare qualsiasi provocazione. Jonas le comunicò con un'occhiata di cercare di rimanere calma.

«Quando abbiamo affrontato il percorso per l'adozione, siamo stati informati con molta chiarezza in proposito, Mr Courtney» disse educato. «Sappiamo perfettamente che cosa dobbiamo fare e quando, per informare Sammy della sua particolare situazione. Non si preoccupi per questo.»

«Ho sempre detto a Neil che siete due persone fantastiche» intervenne Terry. «Vi ho sempre descritto con grande entusiasmo, non è vero, Neil? Due persone così simpatiche, accoglienti e impegnate. Questa casa meravigliosa a Kingston... Ecco, non avrei mai potuto offrire al mio bambino niente di simile. Qui è tutto...» Fece girare lo sguardo per l'ampio salotto con il grande bovindo luminoso e aggiunse: «Deve essere costato davvero molto».

«Sa com'è, non è che queste case si pagano in una volta sola» spiegò Jonas. Poi fece una risata falsa. «Ci vuole un mutuo che dura diversi decenni.»

«Lei è uno sceneggiatore?» si informò Neil. «Terry mi ha detto qualcosa del genere...»

«Esatto, collaboro come freelance con diverse emittenti televisive e case di produzione. È un lavoro appassionante, in cui si fa sempre qualcosa di nuovo, ma bisogna augurarsi che la creatività non si esaurisca mai.»

Un mutuo che dura diversi decenni... Bisogna augurarsi che la creatività non si esaurisca mai... Stella impiegò qualche istante per comprendere come mai il marito si sminuisse tanto agli occhi dei due sconosciuti. Era evidente che Jonas aveva capito o intuito che i due non erano venuti per Sammy. A loro non importava niente di Sammy. Terry si era vantata con Neil del benessere economico dei Crane, e quella visita era un sopralluogo. Neil voleva dare un'occhiata in giro, per poi escogitare qualche progetto che gli consentisse di ottenere dei soldi sfruttando il piccolo Sammy. Jonas stava dunque cercando di convincere la coppia che non avevano a che fare con persone danarose.

«Lei di che cosa si occupa, Mr Courtney?» domandò Jonas.

Neil inarcò le sopracciglia. «È così necessario avere un lavoro?»

«Bisogna pur mantenersi in qualche modo» intervenne Stella.

Lui le lanciò un'occhiata sprezzante. «Si può vivere in tanti modi. È più giusto prendersi tutto il tempo necessario per cercare la propria strada.»

Quell'uomo doveva avere una trentina d'anni, calcolò Stella. Possibile che non avesse ancora trovato la sua strada?

«Neil ha ricevuto una piccola eredità» li informò Terry, «che per il momento gli consente di non dover pensare a un lavoro. Io ho lavorato in un pub, ma due settimane fa ho perso il posto. Magari ne troverò un altro.»

Ci mancava solo questa. Stella si era augurata che, visti i normali impegni delle persone di quell'età, i due non avrebbero avuto il tempo di intensificare i contatti con la famiglia Crane. Invece sembrava che Terry e Neil vivessero felicemente alla giornata, e che la loro preoccupazione principale consistesse nel trovare sempre nuove strategie per colmare il vuoto e la noia della loro vita. Aveva visto la macchina con cui erano arrivati, vecchia e disastrata. Di sicuro Neil non disponeva di una grande eredità, altrimenti, visto il tipo che era, si sarebbe immediatamente circondato di tutti gli status symbol possibili. Doveva trattarsi di una somma che gli permetteva di vivere per un certo periodo senza lavorare, *alla ricerca della propria strada*, ma che non gli avrebbe assicurato una rendita per tutta la vita. Con un tuffo al cuore comprese che Jonas molto probabilmente aveva ragione: Neil stava cercando una nuova fonte di guadagno, e aveva messo gli occhi sui Crane.

Non avrei mai dovuto accettare di incontrarli, pensò.

Ma si rendeva perfettamente conto di non aver avuto molta scelta: Terry conosceva il loro indirizzo. Se lei si fosse rifiutata di invitarli, se li sarebbe trovati all'improvviso davanti alla porta di casa nel giro di qualche settimana per una visita a sorpresa: Passavamo da queste parti e abbiamo pensato...

Il tempo scorreva lento e faticoso. Jonas parlò del suo lavoro. Stella uscì diverse volte in giardino per dare un'occhiata a Sammy e al suo amico. Giocavano tranquilli. Nel tardo pomeriggio Neil chiese se poteva avere un bicchiere di aranciata e Stella, felice di potersi sottrarre alla soffocante atmosfera del salotto, si alzò per andare in cucina. Mezzo minuto più tardi Jonas la raggiunse. Si chiuse la porta alle spalle e bisbigliò piano: «Mi raccomando, non invitarli a cena! Voglio che se ne vadano subito!»

Stella stava tirando fuori il succo dal frigorifero. «Non ho nessuna intenzione di farlo. Ma riusciremo a liberarci di loro?»

«Basterà non offrirgli altro. Quest'aranciata sarà l'ultima cosa che avranno da noi. D'ora in poi saremo irremovibili. Niente vino, niente birra, niente stuzzichini. Niente di niente. Forse così la capiranno.»

«Pensi siano pericolosi, Jonas?»

Jonas ci pensò su un istante. «No, ma questo Neil è una persona sgradevole. Si capisce benissimo che sta cercando un modo per ricavare qualche vantaggio da noi. Terry è completamente succube di lui e non capisce un bel niente. Crede davvero che Neil sia venuto per conoscere suo figlio.»

«Jonas, pensi che potrebbero...?»

Lui le posò la mano sul braccio. «Non ti preoccupare. Non possono portarci via Sammy, e non hanno in mano niente per esigere visite regolari. Il fatto che oggi siano qui dipende esclusivamente dalla nostra disponibilità. Devono capire che non ci spingeremo oltre.»

Stella annuì e tornò in salotto con Jonas. Trovarono Terry in piedi davanti al bovindo a guardare la strada, mentre Neil era accanto al piccolo scrittoio vicino al camino e teneva in mano qualcosa. Avvicinandosi Stella riconobbe il dépliant turistico del parco nazionale delle North York Moors, che aveva sfogliato proprio quel mattino per dare un'occhiata alla località in cui si trovava la loro casa delle vacanze. Anche Jonas se ne accorse, si avvicinò a Neil e gli tolse bruscamente di mano l'opuscolo.

«Non ci piace che la gente frughi tra le nostre cose» lo ammonì.

Neil alzò le mani, niente affatto pentito. «Scusi, volevo solo dare un'occhiata allo scrittoio. Un mobile bellissimo. È autentico?»

«Sì.»

Indicò il dépliant. «Le North York Moors. Ci andrete in vacanza quest'estate?»

«Ancora non lo sappiamo» rispose Jonas. «Non ho ancora fissato le ferie.»

«Una regione da sogno. Certo, a patto di amare la natura. A parte brughiera e pecore, non c'è molto da vedere lì.»

«Come le ho detto, non abbiamo ancora preso una decisione.»

Stella gli porse l'aranciata. «Tenga.» Rimase in piedi in mezzo alla stanza. Jonas fece lo stesso. Nessuno dei due invitò gli ospiti ad accomodarsi di nuovo.

Neil vuotò il bicchiere con tutta calma.

«Bene» disse poi, «è arrivata l'ora di andare.»

«Tornerete direttamente a Truro?» si informò Jonas.

Neil rimase per un attimo interdetto, poi rise come se Jonas avesse fatto una battuta di spirito. «Io non abito a Truro! Dio ce ne scampi! Terry viene da lì, ma a me in quel buco non potrebbero trascinarmi nemmeno morto!»

Anche Terry rise, ma in maniera forzata e impacciata.

«Viviamo a Leeds» proseguì Neil. Indicò il dépliant che Jonas teneva ancora in mano. «Ecco perché conosco molto bene la brughiera. Se volete passare lì le vacanze, posso darvi qualche dritta.»

«La ringrazio, ma non abbiamo ancora deciso» rispose Jonas dopo un attimo di smarrimento.

Trascorsero altri venti minuti prima che i due si decidessero ad andarsene, perché Terry volle prima separarsi da Sammy con un lungo addio che il bambino sopportò un po' infastidito. Una volta che la porta si fu richiusa alle loro spalle e il rumore della macchina si fu allontanato, Stella disse: «Fatto. Puoi scordarti lo Yorkshire e la tua vacanza in solitudine. Mio Dio, Leeds! È giusto dietro l'angolo!»

«Non direi proprio» ribatté Jonas, «anche se effettivamente non è dall'altra parte del paese, questo è vero.» Tornò in salotto e si lasciò cadere sfinito sul divano. «Accidenti, Leeds! Nemmeno tu lo sapevi?»

Stella lo aveva seguito e rimase appoggiata allo stipite. «No. Ho immaginato che abitassero a Truro, perché Terry è di lì. Che ingenua. Sono passati cinque anni. Perché dovrebbe essere rimasto tutto come allora?»

«Terry è cambiata molto.»

«Se vuoi la mia opinione, lui la manipola.» Guardò fuori dalla finestra. Neil aveva fatto manovra e la Renault blu stava passando di nuovo davanti alla casa, per uscire da Kingston-upon-Thames e auspicabilmente dalla loro vita. «Pende letteralmente dalle sue labbra. Lo adora incondizionatamente. Fa tutto ciò che vuole. E lui è un tipo inquietante.»

«Hai ragione.» Jonas si alzò con aria decisa. «Ma non permetterò a questa bella coppietta di rovinarci la vita. E nemmeno tu. L'idea di quella casa nella brughiera è un'ottima soluzione, e noi ci andremo.»

Stella fu assalita da un vago senso di paura e di incertezza, una specie di oscuro presentimento.

«Dovremmo cercare un'alternativa» disse.

«Stella, che cosa vuoi che succeda? Non sanno con precisione dove staremo. Non sanno nemmeno quando ci andremo. E poi, per quale motivo dovrebbero venirci a importunare lassù? Quello che li spinge non è di sicuro la nostalgia per Sammy, come abbiamo visto oggi. A loro il bambino non interessa per niente.»

«Appunto. È proprio per questo. Perché sono venuti?»

Si scambiarono un'occhiata.

«Tu lo sai» proseguì Stella. «Lo sai perché hai sottolineato con quanta fatica si pagano le case qui e quante incertezze presenta la vita di uno sceneggiatore freelance. Quello che volevi comunicargli era: non siamo ricchi. Da noi non ricaverete niente. L'hai fatto perché hai intuito che è questo lo scopo di tutta la faccenda. Terry gli ha raccontato di avere un figlio. Che è stato adottato e ora vive con una famiglia benestante in uno dei sobborghi più eleganti di Londra. Loro si immaginano che siamo molto ricchi, ed è stata Terry a farlo credere a Neil. Molto probabilmente la sua eredità è agli sgoccioli e lui ha pensato di passare a dare un'occhiata qui da noi per vedere se può ricavarci qualcosa.»

«Okay, lo ammetto. È quello che ho pensato. Ma portando il tuo ragionamento alla conclusione, Stella: che cosa potrebbe fare Neil? Forse immaginava che oltre a Sammy fossimo circondati da una specie di grande famiglia felice, e che questo potesse fruttargli qualche vantaggio. E allora? Sta a noi permetterlo oppure no. Non lo faremo. Quella di oggi è stata la prima e ultima visita. Non ci saranno altri incontri. Credo comunque che Neil lo abbia capito. Terry è ingenua, ma lui è un tipo astuto. Penso che abbia scartato l'idea.»

«E se così non fosse?»

«Se dovesse perseguitarci, ci rivolgeremo alla polizia. Se necessario richiederemo un'ordinanza restrittiva. Ma per ora ne siamo ben lontani e non credo che arriveremo a quel punto.»

Stella pensò alla casa di cui aveva parlato Jonas con tanto trasporto. Era sull'orlo di un esaurimento nervoso e voleva rifugiarsi per almeno due settimane in completo isolamento dal resto del mondo. Il villaggio più vicino si chiamava Egton Bridge, quasi in mezzo alla brughiera, ma da lì bisognava percorrere altri quindici chilometri su una stradina solitaria per raggiungere la vecchia fattoria che il collega di Jonas usava come rifugio per le vacanze.

«È il posto ideale per scrivere» aveva spiegato l'uomo a Jonas. «In completa tranquillità. Niente televisione, niente telefono, niente radio. E anche per usare il cellulare bisogna salire in cima alla collina. Gli unici esseri viventi che ti circondano sono pecore e uccelli. Che di sicuro non vengono a bussarti alla porta. È il luogo giusto per staccare completamente. Quando ho una consegna impellente e mi serve la massima concentrazione, vado lì. E se il medico ti ha detto che hai urgente bisogno di una pausa, la mia casa è il posto giusto. Di una noia assoluta!»

Jonas aveva raccontato a Stella con grande entusiasmo della sua visita medica e della soluzione che aveva trovato. Stella non era altrettanto euforica. Una fattoria isolata in mezzo al nulla... in cuor suo aveva già pensato di convincere Jonas ad andarci da solo, mentre lei sarebbe rimasta a casa con Sammy, oppure sarebbe andata a trovare dei parenti che non vedeva da tempo.

Adesso però le cose erano cambiate. Sapeva che Jonas aveva perfettamente ragione, ma non riusciva a scacciare la sensazione che l'aveva tormentata per tutto il pomeriggio e che in realtà si era impossessata di lei fin dalla telefonata di Terry: un senso di pericolo incombente. Al quale lei stessa non sapeva dare un nome. Non sapeva definirlo, non sapeva descriverlo. L'unica certezza era: non dobbiamo dividerci adesso.

«E non dovremmo partire» disse a voce alta. «Non dovremmo andare a Egton Bridge. Cerchiamo un altro posto, Jonas.»

Lui rispose: «Dormiamoci su».

Aveva già preso una decisione.

Domenica, 4 maggio

Aveva dormito nel letto del padre assassinato, nella speranza di sentirlo più vicino a sé. In realtà lo avrebbe sentito *dappertutto*. Ci sono persone che, dopo la perdita di un congiunto, sostengono di avvertirne la presenza: Non se n'è andato, anche se non riesco più a vederlo. Mi è sempre vicino.

Kate non aveva provato niente di simile nemmeno per un secondo dalla morte di Richard. Lui era lontanissimo e lei si sentiva completamente sola. Non lo percepiva, non lo vedeva, non lo udiva. Lo ricordava, sì, ma era un ricordo che sembrava sussurrarle all'orecchio: È passato, passato, passato...

Le lenzuola non erano state cambiate dalla notte dell'omicidio. Kate non ci era riuscita a febbraio, e probabilmente non lo avrebbe fatto nemmeno ora. Le sembrava di cogliere una vaga traccia del bagnoschiuma di Richard, ma forse era solo la sua immaginazione. Rimase ancora un po' tra i cuscini, mentre la luce del mattino rischiarava la camera. Letto, armadio, comò, non c'erano altri mobili. Sul comò la foto incorniciata della madre di Kate. Una foto prima della malattia. Era ancora la donna dalle guance rosee e lo sguardo luminoso. In seguito si era spenta, come sbiadita, gli occhi incavati, segnata dai dolori e dalla disperazione.

Kate si alzò alle otto, si fece la doccia, si vestì e scese di sotto. Aveva fatto riparare subito la porta del soggiorno, ma quella della cucina continuava a chiudersi male. Kate avvertì lo spiffero freddo che penetrava dalle fessure. Quella porta era una tragedia, divorava il calore ed era un rischio per la sicurezza, ma l'omicida non l'aveva usata per entrare in casa. Kate ne dedusse che non conosceva l'abitazione di Richard. Era stato più difficile, più rumoroso e più rischioso rompere il vetro della sala da pranzo; la porta della cucina invece avrebbe potuto essere sfilata dai cardini senza rumore. L'assassino voleva colpire Richard, ma non era fra le conoscenze più vicine, altrimenti lo avrebbe saputo. Potevano essere esclusi pure gli artigiani che avevano lavorato in casa le settimane precedenti all'omicidio e i conoscenti della donna delle pulizie. Kate sapeva che erano state compiute subito indagini in quella direzione, ma senza ottenere risultati, come previsto. Era convinta che il delitto fosse legato al passato di Richard. In pratica era come andare alla ricerca di un ago nell'enorme pagliaio accumulato in più di quarant'anni di attività investigativa.

Per cena Kate si era riscaldata una scatola di fagioli al pomodoro che aveva trovato in uno degli armadietti della cucina, ma per colazione non c'era nulla. Avrebbe dovuto seguire il consiglio di Caleb Hale e fare un po' di spesa al supermercato. Le sarebbero bastati una fetta di pane tostato e un po' di marmellata, ma di sicuro non avrebbe trovato niente di simile. C'erano solo scatole di fagioli. Kate sorrise suo malgrado. Dopo la morte della moglie, Richard aveva trascurato del tutto la propria alimentazione.

Lei non era da meglio, se proprio doveva essere sincera. Era passato molto tempo dall'ultima volta che aveva gustato veramente un pasto decente preparato con cura. A Natale. Aveva trascorso le feste dal padre, avevano cucinato insieme e lui l'aveva portata per due volte in un bel ristorante. Come sempre avevano parlato di tutto tranne che dei problemi personali. Kate aveva intuito che il padre si sentiva molto solo, ma lui non ne aveva fatto parola, proprio come lei non aveva trovato il coraggio di dirgli quanto stesse male. Ovviamente si era convinta di non averlo fatto perché non si preoccupasse per la sua unica figlia. Dentro di sé, tuttavia, sapeva che il motivo era un altro: non voleva deluderlo. Non doveva sapere che la sua vita era un fallimento. Voleva che Richard fosse fiero di sua figlia.

In piedi in cucina, si scaldò le dita intorno alla tazza di caffè bollente. Se non altro quello non mancava. Con uno sforzo di volontà, si costrinse a non guardare la sedia sulla quale il padre era stato legato ed era morto. Qualcuno l'aveva spinta sotto il tavolo, forse la donna delle pulizie che aveva riordinato dopo che la scena del crimine era stata sgomberata. Quando era arrivata, Kate aveva visto le macchie di sangue sul pavimento, si era sentita mancare ed era stata accompagnata in salotto da un'agente. Qualcuno le aveva dato del tè. Tutti erano stati molto gentili e premurosi.

Ora le macchie di sangue erano sparite. La cucina aveva un aspetto pulito e ordinato. Non c'erano più tracce del dramma che vi si era svolto. Dovrei aprire porte e finestre, pensò Kate, qua dentro fa troppo freddo e c'è odore di muffa.

Si strinse nelle spalle con un brivido. Era ancora mattina presto, ma per qualche motivo aveva l'impressione che il freddo lì dentro non dipendesse dalla temperatura esterna. Era legato al fatto che niente e nessuno abitava più in quella casa, che per più di due mesi tutto era rimasto ermeticamente chiuso e il riscaldamento era stato tenuto al minimo. Kate ripensò a quanta vita c'era stata un tempo, sebbene fossero una famiglia di appena tre persone. Sua madre era una fonte di allegria e calore e suo padre era sempre di buonumore anche dopo le giornate più faticose. L'infanzia era stata un'epoca felice e protetta per Kate. Ancora oggi si chiedeva come mai poi la sua vita fosse andata così a rotoli. Non c'era un motivo apparente.

Il suo bilancio: a trentanove anni era ancora single, senza un marito, senza figli, senza un compagno, senza amici. Lavorava alla Metropolitan Police, fino a un anno prima con l'imbarazzante qualifica di agente investigativo, cosa piuttosto bizzarra per la sua età e gli anni di servizio nel dipartimento. Nel settembre precedente aveva finalmente superato l'esame e ottenuto la promozione a sovrintendente. Non che la situazione fosse cambiata. I colleghi mantenevano le distanze da lei, nessuno la cercava, se non quando era strettamente necessario. Non le erano sfuggite le parole a mezza voce e le occhiate furtive quando prendeva la parola durante le riunioni. Quello che diceva sembrava sempre sbagliato, chissà perché, oppure formulato in maniera antipatica. Ormai era così insicura che spesso non diceva niente e cercava il più possibile di non prendere decisioni, nel timore che fosse il contrario di ciò che diceva o faceva. Anche questo atteggiamento era irritante, perché da una funzionaria di polizia, che tra l'altro prestava servizio presso il dipartimento più prestigioso del Regno Unito, ci si aspettava determinazione e intraprendenza. Intuiva che molti si chiedevano come diavolo avesse fatto una come lei a mettere piede a Scotland Yard. I colleghi, ne era convinta, sospettavano che avesse sfruttato i contatti del padre. Invece non era così. Kate aveva fatto tutto da sola. Le sembrava passato un secolo, ma un tempo era stata davvero più sicura di sé e più intraprendente. Poi c'era stata qualche battuta d'arresto, paralizzandola lentamente. La sua parte razionale le aveva ripetuto che non c'era niente di insolito a sbagliare e che non era l'unica ad aver combinato qualche pasticcio, ma non c'era stato niente da fare: aveva perso la fiducia in se stessa, in una spirale perversa. Senza fiducia in se stessa si sentiva inadeguata. Ormai aspettava quasi ogni giorno che le venisse consigliato di cercarsi un altro lavoro. Aveva guadagnato un po' di tempo perché dopo l'assassinio del padre tutti la trattavano con i guanti di velluto e persino i colleghi che meno la tolleravano al momento provavano solo compassione per lei. Ma il capo aveva acconsentito più che entusiasta alla sua richiesta di ferie prolungate: per sistemare le cose di suo padre e per riprendere le forze. Di sicuro lui si augurava che non tornasse.

A furia di riflettere con lo sguardo fisso sul giardino, la tazza si era raffreddata. Assaggiò un sorso di caffè e fece una smorfia: tiepido e amaro. Lo versò nel lavandino e guardò l'ora. Erano passate da poco le nove. Un po' presto considerato che era domenica, ma avrebbe azzardato ugualmente una visita a qualcuno.

Un'ora più tardi ne sapeva quanto prima. Si era recata da Robin Spencer, il vicino di casa la cui amante aveva notato l'automobilista sospetto. Sebbene Caleb Hale non avesse fatto nomi quando le aveva parlato della cosa, Kate aveva capito subito di chi si trattava. Dopotutto era cresciuta in quella via e grazie a suo padre era sempre rimasta ben informata sugli avvenimenti e gli abitanti del luogo anche vent'anni dopo essersi trasferita a Londra. Robin Spencer era sempre stato un cascamorto: cambiava fidanzata in continuazione, ed evitava accuratamente qualsiasi legame duraturo o impegnativo. Una storia con una donna sposata era tipica per uno come lui, perché rappresentava la forma di relazione meno rischiosa.

Kate non riuscì a scoprire da lui più particolari di quanti già avesse raccolto. Robin non si era mostrato affatto contento di trovarsela davanti quella domenica mattina, ma l'aveva invitata ad accomodarsi, le aveva fatto le condoglianze per la morte del padre e poi le aveva offerto un caffè. Per fortuna era solo. No, non le avrebbe rivelato il nome della sua amante, la poveretta aveva già avuto abbastanza problemi per quella storia. La polizia era stata da lei, e tanto bastava. Le aveva riferito tutto ciò che sapeva. No, non era sicura che si trattasse di una Peugeot, ma lo riteneva probabile. Sì, di sicuro era verde scuro. Il guidatore? Molto probabilmente un uomo. Altre persone a bordo? No. Niente da fare per la targa. Non ci aveva fatto caso. Chi avrebbe potuto immaginare che sarebbe accaduto qualcosa di tanto raccapricciante in una zona così perbene?

Kate era andata via in preda a un mal di testa sempre più forte, forse per il caffè bevuto a stomaco vuoto. La temperatura intanto era salita e con calzoni lunghi, pullover e impermeabile era troppo coperta. Il sudore le colava sulla schiena mentre camminava per strada. Si sentiva stanca e frustrata.

Be', cosa ti aspettavi, pensò. Proprio tu, la poliziotta più incapace di tutta Scotland Yard, ti presenti qui, fai le domande giuste e... ottieni la risposta decisiva che ti conduce direttamente al colpevole? L'amica di Spencer aveva detto tutto ciò che sapeva. Non era possibile tirarle fuori altro a comando.

Già a una certa distanza si accorse di un'auto parcheggiata davanti a casa sua e, avvicinandosi, vide che era quella di Caleb Hale. L'ispettore era in piedi davanti alla porta, un sacchetto di carta in mano che, a giudicare dalla scritta, era di un take-away indiano.

Quando scorse Kate, sorrise sollevato. «Per fortuna! Temevo già di dovermene andare senza trovarti. Vedi» agitò il sacchetto, «l'idea che stessi morendo lentamente di fame non mi ha dato pace. Spero che il curry ti piaccia.»

Kate si incamminò lungo il vialetto, augurandosi di non avere un aspetto così terribile come si sentiva. Aveva i capelli appiccicati alla fronte e la faccia sudata.

«Non sono nemmeno le dieci» replicò invece di salutare. «Non è un po' presto per pranzare?»

«Possiamo aspettare e riscaldare tutto più tardi. Ce l'hai il microonde?»

Lei aprì la porta trattenendo un sospiro. A quanto sembrava, lui non solo aveva portato qualcosa da mangiare, ma era deciso a restare e a impedire che lei pranzasse da sola. Sapeva di avere un atteggiamento scostante e antipatico, ma il modo in cui Caleb manifestava la propria compassione la irritava. Aveva un'opinione estremamente obiettiva di se stessa, e sapeva di non essere né una bellezza né di emanare un fascino irresistibile. Per tutta la vita era sempre stata invisibile per gli uomini. A eccezione di quelli che provavano pena per lei. La compassione era peggio dell'indifferenza, e adesso anche Caleb Hale sembrava volersi aggiungere alla schiera dei samaritani. Avrebbe tanto voluto pregarlo di lasciarla sola, ma lui era a capo delle indagini sull'omicidio del padre. Caleb era importante. Era una fonte di informazioni. Sarebbe stato stupido contrariarlo.

Si sforzò di sorridere. «Scusa. Non volevo essere così brusca. Sei stato molto gentile. Ecco... vedi... trovarmi qui...»

Non terminò la frase. Caleb annuì. «Me lo immagino. Per questo ho pensato che non dovresti restare troppo da sola. E almeno mangiare come si deve.» La seguì dentro casa. «Inoltre vorrei parlarti di una cosa.»

Posò il sacchetto sul tavolo della cucina e si guardò intorno. Distolse gli occhi alla vista della sedia dove era stato seduto Richard. Pur non essendo stato presente sul luogo del delitto, aveva visto le foto. Erano bastate per sconvolgere anche lui, che di cose brutte ne aveva viste tante.

Kate rimase immobile in mezzo alla stanza. «Per quanto tempo hai lavorato con mio padre?» domandò brusca.

«Non molto» rispose Caleb. «Sono entrato nella sua squadra un anno prima che andasse in pensione. Non abbiamo avuto molto tempo per conoscerci bene. Ma lo stimavo molto e mi è spiaciuto che se ne andasse. Era un poliziotto esperto e un collega decisamente simpatico.»

«Era anche un padre stupendo» disse Kate sottovoce, «un marito meraviglioso per mia madre. Erano molto felici insieme. Eravamo una famiglia felice.»

Caleb annuì, poi aprì la bocca per dire qualcosa, ma ci ripensò. Rimasero entrambi in silenzio per un istante. Poi Caleb disse: «Non voglio immischiarmi, ma credo che dovresti fare qualcosa per cambiare l'atmosfera di questa casa. È rimasta chiusa per mesi, l'aria è fredda e stantia, e sarebbe deprimente anche senza... ecco, tutto quello che è successo. Guarda com'è bello il giardino. Tutto fiorito. E non fa affatto freddo! Perché non apriamo la porta?»

Kate rispose con un cenno affermativo, poi aprirono la vecchia porta traballante, che Caleb guardò con la fronte aggrottata, e uscirono in terrazza. Kate fu subito circondata dal profumo di erba e lillà, e un calabrone le volò ronzando davanti al viso.

La vita. Non provò gioia né fiducia, al contrario il groppo che aveva in gola diventò ancora più grosso. Come sarebbe stata la vita d'ora in avanti?

«Non avresti... tuo padre aveva dei mobili da giardino?» si informò Caleb.

«Nella rimessa. Li teneva lì durante l'inverno.»

«Potremmo sistemarli in giardino e poi mangiare fuori» propose Caleb.

Lei si sentiva scavalcata, forzata, come se qualcuno cercasse di curarla contro la sua volontà, ma si rimangiò le parole taglienti che aveva a fior di labbra. Voleva essere informata di tutti i progressi delle indagini e al momento Caleb era il suo unico punto di riferimento. Si costrinse ad annuire. «D'accordo» disse.

Trascinarono insieme sulla terrazza il tavolo e le quattro sedie che Richard aveva riposto con cura nella rimessa, proteggendoli con un telo. Kate prese un secchio d'acqua calda e tolse il velo di polvere invernale, mentre Caleb spingeva la base dell'ombrellone sul vialetto. Per finire sistemarono i cuscini sulle sedie e aprirono l'ombrellone. Il sole era sempre coperto dalle nuvole, ma l'ombrellone rosso gettava una luce calda sulla terrazza.

Era ancora presto, così Kate preparò un altro caffè e si sedettero fuori. In cuor suo doveva ammettere che l'idea di Caleb non era stata poi così sbagliata. In giardino si stava molto meglio.

«Stamattina sono stata da Robin Spencer» disse Kate senza preamboli. «Sai, la sua amante...»

«Lo so chi è» sospirò Caleb. «Kate, non sei qui come detective. Sei un poliziotto, per di più di Scotland Yard. Ma la tua giurisdizione...»

«Sì, non ho alcuna giurisdizione. Ma non sono andata da Robin Spencer come poliziotto, bensì come la figlia di mio padre.»

«Ti capisco, sai. E so anche per quale motivo sei venuta qui.

Non vuoi solo occuparti della casa e valutare che cosa farne, vero? Secondo te le nostre indagini procedono troppo lentamente, e sei venuta per metterci in riga e magari per... sì, per contribuire in qualche modo. Non è così?»

Lei non rispose. Aveva centrato il punto, perché obiettare?

Lui si sporse in avanti. «Immagino di non poterti impedire di parlare con la gente di qui, di guardarti intorno, di raccogliere voci. Ma sai che potrei escluderti da qualsiasi informazione. Non avrei dovuto parlarti di questa auto misteriosa. E potrei benissimo tenere tutto il resto per me.»

«Ma...?» domandò lei. Lui aveva usato un tono che sembrava implicare un ma.

«Ma con i tuoi contatti a Scotland Yard sono sicuro che troveresti il modo per entrare in possesso di certe informazioni» proseguì lui rassegnato, «e in più potrei approfittare della tua collaborazione. Nessuno conosceva tuo padre bene come te. Se c'è qualcosa nel suo passato che può avere un legame con l'omicidio, tu potresti essere la persona giusta in grado di indicarmelo.»

«Se non sbaglio crediamo che il movente sia da ricercare nel suo passato professionale, no? Naturalmente parlavamo del suo lavoro, ma non mi ha mai raccontato molto e non credo di avere informazioni così dettagliate come quelli che hanno lavorato con lui.»

«Dobbiamo lasciare aperte tutte le ipotesi» disse Caleb, con l'aria di chi recitava una formula imparata a memoria senza tuttavia crederci troppo. «Anche quella che l'omicidio sia legato alla vita privata di Richard.»

Kate mescolò il caffè. «La vita privata di mio padre era del tutto anonima, Caleb. Proprio per contrastare la fatica e lo stress professionali, per il resto viveva in modo tranquillo e prevedibile. Come ti ho detto, lui e mia madre erano molto felici – a prescindere dal fatto che a mia madre pesava molto il fatto che lui non fosse quasi mai a casa. Nelle ore libere, gli piaceva occuparsi del giardino. Tutto quello che vedi crescere e fiorire qui intorno è opera sua. E poi, ogni volta che aveva tempo, faceva qualcosa con me. Mi ha insegnato a nuotare e ad andare in bicicletta, d'inverno mi portava in slitta e a pattinare sul ghiaccio. Andavamo a teatro e al cinema, anche se il film non lo interessava. Era un padre di famiglia, in tutto e per tutto. Viveva per noi e per il suo lavoro.»

«Ma negli ultimi anni... era in pensione. La moglie era morta. La figlia era lontana. Che cosa sai di questo periodo?»

«Ci sentivamo per telefono quasi ogni giorno. Soffriva di solitudine, ma non se ne è mai lamentato. Si occupava di più del giardino. Faceva lunghe passeggiate. Gli piaceva stare all'aria aperta. Si interessava di tutto ciò che accadeva nel mondo, leggeva diversi quotidiani. Parlava molto di politica. Io venivo a trovarlo ogni volta che potevo. Se era successo qualcosa di strano, non me ne ha mai parlato.»

«Capisco.» Caleb la fissava assorto e Kate si rese conto che le stava guardando dentro. Vedeva la sua solitudine e la sua tristezza e comprendeva l'entità della sua perdita.

Assalita da un improvviso impeto di collera all'idea che lui le leggesse dentro come un libro aperto, disse: «Eravamo molto legati. Lui aveva soltanto me... e io non avevo nessuno a parte lui. Non c'è nessuno nella mia vita, Caleb. Ho il mio lavoro e abito nell'appartamento più anonimo che si possa immaginare, nel quartiere di Brexley, nella parte sud di Londra. Non c'è altro. Non c'è nessuno. Mio padre era tutto per me. Il mio rifugio per i weekend lunghi, per le ferie, a Natale, a Pasqua. Per le lunghe serate buie. Chiunque lo abbia assassinato, non ha ucciso soltanto lui ma, in un certo senso, anche me. Voglio che troviate il colpevole. Voglio vederlo. Voglio sapere perché lo ha fatto. Voglio che sia punito. Se in questo momento avessi anche solo una vaga idea di cosa abbia portato a quella notte di febbraio, te lo direi subito. Ma non vedo niente. Non riconosco niente».

«Kate, devi promettermi che se ti venisse in mente qualcosa ti rivolgerai a me.» Quello sfogo sembrava averlo turbato. «Capisco perfettamente la tua rabbia e la tua sete di vendetta, ma sei una donna intelligente e un poliziotto, e lo sai bene: niente iniziative personali. L'ultima parola spetta alla giustizia.»

Kate intuì che cosa aveva in mente lui in quel momento: la pistola del padre. Era stata ritrovata sul pavimento della sala da pranzo e gli inquirenti ipotizzavano che Richard l'avesse persa durante la colluttazione con l'aggressore. Alla fine delle indagini balistiche era stata consegnata a Kate, insieme alle altre cose del padre. Caleb sapeva che lei era in possesso di un'arma.

«Certo, l'ultima parola spetta alla giustizia» confermò lei.

Il silenzio di quella giornata d'inizio estate era interrotto solo dal ronzio del calabrone che svolazzava ancora in giardino. E dal cinguettio degli uccelli.

«Hai mai sentito parlare di un certo Denis Shove?» chiese Caleb d'un tratto.

«No. Chi è?»

«Era stato arrestato da tuo padre. Nove anni fa. Fu uno dei suoi ultimi casi. È stato rilasciato lo scorso agosto per buona condotta e per la valutazione positiva da parte della psicologa che lo seguiva.»

«Aveva una condanna grave? Non mi sembra trattarsi di un volgare ladruncolo.»

«Omicidio. Aveva ucciso la compagna.»

«Perché?»

«Gelosia. Possessività. Lei voleva lasciarlo e lui non ci ha visto più. L'ha letteralmente picchiata a morte, ma era ubriaco fradicio e non c'era premeditazione. Gli hanno dato dodici anni. Fu Richard a incriminarlo, dopo che Shove aveva tentato di attribuire il delitto a qualcun altro.»

«Doveva nutrire un odio molto intenso per mio padre, allora.»

Caleb annuì. «Infatti. Ma erano in tanti a odiare Richard. Tutti quelli che aveva mandato in prigione nel corso degli anni. Shove, tuttavia, è stato tra i nostri primi sospettati, per due motivi: durante gli interrogatori e il processo, ha minacciato ripetutamente tuo padre, annunciando che si sarebbe vendicato per essere finito in prigione per colpa sua. Inoltre si è reso irreperibile poco tempo dopo l'omicidio di Richard. Ha interrotto i contatti con il suo assistente di sorveglianza e ha lasciato all'improvviso il proprio domicilio, senza dare informazioni.»

«Perché mi parli di lui solo adesso?» Kate si rese conto di avere un tono di voce irritato. «Non è possibile! Perché è stato rilasciato in anticipo, sebbene avesse apertamente minacciato mio padre? Perché non è stato sorvegliato? Perché a mio padre non è stata data una scorta?»

Caleb rispose rassegnato: «Kate, sei del mestiere. Sai bene...»

«Certo, lo so. Organico insufficiente per sorvegliare tutti i criminali che hanno minacciato un poliziotto!»

«Il fatto è che molti fanno minacce, senza poi metterle in pratica. Secondo il rapporto della psicologa, durante la detenzione Shove non ha più menzionato la cosa. Aveva accettato la condanna e se ne era assunto la responsabilità. Sapeva di essere stato lui ad aver commesso un errore. Non Richard Linville.»

«Hai parlato personalmente con la psicologa?»

Caleb scrollò il capo. «Purtroppo no. È partita per un anno sabbatico in Australia subito dopo la scarcerazione di Shove. Dovrebbe tornare a giugno, e la contatteremo immediatamente. Però ho letto attentamente la sua relazione su Shove. Sembra che si sia davvero pentito.»

«Nonostante questo è in cima alla vostra lista dei sospetti, giusto?»

«Sì, certo. Proprio perché è sparito. E perché...»

«...le ottimistiche prognosi sociali degli psicologi penitenziari si basano quasi sempre su una trasfigurazione irreale dei loro pazienti.»

«Io non sarei così categorico. Ma ammetto che gli errori sono possibili.»

Lei tornò alla sua prima domanda. «Perché mi parli di lui solo adesso?»

«Non volevo che ci fissassimo troppo presto su di lui. Sai come si diventa ciechi rispetto alle altre ipotesi quando ci si concentra su un'unica direzione. La sua scomparsa non deve necessariamente essere collegata all'omicidio di Richard. Già prima dell'assassinio della compagna era stato condannato per reati minori. Può darsi benissimo che sia tornato alla sua vita di prima, una vita che gli consente di non lavorare e di mantenersi in un altro modo.»

«Mio padre lavorava con Norman Dowrick all'epoca dell'arresto di Shove?»

«No. Naturalmente abbiamo controllato subito, perché in questo caso sarebbe in pericolo anche Dowrick. Lui non era coinvolto. All'epoca aveva smesso di lavorare da più di un anno.»

«Questo Shove guida una Peugeot verde?»

Caleb scosse la testa. «A quanto ci risulta non possiede un'auto. In ogni caso non ci sono veicoli intestati a Denis Shove.»

Denis Shove. Ascoltò il suono di quel nome, cercando di scoprire se faceva squillare qualche campanello nella sua testa.

Caleb se ne accorse. «È proprio questo il motivo della mia visita quest'oggi. Volevo chiederti se nei mesi precedenti alla sua morte tuo padre ti avesse fatto questo nome. So che era stato informato della scarcerazione di Shove. Resta da chiedersi se Shove si fosse messo in contatto con Richard in qualche modo. Forse senza presentarsi direttamente. Richard ti ha accennato qualcosa? Ha dato a intendere che dall'agosto dell'anno scorso qualcosa nel suo ambiente o nella sua routine quotidiana era cambiato? Telefonate anonime, magari? L'impressione di sentirsi osservato? A volte certe sensazioni si avvertono, ci si sente minacciati senza sapere il perché.»

Lei ci pensò su, ma sapeva già che non era successo niente del genere. Niente che lui le avesse detto.

«Sono sicura di non aver mai sentito quel nome prima di oggi» dichiarò. «E mio padre non mi ha mai parlato di sentirsi osservato o minacciato. Ma questo non significa niente. Senza prove concrete, non avrebbe mai manifestato sospetti. Se non altro per non fare la figura del pazzo che si inventa chissà quali stranezze. E comunque non avrebbe voluto che mi preoccupassi. Entrambi abbiamo...» Lasciò la frase in sospeso. Perché doveva rivelare particolari privati della propria vita a quest'uomo?

«Sì?» la incalzò Caleb.

«Niente. Mi è appena tornato in mente che mio padre e io ci sforzavamo di fingere a vicenda che la nostra vita fosse a posto. E ora mi domando perché lo facessimo.»

«Capita spesso. Proprio con le persone che amiamo. Come hai detto tu stessa, non vogliamo dare loro preoccupazioni. Non vogliamo deluderli. Tuo padre voleva essere forte per te. Il tuo porto sicuro nella tempesta. Credo sia abbastanza normale per i padri, soprattutto verso le figlie, anche se sono adulte. E le figlie... Magari mi sbaglio, ma credo che vogliano sempre rimanere la figura femminile idealizzata che il padre vede in loro fin da piccole. Non vogliono distruggere questa illusione.»

Aveva colto nel segno.

«Tu hai dei figli?» chiese Kate.

Caleb scrollò il capo. «No. E ormai non ho più neppure una moglie. Ci siamo separati. Da due anni circa.»

«Mi dispiace molto.»

«È andata così.» Si alzò. «Che ne dici di scaldare il pranzo? Mi è venuto un certo appetito.»

Kate si rese conto con sorpresa di avere fame. Entrando in cucina, Caleb disse: «Devi assolutamente far riparare questa porta, Kate. È rotta. Potresti benissimo lasciarla aperta e non cambierebbe niente».

«Era quello che diceva sempre mia madre. Ma lui non l'ha mai presa sul serio. E a ben guardare, non lo avrebbe salvato. Il colpevole è entrato da un'altra parte.»

«Adesso però tu abiti qui da sola» precisò Caleb. «E la persona che ha sulla coscienza tuo padre è a piede libero. Non sappiamo che cosa la spinga. Non dovresti commettere imprudenze.»

Lei lo guardò stupita. «Che cosa vorresti dire?»

«Quello che ho detto. Niente di più, niente di meno.» Sostenne il suo sguardo. Era serissimo. «Dico sul serio, Kate. Non essere avventata. Non fare colpi di testa.» Dal portafoglio sfilò un biglietto e glielo porse. «Tieni, questi sono i miei numeri della centrale e di casa. Il mio indirizzo. Per qualunque evenienza, e se notassi qualcosa di strano o sospetto, fammelo sapere subito.»

Sabato, 17 maggio

Ormai da parecchie settimane Melissa Cooper era restia a lasciare il suo appartamento di Hull per passare il fine settimana nel cottage alla foce del fiume Humber, sul Mare del Nord, che aveva acquistato tre anni prima insieme ai figli. Era andata a vederlo con loro e le nuore e tutti erano rimasti subito entusiasti della sua posizione nella baia, nonostante fosse in pessime condizioni. La casa si affacciava sulla East Bank Road, una stradina di campagna che da Sunk Island proseguiva lungo il fiume quasi fino al mare. Tutt'intorno distese di prati verdi a perdita d'occhio. Qualche casa sparuta, sempre più rada man mano che ci si allontanava dalla città. Il cottage dei Cooper era completamente isolato. Anche la casa più vicina, a più di quattro chilometri, era abitata solo per le vacanze e i fine settimana.

Il cottage aveva otto stanze e un grande giardino e, dopo l'acquisto in comune, tutti si erano buttati pieni di entusiasmo nei lavori di ristrutturazione, sognando meravigliosi fine settimana da trascorrere insieme in quel paradiso. Melissa, vedova, i figli con le mogli, i bambini. Tutti sotto lo stesso tetto, le stanze piccole e dai soffitti bassi che risuonavano di grida e risate, le voci dei bambini e le chiacchiere degli adulti. Avrebbero bevuto il tè davanti al camino, passeggiato sulla spiaggia, trascorso lunghe serate sulla veranda. Tramonti spettacolari e grigliate. Amici.

Lì avrebbero passato dei bei momenti insieme.

Ma le cose erano andate diversamente. Già durante l'ultima fase dei lavori, la moglie del primogenito di Melissa aveva litigato furiosamente con la cognata, al punto che da allora le due donne non si erano più volute incontrare né al cottage né altrove. Melissa aveva ritenuto più opportuno non prendere le parti dell'una o dell'altra e aveva preferito mantenere un atteggiamento neutrale. In questo modo era riuscita a non inimicarsi nessuno, ma i rapporti si erano decisamente raffreddati. Tutti i bei progetti erano andati in fumo. A un certo punto nessuno trascorreva più il fine settimana lassù, e anche per le vacanze le giovani famiglie preferivano località più calde al Sud, anziché passare noiose settimane in una casetta solitaria nel clima umido e piovoso della costa settentrionale dell'Inghilterra. Melissa non poteva certo biasimarli.

Fino alla primavera di quell'anno aveva trascorso tutti i weekend al cottage. Qualcuno doveva pur occuparsi della casa, ma il vero motivo era che aveva bisogno di un cambiamento. Amava il suo lavoro di segretaria in una scuola elementare, dove aveva a che fare con molte persone tutto il giorno, in particolare bambini, e i bambini erano sempre stati la sua passione. Quando tornava a casa, però, era sola e soprattutto i fine settimana sembravano non finire mai. Invece di starsene rinchiusa nel piccolo appartamento in centro, le faceva bene salire in macchina e raggiungere la vastità di quel paesaggio marino, occupandosi della casa o del giardino per un paio di giorni. Per fortuna c'era sempre qualcosa da fare.

Il fatto che non uscisse più da settimane e che anche in quel weekend di maggio – il primo sorprendentemente soleggiato – avesse deciso all'ultimo minuto di restare in città, dipendeva da una strana sensazione che da un po' di tempo la agitava sempre di più: Melissa si sentiva osservata. La cosa peggiore era che spesso si chiedeva se stesse per impazzire.

Prime avvisaglie di demenza senile? A cinquantanove anni?

Non sapeva spiegare da dove venisse quella sensazione. Nessuno l'aveva aggredita o minacciata. Era solo... una volta, gettando un'occhiata fuori dalla finestra dell'appartamento a tarda sera, aveva visto una figura in piedi sotto il lampione sul marciapiede di fronte e aveva avuto l'impressione che la stesse osservando. Si era subito allontanata dalla finestra, e quando aveva sbirciato di nuovo fuori poco dopo, con il cuore in gola, non c'era più nessuno. Un'altra volta era uscita da scuola piuttosto tardi perché aveva dovuto preparare dei documenti per il giorno successivo. Nel parcheggio aveva visto un uomo che camminava su e giù fumando una sigaretta e tenendo d'occhio l'edificio. Quando si era accorto di lei, aveva buttato a terra la cicca, l'aveva calpestata e si era allontanato in fretta.

Per due volte di mattina il telefono aveva squillato, ma quando lei aveva risposto la persona dall'altra parte aveva riattaccato.

Si era fatta coraggio e ne aveva parlato con il vicino di casa, che aveva liquidato la sua ansia come un'esagerazione. «Sicuramente era qualcuno che aveva sbagliato numero. Sapesse quante volte è successo anche a me. E per quanto riguarda il resto... Un tizio che se ne sta fermo sotto un lampione di notte non deve per forza avere a che fare con lei, e il tipo davanti alla scuola forse stava solo aspettando qualcuno... Secondo me sta ingigantendo le cose.»

Melissa si era sforzata di ridere con una punta di autoironia. «Probabilmente ha ragione lei. Passo troppo tempo da sola, e mi vengono strane idee!»

«Non dovrebbe andare sempre in quel cottage fuori dal mondo» le aveva detto il vicino e Melissa si era subito allarmata. «Perché? Crede che sia pericoloso?» aveva chiesto.

L'uomo, un tipo tranquillo sulla quarantina, aveva riconosciuto il panico nella voce di Melissa e l'aveva guardata allibito e un po' preoccupato. «No, penso solo che stando da soli in un posto isolato è facile suggestionarsi. Si sentono rumori strani e s'immaginano cose che non esistono. Mi sembra molto nervosa, Mrs Cooper. Forse dovrebbe farsi prescrivere un tranquillante.»

Ecco qua, proprio quello che aveva temuto. L'aggettivo *nervosa* probabilmente era un sinonimo educato per *paranoica* o *nevrotica.*

Forse era davvero paranoica. Erano bastati due episodi piuttosto inquietanti perché le venissero strane manie di persecuzione.

Ma c'era la storia di Richard Linville. Il suo agghiacciante omicidio. *Nessuno sa niente. O almeno nessuno sa quale legame ci sia.*

Il giorno prima si era decisa a partire, proprio per non diventare a poco a poco prigioniera delle proprie paure. Si era accertata che nella casa più vicina ci fosse qualcuno e aveva visto con sollievo il grosso fuoristrada parcheggiato fuori. Certo, in caso d'emergenza quattro chilometri erano tanti, ma l'idea di non essere del tutto sola la faceva sentire meglio.

Venerdì sera, visto il tempo magnifico, si era seduta in veranda a bere un bicchiere di vino e il giorno dopo aveva lavorato in giardino sotto il sole splendente. Aveva fatto una passeggiata fino al mare. Era stata bene, finché a mezzogiorno aveva visto passare davanti a casa il fuoristrada dei vicini, una coppia di yuppie di Scarborough. Le avevano lasciato del cibo che sarebbe andato a male e che non volevano buttare via. Stavano tornando a Londra per ripartire la sera stessa per la Spagna.

«Tre settimane di ferie» annunciò la giovane raggiante. «Siamo venuti solo per riordinare la casa e svuotare il frigorifero. Queste cose possono servirle?»

«Ma certo, volentieri» rispose Melissa con un sorriso. Ma aveva il cuore in gola. Salutò i due con un cenno della mano e li guardò scomparire lungo la strada. Era sola come prima, ma il silenzio le sembrava più opprimente.

Scrutò l'orizzonte dove i prati si univano al cielo, senza notare nulla di inquietante o di singolare. Qualche gabbiano in volo. Le api che ronzavano.

Puoi tornare a Hull in qualsiasi momento, si disse, ma l'idea di trascorrere quelle giornate di sole nel suo piccolo appartamento senza neppure un balcone le risultava intollerabile.

Fece vagare di nuovo lo sguardo sull'orizzonte e all'improvviso notò un bagliore. Un lampo brevissimo di... qualcosa. Un raggio di sole riflesso da un vetro.

Proveniva dai pascoli all'interno, tra la foce del fiume e il mare.

Fissò quel punto con la massima concentrazione, finché sentì bruciare gli occhi. Non notò nulla di sospetto, e stava per voltarsi quando vide un altro lampo. Durò una frazione di secondo, ma non c'erano dubbi. Laggiù c'era qualcosa che rifletteva la luce del sole.

Un pezzo di vetro nell'erba? Ogni tanto da quelle parti passavano degli escursionisti. Forse qualcuno aveva gettato via una bottiglia vuota. Oppure un pezzo di carta stagnola. E se invece fosse stato quel tizio? Forse c'era qualcosa che si muoveva e rifletteva i raggi del sole. Si pentì di non essere mai andata bene in fisica ai tempi della scuola: magari adesso avrebbe saputo spiegare quel fenomeno.

C'era qualcuno laggiù? Qualcuno che spiava la sua casa? Come l'uomo sotto il lampione a Hull. Come il fumatore irrequieto davanti alla scuola.

Forse era il riflesso del sole sulle lenti di un binocolo?

Ecco che cominci a delirare, Mel, si disse; ma nemmeno quel rimprovero nei suoi confronti bastò a calmarle il battito del cuore e a scacciare la sensazione di soffocamento che la assalì tutt'a un tratto.

Ecco. Un altro lampo.

Non era normale. *Laggiù c'era qualcosa.*

Tornò in casa e chiuse a chiave la porta. Andò in salotto e chiuse anche quella che dava sulla veranda. Valutò il da farsi. Se non aveva più intenzione di uscire, tanto valeva tornare a Hull e passare il resto del fine settimana nel suo appartamentino. Se non altro lì c'erano altre persone e, se avesse chiesto aiuto la polizia sarebbe intervenuta nel giro di pochi minuti. Quassù... per fortuna non aveva mai dovuto affrontare un'emergenza, ma intuiva che sarebbe passato del tempo prima dell'arrivo dei soccorsi.

Si accese una sigaretta, nonostante avesse deciso di smettere di fumare, forse per la millesima volta in vita sua, e tirò una profonda boccata. Dubitava seriamente che in futuro avrebbe trovato la forza di tornare lì, se fosse partita ora. Temeva che le sue paure l'avrebbero bloccata per sempre.

Quanto avrebbe voluto leggere sul giornale che l'assassino di Richard Linville era stato finalmente arrestato. E quanto avrebbe desiderato conoscere il movente del delitto. Magari non aveva nulla a che fare con lei.

Si avvicinò a una delle finestre anteriori e guardò fuori, ma non vide più niente. Nessun movimento, nessun luccichio. Una giornata di sole, calda e senza vento. Pacifica e luminosa. Ma era sicura di non essersi immaginata tutto. Doveva solo decidere se fosse il caso di farsi prendere dall'isteria e scappare di corsa.

Era ancora in dubbio quando squillò il telefono. Dopo il primo spavento, provò un'ondata di sollievo. Non era sola al mondo, anche se nell'ultima mezz'ora aveva avuto quella impressione.

«Pronto» disse.

«Ciao, mamma. Sono Michael. Ho provato a chiamare perché pensavo di trovarti lì.»

Il figlio maggiore, che, per dirla tutta, pensava a lei solo in maniera sporadica. Abitava a Sheffield, non troppo distante quindi, e sarebbe potuto andare a trovarla di tanto in tanto, ma... certo, aveva la sua famiglia. E il lavoro. E poco tempo.

«Mike! Che bello sentirti! Come stai? E i bambini?»

«Tutti bene. Questo fine settimana Liz li ha portati da sua madre. Io me ne sto qui tutto solo e mi godo la tranquillità, e così ho pensato di chiamarti.»

A queste parole Melissa provò una lieve fitta di tristezza. Liz era andata a trovare sua madre. Michael era rimasto da solo a casa. Non sarebbe stato il caso di fare un salto da *sua* madre? Sabato o domenica? Nel cottage che, in fondo, avevano acquistato tutti insieme.

Lei però non voleva rimproverarlo. Se lo avesse fatto, lui avrebbe riattaccato e lei sarebbe rimasta di nuovo sola con le sue paure.

«Già» disse quindi, «sono venuta qui. Il tempo è splendido. Ieri sera sono rimasta seduta in veranda fin quasi alle undici e mezzo.»

«Goditelo. Sai che da queste parti l'estate non arriva mai sul serio.»

«Verrete qui per le vacanze?»

«Abbiamo prenotato a Minorca, come l'anno scorso. Così siamo sicuri di trovare il sole. Con i bambini è più facile.»

Minorca. Spagna. Ma perché tutti andavano in Spagna?

E per quale ragione allora abbiamo comprato questo cottage?

Tirò un'altra boccata. Michael la sentì e scoppiò a ridere. «Mamma! Pensavo che volessi smettere di fumare...»

Lei non ricambiò la risata. «Capita sempre qualcosa che...»

«Cos'è successo, mamma?»

«Niente di che, non ti preoccupare.»

Si rese conto di aver parlato con un tono di voce strano. Incerto, roco. Anche Michael se ne accorse, perché tornò subito serio. «Perché hai ricominciato a fumare? Problemi sul lavoro?»

«No, no, lì è tutto a posto. Per fortuna.»

«Allora cosa c'è che non va?»

Non riuscì a trovare in tempo un posacenere. La cenere cadde sul pavimento. «Be', la solita storia. Sì, quella di febbraio. L'omicidio di Richard.» Ne avevano parlato tutti i giornali.

«E cioè?»

«L'assassino è ancora a piede libero.»

«Sì, ma prima o poi lo prenderanno.»

«Non ci sono piste solide né indizi sul movente.»

Michael sospirò. Melissa ebbe la sensazione che il figlio si fosse pentito di averle telefonato.

«Linville era un poliziotto, mamma! È naturale che avesse tanti nemici. Qualcuno si sarà vendicato per essere finito in galera grazie a lui. Perché la cosa ti sconvolge tanto?»

«Nelle ultime settimane ho notato alcune cose strane. Dammi pure della pazza, ma non riesco a mandare via la sensazione... di essere osservata.»

«Osservata? E da chi?»

«Non lo so. Una notte ho visto una persona sul marciapiede davanti a casa mia che osservava il mio appartamento. Poi un tizio che si aggirava nei pressi della scuola. Qualcuno mi ha telefonato, ma ha riattaccato appena ho risposto. E poco fa...» Si bloccò. Dava forse l'impressione di essere una vecchia donna sola e nevrotica?

«Mamma? Allora?» domandò Michael con voce stanca. Ormai era evidente che si era pentito di averla chiamata.

Lei gli riferì ciò che aveva osservato e aggiunse: «Potrebbe essere un binocolo».

«Puntato su di te?»

«Non c'è nessun altro qui.»

«Mamma, sul serio, ti stai suggestionando. Ammettiamo anche che sia un binocolo. Non potrebbe essere un innocuo escursionista che osserva gli uccelli? Dopotutto lassù ci sono un sacco di specie rare e molti si dedicano al birdwatching. Oppure è qualcuno che si gode il paesaggio. Non ci sarebbe niente... di strano.» Il tono con cui pronunciò queste parole in realtà stava a significare: Sei tu quella che si comporta in modo strano, mamma. Il mondo intorno a te è perfettamente normale. Sei tu che lo guardi con occhi diversi.

Forse aveva ragione lui. Melissa lo sperava.

Si sforzò di ridere. «Il fatto è che sto troppo da sola. E a volte ne risento.»

Naturalmente Michael lo prese come un rimprovero. «Mamma, abbiamo una vita terribilmente incasinata, purtroppo. Sia io che Liz lavoriamo, e abbiamo due bambini piccoli. E poi la casa, il giardino... Mi piacerebbe venire a trovarti più spesso, ma non ce la faccio proprio.»

Liz però trova il tempo di andare a trovare sua madre nel fine settimana. E tu non sei sommerso dal lavoro tutto solo a casa!

Melissa non disse niente. Perché litigare?

In ogni caso, dopo aver chiuso la conversazione, Melissa si accorse che parlare con Michael l'aveva un po' tranquillizzata. Lui aveva giudicato assurde le sue preoccupazioni e lei se n'era in parte convinta. Aprì la porta della veranda, si versò un bicchiere di vino nonostante fossero solo le cinque del pomeriggio, si accese un'altra sigaretta e si sedette fuori. Sarebbe rimasta. A partire dalla prossima settimana era prevista pioggia e il weekend successivo sarebbe stato freddo e nuvoloso. Un motivo in più per non andarsene da quel piccolo paradiso.

Nonostante i buoni propositi, non era rimasta in veranda fino a tardi come la sera prima. Quando si era fatto buio era rientrata, chiudendo accuratamente tutte le porte e le finestre. Aveva tirato anche le tende, in modo che da fuori non si vedesse niente, casomai ci fosse qualcuno nei pressi della casa. Aveva bevuto un altro bicchiere di vino, guardato un talk show alla televisione, poi era salita in camera da letto. Sperava di aver bevuto abbastanza per addormentarsi in fretta; di solito un paio di bicchieri di vino rosso le facevano questo effetto. E infatti riuscì a leggere giusto qualche pagina, poi le lettere cominciarono a confondersi davanti ai suoi occhi. Spense la luce e si addormentò all'istante.

Quando si svegliò, era certa di non essere sola. Non avrebbe saputo dire perché, ma il suo istinto le stava inviando messaggi allarmanti: battito accelerato, tensione, bocca asciutta. Era lucida e vigile. Tutti sintomi di una violenta scarica di adrenalina.

Si mise seduta sul letto, accese la luce, rimase in ascolto. Le sembrò di udire solo il battito del proprio cuore, nient'altro. Che cosa l'aveva svegliata, che cosa s'era insinuato nei suoi sogni scatenando una reazione simile? Forse era stato solo un incubo? Ma in quel caso non si sarebbe dovuta ricordare almeno vagamente cosa stava sognando?

Guardò l'orologio, che portava anche di notte, e vide che erano da poco passate le undici. Aveva dormito al massimo mezz'ora. Mi sono lasciata suggestionare troppo, pensò. Da qualche settimana, o forse di più, viveva in uno stato di paura latente. Da quando aveva letto sul giornale che Richard Linville era stato torturato a morte nella cucina di casa sua, non aveva smesso di farsi domande. Da allora la paura era diventata una compagnia stabile delle sue giornate, in maniera più o meno consapevole.

Si alzò in silenzio, sforzandosi di non fare rumore e cercando di cogliere altri suoni. Che cosa l'aveva svegliata?

Raggiunse la porta della camera, la aprì, rimase in ascolto. La casa era immersa nel silenzio. Tutte quelle stanze vuote. Insieme alla paura sentì montare la rabbia. Non era così che doveva andare, pensò. Mi hanno abbandonato tutti. Che ci sto a fare qui? Perché tengono in vita un progetto in cui nessuno crede più, a parte io?

Forse doveva chiamare la polizia. Barricarsi in camera e aspettare che arrivassero gli agenti. Ma che figura ci avrebbe fatto? Una vecchia signora in preda agli incubi che per di più si immaginava cose assurde da settimane.

In quello stesso istante udì il rumore di una portiera che veniva chiusa piano. Davanti a casa.

Ecco cosa l'aveva svegliata. Un'auto.

Rimase paralizzata in cima alle scale, cercò di deglutire, ma invano. Non c'erano spiegazioni plausibili. Erano le undici passate, non c'era motivo che qualcuno venisse fin lì. Udì dei passi che scricchiolavano sulla ghiaia.

Non riusciva a muoversi. Pensò a un animale paralizzato di fronte ai fari di un'auto. Si sentiva proprio così, impietrita.

Torna in camera, chiuditi dentro, chiama la polizia!

Ma non ci riusciva. Se ne stava lì, a piedi nudi sul pianerottolo, lo sguardo fisso sull'oscurità della casa.

I passi si fermarono di fronte alla porta d'ingresso. Poi qualcuno infilò una chiave nella toppa.

Come fanno ad avere la chiave?

La porta si aprì. Una figura entrò. Lei la vide dall'alto. Un'ombra alta e scura. Un uomo?

La luce nell'ingresso si accese. Era proprio un uomo. Capelli scuri, spalle larghe, jeans, scarpe da tennis, un pullover nero. Si girò. Era Michael.

Melissa fece un profondo respiro e finalmente riuscì a muoversi. Braccia e gambe le ubbidivano di nuovo, e anche la voce.

«Michael!» chiamò con voce stridula. «Michael!»

Lui trasalì e guardò in alto. «Mamma? Che ci fai lassù? Pensavo che stessi guardando la tv o fossi già andata a dormire.»

Il sollievo fu tale che lei scoppiò a piangere. Scese di corsa le scale e si gettò tra le braccia del figlio. Era un comportamento insolito da parte sua. Michael la strinse a sé, ma sembrava perplesso e perfino irritato. «Che cosa succede? Stai piangendo? È successo qualcosa?»

Lei tirò su col naso, cercando di trattenere le lacrime. Sapeva che Michael non era in grado di affrontare una donna in lacrime, men che meno una madre in lacrime.

«Sono contenta che tu sia qui! Sono tanto contenta!»

Lui la scostò da sé e la guardò. «Stai tremando. Ma che succede?»

«Pensavo... pensavo che...»

«Pensavi che fossi un intruso? Il tuo inquietante inseguitore? Buon Dio, mamma!» Lui la lasciò. «Gli intrusi non hanno l'abitudine di arrivare con la macchina fino all'ingresso. E di solito non hanno le chiavi di casa!»

«È vero!» Lei scoppiò in una risata falsa. «Hai ragione. Ma sai... quando ci si sveglia di soprassalto...»

«Probabilmente ho fatto male a venire qui» disse Michael. Sembrava contrariato. Ci aveva messo quasi un'ora e mezzo per arrivare fin lì, aveva sacrificato la serata che avrebbe voluto trascorrere da solo davanti alla televisione, senza i soliti piagnistei dei bambini e i brontolii della moglie perché continuava a fare zapping. Un improvviso e inspiegabile senso di colpa aveva rovinato i suoi progetti. La madre al telefono lo aveva preoccupato. Quanto tempo era passato dall'ultima volta che era stato da lei? Nel gennaio precedente, per il suo compleanno. Anche a Pasqua lei era rimasta da sola. Se l'era immaginata nei fine settimana in quella casa isolata e all'improvviso si era sentito un infame. Egoista e spietato. Si era immaginato quanto sarebbe stata felice se le avesse fatto una sorpresa. Avrebbero chiacchierato davanti a un bel bicchiere di vino e il mattino dopo avrebbero fatto una lunga colazione. Una passeggiata al mare, più tardi uno spuntino in un pub, prima di tornare ognuno a casa propria. Questo l'avrebbe risollevata per un po' e lui avrebbe iniziato la settimana con la bella sensazione di essere riuscito a far contenta sua madre.

Invece l'aveva solo spaventata. Sull'orlo di una crisi isterica, lei singhiozzava e tremava.

Bel lavoro!

Senza perdere tempo la sospinse in soggiorno, accese la luce e dalla credenza prese due bicchieri e la caraffa dello sherry. «Beviamo un goccetto, mamma. Sei bianca come un lenzuolo. Santo cielo, avrei dovuto avvisarti.»

Lei tremava ancora, ma riuscì ad avvicinare il bicchiere alle labbra e a bere un sorso di liquore. «No, no. Mi hai fatto una bellissima sorpresa, Michael. Sono davvero contenta che tu sia qui. Tutta questa strada solo per me!»

«Adesso non esagerare. E comunque non avevo altri programmi.»

«Spero che tu non ti sia sentito obbligato a venire quassù.» Lo guardò con aria impaurita.

«No, no» mentì lui. Trangugiò lo sherry in un sorso. L'alcol lo fece sentire subito più tranquillo. Aveva fatto bene a venire. Sua madre non aveva affatto un bell'aspetto. Era dimagrita dall'ultima volta che l'aveva vista, se n'era accorto nonostante la camicia da notte, e di colpo era... invecchiata. Sperava che la causa non fosse la morte di Richard Linville.

Si guardò intorno. «Vedo che ti sei barricata perbene. Che cosa c'era? Un misterioso lampo all'orizzonte? Un'ombra in giardino?»

Lei rise, ma senza convinzione. «Sai, Michael, dalla morte di Richard...»

Lui la interruppe. «Senti, non voglio parlare di Linville, mamma, non offenderti. Da quell'uomo non è venuto niente di buono quand'era vivo e adesso che è morto sembra che le cose non siano cambiate. Ti ho già detto che è stato ucciso da un ex galeotto e che tu non c'entri assolutamente niente.»

Lei tacque. Lui riempì di nuovo i bicchieri. «Forza, bevi ancora un goccio, poi andiamo a dormire. Adesso ci sono qui io a proteggerti. E domani passeremo una bella giornata insieme, d'accordo?»

Lei finalmente sorrise, per la prima volta con sincerità. Sebbene l'avesse interrotta un po' bruscamente quando aveva cominciato a parlare di Richard, la presenza di Michael e la sua calma le facevano bene. Lui non conosceva tutta la storia, ma probabilmente aveva ragione: era solo suggestione. Vedeva i fantasmi. Immaginava storie inverosimili che facevano impazzire lei e gli altri.

«Non vedo l'ora» rispose.

Venerdì, 23 maggio

Era proprio come aveva temuto. Non smetteva di piovere e le nuvole erano così basse e grigie sulla brughiera da nascondere l'orizzonte. Il paesaggio aveva tinte monotone in tutte le stagioni, ma sotto il cielo azzurro e il sole avrebbe potuto avere un certo fascino. Quel giorno sembrava novembre. E il completo isolamento aumentava il senso di desolazione.

Percorrendo gli ultimi chilometri della strada di campagna avevano incrociato solo qualche rara macchina, poi avevano svoltato in una stradina ancora più stretta e non avevano più incontrato nessuno. Infine avevano imboccato una strada sterrata che portava in una vallata dove si trovava l'ex fattoria. Un edificio allungato di pietra grigia, tipico della zona, con il tetto spiovente e le finestrelle incassate nei muri spessi. C'era anche una rimessa inutilizzata, chiusa da una pesante porta di legno. Il cortile in terra battuta era invaso dal fango.

«Questo posto non è bello, mamma» fu il primo commento di Sammy quando si fermarono e scesero dall'auto.

Stella imprecò, perché era finita proprio in mezzo a una pozzanghera, ritrovandosi da un momento all'altro con la scarpa e la calza fradici. «È vero, tesoro, hai ragione, oggi qui non è bello. Ma rimarrai sorpreso quando spunterà il sole e vedrai com'è comoda la casa!»

O almeno lo sperava. Per quanto riguardava il sole, al momento era difficile ipotizzare che riuscisse a prendere il sopravvento sulle nuvole.

Jonas aprì la porta d'ingresso e tutti e tre si affrettarono a cercare riparo dalla pioggia battente. In piedi sul pavimento di pietra grigia, sgocciolanti, si guardarono intorno.

«Aha» disse infine Stella.

Se non altro l'interno non era niente male.

La casa si dimostrò molto accogliente e fornita di tutte le comodità che un cittadino viziato poteva aspettarsi, a prescindere dal fatto che riuscissero a rinunciare a tv, radio, computer. Al centro della cucina troneggiava un'isola dotata delle piastre più moderne. C'erano un microonde e un grande congelatore, e persino una macchina che faceva i cubetti di ghiaccio; come se fosse indispensabile, pensò Stella con tetra ironia, date le tipiche temperature della zona. Il suo umore migliorò quando vide il salotto con i soffici tappeti e i bei mobili d'antiquariato, e poi le camere da letto arredate con cura al piano superiore. L'aria era un po' umida, ma accesero subito il camino e alzarono il riscaldamento a gas, in attesa che la legna ardesse bene.

«Resisteremo» disse Jonas dopo aver esaminato le librerie. «Ci sono libri bellissimi. Leggeremo, dormiremo, cucineremo insieme, faremo passeggiate... E io diventerò un uomo nuovo.»

A Stella sarebbe piaciuto replicare che era un'idea irresistibile e che era ansiosa di passare quei giorni insieme a lui, ma nei suoi progetti Jonas aveva del tutto trascurato, almeno per il momento, il fattore Sammy. La lettura, il sonno e le passeggiate non sarebbero state accolte con piacere dal bambino e, per quanto riguardava la cucina, al massimo si sarebbe interessato al prodotto finale, e anche questo a patto che si trattasse dei suoi piatti preferiti: crocchette di pollo e patatine fritte, pizza, spaghetti al ragù e bastoncini di pesce con purè.

«Tanto per cominciare andrò a fare la spesa» disse Stella.

Sammy decise di rimanere con il padre, così Stella poté andare da sola a Whitby dove, stando alle indicazioni del padrone di casa, c'era il primo supermercato abbastanza grande dove era possibile acquistare di tutto. Il collega di Jonas aveva descritto con precisione la strada e Stella non ebbe difficoltà ad arrivarci. Per fortuna alla fattoria c'era un grande congelatore. Stella riempì tutto il bagagliaio della station wagon. Per almeno otto giorni non avrebbero avuto bisogno di niente.

Sulla via del ritorno si fermò sul ciglio della strada nel punto dove partiva il viottolo che portava alla fattoria, si appoggiò al sedile e rimase a guardare la vallata con le nuvole basse e l'edificio in pietra. Dal comignolo usciva del fumo, creando un'atmosfera familiare. Di sicuro Jonas stava svuotando le valigie, forse aveva già preparato i letti. Sammy cercava di aiutarlo, con l'unico risultato di intralciarlo. Magari Jonas era già nervoso, lontano dal lavoro e dalla vita a cui era abituato. Rispettando alla lettera le indicazioni del dottor Bent, aveva rinunciato a computer e smartphone e, dato che non c'era nemmeno un telefono fisso, nessuno avrebbe potuto chiamarlo. Jonas, che in genere controllava le e-mail ogni dieci minuti... Stella prevedeva che nei primi giorni si sarebbe sentito come un drogato in crisi d'astinenza. Lei aveva con sé il cellulare, ma non aveva intenzione di utilizzarlo se non per eventuali emergenze. E comunque alla fattoria non prendeva. Tirò fuori il telefono e provò a controllare se in quel punto la ricezione fosse migliore. In cima alla collina c'erano due tacche. Sempre meglio di niente. Se avesse avuto bisogno di parlare urgentemente con qualcuno, poteva farlo da lassù. Era una sensazione singolare, sapere di non essere raggiungibili, ma si convinse che con ogni probabilità nelle due settimane successive non sarebbe successo niente di catastrofico nel mondo. A casa aveva sistemato ogni cosa e una vicina si sarebbe occupata della posta e dei fiori.

Nonostante questo, Stella non riusciva a scrollarsi di dosso l'inquietudine che la accompagnava da quando Jonas aveva deciso di prendersi quella vacanza, senza riuscire a spiegarsi il perché. Forse era una normale reazione allo *stacco* che il medico aveva consigliato a Jonas, ma nel quale ora lei si trovava coinvolta in pieno. Era tagliata fuori dal mondo e questo le dava una sensazione insolita, quasi paralizzante. Quella sera, per esempio, le sarebbe piaciuto accendere la tv e guardare il telegiornale, ma anche un'abitudine così banale le era preclusa.

Solitudine, pioggia, isolamento. Si domandò se in un posto simile fosse ancora possibile che all'improvviso spuntassero Terry e Neil. Era agitata per quello?

Da quel sabato di inizio maggio la coppia non si era più fatta sentire. Nessuna telefonata, nessuna e-mail, niente. Jonas li aveva liquidati sbrigativamente. «Vedrai che non si faranno più sentire. La loro è stata una visita di ricognizione, e non ha dato i frutti che speravano.»

Ormai anche Stella ne era convinta. No, non era da lì che poteva venire una minaccia.

Forse, pensò all'improvviso, dipende dal fatto che dovrò stare con Jonas per due settimane, come in prigione. È questo che mi fa paura?

Lei e Jonas si erano conosciuti tredici anni prima durante le riprese di un telefilm in due puntate. Jonas aveva scritto la sceneggiatura, per Stella era il primo incarico importante come responsabile di produzione. Diversamente da altri autori, Jonas era stato molto presente sul set, e questo aveva innervosito tutti. Andava su tutte le furie per qualunque modifica del testo. Aveva intavolato discussioni interminabili con il regista, il quale un giorno si era rivolto a Stella in preda alla rabbia.

«O quel tipo sparisce, oppure abbandono il progetto. Non posso lavorare così, nessuno può lavorare così. Non posso discutere con questo maniaco di ogni minimo cambiamento!»

«È la prima volta che viene realizzata una sua sceneggiatura» aveva spiegato Stella conciliante. Jonas all'epoca era considerato una giovane promessa, un autore di talento, ma difficile. «Bisogna capirlo, non ha esperienza.»

«Non me ne frega niente. Mandalo via. Portalo a pranzo, spiegagli nel modo migliore che qui non è il benvenuto, poi mettilo su un treno il prima possibile e spediscilo lontano da qui!»

Stella aveva seguito i suggerimenti del regista e aveva invitato Jonas a cena. Lui non aveva toccato cibo, in compenso aveva parlato senza interruzione, spiegandole come si immaginava il telefilm e per quale motivo riteneva che il regista stesse rovinando tutto. Le sue spiegazioni e le sue idee precise e meditate avevano affascinato Stella, che lo aveva ascoltato rapita, mentre ammirava i suoi occhi e le sue mani, colpita dalla sua intelligenza e sensibilità. Era diverso da tutti gli altri uomini che aveva conosciuto fino ad allora.

Nel giro di poche ore si era innamorata di lui, e viceversa. Un anno dopo si erano sposati.

Ora, a molti anni di distanza, Jonas era sull'orlo di un esaurimento. Avrebbero trascorso due settimane in una fattoria nelle piovose brughiere dello Yorkshire dove, secondo le indicazioni del dottor Bent, Jonas avrebbe ritrovato l'equilibrio. In realtà *ritrovare* non era il termine più esatto. Secondo Stella, Jonas non aveva mai avuto qualcosa che somigliasse all'equilibrio.

Da tempo si era accorta che qualcosa non andava in lui. Non era più in grado di reggere il ruolo che lei gli aveva imposto. Da quando Stella aveva smesso di lavorare, lui era rimasto da solo a mandare avanti la famiglia. Doveva pagare le rate del mutuo. Tutto dipendeva dalla sua capacità di trovare materiale per sviluppare nuove sceneggiature e dal successo che le sue idee incontravano tra i produttori. Da tempo la sua creatività non aveva più modo di svilupparsi con tranquillità, ma doveva funzionare a ritmo serrato, spinta dalle necessità economiche. Jonas era bravo come sempre, era richiesto e ben pagato, ma era evidente che per lui era sempre più faticoso essere all'altezza delle aspettative, e la pressione minava la sua autostima. Aveva così paura di fallire che prima o poi sarebbe successo.

Agli occhi di Stella lui era un artista. Forse gli artisti non erano adatti a diventare padri di famiglia.

La sera prima della partenza, Jonas aveva ricevuto una notizia che aveva rischiato di mandare all'aria la vacanza. Il progetto su Hamzah Chalid era stato bloccato. Nell'e-mail la casa di produzione aveva specificato che la decisione non aveva niente a che fare con il suo lavoro. Dopo lunghe discussioni si era giunti alla conclusione che la storia di Chalid non avrebbe interessato un pubblico abbastanza vasto. I temi legati all'Iraq attuale erano altri, Saddam Hussein ormai era storia e le vittime delle sue torture non suscitavano più grande interesse. Nonostante la tragicità delle loro vicende personali, il mondo non aveva più orecchie per loro.

Jonas si era indignato. Stella, al contrario, dopo la sua lunga carriera nel mondo del cinema, aveva capito il punto di vista dei produttori. Il film sarebbe stato una terapia per il povero Hamzah Chalid, ma non era compito di una casa di produzione occuparsi della salute di un singolo. Aveva consigliato a Jonas di informare subito l'iracheno, in modo che non continuasse ad aggrapparsi a una speranza ormai inesistente, ma Jonas non se l'era sentita. «Per lui sarà una catastrofe. Non posso piantarlo in asso in un momento del genere. Domani però partiamo e non sarò più raggiungibile. Non posso fargli questo, Stella!»

«Non sei la sua bambinaia!»

«Non posso. Dobbiamo rimandare tutto. Cercherò Chalid e...»

«No, no, non rimanderemo proprio niente. È tutto organizzato e secondo il dottor Bent è importante. Puoi aspettare due settimane e informare Chalid al nostro ritorno.» Era stata l'unica alternativa per salvare il viaggio, ma secondo Stella il fatto di non aver informato immediatamente Chalid era per Jonas una preoccupazione ulteriore. La prospettiva di dover andare a parlare con quel poveraccio subito dopo le ferie lo avrebbe tormentato nelle due settimane successive. Stella sperava solo che questo non vanificasse l'esito dell'impresa.

In effetti certe cose vanno affrontate subito, pensò ora, e si chiese se fosse proprio il modo in cui Jonas gestiva le difficoltà la causa del suo nervosismo. A volte le sembrava un debole, se ne rendeva conto nonostante lo amasse. Due settimane fuori dal mondo con un uomo debole e un bambino di cinque anni. C'era da sorprendersi se si sentiva così?

Si faceva troppi problemi. Accese il motore, imboccò il viottolo e scese fino alla fattoria. Doveva mettere via la spesa e pensare a cosa preparare per cena.

Entrando in casa, si accorse che Jonas non aveva svuotato le valigie né rifatto i letti. In compenso, però, dalla cucina arrivava un profumino delizioso, e un attimo dopo si ritrovò davanti Sammy raggiante e con la bocca impiastricciata di sugo di pomodoro e Jonas con un mestolo in mano. «Abbiamo trovato un pacchetto di spaghetti. E un barattolo di sugo pronto. Hai fame?»

In effetti sì, moriva dalla fame. La tavola era già apparecchiata e c'erano anche le candele accese. Sammy aveva raccolto un mazzo di fiori che gocciolava in un vaso e aveva già bagnato i tovaglioli a fiori bianchi. Il bambino guardò la mamma. «Guarda come siamo stati bravi, mamma! Ti piace?»

I pensieri cupi svanirono, sciogliendosi letteralmente al calore di quel momento. Strinse a sé Sammy con un braccio, Jonas con l'altro.

Si faceva davvero troppi problemi.

Mercoledì, 4 giugno

Uno

Pioveva ininterrottamente da giorni, faceva troppo freddo per essere giugno. Kate aveva acceso il camino elettrico in salotto. Sapeva di dover prendere una decisione per quanto riguardava la casa, ma durante le quattro settimane passate dal suo arrivo non aveva fatto un passo avanti in quella direzione. Aveva sistemato molte cose: la porta della cucina era stata riparata e rinforzata e il giardino fioriva proprio come sarebbe piaciuto a suo padre. Aveva strappato le erbacce, potato i cespugli, tosato il prato. Aveva fissato le rose rampicanti al graticcio accanto alla cucina. Aveva svuotato la rimessa degli attrezzi. Non era però riuscita ad aprire l'armadio in camera di Richard e a portare la sua roba alla raccolta di abiti usati. Un giorno aveva cominciato, ma dopo un'ora si era ritrovata seduta in lacrime tra pullover, camicie e calzoni, respirando il profumo del dopobarba di suo padre e incapace di proseguire. Alla fine aveva rimesso tutto a posto. Non sapeva come sarebbe andata se avesse deciso di vendere la casa. Non poteva portare tutto quanto nel suo piccolo appartamento a Bexley. L'idea di chiamare una ditta di sgomberi che svuotasse le stanze la terrorizzava. Cosa avrebbe fatto poi? Sarebbe tornata alla sua vita di prima, avrebbe continuato a occuparsi della feccia della società come poliziotta incapace per gli anni a venire, risolvendo casi di omicidio o, almeno, collaborando alla loro risoluzione? Evitata dai colleghi, senza amici. Senza questo rifugio di Scalby, il posto dove aveva sempre avuto la sensazione di essere a casa. La vita le appariva come un tunnel buio, senza fine e senza luce. Una tenebra che la avvolgeva senza speranza. Aveva perso l'ultima persona cara. Certi giorni si chiedeva che senso avesse ancora vivere.

Forse, una volta risolto il caso, sarebbe riuscita ad andare avanti. Avrebbe sentito per sempre la mancanza del padre, ma forse avrebbe trovato speranza nel futuro, se almeno avesse saputo chi era l'assassino. E per quale motivo era stato commesso quell'orribile delitto.

Ogni due giorni telefonava a Caleb, che purtroppo non aveva novità da riferirle. Denis Shove era sempre irreperibile. Avevano diramato un ordine di cattura nei suoi confronti, ma sembrava sparito dalla faccia della terra.

«Lo prenderemo» ripeteva Caleb, «nessuno può sparire per sempre.»

«E se avesse lasciato il paese?» obiettò Kate.

«È improbabile. Abbiamo segnalato il suo nome e il suo identikit a tutti i posti di frontiera. Non potrà uscire.»

Kate tacque. Sapeva, come Caleb, che in realtà c'erano molti modi per farlo.

Per il resto, la informò Caleb, stavano esaminando gli altri casi del passato di Richard, senza risultati apprezzabili. Shove restava il candidato più probabile, ma non riuscivano a stanarlo. Caleb trovò parole d'incoraggiamento per la situazione, ma Kate, essendo lei stessa da tempo del mestiere, sapeva che le indagini erano entrate da tempo in una fase problematica. Non era stato possibile identificare il colpevole nel giro di breve tempo dopo il delitto né trovare una pista concreta. Ogni giorno che trascorreva invano, lavorava a favore del colpevole.

E contro gli inquirenti.

Quel mercoledì Kate sapeva di dover prendere una decisione. Mancavano solo due settimane, poi il suo periodo di ferie sarebbe terminato. Doveva trovare una soluzione per la casa.

Non poteva starsene seduta lì dentro a guardare la pioggia soffrendo il freddo. Le sue energie interiori si stavano esaurendo.

Se almeno potessi fare qualcosa!

Si chiese se fosse il caso di richiamare Caleb. Aveva parlato con lui il giorno prima, e si era imposta di non telefonargli ogni giorno, per non innervosirlo e non rischiare di perdere un interlocutore tutto sommato sempre ben disposto. Era ancora indecisa quando il cellulare squillò. Era da tanto tempo che non succedeva e Kate ci mise un po' prima di capire quale fosse l'origine di quel suono e il suo significato. Si precipitò in cucina, dove aveva lasciato il telefono sul tavolo.

Forse era Caleb. Forse finalmente c'era una svolta.

«Pronto?» rispose trafelata.

«Kate?» Dall'altra parte una voce femminile. «Sei tu? Sono Christy.»

«Ah, Christy.» Kate non riuscì a celare la propria delusione. Il sovrintendente Christy McMarrow, la sua collega di Scotland Yard. Christy era sempre stata una spina nel fianco per Kate, perché era un'investigatrice abile, godeva dell'approvazione del capo, era popolare e aveva un sacco di amici. Anche lei viveva da sola, ma si godeva l'esistenza da single e nel tempo libero frequentava i locali e i pub di Londra in allegra compagnia. Kate aveva sempre sperato di entrare prima o poi nella vastissima cerchia di amici di Christy, ma non ci era mai riuscita. Le due donne non avevano niente in comune. Lavoravano insieme, ma Christy aveva fatto capire fin da subito che, dopo le ore di servizio, non era interessata ad avere altri contatti con Kate.

Anche questa di sicuro non era una telefonata personale. Probabilmente il capo l'aveva incaricata di ricordare a Kate che il suo periodo di ferie era quasi terminato e doveva ripresentarsi al lavoro.

«Allora? Come va?» si informò Christy. Sembrava farlo più per senso del dovere che per reale interesse. Ma forse, si disse Kate, sono io a essere troppo negativa. Il delitto di Richard Linville aveva profondamente sconvolto anche Christy, come tutti i colleghi del resto. Per quanto Kate non godesse della simpatia degli altri, nessuno le avrebbe mai augurato niente del genere.

«Tiro avanti» rispose. Poi aggiunse, più seria: «Non va tanto bene, Christy. Non ho ancora... superato del tutto lo choc».

«La cosa non mi sorprende. Credi che ti convenga passare tutto questo tempo lì... in quella casa? Insomma, sei circondata dai ricordi di quello che è accaduto.»

Come se andando da qualche altra parte cambiasse qualcosa, pensò Kate.

«Non posso lasciare che la casa vada a rotoli» disse.

«Certo che no. Ma forse dovresti cercare in fretta qualcuno che la compri o la affitti.»

«Prima devo svuotarla» insistette Kate.

«Non hai ancora cominciato a farlo?» chiese Christy sorpresa.

Non ha legami, pensò Kate, con niente e nessuno. Non sa che cosa significhi perdere l'ultima persona cara che ti è rimasta.

«No» rispose, «non ancora. Ci ho provato. Ma... è molto difficile.»

«Te lo dico io cosa devi fare» disse Christy, anche se Kate non le aveva chiesto un parere né un consiglio. «Se fossi in te conserverei solo qualche oggetto personale e farei portare via tutto il resto. Poi venderei la casa e con i soldi mi comprerei un appartamento a Londra. Insomma, che cosa te ne fai di una casa nello Yorkshire? Tu lavori a Londra. Il centro della tua vita è qui!»

Neanche per sogno, pensò Kate. Il centro della mia vita è qui a Scalby. Era qui e io l'ho perso, e ora non so più dov'è il mio posto. «Farò la cosa giusta» replicò più brusca e più distaccata di quanto volesse.

Una frazione di secondo dopo pensò: È naturale che io non trovi amici. Forse Christy aveva buone intenzioni. Forse sono io a essere sempre troppo prevenuta.

«Scusa» si affrettò ad aggiungere. «So che lo dici per il mio bene, ma...»

«Non importa, la cosa non mi riguarda» la interruppe Christy. Il breve momento di intimità tra le due donne era passato con la rapidità con cui era arrivato. «Ti chiamavo per un'altra ragione» proseguì Christy. «Abbiamo ricevuto una telefonata per te. Una...» Si udì un fruscio. Christy stava spostando delle carte sulla scrivania. «Sì, ecco. Una certa Melissa Cooper. Di Hull.»

«Hull? Ma è qui vicino.»

«Lei credeva che tu fossi a Londra. Non sa che ti trovi a Scalby e io non gliel'ho detto. Vuole parlare assolutamente con te. Ovviamente non le ho dato il tuo numero di cellulare, ma ho il suo. Dovresti chiamarla il prima possibile.»

«Melissa Cooper? Non conosco nessuno con questo nome. Ha detto di che cosa si tratta?»

«Sì. Ha detto che doveva parlarti a proposito di tuo padre.»

«Mio padre?» Il cuore di Kate cominciò a battere più veloce. Era l'informazione decisiva che tutti stavano aspettando? La tessera del mosaico che avrebbe dato una svolta alle indagini?

«Sì, esatto. Ma non ha voluto aggiungere altro. Le ho detto di rivolgersi alla polizia di Scarborough, ma mi ha risposto che era una questione privata. Non so quindi se quello che deve dirti è in qualche modo collegato al delitto di tuo padre.»

«Lui non mi aveva mai fatto il suo nome, Christy. Conoscevo i suoi amici, non ne aveva tanti, e non ricordo nessuna Melissa Cooper. Credo che riguardi il caso.» Forse era una conoscente di Denis Shove. Magari sapeva qualcosa, o aveva visto qualcosa.

Come fa a conoscermi? Come fa a sapere che vivo a Londra e lavoro a Scotland Yard?

Non aveva importanza, lo avrebbe scoperto.

«Naturalmente sai di non essere coinvolta nelle indagini, vero?» osservò Christy.

Certo, Miss So-Tutto-Io. Peccato che qui non sembra esserci nessuno a indagare. Quantomeno non in modo da scoprire qualcosa di utile. È tutto fermo. Probabilmente la morte di un vecchio poliziotto non interessa a nessuno.

Non era vero e lo sapeva.

«Christy, se questa Mrs Cooper vuole parlare con me, non posso rischiare di farla tacere consegnandola alla polizia. Posso avere il suo numero?»

Christy glielo dettò. Kate lo annotò velocemente sul retro del calendario che il padre aveva appeso in cucina.

«Non prenderai iniziative personali però, vero?» domandò Christy. Kate alzò gli occhi al cielo.

«Non sono una bambina, Christy. Chiamerò questa donna e se deve dichiarare qualcosa che ha a che fare con le indagini ve lo riferirò.»

«D'accordo. Kate, non voglio farti innervosire, ma... non abbatterti così. La vita va avanti.»

Davvero? Perché tutti mi trattate con tanta simpatia e tanta amicizia?

«Grazie di avermi telefonato, Christy. A presto.»

«A presto, Kate.»

Subito dopo Kate fece il numero di Melissa Cooper. Aveva la netta impressione che stesse per mettersi in moto qualcosa.

Alle tre del pomeriggio partì con la macchina del padre. Si chiese come fosse riuscita ad aspettare così a lungo. Per distrarsi aveva pulito la casa da cima a fondo, persino i vetri, e adesso tutto splendeva e profumava di limone. Intanto non aveva smesso neppure un attimo di pensare a quella donna, e più rifletteva, più la sua inquietudine aumentava.

Melissa Cooper aveva una voce simpatica, ma le aveva dato l'impressione di essere molto nervosa. Si sentiva braccata. Le aveva detto di lavorare come segretaria in una scuola elementare e che si sarebbe liberata per le quattro e mezzo. Siccome Kate non era a Londra bensì a Scalby – a questa notizia Melissa aveva reagito con evidente sollievo – la donna le aveva proposto di vedersi da lei.

«Dovrei essere a casa intorno alle cinque. Ci vediamo lì?» L'unico dettaglio di quella proposta al quale Kate aveva obiettato era l'ora. Alle cinque! Era tardissimo!

«Anch'io vorrei incontrarla subito» disse Melissa, «ma non posso allontanarmi e qui non c'è un posto tranquillo dove parlare.»

Aveva sempre un tono di voce così stridulo? Sembrava sempre sull'orlo di una crisi di nervi. Ma forse era solo un'impressione. Magari questa Mrs Cooper era sempre un po' isterica, stressata, esausta.

Tuttavia... Kate non riusciva a scrollarsi di dosso una vaga inquietudine. Aveva cercato di ottenere qualche informazione già al telefono, ma Melissa le aveva fatto capire di non poter parlare liberamente.

«Non sono sola» aveva bisbigliato. «A più tardi!»

Kate si era annotata l'indirizzo. Il navigatore indicava un tragitto di un'ora e mezzo. Partendo alle tre sarebbe arrivata leggermente in anticipo, ma si disse che casomai avrebbe potuto aspettare in macchina. In più, non sapeva quanto traffico avrebbe trovato.

Qualcosa inoltre le diceva che il tempo stringeva. Era il suo istinto di poliziotto? Sembrava averla abbandonata da così tanto tempo che si era quasi convinta di averlo perso del tutto. Ma forse era stata lei a non prestargli più ascolto. Non aveva più creduto in se stessa, perciò era naturale che non si fidasse nemmeno del proprio istinto.

Per fortuna aveva smesso di piovere. L'asfalto era ancora bagnato, ma i lunghi steli d'erba sul ciglio della strada si stavano già asciugando agitati dal vento. Il traffico era intenso. Kate fu contenta di essere partita in anticipo. Nei pressi di Driffield c'era stato un incidente e per venti minuti avevano marciato a passo d'uomo. Kate era nervosa, ma si richiamò all'ordine. Non doveva perdere la pazienza. Altrimenti sarebbe stata la prossima a causare un incidente.

Alle cinque meno dieci arrivò nella stradina tranquilla dove abitava Melissa Cooper. Palazzine plurifamiliari a quattro piani di mattoni rossi, finestre a riquadri con gli infissi bianchi, portoncini bianchi. Fazzoletti di prato curati davanti all'ingresso. Un quartiere molto tranquillo, non certo lussuoso, ma estremamente curato. Piccolo borghese. Kate si domandò che genere di persona fosse Melissa Cooper. Rimase ad aspettare in auto, impaziente, scese alle cinque in punto e si incamminò sul vialetto fino alla porta della casa di Melissa. Abitava al terzo piano, le aveva detto. Era già rincasata? Negli ultimi dieci minuti non aveva visto nessuno per strada. Kate trovò il campanello, suonò. Aspettò. Nessun movimento.

Doveva essere in ritardo. Kate tornò alla macchina, salì e tenne d'occhio la casa. L'arrivo di Melissa non le sarebbe sfuggito.

Alle cinque e un quarto non si era fatto vivo ancora nessuno. Kate prese il cellulare e chiamò il numero di Melissa. Sei squilli, poi subentrò la segreteria. «Questa è la segreteria di Melissa Cooper. Siete pregati di lasciare un messaggio.»

Forse stava guidando e non poteva rispondere. Forse anche lei era rimasta bloccata nel traffico per un incidente. Ma allora perché non la avvisava? Kate le aveva dato il proprio numero.

Alle cinque e mezzo tentò di chiamarla di nuovo, ma senza successo. Questa volta lasciò un messaggio.

«Salve, Mrs Cooper. Sono Kate Linville. Sono ferma sotto casa sua. Sono le cinque e mezzo. Spero che sia tutto a posto. Si faccia viva, per favore!»

Scese di nuovo, andò alla porta e suonò. Non accadde niente. Alla fine decise di suonare al campanello del vicino. «Acklam», c'era scritto. Forse i vicini sapevano dove poteva essere Melissa.

Se non altro c'era qualcuno in casa.

«Sì, chi è?» chiese una voce al citofono, mentre il portone veniva aperto. La gente era imprudente, ma Kate lo aveva constatato spesso nella sua professione.

Salì al terzo piano. Le scale erano luminose, su ogni pianerottolo piante verdi in vaso. C'era profumo di detersivo. Gli inquilini del palazzo dovevano tenere in grande considerazione la pulizia e l'ordine.

Davanti alla porta di uno dei due appartamenti c'era un uomo che la guardava con diffidenza.

«Chi è?» ripeté la domanda alla quale Kate non aveva ancora risposto.

Kate sfoggiò un sorriso vincente. «Buongiorno, in realtà dovrei andare da Melissa Cooper. Avevamo un appuntamento per le cinque, ma è più di mezz'ora che l'aspetto e non è ancora rientrata.»

«Mrs Cooper rientra sempre alle cinque, al massimo» replicò Mr Acklam. «A volte si ferma a fare un po' di spesa, ma non oggi.»

«No, infatti, ci siamo sentite verso mezzogiorno, non è possibile che si sia dimenticata del nostro appuntamento.»

«È strano.» Mr Acklam diede un'occhiata alla porta dell'appartamento di Melissa. «Di solito mi accorgo quando arriva. In questa casa i rumori si sentono molto bene. Oggi però non ho sentito niente. Quindi non dev'essere in casa.»

«Sì, è davvero strano» commentò Kate. L'inquietudine che la accompagnava da quella mattina si accentuò. «So che lavora in una scuola, vero? Lei per caso sa quale? Magari potrei andarci.»

L'uomo tornò a fissarla con diffidenza. «Lei è una sua amica? O una conoscente?»

Kate ebbe un attimo di esitazione. In quelle circostanze non era autorizzata a farlo, ma era il metodo migliore per spingere l'interlocutore a collaborare rapidamente. Tirò fuori il tesserino dalla borsa. «Sono il sovrintendente Kate Linville. Metropolitan Police.»

Mr Acklam rimase visibilmente impressionato. «Metropolitan Police? Scotland Yard?»

«Mr Acklam» disse Kate, «devo assolutamente parlare con Melissa Cooper.»

«Glielo avevo consigliato anch'io» disse l'uomo. «Di rivolgersi alla polizia, intendo. Prima di perdere completamente il senno, avrebbe fatto bene a parlare con qualcuno di esperto. Trovo ragionevole che l'abbia contattata.»

Kate aggrottò la fronte. «Lei le aveva consigliato di rivolgersi alla polizia?»

«Be', vede, nelle ultime settimane era fuori di sé dall'ansia. Sinceramente pensavo che si stesse autosuggestionando, ma poi mi sono detto... non si può mai sapere. E poi, se la polizia interviene e non trova niente di strano, lei può ricominciare a dormire tranquilla. E dare un taglio a tutta questa storia.»

«Potrebbe dirmi gentilmente che cosa le ha raccontato esattamente Mrs Cooper?»

«Di sentirsi spiata. Di avere l'impressione che qualcuno la tenesse d'occhio, la pedinasse. Cose di questo tipo. Di recente è venuta da me nel cuore della notte, perché c'era di nuovo qualcuno davanti a casa che guardava verso il suo appartamento. Mi sono affacciato, ma non ho visto nessuno. Non sapevo che cosa pensare. Mrs Cooper è sempre stata una persona molto equilibrata. Però sta sempre molto da sola. Quantomeno la sera e nei fine settimana. È rimasta vedova presto e i figli non vengono quasi mai a trovarla.»

Kate aveva la mente in subbuglio. Melissa Cooper si sentiva perseguitata. Corrispondeva alla perfezione all'impressione che Kate aveva avuto di lei durante la loro breve conversazione telefonica: una donna braccata, nervosa, inquieta.

E aveva avuto un qualche legame con suo padre. Che era stato ucciso con barbara crudeltà.

Ebbe l'improvvisa certezza che Melissa Cooper fosse in pericolo e che la sua assenza rappresentasse un indizio preoccupante.

«Mr Acklam, è fondamentale che io parli subito con Mrs Cooper. Dove si trova la scuola?»

«Al Sutton Park Golf Club. Vediamo... come potrei spiegarglielo...?»

«Non importa. Ho il navigatore. Grazie, Mr Acklam. È stato molto utile.» Con queste parole Kate si lanciò giù per le scale. Mentre saliva in auto, si soffermò a pensare che, se si fosse attenuta alle procedure, avrebbe dovuto avvisare subito un'autopattuglia perché si recasse alla scuola, dal momento che ci avrebbe impiegato meno tempo di lei. Viceversa non era in servizio e non era coinvolta in un'indagine ufficiale. Prima di riuscire a far intendere a qualche ottuso agente della centrale come mai lei, una funzionaria di Scotland Yard, avesse bisogno di rinforzi lì a Hull perché una donna adulta era scomparsa da tre quarti d'ora, sarebbe passato più tempo di quanto ne avrebbe impiegato lei a raggiungere la scuola di Sutton Park. L'unico modo per fare più in fretta sarebbe stato informare Caleb Hale, ma Kate sapeva perfettamente perché non poteva farlo: voleva essere lei a parlare con Melissa Cooper. Per prima. Voleva conoscere le informazioni in possesso della donna senza filtri.

Inserì l'indirizzo nel navigatore e partì.

Due

Sutton Park era una vasta zona verde dove Kate a prima vista non riuscì a riconoscere niente che somigliasse a una scuola. Percorse una serie in apparenza interminabile di vie residenziali tutte uguali, fiancheggiate da palazzine di mattoni con bovindo e abbaini, in stile pseudovittoriano decisamente fasullo, a giudicare dai box simili a container di pietra in fondo ai giardini ben curati. Kate imprecava a gran voce tra sé, mentre vagava per quel dedalo di vie perfettamente identiche, chiedendosi se in quel quartiere ci fosse anche solo uno stelo d'erba che osasse crescere più alto, più inclinato o di un colore diverso rispetto a tutti gli altri. A intervalli regolari si trovava di fronte la recinzione verde scuro che delimitava il golf club. Un vicolo cieco dopo l'altro, una retromarcia dopo l'altra.

Ci sto mettendo troppo! Avrei dovuto avvisare l'ispettore Hale.

Perlustrò Gleneagles Road, dalla quale partiva una serie di vie secondarie tutte a fondo cieco, ed era ormai rassegnata a fermarsi per chiedere informazioni, quando scorse la scuola. Sorgeva in fondo a una biforcazione, circondata dal verde e piuttosto isolata dalle case. Un edificio principale con accanto diversi padiglioni più piccoli, cortili lastricati tra gli edifici, prati e persino un parco giochi. Una bella scuola, nuova e moderna, non ancora logorata dal tempo e dall'uso. Niente graffiti alle pareti o sul muro di cinta.

Del resto è una scuola elementare, pensò Kate, e gli studenti a quell'età di sicuro non scrivono porcherie su ogni superficie libera.

Entrò dal cancello aperto e nel parcheggio sulla destra scorse un'auto solitaria. Era pronta a scommettere che si trattava della macchina di Melissa Cooper. La donna doveva essere ancora lì. Perché non rispondeva al cellulare? Perché non si era fatta viva? Ormai erano le sei passate. Era così ansiosa di parlare con Kate che aveva telefonato alla Metropolitan Police a Londra. Non poteva essersi scordata dell'appuntamento.

Kate scese dalla macchina. A quell'ora la scuola era deserta, ed era difficile immaginarla piena di bambini vocianti che scorrazzavano ovunque, giocavano e bisticciavano. Eppure dovevano essere passate solo poche ore da quando quel luogo aveva palpitato di vita. Madri venute a prendere i figli che cercavano nervose un parcheggio, bambini che avanzavano svogliati, mentre altri non vedevano l'ora di uscire dal cancello. Doveva esserci stato un gran frastuono.

Ora invece regnava un silenzio assoluto.

Kate immaginò che la segreteria si trovasse nell'edificio principale, ma quando provò ad aprire la porta a vetri che conduceva nell'atrio si accorse che era chiusa a chiave. Provò a scuoterla, pur sapendo che non aveva senso. Chi aveva chiuso tutto? Melissa? Era andata via? La macchina nel parcheggio non era la sua? *E lei dov'era?*

Kate fece il giro dell'edificio, cercando di sbirciare dalle finestre, ma per la maggior parte erano oscurate dalle veneziane che tenevano lontani gli sguardi indiscreti. Da una riuscì a vedere l'interno di un'aula. Alla lavagna erano scritti alcuni versi. Le sedie erano sistemate sopra i banchi.

Deserto.

Si allontanò, cercando di valutare il da farsi, quando udì una voce.

«Signora? Cerca qualcosa?»

Un uomo attraversava il cortile spingendo una bicicletta. «Posso aiutarla?»

«Ho un appuntamento con Melissa Cooper» disse Kate.

L'uomo scrollò il capo. «Non c'è più. Di solito se ne va verso le quattro e mezzo.»

«Ma la sua macchina è ancora nel parcheggio» osservò Kate.

L'uomo fece qualche passo di lato, per dare un'occhiata al parcheggio, poi aggrottò la fronte. «È vero. È la sua macchina. Non capisco.»

«Lei è il custode?»

Lui la guardò diffidente. «Chi vuole saperlo?»

Kate lo fece per la seconda volta. Non c'erano alternative altrettanto rapide e sicure. Tirò fuori il tesserino. «Sovrintendente Kate Linville, Scotland Yard. La prego di aprirmi la porta.»

L'uomo cambiò subito atteggiamento e postura. Era così intimidito da risultare quasi sospetto. «Scotland Yard, santo cielo! È successo qualcosa a Mrs Cooper? Ha dei problemi?»

«Potrebbe aprire la porta?» ripeté Kate senza rispondere alle domande. Il custode appoggiò la bicicletta al muro e tirò fuori un mazzo di chiavi dalla tasca dei calzoni.

«Ho chiuso l'edificio principale alle cinque e mezzo. Oggi era andata via la corrente di là» disse accennando con la testa a uno dei padiglioni, «e sono andato a sistemare il contatore. Altrimenti me ne sarei andato anch'io già da parecchio.» Si diressero verso l'ingresso. Kate camminava così spedita che il custode, piuttosto corpulento, faticava a starle dietro. «Le lezioni finiscono alle tre e mezzo. Poi rimane l'impresa di pulizie fin verso le quattro e mezzo. Di solito anche Melissa si ferma a sbrigare il lavoro arretrato. C'è sempre un sacco di confusione qui, come può immaginare. Spesso mi capita di chiudere alle quattro e mezzo, dopo che quelli delle pulizie sono andati via, ma per Melissa non è un problema. Ha le chiavi e può uscire quando vuole.» Intanto avevano raggiunto la porta. L'uomo la aprì.

«Dov'è la segreteria?» chiese Kate.

«Mi segua!» disse il custode zelante. Cominciava a entrare nella parte. Kate invece era sempre più inquieta.

Lunghi corridoi deserti. Pavimenti di linoleum che scricchiolavano sotto le suole. Appendiabiti lungo le pareti, qua e là un giubbotto o una sciarpa dimenticati dall'inverno. Dappertutto il tipico odore di scuola. Inconfondibile e identico in ogni parte del mondo.

Kate fu catapultata indietro nel tempo. A un'epoca decisamente più felice. Anche lei, come molti altri adolescenti, aveva creduto che la vita sarebbe stata migliore una volta finita la scuola. Per poi accorgersi di essersi lasciata alle spalle gli anni più belli.

«Ci siamo» annunciò il custode entrando in una stanza dalla porta aperta. Un attimo dopo indietreggiò e andò a sbattere contro Kate che lo tallonava.

«Gesù!» ansimò, bianco in volto.

Kate lo scostò di lato. «Non entri! Non tocchi niente!» Non c'era bisogno di dirglielo. Barcollando, l'uomo indietreggiò fino a una stretta panca di legno appoggiata al muro sotto gli appendiabiti e si lasciò cadere. Si prese la testa tra le mani, la fronte imperlata di sudore.

Lo spettacolo che si presentò a Kate era raccapricciante, e lei non dubitò nemmeno per un istante che la donna seduta in mezzo alla stanza fosse Melissa Cooper. Aveva le mani legate dietro la spalliera con il nastro adesivo, così come i piedi, piegati in fuori, erano fissati alle gambe della sedia. La gonna arrotolata, le calze strappate e incrostate dal ginocchio in giù da grossi grumi di sangue. Le avevano fracassato le articolazioni, con un martello o un bastone. Anche il busto era coperto di sangue, così tanto che era impossibile riconoscere il colore del pullover che indossava. La testa era reclinata di lato. Kate scorse un lungo taglio sul collo, da un orecchio all'altro. Aveva qualcosa infilato in bocca e fissato con del nastro adesivo. Forse un calzino o un fazzoletto. Non era stata in grado di gridare e questo spiegava come mai il custode non si fosse accorto del massacro che stava avvenendo a pochi passi da lui. Melissa era stata legata, torturata e uccisa. Da poco tempo.

Kate tirò fuori il cellulare. Polizia. Ambulanza. E Caleb Hale. Alla fine chiamò Caleb. Poi si voltò verso il custode, per intimargli ancora una volta di non muoversi da lì, ma si rese conto che non serviva: l'uomo era scivolato giù dalla panca e giaceva svenuto sul pavimento. Gli tastò brevemente il polso e decise che poteva aspettare l'arrivo dei soccorsi. Si incamminò per i corridoi, cercando riparo dietro eventuali porte aperte. Non sapeva se il colpevole o i colpevoli si trovassero ancora sul luogo; ne dubitava, però seguì la procedura prevista in questi casi. Con un'eccezione, però: secondo le procedure non avrebbe mai dovuto affrontare una situazione simile da sola.

La scuola pullulava di poliziotti e soccorritori. La luce azzurra dei lampeggianti si rifletteva sui muri. Stava scendendo il crepuscolo e c'era sempre più gente. Ciascuno eseguiva il proprio lavoro. Il custode era stato soccorso e un'autopattuglia lo avrebbe accompagnato a casa. Erano state scattate foto della scena del crimine, il cadavere era stato sottoposto alle prime analisi. Melissa Cooper era morta a causa del taglio alla gola. Quando le avevano spezzato le ginocchia era ancora viva, ma probabilmente aveva perso i sensi. Ora presunta del delitto: tra le quattro e mezzo e le cinque del pomeriggio.

Mentre aspettavo in macchina davanti a casa sua, pensò Kate.

Era seduta apatica sulla stessa panchina dove si era trascinato il custode prima di svenire. A quanto aveva potuto constatare, nell'edificio non c'era più nessuno, ma sapeva che sarebbe stato perlustrato ogni centimetro quadrato dell'intero complesso. Nessuno contava sul fatto di imbattersi nel colpevole, ma forse potevano trovare tracce utili.

Una donna si mise seduta accanto a Kate. Le sembrava familiare, ma non riusciva a identificarla.

«Agente Jane Scapin. Ci siamo conosciute a febbraio.»

Giusto. L'agente investigativo Scapin della squadra di Hale. Ora Kate se la ricordava. Aveva accompagnato Kate a casa del padre. Una giovane delicata, che a Kate era sembrata molto nervosa. E decisamente spossata.

«Mi scusi, agente. Non l'avevo riconosciuta» disse Kate. Si guardò in giro. «Dov'è Caleb Hale?»

Jane indicò vagamente alle proprie spalle. «Sta parlando con il comandante dell'unità operativa di Hull: non riesce ad accettare il fatto che siamo qui noi e prenderemo in mano il caso. Ma Caleb sa essere molto convincente.»

«Anche voi dunque pensate ci sia un legame?»

Jane annuì. «Ho saputo che al telefono ha detto all'ispettore Hale che questa...»

«Melissa Cooper.»

«Melissa Cooper voleva parlarle di suo padre. E poco dopo viene ritrovata morta, uccisa, in circostanze assai simili a...» Non terminò la frase.

È questo il motivo per cui mi sento sempre esclusa, pensò Kate, per il modo in cui mi trattano. Frasi a metà, perifrasi delicate... Ai loro occhi non sono una collega. Sono una parente della vittima. È una condizione completamente diversa.

«A quelle dell'omicidio di mio padre» concluse lei. «La vittima legata a una sedia. Torturata sadicamente prima di essere uccisa.»

«Ecco perché crediamo ci sia un legame» disse Jane. Fece una breve pausa. Appariva scossa, attonita e incapace di compiere il proprio lavoro sulla scena del crimine.

È ancora così giovane, pensò Kate, è molto più impressionabile degli altri.

«Kate... posso chiamarla per nome? Sono sicura che sia sfinita, ma sarebbe molto utile se mi rilasciasse subito una dichiarazione. Da quanto tempo conosceva Melissa Cooper? Che cosa voleva da lei? Perché è venuta qui?»

«Posso spiegarle tutto in poche parole» rispose Kate, «perché non so molto più di lei.» Riferì brevemente della telefonata di Melissa a Scotland Yard, e della conversazione avuta con lei in seguito. Di come avesse aspettato sotto casa sua e infine si fosse recata alla scuola.

«Non ho idea di che cosa volesse dirmi Mrs Cooper» concluse. «Non avevo mai sentito il suo nome prima d'ora. Mio padre non me ne ha mai parlato. So solo che mi ha dato l'impressione di essere molto in ansia. Anche il suo vicino di casa me lo ha confermato. Melissa Cooper si sentiva minacciata. Osservata. Una notte aveva visto un uomo davanti a casa sua che guardava verso le sue finestre. Aveva paura. Purtroppo a ragione, come sappiamo ora.»

Jane prese qualche appunto. «In questo c'è una differenza tra Melissa Cooper e suo padre, Kate. Lui non le ha mai detto niente del genere.»

«Non è rilevante. Non mi avrebbe detto niente per non coprirsi di ridicolo. Inoltre c'è la testimonianza di un'auto sospetta vista davanti a casa sua. Di Melissa il colpevole conosceva bene le abitudini. Lui, o loro, hanno scelto il momento giusto: la scuola era vuota, l'impresa di pulizie era già andata via. In circostanze normali anche il custode non ci sarebbe stato e l'edificio sarebbe stato chiuso. Secondo me volevano aggredire Melissa nel parcheggio. Ma il custode è stato trattenuto e così loro sono potuti entrare nella scuola. Una piccola modifica al piano. Ma conoscevano le abitudini di Melissa. Di sicuro la tenevano d'occhio già da tempo.»

«Anch'io la penso così» confermò Jane. «Naturalmente parleremo ancora con il vicino di casa. Abbiamo trovato nella borsa della vittima i nomi e gli indirizzi di due familiari, probabilmente i figli. Uno abita a Sheffield ed è stato già informato. Spero di avere da lui informazioni utili. In ogni caso...» Non aggiunse altro. In quel momento Caleb Hale comparve accanto a loro e Kate si accorse che aveva un'aria inferocita.

«Kate, il tuo comportamento è stato inqualificabile, e credo lo sappia anche tu. Non appena Melissa Cooper si era messa in contatto con te, avresti dovuto avvertirmi. Di certo non avrei acconsentito a un incontro nel tardo pomeriggio, sarei subito andato a trovarla. Forse avremmo raccolto preziose informazioni. E lei sarebbe ancora viva. Le avresti risparmiato questa raccapricciante... esecuzione!»

«Signore...» provò a calmarlo Jane, ma lui liquidò l'intervento dell'agente con un gesto impaziente della mano.

«Ti ho tenuta al corrente di tutte le indagini, Kate. In maniera molto più precisa e costante di quanto sia mia abitudine fare con i parenti delle vittime di omicidio. Perché continuo a considerarti una collega che conosce le procedure e sa come gestire le informazioni. Mi sarei aspettato un comportamento più disponibile e corretto anche da parte tua. Evidentemente mi sono sbagliato sul tuo conto!»

Investita da quello sfogo di collera, Kate si sentiva sempre più piccina e colpevole. Aveva ragione lui, ancora una volta aveva rovinato tutto. Le sembrava di sentire i sospiri dei suoi colleghi di Londra. *Tipico di Kate!* E il peso maggiore era sapere che forse avrebbe potuto impedire la morte di quella povera donna, se avesse agito in maniera un po' più cauta e meno egoista.

«Pensavo... che dovesse riferirmi informazioni di carattere privato» mormorò.

«In un'indagine per omicidio non c'è niente di privato» sbottò Caleb. «In ogni caso non puoi valutarlo da sola! Tra l'altro saresti potuta finire proprio nel bel mezzo della scena del crimine. Da sola. Magari disarmata. Hai rischiato di morire anche tu.»

«Mi dispiace» bisbigliò Kate.

«Ora non serve a niente» ribatté Caleb.

Kate avvertì una lieve pressione sulla spalla e alzò lo sguardo. Jane l'aveva sfiorata con la mano e le sorrideva appena. *Si calmerà*, sembrava volerle dire.

Questo non cambia di una virgola le mie responsabilità, pensò Kate. Avrebbe voluto mettersi a piangere. Si trattenne, sapendo che non sarebbe servito a niente. E Caleb l'avrebbe disprezzata ancora di più.

Il sovrintendente Stewart, che faceva parte a sua volta della squadra di Hale, si avvicinò al terzetto, seguito da un tipo alto e di bell'aspetto con folti capelli scuri e un'espressione sconvolta.

«Mr Michael Cooper, signore» annunciò Stewart. «Il figlio di Melissa Cooper. È arrivato ora da Sheffield.»

«Posso vederla?» domandò l'uomo senza preamboli. «Posso vedere mia madre?»

Caleb gli strinse la mano. «Le mie condoglianze, Mr Cooper. Potrà vedere sua madre, ma non subito. La stanno portando all'obitorio. Devono essere eseguiti ancora alcuni esami.»

Michael Cooper sembrava che stesse per mettersi a urlare. Era attonito e scioccato. «È proprio sicuro che... che la vittima sia mia madre?» domandò.

Caleb annuì. «Il custode della scuola l'ha riconosciuta senza ombra di dubbio. Nella borsa che era accanto alla sua scrivania abbiamo trovato i suoi documenti. Anche la foto sulla carta d'identità era inequivocabile. Purtroppo. Sua madre è rimasta vittima di un omicidio.»

Cooper curvò le spalle in avanti. Aveva gli occhi lucidi. «Sono venuto qui di corsa, non appena ho ricevuto la notizia. È stato un miracolo che non abbia causato un incidente. Mio Dio!» Si passò entrambe le mani tra i capelli. «È spaventoso. È mostruoso. Inconcepibile. Ho telefonato a mio fratello. Vive in Scozia. Arriverà stanotte.»

«Molto bene» disse Caleb dolcemente. «Dovete farvi forza a vicenda. Mr Cooper, vorrei scambiare qualche parola con lei. La prego di seguirmi in una delle aule, così...»

Michael Cooper non lo stava ad ascoltare e lo interruppe bruscamente. «È tutta colpa mia. Non l'ho presa sul serio. Ho pensato che si fosse immaginata tutto. Una donna, mi sono detto, che passa troppo tempo da sola. Che si autosuggestiona. Da quando è successa la storia con Linville era sconvolta e io ho pensato che si attribuisse senza motivo una qualche responsabilità per l'accaduto...»

Rimasero tutti allibiti.

«Come dice?» domandò Kate con un filo di voce, alzandosi.

«Kate!» L'ammonì Caleb, ma lei non gli diede retta. Si avvicinò a Michael Cooper, che la superava di due spanne buone.

«*La storia con Linville?* Che cosa ne sa lei? Cosa sa di mio padre?»

Michael si riscosse all'istante dallo stato catatonico in cui era piombato, che lo faceva parlare senza capire quello che gli succedeva intorno. Fissò Kate stupito, come se avesse di fronte una creatura bizzarra.

«Suo padre? Lei è...?»

«Sono Kate Linville, la figlia di Richard Linville. Oggi sua madre aveva un appuntamento con me. Prima d'ora non avevo mai sentito il suo nome, non sapevo chi fosse né che cosa volesse da me. Ma c'entra mio padre, vero? Lei conosceva mio padre?»

Lui scoppiò in una risata priva di allegria. «Eccome se lo conoscevo. Lei invece non sa nulla, vero? Be', non mi sorprende. Mia madre è stata un segreto ben custodito che Linville si è portato nella tomba, a quanto vedo.»

Kate aveva il cuore in gola. «Mr Cooper...»

Lui le gettò un'occhiata carica di disprezzo. «Sono passati quasi sedici anni. Linville e mia madre avevano una relazione. È andata avanti circa quattro anni. Mia madre era vedova, aveva tirato su i figli da sola. Si innamorò perdutamente di Linville. Sperava di aver trovato la felicità. Lui però la teneva a distanza. Ci andava a letto e la sera tornava a casa dalla moglie. Mia madre ha sempre creduto che un giorno si sarebbe separato. Ma naturalmente lui non lo fece. Io l'avevo sempre messa in guardia. Anche mio fratello. Abitavamo per conto nostro, studiavamo all'università, ma un giorno ci ha invitato da lei e ci ha presentato Linville. Lui era molto a disagio. Io ho capito subito che non si sarebbe mai deciso al passo definitivo. Non avrebbe mai chiesto il divorzio. Inventerà una scusa qualunque, poi la mollerà, mi sono detto. Ed è andata proprio così. Lui ha troncato i rapporti ed è tornato dalla sua famiglia. Fregandosene di quello che poteva succedere a mia madre.»

Nessuno parlò. Tutti erano paralizzati: Caleb Hale, Jane Scapin, persino il sovrintendente Stewart.

Kate cercò di dire qualcosa, ma non riuscì a proferire parola. D'un tratto le sembrava di trovarsi su un'isola deserta insieme a Michael Cooper. Gli agenti della scientifica, che si muovevano indaffarati qua e là, erano scomparsi per lei. E persino la squadra di Caleb, radunata intorno a lei, non c'era più. Esistevano solo lei e Michael e le cose mostruose che lui aveva appena detto.

Alla fine riuscì ad aprire bocca. «Non è possibile.»

Fu come se la possibilità di infliggerle dolore lo aiutasse a superare il proprio, perché lui ripeté, quasi di gusto: «Invece è così. È successo proprio quello che ho detto. Richard Linville ha usato mia madre, suscitando le sue speranze e poi abbandonandola a se stessa. Non si è mai più ripresa da allora, è diventata una donna triste e abbattuta, piena di insicurezze. E quando ho letto sul giornale che qualcuno lo aveva assassinato, ho pensato, a volte capita anche alle persone che se lo meritano. E quel giorno mi sono sentito bene. Anche mio fratello. Mi spiace, ma non sono capace di fingere una compassione che non provo».

Giovedì, 5 giugno

Uno

Stella fu svegliata da qualcuno che la chiamava per nome. All'inizio credette di sognare, ma si rese conto di essere sveglia e si domandò se avesse appena sognato. Poi udì di nuovo quella voce.

«Stella!»

Qualcuno la stava chiamando per nome. A voce alta. Dall'esterno.

Controllò che Jonas dormisse accanto a lei. Aveva il respiro profondo e regolare. Dopo un attimo di esitazione si alzò, uscì in silenzio dalla camera e scese le scale. Era una situazione quantomeno bizzarra, ma Stella decise di affrontare la cosa. Non era il tipo da nascondere la testa sotto la sabbia per la paura.

Stella guardò l'orologio nell'ingresso. Mancava poco a mezzanotte. Non era l'ora più indicata per una visita.

Aprì la finestrella nella porta che faceva da spioncino e sbirciò fuori. La notte era buia, un fitto banco di nuvole nascondeva la luce della luna. Un vento tiepido soffiava da sudest. Stella si augurava che durante la notte avrebbe spazzato via le nubi. Desiderava una giornata di sole.

Aveva appena aperto lo spioncino che un viso le si parò davanti di scatto, facendola trasalire.

«Stella! Santo cielo, per fortuna è sveglia! Posso entrare? La prego!» Era Terry.

«Terry?» domandò Stella perplessa.

«Sì, sono io. La prego, Stella, apra la porta!»

«È sola?»

«Sì.»

Stella sfilò la catenella di sicurezza e socchiuse la porta. Terry si precipitò dentro immediatamente. Poi si richiuse la porta alle spalle bloccandola con il chiavistello. «Non so... può darsi che mi segua...»

«Chi?»

«Neil. È molto arrabbiato.»

«Vieni in cucina» disse Stella. «Posso offrirti un tè?»

«Ce l'avrebbe qualcosa di più forte?» chiese Terry, seguendola.

Stella accese la luce e cacciò un grido di sgomento. «Terry! Ma come sei conciata?»

Terry si portò lentamente una mano al viso. «Si vede molto?»

Aveva il labbro spaccato e l'occhio sinistro mezzo chiuso, circondato da un ematoma violaceo. Una scia di sangue rappreso univa il sopracciglio alla tempia.

«Eccome, se si vede!» disse Stella. «È stato Neil?»

Terry annuì, poi si lasciò cadere sulla panca, appoggiò il viso tra le mani e cominciò a singhiozzare.

In effetti le serviva qualcosa di più forte di un tè.

Stella versò del whisky in un bicchiere. «Ecco, bevi. Poi raccontami tutto dall'inizio.» Una domanda le bruciava sulla punta della lingua. «Come facevi a sapere dove eravamo?»

All'inizio Terry continuò a piangere senza rispondere. Alla fine alzò la testa, si asciugò le lacrime con la manica della giacca, emettendo un gemito di dolore, e prese il bicchiere. Lo vuotò in un sorso, proprio nel momento in cui Jonas, con la faccia assonnata e un accappatoio azzurro, entrava in cucina a piedi nudi.

Sbatté le palpebre accecato dalla luce. «Che cosa succede?»

«È venuta a trovarci Terry» rispose ironica Stella.

Lui fissò Terry, mentre a poco a poco i suoi occhi si abituavano alla luce. «Santo cielo» esclamò. «Che cosa ti è successo?»

«È stato quel simpaticone del suo amico, Neil» spiegò Stella. «Se non ho capito male, è fuggita di casa. Purtroppo come unico rifugio le siamo venuti in mente proprio noi.»

Guardò di nuovo Terry. «Non mi hai ancora risposto. *Come facevi a sapere dove eravamo?*»

Terry non riusciva a sostenere lo sguardo di Stella. Teneva la testa china. «Abbiamo fatto un giro da queste parti» rispose. «Per il fine settimana.»

Stella e Jonas si scambiarono un'occhiata incredula. «Qui nella brughiera?» domandò Stella. «Siete venuti fin qui per... cercare noi?»

Terry annuì con aria affranta. «Anche a me sembrava... insomma, non è stata una mia idea. Ma Neil diceva che non c'era niente di male a dare un'occhiata...»

«Come facevate a sapere che eravamo qui?» domandò Jonas. Nel frattempo si era svegliato del tutto e, come notò Stella, era piuttosto preoccupato.

Terry tirò su col naso, spostando il bicchiere vuoto avanti e indietro sul tavolo davanti a sé. «L'ha scoperto Neil» rispose a bassa voce. «Lei, Jonas, gli aveva raccontato del suo lavoro e aveva nominato la casa di produzione per cui lavora spesso. Neil ha telefonato lì e gli hanno detto che lei era in vacanza. Non c'era altro da sapere. Aveva visto il dépliant sulla sua scrivania e voleva fare un salto... È un posto così solitario, non si incontra mai nessuno, ogni tanto una casa o una fattoria o un piccolo villaggio... Insomma, dalla collina» indicò con la mano una direzione vaga fuori nella notte, «abbiamo visto la sua macchina. La stessa che a Kingston era parcheggiata fuori da casa sua. L'abbiamo riconosciuta e Neil ha detto... ah, ecco dove sono venuti in vacanza. Poi abbiamo proseguito.»

Stella prese un altro bicchiere, si mise seduta a tavola e si versò un whisky. «Ne ho bisogno anch'io» disse. «Quello che ci stai raccontando è raccapricciante, Terry. Te ne rendi conto?»

«Non avevamo cattive intenzioni» protestò Terry sulla difensiva. «Mi deve credere!»

«Ah, no? E allora che cosa volevate fare?» intervenne Jonas. «Che spiegazione ti ha dato Neil per questo suo comportamento?»

«Ha detto semplicemente che era bello sapere dove eravate in vacanza. Magari potevamo venirvi a trovare. Io chiaramente gli ho detto che non era così semplice, dato che non eravamo stati invitati. Ma...» Si strinse nelle spalle.

«Ma?» la incalzò Stella.

«Lui... ha perso la pazienza e io non volevo... ecco, è meglio non farlo innervosire, mi capisce?»

«Mi basta guardarti per capirlo» rispose Stella. «Sei sicura di aver trovato l'uomo giusto, Terry?»

Terry abbassò di nuovo lo sguardo sul pavimento. «Lui sa essere anche molto diverso. Affettuoso e tenero. Basta non contraddirlo.»

«E stanotte com'è andata?» domandò Jonas. «Devi averlo proprio fatto arrabbiare, a giudicare dalla sua reazione!»

Terry scoppiò in un singhiozzo, ma cercò di trattenersi. «È stato per via del lavoro. Ero disoccupata da un po', e lui mi ha trovato un altro posto. Cameriera in un pub. Ma era una bettola orribile, i clienti sempre tutti ubriachi. Continuavano a importunarmi e a dirmi oscenità... Gliel'ho detto a Neil. Gli ho detto che non volevo più andarci, ma lui non ne ha voluto sapere. Perché ci servono i soldi per l'affitto.»

«Mi sembrava di aver capito che Neil avesse ricevuto una favolosa eredità» buttò lì Stella.

«Sì, ma non durerà per sempre. E poi l'affitto spetta a me. Il contratto è intestato a me. È stato Neil a trasferirsi da me» spiegò Terry.

«Ho capito» disse Jonas. «Vive alle tue spalle e ti obbliga a lavorare in una bettola di infima categoria per pagare l'affitto e non intaccare la sua eredità? Un accordo davvero equo e signorile, bisogna dirlo.»

«Insomma, andare al lavoro mi costava sempre più fatica» proseguì Terry, di nuovo sull'orlo delle lacrime. «E ieri sera...»

«Sì?» la incoraggiò Stella.

«Neil era stato fuori casa tutto il pomeriggio. Doveva vedersi con un tizio, così aveva detto. Io ero da sola. E non sono andata al lavoro. Alle sei avrei dovuto essere lì, e invece mi sono messa sul divano a guardare la tv. Mi sentivo così sollevata. Ma alle dieci e mezzo è tornato Neil e si è stupito di trovarmi a casa. Di solito non torno mai prima di mezzanotte, perché devo anche pulire e riordinare.»

«E allora si è arrabbiato moltissimo» disse Jonas mettendosi a sedere accanto alle due donne. Aveva un'aria sconfortata e perplessa. Era chiaro che non potevano mettere alla porta Terry, ma nemmeno lui, come Stella, era contento di essere coinvolto in quella storia. Neil Courtney era un tipo pericoloso, e aveva scovato di proposito la casa dove stava passando le vacanze con la sua famiglia. Perché? Di certo non per interesse umano. Jonas era preoccupato dal fatto che Courtney sapesse dov'era la fattoria, e molto probabilmente immaginava che Terry si sarebbe rifugiata proprio lì. Forse era solo questione di tempo, e poi si sarebbe presentato alla porta.

I ragionamenti di Stella si spingevano ancora più in là: si chiedeva se il racconto di Terry fosse veritiero. Oppure era solo una messinscena per entrare alla fattoria? Terry non era abbastanza raffinata da escogitare un piano simile, ma Courtney era astuto e senza scrupoli. Di sicuro non lo spaventava l'idea di dover riempire Terry di botte per dare più credibilità alla storia. E Terry era così succube da lasciarlo fare. Viceversa, sembrava davvero sconvolta. Era perché il suo racconto corrispondeva alla verità? Oppure perché, essendo perennemente sotto pressione, era sempre sul punto di piangere?

Dovremmo liberarci di lei, e poi andarcene anche noi.

«Sì, ha dato fuori di matto» disse Terry confermando l'ipotesi di Jonas. «Non ci ha visto più. Credeva che avrei perso il lavoro e che avremmo avuto di nuovo problemi di soldi. Gli ho promesso di impegnarmi per trovare un altro posto, ma lui non la smetteva. Urlava e poi...» Non terminò la frase. Era evidente in che modo si fosse concluso il litigio.

«E a parte noi, non ti è venuto in mente nessun altro da cui rifugiarti?» domandò Stella. «I tuoi genitori? Un'amica? Ci sarà pur qualcuno disposto ad accoglierti.»

Terry scrollò il capo. «Con i miei genitori ho chiuso. Il nostro rapporto è finito quando...»

Stella indovinò a che cosa si riferisse. «Sammy?»

«Sì. Non me lo hanno mai perdonato. Di essere rimasta incinta a sedici anni, di essermi macchiata così di fronte ad amici e conoscenti. Anche per loro l'unica soluzione era dare via Sammy, ma non riuscivano a capire che certe cose possono succedere. A diciott'anni me ne sono andata di casa e da allora non ci siamo più visti né sentiti.»

«Non hai amici?»

Terry rispose a bassa voce. «Dei compagni di scuola non è rimasto nessuno. Hanno preso tutti strade diverse. Hanno continuato a studiare, alcuni sono andati all'università. Io invece non ho nemmeno finito la scuola, e adesso mi mantengo con lavoretti saltuari. Non... non c'è posto per me nella vita degli altri. E nuovi amici... non sono riuscita a conservare le poche conoscenze che avevo. Neil non ha voluto. Tutte le volte che volevo uscire, si arrabbiava, e allora ho smesso.»

«Da quanto tempo conosci Neil?» chiese Jonas.

Sebbene dal suo arrivo alla fattoria non avesse fatto altro che parlare delle violenze e dei problemi che la tormentavano da quando si era messa con Neil Courtney, gli occhi di Terry si rianimarono. Era sempre convinta che l'attraente parassita che si era annidato nella sua vita fosse il suo grande amore. Per esperienza Stella sapeva che queste distorsioni nella percezione erano tipiche delle persone solitarie o con scarsa autostima. Nel caso di Terry erano vere entrambe le cose. Per mezzo di Neil Courtney si sentiva apprezzata e inoltre non doveva affrontare la vita in completa solitudine. In cambio si lasciava sfruttare, manipolare e maltrattare, negando sistematicamente gli amari risvolti del loro rapporto.

«L'ho conosciuto l'anno scorso» disse. «Alla fine di ottobre, per la precisione. Mi ha avvicinato in un pub dove lavoravo in quel periodo. Un bel posto, mica la bettola di ora. Mi ero accorta che mi fissava da tutta la sera, poi si è fatto coraggio...»

Si è fatto coraggio, ripeté cinica Stella tra sé.

«... e mi ha chiesto come mi chiamavo. Mi ha detto che ero carina. La sera dopo è tornato. E di nuovo. Diceva di venire solo per me. E... insomma, a un certo punto ci siamo messi insieme.»

Congratulazioni, avrebbe voluto dire Stella, ma si trattenne in tempo. Non era sicura che Terry avrebbe colto l'ironia.

Lei e Jonas si scambiarono un'occhiata. *E adesso?*

«Sei venuta in macchina?» ipotizzò Jonas.

Terry annuì. «La macchina è mia. Ho pensato... lui si arrabbierà lo stesso tantissimo. È rimasto a piedi.»

«Be', è un suo problema» commentò Jonas. Stella sapeva che era sollevato all'idea che Neil non potesse piombare da loro, almeno non subito. Non sarebbe riuscito a trovare un mezzo di trasporto nel cuore della notte per seguire Terry fin lì e in taxi sarebbe stato troppo costoso. Il che non significava che prima o poi non se lo sarebbero trovato davanti. Non avrebbe mai perdonato a Terry il fatto di averlo abbandonato.

Stella si alzò. «Per questa notte puoi rimanere qui, Terry. Ti faccio vedere la stanza. Domani rifletteremo sul da farsi. Al tuo posto andrei alla polizia e denuncerei Courtney per lesioni.»

La ragazza assunse un'espressione atterrita. Era chiaro che non lo avrebbe fatto. Stella le preparò il letto e le diede un asciugamano, poi tornò in cucina da Jonas. Rimasero svegli per un po'. Stella era convinta che la soluzione migliore fosse partire subito, ma allo stesso tempo era profondamente indignata: perché dovevano lasciarsi intimidire tutti da quel tipo? Era già abbastanza grave che Terry fosse in balia di Neil, ma erano fatti suoi e non riguardavano la famiglia Crane.

«Venire qui a cercare la nostra casa è stato un comportamento a dir poco discutibile» disse Jonas. «Sono sicuro che quando sono venuti a Kingston, si è annotato il modello e la targa della nostra macchina. Non è normale!»

«Courtney non è normale» ribatté Stella. «Di certo non è una persona perbene. Si fa mantenere da Terry, la costringe a lavorare in un locale malfamato... È un violento e uno scansafatiche, e vive alle spalle di una donna. Probabilmente bazzica l'ambiente criminale.»

«Che cosa vuole da noi? Insomma, deve aver capito che non nuotiamo nell'oro, e anche in quel caso: perché crede che potrebbe ricavarne qualcosa?»

«Per i suoi standard dobbiamo essere benestanti, anche se non siamo così ricchi. Secondo me sperava che avremmo accolto Terry, la madre biologica di Sammy, come una di famiglia, e di conseguenza anche lui. Se ci fossimo mostrati un po' più condiscendenti, molto probabilmente avrebbero cominciato a chiederci in prestito dei soldi e a farsi vedere sempre più spesso.»

«Deve essersi accorto che non siamo rimasti entusiasti della loro visita» commentò Jonas, «e che il suo piano *adesso siamo una grande famiglia felice* non avrebbe funzionato. Per quale motivo è venuto a spiarci fin qui, allora?»

«Evidentemente non si è ancora arreso» disse Stella. Seguì un silenzio opprimente. Erano consapevoli della posizione isolata della fattoria e del fatto di non poter neppure usare il telefono per chiamare aiuto, se non salendo in cima alla collina. Ma forse stavano esagerando. Neil Courtney era un partner violento, spietato ed egocentrico, ma non sapevano fino a che punto si sarebbe spinto con degli sconosciuti. Terry era la vittima perfetta, lei stessa permetteva a Neil di trattarla peggio di uno zerbino, secondo Stella. Lui l'aveva notata in quel pub e aveva intuito che era il genere di donna disposta a farsi sottomettere come una schiava.

I Crane erano un'altra faccenda. In fin dei conti i tipi come Courtney erano dei pavidi. Se la prendevano con i più deboli, non con le persone alla loro altezza o più forti.

«Adesso torniamo a letto» disse Stella, «e smettiamo di rimuginarci su. Di sicuro dobbiamo fare in modo che Terry se ne vada il prima possibile. Dobbiamo farle capire chiaramente che non vogliamo contatti. E che non vogliamo essere coinvolti. Che se la vedano tra di loro.»

Jonas annuì. Prima di tornare a letto, Stella diede un'occhiata in camera di Sammy: il bambino dormiva sereno e tranquillo e non si era accorto del trambusto. Stella si fermò anche davanti alla porta di Terry. Nessun rumore, nessuna luce.

Tutto sarebbe rimasto tranquillo per il resto della notte.

Ciononostante Stella controllò ancora una volta l'ingresso e tutte le altre porte che davano sull'esterno. Erano ben chiuse.

In futuro avrebbe fatto meglio a tenere d'occhio certi particolari.

Due

L'arrivo di Michael Cooper aveva turbato a tal punto Kate che Caleb Hale e Jane Scapin, dopo essersi scambiati un'occhiata, avevano tacitamente deciso che non era il caso di lasciarla tornare a casa da sola in macchina. Caleb voleva raccogliere una testimonianza più dettagliata da Michael Cooper, perciò chiese a Jane di accompagnare Kate. Poiché aveva raggiunto la scena del crimine con Jane, Caleb avrebbe preso la macchina di Kate per tornare a Scalby. Kate non aveva niente da obiettare. Era stordita e incapace di pensare lucidamente.

Non si era accorta di quanto fosse tardi. Quando lei e Jane finalmente arrivarono a casa, erano le undici e Caleb le raggiunse dopo mezzanotte, sfinito. Jane aveva preparato del tè che Kate aveva bevuto distrattamente a piccoli sorsi. Teneva lo sguardo fisso davanti a sé, la mente occupata da un unico pensiero: *Non è possibile. Mio padre e un'altra donna. Non è possibile!*

Davanti a una tazza di tè, Caleb riferì del suo colloquio con Michael Cooper. Le dichiarazioni del vicino erano state confermate anche da lui: da un po' di tempo Melissa Cooper si sentiva osservata e spiata e aveva paura. Continuava a parlare dell'omicidio di Richard Linville, chiedendosi se ci fosse un collegamento. I due figli avevano creduto che si stesse immaginando tutto perché non era riuscita a superare la morte del suo ex amante.

«Michael Cooper aveva visto la madre per l'ultima volta a metà maggio» proseguì Caleb. «Nella loro casa delle vacanze da qualche parte alla foce del fiume Humber, sul Mare del Nord. Dev'essere un posto dimenticato da Dio. Melissa Cooper non ci andava da molti mesi, ma il tempo era bello e così aveva deciso di partire. Quel giorno al telefono riferì di nuovo a suo figlio di essere seguita. Aveva visto balenare un riflesso di luce su un vetro, diverse volte, ed era convinta che qualcuno tenesse d'occhio casa sua con un binocolo. Michael Cooper allora aveva deciso di partire e di raggiungerla la sera stessa. Non aveva creduto alla storia del binocolo, ma si era accorto che la madre era sull'orlo di una crisi di nervi e si era sentito in colpa perché erano mesi che non andava a trovarla. Adesso è convinto che avesse ragione lei e che il suo arrivo abbia solo rimandato il delitto. La casa isolata sarebbe stato un luogo molto più adatto e sicuro per l'assassino, ma dopo quel fine settimana Mrs Cooper non è più tornata al cottage. Aveva troppa paura.»

«Il figlio notò qualcosa all'epoca?» chiese Jane. «Qualcosa in apparenza privo d'importanza, ma che potrebbe essere rilevante?»

«Purtroppo no» rispose Caleb. «Però ci ha promesso di rifletterci su. Al momento è distrutto e sconvolto, quindi è possibile che prima o poi gli torni in mente qualcosa. Naturalmente setacceremo la casa e i dintorni e interrogheremo anche i vicini, che tuttavia sono molto distanti. Non sono ottimista.»

«Il problema è come collegare tutto questo a Denis Shove. Se partiamo dal presupposto che Melissa Cooper sia stata uccisa dalla stessa persona che ha eliminato Richard Linville, dobbiamo cercare un possibile movente che abbia spinto Shove a uccidere anche questa donna...»

Caleb le lanciò un'occhiata d'avvertimento. *Niente particolari in presenza di Kate. Ne parleremo più tardi.*

Jane comprese e annuì. Era comunque convinta che Kate non stesse ascoltando. Era ancora immersa nei suoi cupi pensieri.

Caleb guardò l'ora. «È tardissimo. Se la sentirebbe di rimanere qui da Kate stanotte, Jane? È meglio che non resti sola.»

Jane scosse la testa con espressione rammaricata. «Mi spiace, ma devo tornare da Dylan. C'è la vicina con lui, e di sicuro mi farà una testa così per il mio ritardo. Non posso farla arrabbiare.»

«Non potrebbe sostituirla Sean, in via del tutto eccezionale?»

«Non lo sento più da un po'» rispose Jane brusca e con espressione tesa. Caleb ritenne più saggio non insistere.

«D'accordo, allora vada pure» sospirò. Quanto avrebbe voluto che nella vita di Kate ci fosse qualcuno, chiunque, da avvisare perché le stesse accanto. Fin da quando era andato a prenderla all'aeroporto, non era riuscito a scrollarsi di dosso questo pensiero: non era sano che lei trascorresse giorni, settimane in solitudine in quella casa. Com'era possibile che una donna tanto giovane fosse così sola? Era perennemente rinchiusa nei suoi pensieri e rischiava di sprofondare nello sconforto. Che poteva sfociare in una pericolosa depressione. Dopo l'omicidio del padre, stavano anche infangando la sua reputazione, o almeno era quanto credeva Kate. Per quanto riguardava Caleb, la sua opinione di Richard Linville non era cambiata. Tradimento o meno, era stato un grande poliziotto, competente, esperto, incorruttibile. Tutto questo non cambiava solo perché la sua vita privata non era stata così integerrima, come era sempre sembrato. Com'era ovvio, per Kate le cose stavano diversamente. Ai suoi occhi il padre era sempre stato un modello. Lo aveva messo su un piedistallo, immune alle debolezze e ai difetti umani. Ora il piedistallo rischiava di crollare, o forse era già successo. Kate era profondamente scossa, dopo tutto quello che aveva vissuto negli ultimi mesi e nelle ultime ore. Caleb era fermamente convinto che non fosse il caso di lasciarla sola.

«Rimango ancora un po' io» disse. «Prenderò un taxi più tardi.»

Jane uscì sollevata e poco dopo Caleb sentì il rumore della sua macchina che si allontanava. Era mezzanotte e mezzo. Non poteva pretendere che Jane facesse altri straordinari.

Kate, che fino a quel momento era rimasta seduta in silenzio sul divano, alzò la testa. «Sedici anni fa» disse, «sai che cosa accadde allora? A mia madre fu diagnosticato un tumore al seno. Poi ci furono l'intervento, la chemio e la radioterapia. Stava malissimo, fisicamente e psicologicamente. Io cercavo di venire qui tutte le volte che potevo, ma non avevo molto tempo. Mi consolavo pensando che mio padre si faceva in quattro per starle accanto in ospedale. Spesso però mi telefonava, dicendomi di aver fatto di nuovo tardi, di non essere riuscito a finire prima il lavoro. Il lavoro!» Scoppiò in una risata stridula. «Doveva avere davvero dei grossi problemi logistici. Lavoro, moglie malata, amante. Ci credo che era sempre così esausto.» Si alzò faticosamente dal divano, prese una bottiglia dalla credenza e ne bevve una lunga sorsata.

Caleb lesse l'etichetta. «Chivas Regal. È roba forte, Kate. Vacci piano.»

«Secondo te è vero quello che ha detto il figlio di Melissa Cooper?»

«A me è sembrato credibile. Ma naturalmente è la sua versione dei fatti. Di certo non è obiettivo. Non sapremo mai che cosa c'è stato veramente tra loro, dal momento che sono morti entrambi.»

«Come ha potuto fare una cosa del genere? Mia madre lottava contro la morte e lui...»

«Non giudicarlo troppo severamente. Per tuo padre dev'essere stato un periodo molto difficile. Ha cercato una via d'uscita, probabilmente non ha scelto l'alternativa migliore, ma...»

Lei bevve un altro sorso. «Non ha scelto l'alternativa migliore? Ma quella tipicamente maschile, giusto? La vita è triste, il lavoro stressante, la moglie è distrutta dalla chemio... Che cosa c'è di meglio che distrarsi ogni tanto a letto con un'altra donna?»

«Capisco bene che ti senta ferita, Kate» disse Caleb. «Ma in questo momento fai male soltanto a te stessa attaccando tuo padre. Ancora non sappiamo niente di preciso. Forse Melissa Cooper era il suo grande amore e non solo una relazione sessuale. Di sicuro all'epoca non era più una ragazzina con cui divertirsi. Era una donna adulta, una vedova, che aveva tirato su due figli da sola. Credo che in lei abbia visto più di una semplice compagna di letto.»

Kate bevve un altro sorso. «E questo dovrebbe consolarmi?» esclamò con voce isterica.

Caleb le andò vicino e cercò di toglierle di mano la bottiglia, ma lei la strinse con forza per impedirglielo.

«Kate! Smettila di bere. Non sei abituata.»

«Tu invece ne sai qualcosa!» ribatté brusca Kate.

Lui trasalì. Credeva che non sapesse niente. Ma in quel momento si rese conto della propria ingenuità. Certe informazioni trapelano sempre. E alla fine arrivano a tutti.

Si sforzò di rimanere calmo. «È vero» riconobbe pacato. «Posso considerarmi un esperto. Proprio per questo so che non serve a niente. Dammi la bottiglia, Kate.»

Invece di accontentarlo, Kate continuò a bere a grandi sorsate. L'aroma del whisky penetrò nelle narici di Caleb, che immediatamente sentì sulla lingua il sapore dell'alcol, ne avvertì il bruciore in gola, il calore che si sprigionava nello stomaco, la leggerezza che gli riempiva la testa. I problemi diventavano solubili. Le perdite sopportabili. La vita assumeva contorni morbidi. Perché disperarsi tanto? Non aveva senso.

Fece un passo indietro. Aveva la fronte imperlata di sudore e il cuore che gli batteva forte. Fu assalito da una lieve nausea.

Resterà per sempre un alcolizzato, Caleb. Per sempre. Sentì la voce del suo terapeuta. *Non deve farsi illusioni che passi così. Avrà sempre una reazione fisica all'alcol, le basterà annusarlo.*

Forse era sbagliato cercare di impedire a Kate di bere. Lei non era in pericolo come lui. A volte bisognava sbronzarsi perbene e il giorno dopo affrontarne le dolorose conseguenze.

«Kate, tuo padre aveva la *sua* vita» le disse. «E non spetta a te giudicarla, soprattutto a posteriori. Anche tua madre aveva la *sua* vita, e insieme avevano il matrimonio e la convivenza, di cui forse sai meno di quanto credi.»

«Sono sempre stati felici!»

«Questa era sicuramente la tua percezione» disse Caleb.

Lei lo guardò infuriata. «E chi saresti tu per sapere certe cose? Che i miei genitori mi nascondevano qualcosa?»

«Non posso saperlo, è naturale. Però non sono sicuro che la *tua* immagine corrisponda al vero in tutto per tutto. Quella che stai giudicando è la vita di altre persone, e anche se si tratta dei tuoi genitori, dovresti essere più prudente.»

«È anche la mia vita. Mio padre e io eravamo molto legati, sapevamo tutto l'uno dell'altra.»

«Veramente non sapevi niente di Melissa Cooper, per esempio» disse Caleb. «E quando prima ti ho chiesto se tuo padre ti avesse detto di sentirsi minacciato, mi hai spiegato che non lo avrebbe mai ammesso per non rendersi ridicolo. Ciò significa che *non* sapevate tutto l'uno dell'altra.»

Lei bevve ancora e poi lo guardò con aria provocatoria. «Ah. E adesso ti senti un vincitore? Perché mi hai dimostrato che mio padre... che io e mio padre... che noi...» Aveva già la lingua impastata, incespicò nelle parole e d'un tratto diede l'impressione di non sapere più che cosa intendesse dire.

«Secondo me il tuo problema è che avevi un rapporto malsano con tuo padre» disse Caleb. «E continui ad averlo anche ora. A me sembra che tu non abbia una vita tua. Qualcosa che adesso possa offrirti un appiglio.»

Lei barcollò leggermente. «Io? Non avrei una vita mia? Come ti viene in mente? Sono sovrintendente alla Metropolitan Police! Sono...»

Ammutolì.

«Vai avanti» la spronò Caleb. «Che altro? C'è una persona che si prende cura di te? Per la quale sei importante? Che ti ha sostenuto quando hai dovuto seppellire tuo padre? È più di un mese che te ne stai rinchiusa in questa casa, immersa nella solitudine e nei ricordi. A quanto ne so non hai neppure ricevuto la visita di un'amica. O di un amico. O almeno di un collega, o di un conoscente di Londra. Dannazione, Kate, e tu questa la chiami *vita*, quando non c'è assolutamente nessuno che si interessi a te? E a come ti senti?»

«Fuori!» disse lei. Poi lo ripeté più forte e più decisa. «Fuori!»

Lui assentì. «Me ne vado. Mi spiace che ti senta così male, Kate. Ma non posso esserti d'aiuto.»

Si diresse verso la porta. Un attimo dopo Kate era dietro di lui. Aveva lasciato cadere la bottiglia e il tappeto stava assorbendo il liquido ambrato.

«No! Ti prego! Resta! Caleb!»

Lui si fermò e si girò verso di lei. «Kate, dovresti...»

«Non lasciarmi sola. Non posso stare da sola. Ho paura. Ho una paura tremenda!» Scoppiò a piangere. «Ti prego, resta con me. Abbracciami, per favore. Ho bisogno di qualcuno che... ho bisogno di qualcuno che mi tenga stretta.»

Si avvinghiò a lui. Lui non poteva starsene lì inerte, perciò la prese tra le braccia. Il giorno dopo lei si sarebbe vergognata a morte di questo momento, ma non aveva senso non darle ciò di cui aveva tanto bisogno adesso. Era una situazione decisamente bizzarra, si disse. Era notte fonda, lui era a casa del suo ex superiore e stava abbracciando la figlia ubriaca e disperata.

Sarebbe stato davvero molto meglio se Jane fosse potuta rimanere al suo posto, pensò.

«Andrà tutto bene, Kate» disse, usando un tono di voce adatto a un bambino inconsolabile. «Vedrai che si sistemerà tutto.»

Lei alzò la testa. Aveva gli occhi sbarrati, molto più grandi del solito nel viso spento. «Vieni di sopra con me, Caleb. Vieni!»

Lui la lasciò di scatto, come se si fosse scottato, e fece un passo indietro. Lei gli afferrò la mano e cercò di tirarlo verso la porta. «Vieni con me, Caleb. Ti prego!»

Lui non riusciva a liberarsi, lei lo stringeva in una morsa d'acciaio. Era ubriaca fradicia, evidentemente non reggeva l'alcol. C'era da dire che si era scolata quasi mezza bottiglia, con ogni probabilità a stomaco vuoto, e in pochissimo tempo.

«Kate, in questo momento non sei in grado di pensare lucidamente. È stata una giornata tremenda per te e il whisky non ti ha fatto un effetto troppo positivo. Ora va' a letto. Hai dell'aspirina effervescente in casa?»

«Non voglio rimanere da sola.»

«Non me ne vado. Okay? Te lo prometto, resto qui fino a domattina.»

«Vieni di sopra con me.»

Finalmente riuscì a sfilare la mano dalla sua. «Dimmi dove tieni le aspirine.»

Nei suoi occhi comparve un'espressione concentrata. «Le aspirine?»

«Sì, esatto. Domattina ti sveglierai con un mal di testa tremendo.»

«In bagno» disse lei. «Di sopra.»

«D'accordo. Vieni. Ce la fai a salire da sola?»

Lei avanzò barcollando. Lui le rimase vicino, ma lei riuscì a superare senza problemi i ripidi gradini. Si fermò in corridoio mentre lui entrava in bagno e apriva a caso l'armadietto sopra il lavabo. Era proprio quello delle medicine. Riempì d'acqua un bicchiere, ci buttò tre compresse e aspettò che si sciogliessero. Poi lo passò a Kate che era rimasta immobile a fissare il vuoto davanti a sé.

«Bevi. Vedrai che poi andrà meglio.»

Lei ubbidì, poi domandò: «Perché non vuoi venire a letto con me, Caleb?»

Lui non sapeva se lei sarebbe stata in grado di comprendere e assimilare la sua risposta. Non voleva ferirla, perciò ricorse a una formula corretta e neutra che lei non potesse interpretare come un rifiuto. «Hai bevuto troppo, Kate. Non voglio approfittarne.»

La verità sarebbe stata: *Non sei il mio tipo. Né dà sbronza né da sobria. Sei la donna meno affascinante che abbia mai incontrato, e il pensiero di andare a letto con te non mi passa nemmeno per l'anticamera del cervello.*

«Ma... io non mi...» Faticava ad articolare le parole. «Non mi sentirei sfruttata.»

«Devi dormire. Sei sfinita. Io torno in salotto. Okay?»

Lo guardò con un misto di tristezza, dolore e disperazione e lui ebbe l'impressione che, nonostante la sbronza e lo sfinimento, gli avesse letto perfettamente nel pensiero. Aveva compreso che lui l'aveva appena scaricata, non solo per quella sera e per il suo stato alterato. Era il centesimo o il millesimo rifiuto che riceveva in vita sua. Non si faceva illusioni, conosceva troppo bene la situazione.

Con un cenno d'assenso Kate si girò e si chiuse in camera sua sbattendo la porta.

Caleb attese ancora qualche istante, poi tornò di sotto. In quel momento avrebbe desiderato tanto tornare a casa, nonostante il vuoto e il silenzio che lo opprimevano quando era lì. Ma le aveva fatto una promessa e in ogni caso sarebbe rimasto in ansia per tutta la notte. Kate era in uno stato psicologico critico e si sarebbe sentito un irresponsabile a lasciarla da sola. Si domandava che cosa sarebbe successo poi.

Raccolse la bottiglia di whisky rimasta in mezzo alla stanza. L'aroma che si sprigionava dal tappeto gli diede subito le vertigini. Dopo tutto quello che era successo, sarebbe stato il momento adatto per concedersi qualcosa di forte, e qualunque persona normale lo avrebbe fatto. Da quando era uscito dalla clinica, Caleb non aveva più provato un impulso simile. Guardò la bottiglia, disperato. Sentiva che in quel momento non c'erano più barriere, non aveva più la forza di trattenersi, nulla avrebbe potuto fermarlo.

A parte il fatto che la bottiglia era vuota.

Completamente vuota.

Tre

Seduta in cucina nel piccolo appartamento di Leeds, Helen Jefferson si era scordata di mangiare il muesli. Nella scodella c'era un ammasso appiccicoso di latte e cereali, e aveva pure lasciato raffreddare il caffè. Davanti a lei il giornale. Aveva letto solo i titoli in prima pagina, senza capire veramente di che cosa parlassero.

Fissava il muro e rifletteva.

Rifletteva sul tema del *coraggio civile*, trovandolo assai ostico.

Si riscosse dai pensieri quando Peggy, la sua compagna, entrò in cucina. Come al solito aveva passato un tempo infinito in bagno a truccarsi ed era semplicemente bellissima. Una folta chioma di lunghi capelli biondi e mossi. Ciglia lunghe e nere. Peggy aveva un viso d'angelo, ma era ben lungi dall'esserlo. Sapeva imprecare come uno scaricatore di porto e aveva una riserva inesauribile di barzellette sconce, così volgari da far arrossire qualunque uomo adulto.

«Non hai mangiato niente» osservò. «Qualcosa ti turba?»

Helen annuì. «Non ti sei accorta di niente, vero? La notte scorsa? No, forse era ieri sera.»

Peggy aveva sempre sofferto di insonnia. Tutte le sere andava a letto con i tappi nelle orecchie, perché si svegliava al minimo rumore e poi non riusciva a riaddormentarsi per ore. Il vantaggio era che in questo modo non veniva disturbata dal russare di Helen. In compenso, però, non sentiva niente di ciò che le succedeva intorno. E secondo Helen non era sempre il caso di tapparsi le orecchie davanti a tutto e tutti.

«Hanno litigato di nuovo» riferì. «Terry e Neil. In maniera molto violenta. Dovevi sentire come gridava lei... credo che l'abbia picchiata di nuovo. Anzi, ne sono sicura. E adesso non riesco a smettere di chiedermi...»

«Che cosa?» la spronò Peggy mentre si versava un caffè e infilava una fetta di pane nel tostapane.

«Non è la prima volta. Non so se sia giusto continuare a non immischiarsi. Finora è stata la nostra strategia, ma forse non era quella corretta.»

«Mmm» fece Peggy. Lei ed Helen non conoscevano ancora bene il compagno della loro coinquilina, ma fin dall'inizio si erano domandate sorprese come mai quella ragazza attirasse solo i tipi più spaventosi. Stavolta ne aveva scelto uno particolarmente losco. Questo Neil sembrava pieno di sé ed estremamente arrogante, anche se non era chiaro cosa avesse tanto da vantarsi. Peggy ed Helen avevano l'impressione che vivesse alle spalle di Terry. In ogni caso non sembrava avere un lavoro stabile, anche se usciva di casa spesso e restava fuori per ore. Inoltre esercitava un'influenza negativa sulla compagna: prima capitava che Terry salisse da loro a bere una bottiglia di vino in compagnia. Ogni tanto erano uscite in tre, si erano divertite, anche se poi Peggy commentava sempre che stare con Terry era un po' faticoso.

«È così ingenua. A volte mi verrebbe voglia di scrollarla. Quando parla di politica non la sopporto. Non capisce niente di niente!»

Nonostante questo, consapevoli della solitudine in cui viveva la ragazza, si erano prese cura di lei. Terry ogni tanto rimorchiava qualcuno, convinta tutte le volte di aver trovato il grande amore, ma la storia finiva sempre nel giro di poco tempo. La sua nuova conquista, questo Neil vattelapesca, sembrava invece resistere. Ormai erano più di sei mesi. E la cosa di sicuro non faceva bene a Terry.

Non solo era cambiata esteriormente – «quando va a buttare la pattumiera, è agghindata come se dovesse andare a rimorchiare» era stato il commento poco lusinghiero di Peggy – ma aveva smesso anche di frequentare le poche persone che conosceva. Non era più salita da loro, non avevano più organizzato niente insieme. Una volta Helen le aveva suonato alla porta, chiedendole se aveva voglia di un caffè. Terry si era affacciata all'uscio socchiuso, con aria incerta e combattuta, poi Helen aveva sentito in sottofondo la voce di Neil.

«Chi è?»

«Helen. È Helen. Vuole sapere se mi va di bere un caffè con lei.»

«Non hai tempo. Diglielo!»

Terry aveva sorriso in maniera disarmante. «Ora non posso, purtroppo. Magari un'altra volta...»

Naturalmente non c'era mai stata un'altra volta.

Helen e Peggy si erano rese conto che Neil intimidiva e manipolava Terry, mentre lei lo adorava e insieme lo temeva. La situazione minacciava di prendere una svolta drammatica. Un paio di volte avevano incontrato Terry che tentava invano di nascondere dietro un enorme paio di occhiali da sole e uno spesso strato di fondotinta i segni evidenti della violenza di Neil. Lei però si era giustificata dicendo di essere inciampata. Peggy allora aveva dichiarato che per Terry non c'era niente da fare, era impossibile allontanarla da quella infausta conquista. C'era solo da sperare che un giorno lo facesse da sola.

«Lei è completamente in suo potere» disse Helen. «È soggiogata, non troverà mai da sola la forza di staccarsi. E stanotte, mentre me ne stavo a letto ad ascoltare il dramma che avveniva di sotto, mi sono sentita come quella gente di cui spesso si legge e che non si riesce a capire: i vicini che si sono sempre tenuti alla larga e che poi fanno la faccia stupita quando qualcuno viene ferito o ci rimette la vita. Noi abbiamo sempre disprezzato quel genere di persone.»

«È vero, ma Terry deve collaborare. Finché è convinta che tra lei e Neil sia tutto a posto, noi non possiamo fare assolutamente niente.»

«Dobbiamo provare a parlare di nuovo con lei. Non possiamo ignorare la cosa.»

Decisero di provare a passare da Terry dopo colazione, e di invitarla senza impegno a bere un bicchiere di vino con loro quella sera, per «fare due chiacchiere».

«E poi possiamo solo sperare che quello stronzo non ci metta di nuovo i bastoni tra le ruote» disse Peggy. «Non è uno stupido. Se c'è stato davvero questo... litigio, non ci metterà molto a capire il perché del nostro invito.»

Pensavano di avere buone probabilità di trovare Terry da sola. Spesso l'avevano incontrata a quell'ora che andava a fare la spesa mentre Neil dormiva ancora. Ma quando bussarono piano, sperando che Terry le sentisse e Neil non si svegliasse, la porta si spalancò e si trovarono davanti proprio lui.

«Sì?» chiese. Aveva la barba lunga, portava una felpa macchiata e puzzava di sudore. Sembrava essere rimasto alzato tutta la notte. Le guardò con aria interrogativa.

«Sì?» ripeté.

«Mmm... Terry è in casa?» domandò Peggy. Era sempre la più coraggiosa delle due e non si lasciava certo intimidire da uomini come Neil.

«Non c'è» rispose lui.

«E dov'è?»

«Che cosa volete da lei?» chiese Neil invece di rispondere.

Peggy era sempre stata bravissima anche a trovare scuse plausibili nel giro di un istante. «Oggi è il nostro quinto anniversario» mentì. «Volevamo festeggiare con una bottiglia di spumante stasera e abbiamo pensato di invitare Terry da noi.»

Neil aggrottò la fronte. «Be', non sarà dell'umore giusto. Stanotte ha ricevuto una telefonata. Sua madre sta male.»

«Sua madre?» Alla fine anche Helen aprì bocca. «Ma pensavo... che non avesse più contatti con sua madre.»

«Si sono sentite di nuovo qualche settimana fa. E comunque, dopo un infarto, è normale avvertire la figlia. Anche se avevano litigato.»

«Mio Dio! Un infarto?»

«L'hanno ricoverata a Scarborough» proseguì Neil. «Terry era fuori di sé dall'agitazione. Ha pianto e gridato...»

«Come mai a Scarborough?» domandò Peggy. «La famiglia di Terry vive in Cornovaglia.»

«Una tragica fatalità. La madre è arrivata ieri a Scarborough. Oggi dovevano vedersi nel suo albergo. Finalmente si sarebbero riappacificate e riavvicinate dopo tanti anni. E invece... guarda che cosa doveva succedere!»

Stava dicendo la verità? Era una storia un po' debole. Helen e Peggy evitarono di guardarsi. In realtà non si fidavano minimamente di Neil, anche se ritenevano improbabile che mentisse su una faccenda che avrebbero potuto verificare facilmente.

«Terry è partita per andare da lei stanotte. Non c'è stato modo di fermarla.»

E tu lasci partire da sola una donna così scossa e disperata, pensò Peggy. Avrebbe potuto succederle Dio solo sa cosa.

Preferì non dire niente. Di sicuro Neil non era la disponibilità fatta persona.

«Mi piacerebbe raggiungerla» disse Neil. «Ma non so come fare. L'auto l'ha presa lei.»

«Io sto andando a Scarborough» disse Peggy. «Se vuoi, ti accompagno io.»

«Dici sul serio? Sarebbe fantastico!»

Helen lanciò un'occhiata contrariata a Peggy. La trovava un'offerta esagerata. Accompagnare quel tipo in macchina... Helen non lo avrebbe fatto per niente al mondo. Dopotutto non sapevano se avesse detto la verità, e poi era un tipo violento... Lanciò un'occhiata implorante a Peggy: *Non farlo!*

Peggy invece sembrava decisissima a fare luce su quanto avvenuto la notte prima. Avrebbe accompagnato Neil all'ospedale di Scarborough e così avrebbe scoperto se la madre di Terry era andata davvero nello Yorkshire ed era stata colpita da un infarto. Oppure se avevano ricoverato Terry per le botte subite da Neil. Fece tintinnare le chiavi dell'auto.

«Dobbiamo partire subito. Devo andare al lavoro.»

Neil annuì. «Certo. Sono pronto.»

Scesero insieme le scale. All'ingresso Helen salutò gli altri due.

Lavorava nella redazione degli annunci di un giornale di Leeds e la mattina prendeva sempre l'autobus. Peggy, dopo un periodo di disoccupazione, aveva trovato un posto in una casa di riposo a Scarborough, il che la costringeva a compiere un tragitto quotidiano di un'ora e mezzo all'andata e altrettanto al ritorno. Non era una situazione sostenibile a lungo, ma per il momento era stata contenta di poter lavorare di nuovo. Lei ed Helen stavano valutando l'ipotesi di trasferirsi a York, che era a metà strada dai luoghi di lavoro di entrambe. Finora però non avevano trovato una sistemazione a buon mercato. York era più costosa di Leeds e sembrava impossibile trovare una soluzione soddisfacente. Nel frattempo Peggy si era quasi abituata alla vita da pendolare.

Neil sembrava di ottimo umore quando imboccarono la A64 fuori Leeds. Non sembra che abbia qualcosa da nascondere, pensò Peggy. Forse Helen si era sbagliata riguardo agli avvenimenti di quella notte. Forse Terry aveva davvero avuto un crollo emotivo quando aveva ricevuto la notizia di sua madre, aveva pianto e gridato, ed Helen aveva interpretato la cosa come un violento litigio tra lei e Neil.

Forse ci siamo solo fatte un'immagine negativa di lui, rifletté Peggy, anche se... è proprio antipatico...

Cercò di gettargli un'occhiata di sottecchi, e si accorse che lui la stava fissando. Le rivolse un sorriso allusivo.

«Che c'è?» chiese lei. «Perché mi guardi così?»

«Sei proprio una bella donna» rispose lui. «Come mai non ti sei ancora trovata un uomo?»

«Gli uomini non mi piacciono.»

Lui fece un gesto sprezzante con la mano. «Cazzate. Ti sei convinta che sia così... Sei troppo attraente per buttarti via con una donna... per di più una brutta come Helen.»

«Senti, su questo abbiamo punti di vista molto diversi. Per me un rapporto con una donna non è uno spreco. Ed Helen non è affatto brutta.»

Lui sogghignò. «Personalmente neanch'io trovo che un rapporto con una donna sia uno spreco. Ed Helen è brutta, lo sai anche tu. La tipica lesbica, riconoscibile a chilometri di distanza. Tu ti meriti di meglio.»

«Non mi va di continuare questa conversazione» disse Peggy gelida.

«Se mai stata con un uomo in vita tua? È una cosa che mi intriga molto di voi lesbiche. Nascete così, oppure qualcuno vi ha disgustato al punto che tirate una bella riga su ogni uccello e preferite dedicarvi solo alla figa?»

«Stai attento a come parli» lo ammonì Peggy. «Non ci metto niente a lasciarti qui sul ciglio della strada, così te la vedrai da solo come proseguire.»

«Ho toccato un nervo scoperto.»

«Non ho nervi scoperti.»

«Tutti li hanno.»

«Io no. Adesso per favore chiudi la bocca. Non ho voglia di sentire le tue stupide allusioni.»

Lui sogghignò di nuovo, ma rimase in silenzio. Peggy era arrabbiata con se stessa. Perché era stata tanto stupida da tirarsi dietro quel tizio insopportabile? Lo aveva fatto solo perché all'improvviso Helen si era messa in mente di dover aiutare Terry. Come se fosse possibile! Chi si metteva con un rifiuto simile avrebbe rifiutato qualsiasi aiuto. Con un uomo del genere poteva rimanere solo una donna che si trascinava dietro enormi problemi psicologici. Al massimo poteva occuparsene un terapeuta.

Non possiamo fare niente, pensò Peggy. Terry deve tirarsene fuori da sola.

Procedevano in aperta campagna, tra prati e campi. All'improvviso Neil annunciò: «Puoi fermarti un secondo? Devo fare pipì».

«Adesso?»

«Certo. Di sicuro non tra un'ora.»

Peggy imboccò uno stretto viottolo di campagna sulla sinistra che si inoltrava tra i prati per un tratto prima di sparire. Si fermò.

«Okay. Scendi.»

Lui non si mosse. Lei aggrottò la fronte. «Non avevi detto che non ce la facevi più? Avanti, scendi. Non voglio arrivare tardi al lavoro.»

Solo in quel momento si accorse dell'arma che lui stringeva in pugno. Una pistola. Puntata contro di lei.

Peggy trattenne il fiato per qualche secondo, cercando di capire che cosa stesse succedendo. Neil la teneva sotto tiro con un'arma da fuoco. Un uomo con una faccia da criminale e che godeva di una pessima reputazione.

Nonostante questo, non poteva essere vero. Certe cose succedevano nei film, non nella vita reale.

Quando ricominciò a respirare, provò a reagire in maniera sfacciata. «Che cos'è questa storia? Sei impazzito? Metti via quell'affare!»

«Mi serve la tua macchina» annunciò Neil. «Mi spiace molto, ma è urgente.»

«La mia macchina? Ma tu sei matto. Non crederai mica che...»

Lui non le lasciò terminare la frase. Le afferrò i capelli con la mano sinistra e li strattonò con forza brutale, facendola gridare. Avvicinò il viso a quello di lei mentre le spingeva la pistola tra le costole. «Senti, non è uno scherzo, quindi vedi di collaborare, okay? Farai quello che ti dico. Adesso scendiamo, e niente scherzi, chiaro?»

Le tirò di nuovo i capelli. Lei lanciò un altro grido. Le sembrava che le avesse strappato una ciocca intera. Peggy comprese che era un uomo che non si limitava alle minacce. La cosa sarebbe potuta finire male, se avesse opposto resistenza. Non aveva dubbi che la pistola fosse carica e che lui non avrebbe esitato a usarla.

«Okay» bisbigliò. «Okay, scendo.»

Aprì lentamente la portiera. Una folata d'aria calda la investì, profumava di fiori e di erba. Proprio lì accanto c'era un biancospino in fiore. Sarebbe stata una giornata di sole, un vero e proprio dono dopo tutta la pioggia delle settimane precedenti. Nel giro di una notte le nuvole erano state spazzate via. Soffiava una lieve brezza.

Peggy si sentì salire le lacrime agli occhi. Non era una giornata giusta per morire. Per mano di un pazzo, sul ciglio di una strada di campagna, tra Leeds e Scarborough.

Helen non voleva che gli dessi un passaggio. E aveva ragione. Il suo istinto non l'aveva ingannata.

Lui scivolò dal sedile del passeggero e uscì proprio dietro di lei. Adesso erano entrambi schiacciati tra la macchina e la siepe. Peggy cercò di gettare un'occhiata alla strada, ma non vide niente. Si era addentrata troppo nel prato, adesso era completamente nascosta dai cespugli. Chi fosse passato in macchina, avrebbe visto al massimo il retro dell'auto. Non si sarebbe accorto che a bordo un uomo stava minacciando una donna con una pistola.

Prima che se ne rendesse conto, Peggy si ritrovò con le mani bloccate dietro la schiena da un paio di manette. Ma dove le aveva prese? Be', non era certo difficile procurarsele, attrezzi di quel genere si trovavano in qualunque sexy shop.

«Mi dispiace molto» disse lui, ma non sembrava affatto sincero. «Non posso rischiare che scappi e vai a fermare la prima macchina che passa per avvisare la polizia. Resterai per un po' qui. Siediti!»

«Non puoi legarmi qui! Non mi troverà nessuno!»

«Prima o poi qualcuno passerà.» Indicò alcuni fazzoletti di carta appallottolati e una lattina di Coca-Cola sparsi sull'erba. «Questo è un posto per pisciare, bere e scopare. Vedrai che non ci vorrà molto.»

Peggy la vedeva diversamente. Si immaginava rannicchiata sotto la siepe di biancospino, mentre le ore passavano, per tutta la giornata e forse anche la notte. Era improbabile che qualcuno sentisse le sue grida. Non c'erano pedoni sulla strada e le macchine di passaggio non l'avrebbero udita. L'unica possibilità era che ci fosse qualche contadino nei campi intorno, ma in quel momento non sembrava esserci nessuno.

«Per favore» lo implorò, «non farlo. Ti prometto che aspetterò un'ora e poi...»

Lui rise. «Ma certo. E io credo a Babbo Natale.» Diede uno strattone alle manette che le tagliarono dolorosamente i polsi. «Siediti, adesso!»

Lei udì il rumore di un veicolo che si avvicinava. Il rombo cupo di un camion squarciò il silenzio.

Ora, pensò.

Si divincolò e riuscì a liberarsi. Neil non se lo aspettava. Dalle donne non se l'aspettava mai, aveva sempre avuto che fare solo con quelle che si lasciavano intimidire da lui. Donne forti e sicure di sé come Peggy lo spaventavano.

Si precipitò oltre la portiera della macchina rimasta aperta, ma il giubbotto rimase impigliato. Sentì la stoffa lacerarsi. Non aveva importanza, doveva raggiungere la strada.

«Fermati, puttana!» le intimò Neil.

Lei si mise a correre. Il camion si avvicinava. Doveva sbucare in tempo sulla strada. Doveva fermarlo. L'autista doveva aiutarla. Non poteva andarsene così, alla vista di una donna con le mani ammanettate dietro la schiena che spuntava da un viottolo di campagna. Avrebbe...

Lo sparo squarciò i suoi pensieri. Fu così forte da farle male alle orecchie e per un attimo pensò di essere diventata sorda. Non provò altri dolori, quindi non doveva averla colpita. Rimase sorpresa quando la gamba le cedette di colpo, e lei cadde a terra. Non potendo sorreggersi con le mani, rimase sdraiata sull'erba, la faccia contro il terreno ancora umido e fresco per la pioggia, che profumava di primavera piuttosto che di estate.

Un attimo dopo Neil le sollevò bruscamente la testa.

«Sei una maledetta stronza. Una stupida, maledettissima stronza!»

Due mani rudi la sollevarono. Si ritrovò appoggiata a Neil, la gamba sinistra inerte. Guardò verso il basso e vide i jeans insanguinati. A poco a poco la sua mente registrò l'accaduto. *Sono stata colpita. Mi ha colpito alla gamba.*

Il camion passò rombando sulla strada. L'autista non si era accorto di niente.

Neil trascinò Peggy fino alla macchina e poi dietro la siepe. La gamba cominciava a farle male, ma non troppo forte. Peggy guardò preoccupata tutto il sangue che continuava a sgorgare copioso.

«Neil. Ho bisogno di un medico.»

Lui la schiacciò brutalmente sull'erba. Con un filo di nylon le legò le mani a un robusto tronco della siepe. «Te la sei cercata. Non posso fare niente per te. Credi che abbia intenzione di portarti dal medico e poi di aspettare che lui chiami gli sbirri?»

Lei si guardò la gamba. La stoffa dei jeans era completamente intrisa di sangue. Il dolore aumentò.

«Se mi lasci qui morirò dissanguata. Neil, non puoi farlo. Ti prego. Portami almeno fino alla strada. Neil...»

Lui non l'ascoltava più. Salì in macchina, chiuse la portiera, accese il motore e fece manovra sotto gli occhi allibiti di Peggy.

«Neil!» gridò a pieni polmoni, con tutta la forza che aveva. Ma si sentiva già mancare. Stava perdendo troppo sangue, e troppo in fretta. «Neil!»

Lui non poteva sentirla, ma in ogni caso l'avrebbe ignorata. L'auto era scomparsa. Peggy la sentì svoltare sull'asfalto della strada. Subito dopo il motore accelerò e Neil ripartì sgommando.

Pur sapendo che era inutile, lei continuò a gridare. «Neil! Neil, torna indietro, per favore! Per favore!»

Poi tacque. Intorno a lei regnava il silenzio. Il motore della sua auto le giungeva sempre più lontano. Sentiva anche il rombo di un aeroplano da qualche parte. Le api ronzavano tra i biancospini. Nessun veicolo agricolo. Nessun contadino.

Il dolore adesso era fortissimo. Era come se la gamba le stesse andando a fuoco. Il sangue gocciolava nell'erba.

Aveva l'impressione che il cuore pompasse troppo in fretta e troppo forte. Nel giro di breve tempo si sentì le labbra, la bocca e la gola secche.

«Acqua» mormorò.

Le ultime nuvole si allontanarono. Il sole, tanto agognato, splendeva implacabile.

Sarebbe morta lì, Peggy ne era sicura.

Sperava di perdere rapidamente i sensi.

Quattro

Caleb Hale, Jane Scapin e il sovrintendente Stewart erano seduti nell'ufficio di Caleb a Scarborough. Avevano tutti un'aria sfinita, e ognuno aveva davanti un bricco di caffè.

Quello che stava peggio era Caleb.

Aveva la faccia grigia e le occhiaie; il suo aspetto era peggiorato dalla barba lunga e dagli abiti stazzonati che indossava dal giorno prima. Jane tuttavia aveva l'impressione che le sue pessime condizioni non dipendessero solo dalla stanchezza; non aveva semplicemente l'aria di chi non ha chiuso occhio tutta la notte, bensì di una persona malata. Dalla finestra aveva visto che era arrivato in taxi. Era probabile che lo avesse preso direttamente da Kate Linville, senza passare da casa sua. Tipico di Caleb. Era un capo premuroso, attento. Il suo concetto di professione non si fermava mai ai confini effettivi del suo ruolo istituzionale. Non lasciava le persone sotto la pioggia solo perché aveva rispettato tutte le procedure e il resto non rientrava nelle sue competenze. Faceva sempre più del dovuto.

Jane si era già chiesta in passato se non fosse troppo sensibile per il suo lavoro. Se non si facesse coinvolgere troppo da ciò che vedeva e viveva. Anche dal dolore delle vittime. Si capiva che faticava a mantenere le distanze. Forse però si sentiva solo. Spesso Jane aveva l'impressione che, dopo essere stato abbandonato dalla moglie, non tornasse più volentieri a casa. Coglieva ogni occasione per sfuggire alle quattro mura domestiche, se necessario anche vegliando di notte la figlia devastata di un ex collega assassinato. Nonostante la fatica. In ogni caso era sempre perfettamente sobrio. In precedenza capitava fin troppo spesso di entrare nel suo ufficio e sentire l'odore di alcol. Ora beveva quantità esagerate di caffè e nient'altro.

«Come sta Kate, capo?» si informò Jane.

Lui si strinse nelle spalle. «Stamattina non l'ho vista. Spero significhi che è riuscita a dormire. Però è in uno stato psicologico spaventoso. Bisognerebbe trovare qualcuno che le stesse accanto. Ma sembra non esserci proprio nessuno.»

«Possibile che suo padre fosse l'unica persona che frequentava?»

«Così sembra. È penosamente sola, ma» si strofinò la mano sugli occhi stanchi, rendendoli ancora più rossi e affaticati, «nessuno di noi può aiutarla, temo. Deve rimettere ordine nella sua vita e rialzarsi. Credo ci riuscirà solo con le proprie forze.»

«Le ci vorrebbe un uomo» commentò il sovrintendente Stewart. «Prova a consigliarle di cercare su Internet, Jane. Oggi lo fanno tutti.»

«Così poi sarà felice come te?» Non era un segreto per nessuno che Robert Stewart cercava da anni una compagna su tutti i siti di cuori solitari, ma senza successo.

Robert non si offese. «D'accordo, ma di sicuro avrebbe più possibilità di ora. È assai improbabile che l'uomo dei suoi sogni capiti per caso davanti a casa sua e le dichiari tutto il suo amore.»

«Certe cose lasciamole a Kate» tagliò corto Caleb. «È la sua vita, e deve decidere lei che cosa farne. Noi abbiamo altro di cui occuparci. La giornata è appena cominciata, ma avete nuove informazioni sul caso di Melissa Cooper?»

Robert annuì. «Molto probabilmente ho scoperto in quale occasione si sono conosciuti l'ispettore Linville e Melissa Cooper. Ovviamente non so se sia importante per il caso, ma ho pensato che fosse ragionevole cercare punti di contatto, dal momento che è plausibile che siano vittime dello stesso assassino.»

Caleb annuì. «Giusto. Che cosa ha trovato?»

«Sono arrivato molto presto stamattina e ho esaminato dei vecchi casi. In particolare quelli del 1998, dato che la loro relazione pare nata in quel periodo.»

«Ottima intuizione!»

Robert era visibilmente lusingato da quel complimento. «Nel settembre del 1998 ci fu una rapina qui a Scarborough in una delle sale giochi giù al porto. In pieno giorno. Due giovani armati di pistola fecero irruzione e svuotarono la cassa. Il proprietario oppose resistenza e fu gravemente ferito. Morì prima ancora di arrivare in ospedale. I rapinatori fuggirono con un ingente bottino usando un'auto guidata da un terzo complice. Ci furono diversi testimoni, tra l'altro le persone che passavano per caso nella zona del porto. Tra loro anche Melissa Cooper, che aveva appuntamento con un'amica in un pub. Riuscì a dare una descrizione sommaria dei colpevoli e così fu convocata alla centrale per una testimonianza. Fu Linville a parlare con lei. Immagino che si conobbero in quella occasione. Ma forse è meglio averne la conferma dai figli.»

Caleb rimase pensieroso. «Non potrebbe essere qui la chiave dei delitti di oggi? I rapinatori furono catturati?»

«Sì. Tuttavia...»

«Sì?»

«Il caso fu risolto in fretta. Ma non grazie alla testimonianza di Melissa Cooper, e non fu nemmeno Linville a catturarli. Due giorni dopo la rapina che si era trasformata in un omicidio, uno dei colpevoli perse la testa e si costituì, portando così all'arresto dei complici. Melissa Cooper in realtà non c'entrava niente, e secondo me i colpevoli non avevano nemmeno sentito il suo nome.»

«Meglio controllare, in ogni caso. Robert, prosegua su questa linea. Immagino che i tre abbiano scontato la condanna e siano tornati in libertà già da un po'.»

«In effetti ho verificato, signore.» Robert doveva essersi alzato prima dell'alba quel giorno per mettersi subito al lavoro. «Sono fuori tutti e tre e sono puliti. Due vivono ad Hull, uno qui a Scarborough. Ho i loro indirizzi.»

Caleb si rese conto che quel mattino Robert e Jane si erano scambiati i ruoli. Di solito era lei quella più attiva e dotata di iniziativa personale, mentre Robert era un elemento valido ma un po' più indolente. Oggi sembrava invece che Jane fosse del tutto apatica. Era pallidissima, sembrava sfinita e tormentata, al punto che Caleb, se ne avesse avuto la possibilità, le avrebbe dato volentieri la giornata libera. Era tornata a casa a tarda notte e di sicuro aveva avuto problemi con la vicina che le aveva tenuto Dylan.

«Okay, Robert, continui a tenere d'occhio quei delinquenti. Poi dobbiamo trovare assolutamente Denis Shove. In realtà non so come stabilire un legame tra lui e Melissa Cooper, ma...»

«Signore, è vero che Denis Shove è stato arrestato nel 2005, e cioè tre anni *dopo* la separazione di Linville da Melissa Cooper... almeno, stando alla dichiarazione del figlio» disse Jane, «però mi chiedo se non sia venuto a conoscenza del fatto che per un certo periodo Linville e Cooper erano stati insieme. Forse non si accontenta di vendicarsi di Linville. A volte capita che la vendetta riguardi anche la cerchia della vittima.»

«Mmm... e come avrebbe fatto a scoprirlo?»

«Certe notizie trapelano spesso» rispose Jane. «Immagino che qui alla centrale in molti fossero al corrente della cosa. Mentre Linville era sempre convinto di custodire un grande segreto, la gente parlava già alle sue spalle.»

Caleb sospirò. Su questo aveva ragione. Pensò a quanto fosse rimasto allibito la notte prima, quando Kate, rabbiosa come un animale in gabbia, gli aveva rinfacciato il problema con l'alcol. Forse era stato ingenuo da parte sua perseverare nella versione del bypass. Tutti sapevano la verità, che era arrivata persino a Scotland Yard.

Si stava coprendo di ridicolo.

«Resta ancora qualche punto da chiarire» osservò. «Anche se i colleghi lo sapevano, com'è possibile che la notizia sia arrivata a Denis Shove? In questo caso, non avrebbe ucciso *prima* Melissa Cooper e *poi*, in un secondo tempo, Richard Linville? Perché non usare Melissa Cooper come avvertimento per Linville, in un certo senso, per confonderlo e mettergli paura? La successione degli eventi non ha molto senso.»

«Forse Shove aveva progettato la cosa all'inverso» obiettò Jane. «E poi qualcosa lo ha costretto a modificare i suoi piani. Forse non era riuscito ad avvicinarsi a Melissa Cooper, mentre gli si era presentata l'occasione buona con Richard Linville.»

«Ma allora perché uccidere lo stesso Melissa Cooper? Avrebbe potuto benissimo risparmiarla, perché tanto non poteva più colpire Linville uccidendola.»

«Siccome ne aveva progettato l'omicidio, non voleva lasciare le cose a metà» ragionò Jane.

Caleb tamburellò con la matita sulla scrivania. Gli sembrava una ricostruzione quanto mai bizzarra.

«Melissa Cooper è stata legata e imbavagliata. Le hanno rotto entrambe le rotule con un martello quando era ancora cosciente. Poi le hanno tagliato la gola con estrema ferocia, arrivando quasi a decapitarla. Questo dimostra un odio profondo, una grande determinazione, la volontà non solo di uccidere la vittima, ma di farla soffrire. Solo per portare a termine un piano che in realtà era già concluso? La cosa non mi convince.»

I due agenti non avevano niente da controbattere. Alla fine il sovrintendente Stewart chiese: «Abbiamo pensato ai figli di Melissa Cooper? Michael Cooper nutriva un odio profondo per Linville, lo ha dimostrato chiaramente ieri».

«È vero, però non odiava sua madre» osservò Caleb, «ed è rimasto sconvolto alla notizia della sua morte. Dovrebbe essere un attore molto bravo per fingere così bene tanta disperazione e tanto raccapriccio. Comunque andrò a parlare con lui. Forse è arrivato anche il fratello. Devono raccontarci per filo e per segno della relazione tra la madre e Linville.»

«Purtroppo le persone coinvolte direttamente in questa relazione non possono essere sospettate» disse Jane. «Mi riferisco ai rispettivi partner. Il marito di Melissa era già morto all'epoca. E la moglie di Linville è morta tre anni fa.»

«Già, in questo caso non è possibile ricorrere alla soluzione più semplice» concordò Caleb alzandosi. «Ecco che cosa faremo: lei, Robert, controllerà i tre rapinatori. Jane, lei esaminerà di nuovo tutti i documenti del caso Shove. Vorrei scoprire se c'è qualche indizio su Melissa Cooper, anche se non credo. Però è meglio verificare. Io andrò a Sheffield a parlare con il figlio. Ho già mandato degli agenti ad Hull a perquisire l'appartamento di Melissa Cooper, parlare con i vicini e il custode della scuola e fare un sopralluogo al cottage in campagna. In ogni caso vorrei intensificare le ricerche di Denis Shove. Anche se non ha niente a che fare con questa storia, potremo eliminarlo dall'elenco dei sospettati solo dopo averlo interrogato e aver verificato i suoi eventuali alibi. Meglio...»

«Signore, ho già provveduto ieri sera» lo interruppe Jane. «La sua foto verrà pubblicata oggi su diversi quotidiani locali. Con una descrizione e tutto il resto.»

Eccola, la Jane che conosceva. Caleb annuì soddisfatto. «Molto bene, Jane. Sta facendo un ottimo lavoro.» Gli occhi stanchi di Jane si rianimarono per un istante.

Robert Stewart invece scrollò impercettibilmente la testa. Non perché dissentisse dall'opinione del capo riguardo alle qualità di Jane. Ma gli pareva che entrambi, prima Caleb e ora anche Jane, stessero dando troppa importanza a Denis Shove.

E secondo lui c'era qualcosa che non quadrava.

Cinque

Pur essendo sveglia da tempo, era rimasta ancora per una mezza eternità in camera sua, temendo di incontrare Caleb. Non voleva più vederlo per nessun motivo. Stava male, sentiva tutti gli effetti della mezza bottiglia di whisky che aveva trangugiato a stomaco vuoto: la testa le pulsava, aveva la bocca secca e gli occhi infiammati, la poca luce che entrava dalle tende ancora chiuse le dava fastidio. Ma niente la faceva soffrire come il ricordo di ciò che era accaduto la sera prima. Lei e Caleb in salotto. Si era gettata tra le sue braccia, lo aveva implorato di tenerla stretta. Lui l'aveva accontentata e lei si era sentita confortata e al sicuro. Ma poi si era spinta oltre, e se l'era voluto portare a letto. Nonostante fosse ubriaca, nessun particolare di quella scena era andato perduto. Al contrario, conservava un ricordo nitido del disagio di Caleb. Doveva aver trovato la situazione terribilmente imbarazzante e lei si chiedeva come avesse potuto comportarsi in modo così disinibito.

Cercò di scacciare quelle immagini, ma continuavano ad affiorarle alla memoria, sovrapponendosi persino alle altre di quella giornata terribile. Si sforzava di richiamare alla mente la scena del crimine ad Hull, il corpo martoriato, insanguinato e legato di Melissa Cooper: erano un ricordo più facile da sopportare del proprio comportamento nei confronti di Caleb. La sua espressione quando le aveva detto di non volersi approfittare della situazione. Lei aveva riconosciuto la verità nel suo sguardo. Lui la trovava brutta e priva di fascino. Era una donna di cui in circostanze normali non si sarebbe neppure accorto, e della quale si prendeva cura perché a suo tempo aveva stimato molto il padre e provava pietà per lei.

Era la solita storia: disinteresse completo o compassione, erano le uniche due cose che suscitava negli uomini. E ora aveva risvegliato proprio la compassione di Caleb Hale. Di sicuro lui la vedeva come un caso pietoso, e in più come una persona da cui stare alla larga in futuro.

A un certo punto aveva sentito arrivare una macchina e subito dopo il rumore della porta d'ingresso che si richiudeva. Caleb doveva aver chiamato un taxi. Per sicurezza aveva aspettato ancora un po', poi si era alzata ed era andata alla porta sulle gambe incerte. Era rimasta in ascolto, aveva sbirciato sulla scala. Silenzio totale.

Grazie al cielo, se n'era andato.

Impiegò molto tempo a farsi la doccia e a vestirsi. Il mal di testa le impediva qualunque movimento veloce. Allo specchio vide la propria faccia distrutta, pallida e con gli occhi incavati, di colpo invecchiata di anni. Doveva ancora compierne quaranta, ma sembrava averne quasi dieci di più. Quanto avrebbe voluto piangere per il proprio aspetto, per se stessa, per i rifiuti collezionati nel corso della vita, e invece trattenne le lacrime. Sarebbero servite solo ad aumentare il mal di testa e il dolore dietro gli occhi.

Alla fine scese al piano di sotto. In cucina trovò la caffettiera piena tenuta in caldo. Nessuna lettera, nessun messaggio, nessun saluto.

Che cosa ti aspettavi? si domandò. D'ora in avanti Caleb cercherà di starti il più alla larga possibile. Non farà niente che possa essere frainteso da te.

Si rese conto di non aver voglia di mangiare, ma si riempì una tazza di caffè. Lo bevve in piedi, guardando fuori dalla finestra. A poco a poco si riprese, gli occhi sopportavano meglio la luce del sole. Per la testa le giravano molti pensieri, e accanto alla cocente vergogna per il proprio comportamento, cominciò ad affacciarsi anche lo sgomento per il padre.

Suo padre aveva avuto un'amante.

Una storia da poco, tenuta segreta. Suo padre, quell'essere fantastico, meraviglioso, superiore.

Nel momento in cui Brenda soffriva tantissimo ed era completamente indifesa, lui l'aveva tradita.

Non solo lei: aveva tradito anche Kate. Come lei non era mai stata tradita da nessun altro in vita sua.

Che cosa aveva significato per lui questa Melissa Cooper? L'aveva amata? Avrebbe scelto lei, se Brenda, sua moglie, non fosse stata tanto malata? Era stato il cancro a riportarlo a Church Close? In altre circostanze ci sarebbe stata una separazione, che avrebbe distrutto il senso di sicurezza e di protezione che i genitori davano a Kate anche da adulta? Forse era stato solo il pudore – quel poco che gli restava, pensò Kate – a impedire a Richard Linville di prendere il largo. In un primo momento Brenda aveva superato la malattia, ma un anno dopo c'era stata una ricaduta e il tormento era ricominciato daccapo. Brenda aveva vinto anche quella battaglia, e c'erano stati nove incredibili anni durante i quali il cancro era stato tenuto in scacco con ogni metodo di cura alternativo esistente, ma probabilmente il marito non credeva che fosse finita. E aveva ragione: nel 2010 si era ripresentato, più aggressivo di prima. Il fisico di Brenda era invaso dalle metastasi, la sua resistenza esaurita. Era morta nel gennaio del 2011.

E poi... evidentemente la scintilla tra Richard e Melissa non era più scoccata. Prima o poi ogni fuoco si esaurisce.

Kate voleva saperne di più. Che cosa era accaduto all'epoca, e perché? Alla fine erano morti entrambi, Richard e Melissa, giustiziati da qualcuno che doveva odiarli in maniera abissale.

Il giorno prima aveva conosciuto Michael Cooper e lo aveva trovato estremamente antipatico e indisponente, ma non aveva scelta, doveva mettersi di nuovo in contatto con lui. Per il momento almeno era l'unica persona dalla quale avrebbe potuto forse ottenere qualche altra informazione.

Aveva saputo che viveva a Sheffield. Facendo una ricerca in rete aveva scoperto che in città abitavano due Michael Cooper. Non era andata tanto male. Si segnò entrambi gli indirizzi. Non voleva telefonare, per paura di essere respinta subito. Aveva colto la sua avversione nei propri confronti. Aveva odiato suo padre, e ora trasferiva questo sentimento sulla figlia. Naturalmente però era sotto choc. Nel frattempo forse aveva capito che Kate era una persona indipendente, e non aveva nessuna responsabilità per le scelte del padre. Si rese conto meravigliata che era la prima volta in assoluto che pensava una cosa del genere. Nonostante tutto ciò che era accaduto, le suonava quasi blasfemo: *sono una persona indipendente e non sono responsabile per mio padre.*

L'aveva sempre vista in maniera diversa. Lei e Richard come una cosa sola. E quindi responsabili l'uno dell'altro, come di se stessi.

Adesso invece scopriva che Richard aveva avuto una vita sua. Da solo, separato da sua moglie e da sua figlia.

Non mi sono mai staccata da lui, e pensavo che fosse lo stesso per lui. Invece ha preso una strada tutta sua. Con una donna che non conoscevo. Di cui non mi ha mai parlato. Ha tradito la nostra famiglia. Ha tradito me. E i miei sentimenti per lui.

Faceva così male che le lacrime tanto faticosamente trattenute le salirono agli occhi. Prima che potesse impedirlo, si sedette sul pavimento della cucina e scoppiò in un pianto dirotto che la scosse da capo a piedi. A un certo punto riuscì a prendere il rotolo di carta da cucina e ne strappò un foglio dopo l'altro per tenere a bada quel fiume di lacrime e soffiarsi il naso. Alla fine le lacrime si esaurirono e lei rimase ancora un po' seduta sul pavimento, svuotata, sfinita, con il respiro corto, a guardare i mobili intorno a lei da una prospettiva insolita. Aveva freddo lì in terra, ma non aveva la forza di alzarsi. Si sentiva triste e sconsolata, ma anche in parte sollevata: le lacrime sono sempre il modo migliore per allentare la tensione, anche la peggiore.

A un certo punto si riscosse, andò in bagno, si sciacquò il viso con l'acqua fredda e si mise un po' di fondotinta, contrariamente alle sue abitudini, per mascherare il rossore sulle guance. Sarebbe stato più saggio non recarsi a Sheffield proprio ora.

Ma partì lo stesso.

Il viaggio durò molto. A causa del traffico intenso impiegò due ore e mezzo per raggiungere Sheffield, poi si perse cercando il primo indirizzo solo per scoprire che si trattava del Michael Cooper sbagliato. L'uomo che venne ad aprirle dopo una lunga attesa e tre scampanellate doveva aver superato i novant'anni e quando Kate gli spiegò di essersi sbagliata e gli chiese scusa, non capì, e continuò a chiederle che cosa volesse, finché lei a un certo punto si girò stizzita e lo lasciò lì dov'era. Sperava che l'altro Michael Cooper sarebbe stato quello giusto. C'era anche la possibilità che il figlio di Melissa non comparisse sull'elenco telefonico, e allora sarebbe stato molto difficile rintracciarlo. Difficile, ma non impossibile. Poteva sempre contare su Scotland Yard. Con un pizzico di abilità, era sicura che il sovrintendente Christy McMarrow l'avrebbe aiutata.

Mezz'ora dopo si trovò di fronte a una graziosa villetta alla periferia meridionale di Sheffield. C'era decisamente aria di giovane famiglia. Un grande giardino, con un'altalena, uno scivolo e un trampolino elastico. Un vialetto fiancheggiato di aiuole fiorite conduceva alla porta d'ingresso. Le venne aperto subito. Si trovò di fronte Michael Cooper. Quello giusto. Anche lui la riconobbe subito. «Miss Linville!» esclamò. Non aveva più l'aria aggressiva del giorno prima. Sembrava esausto, troppo distrutto per attaccare qualcuno.

«Buongiorno, Mr Cooper» lo salutò Kate. «Scusi se sono venuta così all'improvviso, ma... avrebbe qualche minuto da dedicarmi?»

Lui non si mostrò certo entusiasta. «Sinceramente... mio fratello è arrivato da poche ore e stavamo parlando del funerale... ma...» Fece un passo indietro. «Si accomodi.»

L'ingresso era disseminato di giocattoli, dal piano superiore provenivano voci di bambini.

Michael la precedette in salotto. Sul divano era seduto un uomo che gli somigliava moltissimo. Era alto, i capelli castani, e aveva la stessa aria disfatta.

«Mio fratello Andrew» lo presentò Michael. «Andrew, lei è Kate, la figlia di Richard Linville. Ti ho raccontato che...»

Sentendo quel nome, Andrew Cooper sussultò. Anche lui sembrava condividere lo stesso atteggiamento ostile del fratello nei confronti dell'amante di sua madre.

Con evidente sforzo si alzò e porse la mano a Kate.

«So che è stata lei a... trovare nostra madre, ieri.»

«Mi addolora molto quanto è successo» disse Kate.

«Sì, è...» Andrew si bloccò, non riuscendo a trovare le parole adatte per esprimere quello che provava. «È inconcepibile» disse infine, «assurdo. Quando mi ha telefonato mio fratello ieri... È stato come trovarsi in un brutto sogno. Ed è così ancora adesso. Ho viaggiato per quasi tutta la notte. Vivo in Scozia. Mia madre...» Si sforzò per mantenere un contegno.

Lei lo capiva. Lo capiva fin troppo bene.

«Volevo venire a trovarla per Pasqua» proseguì Andrew, «ma poi mi è passata la voglia. E adesso penso... accidenti, non potrò più rimediare. Mai più.»

«Andrew, tormentarsi non serve a niente» gli disse Michael sottovoce.

«L'ho vista l'ultima volta per il suo compleanno» raccontò Andrew. «Il 7 gennaio. Con quella visita pensavo di aver esaurito i miei doveri. Eppure sapevo che era sola. Che non aveva nessuno con cui... trascorrere i fine settimana. Le serate. Mio padre è morto che eravamo ancora bambini...» Gli angoli della bocca cominciarono a tremargli. Quell'uomo era abbattuto e sconvolto. Kate improvvisamente si sentì in colpa. Non sarebbe dovuta piombare lì in quel modo.

«Preparo un caffè per tutti» disse Michael. «Andrew, siediti. Respira lentamente.»

Andrew si lasciò cadere sul divano, chiuse gli occhi per un istante, il viso di un pallore mortale.

Kate prese posto in poltrona. Michael scomparve in cucina. Lei lo udì armeggiare con tazze e posate.

Andrew riaprì gli occhi. Il momento di crisi era passato. «Lei dunque è Kate.»

«Sì. E so che lei e suo fratello non avete una buona opinione di mio padre. Io sono venuta a sapere della cosa soltanto ieri. Della relazione tra mio padre e vostra madre, intendo. Ne ero completamente all'oscuro. Ora sono scioccata. Pensavo... ero sempre stata sicura che il matrimonio tra i miei genitori fosse molto felice.»

Andrew la guardò pensieroso. A lei parve di riconoscere un lampo di compassione nei suoi occhi. «Sì, immagino che sia difficile per lei. È vero, non avevamo una grande opinione di suo padre, Mrs Linville. Aveva promesso tante volte a nostra madre di lasciare la moglie e di stare con lei. Ma alla fine non ha mai compiuto il passo decisivo. Nostra madre ha sofferto molto.»

«Mia madre era gravemente malata. Per un certo periodo sembrò che il cancro fosse sparito, ma evidentemente mio padre continuò a essere scettico. Penso che sia per questo che... alla fine è rimasto con lei.» Povera mamma, pensò struggendosi di dolore, mia povera mamma, non lo avresti mai voluto accanto per questo motivo. Non volevi la compassione di nessuno.

Andrew annuì. «Lo so. È questa la spiegazione che ha dato a nostra madre. Tuttavia... non avrebbe dovuto spingersi tanto in là. Nostra madre non è mai tornata quella di prima. Non ha mai superato la cosa.»

Quanto dolore. Quanto dolore aveva causato Richard.

Che cosa aveva fatto ancora? Che cosa avevano fatto insieme *lui e Melissa*, per scatenare un odio tale nei loro confronti? A tanti anni dalla fine della loro storia.

Questa riflessione le ispirò una domanda. «Sa esattamente quando cominciò la loro storia? E quando si concluse? E se era veramente conclusa? È sicuro che tra di loro non ci furono più contatti?»

Andrew rifletté qualche istante. «A quanto ricordo tutto cominciò nell'autunno del 1998. Quell'anno avevo terminato la scuola e mi ero iscritto all'università. Mio fratello se n'era andato di casa già da due anni. Richard e mia madre si conobbero perché mia madre aveva assistito a una rapina in una sala giochi di Scarborough. Richard la interrogò come testimone.» Scoppiò in una risata tormentata. «A volte le storie d'amore cominciano in maniera davvero banale.»

Kate aggrottò la fronte. «Una rapina? Ha informazioni più precise al riguardo?»

Lui si strinse nelle spalle. «No. Accadde poco prima dell'inizio dei corsi. Io lavoravo da uno spedizioniere di Liverpool e non stavo più a casa. E poi sono passati tanti anni.»

Kate si annotò mentalmente: *rapina, Scarborough, 1998. Indagare.*

«E poi è andata avanti fino... al 2002, direi» riprese Andrew. «Dopo di che la storia è finita del tutto, di questo sono sicuro. Mia madre ci parlava spesso di lui ed era disperata proprio per questo, perché lui non si era più fatto sentire, nemmeno per Natale o per il suo compleanno. Era come se l'avesse cancellata completamente dalla sua vita, come se lei non fosse mai esistita. Era questo che le risultava incomprensibile.»

Doveva essere stato difficile. Ma Kate sapeva quanto fosse intransigente Richard quando prendeva una decisione. Mai lasciare le cose a metà. Il racconto di Andrew corrispondeva perfettamente al carattere di suo padre.

«Sua madre ha mai fatto il nome di un certo Denis Shove?» chiese Kate mentre Michael ritornava in salotto portando un vassoio con una caffettiera e diverse tazze.

«Anche la polizia mi ha fatto la stessa domanda ieri» rispose al posto del fratello. «L'ispettore capo... credo fosse quello il suo grado...»

«L'ispettore capo Caleb Hale» disse Kate.

«Esatto. Tra l'altro sta venendo qui. Ha chiamato prima.»

Ci mancava solo questa. Caleb Hale era l'ultima persona che Kate voleva incontrare. Doveva sbrigarsi e andarsene da lì il prima possibile.

«Non ho mai sentito quel nome» rispose Andrew. «Denis Shove. E tu?» chiese al fratello.

Michael distribuì le tazze, le riempì, e scosse la testa. «No. Mai. Ma stamattina c'era una sua foto sul giornale. È ricercato dalla polizia. È sospettato di essere implicato nell'omicidio di nostra madre?»

«È in cima alla lista dei sospetti per l'omicidio di mio padre» spiegò Kate. «Poteva avere un movente. Ma non è chiaro perché avrebbe dovuto uccidere anche vostra madre. Mio padre lo ha arrestato nel 2005. All'epoca non era più insieme a Melissa, ma in ogni caso lei non avrebbe avuto niente a che fare con questa storia. Mio padre non ha mai mescolato la vita privata e il lavoro. D'altro canto è plausibile che l'autore dei due delitti sia la stessa persona, lo dimostra l'impianto degli omicidi.»

I due fratelli si scambiarono un'occhiata. «Lei lavora per Scotland Yard» disse Michael. «Mi ricordo che la mamma ce lo aveva accennato.»

«Sul serio?» Andrew gettò un'occhiata meravigliata a Kate. Era evidente che per lui una funzionaria di Scotland Yard doveva essere tutt'altro tipo. Era una reazione che Kate conosceva bene. Raramente aveva incontrato qualcuno che la ritenesse all'altezza del ruolo che ricopriva in una delle istituzioni più prestigiose del paese.

Forse non c'era da sorprendersi. Neppure si riteneva all'altezza.

«Sì» rispose alla domanda di Andrew. «Voglio scoprire chi ha ucciso mio padre. E vostra madre.»

«Sa una cosa?» disse Michael. «Dopo che la mamma aveva letto della morte di Linville sul giornale, era diventata molto nervosa. Me ne ha parlato spesso al telefono. Purtroppo ho sempre avuto l'abitudine di cambiare argomento appena sentivo il suo nome. Non volevo parlare di lui. Non volevo che lei ne parlasse... e dopo la sua morte ho pensato, santo cielo, possibile che provi ancora qualcosa per lui, per quel...» Si trattenne dall'aggiungere altro. Il giorno prima era stato più rude e diretto, ma nel frattempo aveva capito che non poteva addossare nessuna colpa a Kate. E che lei era altrettanto traumatizzata.

«Col senno di poi» proseguì, «mi rendo conto che non si comportava come una persona addolorata per una perdita, bensì come qualcuno che ha paura. Poi ha cominciato con quella storia... diceva di sentirsi spiata. Temeva che potesse accaderle qualcosa di simile a Linville. E io l'ho trattata come una vecchia paranoica.»

«Anch'io» disse Andrew sottovoce. «Anch'io.»

«Deve esserci qualcosa» intervenne Kate, «deve esserci qualcosa che risalga al loro periodo insieme. Qualcosa che ha indotto vostra madre a pensare di trovarsi in pericolo. Sono certa che volesse parlarmi proprio di questo. E io sono arrivata troppo tardi. Avrei...»

Si bloccò. Non doveva fare la figura della completa incapace di fronte ai figli di Melissa. Però aveva commesso l'errore di farsi convincere dalla donna a rimandare l'appuntamento. Aveva ragione Caleb: avrebbe dovuto informarlo subito, e lui sarebbe andato immediatamente da Melissa. Non avrebbe aspettato ore, concedendo al colpevole tutto il tempo per eliminare la sua seconda vittima.

«Dove abitava e lavorava vostra madre all'epoca in cui aveva la relazione con mio padre?» domandò. «Qui ad Hull?»

Andrew scrollò il capo. «Noi veniamo da Whitby. Abitavamo lì e la mamma lavorava in una scuola a Newcastle. Ogni giorno doveva fare un'ora e mezzo di macchina, ma non aveva trovato nient'altro. A volte era stanchissima, ma cosa poteva fare? Doveva crescere due bambini. Si è trasferita ad Hull molto più tardi, una decina di anni fa. Aveva trovato un altro posto ed era convinta che un nuovo inizio le avrebbe fatto bene. Dopo la storia con Richard.»

«Invece ad Hull si è ritrovata completamente sola» intervenne Michael. «Aveva due care amiche a Whitby, ma non le vedeva quasi più, e non è riuscita a stringere nuove amicizie ad Hull.»

Whitby. Era pur sempre un punto di partenza.

«Potrei sapere i nomi di queste amiche? E i loro indirizzi? Vorrei...»

Fu interrotta dal suono del campanello. Sapeva già chi era.

«Potete darmi nomi e indirizzi anche più tardi per telefono» si affrettò a dire. Caleb si sarebbe infuriato trovandola lì a parlare con i figli della vittima. Si alzò di scatto. Michael era già andato verso la porta. Subito dopo si udì la voce di Caleb.

«Ora devo andare» disse lei. Avrebbe avuto voglia di chiedere ad Andrew se ci fosse un ingresso di servizio, ma facendolo si sarebbe scoperta troppo. Non aveva scelta. Doveva affrontare Caleb Hale.

Lui rimase interdetto quando se la vide davanti nell'ingresso.

«Buongiorno, Caleb» lo salutò lei. *Non pensare alla notte scorsa.* Si sentì avvampare in viso. Come se non bastasse, era violentemente arrossita.

«La prego di scusarmi un attimo» disse Caleb rivolto a Michael. Poi si girò verso Kate. «Kate, vorrei scambiare due parole con te. Vieni, sediamoci nella mia macchina.»

Lei comprese che non aveva senso rifiutare, e lo seguì.

Sei

Terry uscì dalla camera verso mezzogiorno. Almeno doveva essersi riposata. Alla luce del giorno aveva un aspetto ancora più malconcio della sera prima. I lividi erano più evidenti, soprattutto intorno all'occhio. Spettinata, sembrava una ragazzina, al massimo una quindicenne, indifesa e disorientata.

Stella aveva spiegato a Jonas che preferiva rimanere da sola con Terry e lui aveva accettato più che volentieri. Finalmente era una giornata calda e soleggiata, così aveva deciso di recarsi sulla costa con Sammy a fare il bagno e costruire castelli di sabbia. Sarebbero tornati nel primo pomeriggio. Stella ne approfittò per riordinare la casa, assalita da un senso crescente di frustrazione. Dopo giorni di pioggia, ora che finalmente era possibile fare qualcosa, era bloccata lì per quella visita inaspettata. Voleva chiarire il prima possibile a Terry che doveva pensare da sola alla propria vita e che la sua storia con Neil Courtney era soltanto affar suo.

Quando finalmente Terry si sedette in cucina davanti a una tazza di caffè, Stella si accomodò di fronte a lei, la guardò negli occhi e le chiese: «Che cosa hai intenzione di fare, Terry?»

La ragazza si mise a giocare con la tazzina, evitando lo sguardo di Stella. «Non lo so. Davvero, non ne ho idea. Non so dove andare.»

«Devi tornare a casa tua, a Leeds. È tua. Hai il diritto di vivere lì e, se Neil ti minaccia, puoi farlo allontanare rivolgendoti alla polizia. A proposito... come ti ho detto già ieri sera, al posto tuo lo denuncerei comunque. Ti sei guardata allo specchio? Sei stata vittima di un brutale pestaggio, Terry, e non devi fargliela passare liscia.»

Gli occhi di Terry si riempirono di nuovo di lacrime. «Non posso. Non posso denunciare Neil. Non voglio nemmeno che se ne vada da casa mia. Io lo amo.»

«Tu *credi* di amarlo» la corresse Stella. «E lui non ti fa bene.»

«Lei non lo conosce. Sa essere dolcissimo. Davvero, nessuno prima d'ora è mai stato così tenero con me.»

«La tenerezza non è esattamente la prima qualità a cui si pensa guardando in faccia Neil Courtney» osservò Stella sarcastica. Si alzò e guardò Terry dall'alto. «Santo cielo, Terry! Non sono stupida e so che queste storie sono complicate. Tu sei completamente assorbita da questa relazione e non smetterai di essere succube di quest'uomo neppure se lui ti riducesse in questo stato ogni settimana. Credi di non avere nessun altro all'infuori di lui, ma...»

«Io non lo credo» la interruppe Terry, «*è la realtà.* Non ho nessuno. La mia famiglia...»

«La tua famiglia ti ha voltato le spalle, questo è vero. Ma hai parlato di amicizie che avevi prima che Neil entrasse nella tua vita. Ti sei allontanata da queste persone perché lui ha voluto così. Devi capire che sei stata tu stessa a metterti nella condizione di non avere nessun altro al mondo a parte lui, non è stato il destino. Courtney ti ha costretto per averti in suo potere. È un comportamento perfido e malvagio. Una persona del genere non ha certo in mente la tua felicità.»

«In realtà più che di amici si trattava di conoscenti. Non avevo nessuno che mi volesse bene. Se avessi tenuto Sammy...»

Stella si sentì gelare le dita mentre le si stringeva lo stomaco. Giù le mani da Sammy, avrebbe voluto dire, non provare a tirarlo in ballo, non te lo permetto!

«Eri troppo giovane. Avevi ottimi motivi per darlo in adozione. E se proprio lo vuoi sapere, io sono molto contenta per Sammy. Se non altro non corre il rischio di finire nelle grinfie di un patrigno come Neil Courtney.»

Terry era impallidita e Stella si accorse di essere stata troppo brusca. Tornò a sedersi. «Scusami, ho esagerato.»

«Non importa» mormorò Terry. Continuava a giocare con la tazza di caffè senza averne bevuto nemmeno un sorso.

A un certo punto alzò lo sguardo e fissò Stella per la prima volta. «Posso rimanere per un po' qui da voi? La prego. Non ho nessun altro, a parte voi.»

Non è vero. Ti sbagli.

La stretta allo stomaco di Stella si fece più forte. «Non è possibile, Terry.»

«Perché no? In fondo... siamo un po' come una famiglia. Per via di Sammy.»

«Non è così, Terry. Noi abbiamo adottato Sammy, ma non te. In circostanze normali non ci conosceremmo nemmeno.»

E sarebbe sicuramente meglio.

«Però adesso ci conosciamo!» Terry aveva gli occhi lucidi. Era sul punto di scoppiare a piangere. «Lei mi è piaciuta fin dall'inizio. Come se la conoscessi da sempre. Come se potessimo diventare davvero buone amiche.»

Da parte nostra le cose stanno diversamente.

«La prego, Stella. Dove potrei andare, altrimenti?»

«Terry. Noi non siamo la soluzione al tuo problema con Neil. Non puoi pensare di trascorrere il resto della vita con noi, solo perché hai il terrore di tornare a casa tua!»

«Ma finché rimanete qui, posso stare con voi?»

«Che cosa ci guadagni?»

«Un po' di tempo.»

Stella immaginò il resto della vacanza con Terry e le venne la nausea. Quella ragazza ventunenne, ma con la maturità di una tredicenne, si sarebbe rivelata una creatura ben più stressante di Sammy. Era chiaro che Terry aveva bisogno di aiuto, ma...

Noi non siamo responsabili. E maledizione, non voglio prendermi questa responsabilità.

Alla fine avrebbe preferito tornare a Kingston con loro. Dopotutto era disoccupata, nulla la legava a Leeds. Avrebbe potuto benissimo cercarsi un altro lavoro come cameriera dovunque.

Il pensiero che Terry si installasse a casa loro per un periodo di tempo indefinito, diventando subdolamente il quarto membro della famiglia, diede la spinta decisiva a Stella. Doveva fermare la cosa subito, senza alcun indugio.

«No, Terry. Mi spiace. Jonas ha un lavoro molto stressante, e non abbiamo mai il tempo per stare insieme. Queste vacanze sono importanti per noi e vogliamo rimanere da soli.»

Terry scoppiò a piangere. «Ma io ho paura a tornare a casa!»

«Allora vai alla polizia.»

«Non voglio perdere Neil!»

Stella avrebbe avuto voglia di strapparsi i capelli, ma preferì lasciarli stare, per quel giorno erano già abbastanza strapazzati. «Così non arriviamo da nessuna parte» disse sfinita.

Rimasero entrambe in silenzio.

Terry singhiozzava piano nel tovagliolo.

Si udì il rumore di una macchina in cortile.

Non era possibile che Jonas e Sammy fossero già di ritorno, e Stella capì all'istante chi era.

«Merda!» esclamò. Un'occhiata dalla finestra bastò per confermare i suoi peggiori presentimenti.

Era Neil Courtney.

La prima cosa che colpì Stella fu il suo cattivo odore. Puzzava di sudore e di chi non si cambia né si lava da giorni. Dall'ultimo e finora unico incontro a Kingston, ricordava una persona trasandata ma con stile, che le aveva dato l'impressione di curare il proprio aspetto esteriore e di non lasciare niente al caso. Ora era completamente diverso. Forse dipendeva dalla giornata calda, unita al litigio della notte precedente. Probabilmente Neil non aveva chiuso occhio e si era anche dimenticato di farsi la doccia.

Appariva spossato, ma arrogante e sicuro di sé come al solito.

Stella era uscita da sola. Terry era rimasta in cucina.

«Buongiorno, Neil» lo salutò freddamente.

Lui le sorrise. «Salve, Stella.»

«Ho saputo che ce l'ha messa proprio tutta per trovare il luogo del nostro soggiorno. Non è piuttosto inquietante?»

«Be', ho pensato che potevamo rivederci. Mi sono trovato molto bene da voi a Kingston e ho ritenuto che non ci fosse niente di male se Terry veniva a trovare vostro figlio di tanto in tanto.»

«Se e come tali visite debbano avvenire siamo noi a deciderlo. Riguardano esclusivamente Sammy. Non Terry e men che meno lei.»

Lui sorrise di nuovo. «Com'è aggressiva! Guardi che nessuno vuole portarle via il bambino.»

Stella cercò di sembrare disinvolta. «Non sarebbe nemmeno possibile.»

Finalmente smise di sorridere. Con la mano indicò la macchina di Terry parcheggiata in cortile. «Vedo che Terry è qui. Proprio come avevo pensato.»

«Sì, è arrivata stanotte. Era conciata male. È *ancora* conciata male.»

«Peccato. Le cose ci sono un po' sfuggite di mano.»

«Le ho consigliato di denunciarla.»

«Davvero? Lei non ha peli sulla lingua, vero, Stella? Subito sul sentiero di guerra. I problemi si possono risolvere anche in un altro modo.»

«Temo che Terry voglia fare diversamente» ribatté Stella. «Non ha intenzione di andare alla polizia.»

«Una mossa astuta. Sa che siamo fatti l'uno per l'altra. Anche se a volte ci becchiamo.»

«A me non interessa» dichiarò Stella. «Sistemate le cose tra di voi, fate la pace o continuate a litigare, ma non qui, per favore. Io non voglio avere niente a che fare con questa storia.»

Neil alzò le braccia in segno di resa. «Non le ho detto io di venire quassù. Del resto, Terry non ha nessun altro. Per questo anch'io sono tanto importante per lei.»

«Da quello che ho sentito, lei ha contribuito attivamente al suo isolamento.»

«L'ho messa in guardia da qualche cattiva amicizia. Mi è sembrato mio dovere.»

Rimasero a fissarsi.

Lui sa che non credo nemmeno a una parola di queste stupide scuse, pensò Stella, ma non gliene importa niente.

Ancora una volta le saltò agli occhi la posizione isolata del casolare. C'erano solo lei e Terry lì, nessun altro. Se la situazione fosse diventata pericolosa, non avrebbe potuto nemmeno chiamare aiuto. Neil non sarebbe certo rimasto a guardarla mentre saliva sulla collina per usare il cellulare.

Sentiva la fronte imperlata di sudore e si augurava che Neil non lo avesse notato. Il sole era incandescente e l'umidità saliva dalla brughiera sconfinata. C'era odore di erba e di terra bagnata. Il vento che aveva scacciato le nubi durante la notte e nelle prime ore del mattino si era calmato del tutto. Stella avrebbe desiderato tanto un refolo di brezza, qualcosa che le rinfrescasse le guance e spazzasse via l'odore di palude.

Adesso vattene, pensò, riprenditi Terry e sparisci, e non fatevi più rivedere.

Lui sorrise, come se le avesse letto nel pensiero e la cosa lo divertisse molto, ma poi Stella si accorse che fissava un punto dietro le sue spalle. Si voltò. Terry era sulla porta. Anche lei sorrideva. Si vedeva che le faceva male muovere il viso, ma il suo sguardo era pieno di adorazione.

«Neil!» esclamò.

Il sorriso di lui si allargò. «Ciao, dolcezza» la salutò.

Stella cominciò a capire l'effetto che Neil aveva su Terry.

Naturalmente bisognava essere estremamente ingenui per credere a quella messinscena, ma la recitazione in sé non era niente male. Era capace di infondere calore nel proprio sorriso e di guardare Terry in un modo che la faceva sentire amata per davvero.

Lui fece qualche passo e allargò le braccia. Terry corse verso di lui, si avvinghiò al suo petto e nascose il volto contro la sua spalla.

«Mi spiace, tesoro» le bisbigliò.

Lei alzò il capo e lo guardò raggiante. «Non importa.»

Lui le toccò delicatamente l'occhio gonfio, la pelle livida.

Terry lo fissava estasiata.

Stella riuscì a stento a trattenere un gemito. Bastava che quel pallone gonfiato schioccasse le dita e Terry sarebbe tornata a seguirlo docile come un cagnolino. Chiaro che non sarebbe andata alla polizia, chiaro che non si sarebbe mai separata da lui. Dal modo in cui lo guardava era evidente che si sarebbe buttata da un campanile, se lui glielo avesse chiesto. Stella aveva letto qualcosa sulla sottomissione, ma quello era il primo caso che vedeva di persona.

Sperava ardentemente che i due se ne andassero il prima possibile e che non si facessero vedere mai più. Non sopportava Neil, ma era disgustata anche dal comportamento di Terry. Non voleva che quelle due persone entrassero in alcun modo nella sua vita.

«Bene» disse, «ora che avete fatto pace, che ne direste di tornare a Leeds? Non sarebbe una bella idea?»

Solo in quel momento Terry notò la Ford rossa con cui era arrivato Neil. «Dove hai preso quella macchina?» chiese stupita.

«Me l'ha prestata un amico. Senza macchina è impossibile arrivare in questo posto desolato.»

«Hai fatto di tutto per venire a prendermi» sospirò Terry estasiata.

Lui le accarezzò i capelli. «Certo.»

Stella alzò gli occhi al cielo.

Neil si guardò intorno. «Dov'è Jonas? E Sammy?»

«Al mare» rispose Terry. «Sono andati al mare. Stella è rimasta qui con me.»

«In effetti è proprio la giornata giusta per una gita. In realtà non ho la minima voglia di tornare nel nostro appartamentino soffocante. Perché non andiamo a fare quattro passi in questo paradiso?»

Stella non riusciva a comprendere l'entusiasmo di Neil per la brughiera umida e monocroma.

«Ci sono posti molto più belli. Perché non andate anche voi al mare?» *Dove adesso sarei anch'io, insieme alla mia famiglia, se voi foste in grado di affrontare da soli i vostri problemi.*

«A me piace molto qui» rispose Neil. «E a te, Terry?»

«È meraviglioso» confermò lei. Sarebbe stata entusiasta anche se Neil le avesse proposto una passeggiata nella zona contaminata intorno a Fukushima. Stella cominciava a preoccuparsi per il patrimonio genetico di Sammy.

Speriamo che abbia un carattere più deciso di questa donna, pensò senza volerlo.

«Non ha niente in contrario se lasciamo qui le auto, vero?» chiese Neil. «Noi ce ne andiamo, così potrà godersi la giornata come meglio crede. Adesso andiamo a fare una bella passeggiata, poi torneremo a Leeds. La ringrazio di essersi presa cura di Terry.»

«Sì, grazie davvero» disse la ragazza. «L'ho sempre saputo che lei è una persona fantastica!»

Stella si sforzò di sorridere. Quanto avrebbe voluto che non si fossero mai conosciute. Ma in quel caso Sammy non sarebbe stato con loro, e questo era inconcepibile.

Non sapeva proprio come gestire quei sentimenti contraddittori.

Sette

Erano seduti nella macchina di Caleb e Kate non aveva mai desiderato tanto di trovarsi altrove. D'altronde non ricordava nemmeno di essersi mai comportata in maniera così imbarazzante con qualcuno come la notte precedente con Caleb. Dal giorno prima aveva l'impressione di passare da un incubo all'altro: prima il ritrovamento del cadavere martoriato di Melissa Cooper, poi la scoperta dei rapporti della donna con il padre, quindi la sbronza colossale e il tentativo di portarsi a letto Caleb Hale. Se non ricordava male, gli aveva persino rinfacciato il suo problema con l'alcol.

«Credo che sia superfluo chiederti che cosa sei venuta a fare qui, dai figli della vittima» esordì Caleb.

«La vittima era stata l'amante di mio padre. Volevo ottenere altre informazioni su questa storia.»

«In questo modo però ti intrometti nelle indagini. E non fingere di voler tenere rigidamente separate le due cose!» Era molto arrabbiato. «Stamattina presto i nostri agenti sono stati da Mr Acklam, il vicino di Melissa Cooper. L'uomo era tremendamente agitato, perché l'omicidio è nelle mani di Scotland Yard – informazione che ha molto sorpreso i colleghi. Il custode della scuola ha riferito la stessa cosa. Hai mostrato il distintivo, Kate. È un comportamento intollerabile.»

Kate aveva ancora la testa dolorante per i postumi della sbronza e la voce di Caleb le arrivava fredda, tagliente e dolorosa. Finalmente si decise a guardarlo. Nei suoi occhi non c'era più traccia dell'amicizia e della simpatia che un tempo le aveva mostrato.

«Sei a tanto così da un provvedimento disciplinare» l'avvertì lui avvicinando pollice e indice, «che sarò io stesso a richiedere. Mi hai capito?»

Lei annuì.

«Sì» aggiunse.

Lui parve calmarsi un poco. «Capisco che tu voglia scoprire chi ha ucciso tuo padre. E che questa storia di Melissa Cooper ti abbia suscitato altri scabrosi interrogativi. Ma siamo noi che lavoriamo sul caso, i miei colleghi e io. Dio solo sa se non hai altri problemi a cui pensare.»

Lei si sentì avvampare di nuovo. Alludeva alla notte precedente? Al suo comportamento imbarazzante?

«Dovresti tornare a Londra il prima possibile» proseguì Caleb. «È solo un consiglio, ma non ti fa bene startene a rimuginare tutta sola in quella casa di Scalby. Io non ce la farei, nessuno ce la farebbe. Devi tornare alla tua vita quotidiana. Alla normalità.»

Lei si rendeva conto che Caleb non era l'interlocutore migliore per esprimere le proprie ansie e preoccupazioni, ora meno di prima, ma si sfogò lo stesso. «Io non ho una vita» confessò. «È proprio questo il problema.»

Vide l'ispettore dare un'occhiata discreta all'orologio e poi girare lo sguardo verso l'abitazione di Michael Cooper. Era nel pieno di una dura giornata di lavoro, e non aveva tempo di stare ad ascoltare Kate.

Ciononostante rispose: «Ma certo che hai una vita. È accaduto qualcosa di sconvolgente, ma la vita continua, che tu lo voglia o meno. Mi sono accorto che sei molto sola. Dovresti cercare di lavorare su questo aspetto. Vedrai che poi ti sentirai meglio».

«Aha. Grazie. Sono anni che cerco di *lavorare su questo aspetto.* Purtroppo senza risultati.»

«Forse non ti impegni fino in fondo per cambiare le cose» osservò Caleb. «Forse ti compatisci e basta.»

Lei lo guardò scioccata. Il suo tono di voce era neutro, né brusco né ostile, ma era la prima volta che parlava in maniera così diretta e così *orribile* con lei.

«Mi compatisco?»

«Credo che continui a concentrarti sulle cose negative. Come se al mondo non ci fossero altre disgrazie a parte la tua. Kate, sai bene come va il mondo. Mentre siamo seduti qui, in giro succedono tante cose brutte. C'è chi viene colpito da una malattia tremenda, o che perde il partner. Altri si ritrovano in mezzo a una strada e non sanno come tirare avanti. Un sacco di gente si porta sulle spalle un fardello pesantissimo. A volte non c'è bisogno di andare troppo lontano per trovare qualcuno che non ha una vita tutta rose e fiori. Prendi l'agente Jane Scapin, per esempio. Dopo la separazione si è ritrovata completamente sola con...» Si bloccò. Non era più sicuro che fosse il caso di tirare in ballo la sua collaboratrice proprio ora.

Kate però indovinò che cosa voleva dire. Nonostante lo stato confusionale in cui si trovava la sera precedente, ricordava che Jane aveva fretta di tornare a casa «da Dylan». Doveva essere il figlio. Jane Scapin apparteneva alla numerosa schiera delle madri single, che affrontano la vita con grande coraggio e devono farsi in quattro per affrontare a tutti gli impegni. Se le cose stavano così, Jane non se la passava di certo bene.

Ma almeno non era sola.

Rispettò il silenzio di Caleb sull'argomento e si limitò a dire: «Sì, capisco».

Lui sembrò voler aggiungere qualcosa, ma poi aprì la portiera e scese. «Adesso devo parlare con i Cooper. Ho due orribili delitti da risolvere, Kate, e ti prometto che ci riuscirò.»

Qualunque iniziativa prenda d'ora in poi in questa storia, pensò Kate, dovrò essere molto prudente. Se dovessi scontrarmi di nuovo con lui, passerei dei guai seri.

Un provvedimento disciplinare era proprio quello che doveva evitare per la sua carriera già tutt'altro che sfolgorante. Sempre ammesso che ci fosse ancora una carriera per lei. In realtà non sapeva nemmeno come sarebbe proseguita la sua vita.

«Un'ultima cosa, Kate.» Caleb esitò prima di proseguire. «Come facevi a saperlo? Del mio problema con l'alcol? Della disintossicazione. Chi te l'ha detto?»

«Mi spiace avertene parlato» mormorò Kate.

«Non importa. Volevo solo sapere da dove ti sono arrivate le informazioni.»

Lei si stupì che un uomo con l'esperienza e le qualifiche professionali di Caleb potesse essere così ingenuo.

«Me lo ha detto il mio capo a Scotland Yard. Si parlava spesso delle indagini sul caso di mio padre. Tutti sapevano che l'investigatore capo... insomma, lo sapevano.»

«Una fuga di notizie» disse Caleb rassegnato. «Stupido da parte mia credere che certe cose si possano tenere nascoste. Bene, adesso lo sai. Ma ho superato il problema. Sono a posto, non ho più nessuna difficoltà.»

Le sarebbe piaciuto chiedergli che cosa aveva scatenato il problema. Quanto fosse stato difficile sconfiggere il demone dell'alcol. Ma non osava farlo. Non era certo il momento adatto per affrontare l'argomento. Si rese conto che qualcosa era cambiato: all'inizio c'era stato un certo affiatamento tra loro. Ricordò quella domenica di maggio, quando avevano sistemato fuori i mobili da giardino del padre e avevano mangiato e chiacchierato insieme.

Una situazione del genere era impensabile in quel momento. Caleb non si sarebbe più presentato a casa sua con un pacchetto di pollo al curry, preoccupato che lei non mangiasse niente e che stesse male. Avrebbe evitato ogni contatto personale. Lui sperava che Kate tornasse a Londra, uscendo per sempre dalla sua vita professionale e privata.

Kate si stupì di quanto la rattristasse questa constatazione.

Otto

Stella cercava di tenersi occupata, ma era distratta e nervosa e non riusciva a rilassarsi. Tolse le lenzuola dal letto di Terry e le mise in lavatrice. Questo gesto le diede un senso di liberazione, perché poneva chiaramente un limite: basta. Non ci sarebbe stata un'altra notte.

Passò l'aspirapolvere in salotto e riordinò la cucina. Con quattro uova, farina, burro, zucchero e cacao preparò una torta al cioccolato. Sammy e Jonas ne sarebbero stati felici. A loro piacevano i dolci fatti in casa. E poi fare i dolci la rilassava. Aveva la sensazione di ritrovare il proprio equilibrio interiore. Stavolta, tuttavia, non fu sufficiente e Stella continuò a sentirsi inquieta. Gettava spesso occhiate fuori dalla finestra, nella speranza che le macchine di Terry e Neil fossero sparite, anche se sapeva perfettamente che avrebbe dovuto sentirne il rumore. Ma forse... mentre era in lavanderia... mentre usava il robot da cucina... mentre la lavastoviglie era in funzione... Neil aveva detto che dopo la passeggiata sarebbero tornati a casa. «Si libererà di noi, Stella.»

Ma le macchine erano sempre parcheggiate in cortile e dei due ospiti non c'era traccia.

Dove si erano cacciati? Naturalmente avrebbero potuto camminare per giorni nella brughiera. Ma il tempo era afoso e Stella immaginò che fosse molto faticoso camminare in quella distesa senza neppure un albero. Terry inoltre non stava affatto bene e di certo non poteva stancarsi troppo. Viceversa, avrebbe fatto tutto ciò che Neil pretendeva da lei, a costo di stringere i denti. La cosa più strana era che quel modo di passare il tempo non si addiceva nemmeno a Neil. Stella non l'avrebbe mai considerato un amante della natura, qualcuno a cui piace inoltrarsi in una landa desolata in mezzo a pecore e uccelli. Per qualche motivo sospettava che si trattasse soltanto di una strategia per guadagnare tempo. Finché le due auto restavano in cortile, era come se Neil stesse con un piede oltre la soglia.

Jonas e Sammy tornarono nel tardo pomeriggio, entrambi di ottimo umore e sfiniti dai bagni in mare, dal sole e dai giochi.

«Abbiamo scoperto una bellissima insenatura» disse Jonas entrando in cucina. «Devi venirci assolutamente anche tu domani, se il tempo regge.» Posò sul tavolo due borse della spesa piene. «Abbiamo anche comprato un po' di roba. Stasera preparerò una cenetta coi fiocchi.»

«Ottima idea» disse Stella, tirando fuori la torta dal forno e mettendola a raffreddare sui fornelli. La cucina si riempì di un irresistibile profumo di cioccolato, che si mescolò all'aroma di mare, sabbia, vento e crema solare che Jonas e Sammy avevano portato con sé. Per la prima volta da quando erano lì, Stella si sentì davvero di vacanza, come da bambina, quando passava l'estate al mare e, almeno nei suoi ricordi, l'estate era sinonimo di sole e di caldo. Ma mancava la spensieratezza di allora. Perché le due auto erano *ancora* parcheggiate fuori.

Jonas indicò verso la finestra con un cenno del capo. «Terry è ancora qui. Di chi è l'altra macchina?»

«Indovina. Naturalmente è arrivato anche Neil. Terry si è sciolta come neve al sole e lo ha subito perdonato.»

«Dove sono andati?»

«Volevano fare una passeggiata nella brughiera. Ma sono via già da parecchie ore.»

«Santo cielo, fuori c'è un'afa insopportabile. Al mare si sta bene, ma qui si soffoca. Chi potrebbe andarsene in giro con questo caldo?»

«Anch'io lo trovo strano. Soprattutto perché hanno lasciato qui le macchine. Questo significa che non ci siamo ancora liberati della simpatica coppietta. Neil però ha promesso che se ne sarebbero andati subito appena tornati, senza disturbarci oltre.»

«Speriamo che mantenga la promessa» mormorò Jonas passandosi una mano tra i capelli e facendo piovere a terra una nuvola di sabbia. «Vado a farmi una doccia. Puoi mettere a posto tu la spesa?»

Lei annuì. Jonas se ne andò. Sammy entrò in cucina e lanciò un'occhiata golosa alla torta. Stella sistemò le provviste. Che splendida giornata di pace.

Era assurdo che il cuore le battesse più forte e più in fretta del solito.

Probabilmente tutto quel nervosismo era stupido.

Nel secondo sacchetto c'era anche un quotidiano. Jonas evidentemente non aveva resistito alla tentazione, ma era contro le regole. In quelle settimane di completo relax i giornali erano banditi come i notiziari. Stella ci pensò su un attimo, poi decise di essere rigida. Jonas stava davvero meglio, era più tranquillo, equilibrato e rilassato, non era più quel fascio di nervi che era stato spesso nei mesi precedenti. Di notte dormiva sereno, ed era quasi un miracolo. Non era il caso di correre rischi proprio adesso.

Porse il giornale a Sammy. «Tieni, puoi usarlo come base per disegnare. Oppure puoi guardare se trovi qualcosa da ritagliare. Portalo in camera tua.»

Sammy annuì e trotterellò verso la sua camera. Stella lanciò altre occhiate speranzose fuori dalla finestra. Tutto era come prima.

Dal bagno proveniva lo scroscio della doccia.

Passi frettolosi sul corridoio, poi Sammy si precipitò in cucina agitando il giornale. Era tutto agitato.

«Mamma! Mamma, guarda!» Gettò il giornale sul tavolo mettendosi a saltellare qua e là. «Quell'uomo è sul giornale!»

«Quale uomo?»

«Quello che è venuto a trovarci. Ti ricordi? Neil! Si chiama Neil!»

«Neil è sul giornale?» Stella si avvicinò al tavolo e Sammy le mostrò il giornale. Una foto di Neil occupava buona parte della pagina. Stella lo riconobbe subito, anche se appariva un po' diverso da come lo conosceva, meno curato e più trasandato. I capelli gli arrivavano alle spalle e aveva la barba lunga. Ma non c'erano dubbi, era lui.

«Ma come...?» Lesse la didascalia sotto la foto. *Denis Shove*.

«Denis Shove?»

«Ma è Neil!» insistette Sammy.

«È proprio lui.» In un attimo Stella si sentì la bocca asciutta. Il cuore le accelerò ancora di più. Uno strano fruscio le risuonava nelle orecchie.

Lesse l'articolo: La polizia dello Yorkshire ha spiccato un mandato di cattura per Denis Shove. Il trentaduenne ha scontato una pena di otto anni per le lesioni personali aggravate ai danni della sua compagna Angela H. La donna è morta in seguito alle ferite. Shove è in libertà vigilata dall'agosto del 2013 e ha fatto perdere le proprie tracce dal febbraio del 2014. È sospettato di essere coinvolto nell'omicidio di un ex ufficiale di polizia a Scalby. È estremamente pericoloso e violento. Eventuali segnalazioni possono essere fatte in qualunque commissariato oppure al numero...

Stella fissò il giornale, paralizzata. Nella testa le martellava la domanda: che faccio ora?

Lo scroscio della doccia nel bagno era cessato.

Nella testa di Stella si susseguiva un vortice di pensieri. Al contrario del suo corpo, caduto in uno stato di fissità, il cervello lavorava a pieno regime.

È un omicida. Forse un pluriomicida. La sua foto è sul giornale. Probabilmente anche su altri quotidiani della zona. Ha bisogno di un nascondiglio. Non può rimanere ancora a casa di Terry a Leeds. Deve far perdere nuovamente le proprie tracce.

Poi le tessere del mosaico andarono al loro posto.

Non è un caso che le loro auto siano ancora fuori. Lui e Terry non sono andati a fare una passeggiata. Sono qui vicino. Hanno aspettato solo che Jonas e Sammy tornassero. Vogliono la nostra casa. È il nascondiglio ideale. Ma cosa pensano di fare di noi? Che cosa ci faranno?

«Jonas!» gridò.

Ma lui non poteva sentirla perché aveva appena acceso il phon.

Stella capì di dover prendere rapidamente una decisione. Jonas e Sammy erano tornati da una ventina di minuti. Se Neil – o Denis – era nei dintorni della casa insieme a Terry, sapeva sicuramente che la famiglia era tutta lì. Era giunto il momento di far scattare la trappola. Tuttavia non sapeva che Stella era al corrente della sua vera identità. Questo era il suo vantaggio.

«Stammi a sentire, Sammy, dobbiamo andare via di nuovo» disse. «Dobbiamo...»

«Dove?»

«È una sorpresa. Vado ad avvertire papà.»

«Torniamo al mare?»

«Aspetta e vedrai.» Si avvicinò cauta alla finestra. Prima di uscire voleva controllare la situazione. Sbirciò fuori. Niente.

Il cortile era deserto, illuminato dal sole ormai prossimo a tramontare. Le pozzanghere si erano asciugate. Le macchine di Terry e Neil erano parcheggiate accanto alla rimessa – un ottimo punto, perché non erano visibili dalla strada che passava in cima alla collina. Un caso, o parte di un piano ben congegnato? La macchina dei Crane era più distante, sotto l'unico albero. Stella immaginò che Jonas l'avesse lasciata lì all'ombra, prevedendo per l'indomani un'altra giornata di sole. Ma ora, purtroppo, avrebbero dovuto camminare di più. Dovevano attraversare tutto il cortile per raggiungerla. Stella fece un rapido calcolo mentale. Grossomodo trenta secondi, correndo. Ma forse era meglio muoversi normalmente. Se Neil li stava spiando, avrebbero dato l'impressione di voler prendere la macchina solo per andare a comprare qualcosa.

Stava per allontanarsi dalla finestra, quando vide Terry.

Era spuntata dal nulla accanto alla propria auto. Aprì la portiera del passeggero e si sporse all'interno, come se cercasse qualcosa. Stella trasalì. Troppo tardi. I due non erano più *nei dintorni*, ma erano proprio lì. E non nascondevano la propria presenza. Terry doveva sapere che potevano vederla da casa.

Ma dov'era Neil?

Nel giro di pochi secondi Stella abbandonò l'idea di fuggire in auto. Neil non glielo avrebbe permesso.

«Presto!» Scostò Sammy dal tavolo. «Sbrighiamoci! Dobbiamo chiudere tutte le porte! Avanti!»

Lui la guardò confuso. «Ma non dovevamo andare via?»

Stella aveva raggiunto la porta della cucina e chiuse il catenaccio. Poi corse verso l'ingresso. Sammy la seguì.

«Mamma! Non avevi detto...»

«Più tardi, tesoro. Ora aiutami!» Aprì la porta del bagno, ma la stanza era vuota. Jonas doveva essere salito di sopra a vestirsi. Stella non osava chiamarlo nel timore che Neil la sentisse dall'esterno. Se avesse intuito che Stella sapeva la verità, per loro sarebbe stata la fine.

Stella tornò verso l'ingresso. Girò la chiave e serrò il chiavistello. Le porte che davano verso l'esterno erano tantissime. La sala da pranzo era accanto alla cucina. L'attraversò e vide che la porta era già chiusa.

Il salotto era dalla parte opposta. Non poteva aspettarsi aiuto da Sammy. Le stava alle calcagna brontolando perché non capiva come mai non potessero più fare la gita. Stella corse lungo il corridoio. Si rendeva conto che sarebbero stati in trappola se si fossero barricati dentro. Niente telefono. Niente campo per i cellulari, niente Internet. Erano completamente isolati, rinchiusi in una fattoria in mezzo alla brughiera dello Yorkshire, assediati da un killer ricercato dalla polizia. Non c'erano possibilità di chiamare aiuto. Solo all'inizio della settimana successiva qualcuno si sarebbe accorto che non erano rientrati dalle vacanze: la vicina che innaffiava i fiori, qualcuno con cui Jonas aveva un appuntamento di lavoro. Il padrone di casa di sicuro avrebbe voluto sapere se era andato tutto bene: si sarebbe sorpreso accorgendosi che Jonas era ancora irreperibile? Ma ora non aveva importanza, doveva pensare al presente. Si precipitò in salotto.

Andò a sbattere contro Neil Courtney, che proprio in quel momento stava entrando dal giardino.

«Ehi! Quanta fretta.»

Lei si sforzò di controllare il respiro. Neil non doveva vederla pallida e ansimante, altrimenti avrebbe capito. La sua unica possibilità era fingersi del tutto ignara. Solo così poteva sperare di fuggire.

Il suo primo impulso sarebbe stato di sorridere in maniera disarmante a Neil, ma si trattenne appena in tempo: in circostanze normali non avrebbe mai sorriso a un uomo che trovava antipatico e che per di più si permetteva di entrare in casa sua in quel modo.

«Che cosa fa nel nostro salotto?» domandò. «Non aveva detto che sareste partiti subito?»

Lui le rivolse quel ghigno che lei ormai conosceva e odiava. «Non volevamo essere così maleducati. Pensavamo di salutarvi.»

«Non poteva bussare alla porta? Come si fa tra persone civili?»

«Non so perché, ma...» Aggrottò la fronte con aria pensierosa. «Insomma, avevo l'impressione che non mi avrebbe aperto.»

«Non siamo propriamente amici, Mr Courtney, questo lo sa. Trovo molto discutibile il suo modo di trattare Terry, ma finché lei non vuole affrontare il problema, io non posso farci niente. Però in futuro vorrei evitare di avere contatti con lei.»

«È sempre così diretta?»

Lei si sforzò di guardarlo negli occhi. «Di solito sì.»

Lui sostenne il suo sguardo. Come se volesse leggerle nel pensiero.

Dall'esterno si udì la voce di Terry. «Neil! Neil, puoi venire?»

Lui esitò. Stella indicò la porta. «Vada. Terry la sta chiamando.»

Fu questione di un secondo. Lui valutò l'ipotesi di uscire fuori. Stella era riuscita a convincerlo. Neil la riteneva all'oscuro di tutto, non sapeva che aveva sbarrato tutti gli accessi e avrebbe chiuso anche la porta della sala da pranzo appena lui fosse uscito.

«Neil!» Lo chiamò di nuovo Terry.

Lui si voltò.

Dai, pensò Stella. Era stupita che lui non sentisse il battito del suo cuore. Vattene. Fuori. Ora.

Sammy, che era proprio alle spalle di Stella, fece un passo avanti. «Abbiamo appena visto la tua foto sul giornale» disse.

Neil si fermò, gli occhi lampeggianti.

Poi sorrise di nuovo.

Nove

L'ispettore capo Caleb Hale era seduto nell'atrio dello Scarborough General Hospital di fronte a una donna affranta e in lacrime che rispondeva al nome di Helen Jefferson e aveva un qualche legame non meglio definito con il ricercato Denis Shove. Un colpo di fortuna incredibile, dopo che Shove sembrava letteralmente scomparso dalla faccia della terra senza lasciare la minima traccia, ormai da diversi mesi. In realtà non si poteva parlare di *colpo di fortuna*, come continuava a ripetersi Caleb: una donna gravemente ferita era ancora in rianimazione dopo un intervento d'emergenza. Il suo nome era Peggy Wild.

Quel giorno era stato un susseguirsi di avvenimenti drammatici che inizialmente non sembravano avere niente a che fare con il caso Shove. Nel tardo pomeriggio Helen Jefferson aveva telefonato alla polizia di Leeds per denunciare la scomparsa della sua compagna Peggy Wild. Secondo la testimonianza dell'agente che aveva raccolto la chiamata, la donna era molto agitata e aveva esposto i fatti in modo piuttosto confuso. Stando al suo racconto, Peggy, che lavorava in una casa di riposo a Scarborough, era partita come tutte le mattine per recarsi al lavoro. Aveva dato un passaggio a un vicino di casa, la fidanzata del quale doveva trovarsi al General Hospital al capezzale della madre ricoverata dopo un infarto. Helen aveva tentato più volte di raggiungere la compagna sul cellulare, senza riuscirci, e aveva lasciato diversi messaggi preoccupati alla segreteria. Alla fine si era decisa a chiamare direttamente la casa di riposo, anche se le telefonate private dei collaboratori non erano ben viste, ed era venuta a sapere che Peggy non si era presentata al lavoro e non aveva neppure avvisato. A questo punto, allarmata, Helen aveva telefonato all'ospedale.

«Così ho scoperto che lui aveva mentito. Neil Courtney. Ieri notte non è stata ricoverata nessuna Mrs Malyan.»

Il poliziotto aveva perso il filo del racconto. «Chi è Mrs Malyan?»

«La madre di Therese Malyan. La ragazza che abita sotto di noi. Il suo ragazzo è l'uomo a cui Peggy ha dato un passaggio. Oddio, sento che è successo qualcosa! Ne sono sicura. Courtney è un bastardo. Volevo impedire a Peggy di accompagnarlo, ma...» A questo punto Helen era scoppiata a piangere.

L'agente le aveva comunque assicurato che nella zona non erano stati segnalati incidenti. Aveva preso le generalità di Peggy, ma aveva detto ad Helen che per il momento non poteva fare niente. «Una donna adulta... e sono passate poche ore. Se dovessi avere qualche informazione, l'avviserò subito, d'accordo? Non si agiti troppo, Miss Jefferson. Vedrà che si risolverà tutto.»

«Non credo. Courtney è un tipo pericoloso. Sento che è successo qualcosa di tremendo a Peggy. Non può fare proprio niente?»

L'agente fu costretto a risponderle di no, ma meno di un'ora dopo arrivò una chiamata d'emergenza. Un uomo, in viaggio da Leeds a York, si era fermato sul ciglio della strada per fumarsi una sigaretta e telefonare alla fidanzata. Lì aveva trovato una donna gravemente ferita, esanime, ammanettata accanto a un cespuglio. Aveva subito pensato che fosse morta e aveva chiamato la polizia e l'ambulanza. I paramedici avevano constatato che era ancora viva. Aveva una ferita d'arma da fuoco e a causa dell'abbondante emorragia aveva perso i sensi. Non aveva con sé i documenti e nemmeno una borsa, che forse le era stata sottratta, ma fortunatamente in tasca le era stato trovato un estratto conto spiegazzato che la identificava come Peggy Wild, residente a Leeds.

Grazie alla segnalazione, Helen era stata subito avvertita. Un agente era andato a prelevarla sul posto di lavoro e l'aveva portata in commissariato, dove aveva rilasciato una dichiarazione su quanto era accaduto quella mattina e fornito una descrizione di Neil Courtney. Appena entrata, Helen si era bloccata e si era avvicinata al cartellone con le foto segnaletiche dei ricercati appeso nell'ingresso.

«È lui» disse.

«Chi?» domandò sorpreso l'agente che l'accompagnava.

«Neil. Neil Courtney.» Lesse la didascalia sotto la foto. «Perché qui c'è scritto che si chiama Denis Shove?»

La polizia di Scarborough e l'investigatore che si occupava delle indagini sugli omicidi di Richard Linville e Melissa Cooper erano stati subito contattati.

Jane Scapin aveva trovato per il suo capo ed Helen Jefferson un posto tranquillo dove parlare indisturbati, lontani dal caos dell'ospedale. Helen era sconvolta e confusa, ma a poco a poco si tranquillizzò. Aveva parlato con il medico che aveva operato Peggy. Ce l'avrebbe fatta. Era stata molto fortunata a essere ritrovata in tempo.

L'agente Scapin aveva subito diramato una segnalazione per la Ford rossa di Peggy. Caleb non si faceva troppe illusioni: Shove era un delinquente esperto. Si sarebbe sbarazzato il prima possibile della macchina e non avrebbe certo commesso l'errore di utilizzarla a lungo. Doveva immaginare che Peggy Wild sarebbe stata ritrovata e che sarebbero stati istituiti posti di blocco in tutta la regione.

Anche l'auto di Therese Malyan era stata segnalata; purtroppo non era una Peugeot verde. Helen Jefferson aveva dichiarato che la donna doveva essere partita nella notte per una destinazione ignota.

«Miss Jefferson, se la sente di parlare con me?» chiese Caleb. I colleghi di Leeds gli avevano già fornito informazioni precise sulle dichiarazioni rilasciate dalla donna nel corso della mattinata. Ma restavano molti interrogativi aperti.

Helen annuì, asciugandosi gli occhi con un fazzoletto. «Sì, certo. Voglio aiutarvi. Forse Terry è in pericolo.»

Caleb consultò gli appunti. «Therese Malyan? La compagna di Denis Shove?»

«Sì. Abita al piano di sotto. Sotto Peggy e me.»

«Da quando?»

Helen ci pensò. «Due anni e mezzo, direi.»

«Anche Shove abita con lei da allora?»

«No. All'inizio era sola. Molto sola. Ogni tanto qualche compagno, ma niente di serio. Per questo Peggy e io ci prendevamo cura di lei, anche se...»

«Sì?» la incalzò Caleb vedendola esitare.

«A Peggy non stava molto simpatica. Era così ingenua. Peggy diceva che era immatura. Che viveva fuori dalla realtà. A me sembrava carina.»

«E Shove?»

«Si è trasferito da lei all'inizio dell'anno. A febbraio, credo. Però si conoscevano già da ottobre o novembre.»

«Sa dove si erano conosciuti?»

«Sì. Al pub dove lei lavorava allora. L'Orchard House, a Leeds. Neil... Cioè, Denis, frequentava quel posto.»

Caleb si annotò il nome. Venne a sapere che Terry nel frattempo aveva perso il lavoro ed era rimasta disoccupata per qualche mese. Alla fine aveva trovato qualcosa, ma non era per niente contenta del nuovo posto. «The Dark Moon. Una vera bettola. Terry la odiava. Ma non aveva trovato altro e credo che Neil la costringesse a restare lì.»

«Lui non lavorava?»

Helen scosse la testa. «No. Terry ci ha raccontato che aveva ricevuto un'eredità, ma non doveva essere molto sostanziosa. A quanto abbiamo capito, viveva alle spalle di Terry.»

Un'eredità. Secondo le informazioni che Caleb aveva raccolto su Denis Shove, le eventuali somme di denaro in possesso dell'uomo derivavano con ogni probabilità dal bottino di qualche rapina, e non certo da un'eredità. In ogni caso la questione andava approfondita. Shove aveva forse dei parenti che potevano avergli lasciato qualcosa?

«Bene. Shove si trasferisce da Therese Malyan in febbraio. A quanto ho potuto capire, la loro non era una relazione tranquilla, giusto?»

«No. Decisamente no. Peggy e io lo abbiamo subito trovato antipatico. Per fortuna lo incontravamo di rado. Non si faceva vedere molto.»

Abbastanza prevedibile, pensò Caleb. Era ricercato dalla polizia: rendendosi irreperibile, aveva violato i termini della libertà vigilata. E un uomo che aveva minacciato era morto assassinato. Trovare ospitalità da una ragazza ingenua era stata una mossa molto astuta, ma non poteva certo essere una soluzione definitiva. Aveva cercato in tutti i modi di non entrare in contatto con gli amici di Terry. Il pericolo che qualcuno lo riconoscesse era troppo grande.

Helen sembrò leggergli nel pensiero e aggiunse: «Terry da allora non ha più potuto vedere nessuno, in pratica. Stavano sempre per conto loro. All'inizio Peggy e io abbiamo pensato che all'inizio fosse normale tra due innamorati. Ma dopo un po' la cosa ci è sembrata strana. E poi mi sono accorta...»

«Sì? Di cosa?»

«Credo che Neil la picchiasse. Mi è capitato di incontrarla un paio di volte sulle scale, con dei lividi in faccia. Naturalmente lei non l'ha mai ammesso. Però ci evitava. Non era più possibile fermarsi a fare due chiacchiere con calma. Un paio di settimane fa, una sera, l'ho incontrata mentre usciva per andare al lavoro. Aveva gli occhi rossi e mi ha confidato quanto fosse orribile lavorare in quel posto. Subito dopo mi ha implorato di non dire nulla a Neil. Dovevo dimenticarmi di quello che mi aveva detto. Terry aveva paura di lui. Ma non voleva perderlo.»

«Mi spieghi di nuovo cos'è successo la notte scorsa. E poi oggi» chiese Caleb.

Helen raccontò nuovamente tutta la storia, e alla fine scoppiò a piangere. «Mi sento così in colpa» singhiozzò. «Sono stata io a dire a Peggy che dovevamo occuparci di Terry. Così le abbiamo suonato il campanello, e Peggy ha accompagnato Neil in macchina. Voleva scoprire se la madre di Terry era davvero ricoverata in ospedale e se Terry fosse con lei. Era molto strano, perché i genitori di Terry vivono a Truro e non si sentono più da parecchio tempo. Io ho fatto la parte della vicina premurosa, ma è stata Peggy a darsi da fare concretamente. Adesso è qui, e l'ha scampata per un soffio...» Le lacrime le impedirono di proseguire.

«Le sue intenzioni erano buone, e non poteva immaginare cosa sarebbe successo» la consolò Caleb. «Non deve rimproverarsi. Alla fine la sua compagna è stata soccorsa e si riprenderà. Questo è ciò che conta.»

Helen annuì, ma non sembrava troppo convinta. «E Terry? Che ne sarà di lei?»

Purtroppo, per quanto riguardava Therese Malyan, Caleb non aveva informazioni certe, se non che era scomparsa insieme alla sua macchina. La polizia era stata nel suo appartamento, ma non aveva trovato nessuno; anche l'auto non era parcheggiata nei pressi dell'abitazione e tutti gli indizi lasciavano supporre che Therese fosse già sparita quando quella mattina Helen e Peggy le avevano suonato alla porta. Denis Shove si era dovuto procurare una macchina, perché non aveva a disposizione quella della compagna. Un altro indizio a conferma dell'ipotesi che Therese fosse fuggita senza di lui, e che al momento non fosse in pericolo.

Nel frattempo Caleb si era convinto che Shove avesse a che fare con i due delitti. Non sembrava un caso il fatto che si fosse dileguato proprio il giorno successivo all'omicidio di Melissa Cooper. La fuga era avvenuta all'improvviso e senza essere stata pianificata; Shove non poteva immaginare che Peggy Wild si sarebbe offerta di accompagnarlo a Scarborough. Aveva agito istintivamente, sfruttando un'occasione favorevole, ma commettendo un altro grave reato: un conto era rubare una macchina, un altro sparare a una donna e lasciarla gravemente ferita e ammanettata dietro una siepe, dove aveva poche possibilità di essere vista e soccorsa. Peggy era sfuggita alla morte per un soffio. Denis Shove aveva corso il rischio di essere incriminato per un altro delitto, forse perché, dopo gli omicidi di Linville e Cooper, un'altra accusa non avrebbe cambiato molto la sua situazione. Oppure era un segnale di panico? Denis Shove aveva la tendenza a perdere il controllo quando si sentiva braccato, ma in situazioni normali aveva i nervi saldi. Viceversa quel giorno la sua foto era stata pubblicata su tutti i quotidiani regionali. Ma se lo sarebbe dovuto aspettare, dopo aver ucciso Melissa Cooper. Perché quella fuga improvvisata? Fino a quel momento si era comportato sempre con grande prudenza e circospezione.

Lo aveva fatto perché Therese era scappata? Forse avevano progettato di lasciare Leeds insieme, ma era successo qualcosa e la ragazza era fuggita. Se i sospetti di Helen erano fondati e Denis picchiava la compagna, forse era stato questo a spingere Therese alla fuga, lasciando Shove senza macchina. Nelle sue condizioni, l'uomo non poteva certo ricorrere ai mezzi pubblici. La terra gli scottava sotto i piedi.

Naturalmente anche il ruolo di Therese Malyan poneva alcuni interrogativi. Chi era, vittima o complice? Oppure entrambe le cose? L'una infatti non escludeva necessariamente l'altra.

«Che cosa sa di Therese Malyan?» chiese. «Cosa può dirmi della sua famiglia, degli amici, della sfera personale?»

Helen ci pensò su. «Mi è sempre sembrata molto sola» rispose. «Credo che non avesse amici né una vita personale vera e propria. Qualche conoscente incontrato nei pub e nei bar dove aveva lavorato gli ultimi anni. Proprio per questo Neil – o Denis – aveva avuto gioco facile con lei: non aveva nessuno ed era contenta di aver trovato finalmente qualcuno. Avevo l'impressione che fosse disposta a sopportare anche le cose peggiori, pur di non dover tornare a vivere da sola.»

«Ha detto che non aveva più contatti con la famiglia?»

«Sì, mi accennò qualcosa del genere un paio di volte. Aveva lasciato la scuola a diciott'anni, e a quanto ho capito i suoi genitori non glielo avevano mai perdonato. Non aveva né fratelli né sorelle.»

«Come mai da Truro era finita qui al Nord? Glielo aveva spiegato?»

«Credo fosse perché aveva interrotto gli studi. Voleva allontanarsi il più possibile da casa. Rifarsi una vita.»

«Aveva tagliato del tutto i ponti con il padre e la madre?»

«Così mi aveva detto.»

Nonostante questo, era il caso di sentire i genitori di Therese. Non si poteva escludere che, in una situazione critica come quella, la ragazza si fosse rifugiata dalla famiglia. Si era messa insieme a un delinquente, cosa di cui forse all'inizio non si era resa conto. Probabilmente si era lasciata coinvolgere nei suoi crimini, ma alla fine aveva perso la testa. La notte successiva all'omicidio di Melissa Cooper era scoppiato un violento litigio tra Therese e Denis Shove. Forse la ragazza non voleva più partecipare alla vendetta, o qualunque cosa fosse, perpetrata da Shove.

Helen guardò Caleb con occhi sgranati. «Quello che c'è scritto sulla foto segnaletica è vero?» domandò. «Neil ha ammazzato un poliziotto?»

«È ricercato in relazione a quel delitto» confermò Caleb. «Ancora non sappiamo se sia lui il colpevole.»

«Sono così preoccupata per Terry» disse Helen ricominciando a piangere. Era psicologicamente distrutta.

«Troveremo Shove» la rassicurò Caleb. «E metteremo al sicuro Therese. Ammesso che sia in pericolo. Forse si è nascosta da qualche parte e neppure Shove sa dove trovarla.»

Il suo tono rassicurante calmò Helen, che smise di piangere. In realtà Caleb non si sentiva affatto fiducioso come fingeva di essere. Anche lui era preoccupato per Therese Malyan. E l'euforia iniziale di aver finalmente trovato una traccia di Denis Shove si stava già spegnendo: ancora una volta era riuscito a sfuggire alla polizia.

Scomparso nel nulla.

Dieci

Come per magia, da sotto la felpa comparve una pistola.

«Dov'è Jonas?» chiese.

Non aveva senso mentire.

«In camera da letto» rispose Stella.

Dall'esterno si udì nuovamente la voce di Terry. «Neil? Dove ti sei cacciato?»

Lui girò la testa per rispondere, senza perdere di vista Stella e Sammy. «Sono qui in salotto. Vieni!»

«Che vuole da noi?» domandò Stella, stringendo protettivamente Sammy tra le braccia. Si domandava se l'uomo che aveva davanti fosse pronto a sterminare un'intera famiglia, compreso un bambino di cinque anni.

«Tanto per cominciare, voglio un po' di silenzio» rispose lui. Forse ha intenzione di andarsene ma non vuole che avvisiamo subito la polizia, pensò Stella. Aveva la vaga speranza che li avrebbe rinchiusi lì dentro e sarebbe fuggito con la loro auto, rubando loro contanti e carte di credito. Ma era poco probabile. Aveva avuto ore per scappare in tutta tranquillità, e non lo aveva fatto. Stella temeva che il primo pensiero che le si era affacciato alla mente dopo aver letto l'articolo fosse quello giusto: Neil Courtney – o Denis Shove – non sapeva dove fuggire. Ecco il suo problema principale. Quella fattoria isolata rappresentava la soluzione perfetta, almeno temporaneamente. Poteva rimanere lì indisturbato, mentre elaborava un piano più articolato. Gli sarebbe bastato tenere sotto controllo la famiglia Crane.

Terry entrò in salotto. «Che strano, le porte sono tutte chiuse...» esordì, poi ammutolì alla vista del suo compagno che puntava la pistola su Stella e Sammy.

«Che succede?» chiese confusa.

«Volevano chiudersi dentro» spiegò Neil, «e poi chiamare in tutta tranquillità gli sbirri.»

Terry lo guardò senza capire. «Gli sbirri?»

«Chi le dice che non l'abbiamo già fatto?» chiese Stella. «Forse abbiamo già chiamato la polizia. In questo caso le converrebbe filarsela il prima possibile.»

Lui socchiuse gli occhi. «Terry, fa' il giro della casa e vedi se trovi un telefono. Un computer, un qualsiasi collegamento con il mondo esterno. Conosco questa zona. Ci sono parecchie di queste fattorie completamente isolate. I cellulari qui non prendono. Ho già controllato.»

«Ma Neil, perché...» obiettò Terry, ma lui la interruppe.

«Fa' come ti dico. Ora non ho tempo di spiegarti tutto.»

Terry obbedì. Sammy, che si teneva stretto alla mamma, tremava terrorizzato.

«Gli sta facendo paura» disse Stella.

Neil si strinse nelle spalle. «Che peccato. Dovrà rassegnarsi.» Rimase un attimo pensieroso, poi chiese: «Dov'è la chiave della rimessa?»

«Non ne ho idea. Questa non è casa nostra.»

Lui agitò la pistola. «Dovresti essere un po' più disponibile, Stella. Non vorrai che questa storia finisca male, vero? Per te e per la tua bella famigliola?»

«Voglio solo che lei se ne vada» disse Stella.

«Per questo dovrai aspettare.» Si sedette su una poltrona allungando le gambe davanti a sé, la canna della pistola sempre puntata contro i due ostaggi. «E parecchio.»

«Qualcuno sa che siamo qui. Si accorgeranno della nostra assenza.»

«Sì, sì» disse Neil annoiato.

Terry tornò in salotto. «Niente telefono, almeno qui a pianterreno. E neanche computer, mi pare. Devo controllare anche di sopra?»

Neil fece cenno di no. «Per ora non serve. Posso provare a indovinare che genere di vacanza state trascorrendo qui? È un soggiorno all'insegna del: *Stacchiamo la spina. Molliamo tutto. Non siamo raggiungibili per nessuno.* È proprio quello che cerco io, Stella. Un posto dove nessuno possa trovarmi.»

«Un posto così non esiste» ribatté Stella. «Nemmeno qui. Si accorgeranno della nostra assenza. Jonas ha affittato questa casa da un collega. Settimana prossima lui vorrà indietro le chiavi. Vorrà avere i suoi soldi. Vorrà sapere come ci siamo trovati. Troverà strano se di colpo siamo spariti dalla faccia della terra.»

«Manca ancora una settimana!» Neil scoppiò a ridere. «Santo cielo, credi che voglia rompermi la testa pensando adesso a cosa succederà tra una settimana?» Fece un cenno verso Terry. «Prova a cercare la chiave di quella rimessa là fuori.»

«Neil, vuoi dirmi che cosa succede?» chiese Terry. Sembrava più spaventata di Stella.

Non sa niente, pensò Stella, non sa di essersi messa in casa un criminale. Non sa che è ricercato dalla polizia. Che non è nemmeno la persona che dice di essere.

Questa constatazione fece nascere in lei un barlume di speranza. Forse sarebbe riuscita a convincere Terry ad aiutarli. Era una ragazza ingenua e un po' stupida, ma era chiaro che non era una delinquente. Sammy era suo figlio, e lei aveva sempre voluto bene ai Crane. Non avrebbe permesso che qualcuno facesse loro del male. Oppure no? Era succube di Neil e lo temeva. Avrebbe capito che stando al suo fianco rischiava solo di rovinarsi? Avrebbe trovato la forza di staccarsi da lui?

«Avanti, cerca quella chiave!» le ordinò Neil. «Maledizione, smettila di fare domande idiote. Ti spiegherò tutto più tardi.»

Terry non osò ribattere e uscì dal salotto. Neil si alzò dalla poltrona.

«Ora, da bravi, precedetemi in corridoio» ordinò loro. «Non provate a fare sciocchezze, altrimenti sparo. Chiaro?»

«Chiaro» confermò Stella.

Lui sorrise di nuovo. Non c'erano parole adatte per descrivere quanto Stella odiasse quel ghigno.

«Sei una persona intelligente, Stella. E ragionevole. E sei una madre affettuosa. Non vorrai mettere in pericolo il piccolo Sammy, vero?»

Stella scrollò il capo. «No, non lo farò.»

«Mamma!» piagnucolò il bambino, sul punto di mettersi a piangere.

«Non avere paura, tesoro. Andrà tutto bene.»

«Silenzio, adesso» esclamò Neil. «Ora muovetevi, forza.»

Uscirono dal soggiorno. Non c'era traccia di Terry; molto probabilmente aveva trovato delle chiavi e le stava provando sulla porta della rimessa. Non sembrava rendersi conto della situazione, ma come al solito il suo primo pensiero era di non urtare la suscettibilità di Neil.

«Avanti» ordinò Neil.

Si incamminarono lungo il corridoio. Sammy piagnucolava, Stella aveva il cuore in gola. Da un momento all'altro un ignaro Jonas sarebbe sceso dalle scale, ritrovandosi all'improvviso in una situazione scioccante. Stella si augurava che non avrebbe fatto niente che potesse far precipitare la situazione. Jonas non era nato per fare l'eroe. Se avesse cercato di salvare la famiglia, avrebbe fallito miseramente, Stella ne era convinta.

Fresco di doccia, in jeans e maglietta, Jonas scese gli ultimi gradini mentre il piccolo corteo era a pochi passi dalla scala. Fissò sbigottito Stella, Sammy e Neil.

«Oh» fece.

«Jonas» lo chiamò Stella, ma Neil la zittì. «Taci!»

«Come osa parlare così a mia...» protestò Jonas, poi si accorse dell'arma che Neil stringeva in pugno. Ammutolì, gli occhi sgranati. «Ma che diavolo...» Lasciò la frase a metà. Non riusciva a credere ai propri occhi e non sapeva cosa dire in una situazione così assurda. Aveva descritto scene simili nelle sue sceneggiature. Era famoso per i suoi dialoghi vivaci e ironici. Nella vita reale, però, non riusciva a trovare le parole.

«Ora andremo tutti insieme nella rimessa» annunciò Neil. «Jonas, ci faccia strada. Niente scherzi. Altrimenti sparo a tutti quanti.»

«Fa' quello che dice» lo implorò Stella. In quel momento Jonas Crane decise, per la prima volta in vita sua, di fare l'eroe.

Non avrebbe potuto scegliere momento peggiore.

Lo sparo fu immediato. Nello stesso istante in cui Jonas si lanciava verso Neil, probabilmente con l'intenzione di farlo cadere e disarmarlo. Era un piano assurdo per un uomo come Jonas, che in vita sua non era mai stato coinvolto in uno scontro fisico di alcun genere, a parte le zuffe nel cortile della scuola, nelle quali peraltro, come aveva raccontato a Stella, aveva sempre avuto la peggio. Il fatto che a volte gli capitasse, seduto alla scrivania, di immaginare scene in cui uomini muscolosi si prendevano a pugni, sparavano all'impazzata o atterravano l'avversario con un colpo ben assestato, non significava che lui ne capisse granché, al di là della pura teoria. Per non parlare poi di sferrare un pugno o una ginocchiata al basso ventre. La sua forza era nella testa, non nei muscoli. Per questo era una vera follia cercare di misurarsi fisicamente con un uomo come Denis Shove.

Lo sparo lo bloccò a mezz'aria. Lanciò un'occhiata incredula all'avversario, come se per lui fosse inconcepibile che un uomo che gli puntava contro una pistola potesse usarla veramente. Tentò di mantenere l'equilibrio, barcollando come un funambolo che cerca invano di non cadere nel vuoto. Agitò le braccia, poi stramazzò a terra e rimase immobile.

Stella avrebbe voluto gridare, ma le mancava la voce. Si inginocchiò accanto al marito e gli prese la testa tra le mani. Non riusciva a capire dove fosse stato colpito.

Si voltò verso Neil. «Gli ha sparato! Dobbiamo chiamare un medico. Bisogna portarlo all'ospedale. Deve...»

Neil le si avvicinò, la afferrò bruscamente per un braccio e la fece rialzare. «Cammina. In cortile.»

«Ma è ferito! Ha bisogno...»

Lui le puntò la pistola in faccia. «Continua a camminare. A lui ci penserò io. Più rimani qui a piagnucolare, più tempo passerà. Muoviti!»

«Papà!» singhiozzò Sammy.

Lei lo prese per mano. La sua manina tremava, ma anche lei. Aveva le ginocchia molli e per un attimo credette di crollare a terra accanto a Jonas.

«Per favore, Neil. Lo aiuti. Non le ha fatto niente.»

«È stato stupido» disse Neil. «Stupido. Adesso cammina. Con le tue chiacchiere non fai che peggiorare le cose.»

Mentre uscivano, si sforzò di trattenere le lacrime. Terry doveva aver trovato la chiave. Avrebbe voluto piangere e urlare, ma non lo fece per il bene di Sammy. Il bambino era già profondamente traumatizzato, e sarebbe stato disastroso per lui vedere la madre abbandonarsi a una crisi isterica.

Le ombre nel cortile assolato andavano allungandosi. Era una stupenda serata estiva. Avrebbero potuto mangiare sulla terrazza. Il giorno dopo sarebbero andati al mare. Perché tutto si era trasformato in un incubo?

Avremmo dovuto immaginarlo, pensò Stella. Lei e Jonas avevano trascurato tutti i segnali d'allarme. Entrambi avevano avuto un brutto presentimento, fin da quando avevano conosciuto Neil Courtney. O Denis Shove. Il criminale ricercato dalla polizia. La visita a Kingston li aveva insospettiti. I loro dubbi erano aumentati quando quella notte avevano saputo da Terry che lui era venuto fin lì a cercare la casa dove i Crane stavano trascorrendo le vacanze. Se ne sarebbero dovuti andare al massimo quella mattina. Invece avevano ignorato l'istinto. E ora ne stavano pagando le conseguenze.

Terry venne loro incontro stringendo in mano un grosso mazzo di chiavi. «La rimessa è aperta.» Sembrava preoccupata. «Neil, ho sentito uno sparo. Che cosa...»

«Entra in casa e occupati di Jonas. Ha voluto mettersi in mezzo. Guarda che cosa puoi fare. E voi...» agitò la pistola verso Stella e Sammy «voi due continuate a camminare!»

La rimessa era un edificio in pietra, privo di finestre, senza possibilità di fuga. Nessuna speranza di chiamare aiuto. Un medico per Jonas. Neil non avrebbe chiamato i soccorsi per nulla al mondo.

È ricercato per l'omicidio di un poliziotto. Non può farsi rintracciare. Perché Jonas si è comportato in modo così assurdo? Aggredire un uomo armato. Non aveva possibilità. Doveva saperlo.

Barcollarono fino alla rimessa. Stella si aspettava che fosse completamente buia, invece era rischiarata da una luce soffusa. Guardò verso l'alto e vide una finestra, il vetro opaco di sporcizia, da dove filtrava un po' di luce. Il soffitto era alto almeno quattro metri e la finestra si trovava appena sotto il tetto, quindi sarebbe servita una scala per raggiungerla. E anche in quel caso non era detto che fosse possibile aprirla. Era troppo piccola per passarci attraverso; al massimo ci si poteva infilare la testa per gridare aiuto. Ma chi li avrebbe sentiti? Da quando erano arrivati, Stella aveva visto un solo escursionista passare a parecchia distanza dalla fattoria. D'altronde il tempo era stato brutto, forse con il sole la zona si sarebbe ripopolata. Ma restava comunque un'opzione assai remota, dal momento che non era sicura di trovare una scala all'interno.

«Per ora rimarrete qui dentro» ordinò Neil, «e comportatevi

bene, chiaro? Meno problemi mi darete, maggiori saranno le probabilità di uscire da questa storia senza danni.»

«Che ne sarà di Jonas?» chiese Stella.

«Ci prenderemo cura di lui. Non è ferito gravemente» dichiarò Neil. Stella ebbe l'impressione che mentisse. Di sicuro non poteva essersi fatto un'idea della ferita di Jonas. Probabilmente non gli importava nulla di essere accusato di un altro omicidio e, anziché correre altri rischi, avrebbe lasciato morire Jonas dissanguato.

«Potrebbe portarlo qui? In modo che possa curarlo?» lo implorò.

«Vedremo. Ora sedetevi e tenete la bocca chiusa. Più tardi vi farò avere qualcosa da mangiare.»

«Ci serve dell'acqua.»

«Avrete anche quella. Adesso silenzio. A dopo.» La pesante porta con i cardini di ferro si chiuse, la chiave girò nella toppa. Diventò subito più buio, ma era ancora possibile distinguere i contorni delle cose sparse intorno: mobili vecchi, cataste di legna, diverse sportine per gatti, vasi di terracotta, tappeti arrotolati, due biciclette, e molte altre cianfrusaglie. Nonostante facesse caldo, l'aria lì dentro era fredda e umida. Stella era scossa da violenti brividi e aveva l'impressione che anche Sammy tremasse più forte, e non solo per lo choc.

«Sammy, non devi avere paura, capito? Per prima cosa cerchiamo qualcosa, una coperta per tenerci caldi. Altrimenti ci verrà un raffreddore.»

Il bambino rimase immobile. «Ha sparato a papà.»

«No, lo ha colpito solo di striscio. Hai sentito che cos'ha detto. Papà non è grave. Adesso gli faranno la medicazione e poi starà meglio.»

«Perché non è qui con noi?»

«Perché Terry e Neil devono prendersi cura di lui.»

«Poi verrà da noi?»

«Lo spero, Sammy. Non ti preoccupare. Andrà tutto bene.»

«Perché Neil ha sparato a papà?»

«Neil ci stava minacciando e papà voleva togliergli la pistola. Per questo Neil gli ha sparato.» *Com'era prevedibile.*

«Perché Neil ci minacciava?»

«Neil è un uomo cattivo. Vuole rimanere qui a riposarsi qualche giorno, ma poi se ne andrà. E ci lascerà liberi.» La sua era solo una speranza, ma evidentemente doveva essere stata convincente, perché Sammy non fece altre domande, completamente paralizzato dalla paura.

Stella lo fece sdraiare su un divanetto appoggiato alla parete, che sembrava trovarsi lì da almeno un secolo, quindi cercò una coperta. Mentre rovistava in giro, rifletteva sulle loro possibilità. Era giovedì. Domenica sarebbero tornati a casa. Sammy doveva tornare al centro estivo lunedì. Le maestre li avrebbero cercati se non si fosse presentato?

Forse avrebbero chiamato a casa e, non trovando nessuno, avrebbero pensato che i Crane si fossero fermati nello Yorkshire più a lungo, pensò Stella. Dopotutto la frequenza al centro estivo non era obbligatoria, e nessuno avrebbe smosso mari e monti se una famiglia decideva di prolungare le vacanze e si dimenticava di avvertire.

Come si sarebbe comportato il collega che aveva affittato loro la fattoria? Lei aveva affermato spudoratamente di fronte a Neil che lui rivoleva le chiavi lunedì, insieme ai soldi dell'affitto. In realtà Jonas aveva già saldato il conto in anticipo e, per quanto riguardava le chiavi, Stella non aveva idea di quali fossero gli accordi. Non se n'era interessata e adesso non poteva chiederlo a Jonas. In ogni caso non era come se lavorassero in un ufficio dove si vedevano ogni giorno. Entrambi erano liberi professionisti. Era improbabile che fossero d'accordo per vedersi già lunedì. Quasi sicuramente il collega era impegnato, oppure era via per qualche sopralluogo. Potevano essersi dati appuntamento per chissà quando.

Lo stesso valeva per gli altri appuntamenti di Jonas. Forse non aveva preso impegni per i primi giorni dopo le vacanze. Naturalmente prima o poi qualcuno si sarebbe accorto che Jonas non era tornato. Ma quando?

Okay, non serviva a niente riflettere in quella direzione. Quali altre possibilità avevano? La vicina che bagnava i fiori e ritirava la posta per loro. Almeno lei si sarebbe accorta subito che i Crane non erano tornati. Stella ripensò a cosa avesse detto alla donna a proposito del posto in cui si trovavano. «Abbiamo deciso di tagliare i ponti con tutto. Passeremo un periodo di completa solitudine nello Yorkshire.» Non aveva aggiunto niente di più preciso, e questo significava che se anche la vicina, preoccupata, si fosse rivolta alla polizia, non sarebbe stata in grado di dare indicazioni utili.

Il Nord dell'Inghilterra. Una regione vastissima. L'interrogativo era con quanta serietà la polizia avrebbe condotto le indagini. Se avessero fatto domande ai colleghi di Jonas, prima o poi avrebbero trovato qualcuno che era al corrente dei loro programmi e avrebbe potuto fornire informazioni più precise. Stella però non sapeva quanto tempo ci sarebbe voluto né quanto sarebbero state approfondite le eventuali ricerche di una famiglia che non era tornata dalle vacanze come previsto. Pensò alla vicina di casa, anziana e un po' svampita, e si immaginò di essere nei panni di un agente. Avrebbe pensato che la donna avesse fatto confusione con le date e che non ci fosse motivo di preoccuparsi.

I suoi occhi intanto si erano abituati alla penombra, e dovette constatare che lì dentro non c'era una scala. La finestra era irraggiungibile.

Perlomeno trovò una coperta. Quando la prese, si sollevò una nuvola di polvere che la fece tossire. Si augurava che il contatto con quel tessuto impolverato non provocasse reazioni allergiche. Stella provò a scuoterla, quindi tornò sul divano dove Sammy era rimasto seduto nell'esatta posizione in cui lo aveva lasciato. Tremava dal freddo. Si mise accanto a lui, lo prese tra le braccia e gettò la coperta su entrambi. «Vieni, piccolo mio. Ora ti scaldo. Non devi tremare così.» Gli accarezzò dolcemente i capelli. «Vedrai, andrà tutto bene.»

«Dov'è papà?»

«Lo stanno curando. Poi lo porteranno qui da noi.»

«Mamma, verrà qualcuno a tirarci fuori da qui?»

Il bambino sembrava nutrire le sue stesse preoccupazioni. «Ma certo. Si accorgeranno che non siamo a casa.»

«Ma chi sa dove siamo?»

«Il collega di papà, per esempio. Il proprietario della fattoria.» Peccato che fosse l'unico.

«Andrà dalla polizia?» domandò Sammy.

«Sicuramente!»

«E allora verranno a liberarci?»

«Puoi starne certo. Sarà un grande intervento. E allora avrai un sacco di cose da raccontare ai tuoi amici. Scommetto che moriranno d'invidia!»

L'idea di tornare dagli amici acclamato come l'eroe di un film elettrizzò Sammy. Cominciò a descrivere tutto eccitato l'intervento degli agenti, e smise addirittura di tremare. Stella intanto seguiva i propri pensieri. Come stava Jonas? Che intenzioni aveva Neil? Si sarebbe occupato degli ostaggi? Potevano resistere per un po' senza cibo, ma non senza acqua. Quanto era pericoloso, spietato e brutale quell'uomo? Se fosse stato necessario, Terry sarebbe stata in grado di tenergli testa? Cercò di scacciare i tetri pensieri che le affollavano la mente; se avesse concesso troppo spazio alle sue paure, non avrebbe più potuto aiutare Sammy né agire in maniera razionale. Neil Courtney, alias Denis Shove, era un criminale ricercato dalla polizia. Non si trovavano in balia di un pazzo di cui nessuno era al corrente. La sua foto era sui giornali, la polizia lo cercava con tutti i mezzi. Forse erano già sulle sue tracce, più di quanto lui stesso pensasse. Forse la grandiosa scena della liberazione immaginata da Sammy non era così lontana dal vero.

Stella si accorse che il figlio all'improvviso aveva smesso di chiacchierare. Si era addormentato, la testa appoggiata al suo braccio. Il respiro era profondo e regolare. Grazie al cielo non soffriva né la fame né la sete, per ora.

Scese la notte senza che arrivasse nessuno. Stella non sapeva in che condizioni fosse Jonas. Non sapeva niente.

Cominciò a piangere in silenzio.

Venerdì, 6 giugno

Uno

Era una specie di sopralluogo tardivo. Si trovavano al porto di Scarborough, a pochi passi dal piccolo luna park, e osservavano la sala giochi che in una giornata primaverile di sedici anni prima era stata presa d'assalto da un gruppo di teppisti minorenni. I ragazzi erano a caccia di soldi, ma alla fine c'era scappato il morto. E poi, per una serie di bizzarre coincidenze, come talvolta accade nella vita, la vicenda aveva portato all'incontro tra un ispettore di polizia dello Yorkshire e una testimone casuale. A molti anni di distanza entrambi erano stati uccisi. La chiave del mistero si trovava lì? Era racchiusa in quel loro primo incontro?

Per principio Caleb risaliva sempre all'inizio di una storia, come dipanando una matassa. Per esperienza sapeva che esaminare gli avvenimenti dal principio spesso portava a risultati interessanti. Tuttavia si era recato al porto insieme all'agente Scapin e al sovrintendente Stewart non solo per farsi un'idea della scena del crimine di tanti anni prima, ma anche per un pranzo veloce. Erano le due passate, e tutti e tre erano affamati. Nei pressi del luna park c'era un chiosco dove preparavano delle ottime patatine fritte, croccanti e calde, accompagnate da un'orribile salsa a base di ketchup e maionese. Ne avevano ordinato ciascuno una porzione abbondante, anche se Jane Scapin aveva borbottato che quel tipo di alimentazione non era affatto sano. Caleb, che ancor più dei due colleghi era abituato ai fast food, da tempo si era convinto che non erano gli alimenti di scarsa qualità a far ammalare, bensì le continue minacce e i sensi di colpa che tormentavano chi li mangiava. In questo modo era riuscito a mettere a tacere gli eventuali dubbi circa il proprio stile di vita.

In piedi sul ciglio della strada, infilzavano le patatine ancora roventi con le forchettine di legno, mentre alle loro spalle l'acqua sciabordava pigramente contro i piloni del molo. Di tanto in tanto i parabordi delle imbarcazioni ormeggiate scricchiolavano contro la banchina. Era una giornata calda, senza neppure un alito di vento. Dai chioschi intorno veniva l'odore di pesce fritto, che si mescolava a quello di acqua salmastra e alghe e ai gas di scarico delle auto. A Caleb era capitato di rado di cogliere tanti odori così ben distinti in riva al mare. In genere il vento che soffiava dal largo li fondeva tutti insieme.

«Ecco, secondo i verbali, al momento della rapina Melissa Cooper era proprio qui dove ci troviamo ora» disse Robert Stewart. «Subito dopo lo sparo i rapinatori si precipitarono fuori e salirono sulla macchina che li aspettava. L'auto di Mrs Cooper era parcheggiata poco più avanti, proprio accanto a Marines Drive. Lei arrivava da lì ed era diretta a un pub dove aveva un appuntamento per pranzo.»

«Mmm» fece Caleb osservando l'ampia vetrina della sala giochi. File di luci rosse, verdi e azzurre lampeggiavano lungo i bordi delle slot-machine che promettevano vincite fantastiche. In quel momento il locale era quasi deserto. Le uniche persone presenti erano sedute al bar e non stavano giocando. Per strada c'erano pochi passanti. Faceva troppo caldo. Un'atmosfera sonnolenta aleggiava sulla città.

«Avrei dovuto prendere un gelato» disse Jane, «non questa roba calda e unta.»

«Con il caldo c'è bisogno di sali» osservò Caleb. Era così affamato che si sarebbe offerto volentieri di finire anche le patatine di Jane, se a lei non andavano più, ma gli sembrava un gesto troppo intimo. Lavoravano insieme già da un po', ma Jane non era tipo da dare troppa confidenza.

«Robert, ha parlato con i rapinatori?» domandò.

Robert annuì. «Esatto, sono stato da tutti e tre. Proprio ieri.» Era molto orgoglioso. Era stata una giornata dura. Aveva affrontato gli adolescenti sbandati di un tempo, ora giovani uomini con alle spalle l'esperienza del carcere. E poi aveva consultato innumerevoli verbali. Era rimasto in ufficio fino a tarda notte.

«Glielo anticipo subito» proseguì, «sono sicuro quasi al cento percento che nessuno di loro è coinvolto nei due omicidi. Non conoscevano il nome di Melissa Cooper, e la loro reazione mi è sembrata sincera. Oppure sono tutti e tre ottimi attori, e non mi pare proprio. Secondo me non sono mai venuti a sapere il nome dei testimoni della rapina né cosa avessero dichiarato. D'altro canto era poco importante, dal momento che non furono arrestati e condannati grazie alle testimonianze, bensì perché uno di loro si era costituito.»

«Secondo lei che tipi sono? Che impressione le hanno fatto?»

«Ritengo che all'epoca fossero ragazzi stupidi e annoiati, alla ricerca di un diversivo che purtroppo si concluse tragicamente. Non ce l'avevano nemmeno con chi di loro era andato alla polizia, perché prima o poi lo avrebbe fatto qualcun altro. Erano scioccati. Ora si sono riabilitati. La galera è stata un'esperienza dura e non hanno più intenzione di finire nelle mani della polizia o della giustizia. Quando ho mostrato loro il distintivo si sono fatti prendere dal panico.»

«Hanno un lavoro?»

«Uno di loro vive qui a Scarborough e ha rilevato il negozio di cucine del padre. Gli altri due stanno ad Hull. Uno è disoccupato, l'altro si arrangia facendo il manovale nei cantieri. È sposato e ha un figlio di un anno. Mi sono fatto mandare tutti i verbali e li ho esaminati a fondo. In prigione hanno tenuto un comportamento esemplare. Dopo la scarcerazione per buona condotta hanno cercato di rifarsi una vita senza altri colpi di testa.»

Caleb doveva ammettere che da questo racconto era difficile immaginare che uno di loro o tutti insieme potessero aver torturato a morte due persone con tanta crudeltà. Del resto non si era aspettato niente di diverso. Ora i suoi sospetti su Shove erano solo rafforzati.

«Okay» dichiarò. «La rapina ci interessa solo perché Melissa Cooper e l'investigatore capo Linville si sono incontrati in quella circostanza. Tuttavia, Robert, vorrei che controllasse ancora una volta possibili riferimenti incrociati. Soprattutto rispetto a Shove.

Tutti sono stati in prigione a Hull. Magari si sono conosciuti lì e possono aver fatto qualcosa insieme, anche se è piuttosto improbabile. Per ora resta assodato che Linville ebbe un ruolo determinante nel caso Shove, e che nella rapina furono coinvolti sia Linville che Melissa Cooper, sebbene in forma diversa. Se emergesse un contatto, dovremmo interrogare di nuovo i tre giovani.»

«Ho fissato un appuntamento con il direttore del carcere di Hull per questo pomeriggio, signore» disse Robert. «Chiarirò questo punto.»

«Per sicurezza rintracci anche gli altri testimoni della rapina. Tutti quelli che furono interrogati. Non vorrei che facessero la stessa fine di Melissa Cooper. Dobbiamo sapere se qualcun altro ha notato qualcosa di strano... telefonate, pedinamenti, la sensazione di essere spiati.»

«Benissimo» rispose Robert.

«Signore, ho esaminato a fondo i verbali su Shove» intervenne Jane. Fece un passo di lato e gettò in un cestino la vaschetta, ancora quasi piena di patatine. Caleb sospirò piano.

«E...?»

«Purtroppo non ci sono indizi che portino a Melissa Cooper. L'ispettore Linville aveva dato la caccia a Shove e lo aveva arrestato. Subito dopo l'arresto e successivamente in tribunale Shove giurò che si sarebbe vendicato di Linville. Non nominò nessun altro, ma a mio parere ciò non esclude a priori che non intendesse rivalersi anche su amici e familiari dell'investigatore.»

«Come faceva a sapere dell'esistenza di Melissa Cooper?» chiese Robert.

«Shove è rimasto in carcere piuttosto a lungo» rifletté Caleb, «magari ha saputo da qualcuno che Linville aveva una relazione con Melissa Cooper. Non sappiamo chi degli agenti in servizio ad Hull fosse a conoscenza della storia.»

Robert lo guardò con espressione perplessa.

Caleb pensò a come facessero a sapere del suo problema con l'alcol anche a Scotland Yard. A questo punto non si sentiva di escludere più niente.

«È la successione degli omicidi che ancora non torna» mormorò. «Perché non uccidere prima la Cooper? Sarebbe stato un ottimo sistema per spaventare e torturare Linville.»

«È una domanda a cui non sappiamo rispondere» disse Robert.

C'è qualcosa che mi sfugge, si chiese Caleb. Ma cosa?

Passò a un altro punto. «Il nome 'Neil Courtney' ci dice qualcosa? Nell'ambiente di Shove c'è qualcuno che si chiama così, dal quale Shove può aver preso il nome? Oppure l'ha scelto a caso?»

«Nei verbali non ho trovato niente» rispose Jane. «Ma ricontrollerò.»

«Io proverò a chiedere in carcere» disse Robert. «Forse in cella con lui c'era un Neil Courtney. A proposito, la psicologa che lo seguiva tornerà questo fine settimana. Dobbiamo assolutamente sentirla. Lunedì le telefonerò subito.»

«Molto bene. Jane, qualche novità dopo la perquisizione dell'appartamento a Leeds?»

Jane scrollò il capo mestamente. «Niente di utile. Non abbiamo trovato nulla che appartenesse a Shove, a parte qualche indumento. Né lettere né documenti. I tecnici stanno esaminando il pc di Therese, ma a quanto pare era solo lei a usarlo.»

«Shove si è sempre mantenuto nell'ombra» fece notare Caleb.

«Non poteva fare altrimenti» osservò Robert. «Dopo l'omicidio di Linville sapeva che lo cercavamo.»

«Che cosa sappiamo di Therese Malyan?» chiese Caleb.

«Anche lei, per certi versi, è una figura sfuggente» rispose Jane. «A casa sua non abbiamo raccolto molte notizie su di lei. Come ho già detto, il suo computer deve essere ancora analizzato, ma un primo esame della posta e dei siti visitati non ci dice niente. Non aveva neppure molti contatti all'esterno. Dev'essere una persona molto sola. A una lavagna in cucina erano appese alcune cartoline inviate da conoscenti da varie località di vacanza, ma erano tutte piuttosto vecchie. In un cassetto in camera da letto abbiamo trovato le foto di un bambino.»

«Foto di un bambino?»

«Sì. Un bambino di circa un anno. Non sappiamo chi sia. Forse il figlio di un'amica? In casa non ci sono indizi che provino la presenza di un minore. E poi le due amiche del piano di sopra lo avrebbero saputo.»

«Hai telefonato ai genitori?»

«Sì. Hanno dichiarato che Therese non è da loro e che non la sentono da tre anni. Non sapevano nemmeno che abitasse a Leeds. Di conseguenza erano all'oscuro che avesse un compagno. I nomi di Neil Courtney e Denis Shove non gli dicono niente.»

«Una rottura radicale, direi» osservò Caleb. «Solo perché la ragazza ha abbandonato gli studi?»

Jane si strinse nelle spalle. «Ci sono genitori che non perdonano cose del genere.»

«Chi è in realtà questa Therese Malyan?» domandò pensieroso Caleb. «Una ragazza ingenua come è stata descritta da Helen Jefferson? Una sprovveduta, che si lascia sfruttare da un delinquente senza rendersene conto? Oppure sapeva con chi aveva a che fare? E ne è diventata complice?»

«Difficile a dirsi» commentò Jane. «Un po' ingenua a me sembra davvero» aggiunse. «A casa sua c'è un ripiano pieno di romanzi d'amore tascabili. Harmony a non finire. Sa, quei libri con in copertina foto di giovani fanciulle tra le braccia di uomini muscolosi che le hanno appena salvate da qualche pericolo.»

«Come se Therese volesse dimenticare lo squallore della sua vita rifugiandosi in un mondo immaginario, giusto?»

«Proprio così. È questo il fascino di tali romanzi. Una donna sa che nella realtà non sarà mai così bella e affascinante come le protagoniste di quelle storie. E nella vita quotidiana non si incontrano quasi mai audaci e galanti figure maschili, purtroppo» aggiunse Jane con una punta di rammarico. «Con Denis Shove ha preso un abbaglio clamoroso, ritenendolo il suo principe azzurro, come sembra che lo abbia inizialmente descritto alle persone che conosceva.»

«Ho notato anche un'altra cosa» disse Jane, «ovvero che deve aver lasciato l'appartamento in fretta e furia, o comunque non doveva avere in programma di assentarsi a lungo. Non c'erano grucce vuote negli armadi, i cassetti del comò traboccavano di biancheria. Ho l'impressione che non si sia portata dietro nemmeno un cambio di vestiti.»

«Questo confermerebbe la dichiarazione di Helen Jefferson» osservò Caleb. «È sicura di aver udito un violento litigio tra Shove e Therese nel cuore della notte. E che poi lui abbia alzato le mani, e non era la prima volta. La ragazza però stavolta è scappata. Così lui si è trovato all'improvviso senza auto, proprio quando aveva bisogno di fuggire. Forse perché aveva ucciso Melissa Cooper il giorno prima?»

«Oppure perché aveva visto la propria foto sul giornale quella mattina» suggerì Robert.

«Signore, posso suggerire una cosa?» intervenne nuovamente Jane. Caleb aveva già intuito che l'agente Scapin aveva qualcosa in mente.

«Sì.»

«Vorrei andare a parlare di persona con i genitori di Therese. Al telefono ho avuto l'impressione... è strano, ma non credo che mi abbiano raccontato tutto. Non so spiegarlo razionalmente, è solo un'intuizione. C'è qualcosa che non quadra nella famiglia e forse potremo trovare una nuova pista, se scopriamo di cosa si tratta.»

«Ma abitano a Truro!»

«Lo so. Potrei andarci nel fine settimana.»

«Volevo comunque avvisare i colleghi in Cornovaglia e pregarli di controllare la famiglia. Nel caso abbiano mentito e Therese si nasconda da loro. In quel caso, ovviamente, sarebbero in pericolo.»

«Ma la polizia locale non saprebbe scoprire qual è il problema dei Malyan. Non conoscono abbastanza questo caso. Io sarei più adatta allo scopo» insistette Jane.

«Come farà a stare via per due giorni? Mi riferisco a Dylan...»

«Troverò il modo di organizzarmi. Magari stavolta potrei chiedere a Sean» rispose Jane sorridendo. Aveva l'aria tesa e nervosa. Allontanarsi da casa per due giorni non sarebbe stato facile per lei, ma Caleb preferì non sollevare altre obiezioni. Jane era una persona adulta. Di sicuro sapeva ciò che faceva. «D'accordo» disse, poi guardò l'orologio. Dovevano tornare al lavoro. La pausa pranzo era terminata. «Allora, Robert, vada al carcere di Hull. Se possibile ci riferirà già stasera. E lei, Jane, dia un'occhiata a Kate Linville. Sono preoccupato per lei.»

«Per le sue condizioni psicologiche, signore?»

«Non solo. Anche concretamente. Se Shove vuole vendicarsi eliminando tutte le persone vicine a Linville, la figlia è in cima alla lista. Soprattutto se la successione degli omicidi è del tutto casuale.»

«Cosa dovrebbe fare Kate Linville?» chiese Jane.

«Le converrebbe tornare subito a Londra» rispose Caleb, «riprendere la vita di sempre e il suo lavoro. Preferirei saperla di giorno nella sede di Scotland Yard, e non qui da sola a casa del padre. È un bersaglio troppo invitante.»

«Proverò a parlarle» promise Jane. Non si aspettava molto, ma non lo disse. Inoltre le circostanze confermavano i suoi sospetti che la notte prima tra Kate e il capo fosse accaduto qualcosa. Anche questa era un'intuizione che non sapeva spiegare, ma molto chiara. In una situazione normale Caleb avrebbe parlato di persona con Kate, invece lo aveva chiesto a lei.

Anche Robert guardò l'orologio. «Devo andare. Ci vorrà un po' di tempo per arrivare ad Hull.»

«Io andrò subito a Scalby a parlare con Kate» annunciò Jane. «Così mi resterà il tempo per preparare tutto e partire domattina presto per Truro. E lei, signore?»

«Resterò qui ancora un po' a esaminare la scena e a riflettere» rispose Caleb.

Li guardò avviarsi verso le rispettive macchine. Si domandò se avessero creduto alla sua spiegazione, poi scrollò le spalle. Non aveva importanza. Tornò al chiosco e fece ciò che non vedeva l'ora di fare: ordinò un'altra porzione di patatine fritte.

Due

Si chiamava Sue Burley, abitava ancora a Whitby e si ricordò subito di Melissa Cooper. Anche il nome Linville le era familiare.

«Mio Dio, che tragedia. Richard Linville. Una storia raccapricciante. Non è stato ucciso? E lei è sua figlia?»

«Esatto» confermò Kate. Come concordato, aveva telefonato a Michael Cooper e si era fatta dare il nome e l'indirizzo dell'amica di gioventù della madre. Gli era venuto in mente solo il nome di Sue Burley, ma le aveva assicurato che la donna avrebbe saputo fornirle altri nomi.

«Spero che viva ancora a Whitby» aveva aggiunto. «Sono secoli che non ho più sue notizie e, a quanto ne so, anche mia madre non aveva più contatti con lei.»

Kate si era procurata il numero di telefono tramite Internet e per fortuna la donna le aveva risposto subito. Si era rivelata una persona estremamente loquace e per nulla diffidente.

«Come sta Melissa?» chiese infine.

L'omicidio era stato riportato su molti quotidiani, ma pochi avevano citato per intero il nome della vittima. Evidentemente Sue Burley non aveva ancora tratto le debite conclusioni.

Kate detestava dover dare brutte notizie, sia sul lavoro che in privato, ma non poteva evitarlo.

«Anche Melissa Cooper è stata assassinata. Ieri. Con ogni probabilità dalla stessa persona che ha eliminato mio padre.»

Dall'altra parte della linea ci fu una pausa di sgomento. Poi un respiro affannoso.

«*Cosa?*» esclamò Sue sconvolta.

«Mrs Burley, so quello che sta provando in questo momento. Anch'io sono... molto turbata. Sono venuta a sapere solo ieri, in concomitanza con il delitto, che mio padre... aveva una relazione. Con Melissa Cooper. Fino ad allora non ne ero a conoscenza e non avevo mai sentito il suo nome.»

«*Assassinata?*» chiese Sue.

Kate si rese conto che non era il momento per ottenere informazioni dalla donna.

«Mrs Burley, se avesse un po' di tempo... vorrei venire a trovarla a Whitby. Un'oretta al massimo. Devo scoprire come stavano le cose. Non a proposito del delitto, naturalmente, quello lo lascio alle indagini della polizia» si affrettò ad aggiungere. Nel caso in cui Caleb Hale fosse arrivato a questa amica della vittima, era meglio non venisse a sapere che qualcuno era già stato lì a indagare. Stavolta non si sarebbe limitato a minacciare un provvedimento disciplinare. «Sono sconvolta a causa di questa relazione sentimentale. Ha cambiato radicalmente l'immagine che avevo di mio padre. Devo cercare di *capire*.»

«Ma chi può aver ucciso suo padre e Melissa? Non ha senso.»

«Domani pomeriggio potremmo vederci?» insistette Kate dolcemente.

Alla fine riuscì a fissare un appuntamento con Sue Burley per l'indomani alle tre, convincendola addirittura a invitare un'altra amica di Melissa. Poi chiuse la telefonata. Sue aveva bisogno di tempo per superare lo choc.

Kate aveva deciso di sedersi in veranda con una bibita fresca, quando suonarono alla porta. Per un attimo sperò, anche se con un certo timore, che fosse Caleb Hale. Invece era Jane Scapin. Era chiaro che Caleb voleva mantenere le distanze.

«Ho pensato di fare un salto a salutarla» disse Jane. Kate l'aveva invitata ad accomodarsi in veranda e le aveva offerto un bicchiere d'acqua minerale con ghiaccio e limone, che Jane aveva accettato volentieri. Faceva davvero molto caldo. L'aria era immobile.

«È stato Caleb a mandarla qui?» domandò Kate.

Dopo un attimo di esitazione Jane annuì. «Sì, è preoccupato per lei.»

«Non è necessario.»

«Non importa. Lei sta passando un brutto periodo e questa scoperta su... ecco, sulla vita di suo padre... non facilita certo le cose.»

«È vero. Ma Caleb dovrebbe anche capire che non posso starmene con le mani in mano. Non voglio immischiarmi nel suo caso, Jane. Ma devo sapere che cosa legava mio padre a Melissa Cooper. Devo cercare di guardare questa storia con i suoi occhi e di comprenderla. Solo così potrò fare pace con lui.»

«Lo capisco» le assicurò Jane, «e anche Caleb. Ma tutto questo non può essere separato dalle indagini sull'omicidio, è questo il problema. La prima preoccupazione di Caleb è che lei non si metta in pericolo.»

«Che cosa potrebbe succedermi?»

«Caleb è preoccupato a causa di Denis Shove. Se fosse lui il colpevole, avrebbe avuto un movente per uccidere suo padre, ma non Melissa Cooper, a quanto pare. Perciò partiamo dall'ipotesi che, spinto dall'odio, Shove voglia eliminare tutte le persone vicine a suo padre.»

«Tra le quali naturalmente ci sono anch'io» concluse Kate.

Jane annuì. «Esatto.»

«D'accordo, ma non farebbe differenza anche se non facessi più niente. Persino se tornassi a Londra...»

Jane si sporse in avanti. Londra. La parola chiave. «Sarebbe più al sicuro. Ci pensi, lì trascorrerebbe molto tempo a Scotland Yard. Sarebbe la cosa migliore, nella sua situazione.»

«Ma non ci dormo e non ci passo nemmeno i fine settimana. Avanti, Jane! Se Shove volesse uccidermi, potrebbe farlo benissimo sia qui che a Londra.»

«In questo momento però si trova ancora nello Yorkshire. E non può muoversi.»

Kate tese i muscoli e si raddrizzò interessata. «Ci sono novità? Finora sembrava scomparso nel nulla.»

Jane esitò. Alla fine decise di raccontarle tutto, almeno a grandi linee. In ogni caso le notizie sarebbero trapelate sui giornali. Tralasciò i nomi delle persone coinvolte, e riferì soltanto che Shove aveva aggredito una donna di Leeds rubandole l'auto, ma che, essendo ricercato in tutta la zona, non poteva rischiare di usare la vettura per arrivare fino a Londra.

«Di sicuro si è nascosto da qualche parte nella zona. Tra l'altro abbiamo anche un suo identikit aggiornato. Aveva cercato di modificare il proprio aspetto, ma adesso è stato scoperto. Dovrà rimanere nascosto per un po'. Shove è troppo furbo per correre rischi inutili.»

«Allora significa che non verrà nemmeno qui a spaccarmi la testa» osservò Kate.

Jane scrollò il capo. «È molto più facile che il suo nascondiglio sia qui nei pressi di Scalby. A Londra sarebbe molto più sicura.»

Kate però era già altrove col pensiero. «Aggredisce una donna e le ruba la macchina. Subito dopo l'omicidio di Melissa Cooper. Questo confermerebbe la teoria di Caleb secondo cui Shove sarebbe il colpevole.»

«Sì. In effetti è un'ipotesi sempre più plausibile anche per me e per i colleghi.»

Rimasero per un po' in silenzio, sorseggiando l'acqua, immerse ciascuna nei propri pensieri. Il silenzio di quel pigro pomeriggio estivo fu interrotto dal rombo di un aeroplano. Alla fine fu Jane a parlare: «Bene, Kate, ora sa come stanno le cose. Nessuno può costringerla a lasciare Scalby, ma se rimarrà qui, almeno sia prudente. E non compia gesti avventati».

«Promesso» disse Kate.

Jane posò il bicchiere. «Ora devo andare. Starò via per il fine settimana e ho un sacco di cose da organizzare.»

Molto probabilmente si riferiva a Dylan. Kate si fece coraggio. Sapeva che il suo problema con le altre persone era di non riuscire a fare mai domande personali. «Lei... è separata?»

Jane annuì. «Da diversi anni. C'eravamo sposati molto giovani ed è finita presto.»

«Mi spiace.»

«Si figuri. Oggigiorno chi non è separato? Me la cavo benissimo.»

Dentro di sé Kate pensò che doveva essere difficile e faticoso *cavarsela benissimo*, dover cercare una baby-sitter prima di ogni appuntamento e di ogni viaggio, ma questo significava anche sentirsi necessari e non soli. Lei stessa poteva andare e venire come voleva. Non c'era nessuno che avesse bisogno della sua presenza.

Accompagnò l'ospite alla porta. Mentre percorrevano il corridoio, si rese conto che era passato moltissimo tempo dall'ultima volta che aveva chiacchierato così con un'altra donna, bevendo qualcosa e aprendosi quasi a livello personale. Anche se Jane era stata mandata da Caleb, Kate aveva avuto l'impressione che fosse a sua volta molto preoccupata. Jane era in ansia per lei. Era un'emozione che nessuno aveva mai manifestato nei suoi confronti, a parte i genitori, e Kate si rese conto che il comportamento quasi amichevole di Jane l'aveva riempita di calore. Tra l'altro non era abituata a essere trattata con rispetto e alla pari da una collega. Le persone con cui lavorava a Scotland Yard di solito alzavano gli occhi al cielo quando diceva qualcosa, aggrottavano la fronte o sospiravano in maniera plateale. Lei aveva sempre la sensazione di dire stranezze, che qualunque cosa facesse fosse sbagliato. Jane al contrario l'aveva ascoltata con attenzione e sembrava capirla.

Sulla porta Kate superò per la seconda volta la propria timidezza. «Come sta Caleb? L'ultima volta che l'ho visto era molto arrabbiato con me.»

Jane sorrise. «Se fosse solo arrabbiato, non si farebbe tanti problemi per lei. Questo caso lo turba molto, soprattutto perché la prima vittima era un collega. Il fatto che anche la figlia di Linville sia una poliziotta e quindi guardi tutta la faccenda con occhi professionali e agisca di conseguenza, non rende certo le cose più facili. Secondo me lui teme di mescolare troppe cose insieme. Vuole tenerla lontana dalle indagini, ma al tempo stesso capisce che lei voglia essere coinvolta.»

«In realtà non ho avuto molte prove della sua comprensione» ribatté Kate, anche se in fondo sapeva che Jane aveva ragione: Caleb *era* comprensivo. Fin dall'inizio l'aveva coinvolta ben più di quanto fosse tenuto a fare.

«L'ispettore Hale è un'ottima persona. Anche come capo» dichiarò Jane.

«So che ha avuto gravi problemi» disse Kate con delicatezza.

Jane la guardò intensamente. «La notizia è arrivata fino a Scotland Yard?»

«È stato in relazione alle indagini sull'omicidio di mio padre. Il mio capo si è informato su chi fosse incaricato... Sono trapelate delle indiscrezioni.»

«Non è facile per Hale. Certe indiscrezioni filtrano *sempre*. Naturalmente lo sa anche lui.»

«Sua moglie lo ha lasciato per questo? Per colpa del suo... problema?»

«Così pare. Ma lui non ne parla, quindi anch'io conosco solo i pettegolezzi.»

Kate voleva saperlo. «Com'era? Sua moglie, intendo.»

Jane ci pensò su. «Simpatica» rispose, «e molto bella.»

Kate involontariamente curvò le spalle in avanti. Ma certo. Cosa si era immaginata? Che Caleb Hale avesse potuto sposare una creatura anonima come lei?

Ma perché mi interessa tanto? si chiese subito dopo.

Jane la guardava con aria assorta e Kate ebbe improvvisamente la sensazione che la giovane poliziotta avesse una sensibilità molto spiccata e un fiuto infallibile per le altre persone.

«Jane» si affrettò a dire, soprattutto per cambiare argomento e non parlare più di Caleb, «potrebbe farmi un piacere?»

«Di che si tratta?»

«Non voglio crearle dei problemi, ma potrebbe avvertirmi se dovesse scoprire qualcosa su Melissa Cooper che possa gettare luce sulla sua relazione con mio padre? Naturalmente niente che riguardi il caso. Però potrebbe trovare informazioni che riguardano la sfera privata, e magari...»

«È molto difficile separare la sfera privata dalle indagini» obiettò Jane. «Ma capisco il suo desiderio. Se avrò qualcosa che potrò raccontarle senza infrangere la deontologia professionale, lo farò di sicuro.»

«Grazie» rispose Kate. Si rendeva conto che Jane le aveva fatto una grande concessione.

Le due donne si salutarono. Kate guardò Jane salire su una vecchia auto e abbassare subito tutti i finestrini. Quando la vide partire, provò una stretta di nostalgia: le sarebbe piaciuto se si fosse fermata ancora un po'. Anche se non c'era un uomo nella sua vita, una buona amica non sarebbe stata una cattiva alternativa.

Ma non sapeva se Jane Scapin avrebbe potuto diventare sua amica. Nemmeno se fosse rimasta a vivere lì nello Yorkshire.

In quel momento non c'era nessuna certezza nella sua vita.

Tre

La sete, unita alla sensazione che nessuno pensasse di dare un'occhiata agli ostaggi, la tormentava ben più dell'ansia per le condizioni di Jonas. Stella se ne vergognava, ma nemmeno troppo, perché le forze non le bastavano neppure per questo. Aveva passato una notte terribile, a un certo punto si era addormentata sullo scomodo divano, ma si era svegliata alle primissime ore del giorno, il corpo rigido e dolorante, infreddolita nonostante la ruvida coperta, e con la gola riarsa, come le succedeva sempre al mattino. Per questo teneva una bottiglia d'acqua sul comodino. Lì non c'era acqua, se ne accorse subito, perché il risveglio non fu lento e assonnato. In un istante era vigile, consapevole della situazione. Sammy era sdraiato accanto a lei; durante la notte era scivolato dal suo braccio e adesso era acciambellato in un angolo del divano. Stella sperava che dormisse ancora a lungo.

Grazie al chiarore che filtrava dalla finestra, capì che era giorno. Un raggio di sole faceva danzare la polvere dentro la rimessa. Sembrava una bellissima giornata estiva. Sarebbero andati al mare tutti insieme. Sabato avrebbero fatto i bagagli e riordinato la casa. Domenica sarebbero partiti.

Sarebbe potuto andare tutto benissimo.

Si alzò con cautela per non svegliare Sammy e si guardò intorno un'altra volta, in cerca di qualcosa che le permettesse di raggiungere la finestra. L'unica vaga possibilità che le veniva in mente era di rompere il vetro e sporgersi a chiamare aiuto. In mancanza di una scala, avrebbe potuto trovare qualcosa per arrampicarsi.

L'esito delle sue ricerche fu sconfortante: l'unica possibilità era di accatastare dei mobili per costruire un'impalcatura di fortuna. Stella non era sicura che avrebbe retto il suo peso. Una caduta da quell'altezza sarebbe stata disastrosa. Valeva la pena correre quel rischio nella vaga speranza che un escursionista di passaggio sentisse le sue grida?

Mentre valutava la situazione, Sammy si svegliò e si lamentò subito di avere sete. Poi scoppiò a piangere.

«Voglio bere» singhiozzò. «Mamma, ho una sete tremenda!»

«Tesoro, vedrai che ci porteranno presto qualcosa» lo consolò Stella. «Probabilmente stanno preparando la colazione. È ancora molto presto.»

In realtà era già mattino inoltrato. Arrivarono le undici, le dodici. Poi l'una, le due. Non si era visto nessuno, non si erano sentiti rumori, il che lasciava supporre che Neil e Terry non se ne fossero andati. Non era possibile allontanarsi da lì senza macchina, al massimo si poteva usare la bicicletta, ma tutte le biciclette erano nella rimessa. Non aveva sentito il rombo di un motore.

Probabilmente saranno ancora a letto, pensò Stella furibonda, e ci lasciano qui a soffrire.

Mentre le ore trascorrevano lente, si sforzò di tenere a bada il panico che minacciava di travolgerla. Non serviva a niente perdere la testa e abbandonarsi a una crisi isterica, al contrario avrebbe peggiorato solo le cose. Doveva rimanere forte, per Sammy. Per fortuna il bambino si era riaddormentato, dopo aver fatto la pipì in un angolo. Adesso era rannicchiato in posizione fetale sul divano. I capelli biondi erano aggrovigliati e stopposi, sulle guance aveva ancora le tracce delle lacrime. Le palpebre erano gonfie, le labbra screpolate. Non possono far morire di sete un bambino, si ripeteva Stella. Per di più è *il figlio di Terry*!

A un certo punto tornò a raggomitolarsi sul divano, apatica e inerte. Sammy si svegliò e la prima cosa che disse fu: «Ho sete!»

Stella gli accarezzò i capelli. «Anch'io, Sammy, anch'io.»

Alle cinque finalmente udirono dei fruscii alla porta. Stella balzò in piedi. La porta si aprì e Terry comparve sulla soglia con in mano il cestino di vimini che Stella aveva notato sulla panca in cucina. Alle spalle di Terry si scorgeva un fazzoletto di cielo azzurro.

«Salve» disse Terry, «sono venuta a portarvi qualcosa da bere e da mangiare.»

Stella avrebbe voluto ribattere chiedendole sarcasticamente se non voleva aspettare ancora un po', ma si trattenne. Per il momento Terry era l'unica persona sulla quale concentrare un briciolo di speranza. Doveva cercare di portarla dalla propria parte e non aveva molto senso aggredirla subito.

«Abbiamo una sete tremenda» si limitò a dire.

«Me lo immagino» replicò la ragazza in tono comprensivo. «Fa un caldo incredibile. Ma qui dentro c'è un bel freschino» aggiunse stringendosi nelle spalle.

«Come sta Jonas?» domandò Stella. «Lo avete curato?»

«Oh, sì, sta molto meglio» rispose Terry. Stella non sapeva dire perché, ma aveva la sensazione che Terry non fosse sincera. Che stesse mentendo.

«Sei sicura che sia vivo?» insistette.

«Certo. Naturale.»

«E che non ha bisogno di essere portato in ospedale? Avrà perso molto sangue.»

«Neil sa che cosa fare» disse Terry. «Non deve preoccuparsi.»

La sua cieca venerazione per Neil non sembrava affatto diminuita. Con crescente frustrazione Stella si rese conto che Terry ragionava e agiva in maniera completamente diversa da lei e da tutte le persone che conosceva. Se ne stava lì, con la faccia piena di lividi, aveva visto Neil sparare a un uomo e rinchiudere una donna e un bambino in una rimessa. Forse sapeva anche che non si chiamava Neil Courtney e che era ricercato per l'omicidio di un poliziotto. Persino quel suo minuscolo cervellino doveva aver capito che il suo compagno era un pericoloso criminale. Ma, nonostante tutto, era ancora decisa a ubbidirgli fedelmente.

Per un secondo Stella pensò che sarebbe stato molto facile lanciarsi su Terry, spingerla di lato e uscire. Voleva controllare le condizioni di Jonas, fare qualcosa per lui, se possibile caricarlo in macchina e portarlo subito al primo ospedale. Ma nell'istante stesso in cui ci pensò, si rese conto di quanto sarebbe stato disperato un simile tentativo. Non aveva a che fare solo con Terry. Là fuori c'era Neil in agguato: molto probabilmente teneva sotto tiro la porta della rimessa con la pistola. Stella non poteva rischiare di farsi ferire a sua volta. A quel punto non ci sarebbero state possibilità di salvezza né per lei né per Jonas, e soprattutto per Sammy.

Terry posò il cestino su una cassa. «Ci sono due bottiglie d'acqua. Un pacchetto di pane morbido. Un po' di frutta. Una tavoletta di cioccolata. Magari a Sammy gli va?» Sorrise al bambino. Sammy ricambiò lo sguardo con muta diffidenza.

«Terry» disse Stella, «come andrà a finire questa storia? Che intenzioni ha Neil? Non può lasciarci rinchiusi qui dentro per sempre.»

«Neil ha bisogno di tempo per escogitare un piano, prima di tutto» spiegò Terry. «È in una situazione molto difficile.»

«Puoi ben dirlo. Lo cercano in tutto il paese. Terry, Neil ha ucciso un poliziotto. Stai diventando complice di un assassino.»

«Non è stato lui a uccidere il poliziotto. Lo accusano ingiustamente.»

«Questo lo dice lui!»

«Io gli credo.»

«Se gli credi, santo cielo, devi dirgli di andare a costituirsi. La sua innocenza verrà dimostrata, e allora non avrà più niente da temere. Ma se questa storia precipita... se Jonas morisse per le ferite ricevute, Neil allora avrebbe davvero un omicidio sulla coscienza.»

«Neil dice che la polizia non gli crederà. Hanno bisogno di un colpevole. Gli investigatori vogliono affibbiargli il delitto per fare bella figura.»

Era chiaro che Terry stava ripetendo a pappagallo la versione che Neil le aveva propinato. *Vogliono usarmi come capro espiatorio!* Su una persona come Terry, le storie di investigatori ambiziosi e senza scrupoli che perseguitavano poveri cittadini innocenti facevano subito presa. Non sembrava trovare preoccupante che Neil avesse una pistola e che avesse sparato a Jonas senza pensarci due volte. Forse non si era nemmeno chiesta perché fosse noto alla polizia. Di certo non era un caso.

«Sul giornale c'è scritto che è stato in prigione otto anni» disse Stella. «Per aver picchiato a morte la sua precedente compagna.»

«Ne abbiamo parlato. Non l'ha fatto apposta» rispose Terry. «Non voleva ucciderla.»

«Non voleva ucciderla? Terry, secondo te è normale che qualcuno picchi così brutalmente un'altra persona da causarne la morte, pur non avendo intenzione di farlo?»

«Lei lo aveva provocato.»

Era una situazione disperata.

«Terry, ti ha dato un nome falso» provò nuovamente Stella. «Lui si chiama Denis Shove.»

«Lo so, ha dovuto farlo proprio perché gli sbirri gli stanno alle costole e lui teme che non gli credano se lo prendono» spiegò Terry.

«Non ti disturba il fatto che non si fidi nemmeno di te?»

«Nella sua situazione posso capirlo» disse Terry.

Stella avrebbe voluto scuoterla con forza. «Terry, ti prego, aiutaci. Qualunque cosa sia successa, Jonas e io, e soprattutto Sammy, siamo del tutto innocenti. Non c'entriamo niente. Jonas è il padre di Sammy. Se ora morisse...»

«Jonas non è il papà di Sammy» disse Terry, con una voce improvvisamente gelida. «E lei non è sua madre, Stella. L'ho capito che non mi vuole nella sua vita. Forse mi ritiene una stupida che si è fatta mettere incinta a sedici anni e che ha dovuto dare via il suo bambino perché non era capace di prendersene cura.»

«Sei stata tu a rivolgerti ai servizi sociali, perché volevi darlo in adozione. Noi eravamo in lista d'attesa e solo allora siamo stati informati.»

«Io non volevo farlo adottare. Sono stati i miei genitori a costringermi. Per loro Sammy era una vergogna.»

«Se anche fosse, noi non possiamo farci niente. Ricorda che noi ti abbiamo restituito subito Sammy, appena lo avevi richiesto.» Stella stava parlando sottovoce, nella speranza che Sammy non cogliesse nessuna parola di quella assurda conversazione. Il bambino stava bevendo avidamente la bottiglia d'acqua che gli aveva dato Stella.

«Siete stati costretti a ridarmelo. Altrimenti sarebbe arrivata la polizia.»

«E poi hai cambiato di nuovo idea. Terry, perché adesso rigiri le cose? Sei stata tu a voler...»

«Neil mi ha aperto gli occhi» la interruppe la ragazza. «Mi ha fatto capire che all'epoca sono stata usata come una pedina. Per gli interessi di altri. I miei genitori. I servizi sociali. Lei e Jonas.»

Stella avrebbe voluto gridarle: *Ti sta facendo il lavaggio del cervello. Ti sta manipolando, per approfittare di te. Ma non te ne rendi conto?*

Ma avrebbe solo peggiorato le cose. Doveva restare calma e distaccata. «Terry, ti ricordi quando abbiamo parlato la prima volta? Quando avevi ripreso Sammy ma non riuscivi a gestirlo? Mi sei sembrata molto sincera. Una ragazza sopraffatta dagli eventi. Che vuole il meglio per il suo bambino. In quel momento non mi è parso che qualcuno ti stesse manipolando.»

«Invece è così» ribatté Terry. «I miei genitori non mi lasciavano in pace. E poi ci si è messa pure quella dei servizi sociali. Tutti mi dicevano che cosa era meglio per Sammy. A nessuno interessava cosa fosse meglio per me.»

«Jonas e io non ti abbiamo fatto pressioni» disse Stella.

Terry si strinse nelle spalle. Non sembrava in grado di ragionare con lucidità. Stella non sapeva giudicare quale fosse la situazione di Terry cinque anni prima, ma senza dubbio ora era in balia di Neil, l'uomo di cui si era perdutamente innamorata per motivi imperscrutabili.

«La cosa migliore per te» provò a dire Stella «sarebbe separarti da Neil. Ma non ti rendi conto in che razza di storia ti stai cacciando? Potresti finire in prigione.»

Terry scrollò di nuovo le spalle.
Non c'era niente da fare.
«È possibile almeno che Jonas stia qui con noi?» la implorò Stella.
«Ne parlerò con Neil» disse Terry girandosi per uscire.
«Abbiamo bisogno di un gabinetto» aggiunse Stella, «un secchio, qualcosa.»
«Ne parlerò con lui» ripeté Terry. Poi si richiuse la porta alle spalle.
Stella e Sammy erano di nuovo soli.

Sabato, 7 giugno

Uno

Sebbene fosse passato un giorno dalla telefonata di Kate, Sue Burley non si era ancora riavuta dalla notizia della tragica morte della sua amica Melissa. Aveva gli occhi arrossati, era pallida. Accolse Kate nella sua casetta alla periferia di Whitby, una specie di cottage dalle pareti a calce che si distingueva piacevolmente dalla schiera di villette di mattoni tutte uguali. Sue Burley doveva essere un'appassionata di fiori e piante: il suo giardino era un arcobaleno di colori. Tra i cespugli e gli arbusti perfettamente potati e i grandi vasi di terracotta pieni di fiori colorati, era sparpagliata una gran quantità di puttini bianchi, con le ali e l'arco teso tra le manine grassocce. A quella vista Kate fu scossa da un brivido.

Anche la casa era sovraccarica come il giardino. Dappertutto quadri alle pareti, inframmezzati a piatti dipinti a mano e ai proverbi più disparati ricamati a lettere svolazzanti. Foto incorniciate, vasi di fiori, scatolette di porcellana, bamboline e animali di peluche si affollavano sulla mensola del camino e su tutti i davanzali. Era strabiliante. La padrona di casa, inoltre, prediligeva soffici tappeti dai colori sgargianti e poltrone addobbate di nappe e fiocchi. Kate era sicura che in quella casa si sarebbe sentita soffocare.

Sue Burley aveva preparato con cura l'occorrente per il tè sul tavolino del salotto, dove era seduta un'altra signora con la stessa espressione addolorata. Quando Kate entrò, si alzò e le porse la mano. «Doreen Holland. Sono anch'io un'amica di Melissa. Cioè...

ero sua amica, giusto? Santo cielo, quando mi ha telefonato Sue ieri, non ci credevo. È spaventoso. Spaventoso.»

Durante la sua carriera in polizia, Kate aveva imparato a valutare rapidamente le persone, in particolare la coerenza tra ciò che manifestavano all'esterno e ciò che provavano davvero. Colse subito una differenza fra le due donne. Entrambe erano rimaste turbate dalla notizia, ma mentre Sue sembrava tormentata da un dolore sincero, Doreen era animata anche da un piacere perverso e una malcelata sete di particolari scabrosi. La morte dell'amica l'aveva sconvolta, ma era anche un eccitante diversivo nella sua vita. Kate era convinta che non si sarebbe lasciata sfuggire per niente al mondo questo incontro.

«Lei lavora per Scotland Yard, vero?» domandò.

Questa volta non era stata Kate a rivelarlo, per evitare problemi, ma non poteva farci niente se le due donne erano già informate.

«Sì» rispose, «ma non sono qui in veste ufficiale. Sono semplicemente la figlia di Richard Linville.»

«All'epoca Melissa ne parlò qualche volta. Che Richard aveva una figlia che lavorava per Scotland Yard. Lei lo trovava molto esaltante» disse Sue posando sul tavolino una grossa meringata alle fragole. Alla luce di quell'ambiente straripante di ninnoli kitsch, Kate immaginò che il dolce dovesse essere paurosamente zuccherino, e invece rimase piacevolmente sorpresa: era delizioso.

La sera prima aveva cercato di scoprire i dettagli sulla rapina di tanti anni prima che aveva fatto incontrare suo padre e Melissa, ma a parte un trafiletto di giornale su Internet non aveva trovato niente. L'articolo spiegava che i colpevoli – tre ragazzi – si erano consegnati volontariamente alla polizia. Kate immaginava che Caleb Hale e la sua squadra avessero già indagato in questa direzione. Parlando con Jane il giorno prima aveva saputo che Denis Shove rimaneva il principale sospetto, quindi la rapina non era collegata ai due omicidi. Malgrado ciò affrontò di nuovo l'argomento con Doreen e Sue, ma nessuna delle due aveva informazioni utili. Richard e Melissa si erano conosciuti durante le indagini, questo era tutto ciò che sapevano. «Per entrambi fu un vero colpo di fulmine» riferì Sue. «È quello che diceva sempre Melissa, vero? Un colpo di fulmine. Si erano guardati negli occhi e si erano innamorati.»

Kate pensò al padre, sempre così razionale, controllato. Lui non avrebbe certo usato quelle parole per descrivere la situazione. Ma come si sarebbe espresso? *L'ho vista e mi è piaciuta. Una donna attraente, vivace e interessante. Mi ha colpito. All'epoca mi sentivo stressato. Vuoto.*

Non era una contraddizione. Kate aveva vissuto fasi di stress professionale e nervoso e sapeva che questo poteva creare un senso di vuoto interiore, anche se ogni giorno era pieno di impegni a volte insormontabili. Ci si sentiva vuoti per la stanchezza. Vuoti perché si girava senza sosta, come un criceto sulla ruota, senza mai ricaricare le batterie.

Il lavoro. E poi mia moglie. Il cancro. Stava per crollare tutto. Niente era più come prima.

Era stato sempre estremamente corretto. Il tradimento non gli apparteneva. Men che meno in un momento in cui la moglie stava lottando per la vita. Era sempre il solito ritornello: quanto lo conosceva bene? Suo padre, un porto sicuro nella tempesta. L'unico sostegno, l'unico rifugio della sua vita.

Si accorse che intorno a sé regnava il silenzio e che le due donne la guardavano piene di aspettativa. Si riscosse. Per rimuginare aveva tutto il tempo la notte a letto.

«Stavo giusto dicendo che erano fatti l'uno per l'altra» disse Doreen.

«Questo almeno era ciò che sosteneva Melissa.»

«Era sola da molto tempo» aggiunse Sue. «Suo marito era morto da tempo. Da allora ha vissuto solo per i figli. Una vita faticosa. Lavorava in una scuola a Newcastle... tre ore solo per andare e tornare. Ma riusciva a organizzarsi, nonostante tutto era una mamma fantastica, premurosa. Quando poi i figli se ne sono andati di casa... quanto sono stata contenta che avesse trovato Richard. Naturalmente però avevo qualche remora. Un uomo sposato. Avrei...» Si interruppe e arrossì. «Mi scusi» riprese poi. Evidentemente si era resa conto che dopotutto Kate era la figlia della donna che Richard aveva tradito con Melissa.

«Non importa» la tranquillizzò Kate. «So tutto.» Invece importava eccome. Ma doveva continuare a mostrarsi distaccata.

Secondo i racconti delle due donne, la storia tra Richard e Melissa si svolgeva principalmente a casa di Melissa. Tempo rubato, segreto, misurato. A fine giornata Richard andava a Whitby. Ecco perché faceva tardi così spesso. Kate sapeva però che sua madre era abituata a quelle assenze. Ore di straordinario fino a tarda sera non erano una novità per lei. Probabilmente Brenda Linville non aveva mai intuito nulla.

«Naturalmente a un certo punto Melissa voleva di più» raccontò Doreen. «Le sarebbe piaciuto passare un fine settimana con lui. Andare in vacanza insieme. E poi c'erano le ricorrenze come Natale, Pasqua... Insomma, Melissa aveva una relazione, era profondamente innamorata, ma continuava a stare molto tempo da sola. Era felicissima quando Richard andava da lei, ma soffriva quando non potevano stare insieme. Spesso capitava che rimandasse un appuntamento all'ultimo momento. Magari perché c'era un'urgenza al lavoro, oppure...» Tacque, alla ricerca delle parole giuste.

«Perché mia madre era malata» disse Kate. «E perché ogni tanto stava così male che lui doveva starle accanto, invece di divertirsi con l'amante.»

«Capisco perfettamente la sua amarezza» riconobbe Sue. «È una situazione... molto difficile.»

Kate si riprese. Se mostrava troppo coinvolgimento, le due donne sarebbero diventate diffidenti e non le avrebbero rivelato altro.

«Voglio farmi un quadro preciso» disse. «È più importante dei riguardi che potreste avere per i miei sentimenti.»

Doreen e Sue si scambiarono un'occhiata. «In fin dei conti» dichiarò Doreen, «storie come questa rendono sempre molto infelici le persone coinvolte.»

«Mio padre ha mai promesso a Melissa che un giorno avrebbe scelto lei?» chiese Kate.

Sue rispose con un cenno affermativo. «Sì, ma voleva aspettare che la moglie guarisse. Le aveva promesso di divorziare non appena lei fosse tornata in condizioni di salute stabili.»

Kate si fermò a riflettere. «Non riesco a capire. Il figlio di Melissa mi ha raccontato che la relazione finì nel 2002. A quell'epoca mia madre era in remissione da più di un anno. Gli esami di controllo erano negativi e ricordo ancora che i medici avevano espresso un cauto ottimismo. Ogni giorno che passava le nostre speranze si rafforzavano.»

«Sì» confermò Sue, «anche noi avevamo queste informazioni. Mel ci teneva sempre al corrente. Aveva bisogno di qualcuno con cui parlare e noi eravamo amiche da tantissimi anni.»

«Ma allora perché finì tutto? Voglio dire, perché proprio in un momento che avrebbe potuto segnare il coronamento dei loro sogni?»

Doreen e Sue si scambiarono un'altra occhiata. Kate capì che ne avevano già discusso altre volte.

«Ce lo chiedevamo anche noi» disse Doreen, «e abbiamo cercato spesso di parlarne con Mel. Io sostenevo che Richard si era comportato esattamente come fanno sempre gli uomini sposati. Tengono sulle spine l'amante per anni – i figli che devono finire la scuola, il mutuo da pagare e altre cose del genere – e poi alla fine decidono che per qualche motivo la cosa non può funzionare, anche se ci sono tutte le condizioni. Ero convinta che Richard avesse approfittato della malattia della moglie a proprio vantaggio, ma che in realtà non avesse mai avuto intenzione di cambiare vita. Ma secondo Mel non era così.»

«Sì, ma cosa diceva?» domandò Kate. «Come spiegava la separazione?»

«Era piuttosto sfuggente» rispose Sue. «Questa almeno era la mia impressione. Tirava in ballo sempre la malattia della moglie, e quando obiettavo che ormai era guarita, mi diceva che dopo un tumore la guarigione è sempre relativa. Ma la cosa non mi convinceva fino in fondo, perché entrambi dovevano saperlo fin dall'inizio. E in quel caso non avrebbero dovuto fare progetti per il futuro.»

«Secondo lei Melissa non le diceva la verità?» chiese Kate.

«Di sicuro non giocava più a carte scoperte» intervenne Doreen. «Era più reticente. Più introversa. Era cambiata. Non ci telefonava più. Ci vedevamo sempre più di rado e solo perché eravamo noi a insistere. Non era più la Mel che conoscevamo.»

«Quando si verificò questo cambiamento? Intorno all'epoca della separazione? O prima?»

Sue ci pensò su. «Sono cose che non si notano subito. Ma secondo me cominciò qualche mese prima della separazione definitiva.

Nel marzo del 2002 ci disse che era finita. Però la rottura era evidente fin dall'autunno precedente. Da ottobre. Forse addirittura dal settembre del 2001.»

«Le avete chiesto spiegazioni?»

«Certo» rispose Doreen, «ma abbiamo ottenuto solo risposte vaghe. Si sentiva depressa. Prima non era mai successo. Problemi sul lavoro. Ma per così tanto tempo? Senza che fosse cambiato niente a scuola? Sa, Mel parlava sempre con noi quando aveva dei problemi. Non era una persona che rimugina in silenzio da sola. Eravamo davvero molto amiche e, quando aveva delle difficoltà, eravamo il suo punto di riferimento. Abbiamo vissuto con lei gli alti e bassi della sua relazione con Richard per più di tre anni. E poi di colpo smise di parlare di lui. Bisognava tirarle fuori le informazioni con le pinze, e restava comunque l'impressione di non aver scoperto niente. Alla fine ci comunicò che era finita. E basta.»

«Secondo voi era successo qualcosa tra loro? Tra settembre e ottobre del 2001?»

«In effetti è quello che abbiamo pensato. Ma non siamo riuscite a saperlo» disse Doreen.

Kate cercò di riandare con la memoria all'autunno del 2001. Aveva conservato un ricordo relativamente nitido di quell'anno: sua madre, dopo tanto tempo, aveva ricominciato a stare meglio. Era stato un anno positivo, perché il peggio sembrava passato. Tutto sembrava in discesa. A ottobre Kate si era presa le ferie e come sempre le aveva trascorse con i genitori. Brenda aveva cucinato e chiacchierato a lungo con lei davanti a una tazza di tè. Era cambiato qualcosa in Richard? Kate si sforzò di ricordare. In quel periodo suo padre era stanco, oberato di lavoro. Ma non era così strano. Era più taciturno del solito? Era introverso, depresso? Non ci aveva fatto caso. Nonostante il profondo legame con il padre, in quegli anni lei aveva badato di più alla madre.

In realtà non c'era niente di strano o di misterioso, nel fatto che tra Richard e Melissa fosse successo qualcosa che alla fine aveva portato alla rottura. Forse non era niente di particolare, forse i loro sentimenti non avevano resistito ai problemi e alle difficoltà.

Se non fossero stati barbaramente uccisi entrambi dodici anni dopo, nessuno avrebbe indagato tanto a fondo sulla loro separazione.

«All'epoca Melissa vi ha mai fatto il nome di un certo Denis Shove?» chiese Kate.

«No» rispose Sue. «Chi è?»

Doreen socchiuse gli occhi. «Era sul giornale. Era ricercato per l'omicidio di un poliziotto e...» Si diede una pacca sulla fronte. «Ma certo, suo padre. Questo Shove è sospettato di aver ucciso suo padre, giusto?»

«Anni fa mio padre lo ha fatto arrestare e Shove ha giurato di vendicarsi.»

«Ma Mel che cosa c'entrava?» domandò Sue perplessa. «Ammesso che l'assassino sia lo stesso.»

«È proprio questo il punto più oscuro» disse Kate.

«Mel non ha mai fatto quel nome» dichiarò Sue.

«In effetti mio padre lo ha arrestato tre anni dopo aver lasciato Mel» spiegò Kate. «Pensavo che...» Tacque. Che cosa aveva pensato? Aveva tirato a indovinare. Ma senza successo.

Shove non era la persona giusta. La storia era molto più complessa.

«Quando si trasferì Melissa ad Hull?» domandò allora.

«All'incirca un anno dopo la separazione» rispose Doreen. «Era la primavera del 2003, credo. Disse che aveva bisogno di cambiare vita. Noi non la trovammo una decisione particolarmente felice. Ad Hull non conosceva nessuno, ed era troppo distante per incontrarsi al volo. Ma... non voleva più avere niente a che fare con noi.»

«Alla fine ci siamo perse di vista» aggiunse Sue in tono mesto.

Nei lunghi anni di carriera, Kate aveva imparato che spesso le persone hanno un buon intuito nel giudicare il comportamento di amici e familiari, ma spesso preferiscono non parlare perché temono di rendersi ridicoli con una qualche affermazione assurda. Per questo decise di chiedere in maniera diretta.

«In tutta sincerità, secondo voi la vostra amica era cambiata solo a causa della separazione? Credete che i sentimenti tra i due non fossero più gli stessi, e che per questo si fossero lasciati? Era per questo che Melissa voleva rifarsi una vita? O pensate che sia successo qualcos'altro? Nella tarda estate del 2001? Qualcosa che ha compromesso la relazione? Che ha scosso Melissa? Parlo di una tragedia. Così grave che Melissa non poteva parlarne nemmeno con voi, le sue migliori amiche e confidenti. Qualcosa che aveva sconvolto la sua vita. È questa l'idea che vi siete fatte? Che però avete scartato perché vi sembra troppo assurda?»

Stavolta le due donne non si guardarono, ma rimasero entrambe con gli occhi bassi per un bel po'. Fu Doreen ad alzare la testa per prima.

«Sì» rispose soltanto.

«Sì» confermò Sue. Dopo qualche secondo aggiunse: «Ma non abbiamo la più pallida idea di cosa possa essere successo. È così, Miss Linville. Non sappiamo nulla.»

Due

L'agente Jane Scapin lasciò l'appartamento dei Malyan a Truro verso le tre del pomeriggio, chiedendosi più incuriosita che mai che genere di persona fosse questa Therese, detta Terry. A giudicare dalle informazioni raccolte, un'anima tormentata. Jane era fermamente convinta che chiunque avrebbe sviluppato un disturbo della personalità, se il destino gli avesse assegnato una famiglia e dei genitori simili. Lei stessa, dopo il poco tempo passato lì, aveva avvertito il bisogno di liberarsi, con una doccia, una lunga corsa o almeno una bella birra scura. Alla fine non fece niente di tutto ciò. Percorse lentamente le strade di Truro e quando scorse un bar, parcheggiò ed entrò. I Malyan non le avevano offerto niente, pur sapendo che veniva da Scarborough e aveva guidato sette ore. Era partita intorno alle sette ed era arrivata per le due. Per fortuna in macchina aveva due bottiglie d'acqua, altrimenti non ce l'avrebbe fatta.

Ordinò un caffè lungo e due tramezzini all'uovo, poi si sedette a uno dei tavolini rotondi e fece un respiro profondo. A volte capita di incontrare persone bizzarre. Era stato molto interessante conoscere i Malyan, ma non le avevano fornito informazioni utili per rintracciare Denis Shove.

Riassunse mentalmente le impressioni raccolte: un appartamento ordinatissimo, quasi asettico, alla periferia di Truro. Al pianterreno di una villetta bifamiliare. Un giardinetto con il prato regolato e aiuole rastrellate con cura dove non cresceva neppure un filo d'erba fuori posto. I Malyan conducevano una vita puntigliosamente ordinata. Mrs Malyan era una donna sulla cinquantina con una pettinatura cotonata alla Margaret Thatcher, calzoni chiari e un golfino marrone scuro a maniche corte. Era molto magra, quasi ossuta. Probabilmente seguiva un regime alimentare di assoluto rigore. Il marito non mostrava la stessa forza di volontà: l'addome da birra gli debordava sopra i calzoni, la faccia rubizza e lucida tradiva un problema di ipertensione, probabilmente beveva troppo e non faceva attività fisica. Non era lui a tenere immacolato l'appartamento e a maltrattare il giardino con i diserbanti. Viceversa non era neppure il tipo che si ribellava a una decisione presa dalla moglie. Era totalmente succube – se non altro per il quieto vivere.

Jane si fece presto l'impressione che i Malyan non sapessero più da parecchi anni dove vivesse la figlia, come si mantenesse, chi frequentasse. Come aveva già fatto al telefono, nominò di nuovo Denis Shove, osservando la coppia con attenzione, ma sembrava davvero che non sapessero niente. Poiché sui giornali della regione non era stata pubblicata nessuna segnalazione, non avevano letto quel nome neppure lì.

La cosa strana fu che non chiesero nemmeno come mai una poliziotta cercasse la loro figlia. Erano sembrati indifferenti anche al telefono e di persona le cose non erano cambiate. Un'agente della polizia dello Yorkshire dedicava un fine settimana per andarli a trovare in Cornovaglia e fare domande su Therese. Quasi tutti i genitori normali si sarebbero messi in allarme, avrebbero domandato in preda all'ansia che cosa fosse successo. I Malyan al contrario risposero a tutte le domande di Jane in maniera distaccata, senza la minima enfasi, quasi sempre con un: «Non lo sappiamo».

A un certo punto Jane era sbottata. «Proprio non vi interessa sapere perché vi faccio tutte queste domande? È pur sempre vostra figlia!»

Mrs Malyan non batté ciglio. «In realtà» disse, «non abbiamo più una figlia.»

«Perché Therese ha abbandonato gli studi?»

«Sì.»

«Ma...» Jane dovette fare uno sforzo per controllare le proprie emozioni. Era assurdo. Quei due erano pazzi. Soprattutto la moglie. Cancellare completamente una figlia dalla propria vita soltanto perché era uno dei tantissimi studenti che ogni anno in Gran Bretagna mollavano tutto in cerca di libertà? Molti di loro riprendevano a studiare e alla fine trovavano un lavoro rispettabile. A meno che le famiglie non voltassero loro le spalle. Allora andavano a cercare sicurezza emotiva dalle persone sbagliate. Da uomini come Denis Shove, per esempio.

«Therese è figlia unica?» domandò Jane.

«Sì» rispose la madre.

«Mrs Malyan, per noi è fondamentale rintracciare sua figlia. Probabilmente si trova in compagnia di un criminale, un uomo molto pericoloso. È ricercato dalla polizia perché sospettato di duplice omicidio.»

«Tipico di Therese» commentò Mrs Malyan. «Non ne fa una giusta.»

«Conosce un posto dove potrebbe essersi rifugiata? Una persona a cui può essersi rivolta in un momento di necessità? Amici di un tempo? Un'ex insegnante? Qualcuno?»

«No. Tutto quello che so è che da molti anni non ha più contatti con le persone di prima.»

Corrispondeva a ciò che Helen Jefferson aveva raccontato all'ispettore Hale. Non c'erano amici nella vita di Terry. Qualche conoscenza recente, legami superficiali nati nei pub dove aveva lavorato. E alla fine Shove.

«Vostra figlia non ha nessuno che le sia vicino?» insistette Jane.

«No» confermò Mrs Malyan. «Non che io sappia.»

Il marito si agitava inquieto sulla poltrona. Jane si rivolse a lui. Era di sicuro l'anello più debole. Era su di lui che doveva puntare, anche se l'uomo era totalmente sotto il giogo della moglie.

«Vostra figlia potrebbe trovarsi in gravi difficoltà. E posso dirvi che secondo noi ci è finita dentro in maniera del tutto involontaria. A quanto sembra non sapeva con chi aveva a che fare. Ma adesso è in pericolo, perché il suo amico è scappato. Sarebbe molto utile se poteste aiutarci.»

Il padre di Therese sospirò. «È questo il problema di Therese. Finisce sempre per mettersi nei guai.»

Lo sapevo, pensò Jane elettrizzata. Lo sapevo. C'è dell'altro.
«Quando? Quando si è già messa nei guai?»
«Mai» rispose Mrs Malyan con voce tagliente.
«Suo marito però ha appena detto che finisce *sempre* per mettersi nei guai.»
Mr Malyan si schiarì la voce. Poi, senza guardare la moglie, disse: «Rimase incinta a sedici anni. Aveva solo sedici anni!»

Jane ordinò un secondo caffè. Doveva pianificare le mosse successive, non sapeva se avesse senso seguire le tracce del bambino. Mrs Malyan non aveva più aperto bocca, era rimasta con lo sguardo fisso e le labbra serrate. Il padre di Terry aveva fornito tutte le altre informazioni. La nascita del bambino, l'adozione, i tentativi di Terry di riprendere la vita normale da studentessa, il fallimento.
«Credo che non abbia mai superato quella storia. Da allora è rimasta come bloccata.»
Non c'è da sorprendersi, pensò Jane. Di sicuro Mrs Malyan non aveva mosso un dito per aiutarla a uscire dal caos emotivo nel quale senza dubbio era precipitata con la gravidanza. Anzi, probabilmente le aveva rinfacciato in continuazione il suo sbaglio, oppure si era rifiutata del tutto di affrontare l'argomento. Jane propendeva per questa seconda ipotesi. Terry non aveva avuto nessuno per parlare di cosa le era successo. Sua madre si era comportata come se vivessero ancora negli anni Cinquanta e la figlia si fosse macchiata di un'onta incancellabile. La gravidanza della figlia minorenne era stata un affronto personale e quasi sicuramente non l'aveva ancora perdonata.
Jane aveva chiesto notizie del padre del bambino e aveva saputo che era andato a studiare in America due anni prima.
«Vive la sua vita come se niente fosse» disse Mr Malyan costernato.
«Avrebbe potuto farlo anche Therese» ribatté Jane. «In fondo il bambino è stato dato subito in adozione...»
«Sì, be', certo» rispose Mr Malyan con una scrollata di spalle. Di sicuro voleva dire che la situazione familiare non era affatto migliorata con l'adozione.

«È possibile che Terry abbia ripreso i contatti con il padre del bambino?» chiese Jane.

«Non credo» disse Mr Malyan. «All'epoca avevano completamente rotto i ponti. Se poi lei lo ha cercato in un secondo tempo... non lo so. Ma mi sembrerebbe strano.»

Il ragazzo viveva negli Stati Uniti. Ammesso che Terry ne fosse a conoscenza, era assai improbabile che si fosse rifugiata da lui.

Jane si ritrovava con un'unica pista da seguire: il figlio di Terry e la sua nuova famiglia.

Aveva saputo che Terry conosceva la famiglia, perché c'erano stati dei problemi con l'adozione.

«Prima aveva detto di sì, poi ci aveva ripensato, quindi era tornata alla decisione iniziale. L'assistente sociale le aveva fatto incontrare la famiglia per fugare le sue paure e i suoi dubbi.»

Fino a che punto Terry era stata libera di agire? si chiese Jane. Aveva sempre più l'impressione di trovarsi davanti una ragazza confusa, alla quale la madre in particolare aveva fatto capire chiaramente che il frutto di quella inconcepibile disavventura dovesse essere eliminato il più in fretta possibile. Le era stato dato il tempo di riflettere e chiedersi che cosa volesse lei veramente?

Mr Malyan non sapeva se la figlia avesse rapporti con la famiglia adottiva, ma aveva comunque recuperato nome e indirizzo da un cassetto dello scrittoio. Jane ripensò alle foto che aveva trovato nell'appartamento di Terry: doveva trattarsi del figlioletto più o meno a un anno d'età. Questo dimostrava che dopo l'adozione c'erano stati comunque dei contatti.

«Non so se l'indirizzo sia ancora valido» aveva detto Mr Malyan.

Jane si era resa conto che nell'ora e mezzo precedente l'espressione che aveva sentito ripetere più spesso era stata: *non so.* I Malyan avevano trovato il modo per convivere con una situazione che, almeno dal punto di vista della donna, era inconcepibile. Evitavano ogni tipo di informazione al riguardo.

Jane studiò il foglietto che era il trofeo ottenuto per quella giornata. *Stella e Jonas Crane, Kingston-upon-Thames.* C'erano anche indirizzo e numero di telefono.

Jane aveva provato a chiamare due volte mentre era al bar, ma le aveva sempre risposto la segreteria telefonica. Una voce femminile informava che purtroppo in casa non c'era nessuno.

A Jane non piaceva telefonare. Non era il suo forte parlare con persone che non poteva vedere, di cui non poteva giudicare lo stato d'animo, le emozioni. La sua sensibilità funzionava soprattutto attraverso il contatto visivo con l'interlocutore. Sapeva anche valutare velocemente le proprie impressioni e modificare di conseguenza la propria strategia. Caleb Hale le chiedeva spesso di partecipare agli interrogatori. In genere riusciva a strappare informazioni preziose anche all'individuo più coriaceo.

Anche quel giorno il suo talento si era rivelato utile. Jane era convinta che al telefono non sarebbe mai venuta a sapere del piccolo Samuel.

Restava aperto un interrogativo: quanto poteva essere rilevante per il caso che stavano seguendo?

Forse per niente, ma per ora era l'unico appiglio. Jane decise di approfondire.

Inizialmente aveva pensato di trovare una sistemazione nei pressi di Truro e di rimettersi in viaggio il giorno dopo, ma cambiò idea. Con una deviazione non troppo lunga, poteva raggiungere Londra e cercare una sistemazione a buon prezzo in periferia. Il giorno dopo sarebbe partita per lo Yorkshire direttamente da lì.

Guardò l'ora. Erano quasi le quattro. Per arrivare a Londra ci avrebbe impiegato anche cinque ore, ma era sabato pomeriggio e avrebbe evitato gli incolonnamenti dei giorni feriali. Poteva farcela in quattro ore e arrivare per le otto. Non era l'orario migliore per una visita inaspettata, ma al momento le buone maniere erano l'ultimo dei suoi problemi. L'importante era trovare Therese Malyan.

Si alzò, pagò il conto e uscì nel parcheggio.

Faceva molto caldo. Partì da Truro diretta a nord.

Tre

Stella aveva costruito una specie di torre: alla base un tavolo con sopra casse, vecchie valigie, cassetti e persino un vecchio termosifone.

La struttura era traballante, ma Stella non aveva potuto fare a meno di agire: sarebbe impazzita in quella rimessa buia. Inoltre le sembrava che fosse meno pericoloso arrampicarsi fino alla finestra e rischiare di cadere che attendere senza fare nulla. Non sapeva cosa avessero in mente quei due pazzi là fuori, ma di sicuro non era niente di buono. E per Jonas il tempo stringeva.

Quella mattina Terry aveva portato loro qualcosa da bere e da mangiare, oltre a delle matite colorate, fogli e qualche libro illustrato per Sammy. Nonostante le insistenze, Stella non era riuscita a farla parlare. Neil doveva averle vietato ogni forma di contatto. Sapeva che Stella avrebbe cercato di portare Terry dalla sua parte.

Il suo controllo su Terry funziona alla perfezione, pensò Stella amareggiata.

Grazie al cibo e all'acqua, oltre che al materiale da disegno, Sammy per un po' era stato tranquillo. Ogni tanto chiedeva notizie del papà, e Stella gli rispondeva di non preoccuparsi, che Jonas stava bene e presto sarebbe tornato da loro. Lei aveva sbocconcellato un pezzo di pane e bevuto mezza bottiglia d'acqua. Sapeva che poi avrebbe dovuto di nuovo fare la pipì in un angolo. Terry non le aveva portato un secchio e nella rimessa non ce n'era nemmeno uno.

Terminata la costruzione, Stella aveva affrontato l'arrampicata sotto lo sguardo trepidante di Sammy. L'impalcatura ondeggiava pericolosamente, e Stella era convinta che prima o poi sarebbe precipitata sul pavimento di cemento. Ma alla fine riuscì a raggiungere la finestrella sotto il tetto, con il vetro incrostato di polvere e sporcizia. Si appoggiò alla parete per contrastare il movimento ondulatorio sotto i propri piedi. Le sembrava di essere su un'imbarcazione in mezzo a un mare in tempesta.

Provò a sbirciare fuori, ma il vetro era troppo sporco. Provò a strofinarlo con la manica della felpa, ma senza successo. Riuscì a grattarne via un pezzetto con l'unghia e sbirciò fuori. Vide l'angolo della fattoria e un pezzo del giardino, oltre alle auto di Neil e Terry, mentre non riusciva a scorgere la loro macchina. Il cielo era terso e splendeva il sole. Il tempo si era stabilizzato proprio alla fine delle vacanze, giusto per l'inizio di quell'incubo.

Non c'era traccia di Terry e Neil, ma questo non significava niente. Probabilmente erano dentro casa. Purtroppo Stella non riuscì a scorgere nessun escursionista, anche se la sua visuale era molto limitata. Avrebbe dovuto usare dell'acqua per pulire il vetro, ma si chiese se fosse il caso di sprecarla. Neil e Terry erano del tutto imprevedibili. Non era chiaro come si sarebbero comportati con gli ostaggi.

Stella compì la pericolosa discesa e tirò un sospiro di sollievo quando tornò con i piedi per terra. Nello stesso tempo fu assalita dallo sconforto. Non sarebbe servito a niente stare abbarbicata lassù tutto il giorno nella speranza di attirare l'attenzione di qualcuno di passaggio. Probabilmente non sarebbe passato nessuno per chissà quanto tempo, e non era affatto detto che avrebbero notato la sua presenza.

Si sentì salire le lacrime agli occhi. Come avevano fatto a cacciarsi in una situazione così spaventosa?

«Piangi, mamma?» chiese Sammy.

Lei si asciugò velocemente le lacrime. «No, mi è entrata della polvere negli occhi. Vieni, dobbiamo smontare la torre.»

«Perché?»

«Perché se dovessero tornare Terry e Neil, non devono sapere che abbiamo trovato il modo di raggiungere la finestra.»

Si arrampicò di nuovo e spostò gli oggetti un pezzo alla volta, cercando di memorizzarne la posizione; se avesse avuto bisogno di nuovo di quella scala di fortuna, l'avrebbe costruita molto più in fretta. Ma ora era troppo scoraggiata e non pensava di riutilizzarla. Non aveva più energie né speranze. Avrebbe voluto solo sedersi sul divano e mettersi a piangere, ma si fece forza per il bene di Sammy. Doveva rimanere ottimista, o almeno fingere di esserlo.

«Mamma» le chiese il bambino, «moriremo?»

Lei lo abbracciò. «No. Non devi avere paura, tesoro. La mamma ti farà uscire da qui. Non devi preoccuparti.»

Quella sera Terry tornò con panini imbottiti, biscotti, cioccolata e un cestino pieno di bottiglie d'acqua. Stella era perplessa; prima avevano dovuto centellinare il prezioso liquido, ora ne avevano abbastanza per quattro o cinque giorni. Forse Terry voleva evitare di entrare nella rimessa troppo spesso? Oppure lei e Neil avevano in mente di andarsene? Stella non sapeva se accogliere questa ipotesi con gioia o con sgomento. In quel caso non ci sarebbe stato più nessuno a occuparsi di loro, e prima o poi le provviste sarebbero finite. Viceversa avrebbe potuto darsi da fare per trovare una via di fuga, senza il terrore di trovarsi davanti Neil con la pistola spianata.

Il problema era: esisteva un modo per fuggire?

«Terry, cosa volete fare? Avete intenzione di andarvene?»

«Qui c'è da mangiare e da bere» disse Terry ignorando la domanda di Stella. «Andateci piano.»

«Non potete scappare e lasciarci chiusi qui dentro!»

«Si sieda sul divano» le ordinò Terry. «E anche Sammy.»

«Ma che cosa...?»

«Obbedisca!»

Stella si arrese. Terry si girò verso la porta. «Puoi portarlo dentro» disse.

Subito dopo Neil comparve sulla soglia. Accanto a lui c'era Jonas. Non riusciva a camminare e Neil lo sosteneva, o meglio lo *trascinava*. Jonas aveva gli occhi chiusi e sembrava del tutto assente. Teneva la testa dritta, non aveva perso i sensi. Quantomeno non del tutto. Non si capiva se si rendesse conto della situazione.

Stella balzò in piedi gridando: «Jonas!»

«Resti seduta!» le ordinò Terry.

«Papà!» gridò Sammy.

Neil lasciò scivolare Jonas sul pavimento.

Ignorando l'ordine di Terry, Stella corse dal marito e si accovacciò accanto a lui. Gli toccò la faccia. La pelle era calda e secca. Scottava.

Guardò Neil spaventata. «Bisogna portarlo da un medico. Ha la febbre alta!»

Neil si frugò nella tasca e consegnò a Stella una scatola. «Tieni, del paracetamolo. Era in casa.»

«Non basta. Ha bisogno di cure!»

«Avete acqua. Avete medicine. L'emorragia si è fermata. Sta guarendo.»

Era un'affermazione così assurda che Stella trattenne a stento una risata isterica.

«Neil, ha la febbre alta. Significa che la ferita si è infiammata. La prego! Non posso fare niente per lui qui. La prego, ci porti da un dottore!»

«Ringrazia gli sbirri per questo» disse Neil. «È colpa loro se siete in questa situazione.»
«Non lo so e non me ne importa niente. So solo che Jonas ha bisogno di un dottore. Neil!»
Neil si strinse nelle spalle.
Di fronte a questo gesto Stella perse del tutto il controllo. Era furiosa: per il fatto di essere tenuta in ostaggio, per la ferita di Jonas, per l'impudenza con cui questa coppia di delinquenti era entrata nella vita della sua famiglia. Balzò in piedi e si avventò su Neil a pugni stretti.
«Deve chiamare un medico! Deve chiamare subito un medico. Se non lo fa, Jonas...»
Lui le bloccò i polsi e le spinse le braccia verso il basso. Stella cercò di prenderlo a calci negli stinchi, ma lui la scansò agilmente, tenendola ferma.
«Non fare così, Stella. Non serve a niente.»
Lei si divincolò nel tentativo di liberarsi. «Mi lasci!»
«Vuoi smetterla di fare la pazza?»
Chi sarebbe il pazzo? avrebbe voluto ribattere Stella, ma la rabbia svanì, facendola tornare più prudente e riflessiva.
Non poteva affrontare Neil in un corpo a corpo, avrebbe solo peggiorato la propria situazione. E quella di Jonas.
«D'accordo» disse.
Neil la lasciò. I polsi le bruciavano.
«Stammi a sentire» disse Neil. «Noi adesso ce la filiamo. Terry e io. Quando saremo abbastanza lontani, avvertiremo la polizia con una telefonata anonima. Verranno a prendervi. Fino ad allora avrete cibo a sufficienza e Jonas ce la farà.»
Lei lo guardò per capire se aveva davvero intenzione di fare quello che diceva. Non si fidava di lui. Se fossero fuggiti con la loro auto, sarebbero stati al sicuro finché non avessero scoperto che era rubata. Non appena avesse chiamato la polizia per far liberare i Crane, l'auto sarebbe diventata inutilizzabile. Quanto doveva allontanarsi per sentirsi relativamente al sicuro?
«Ho paura» confessò lei. «Ho paura per Jonas.»
«Non vi lascerò crepare qui dentro» disse Neil.
Le sembrava un po' cambiato. Non era più così sicuro di sé, così

arrogante e sbruffone. Sembrava sotto stress, era tutto sudato come al suo arrivo due giorni prima. Le cose gli stavano sfuggendo di mano, non era più lui a decidere il corso degli eventi, poteva solo far fronte alla situazione. Non aveva sparato a Jonas intenzionalmente, la sua era stata una reazione istintiva, quando se l'era visto piombare addosso dal nulla. E adesso quell'uomo in condizioni critiche rappresentava un problema enorme. Neil poteva solo sperare che Jonas sopravvivesse, e anche in quel caso avrebbe dovuto fare i conti con un'accusa di gravi lesioni personali che lo avrebbe spedito in carcere per parecchio tempo.

«Ascolta, è tutta colpa della polizia, davvero» ripeté. «Non sono stato io, hai capito? L'omicidio dello sbirro a febbraio, quello che è stato ammazzato a Scalby.»

Stella non conosceva i particolari del delitto, nella zona di Londra la notizia non aveva avuto molta risonanza. «Ma allora perché la polizia crede che sia stato lei?»

«Perché quel tizio nove anni fa mi aveva messo in galera. Mi aveva teso una trappola... all'epoca sono stato così stupido da dire a tutti che gliel'avrei fatta pagare. Che lo avrei fatto fuori appena uscivo.»

«In effetti... non è stato molto furbo...»

«Esatto. Ma non sono stupido fino a questo punto» proseguì Neil. «Sono stato dentro otto anni e mi sono bastati. Non me la prendo con un vecchio sbirro rischiando di finire dentro un'altra volta! Quel tizio è stato nella polizia criminale per più di quarant'anni. Di sicuro si sarà fatto altri nemici oltre a me. Ma hanno deciso di concentrarsi su di me, maledizione.»

«Se non è stato lei» ragionò Stella, «non avranno indizi a suo carico. Non potranno accusarla di niente.»

Neil scoppiò in una risata sarcastica. «Tu non hai idea. Non immagini nemmeno!»

Stella non sapeva se credergli o meno. In realtà lo riteneva capace di tutto, ma si domandava se, vista la sua astuzia ed esperienza, non sarebbe stato in grado di organizzare meglio un delitto come quello che le aveva appena descritto. In modo da non essere costretto a fuggire da un nascondiglio all'altro come un animale braccato causando altri guai. Non avrebbe progettato di fuggire all'estero subito dopo il delitto? Sapeva sicuramente di essere in cima alla lista dei sospettati. Neil era un individuo spregevole e disgustoso, ma una cosa era certa: non era stupido.

«Lasciarci rinchiusi qui peggiorerà solo le cose per lei» disse. «Se Jonas non dovesse...»

«Non succederà. Ti ho detto che chiameremo la polizia.» Neil era chiaramente sotto pressione. Aveva di nuovo la fronte imperlata di sudore. Stella immaginò che avrebbe preferito rimanere di più alla fattoria, ma evidentemente aveva abboccato all'amo ed era convinto che da lunedì sarebbero scattate le ricerche della famiglia Crane. Anziché offrirgli un rifugio sicuro per un periodo più lungo, la fattoria gli era servita solo per prendersi un momento di respiro. Inoltre aveva a disposizione una macchina che non era segnalata, poteva procurarsi delle provviste e aveva a disposizione molti contanti. Sempre meglio di niente. Ma forse non bastava.

«Potrebbe aiutarmi a stendere Jonas sul divano?» gli chiese.

Neil si chinò, afferrò Jonas sotto le ascelle e lo trascinò fino al divano. Sammy osservò la scena impietrito dalla paura.

«Papà è vivo» lo tranquillizzò Stella.

Jonas era sdraiato immobile con il petto che si alzava e si abbassava leggermente. La maglietta che indossava era incrostata di sangue sul petto. Neil e Terry però dovevano averlo fasciato per bene, perché nonostante lo spostamento non c'erano tracce di sangue fresco.

«Mi servono delle bende» disse Stella, «e dell'altra acqua. Devo pulire la ferita. Sarebbe meglio un disinfettante.»

«Vedo che cosa posso fare» promise Neil.

Di sicuro non si sarebbe arrischiato a cercare una farmacia.

«Nella nostra macchina c'è una cassetta di pronto soccorso» disse Stella.

Lui rivolse un cenno a Terry, che uscì dalla rimessa.

«Sei una donna eccezionale, Stella» disse Neil. «Peccato...»

«Peccato, cosa?»

«Che stai con un perdente come lui.» Con un cenno della testa indicò Jonas. «Non fa per te. Il tuo modo di vivere, non fa per te. Una madre e moglie devota in un quartiere residenziale di Londra. Ma per favore!»

«Sempre meglio che vivere come lei. Secondo me.»

Lui parve voler replicare, poi ci ripensò. Terry tornò con la cassetta del pronto soccorso e la posò accanto al divano.

Senza aggiungere altro Neil e Terry uscirono dalla rimessa. Stella rimase da sola con un bambino piccolo e un uomo gravemente ferito in preda alla febbre.

Non si era mai sentita così disperata.

Quattro

Jane raggiunse Kingston-upon-Thames prima delle otto. Non aveva trovato traffico e per lunghi tratti aveva superato i limiti di velocità. A un certo punto non le era più importato di presentarsi dai Crane a un'ora decente; prima di tutto voleva mettere fine a quella giornata, trovare un albergo, lasciarsi cadere sul letto, guardare un po' di televisione e poi dormire. Era esausta e anche i due caffè che aveva preso lungo la strada non bastavano a tenerla sveglia. Ora pensava di aver preso la decisione sbagliata; sarebbe stato meglio fermarsi per la notte a Truro, riposarsi e rimettersi in viaggio il giorno dopo. Inoltre era convinta che un incontro con i Crane sarebbe stato solo una perdita di tempo.

La serata era chiara e tiepida quando Jane imboccò la strada dove abitava la famiglia Crane. Ovunque c'erano persone che innaffiavano i fiori, chiacchieravano appoggiate alle staccionate, cenavano in veranda. Un gruppo di bambini aveva disegnato dei rettangoli sull'asfalto e saltellava con foga su e giù. Quando Jane scese dall'auto, sentì profumo di carne alla griglia. Era il primo fine settimana veramente caldo e soleggiato da molto tempo e quasi tutti quelli che erano rimasti a casa per il fine settimana ne approfittavano per fare un barbecue con familiari e amici.

Un piacevole quartiere residenziale, pensò Jane. Case grandi e belle, giardini vasti e curati. Non una ricchezza esagerata, ma una solida agiatezza. Si domandò se i Crane corrispondessero al cliché che le era subito venuto in mente: due professionisti affermati con una vita piacevole che avevano rimandato troppo a lungo il progetto di mettere su famiglia. A quel punto il desiderio di avere un bambino non era stato più realizzabile: l'unica strada percorribile era rimasta l'adozione, così si erano rivolti ai servizi sociali.

Forse però c'erano stati anche motivi di salute, indipendentemente dall'età della coppia.

Nel giardino dei Crane l'erba era decisamente più alta che dai vicini. Era evidente che non era stata tagliata da tempo. Rispetto alla vivace animazione delle case accanto, la loro sembrava piuttosto abbandonata.

Ci mancava solo questo. I Crane non erano a casa.

Avrei dovuto immaginarlo, pensò Jane, non avendoli trovati al telefono.

Poiché il giardino dei Crane confinava con quelli dei vicini, Jane non poté fare il giro intorno alla casa. Suonò alla porta, ormai sicura che non avrebbe trovato nessuno. Sbirciò da una finestra e vide un corridoio con il pavimento di pietra, un guardaroba, una scala. Costeggiò la casa finché raggiunse il cancelletto che conduceva al giardino sul retro. Era chiuso. Jane si affacciò dall'altra parte e vide che non c'era nessuno. Notò un recinto di sabbia e uno scivolo di plastica rosso, anche questo quasi sommerso dall'erba alta.

I Crane non mancavano solo da quella domenica. Dovevano essere via da diverso tempo. Probabilmente erano in ferie. Dopotutto il bambino non andava ancora a scuola, ed era comprensibile che non avessero aspettato l'alta stagione per partire.

Jane si sentì più frustrata e sfinita di prima. Un viaggio a vuoto.

Alle sue spalle risuonò una voce. «Salve. Cercava i Crane?»

Si girò. Una signora anziana era entrata in giardino e la guardava con diffidenza. Teneva in mano una chiave.

Jane le rivolse un sorriso amichevole. «Sì. Non sono a casa?»

«Chi è lei?» domandò a sua volta la donna.

Jane mostrò il distintivo. «Agente investigativo Scapin. Polizia dello Yorkshire.»

«Polizia?»

«Non è successo niente, non si preoccupi. Ho solo bisogno di alcune informazioni da Mr o Mrs Crane.»

«Sono partiti da due settimane.»

«Capisco.»

«Stavo giusto venendo da loro ad annaffiare le piante. Mi occupo anche della posta e di tutto il resto.»

«Quando torneranno?»

«Domani sera.»

Li ho mancati per ventiquattr'ore, pensò Jane.

Non poteva aspettare fino alla sera successiva, prima di tutto per Dylan. A parte questo, le sembrava di aver perso già troppo tempo. I Crane erano in vacanza chissà dove, da due settimane. Era improbabile che Terry Malyan fosse andata da loro.

«Sa dove sono andati?» si informò.

«Da qualche parte nell'Inghilterra del Nord. Non so precisamente dove.»

Jane aggrottò la fronte. Era insolito. Avrebbe immaginato Spagna, o Grecia. O le Bahamas. Così avrebbe potuto archiviare definitivamente le indagini in quella direzione.

«Inghilterra del Nord? Non sa altro?»

«Purtroppo no. Mrs Crane mi ha detto soltanto che volevano stare un po' di tempo in completo isolamento, perché il marito era stressato e aveva bisogno di tranquillità. Non hanno nemmeno il telefono, pensi un po'!»

«Lei però ha il loro numero di cellulare, vero?»

La donna annuì. «Sì, quello di Mrs Crane. Ma non c'è campo dove stanno loro. Sono d'accordo di lasciarle un messaggio in segreteria nel caso succeda qualcosa qui e lei, almeno un giorno sì e uno no, controlla i messaggi. Finora non è stato necessario. Qui è tutto a posto. L'unico problema lo avranno con il giardino.» Si guardò intorno perplessa. «Ha piovuto molto e l'erba è cresciuta tantissimo.»

«Potrebbe darmi il numero di cellulare? Lascerò anch'io un messaggio a Mrs Crane.»

«Ma torneranno domani e saranno di nuovo raggiungibili.»

«Non importa. Lo vorrei comunque per sicurezza.» Jane sorrise di nuovo, ma era il suo famoso sorriso d'acciaio. «E vorrei anche il suo numero.»

La donna sospirò. «Allora devo tornare a casa. Non lo so a memoria. Quello di Stella Crane.»

«Gliene sarei grata.»

La donna si allontanò borbottando contrariata e poco dopo tornò con un foglietto in mano. «Tenga. Le ho scritto il numero del cellulare di Stella e il mio numero fisso. Mi chiamo Celia Hedger.»

«La ringrazio molto, Mrs Hedger.» Jane s'infilò il foglietto in tasca, poi porse alla donna il proprio biglietto da visita. «Le lascio questo. Quando i Crane torneranno, potrebbe pregarli di chiamarmi subito lunedì? Nel caso in cui io non riesca a sentirli.»

«Lo farò» promise la donna.

Jane provò ad affrontare un altro argomento. «I Crane hanno un bambino piccolo. Lei lo conosce?»

«Sammy. Un bambino simpatico. Lo hanno adottato. Sono stati fortunati. Con i figli adottivi non si sa mai cosa può capitare, non è vero?»

Anche con quelli naturali, se è per questo, pensò Jane.

«Ha ragione» disse però, sapendo per esperienza che mostrarsi d'accordo con una persona era il modo più facile per indurla a parlare. Di sua iniziativa non avrebbe menzionato l'adozione, perché non sapeva quale fosse la posizione dei Crane al riguardo, ma visto che la vicina era informata, poteva farle anche un'altra domanda.

«Sa per caso se i Crane sono in contatto con la madre biologica di Sammy?»

Mrs Hedger ci pensò su. «Non che io sappia. Stella non mi ha mai detto niente. Però non ne sono sicura.»

«Okay.» Non c'era altro da chiedere. Jane doveva aspettare il ritorno di Stella Crane.

«Grazie delle informazioni» disse voltandosi per andarsene.

«Un momento» la bloccò Mrs Hedger improvvisamente agitata. «Stavo per dimenticarmi. È venuta... per via di quell'uomo bizzarro?»

Jane si bloccò. «Quale uomo bizzarro?»

«Sì. È venuto ieri. Ha girato intorno alla casa furtivo... come lei.» La donna rise imbarazzata. «Gli ho chiesto cosa ci facesse qui. Un tipo comico. Dall'aspetto sembrava... arabo, direi. Però parlava bene l'inglese.»

Un arabo... non corrispondeva alla descrizione di Denis Shove.

«Che cosa voleva?»

«Doveva assolutamente parlare con Jonas Crane. Gli ho spiegato che erano in vacanza. Voleva sapere dov'erano andati, ma questo non lo so nemmeno io. A parte tutto, non gliel'avrei certo detto. Era proprio strambo.»

«In che senso?»

«Ecco, aveva un tic nervoso all'occhio. Si guardava sempre intorno... secondo lei poteva essere un terrorista? Uno di quei... kamikaze o roba simile?»

Quella tranquilla via residenziale con le case curate e i giardini in fiore non rappresentava certo uno degli obiettivi privilegiati di al Qaeda, ma Jane era piuttosto sorpresa dal racconto di Mrs Hedger. «Le ha detto per quale motivo voleva parlare con Mr Crane?»

«Ha detto che era una questione di lavoro.»

«Capisco. E non le ha detto come si chiamava?»

«No. Non ha lasciato neppure un indirizzo né un numero di telefono. Niente di niente. Gli ho detto che i Crane torneranno domani e che di sicuro potrà chiamare Jonas lunedì. Lui allora si è voltato e se n'è andato. Così. Senza nemmeno salutare.»

«Che lavoro fa Mr Crane?»

«È uno sceneggiatore. Scrive per la televisione. Forse quel tizio era un attore che voleva ottenere una parte. Forse ne aveva bisogno e per questo era così nervoso.»

«È possibile.» Jane non lo disse per caso. Non era detto che tutto nella vita dei Crane dovesse avere a che fare con Terry Malyan, a parte il fatto che avevano adottato suo figlio. Non era detto che tutto dovesse essere in relazione con Denis Shove.

Non poteva fare altro che aspettare la chiamata di Stella Crane.

«Non si preoccupi» disse alla donna. «Per quanto mi riguarda, ho bisogno solo di una semplice informazione. Non ha motivo di agitarsi.»

«Va bene» disse Mrs Hedger un po' delusa.

Jane salutò la donna e tornò alla macchina. Il suo unico desiderio era trovare una camera. Mangiare un boccone, bere un bicchiere di vino e staccare la spina.

Poi un letto. E dormire, dormire, dormire.

Prima però trovò la forza di chiamare il cellulare di Stella Crane. Come prevedibile, le rispose la segreteria telefonica. Si presentò, spiegò con calma che si trattava di una questione di routine, lasciò il suo numero e chiese di essere richiamata.

A questo punto sentiva di aver fatto davvero tutto il possibile per quella giornata.

Lunedì, 9 giugno

Uno

Kate aveva passato tutta la domenica a svuotare la casa. Aveva portato via sacchi pieni di indumenti del padre, svuotato cassetti, eliminato montagne di documenti, appunti, vecchie lettere. Nel corso di una vita si raccolgono un sacco di cose, e Richard era una persona meticolosa, ordinata, di quelle che non buttano via mai niente.

Kate aveva prestato particolare attenzione a tutti i documenti che aveva trovato. Si chiedeva se da qualche parte ci fosse una traccia di Melissa Cooper: una lettera di Richard, un incontro annotato su un taccuino, magari una foto... qualunque cosa. Forse trovare una testimonianza del genere non le avrebbe fatto bene, ma Kate era ansiosa di scoprire qualcosa. Che cosa aveva significato Melissa per suo padre?

Non trovò niente. In fondo, Richard Linville sapeva perfettamente che i colpevoli vengono incriminati soprattutto perché lasciano delle tracce, perché dimenticano di eliminare un indizio, perché si distraggono e non pensano che qualunque cosa potrebbe essere usata contro di loro. Per questo aveva nascosto con grande attenzione anche il proprio tradimento. Kate si rese conto che non sarebbe mai riuscita a scoprire i segreti di suo padre se Melissa non si fosse rivolta a lei e se il figlio non le avesse dato tutte le informazioni necessarie.

Avrebbe voluto controllare il computer di Richard, ma era stato sequestrato dalla polizia all'epoca dell'omicidio, nella speranza di trovare indizi utili per il caso. Kate si era sempre dimenticata di farselo restituire. Ma era convinta che non avrebbe trovato niente. Gli specialisti lo avevano esaminato a fondo: se avessero incontrato il nome Melissa Cooper o tracce dell'esistenza di una sconosciuta, avrebbero sicuramente chiesto informazioni a lei, Kate. Inoltre Caleb era rimasto sorpreso quando era venuto a sapere di Melissa. Alla fine degli anni Novanta lo scambio di e-mail tra privati era ancora piuttosto raro, pertanto era probabile che Richard e Melissa non avessero usato questo strumento per comunicare. In ogni caso Richard sarebbe stato molto cauto. Nel corso della carriera gli era capitato troppo spesso di vedere come gli esperti fossero in grado di riportare alla luce tracce compromettenti sui computer di persone convinte di aver cancellato tutto ciò che poteva essere messo in relazione a un crimine.

Richard era stato molto furbo. Molto prudente.

Questo pensiero l'aveva aiutata quando aveva dovuto disfarsi dei vestiti del padre. Oltre alla tristezza, provava una rabbia sempre più profonda. La rabbia per ciò che Richard aveva fatto a sua madre. Ma anche per ciò che aveva fatto a lei, a sua figlia.

Mentre svuotava e sistemava la casa si era chiesta come interpretare le informazioni che aveva raccolto dalle amiche di Melissa. Per un verso sentiva che facevano bene anche a lei. Le sembrava che suo padre non fosse tornato dalla moglie malata solo per senso del dovere, che non avesse deciso per la famiglia solo perché costretto dalla situazione. Tra lui e Melissa era successo qualcosa che aveva cambiato tutto. La loro relazione era finita.

Meglio così, si disse di cuore.

Ma ciò che aveva messo fine alla loro relazione era legato in qualche modo a quegli omicidi?

Dovrei informare Caleb, pensò a disagio.

Lui non sarebbe stato entusiasta di venire a sapere del suo viaggio a Whitby. E lei non aveva voglia di sentire i suoi rimproveri.

Verso sera le era capitato tra le mani qualcosa che avrebbe potuto utilizzare per compiere un altro passo avanti, dovunque l'avrebbe condotta. In pratica aveva frugato e rovistato dappertutto in cerca anche del minimo segreto, poi, aprendo un cassetto in cucina alla ricerca di un cavatappi – aveva deciso di concedersi una delle bottiglie della cantina di suo padre – aveva trovato una cartolina che qualcuno aveva messo lì per chissà quale motivo. Era un biglietto di Natale: una ghirlanda di agrifoglio appesa sopra una porta. Tutt'intorno fiocchi di neve che cadevano da un cielo notturno. A coronare quell'immagine così kitsch, una scritta obliqua a lettere d'oro svolazzanti: *Buon Natale*.

Kate girò la cartolina. Era indirizzata al padre. Il timbro postale era del 2004. «Auguro a te e ai tuoi un sereno Natale» c'era scritto in inchiostro blu «e un felice 2005.» Poi la firma: «Norman».

Norman Dowrick. Sovrintendente e per anni stretto collaboratore del padre. Richard stesso si riferiva a loro come alla «squadra imbattibile». Erano stati anche molto amici.

Kate si dimenticò del vino, si sedette in veranda con la cartolina e s'immerse nei pensieri. Era una serata tiepida, le pietre trattenevano a lungo il calore del sole. Nelle giornate che precedevano il solstizio d'estate la luce durava anche dopo il tramonto. Era bello stare seduti lì a guardare il giardino in fiore.

Per diversi anni Norman era stato la persona con cui Richard passava più tempo. D'altra parte lavoravano insieme e la loro professione richiedeva un grande affiatamento. A volte la madre di Kate diceva scherzosamente: «Vorrei essere Norman! Così magari potrei scambiare più di tre parole di fila con te, prima che ti chiamino dalla centrale».

Nell'estate del 2004 era tutto finito. Mentre Richard era in vacanza con Brenda, Norman aveva partecipato a un'azione contro dei trafficanti di droga. Nel corso della sparatoria che ne era seguita Norman era stato colpito. Era rimasto tra la vita e la morte per due giorni e poi era stato sottoposto a diversi interventi. Alla fine i medici avevano ammesso di non poter fare più niente per lui e che era condannato a rimanere per tutta la vita su una sedia a rotelle. Paralizzato dalla vita in giù.

Avrebbe potuto rimanere in polizia, con un lavoro d'ufficio. Kate ricordava come Richard avesse fatto di tutto per convincerlo. Ma ogni volta che parlava Norman era sempre più scoraggiato.

«Non vuole capire. Sta buttando tutto al vento. Vuole vivere della sua misera pensione d'invalidità e passare le giornate a guardare il muro. È pazzo. Sta commettendo un errore madornale.»

Alla fine Richard non era riuscito a far cambiare idea a Norman.

Il sovrintendente Dowrick non si era spezzato solo la spina dorsale, bensì soprattutto lo spirito. Ad appena quarant'anni aveva rinunciato a lottare, gettando via il futuro, il lavoro, la vita. A poco a poco perse tutti gli amici. Quella cartolina natalizia a Richard doveva essere stato uno degli ultimi gesti di pura cortesia dell'ex partner. Alla fine del 2004 Norman Dowrick era già un uomo profondamente amareggiato. Non voleva più avere a che fare con nessuno: si era rinchiuso sempre più in se stesso, non rispondeva alle e-mail, non ritelefonava, a volte non apriva nemmeno la porta quando Richard andava a trovarlo. A un certo punto il padre di Kate ci aveva rinunciato.

Aveva rispettato la decisione dell'amico di un tempo di troncare ogni legame con il passato.

In quel momento, tuttavia, Norman rappresentava una pista interessante per Kate. I due uomini, infatti, avevano lavorato fianco a fianco negli anni decisivi in cui Melissa Cooper era entrata nella vita di Richard. Kate si domandava se il padre avesse tenuto all'oscuro della propria relazione anche Norman. Per portare avanti una relazione come quella con Melissa, era necessario un complice, qualcuno che coprisse le sue assenze con i superiori. E anche se Richard non avesse lasciato trapelare niente, Norman poteva essersi accorto di qualcosa. Più di chiunque altro. Forse suo padre si era confidato proprio con lui.

Caleb aveva dichiarato che Norman non aveva alcuna rilevanza nelle indagini, dato che i casi a cui aveva lavorato con Richard erano già documentati. Questo era vero. Ma qui si trattava della vita privata, non della professione.

Forse Norman Dowrick sapeva cosa aveva messo fine alla relazione tra Richard e Melissa.

Dopo essere rimasta in veranda per un'ora a riflettere su queste cose, Kate cercò il numero di telefoni di Norman. In casa c'erano diverse rubriche. Per prudenza non le aveva buttate via. Stando alle informazioni di Caleb, Norman non viveva più a Scarborough, ma forse la moglie abitava ancora al vecchio indirizzo. Kate trovò il numero dei Dowrick e provò a chiamare, ma non le rispose nessuno. Non aveva dimenticato l'indirizzo. Decise che l'indomani ci sarebbe andata di persona.

Lunedì mattina, alle otto, era già davanti alla stretta facciata della casetta a schiera dei Dorwick. Si trovava in uno dei quartieri meno eleganti della città. Infissi e porte scrostate. Giardini invasi dalle erbacce e attraversati dai fili per stendere il bucato. Le abitazioni erano addossate le une alle altre, e le recinzioni così basse da garantire ben poca privacy. Richard aveva raccontato a Kate di come Norman sognasse una casa di proprietà, ma che non si era potuto permettere altro che quella misera sistemazione. Forse ce l'avrebbe fatta dopo qualche promozione.

Ma non aveva fatto in tempo.

Kate aspettò le otto in punto, poi suonò alla porta. Sperava che gli inquilini fossero già svegli.

Qualcuno venne subito ad aprirle. Nonostante fossero passati tanti anni, Kate riconobbe subito la donna che aveva di fronte.

«Mrs Dowrick?» chiese con un sorriso.

Anche la donna sembrò aver riconosciuto Kate.

«Kate? Kate Linville?»

«Mi deve scusare se la disturbo a quest'ora» disse Kate, «ma ho bisogno di sapere con urgenza dove posso trovare suo marito.»

«Sì, non abita più qui da molto tempo. In pratica sono quattro anni che non ci sentiamo più» disse Susannah. Aveva invitato Kate in cucina, dove si era appena preparata una tazza di caffè. Poteva concederle un quarto d'ora, le aveva detto, poi sarebbe dovuta uscire. Lavorava in una drogheria e doveva arrivare un'ora prima dell'apertura. «Cioè adesso» aveva dichiarato dando un'occhiata all'orologio. «Ma non importa. Il proprietario non se la prende se ogni tanto arrivo in ritardo.»

Kate si era accomodata e aveva accettato volentieri una tazza di caffè. Susannah era rimasta in piedi. «La mattina sono sempre così agitata.» Era magrissima, il viso affilato e occhiaie profonde. Una donna perennemente tesa, anche senza un motivo preciso. A un certo punto Susannah Dowrick aveva ingranato la quarta e adesso non riusciva più a rallentare. Almeno questa era l'impressione che faceva a Kate. Di sicuro non era una donna felice. Ma si sforzava di scacciare i pensieri che la tormentavano.

«Siamo separati da molto tempo» proseguì. «È stato Norman a

volerlo. Non l'ho lasciato perché era rimasto su una sedia a rotelle. Per me era chiaro che avremmo affrontato insieme la situazione. Anche se non sarebbe stata una passeggiata. Lui brontolava tutto il giorno, incolpava Dio e il mondo, era sempre di pessimo umore, aggressivo e irascibile.» Chiuse gli occhi per un istante. «No» confermò, «era spaventoso. Ma lo capivo. Capivo la sua disperazione, il desiderio di ribellarsi al suo destino. Peccato che... non servisse a niente. Prima o poi bisogna rassegnarsi, non è così? Altrimenti ci si ammala.»

«Ha ragione» disse Kate. Si chiese se fosse il caso di domandare a Susannah qualcosa su Richard, ma la donna riprese a parlare.

«Voleva parlare con Norman? Be', dovrà andare a Liverpool.»

«A Liverpool?»

«Siamo nati entrambi lì. In realtà della sua famiglia non è rimasto nessuno. Non ho capito la sua decisione. Però, ecco, forse voleva tornare nei luoghi della sua infanzia. Magari per ritrovare qualcosa di familiare...»

«Ha detto che non vi sentite più da quattro anni?»

«È stato lui a volerlo. L'ho detto a tutti. Alcuni colleghi sono venuti a trovarlo. Io dicevo loro: 'Posso darvi il suo indirizzo, ma molto probabilmente non vorrà vedervi'. Quasi tutti erano contenti di avere un pretesto per non dover andare a Liverpool e affrontare un uomo amareggiato e chiuso in se stesso.»

«Lei invece è voluta rimanere in questa casa, vero?» chiese Kate. Subito dopo si rese conto che non c'era da stupirsi. Lei stessa era morbosamente attaccata alla casa del padre, anche se l'unica cosa sensata sarebbe stata metterla in vendita.

«Sì, è incomprensibile, lo so» rispose Susannah con un sospiro. «Non so... Questa casetta, per quanto squallida, il minuscolo giardino, la sensazione che ci appartenga un pezzetto di terra... una volta era il sogno mio e di Norman. Questa... è l'unica cosa che mi rimane.» Scrollò il capo. «I miei genitori mi danno una mano, da sola non ce la farei. Mi capita spesso di pensare che sarebbe il caso di vendere, ma non ce la faccio. È l'ultima traccia di un passato sereno. Ma forse mi sto condannando da sola, non crede?» Aveva rivolta questa a se stessa, più che a Kate, che preferì rimanere in silenzio.

Ma conosceva fin troppo bene le emozioni e i pensieri che si agitavano nell'animo di Susannah.

Frattanto la padrona di casa ormai si era resa conto che la sua ospite non era lì per parlare del suo stato d'animo.

«Ero sconvolta, quando ho letto dell'omicidio di Richard» esclamò di slancio. «Chi può aver fatto una cosa del genere? Ho letto che stanno cercando questo Shove. Ci sono prove concrete contro di lui?»

«In passato lo aveva minacciato» disse Kate. «Aveva detto che avrebbe ucciso mio padre. Per questo la polizia lo ritiene il principale indiziato.»

«È venuto da me un investigatore» la informò Susannah. «Un certo... sovrintendente Stewart, se non sbaglio.»

«Esatto, il sovrintendente Robert Stewart» confermò Kate.

«Proprio lui. Norman e Richard avevano lavorato insieme per molto tempo e voleva sapere se ero al corrente di qualche episodio che potesse avere un legame con l'omicidio di Richard. Purtroppo non sono stata in grado di aiutarlo. Norman parlava sempre molto del suo lavoro con me, ma non ricordo niente di significativo. Naturalmente avevano dei nemici, questo è evidente, ma nessuno in particolare.»

«Posso solo sperare che la polizia risolva in fretta il caso di mio padre» dichiarò Kate.

Susannah la guardò interessata. «Lei partecipa alle indagini, vero? Ora ricordo, lavora ancora a Scotland Yard?»

«Sì, ma qui non ho alcuna giurisdizione. In queste cose bisogna essere molto corretti» rispose Kate, con l'impressione di essere una brava scolaretta che ripete la lezione imparata a memoria. «In realtà ho scoperto qualcos'altro che mi ha turbata molto, e pensavo che Norman avrebbe potuto aiutarmi...»

«Forse posso farlo io?»

Norman le aveva raccontato tante cose. Kate fece un salto nel buio. «Il nome Melissa Cooper le dice qualcosa?»

Susannah trasalì visibilmente. «Santo cielo» rispose.

«Presumo che sia un *sì*» dedusse Kate.

«Sì» confermò Susannah.

Due

Jane guidava, mentre Caleb era al telefono. Lo sentì dire «sì», «hm» e poi «c'era da aspettarselo. Quindi aveva ragione a sentirsi spiata».

Infine chiuse la conversazione e la guardò.

«Era la scientifica. Sono sicuri che qualcuno abbia cercato di entrare nel cottage di Melissa Cooper. C'erano tracce sulle porte che davano sul giardino posteriore. Sembra che qualcuno abbia tentato di forzare la porta, ma abbia rinunciato. Secondo il collega non dipende dal fatto che fosse impossibile. È evidente che il colpevole o i colpevoli sono stati interrotti.»

«Dall'arrivo del figlio quella sera» concluse Jane.

«È molto probabile. Melissa Cooper sarebbe stata aggredita nel suo letto quella notte. Sfortunatamente il suo omicidio è stato solo rimandato.»

Rimasero in silenzio. Caleb pensò con angoscia all'anziana signora sola in quella casa isolata. Sarebbe stata una facile preda. Il destino l'aveva salvata all'ultimo istante. Ma il suo persecutore si era mosso con più determinazione. Assalire Melissa in pieno giorno a scuola era stato un gesto assai rischioso.

«Siamo quasi arrivati a Newcastle» disse Jane. «Da qui in avanti sarà difficile. La fattoria dev'essere in mezzo al nulla.»

«Immagino che nemmeno la sua conoscenza dei luoghi possa esserci d'aiuto» osservò Caleb. Sapeva che Jane era originaria di Newcastle, dove aveva trascorso l'infanzia.

«Infatti» confermò Jane. «Conosco bene la città, ma i dintorni non mi hanno mai attratto.»

Lei e Caleb Hale erano diretti da Neil Courtney. Il vero Neil Courtney, con un pizzico di fortuna. Dovevano ringraziare Robert Stewart se erano riusciti a rintracciarlo. All'inizio sembrava che le sue indagini del venerdì precedente nella prigione di Hull non avessero dato risultati significativi. Non era stato individuato nessun contatto fra i tre giovani autori della rapina a Scarborough e Denis Shove. Quest'ultimo non aveva parlato con nessuno delle sue minacce di vendetta nei confronti di Linville, e secondo il direttore della prigione Shove non gli aveva dato l'impressione di essere ossessionato dal pensiero di uccidere l'ispettore capo. Non era stato possibile appurare se fosse al corrente della relazione tra Richard e Melissa. Il direttore era rimasto sorpreso quando lo aveva saputo. «Linville aveva una relazione con la donna che è stata massacrata la settimana scorsa qui a scuola? Ma pensa! Questo rende tutto più difficile, no?»

Stewart aveva confermato.

Nemmeno i colloqui con gli altri testimoni della rapina alla sala giochi avevano dato alcun risultato. Nessuno aveva notato nulla di strano nelle settimane e nei mesi precedenti, non si era sentito spiato, osservato o in qualche maniera perseguitato. Era positivo sapere che questa gente non era in pericolo, ma ciò significava anche che quel caso di tanti anni prima non aveva alcuna rilevanza per le indagini, e quella pista non avrebbe portato da nessuna parte.

Finalmente, però, lunedì mattina la psicologa che aveva seguito Denis Shove aveva telefonato come promesso. Aveva confermato anche con Robert la prognosi sociale favorevole che Shove si era guadagnato al momento della scarcerazione. «Non credo che sia stato lui a uccidere il poliziotto. Stando a ciò che ho letto, si tratta di un delitto premeditato e portato a termine con grande accuratezza. Non è nello stile di Shove. Il suo problema è che nelle situazioni di stress perde facilmente il controllo. Si scatena quando si sente criticato o messo in discussione, quando è sotto pressione. Oppure semplicemente se le cose non vanno come vuole lui. È stato questo il suo comportamento anche nei confronti dell'ex compagna. La sua morte a causa delle gravi ferite è stata un tragico incidente. Da parte di Denis non c'era alcuna volontà di uccidere.»

Perché gli psicologi penitenziari, si era domandato Stewart, davano sempre l'impressione di giustificare il comportamento violento del colpevole, come se fosse stata la vittima a essere in torto?

«Con lei non ha mai espresso la volontà di vendicarsi nei confronti di Richard Linville?»

«No.»

Stewart aveva poi parlato di Melissa Cooper, ma la psicologa non aveva mai sentito quel nome. «Chi era? L'amante del poliziotto ucciso? Denis non l'ha mai nominata. Non credo ne sapesse nulla.

E in ogni caso, perché avrebbe dovuto ucciderla? Non avrebbe avuto senso per il presunto movente della vendetta.»

È proprio questo il problema, pensò Stewart.

Se non altro era riuscito a ottenere qualcosa facendo il nome di Neil Courtney.

«È un lontano parente. Ne parlava spesso. Il suo unico familiare ancora in vita, a quanto ne so.»

La reazione di Stewart era stata immediata. Finalmente un appiglio. «Ne è sicura?»

«Sì, certissima. Ne abbiamo parlato spesso. Si tratta del terzo marito di una cugina di sua madre, o qualcosa del genere. Un parente alla lontana, ma non importa. Dovrebbe essere anziano e vive in una fattoria nei dintorni di Newcastle. Denis non aveva mai avuto molti contatti con lui, così ho cercato di convincerlo a riallacciare i rapporti dopo la scarcerazione. È importante per qualcuno come Denis, che ha trascorso molti anni in prigione, avere un punto d'appoggio una volta tornato in libertà. La libertà può essere molto problematica, se non ci si è più abituati.»

«È probabile» concordò Stewart. «Lei sa se poi Shove abbia davvero cercato questo parente?»

«Dopo il rilascio non ho più avuto notizie di Denis. Ero già in Australia. Ma anche se fossi stata qui, avrei evitato qualunque contatto. Non posso occuparmi dei pazienti dopo la loro uscita dal carcere, non sarebbe giusto. Devono imparare a vivere senza di me. A diventare indipendenti.»

Be', Shove ci è riuscito molto bene, pensò Stewart cinico. Forse ha commesso due omicidi, di sicuro ha sparato a una donna per rubarle la macchina. Bel modo di rendersi indipendenti.

Avevano trovato l'indirizzo del vecchio Neil Courtney, un'abitazione isolata nei dintorni di Newcastle. Caleb non pensava di trovare Denis Shove nascosto lì. Quell'uomo era furbo, e doveva aver immaginato che prima o poi la polizia sarebbe risalita a quel vecchio contadino. Di sicuro ci avevano messo molto tempo, troppo, pensò Caleb frustrato. Era stato un peccato che la psicologa penitenziaria avesse trascorso tutti quei mesi all'estero, ma forse da parte loro avrebbero dovuto cercare di contattarla con più insistenza. Il fatto che invece gli investigatori non ci fossero arrivati da soli era un particolare che Caleb era disposto a perdonarsi: il grado di parentela era così lontano che senza un aiuto esterno sarebbe stato impossibile ricostruirlo. Inoltre la polizia sapeva che Shove usava il nome di Neil Courtney solo da una settimana.

Robert Stewart li aveva preceduti, accompagnato da due agenti. Anche lui era convinto che Denis Shove non si trovasse alla fattoria, ma non voleva correre rischi. Shove era armato e sapeva usare la pistola. La loro speranza era che il vecchio Neil Courtney potesse dare loro qualche indizio prezioso, qualcosa che conducesse finalmente al nascondiglio di Shove.

Jane aveva cercato su Google Maps il tragitto fino alla fattoria, ma ciò nonostante si erano persi due volte nel dedalo di stradine e viottoli dissestati. Alla fine avevano rischiato di non vedere il cancello d'ingresso quasi completamente inghiottito dalla vegetazione. Sebbene Stewart e i due agenti fossero passati di lì poco prima, cespugli, felci e cardi erano già tornati a ingombrare il passaggio.

«Non sembra esserci un gran viavai qui» osservò Caleb. Anche la stradina era quasi completamente invasa dalla vegetazione. A destra e a sinistra un tempo dovevano esserci stati pascoli recintati, come facevano intuire resti di muretti e qualche paletto marcio. L'azienda agricola però non era più in funzione da molto tempo. Sembrava che la natura volesse riappropriarsene e sommergerla.

Quando infine raggiunsero il casolare, si trovarono di fronte una catapecchia cadente. Nessuno avrebbe immaginato che ci potesse vivere qualcuno. Intonaco scrostato, vetri sporchi, il tetto scoperchiato in vari punti. I ciottoli dell'aia erano quasi del tutto nascosti dalle ortiche. Al centro era parcheggiata un'auto della polizia. Robert Stewart andò incontro a Caleb e Jane.

«Un ambientino confortevole» osservò. «Sembra che in casa non ci sia nessuno.»

«Se vuoi la mia opinione, qui non ci vive nessuno» disse Jane guardandosi intorno con un brivido. «È come essere sepolti vivi. E secondo me sono anni che nessuno dà una sistemata a questo posto.»

«Un vecchio solo non ce l'avrebbe fatta in ogni caso» disse Caleb.

«Se è ancora vivo, sarà ricoverato in una casa di riposo» proseguì Jane.

«Be', il suo indirizzo è ancora questo» dichiarò Stewart agitando nella mano un plico di fogli. «Erano nella cassetta delle lettere.»

«C'è una cassetta delle lettere?» chiese Caleb. «E dove?»

«Giù all'entrata. Completamente nascosta dalla vegetazione. L'ho notata per caso passando e ho dato un'occhiata.»

Caleb prese le buste che Stewart aveva già aperto e aggrottò la fronte. «Che cosa sono?»

«Estratti conto della pensione. Dimostrano che Courtney è vivo e risiede ancora qui. Ogni mese gli arrivano i soldi. Una pensione molto modesta, ma sufficiente per vivere.»

«Non molto di più» commentò Jane dando un'occhiata alla casa, che sembrava sul punto di crollare. «La famigerata povertà della vecchiaia. Non attende solo noi, è già arrivata. E non è certo un bel biglietto da visita per la nostra società.»

«Nessuno dovrebbe vivere così» concordò Stewart, «soprattutto se sei anziano.»

«Dobbiamo entrare» decise Caleb. «Ho il sospetto che il vecchio sia morto e che nessuno se ne sia accorto. Magari da mesi.»

«La porta è chiusa a chiave» disse Stewart.

«Dove sono gli agenti?»

Uno dei due poliziotti spuntò proprio in quel momento accanto alla casa. Riferì di avere fatto il giro, per quanto possibile, e aver sbirciato dalla finestra. Secondo lui la casa era disabitata.

«Lo spiazzo sul retro è un'unica discarica» proseguì. «Un sacco di scatoloni di cartone pieni di bottiglie vuote, e altre sparse dappertutto. Soprattutto whisky di pessima qualità. Il tizio che abita qui beve un po' troppo.»

Ci fu un istante di silenzio impacciato. Caleb non capì subito che Jane e Robert tenevano lo sguardo basso ed erano imbarazzati a causa *sua*.

Nonostante la faticosa disintossicazione, l'etichetta di alcolista gli era rimasta appiccicata. Probabilmente per sempre.

Robert Stewart si schiarì la gola.

«Dov'è Patrick?» chiese riferendosi al secondo agente.

«Sta perlustrando la proprietà. Ma non credo che troverà qualcosa o qualcuno. Se proprio volete saperlo, penso che qui non venga più nessuno da mesi.»

«Entriamo» disse Caleb.

Gli agenti impiegarono non più di trenta secondi per forzare la serratura arrugginita. Tutti trattennero il fiato per un istante, poi si rilassarono: l'odore che li raggiunse era di aria stantia, mista a un puzzo assai sgradevole di qualcosa in decomposizione. Ma non poteva essere l'odore del cadavere del vecchio Neil Courtney in putrefazione.

Dalle finestre sporchissime filtrava una luce fioca, ma appena gli occhi si furono abituati alla penombra, fu chiaro che nessuno era stato stato più lì: i pavimenti e i mobili erano ricoperti da uno spesso strato di polvere. Il disordine era indescrivibile: cassetti sfilati dai comò e gettati in mezzo alle stanze, il contenuto sparso in giro, i ripiani svuotati, tappeti appallottolati negli angoli, vasi di fiori rovesciati, un paralume strappato dal soffitto. Sembrava scoppiata una bomba, almeno nelle due stanze al pianterreno e in cucina, dove tutti gli utensili erano stati scagliati sul pavimento. Avanzi di cibo ammuffiti erano ancora riconoscibili sulla vecchia cucina economica. Sul tavolo c'era un piatto dal contenuto indefinibile ricoperto da uno strato di muffa biancastra. E anche qui innumerevoli bottiglie di whisky vuote. In netto contrasto con la scena, su un davanzale c'erano alcuni vasi di piante aromatiche. Nonostante fossero rimasti solo pochi steli anneriti, l'immagine era quasi commovente, soprattutto per il piccolo annaffiatoio giocattolo sistemato tra i vasi: Courtney, che a giudicare dal consumo di alcol doveva essere un relitto ambulante, aveva trovato la forza di mantenere in vita delle piante in mezzo a tutta quella decadenza.

«I casi sono due, o Neil Courtney è un incredibile casinista» disse Stewart, «o qualcuno è venuto qui a cercare qualcosa.»

«Propendo per la seconda ipotesi» affermò Caleb. «È probabile che sia stato il nostro amico Shove a fare questo macello. L'interrogativo è: che ne è stato del vecchio Courtney?»

Mentre gli uomini ispezionavano il pianterreno alla ricerca di un accesso alla cantina, Jane salì la ripida scala di legno che conduceva al primo piano. Nel bagno ricavato nel sottotetto una persona di statura normale non sarebbe riuscita a stare in piedi. La tazza del gabinetto era incrostata di sporcizia. Non c'erano oggetti personali, nemmeno uno spazzolino da denti. Il vecchio Courtney non doveva curare troppo assiduamente l'igiene personale, pensò Jane.

Sotto il tetto c'erano altre due stanze, dal soffitto così basso che Jane dovette chinare la testa per entrare. Erano completamente vuote e sembrava che non fossero state mai utilizzate. La vita di Courtney doveva limitarsi principalmente alla cucina e al soggiorno.

Jane tornò di sotto.

«Niente cantina» stava dicendo Caleb. Si rivolse all'agente Scapin. «Di sopra?»

«Niente. Nel vero senso della parola. A parte il bagno, le altre stanze non sono utilizzate.»

Udirono dei passi e si girarono. Patrick, il secondo poliziotto, entrò in casa e rivolse un cenno di saluto a Caleb e Jane. «Ispettore. Agente. Ho trovato qualcosa. Dietro, in giardino.»

«Che cosa?» domandò Caleb impaziente.

«Qualcosa che somiglia a una tomba. Non proprio recente, ma nemmeno tanto vecchia. Potrebbe anche esserci sepolto un cane... ma doveva essere bello grosso...»

Tutti seguirono Patrick nel giardino posteriore. Alla vista degli scatoloni pieni di bottiglie vuote accatastati contro il muro, Jane fu assalita da un brivido.

Anche il giardino, che si estendeva su una collinetta, era del tutto trascurato, ma qui l'effetto era di un idilliaco ambiente naturale. Vecchi alberi da frutto nodosi, robuste querce dalle ampie fronde, cespugli di lamponi, campanule, violette. Felci e muschio. Tutto era cresciuto in modo selvaggio. Un paradiso per uccelli, insetti, lumache e altri animali. Da un punto imprecisato si udiva il gorgogliare di un ruscello. Possibile che in mezzo a un simile paradiso ci fosse una tomba?

Patrick li condusse lungo il pendio fino al confine della proprietà, delimitata dai resti di un muro coperto di muschio. Proprio lì davanti, seminascosta da un arbusto di ginestra, c'era una montagnola di terra, smossa di fresco ma già ricoperta da erba e trifoglio rigogliosi. Patrick aveva ragione: non si era ancora consolidata e a guardare da vicino si riconoscevano le zolle di terra chiaramente scavate con una vanga.

«È piuttosto lunga» disse Jane. «Un po' troppo per un cane.»

«Direi che l'opera risale all'autunno scorso» osservò il sovrintendente Stewart e Jane trovò bizzarro l'uso del termine *opera* in quel contesto.

Caleb aveva l'aria sfinita, ma anche sollevata.

«Sarei pronto a scommettere che abbiamo trovato il vecchio Neil Courtney» dichiarò.

Tre

Lunedì Stella ebbe la certezza che Terry e Denis se ne fossero andati, lasciandoli completamente soli alla fattoria, prigionieri in quella buia rimessa, con acqua e viveri che sarebbero bastati al massimo per tre giorni. Non aveva sentito il rombo del motore, ma quella notte aveva dormito molte ore, completamente sfinita, ed era probabile che non si fosse accorta della partenza della coppia. Domenica sera aveva ricostruito la torre per sbirciare dalla finestra. Aveva visto entrambe le macchine dei sequestratori, ma non significava niente: erano sicuramente fuggiti con la vettura dei Crane.

Stella aveva portato con sé un mucchio di stracci che aveva trovato nella rimessa, se li era avvolti intorno alla mano destra e al sesto o settimo tentativo era riuscita a rompere il vetro. Era in una posizione molto pericolosa, senza un punto d'appoggio stabile, ma alla fine il vetro andò in pezzi e con la mano fasciata liberò l'intelaiatura dalle schegge buttandole all'esterno. Provò un enorme sollievo quando sporse la testa fuori, respirò l'aria tiepida e limpida e sentì qualche raggio di sole sul viso. Guardò ovunque con la massima attenzione, ma in giro non c'era anima viva. Solo qualche uccello, spaventato dal rumore dei vetri infranti, si era alzato in volo infastidito. La fattoria si rivelava ancora una volta all'altezza della sua fama di perfetto rifugio in totale isolamento.

Stella scese dall'impalcatura, ma perse l'equilibrio quando era arrivata quasi in fondo e cadde sul pavimento. Per fortuna se la cavò solo con qualche escoriazione alle gambe. L'episodio però la rese più cauta: se fosse caduta da un'altezza maggiore, si sarebbe potuta fare male davvero. Non poteva arrampicarsi solo per prendere una boccata d'aria fresca. Forse avrebbe dovuto restare lassù più a lungo, a montare la guardia in attesa di aiuto. Impossibile stabilire le probabilità di riuscita di quell'impresa, soprattutto rispetto ai rischi di un volo simile.

Ma le probabilità sono pari a zero, pensò sconfortata. Ecco l'amara verità.

Per il resto della domenica si era occupata di Jonas. Aveva sempre la febbre alta e aveva dormito quasi tutto il giorno. Stella si era fatta coraggio e aveva controllato la ferita all'addome. Aveva paura, ma le bende andavano cambiate a intervalli regolari. Grazie alla cassetta del pronto soccorso, aveva a disposizione materiale sufficiente. Jonas aveva lanciato un gemito quando gli aveva staccato la fasciatura incrostata di sangue. Alla fine Stella aveva usato un po' d'acqua per facilitare l'operazione e alleviare le sofferenze di Jonas, ma le era sembrato uno spreco inutile. Nella loro situazione nulla era più prezioso dell'acqua. Tuttavia, vedendo la brutta ferita di Jonas, capì che era necessario usarne un po' per pulirla. Non aveva conoscenze mediche, ma temeva che la parte si sarebbe infettata se non fosse stata tenuta relativamente pulita – ammesso che la febbre alta non fosse il sintomo di un'infezione già in atto. La rimessa era piena di polvere e sporcizia ed era l'ambiente peggiore per una persona gravemente ferita. Stella non aveva a disposizione nemmeno una goccia di disinfettante. Non le restava altro da fare che immergere un batuffolo di cotone nell'acqua e tamponare delicatamente e con cura tutta la zona intorno alla ferita. Non aveva idea se fosse sufficiente per evitare una sepsi. Pensò a tutte le descrizioni che aveva letto dei soldati feriti negli ospedali da campo durante la Seconda guerra mondiale. Nonostante le circostanze avverse, soprattutto per mancanza di attrezzatura medica adeguata, molti di loro erano sopravvissuti. Sperava davvero che Jonas fosse abbastanza forte da superare il peggio.

Per tutta la domenica Jonas non disse una parola. Sembrava volesse solo dormire. In diverse occasioni Stella dovette calmare il povero Sammy, che avrebbe voluto giocare o parlare con il papà. Non capiva perché non volesse stare con lui e la mamma. Stella cercava di distrarlo come poteva. Nel cesto delle provviste aveva trovato un mazzo di carte e cercò di tenerlo occupato con quello. Gli diede la parte di cena destinata a Jonas, che si rifiutò ostinatamente di mangiare. Al marito destinò una razione d'acqua un po' più abbondante rispetto alle loro. La febbre non accennava a scendere e le labbra erano secche e screpolate.

Lunedì le condizioni di Jonas sembravano leggermente migliorate. Aveva mangiato qualche biscotto a colazione e la fronte non scottava più come prima. Anche lo sguardo era più lucido. Di prima mattina Stella gli aveva cambiato la fasciatura, sempre con l'aiuto dell'acqua. Si sforzava di nascondere i propri timori, ma era disperata vedendo quanta ne avevano già consumata. Denis Shove avrebbe dovuto avvertire la polizia e chiamare i soccorsi il prima possibile, altrimenti sarebbero stati perduti.

Finora Jonas aveva parlato solo per chiedere acqua o medicine. Adesso sembrava finalmente rendersi conto di dove si trovava.

«Che casino» disse. «Mi spiace, Stella. Mi spiace tanto.»

«Non è stata colpa tua. Non hai fatto niente di sbagliato.»

Lui scosse la testa. «Invece sì. Tu non volevi venire qui, perché avevi un brutto presentimento su Neil Courtney. Ho fatto di tutto per convincerti, pur avendo qualche dubbio. Ma non volevo ammetterlo.»

«A proposito, non si chiama Neil Courtney» lo informò Stella, «ma Denis Shove.» Poi gli raccontò cosa sapeva di lui.

Jonas sgranò gli occhi. «Ha ucciso un poliziotto?»

«Sostiene di non essere stato lui, ma che la polizia non gli crede. Per questo è scappato.»

«E perché la polizia dovrebbe ritenerlo colpevole?»

«Parecchi anni fa la vittima lo aveva arrestato e fatto condannare. Shove aveva picchiato a morte la sua compagna, e disse che si sarebbe vendicato.»

«Oddio. Terry lo sa?»

«Adesso sì. Ma è rimasta con lui.»

«Dove sono andati?»

«Sono scappati. Con la nostra macchina.»

Jonas cercò di mettersi seduto e fece una smorfia di dolore. Girò lo sguardo per la rimessa. «Siamo rinchiusi qui dentro?»

Stella si strinse nelle spalle. «Per ora sì. La porta e la serratura sono a prova di scasso. Mi ci sono buttata contro diverse volte. Ho cercato di forzare la serratura. Niente da fare. In questa maledetta rimessa c'è di tutto, ma neppure un attrezzo utile.»

«E io non posso aiutarti.» Jonas strinse il pugno. Bastò questo sforzo per farlo impallidire. «Che idiota che sono, Stella. Un idiota colossale. Lanciarmi su Neil... o Denis... credendo di fare l'eroe. Sono un perdente nato.»

«Non sei un perdente. Non potevi avere la meglio su un uomo armato.»

«Non ce l'avrei fatta nemmeno se fosse stato disarmato, lo sappiamo entrambi.» Si lasciò cadere sui cuscini, la fronte imperlata di sudore. «Non so che cosa mi sia venuto in mente. Probabilmente niente...»

«Hai visto la tua famiglia minacciata e hai reagito istintivamente. Adesso smettila di rimproverarti» lo consolò Stella, evitando di dire quanto lei stessa si fosse infuriata per quel gesto insensato. Non aveva alcun senso affrontare ora l'argomento. Dovevano conservare le energie per scopi più importanti.

«Come siamo messi con le provviste?» chiese Jonas.

Stella valutò se fosse il caso di minimizzare la gravità della situazione, ma Jonas si sarebbe reso conto ben presto della verità.

«Non bene. Possiamo tirare avanti ancora tre giorni.»

«Tre giorni?»

«Denis Shove mi ha promesso che informerà la polizia e manderà i soccorsi. Farà una telefonata anonima appena lui e Terry saranno al sicuro.»

«Tu gli credi?»

Stella gettò un'occhiata a Sammy, che era impegnato a costruire aeroplanini di carta stagnola e non li ascoltava.

«Non lo so» rispose sincera. «Credo che sia intenzionato a farlo. Ma a un certo punto potrebbe rendersi conto del pericolo che corre e cambiare idea. È un criminale. Fino a che punto ci si può fidare di un uomo simile?»

«Maledizione» esclamò Jonas. Cercò nuovamente di sollevarsi, ma ricadde stremato. «Dobbiamo uscire da qui, Stella. Quel tipo non si farà più sentire. Né con la polizia né con nessun altro. Cercherà di mettersi in salvo, non gliene frega niente di noi.» Girò la testa per osservare la stanza. «Hai costruito un'impalcatura per raggiungere la finestra... è aperta?»

«Sì, ma non serve a nulla. Pensavo di chiamare aiuto se fosse passato qualcuno, ma finora non si è visto un cane. Più tardi proverò a salire di nuovo, ma... non ho troppe speranze.»

«Sammy» disse Jonas sottovoce. «Secondo me Sammy potrebbe passare dalla finestra.»

«Sì, ma lo sai quanto è alta? Non può saltare da quell'altezza. Si romperebbe tutte le ossa, ammesso che sopravviva. È escluso, Jonas.»

«È la nostra unica possibilità. Non ne vedo altre.»

«Non è possibile.»

«Con una corda...»

«Qui non ci sono corde.»

«Però ci sono dei pezzi di stoffa che possiamo annodare insieme. Possiamo usare anche i nostri vestiti, se necessario. Potremo inventarci qualcosa per calarlo dall'altra parte.»

«Ha solo cinque anni! È troppo alto! Non possiamo rischiare, Jonas.»

«Rischiamo di più se non facciamo niente.»

«E comunque, una volta fuori, che cosa potrebbe fare?»

«Forse Terry e Neil hanno lasciato la casa aperta. Potrebbe prendere il tuo cellulare, correre in cima alla collina e chiamare la polizia. Puoi dargli indicazioni dalla finestra.»

«Dubito che Denis Shove abbia lasciato qui un cellulare.»

«Allora Sammy può raggiungere la strada. Prima o poi passerà una macchina. Stella, l'alternativa è morire di sete e fame qui dentro.»

Stella si nascose il volto tra le mani. Con gli occhi della mente vide Sammy che piangeva, sdraiato in cortile con le ossa fratturate. La chiamava, e lei non poteva aiutarlo.

«Con il tuo collega, il proprietario della fattoria, come siete rimasti d'accordo?»

«Niente di preciso. Ci saremmo sentiti per telefono al nostro ritorno. E poi ci saremmo accordati per la restituzione delle chiavi.»

«Credi che si preoccuperà se non lo chiami entro oggi?»

«Non credo. Penserà che debba occuparmi della posta che ho

ricevuto in queste settimane, per non parlare delle e-mail. Immaginerà che sono oberato di lavoro.»

«Ma tra qualche giorno comincerà a innervosirsi, se non ti farai sentire.»

«Tra qualche giorno sarà troppo tardi, Stella.»

«Hai qualche appuntamento?»

«Settimana prossima. Nei prossimi giorni volevo finire due soggetti. Dovrò presentarli tra una decina di giorni.»

«Quando devi spedirli?»

«Venerdì. Stella, prima di allora nessuno si accorgerà della mia assenza.»

«Non puoi saperlo. Magari qualcuno ti ha scritto un'e-mail e vuole una risposta urgente.»

«È vero. Ma secondo te chi si rivolgerebbe alla polizia perché non ho risposto a un'e-mail?»

Era proprio questo il quesito. Quando la gente comincia a preoccuparsi perché un'intera famiglia è sparita? Quando le persone non hanno più il timore di apparire ridicole segnalando la cosa alla polizia?

«La nostra vicina» disse Stella, «sono sicura che è in ansia già da ieri sera.»

«Penserà di non ricordarsi la data, e di sicuro non immaginerà che un omicida in fuga ci ha rinchiusi in una fattoria sperduta.»

«Cercherà di chiamarmi sul cellulare e si stupirà che io non le risponda.»

Jonas alzò debolmente la mano e se la passò sulla fronte sudata. Stella si rese conto angosciata che parlare gli costava troppa fatica.

«Jonas...» disse cercando di calmarlo.

Lui scosse la testa. «Ci vorrà troppo tempo, Stella. A parte il mio collega, nessuno sa dove siamo. E se non ricordo male, forse la segretaria di una delle decine di case di produzione con cui collaboro mi ha sentito parlare delle vacanze con lui. Quindi, se qualcuno si mettesse a fare ricerche su di noi – e prima che accada potrebbe passare molto tempo – dovrebbe riuscire a individuare le persone giuste a cui chiedere per arrivare a questo posto. Secondo te potrebbe succedere tutto in tre giorni?»

Stella tacque. Non sapeva cosa dire.

«L'idea di usare Sammy» riprese dopo un po' «non mi piace per niente.»

«Ne hai una migliore?» chiese Jonas sfinito.

«Aspettiamo ancora un po'. Possiamo resistere qualche giorno.»

Sammy li raggiunse. Si era stufato di costruire aeroplanini. «Papà, quando torniamo a casa?»

«Presto» lo tranquillizzò Jonas.

«La polizia verrà a liberarci?» Sammy continuava a sognare l'avventura più incredibile della sua vita.

«Non manca molto, vedrai» disse Stella.

«Io ho fame, mamma!»

«Aspettiamo ancora un pochino. Mangeremo tra un paio d'ore, va bene?»

Con un sospiro Sammy tornò nel suo angolino, dove distrusse con gesti rabbiosi tutti i suoi aeroplanini.

«Stella, c'è un'altra cosa.» Ormai Jonas parlava con un filo di voce. «Sto male. Ho bisogno di un dottore.»

«Ma oggi stai meglio!»

«Non è come sembra, credimi. Ho bisogno di un dottore.»

Lei gettò un'occhiata alla finestra. Jonas aveva ragione. Forse Sammy sarebbe riuscito a passare di lì.

L'unica alternativa era la fine.

Quattro

Non avendo altro da fare che starsene a casa del padre a rimuginare, decise di andare a Liverpool. Non aveva idea se un colloquio con Norman Dowrick avrebbe dato qualche risultato, ma non aveva niente da perdere. Nemmeno il tempo, in effetti. Nelle ultime settimane il tempo aveva assunto una dimensione del tutto diversa rispetto a prima. Non stava lavorando. Stava cercando di rimettere in ordine la propria vita.

Quel giorno Susannah avrebbe fatto tardi al lavoro. Alla fine si era seduta e aveva riempito di nuovo le tazze di caffè.

«Sì, sapevo di Melissa. Me ne aveva parlato Norman. Richard si era confidato con lui fin dall'inizio. Aveva bisogno di parlarne con qualcuno e di trovare un appoggio incondizionato. E per i suoi incontri segreti a Whitby... gli serviva qualcuno che lo coprisse. Che gli fornisse un alibi.»

Norman aveva sofferto molto della situazione, proseguì Susannah. E anche lei.

«Eravamo molto affezionati a Brenda. Spesso Norman si sentiva molto a disagio.»

«All'epoca frequentavate ancora mia madre?»

Susannah scrollò il capo. «Era molto malata. A volte le mandavo dei biglietti con frasi incoraggianti, libri, un mazzo di fiori... Lei ne era molto contenta. Mi rispondeva subito. Ma mi aveva fatto capire chiaramente che preferiva non incontrarmi. 'Ci rivedremo quando starò meglio', scriveva, 'adesso sono senza capelli e sono sempre stanca'. Era chiaro che non voleva farsi vedere in quelle condizioni. E spesso le mancava persino la forza di parlare. Per me era quasi un sollievo. Non sarei riuscita a guardarla negli occhi. Anche per la storia di Richard. Sarebbe stato orribile: andare a mangiare una pizza, oppure vederci a casa nostra, come ai vecchi tempi. Richard, Norman, Brenda e io. Seduti tutti insieme allo stesso tavolo. Non ce l'avrei fatta. E nemmeno Norman. Per questo... non abbiamo mai insistito con Brenda per rivederci. Era già abbastanza difficile così.»

«Non le è mai venuto in mente di rivelare la verità a mia madre?» chiese Kate.

Susannah sospirò. «Certo. Più di una volta. Anche Norman ci aveva pensato. Ma in fondo l'amicizia era nata grazie a Norman e Richard. Brenda e io eravamo molto legate, ma senza i nostri mariti non ci saremmo mai conosciute. Norman non se la sentiva di mettere in difficoltà l'amico che, tra l'altro, era anche il suo superiore. Non voleva tradirne la fiducia. E anch'io temevo le conseguenze, fra cui quelle professionali. Era impossibile. Così tirammo un sospiro di sollievo quando la loro relazione finì e Richard, per così dire, tornò sulla retta via.»

Era l'aggancio che aspettava Kate. «Perché mio padre e Melissa Cooper si lasciarono all'improvviso?»

«In effetti fu strano» riconobbe Susannah. Si riempì di nuovo la tazza di caffè, mise lo zucchero e mescolò assorta. «Provai a chiedere a Norman. Ma lui non diceva niente. Niente di convincente.»

«Secondo lei era al corrente del vero motivo ma non voleva parlarne?»

Susannah esitò. «Non saprei. Sosteneva di non saperne più di me. Però avevo la sensazione... non so spiegarglielo... avevo l'impressione che non volesse parlarne. Forse aveva promesso a Richard di tenere la bocca chiusa. Non capivo perché. Che cosa poteva essere successo di tanto grave?»

«Ufficialmente il motivo della separazione fu il peggioramento delle condizioni di mia madre» disse Kate ripensando alle parole di Doreen.

«Sì» confermò Susannah. «Questa era la versione di Richard. Ma per me era strano. Dopotutto Brenda era guarita. Norman mi disse soltanto che Melissa pretendeva da Richard una decisione definitiva e che Richard temeva che Brenda si ammalasse di nuovo se l'avesse lasciata.»

«Può essere una spiegazione logica» disse Kate.

«Infatti. Per questo parlo di una sensazione. Vede, io e Norman eravamo sposati da dodici anni. Stavamo insieme da quando ne avevamo diciassette. Lo conoscevo troppo bene. Sentivo che mi stava nascondendo qualcosa. Evitava il discorso. Non voleva parlare più della faccenda di Richard e Melissa, si arrabbiava quando gli chiedevo qualcosa. Prima invece ne parlavamo sempre. Dopo la fine della storia, era diventato una specie di tabù. E poi...»

«Sì?» la incoraggiò Kate vedendola titubante.

«E poi avevo l'impressione che anche fra Richard e Norman fosse cambiato qualcosa. Naturalmente continuavano a vedersi tutti i giorni al lavoro, ma per il resto... Di solito uscivano almeno una volta alla settimana a bere una birra insieme, e ogni tanto la domenica facevano una passeggiata nella brughiera. Da quel momento smisero di vedersi dopo il lavoro. E non ci furono più uscite in quattro nemmeno quando le condizioni di Brenda migliorarono. Devo dire che ne fui contenta. Mi sarei sentita troppo a disagio.»

«E poi...» accennò Kate. Susannah comprese al volo. «E poi, poco tempo dopo, ci fu la tragedia. Norman rimase paralizzato. Da allora... cambiò tutto.»

Kate aveva avuto qualche remora a formulare la domanda che più le stava a cuore, ma poi lo aveva fatto. Era solo una supposizione, forse meno. «Secondo lei è possibile che per qualche motivo Norman ritenesse mio padre responsabile di quello che gli era accaduto?»

Susannah la guardò stupita. «Assolutamente no. Suo padre non era nemmeno presente. Era in ferie, quando accadde.»

«Appunto. Proprio per questo. Richard non c'era, non era con lui.»

«Non credo» replicò Susannah. «No. In ogni caso non ha mai detto niente del genere. Ce l'aveva con tutti e con tutto, praticamente con chiunque stesse meglio di lui, persino suo padre. All'inizio non era così, ma quando fu chiaro che le sue condizioni non sarebbero più migliorate, cominciò a odiare tutte le persone sane.»

Kate pensò alla cartolina di Natale. Era stata scritta all'incirca quattro mesi dopo l'incidente. Probabilmente all'epoca Norman Dowrick sperava ancora di guarire. Ma le cose sarebbero andate diversamente. Susannah aveva descritto un uomo pieno di risentimento che non sopportava più la presenza degli altri. Kate sapeva che i rapporti tra Norman e Richard erano cambiati. Ma evidentemente era già successo qualcosa che aveva allontanato i due amici. Norman disapprovava la relazione di Richard con un'altra donna, ma nonostante questo all'inizio la loro amicizia non ne aveva risentito. Le prime crepe si erano aperte quando Richard si era separato da Melissa.

Doveva essere accaduto qualcosa immediatamente prima della separazione, qualcosa che aveva portato alla crisi. Kate capì che avrebbe dovuto parlare con Norman.

Arrivò nei sobborghi di Liverpool nel primo pomeriggio. Susannah le aveva dato l'indirizzo di Norman, ma aveva aggiunto che non sapeva se abitasse ancora lì.

«In effetti» aveva detto, «non so nemmeno se è ancora vivo.»

Susannah aveva detto che Norman se la cavava appena con la pensione d'invalidità. Kate si era preparata allo squallore che l'aspettava, ma rimase ugualmente turbata. Un tempo il quartiere doveva essere una zona manifatturiera, ormai dismessa. Vide un grande complesso industriale abbandonato, i muri di mattoni ricoperti da graffiti e scritte violente, i cortili interni inghiottiti da ortiche ed erbacce. A una solitaria fermata dell'autobus, i vetri della pensilina erano stati distrutti e i cartelli degli orari ridotti a brandelli. Nessuno sembrava preoccuparsi delle riparazioni, ma probabilmente non sarebbe servito a nulla. La furia dei vandali avrebbe di nuovo devastato tutto.

Di fronte alla fabbrica e alla fermata si stendeva una serie di palazzine plurifamiliari, i cortili sul retro ingombri di spazzatura. Su un edificio all'angolo si leggeva l'insegna «Bar», ma sembrava chiuso. A poca distanza, un distributore di benzina.

Kate aveva parcheggiato in un sottopassaggio per tenere l'auto all'ombra. Scese e percorse la strada fino alle prime palazzine. Fece appello a tutto il proprio coraggio per affrontare l'incontro con Norman Dowrick. Un relitto d'uomo che odiava l'umanità. E soprattutto cercò di prepararsi a ciò che le avrebbe raccontato di suo padre.

Non fu facile trovare la casa giusta, perché i numeri civici erano così sbiaditi da essere quasi illeggibili. Alla fine Kate decise di provare alla prima palazzina. Il campanello non funzionava, ma il portone d'ingresso era aperto. Entrò in un atrio buio e puzzolente con le pareti scrostate. C'erano due appartamenti, e altrettanti dovevano essercene al primo piano. Norman era su una sedia a rotelle, quindi doveva abitare a pianterreno.

Kate provò a bussare alla porta di sinistra. Udì dei passi e una donna venne ad aprire.

«Sì?» domandò con un tono di voce diffidente. Era evidente che non riceveva spesso visite, e quando succedeva era solo per avere cattive notizie.

Kate le rivolse un sorriso accattivante. «Salve. Mi scusi se la disturbo. Cercavo Mr Dowrick. Norman Dowrick.»

La donna scrollò il capo. «Mai sentito nominare.»

«Deve abitare a pianterreno. È su una sedia a rotelle.»

La donna ci pensò su. Kate si accorse che non era affatto lucida. Avvertì l'odore di grappa e riconobbe i segni della dipendenza nel volto gonfio e arrossato della donna. Era completamente ubriaca.

Doveva essere in quello stato a tutte le ore del giorno e della notte. Si stava scavando la fossa da sola.

Non aveva altro modo per affrontare la vita.

Alla fine riuscì a concentrarsi. «Ah, lui. Non abita qui.»

«E dove?»

La donna fece un gesto vago con la mano. «Laggiù.»

«In una delle altre case?»

«Sì, ma...» Si sforzò di pensare. La frase che voleva pronunciare le era sfuggita di mente.

Kate rimase in paziente attesa.

«È da parecchio che non lo vedo» disse infine la donna. «Prima passava per strada, ogni tanto. Con la sedia a rotelle. Ma è da un bel po' che non si vede più in giro.»

«Da quanto?»

«Ma... sarà un anno.»

Kate si augurò che Norman fosse ancora vivo.

Salutò la donna e si allontanò sempre più scettica. Trovare Norman dipendeva anche dalla disponibilità e dalla collaborazione dei vicini di casa, e non era così sicura di riuscire a trovarne molti che non fossero ubriachi.

In realtà dovette ricredersi. Era stata troppo pessimista. Quasi tutti quelli che abitavano nella via sembravano sobri, ma non seppero darle informazioni. C'era chi non conosceva nemmeno Norman, o non ricordava di aver mai visto un uomo sulla sedia a rotelle. Altri sapevano chi era, ma non dove abitasse di preciso. L'unica cosa che gli dissero tutti era che non lo vedevano da diverso tempo.

«Era un poveraccio» disse un giovane indiano magrissimo e con lo sguardo fisso nel vuoto seduto su un muretto di cemento. «Un poveraccio. Di sicuro se n'è andato. Se fai una vita di merda, non può che andarti sempre peggio.»

«Dove potrebbe essere andato?»

«Non lo so.»

«Sa in quale casa abitava?»

«Credo laggiù.» Indicò un'altra serie di palazzine. Poi sorrise. «Mi chiamo Kadir Roshan.»

«Grazie per le informazioni, Mr Roshan.»

Suonò anche alle ultime porte. In due appartamenti a pianterreno non c'era nessuno. Una donna due palazzine più in là disse che forse un uomo in carrozzella abitava lì.

«Però è da un'eternità che non lo vedo. È sicura che abiti ancora qui?»

«Purtroppo no» rispose Kate.

Il suo viaggio era stato un buco nell'acqua.

Chiamò Susannah sul numero di cellulare che le aveva dato e le chiese se secondo lei Norman poteva essersi trasferito.

Susannah non seppe risponderle. «Come le ho detto, ha smesso di farsi vivo con me da molto tempo. Certo, potrebbe essersene andato. Il quartiere è molto deprimente, vero? Una volta sono andata a trovarlo... ero scioccata. Solo che non saprei per quale motivo dovrebbe essersene andato, visto che non può permettersi niente di meglio. Si ritroverebbe comunque in un posto come quello. Non avrebbe senso.»

Forse aveva conosciuto una donna? Kate non la riteneva un'ipotesi molto plausibile. Norman era amareggiato e diffidente. E dalle poche informazioni che aveva raccolto, la situazione non sembrava cambiata. Quale donna poteva sentirsi attratta da un uomo come lui? E a quale donna Norman avrebbe permesso di avvicinarsi?

Decise di lasciar perdere, almeno per ora. Il mattino dopo sarebbe tornata e avrebbe fatto un ultimo tentativo. Come di consueto dubitava profondamente di se stessa: stava insistendo con Norman Dowrick solo perché non aveva nient'altro per le mani? Oppure era il suo istinto di poliziotta a guidarla? L'istinto che lei, sempre disfattista, credeva di non possedere? Una voce interiore le diceva che Norman poteva essere la chiave per risolvere il caso, ma il nemico che da tempo si era annidato nella sua testa, ossia la scarsa autostima, aveva prontamente obiettato. Come fai a saperlo? Stai sprecando il tuo tempo. Come criminologa non vali niente. Nel migliore dei casi non arriverai a nulla. Nel peggiore, combinerai qualche altro casino.

Salì in macchina e si diresse verso il centro. Doveva cercare una camera per la notte e decidere cosa fare il giorno dopo.

Trovò una pensione che da fuori sembrava buona, ma che all'interno si rivelò fatiscente. Lunghi corridoi stretti e bui, la moquette troppo spessa e soffice che aveva tutta l'aria di non venir pulita spesso. Camere piccole e tetre, l'arredamento scadente. Il bagno era in fondo al corridoio, ma perlomeno nella stanza c'erano un lavandino e uno specchio. E un piccolo televisore.

Per una notte poteva andare.

Fuori c'era il sole e faceva caldo, così Kate uscì per fare una passeggiata. Era nei pressi del fiume, quindi percorse qualche via residenziale fino a un parco. Da una scaletta si poteva scendere a un parcheggio e quindi in riva al fiume. Un viottolo asfaltato e con una balaustra di ferro costeggiava il corso d'acqua. Kate si sedette su un tronco abbattuto. Il posto era molto tranquillo. C'era una sola macchina parcheggiata, di tanto in tanto passava qualcuno che faceva jogging, andava sui pattini o portava a spasso il cane. Era lunedì pomeriggio, e la maggior parte della gente era al lavoro.

Il fiume scorreva lento. Ogni tanto una brezza leggera soffiava verso la riva.

Kate si mise a riflettere e, come le capitava sempre, non arrivò a nessuna conclusione concreta. Doveva rimanere a Scotland Yard o dare le dimissioni? Doveva tornare a Londra, nel suo vecchio appartamento che odiava tanto? Oppure trasferirsi a Scalby, nella casa dei genitori che amava? Certo, non era più tanto sicura di amare davvero quel posto. Lì aveva vissuto un'infanzia felice, ma era stato anche il teatro di un tradimento.

Senza volerlo ripensò a Caleb e a una cosa che le aveva detto: «Mi sono accorto che lei è molto sola. Forse dovrebbe cercare di cambiare le cose». Lei gli aveva risposto in modo sarcastico, e anche ora le affiorò un sorriso sprezzante sulle labbra. Sembrava così semplice, e invece per lei era incredibilmente difficile. Un traguardo irraggiungibile. Dio solo sapeva quanto desiderasse avere un uomo. Qualcuno che condividesse la sua vita. Che la sera le chiedesse come fosse andata la giornata, che a colazione le si sedesse di fronte e le leggesse i film in programma per il fine settimana. Un uomo con cui fare progetti, viaggiare. Con cui stare seduta davanti al camino nelle serate d'inverno. Accanto al quale sentirsi protetta. A casa. Al sicuro.

Arrivata in porto.

Forse suo padre aveva intuito qualcosa dei suoi desideri. Quasi tutti la consideravano una donna chiusa e austera, a cui non interessava allacciare rapporti con gli altri. Una persona troppo concentrata su se stessa. Aveva colto brandelli di conversazioni tra le colleghe, parole pronunciate volutamente a voce troppo alta. La gente si era fatta un'immagine di lei che non corrispondeva affatto alla donna che sentiva di essere.

Caleb Hale. Aveva dovuto allontanarsi da Scarborough e andare fino a Liverpool per ammettere con se stessa quanto le piacesse. Non sapeva come fosse successo, non era stato un colpo di fulmine. Caleb era intelligente e simpatico. Corrispondeva perfettamente al modello maschile da cui si era sentita attratta negli ultimi vent'anni. Uomini di bell'aspetto, quanto bastava per rendere la storia impossibile. Perché qualcuno avrebbe dovuto interessarsi a quella donna scialba e goffa che cercava disperatamente di attirare l'attenzione? Quegli uomini frequentavano donne alla loro altezza, belle, affermate, sicure di sé.

Il contrario di Kate.

Invece Caleb... non era solo bello e affermato. Non era solo un vincente. Caleb aveva un passato difficile. Non si diventa alcolisti per caso. Un uomo di bell'aspetto, una carriera impeccabile: questo era ciò che si vedeva da fuori. Ma dovevano esserci delle crepe. Caleb Hale era arrivato a distruggere il proprio matrimonio a causa dell'alcol. E non aveva perso il posto solo perché si era disintossicato.

C'era anche il Caleb Hale perdente.

Forse Kate poteva cercare qui la sua occasione. Avevano qualcosa in comune. Entrambi conoscevano il lato oscuro della vita. Le difficoltà che avevano condotto Kate al totale isolamento, e Caleb all'alcolismo.

Guardò al di là del fiume. Nella caligine estiva gli edifici sull'altra riva apparivano sfuocati. Smise di pensare a Norman Dowrick e alle questioni legate al caso. Svuotò la mente, sentì il calore del legno su cui era seduta, il sole sul viso, annusò l'odore dell'acqua e delle alghe, dell'erba appena tagliata. Per la prima volta dalla morte di suo padre, si sentì rilassata e in armonia con se stessa. Sapeva che tensione, paura e dolore sarebbero tornati, ma comunque era stato un bel progresso riuscire a vivere una mezz'ora come quella in riva al fiume Mersey. Era il primo passo, una minuscola fessura che si era aperta verso l'esterno. Si domandò se dipendesse dai suoi sentimenti per Caleb o dal viaggio a Liverpool. O più semplicemente da quella calda giornata estiva. Ma in fondo non era così importante. Forse erano tutte queste cose insieme.

Si alzò e guardò l'ora. Erano le quattro e mezzo. Aveva ancora il tempo di fare qualcosa di diverso dal solito.

Non aveva nessuna voglia di tornare in quella squallida pensione. Una volta tanto si sarebbe presa cura di sé. Non era mai stata generosa con se stessa. Forse, concedendosi qualcosa, lentamente la sua vita sarebbe cambiata in modo più decisivo.

Avrebbe cercato un parrucchiere e si sarebbe fatta fare un taglio moderno. Magari con qualche mèche bionda e ramata.

Un investimento che non da ultimo aveva come obiettivo Caleb Hale, anche se in quel momento non poteva ammetterlo con se stessa.

Cinque

La polizia del Northumbria riesumò dalla fossa i resti di un cadavere e li consegnò all'istituto di patologia. Era assai probabile che si trattasse di Neil Courtney, il proprietario della fattoria, ma non c'erano ancora conferme ufficiali. Non era nota neppure la causa della morte.

Caleb e Jane erano tornati a Scarborough, mentre Robert Stewart attendeva gli esiti degli esami autoptici. Jane nel frattempo aveva esaminato la posta recuperata nella cassetta nascosta tra i cespugli, scoprendo alcuni elementi interessanti.

«Ha un conto corrente in una banca di Newcastle su cui risulta accreditata la pensione fino allo scorso giugno. Questo significa che ufficialmente Neil Courtney è vivo, anche se, come tutti presumiamo, è lui il morto trovato in giardino.»

Era seduta nell'ufficio di Caleb. Era sera, ma fuori c'era ancora molta luce. Il cielo era di un blu luminoso, l'aria tiepida. Una serata per fare una passeggiata o sedersi fuori da un pub a bere una bella birra scura. Invece aspettavano la telefonata di Robert. Entrambi erano in ansia e non volevano lasciare la centrale prima di aver parlato con il collega.

«Qualcuno ha seppellito Courtney nel giardino della fattoria e non ne ha denunciato la morte» disse Caleb, giocherellando con una matita che aveva pescato da un contenitore pieno di mozziconi. Caleb non temperava le matite, Jane lo aveva notato subito. «Qualcuno che lo ha ucciso?» ipotizzò.

Jane inclinò la testa da una parte all'altra. «Questo non lo sappiamo. La cosa interessante però è che fino a due settimane fa qualcuno ha prelevato regolarmente del denaro dal conto di Courtney. Non sono un'esperta, ma il cadavere che abbiamo rinvenuto doveva trovarsi in quella fossa già da diversi mesi. Significa che chiunque si sia servito del conto, non può essere stato Courtney.»

«Può averlo fatto solo una persona» dichiarò Caleb. «L'uomo che ha preso il nome di Courtney. Denis Shove. Il lontano nipote. Questo spiegherebbe anche la storia dell'eredità. Shove non aveva un lavoro, ma disponeva di introiti regolari che in qualche modo doveva giustificare. Naturalmente non poteva permettersi granché con la misera pensione di Courtney, ma visto che, stando alle dichiarazioni di Helen Jefferson, attingeva generosamente ai soldi di Therese, di sicuro non se la passava tanto male.»

Jane annuì. «Tutto torna. Secondo me è stato sempre lui a rovistare in casa, per trovare il bancomat. E anche il PIN, che forse Courtney si era annotato da qualche parte. Shove seppellisce il vecchio zio in giardino, per evitare che qualcuno di passaggio noti qualcosa, e se la svigna con il bancomat. Ci sono buone probabilità che passi parecchio tempo prima che la faccenda venga scoperta, perché questo pover'uomo era completamente solo. Potevano passare anni, prima che qualcuno si accorgesse che era morto.»

«L'unico che andava lì regolarmente era il postino» aggiunse Caleb. «E non sembra si sia mai stupito più di tanto che la cassetta delle lettere non venisse svuotata.» La sua voce tradiva tutto il suo sconforto. Storie come quella lo deprimevano sempre. Vedere l'indifferenza con cui le persone trattano il prossimo. Sarebbe stato pretendere troppo chiedere a un postino di essere più attento e controllare se un vecchio completamente solo stesse bene? Ovvio, non c'erano obblighi di legge in tal senso, era una questione di senso morale. E Caleb aveva l'impressione che ben pochi ne avessero ancora.

Jane prese le difese dello sconosciuto postino. «In realtà la cassetta delle lettere avrebbe dovuto essere molto più piena. Se presupponiamo che Courtney sia morto lo scorso autunno, dovevano esserci quantomeno gli estratti conto della pensione e della banca da ottobre in avanti. Invece abbiamo trovato solo la posta degli ultimi mesi. Secondo me Shove, se è lui l'autore di questa truffa, è stato abbastanza accorto da recarsi ogni tanto alla fattoria per svuotare la cassetta delle lettere. Il postino non aveva motivo di credere che Courtney fosse morto né si sarebbe sorpreso del fatto che controllasse la posta di rado. Non deve dimenticare, signore, che Courtney era quasi sempre...» Si interruppe e avvampò in viso.

Caleb non ne poteva più. Quelle reticenze e quelle pause impacciate tutte le volte che si toccava l'argomento. «Lo so, era quasi sempre ubriaco fradicio. E il postino lo sapeva. Secondo lei questo è sufficiente per spiegare il fatto che la cassetta venisse svuotata così di rado? È possibile. Proverò...» Fu interrotto dallo squillo del telefono. Rispose, rivolse un cenno a Jane e mise il vivavoce. La voce di Robert Stewart risuonò per l'ufficio.

«... ancora niente di decisivo, ma ci sono i primi risultati. Si tratta sicuramente di un individuo di sesso maschile di età avanzata, tra i settanta e gli ottant'anni. L'identità non è stata ancora stabilita, ma l'età corrisponde a quella di Neil Courtney.»

«Secondo me possiamo affermare al novanta percento che si tratta di lui» dichiarò Caleb.

«Sono d'accordo, signore. La morte risale all'autunno dello scorso anno. Più o meno all'inizio di novembre. O dopo la metà di ottobre. Ma non prima.»

«E...?»

Robert sapeva che cosa voleva chiedergli il capo. «La morte sembra dovuta a cause naturali. Neil Courtney, ammesso che sia lui, *non* è stato ucciso.»

Caleb ne fu quasi deluso. «Ne è sicuro?»

«Come ho detto, le analisi non sono ancora terminate. Ma tutto sembra suggerire che sia morto per cause naturali. Cirrosi epatica a uno stadio avanzato, secondo il patologo, ma per ora è solo un'ipotesi. Dopo tutto questo tempo gli esami sono più difficili. In ogni caso non sarebbe da escludere, vista la quantità di bottiglie vuote che abbiamo trovato.»

Caleb fu grato che stavolta Robert non avesse usato qualche contorta perifrasi. A quanto sembrava Neil Courtney si era scavato da solo la fossa, una bottiglia di whisky dopo l'altra. Aveva seguito esattamente la strada che i medici avevano previsto per lui, Caleb, se non avesse smesso subito.

«Di certo però non si è sepolto da solo» commentò.

«Secondo me è morto all'improvviso» disse Robert, «e lo ha trovato Denis Shove. Forse era passato a trovarlo per spillargli dei quattrini, e poi ha pensato di approfittare della situazione.»

Jane annuì. «Anch'io credo che sia andata così. Shove lo seppellisce, in modo che nessuno, per esempio il postino, venga a sapere della sua morte. Poi rovista dappertutto, trova dei contanti, ma soprattutto il bancomat e il PIN. Dagli estratti conto sa quanto prende Courtney al mese. Non è molto, ma è sempre meglio di niente, soprattutto nella sua situazione. È appena uscito di prigione e non ha la minima intenzione di trovarsi un lavoro. Prima o poi qualcuno si sarebbe accorto che il vecchio Courtney era sparito, ma dato il suo stile di vita solitario, ci sarebbe voluto del tempo.»

«Nel frattempo conosce Therese Malyan» proseguì Caleb. «Perché si presenta con un nome falso? Non ha conti in sospeso con la giustizia, a parte la truffa previdenziale. Ma nessuno ne sa niente. Perché allora assume l'identità del morto?»

«Forse» disse Robert «voleva essere sicuro che Therese non lo collegasse a quel reato. Se ne era parlato sui giornali e di sicuro la notizia era ancora su Internet. Shove voleva evitare che per qualche stupida coincidenza Therese scoprisse che fine aveva fatto la sua precedente compagna. Come l'avrebbe presa?»

«Perché tante precauzioni? Therese Malyan era così importante per Shove?»

Stewart naturalmente sapeva dove voleva andare a parare Caleb. «Secondo lei ha assunto un nome falso perché aveva già deciso di uccidere Richard Linville e Melissa Cooper? E perché sapeva che avremmo sospettato subito di lui?»

«Sapeva che avremmo cercato Denis Shove. Come Neil Courtney era relativamente tranquillo, a patto di riuscire a camuffare il proprio aspetto. Assume l'identità di un uomo che nessuno sa essere morto. Un'ottima copertura.»

«Mica troppo» obiettò Robert. «Infatti, anche se è in possesso dei documenti di Courtney, non può certo usarli. Courtney sarà nato negli anni Trenta o Quaranta. Shove ha cinquant'anni di meno. Non riuscirebbe a convincere nessuno. Inoltre la psicologa del carcere sa dell'esistenza di questo lontano parente. È facile stabilire un collegamento tra lui e il nome 'Neil Courtney'.»

«Lui però sa anche che la psicologa rimarrà un anno in Australia» osservò Jane, «e che quindi noi non avremmo scoperto subito questo legame. Assumere una falsa identità gli ha dato un certo vantaggio.»

«Non dimentichiamo che abbiamo scoperto la sua falsa identità per caso» ricordò Caleb. «Ha litigato con la sua compagna, lei è scappata, e lui ha bisogno di un'auto. Aggredisce Peggy Wild per rubarle la macchina. Solo grazie a lei siamo venuti a conoscenza del nome Courtney, di dove si è nascosto per tutto questo tempo e del suo legame con Therese Malyan. Non avremmo ritrovato neppure il cadavere dello zio e non avremmo scoperto che ne aveva assunto il nome.»

Mentre parlava, Caleb si domandava se non stesse esagerando. Forse cercava con troppa insistenza le prove per collegare Shove all'omicidio di Linville. In ogni caso, proprio Shove aveva suffragato questa ipotesi con il proprio comportamento. Se non altro non aveva ucciso il vecchio Courtney. Caleb sapeva perché questo fatto lo infastidisse tanto: un altro omicidio da attribuire senza ombra di dubbio a Shove gli avrebbe dato sicurezza. Avrebbe giustificato l'impegno e lo spiegamento di forze con cui gli dava la caccia. Talvolta era assalito dal sospetto di agire con i paraocchi e di non vedere altre strade. Uno dei suoi principi era sempre stato quello di restare aperto a tutte le ipotesi investigative, anche le meno plausibili. Era stimato per la sua capacità di indagare in molte direzioni diverse e di tenersi aggiornato su ogni minimo progresso. Questa volta non era così. Si rendeva conto di essersi concentrato troppo su Denis Shove, nonostante le obiezioni dei colleghi. Ma non vedeva alternative. Perché? si chiese. Perché la colpevolezza di Shove mi sembra così lampante? Perché non sembrano esserci altre strade da seguire? Oppure sono io il problema? Il nuovo Caleb non funziona bene come il vecchio?

Il nuovo Caleb, che aveva dovuto separarsi dal suo migliore amico e sostenitore. L'alcol. Che alla lunga lo avrebbe distrutto. Ma che lo aveva reso forte e capace di sviluppare ragionamenti lucidi e astuti, di immaginare scenari diversi, di giungere a intuizioni inaspettate. Un istinto che nella maggior parte dei casi si rivelava esatto, pur senza saper spiegare perché.

Un istinto che adesso sembrava scomparso. E che Caleb non sapeva come ritrovare.

Certi luoghi comuni, pensava, rimanevano radicati anche quando sarebbe bastato osservare più da vicino per capire come certe dinamiche fossero più complesse e articolate di quanto si immaginasse. Quando pensava a un alcolista, la gente vedeva sempre un relitto umano, un malato cronico incapace di affrontare la vita, destinato lentamente ma inesorabilmente all'emarginazione professionale, privata e sociale. In realtà questo era vero solo in parte, e Caleb lo sapeva bene. Anche lui aveva attraversato momenti di crisi, e probabilmente sarebbero diventati più frequenti se non avesse smesso di bere. Quasi sempre, però, le sue capacità professionali venivano perfino esaltate dall'alcol, spazzando via l'insicurezza e i dubbi, eliminando gli ostacoli. A lungo andare, forse, tutto questo sarebbe sfociato nella presunzione, portandolo a decisioni sbagliate. Forse era così, ma non era ancora successo.

Da quando non beveva più, invece, si sentiva limitato e incerto. Si rendeva conto di dover investire molte energie per nascondere l'insicurezza, in modo che i suoi collaboratori non se ne accorgessero. Ironia della sorte, era più semplice mascherare il fatto che bevesse. Non si era sentito più libero dopo aver scacciato il demone dell'alcol. Era solo diventato vittima di altre catene, di altri vincoli, persino peggiori di prima.

Si accorse che gli altri tacevano. Robert e Jane aspettavano che chiudesse la telefonata.

«Bene» disse, «per oggi non possiamo fare altro. Stewart, torna a Scarborough?»

«Sì, ma mi terrò in contatto con il patologo. Abbiamo già concordato che mi aggiornerà sui risultati degli altri esami autoptici.»

Caleb rimise il mozzicone nel portamatite e si alzò. «Vado a mangiare un boccone» annunciò. «Jane, vuole venire con me?»

Anche Jane si era alzata e scrollò il capo con espressione dispiaciuta. «Torno a casa. Una volta tanto ne approfitto per non fare troppo tardi.»

«Capisco. A domani, allora.» Jane passò dal proprio ufficio per spegnere il computer e prendere la borsa. Da qualche minuto avvertiva una strana agitazione, e non sapeva spiegarsi il perché.

Stava cercando le chiavi dell'auto sulla scrivania in disordine, quando si ricordò.

Non avevano richiamato. I Crane. Sarebbero dovuti tornare la sera prima a Kingston e oggi si sarebbero dovuti fare vivi.

Per sicurezza controllò nuovamente la segreteria del cellulare, ma non c'erano messaggi.

Esitò. Doveva provare a richiamare il cellulare di Stella Crane? Oppure a casa, a Kingston? O la vicina?

Forse i Crane si erano dimenticati di richiamare. Erano appena tornati da una lunga vacanza, chissà quante cose si erano accumulate durante la loro assenza e che andavano sistemate subito. Tuttavia era strano che avessero ignorato la richiesta di un'agente. Di solito la gente preferiva chiarire subito qualunque cosa avesse a che fare con la polizia.

Alla fine chiamò Stella Crane sul cellulare e a casa. In entrambi i casi le rispose la segreteria.

Che seccatura. Al momento i Crane erano l'unica possibilità, per quanto remota, di stabilire un contatto con Shove. Shove, sul quale si era fissato il capo. Era giusto assecondarlo? Oppure sarebbe servito solo a rimandare l'inevitabile, ossia scoprire di aver seguito la pista sbagliata?

E poi?

L'emicrania annunciò il suo arrivo con una lieve fitta alle tempie. Jane trovò finalmente le chiavi della macchina e lasciò l'ufficio.

Martedì, 10 giugno

Uno

Stella aveva dormito così profondamente che tornare alla realtà le costò molta fatica. In più, aveva fatto un sogno bellissimo: era a casa a Kingston e aveva scoperto che durante la notte in giardino erano cresciute centinaia di stupende piante esotiche. I loro fiori dai meravigliosi colori sprigionavano un profumo celestiale e inebriante. Stella non sapeva spiegarsi come fosse potuto succedere. Non aveva il pollice verde e in estate riusciva a stento a far sopravvivere le petunie che piantava nei vasi sulla veranda. Poi dagli impianti d'irrigazione vide l'acqua zampillare in grandi archi argentei su quella meraviglia, e le venne voglia di correre lì a bere. Aveva sete, e l'acqua sembrava fresca e limpida. L'unica nota stonata era lo strano rumore che proveniva dai tubi che attraversavano il giardino, come se l'acqua venisse spinta da una vecchia pompa arrugginita e ansimante, ormai sul punto di bloccarsi. Stella si guardò intorno, per cercare l'origine di quel suono, ma si accorse subito che qualcosa era cambiato.

Si svegliò.

Niente fiori e niente acqua zampillante sotto il sole. Quello che rimaneva del sogno era la sete terribile che aveva desiderato calmare. E quell'inspiegabile ansito arrochito.

Si mise a sedere lentamente. Era sdraiata su una vecchia stuoia sul pavimento, su cui aveva steso una coperta trovata in un angolo. Un tempo doveva averci dormito un cane, perché era piena di peli.

Ma non era il momento per essere troppo schizzinosi. Senza coperta faceva troppo freddo e Stella non ne aveva trovate altre.

Sammy era sdraiato accanto a lei. Dormiva ancora. Cinque giorni di prigionia erano bastati a farlo diventare più pallido e più gracile di quanto non fosse. I capelli biondi erano opachi e stopposi. Aveva le labbra ruvide e screpolate. Beveva troppo poco. Come lei e Jonas.

Gli lascerò un po' della mia razione, pensò Stella passandosi la lingua sulle labbra secche. Dalla finestra aperta entrava un raggio di sole. Un'altra giornata calda e luminosa. E loro erano ancora bloccati in quella maledetta prigione di pietra. Era evidente che Denis e Terry non avevano mantenuto la promessa di chiamare i soccorsi. Ammesso che Denis avesse mai avuto intenzione di farlo.

Stella fu assalita da una profonda apatia. Desiderava solo poter dormire ancora mezz'ora e tornare nel giardino fiorito pieno d'acqua. Ma in quel momento udì di nuovo quello strano rantolo e si voltò.

Era Jonas. Sdraiato sul divano, dormiva e respirava faticosamente. Era pallidissimo. La pelle era diafana sotto la barba ispida.

Il giorno prima si era illusa che si stesse riprendendo. Ora invece sembrava che le sue condizioni fossero drammaticamente peggiorate.

Si alzò cauta per non svegliare Sammy e si avvicinò al marito. Le bastò accucciarsi accanto al divano per percepire il calore che proveniva dal suo corpo. Gli posò una mano sulla fronte e sussultò: era bollente.

Inoltre emanava un cattivo odore, e non era semplicemente per il sudore e la sporcizia, come lei e Sammy. La ferita all'addome si stava infettando. Jonas aveva bisogno di dosi massicce di antibiotici.

Aveva bisogno di un medico. Con urgenza.

Si avvicinò all'angolo dove aveva radunato le poche provviste. Riempì d'acqua un bicchierino e dovette trattenersi per non berne un sorso. Le sembrava di avere la bocca piena di segatura, ma si costrinse a non pensarci. Almeno lei doveva dilatare gli intervalli tra un pasto e l'altro. Jonas aveva la priorità. Per lui era questione di vita o di morte.

Si inginocchiò di nuovo accanto al marito, gli tamponò le labbra con l'acqua, ne fece scendere qualche goccia sulla fronte. Avrebbe voluto potergli fare degli impacchi freddi ogni ora, per abbassare la febbre, ma così avrebbero terminato le scorte d'acqua prima della fine di quella giornata. E non c'era alcuna speranza che i soccorsi arrivassero così presto.

Jonas si agitò, quindi aprì gli occhi. Aveva lo sguardo velato.

«Acqua» sussurrò con voce arrochita.

Lei gli sollevò la testa con una mano, mentre con l'altra gli avvicinava il bicchierino alla bocca. Jonas bevve avidamente. Poi si sdraiò di nuovo.

«Faccio fatica... a respirare» ansimò.

«Hai la febbre alta. Pensi di riuscire a mandare giù una compressa?»

«Sì» mormorò. Stella lo aiutò nuovamente a sollevare la testa e gli fece deglutire due compresse di paracetamolo. Lo sforzo lo aveva sfinito. Rimase con gli occhi chiusi anche quando Stella gli rivolse la parola. Se non altro non soffriva, quantomeno non si lamentava, ma Stella si domandava se la difficoltà di respirazione non fosse un sintomo più grave.

Udì un rumore alle proprie spalle. Sammy si era svegliato e venne da lei.

«Ho tanta sete» disse.

Stella si alzò e andò a riempirgli un bicchierino d'acqua, che il bambino bevve d'un fiato come suo padre.

«Posso averne ancora?» chiese.

A Stella si strinse il cuore, ma scosse la testa. «Ce la fai ad aspettare un pochino? Non ne abbiamo molta, sai.»

«Quando arriva la polizia?»

«Presto, vedrai. Forse già oggi.» In realtà Stella stava perdendo le speranze. Denis Shove avrebbe chiamato i soccorsi solo quando si fosse ritenuto al sicuro, e poteva passare molto tempo.

La fosca previsione di Jonas era esatta: sempre che i soccorsi arrivassero, sarebbe stato comunque troppo tardi. Troppo tardi per lui, ma anche per loro. L'acqua stava finendo.

Stella alzò lo sguardo verso la finestra. Vide il cielo azzurro.

Jonas aveva ragione anche su quello. L'unico che avrebbe potuto liberarsi da quella prigione ermeticamente chiusa era Sammy. Stella si era rifiutata, ci aveva ripensato la sera prima e aveva stabilito che era un'idea assurda.

Ma ora si rese conto di non essersi nemmeno chiesta se fosse fattibile.

Non avevano altre possibilità.

Due

Il mattino successivo Kate si svegliò alle otto e decise che avrebbe continuato a cercare Norman Dowrick. Sarebbe tornata nel quartiere dove l'uomo aveva abitato e forse avrebbe trovato qualcuno in grado di darle informazioni. In caso contrario avrebbe provato all'anagrafe. Dowrick viveva della pensione d'invalidità, non poteva essere sparito del tutto, se non voleva rinunciare al suo unico mezzo di sussistenza. A meno che non chiedesse l'elemosina per le strade. A quel punto sarebbe stato impossibile rintracciarlo.

Kate si lavò al piccolo lavabo in camera e si guardò allo specchio. Era un gesto inconsueto da parte sua, che di solito evitava accuratamente gli specchi. Ma doveva riconoscere che il parrucchiere da cui era andata il giorno prima aveva fatto un ottimo lavoro. Invece della massa informe che le arrivava alle spalle, adesso portava i capelli scalati fino al mento, alleggerendo la spigolosità del volto e facendola sembrare più giovane. Il colore castano spento era ravvivato da qualche colpo di sole biondo e ramato. Difficilmente Kate si faceva dei complimenti, ma per la prima volta da molti anni non si sentì frustrata o triste di fronte all'immagine riflessa nello specchio. Si piaceva. Non sarebbe mai stata una bellezza, se ne rendeva conto, ma poteva sicuramente valorizzarsi più di quanto avesse fatto in passato.

Dopo una colazione a base di pane tostato e imburrato e uova strapazzate, che le sarebbero rimaste sullo stomaco per tutta la giornata, salì in auto e parcheggiò nel sottopassaggio. Mentre si avvicinava alle case, notò lo stesso indiano del giorno prima, seduto sullo stesso muretto di cemento. Ricordava il suo nome: Kadir Roshan.

«È sempre alla ricerca dell'uomo sulla carrozzella?» le chiese lui.

«Sì. È importante che lo trovi.»

«Sa, mi è venuta un'idea.» Fece una pausa e dondolò leggermente le spalle avanti e indietro. Teneva le braccia ossute strette intorno al petto. Kate si domandò se quella pausa ad arte significasse che il giovane aspettava un'offerta per l'informazione e se fosse il caso di allungargli una banconota da cinque sterline. In quel momento lui riprese a parlare. «Da queste parti abita una ragazza... che ogni tanto si vanta di avere una sedia a rotelle. Una vera sedia rotelle.»

«È disabile?»

Lui sorrise. «Non nel senso che pensa lei. Qui» si indicò la testa, «è qui che ha qualcosa che non va. Però cammina. Non ha bisogno di una carrozzella.»

«Secondo lei potrebbe essere la sedia a rotelle di Norman Dowrick?» dedusse Kate.

«Potrebbe darsi, no?»

«Forse allora sa anche che fine ha fatto Dowrick.»

Lui si strinse nelle spalle. «Bisognerebbe chiederglielo.»

«Come si chiama? Dove la trovo?»

«Si chiama Grace. Grace Henwood.» Sorrise. C'era qualcosa di strano in lui, ma parlava in un inglese impeccabile. Kate si augurava che non si fosse inventato tutto.

«Dove abita questa Grace?» domandò.

L'indiano indicò una delle case. Era squallida come tutte le altre. Una lavatrice arrugginita era abbandonata accanto ai gradini dell'ingresso.

«Lì. Credo che lei e la sua famiglia siano gli unici inquilini. Forse c'è anche una vecchia al piano di sopra, ma non ne sono sicuro.»

«Grace Henwood» ripeté Kate.

«Sia prudente» le consigliò il ragazzo. «Il padre è un sadico. Un vero sadico.»

Lei lo ringraziò ed entrò nella palazzina. Dietro una delle porte udì delle voci. Bussò.

L'uomo che venne ad aprirle doveva essere il padre di Grace. A parte l'addome prominente, era piuttosto gracile. Portava un paio di calzoni della tuta blu, una canottiera bianca e un paio di pantofole a quadri.

«Sì?»

«Buongiorno» lo salutò Kate. «Sua figlia Grace è in casa?»

L'uomo la guardò con diffidenza. «È dei servizi sociali?»

«No. Non vengo da parte di nessun ufficio pubblico.» In questo caso era meglio non nominare Scotland Yard, altrimenti non avrebbe ottenuto nessuna collaborazione da quell'uomo.

«Cerco qualcuno» proseguì. «Un mio vecchio conoscente. E mi è stato detto che forse sua figlia sa dove posso trovarlo.»

«Chi sarebbe?»

«Norman Dowrick. Lo conosce? Dovrebbe abitare da queste parti.»

«Lei conosce qualcuno che abita qui?» chiese l'uomo lanciandole un'occhiata sarcastica. Kate indossava jeans e maglietta, ma anche così era più elegante della maggior parte delle persone di quella zona. Inoltre la pettinatura tradiva la mano di un parrucchiere costoso.

«È un vecchio amico di mio padre. È sulla sedia a rotelle.»

«Ah, lui! Non so dove abita. A volte lo vedevo passare per strada. Ma è stato molto tempo fa. Non credo che stia ancora qui.»

«Ma sua figlia...»

«Mia figlia ha qualche rotella fuori posto. Non può certo aiutarla.»

«Vorrei comunque parlarle» insistette Kate.

L'uomo la scrutò sospettoso. «Non è dei servizi sociali, vero?»

E tu hai una paura fottuta che io venga proprio da lì, pensò Kate. Di sicuro sarebbe stato utile fare accertamenti più accurati sulla famiglia, in particolare sul padre, anche da parte della polizia, ma lei non ne aveva l'autorità e non era nemmeno il momento adatto.

«Le ho già detto di no. Voglio semplicemente trovare Mr Dowrick.»

«Non lo conosco. E nemmeno Grace. E adesso se ne vada!» L'uomo aveva perso la pazienza e Kate intuì che la situazione poteva diventare molto spiacevole. All'inizio lui aveva cercato di comportarsi in maniera educata, ma ora non aveva più alcun motivo per farlo e probabilmente gli costava troppa fatica. «Altrimenti chiamo la polizia» aggiunse.

Era l'ultima cosa che avrebbe fatto, Kate lo sapeva, ma da quel tizio non avrebbe ottenuto nulla. Teneva la figlia sottochiave, e probabilmente per delle buone ragioni. Era un uomo irascibile e abituato a passare alle vie di fatto. Kate glielo lesse negli occhi.

Gli voltò le spalle e sentì la porta sbattere dietro di sé.

E ora?

Uscì dalla casa a passo lento, valutando il da farsi. All'improvviso udì un fruscio sopra di sé, una specie di sussurro. Alzò lo sguardo.

Vide una donna che si affacciava da una finestra del piano rialzato. Si guardava intorno impaurita, come se non volesse essere scoperta. Aveva un colorito spaventosamente giallo.

«Ho sentito che sta cercando Grace...»

Kate si fermò. Anche lei parlò a bassa voce. «Sì. Lei è la madre di Grace?»

«Sì. Deve andare nel sottopassaggio. E poi alla vecchia fabbrica. Grace è sempre da quelle parti.»

Non era il momento di chiedere come mai Grace non fosse a scuola e preferisse starsene in un complesso industriale dismesso.

«Grazie. Vado subito a dare un'occhiata.»

«Per favore, l'aiuti» aggiunse la donna, prima di chiudere la finestra.

Trovò Grace in un grande capannone. Gironzolava spingendo la sedia a rotelle, tra cataste di vecchi pneumatici e bidoni enormi. Kate si augurò che non contenessero sostanze chimiche o rifiuti tossici. Il tetto altissimo era chiaramente pericolante. Una vera vergogna, pensò Kate. Quel posto avrebbe dovuto essere sigillato e transennato da tempo. Si avvicinò alla ragazza.

«Grace?»

La ragazza fermò la sedia a rotelle. Kate non riusciva a capire se la carrozzella fosse dotata anche di un motore elettrico. «Sono Kate Linville. Una conoscente di Norman Dowrick.»

«Ciao» disse Grace. Aveva un viso morbido e tondo, gli occhi azzurro chiaro. I capelli di un biondo rossiccio erano scostati dietro le orecchie e le arrivavano fin quasi alla vita. Doveva avere almeno tredici o quattordici anni, anche se l'espressione del viso non corrispondeva all'età. Ma mentalmente era ancora una bambina.

«Sei Grace?» si accertò Kate.

«Sì.»

«È stata tua madre a dirmi dove trovarti.»

Negli occhi infantili di Grace comparve un'espressione assorta. «Mia madre? Lo sa anche mio padre?»

«No, lui no.»

Grace si scostò una ciocca di capelli dal viso e tornò a rilassarsi. Kate si domandò se passasse lì tutto il suo tempo, in mezzo a vecchi pneumatici e bidoni. Forse casa sua era il luogo più pericoloso al mondo per lei, più ancora di quel rudere industriale che minacciava di crollare da un momento all'altro.

«Bella sedia a rotelle. È tua?»

«Sì.»

«Ma a te non serve, vero? Tu cammini.»

«Sì.»

«Però ti diverti a usarla?»

«Sì.»

Kate le rivolse un sorriso disarmante. «Non voglio portartela via, Grace, ma sai che è di qualcun altro, vero? Di Norman Dowrick?»

Kate pronunciò quel nome per la seconda volta, ma Grace rimase indifferente. Evidentemente non conosceva Norman con il suo nome.

«Grace, dove hai preso la sedia a rotelle?»

Grace ricambiò il sorriso di Kate. «È mia.»

«Dove l'hai presa? Te l'ha regalata qualcuno?»

«No. L'ho presa a lui.»

Kate si augurava che questo non significasse che l'aveva rubata.

«Gliel'hai presa?»

Grace si stava agitando. «A lui non serve più. Allora gliel'ho presa.»

«Non gli serve più? All'uomo in carrozzella? Ti riferisci a lui?»

«Sì.»

«È andato via da qui? Senza sedia a rotelle?»

«Non è andato via.» Grace si alzò con un movimento aggraziato. La sedia a rotelle scivolò un po' all'indietro, poi si fermò. Kate vide che la ragazza era alta, magra e indossava vestiti troppo corti. Solo ora si accorse dei lividi bluastri ai polsi.

«Per favore, l'aiuti» aveva detto la madre.

Grace si avvicinò a uno dei bidoni e posò una mano sul coperchio. Si voltò verso Kate e sorrise di nuovo. Aveva un'espressione serena e amichevole.

«Lui è qui dentro» disse.

Tre

Caleb Hale faceva fatica a celare il proprio disgusto per il padre di Grace. Darren Henwood, quarantadue anni, meccanico navale specializzato, da cinque anni disoccupato. Caleb aveva incontrato tanti tipi loschi nella sua carriera, ma rimase stupito di fronte alla faccia da delinquente di Henwood. La moglie, Julie, era dietro di lui, in disparte, con un'espressione rassegnata.

«Sono quasi le nove di sera» disse Caleb, «e lei non ha idea di dove si trovi sua figlia di tredici anni?»

Nel frattempo avevano saputo l'età di Grace e che era l'unica figlia degli Henwood.

Darren si strinse nelle spalle. «A volte arriva presto, a volte tardi.»

«E lei non si preoccupa?»

Un'altra scrollata di spalle. «È una ragazzina. Si sa come sono.»

«E come sono?» domandò Caleb.

Darren sogghignò. «Imprevedibili. Fanno quello che vogliono. Non serve a niente dirgli qualcosa. E Grace... è pure un po' suonata!»

«Con 'suonata' si riferisce a un ritardo mentale?»

«Con 'suonata' intendo 'suonata'. Non ha tutte le rotelle a posto. È così da sempre. Non so perché. Mia moglie l'ha portata dal dottore. Non sapeva spiegarselo nemmeno lui. Sono cose che succedono. Si viene al mondo, si cresce, ma il cervello resta piccolo.»

Caleb si rivolse a Julie Henwood senza fare commenti. «Mrs Henwood, lei sa dove potrebbe essere sua figlia?»

Julie rivolse un'occhiata impaurita al marito, quasi volesse chiedergli che cosa dovesse rispondere. «No» borbottò alla fine, «non lo so.»

«Potrebbe essere da un'amica?»

«Lei non ha amici» disse Darren. «Chi vorrebbe stare con una così? Apre bocca solo per dire scemenze.»

«Ma ci sarà pure qualcuno di cui si fida, giusto?»

«Ci siamo noi» rispose Darren, e Caleb pensò che il padre doveva essere l'ultima persona di cui Grace si fidava. Della madre, forse, ma la donna era così succube del marito che non avrebbe potuto aiutare in alcun modo la figlia.

Che razza di situazione. Grace poteva essere ovunque.

«È vero quello che si dice qui in giro?» domandò Darren. «Che alla fabbrica c'è tutta quella polizia perché hanno trovato un morto?»

«Esatto. Pare che si tratti di Norman Dowrick.»

«Il tizio sulla sedia a rotelle? Stamattina è venuta una donna a cercarlo.»

«L'uomo sulla sedia a rotelle» confermò Caleb, domandandosi stizzito se ci fosse un modo per impedire a Kate di indagare per conto proprio sulla morte del padre. Non era servita neppure la minaccia di un provvedimento disciplinare. In più, Kate era sempre un passo più avanti di lui e della sua squadra. Trovava un morto dopo l'altro, avvertiva la polizia e forniva elementi per complicare un caso già di per sé ingarbugliato. La vicenda di Dowrick lo infastidiva più di tutto il resto. Dietro sua richiesta il sovrintendente Stewart era andato a parlare con Mrs Dowrick dopo l'omicidio di Linville chiedendo notizie del marito; quando era emerso che la coppia era separata da anni, che non avevano più alcun rapporto da anni, che Norman viveva a Liverpool con la pensione d'invalidità e che si era isolato da tutti, in particolare dall'amico e collega di un tempo Richard Linville, questa pista era stata abbandonata.

Stavolta Kate aveva scoperto che Dowrick era in un bidone pieno d'acqua ermeticamente chiuso in una fabbrica dismessa. Aveva informato la polizia di Liverpool, che aveva aperto il bidone e trovato il cadavere. Caleb immaginava lo scetticismo dei colleghi, dato che l'informazione veniva da una tredicenne ritardata. Magari avevano fatto battute mentre scoperchiavano il bidone, per poi restare senza parole. Caleb, giunto nel tardo pomeriggio a Liverpool dopo essere stato informato da Kate, aveva parlato con i due uomini che erano arrivati per primi sul luogo, due poliziotti maturi con una lunga esperienza alle spalle. Entrambi erano pallidi, e uno dei due continuava a tamponarsi il sudore della fronte con un fazzoletto. L'autopsia non era stata ancora effettuata e l'identità del morto era da verificare, ma stando al racconto di Grace si trattava quasi certamente di Norman Dowrick, che da mesi nessuno aveva più visto. Kate stava scoprendo un vero e proprio serial killer, e le vittime avevano tutte un legame con Richard Linville. L'amante. L'amico e collega. Così diventava sempre più difficile stabilire un nesso tra i delitti e Denis Shove. L'unico cadavere rinvenuto finora da Caleb, ormai identificato come quello di Neil Courtney, era morto per cause naturali. In tarda mattinata Robert Stewart aveva ottenuto i risultati definitivi dell'autopsia. A questo punto rimaneva il sospetto che Denis Shove avesse trovato lo zio e lo avesse sepolto in giardino senza denunciarne la morte per continuare a riscuotere la pensione, ma al di là di questo non poteva essere accusato di omicidio. La vicenda di Newcastle, inoltre, non sembrava avere nulla a che fare con l'omicidio di Linville.

Dowrick, invece, non poteva essersi ucciso da solo infilandosi nel fusto pieno d'acqua e mettendo pure il coperchio. Kate era dello stesso parere.

«È stato assassinato in modo molto crudele» aveva detto al telefono, «proprio come mio padre. E come Melissa Cooper. Dovresti venire qui, Caleb. Altrimenti la polizia locale indagherà in tutt'altra direzione. Gli agenti non pensano che questo delitto sia legato ad altri due crimini nello Yorkshire. Loro credono che Dowrick, un povero invalido indifeso, sia stato vittima di una banda giovanile. A me pare assai improbabile.»

Caleb non aveva smesso di imprecare per tutto il viaggio da Scarborough a Liverpool.

Il cadavere era già stato portato via quando era giunto sulla scena, ma c'erano ancora moltissimi agenti. Caleb percepì immediatamente l'atmosfera frenetica, quasi esplosiva, ben oltre la normale tensione di una circostanza simile. Ben presto ne scoprì il motivo: in tutta quella confusione, la testimone era sparita. Si trattava di una ragazzina di tredici anni, che aveva fornito indicazioni sul luogo del ritrovamento e si era impossessata della sedia a rotelle della vittima. Se n'era andata. Gli agenti erano stati dai genitori, che tuttavia non avevano idea di dove potesse essersi cacciata la figlia. La polizia stava setacciando la zona.

«La ragazza sapeva esattamente dove si trovava il cadavere» spiegò la responsabile delle indagini, dopo essere stata faticosamente convinta a credere all'ispettore di Scarborough, secondo il quale il morto di Liverpool era legato ad altri due delitti nello Yorkshire. «Là dietro ci sono centinaia di fusti, e lei sapeva qual era quello giusto. Non può aver trovato il morto per caso, perché sarebbe stato impossibile togliere il coperchio e richiuderlo.»

«Secondo lei quindi avrebbe assistito all'omicidio?» dedusse Caleb. «O quantomeno al trasporto del cadavere, nel caso l'omicidio sia stato commesso altrove?»

«Può darsi che sia coinvolta. Da queste parti ci sono un sacco di bande giovanili. Ragazzi senza scrupoli che non si fermerebbero di fronte a un uomo inerme su una sedia a rotelle.»

Caleb non aveva ancora avuto modo di parlare con calma con Kate, che in quel momento stava rilasciando una deposizione a un poliziotto locale.

«Grace non può essere la colpevole» gli aveva spiegato lei brevemente. «È una ragazza dolce, con un ritardo mentale. Secondo me passa ventiquattr'ore al giorno in fuga dal padre.»

«Perché si è allontanata dalla scena del delitto?»

«Mi vorrei prendere a schiaffi per non averla tenuta d'occhio» disse Kate. Caleb si accorse che era molto pallida, ma sembrava più reattiva di quando era stata ritrovata Melissa Cooper. «Non è scappata perché è coinvolta nel delitto, Caleb. Insomma, mi ha detto lei dov'era il cadavere. Nessuno lo avrebbe mai trovato dentro quel fusto. Quando ha visto arrivare tutti quei poliziotti si è spaventata: pensava che fossero lì per lei, perché aveva preso la sedia a rotelle. Così è scappata, e adesso chissà dove si è rintanata.»

Per capire la situazione familiare della ragazza, Caleb si era recato dagli Henwood. Mr Henwood gli aveva fatto una pessima impressione e si era accorto che la moglie non osava nemmeno respirare senza il permesso del marito. D'altra parte era convinto che nessuno dei due sapesse dove si fosse nascosta Grace. Erano all'oscuro anche della sedia a rotelle e del cadavere.

«Ci servono i nomi e gli indirizzi delle persone che frequenta Grace» disse. «In che scuola va?»

Mrs Henwood rispose sottovoce aggiungendo: «È un istituto per bambini... con problemi. Però non ci va tutti i giorni».

E nessuno se ne preoccupa più di tanto, pensò Caleb depresso.

I colleghi di Liverpool avrebbero sentito gli insegnanti, i compagni e i genitori. Forse qualcuno sarebbe stato in grado di dare qualche informazione utile su dove trovare la ragazza.

Prese dalla tasca interna della giacca il proprio biglietto da visita e lo porse a Darren. «Tenga. Se le viene in mente qualcosa su sua figlia, mi chiami. Oppure parli con il collega che è venuto prima da lei. È molto importante.»

«Lo farò» promise Darren. Caleb si augurava che dicesse sul serio.

Lasciò l'appartamento. Nel frattempo la polizia se n'era andata, ma fu informato che l'indomani sarebbero riprese le ricerche. Su un muretto era seduto un giovane magrissimo dalla pelle scura che si dondolava avanti e indietro. Si rivolse a Caleb.

«È vero che l'uomo sulla sedia a rotelle è morto?»

«Sì, è molto probabile» confermò Caleb.

Sul viso del giovane comparve un'espressione addolorata. «È stata la donna a trovarlo? Quella che lo cercava tanto?»

Caleb dedusse che doveva riferirsi a Kate. «Sì.»

«Grace sapeva qualcosa, vero? Sono stato io a dirglielo. Che Grace aveva una sedia a rotelle.»

«Conosci bene Grace?»

«Non molto. Poverina. Suo padre è un sadico.»

«Come ti chiami?»

«Kadir. Kadir Roshan.»

«Senti, Kadir, hai idea di dove potrebbe essere Grace? È estremamente importante per noi parlare con lei. È probabile che si nasconda per paura di avere dei problemi per via della sedia a rotelle.»

«Non so dove sia» rispose Kadir. Per un attimo aveva smesso di dondolarsi avanti e indietro, poi ricominciò. Caleb non sapeva spiegarsi perché, ma aveva la sensazione che il ragazzo sapesse più di quanto diceva, o che avesse in mente qualcosa che non voleva rivelare.

Mentre tornava alla macchina, telefonò a Jane in ufficio. L'aveva tenuta aggiornata per tutto il pomeriggio e l'aveva pregata di prenotargli una camera a Liverpool. Voleva fermarsi fino al giorno successivo. Inoltre l'aveva incaricata di mettersi in contatto con Kate e di informarla che voleva parlarle il prima possibile.

Jane rispose subito. Aveva una voce turbata. Caleb non era stupito, anche lui era molto scosso. Il caso si faceva sempre più complesso e drammatico. Un'altra vittima, un altro ex collega.

Jane lo informò di aver telefonato a Kate e di averle chiesto dove alloggiasse a Liverpool. Poi aveva prenotato una camera nello stesso albergo per lui.

«Dovrebbe essere già lì ad aspettarla» concluse, poi aggiunse precipitosamente: «Ci sono novità?»

«Solo una gran confusione. Forse c'è una testimone. Una ragazza di tredici anni, ritardata, che sapeva dov'era nascosto il cadavere di Dowrick. Sempre che si tratti di lui, cosa che ritengo assai probabile. Peccato che la testimone sia scomparsa senza lasciare tracce.»

«Com'è possibile?»

Caleb sospirò. «Ha approfittato della confusione. Quando gli agenti si sono resi conto dell'importanza della ragazzina, lei se l'era già filata. E ora sembra sparita nel nulla.»

«È proprio un gran casino» disse Jane. «È tutto così...» non terminò la frase.

Caleb sapeva cosa voleva dire. Non solo non erano ancora riusciti a risolvere il caso, bensì non facevano che allontanarsi dalla soluzione. Norman Dowrick. Come inserirlo in quell'enigma?

Si salutarono e Caleb andò da Kate.

Quattro

Jane aveva già la borsa in mano e stava per uscire dall'ufficio quando lo sguardo le cadde sul foglietto in cima alla montagna di carte sulla sua scrivania. Il numero di telefono di Stella Crane e della sua vicina a Kingston.

Era il caso di approfondire la faccenda? Shove doveva essere arrestato per aver sparato a Peggy Wild. Era colpevole di lesioni personali aggravate.

Cosa mi costa fare un altro tentativo? pensò.

Provò sul cellulare di Stella Crane, ma trovò la segreteria. Poi chiamò a casa. Di nuovo la segreteria.

Infine telefonò alla vicina di casa.

Mrs Hedger rispose al terzo squillo e sembrò sollevata quando Jane si presentò.

«Ah, agente Scapin, sono contenta che mi abbia chiamato. Volevo telefonarle, ma poi mi sembrava... ecco, temevo di sbagliarmi e rendermi ridicola. Sono molto confusa, ma ero sicura che sarebbero rientrati l'8 giugno, almeno così mi avevano detto. Però...»

Mrs Hedger fece una pausa per prendere fiato e Jane ne approfittò per fermare quel fiume di parole. «Mrs Hedger, cos'è successo? I Crane non mi hanno ancora chiamato.»

«È proprio questo il punto» disse la donna. «Non sono ancora tornati. Da loro è tutto chiuso. Le tende sono tirate. Sono passata anche oggi, per la posta e i fiori. Non c'è nessuno.»

«Ah.»

«Domenica sera ho pensato che magari sarebbero arrivati a tarda notte. Lunedì mattina mi aspettavo di vedere la macchina nel vialetto. E invece niente.»

«È proprio sicura che i Crane avessero intenzione di tornare l'8 giugno?»

«Sì. Così mi avevano detto. Ma comincio ad avere qualche dubbio. Magari hanno deciso di fermarsi un'altra settimana...»

«Ho lasciato un messaggio a Mrs Crane» disse Jane, «ma non mi ha richiamato. Le aveva detto che avrebbe ascoltato regolarmente i messaggi, giusto?»

«Sì, e anche questo mi stupisce. Le ho lasciato due messaggi chiedendole di chiamarmi, perché non ero più sicura di quando sarebbero rientrati. Ma lei non si è fatta sentire.»

Jane rimase un istante pensierosa. «È un comportamento insolito? Voglio dire, sono persone affidabili?»

«Assolutamente» confermò subito Mrs Hedger con grande convinzione. «Se Mrs Crane mi ha detto che avrebbe controllato i messaggi ogni due giorni e che mi avrebbe chiamato se fosse stato necessario, lo avrebbe fatto sicuramente. Ci metterei la mano sul fuoco.»

La situazione era davvero bizzarra. Soprattutto per quanto riguardava Therese Malyan, la madre biologica del figlio adottivo dei Crane. Che era scappata con un criminale.

Pur senza conoscere queste circostanze, anche Mrs Hedger era preoccupata. «Che sia accaduto qualcosa? A tutta la famiglia?»

«Non ho ricevuto notizie di un incidente stradale di tali proporzioni» disse Jane. «Mrs Hedger, ci pensi bene. Saprebbe indicarmi qualche particolare per scoprire dove sono andati in vacanza i Crane? Mi ha detto che sono nel Nord dell'Inghilterra. Oltre a questo, Mrs Crane ha aggiunto qualcosa? Le ha parlato di una località più precisa? Un paese? Un lago, un castello? Un monumento?»

Le sembrava quasi di percepire lo sforzo con cui Mrs Hedger stava cercando di recuperare un dettaglio dalla sua memoria. «No» rispose alla fine. «Non abbiamo parlato dell'argomento. So solo che è un posto isolato. Senza telefono, senza Internet e dove il cellulare non prende.»

In pratica il posto ideale per un delinquente che non vuole farsi trovare dalla polizia, pensò Jane.

Ma come faceva Denis Shove a sapere di quel posto? Oppure il rapporto tra la famiglia e Therese Malyan era così stretto che i Crane lo avevano detto alla ragazza, senza immaginare in quale pericolo si stessero cacciando?

«Mrs Hedger, vorrei che mi facesse un ultimo favore» disse Jane. «Lei ha la chiave dei Crane. Entri in casa e cerchi qualcosa che possa darci un indizio. Un indirizzo annotato da qualche parte, per esempio. Un dépliant turistico. Il numero di un'agenzia immobiliare. Qualunque cosa. Un nesso qualsiasi, anche improbabile.»

Mrs Hedger era piena di scrupoli. «Non avrò dei problemi entrando in casa d'altri senza permesso?»

«Non si preoccupi, ci penso io» la tranquillizzò Jane. Forse avrebbero trovato qualcosa nei computer della famiglia, ma di sicuro erano protetti da password e avrebbero richiesto l'intervento di un esperto. Tuttavia non c'erano gli estremi per ottenere un mandato di perquisizione. Di sicuro non a quell'ora. Per il momento doveva accontentarsi della vicina e delle sue capacità investigative, per quanto limitate.

«A proposito» disse Mrs Hedger. «È tornato quello straniero. Quell'arabo.»

«Quello che voleva parlare a tutti i costi con Mr Crane?»

«Sì. È rimasto tutta la domenica pomeriggio davanti alla casa, perché gli avevo detto che i Crane sarebbero tornati quella sera. Lunedì è tornato. E anche stamattina. Gli ho chiesto di cosa ha bisogno con tanta urgenza.»

«E lui?»

«Ha ripetuto che deve parlare con Mr Crane. Ho l'impressione che si tratti davvero di qualcosa di importante, perché quell'uomo sta proprio male.»

«Non sa come potrei mettermi in contatto con lui?» domandò Jane senza farsi troppe illusioni. Mrs Hedger invece la lasciò piacevolmente stupita.

«Ho il suo numero di telefono» disse con voce trionfante. «Me lo ha voluto lasciare per forza. Devo darlo a Mr Crane appena lo vedo, nel caso lui lo abbia perso.»

Jane si annotò il numero e il nome che Mrs Hedger le scandì lettera per lettera: Hamzah Chalid.

Rimasero d'accordo che Mrs Hedger si sarebbe fatta viva se avesse trovato qualche indizio a casa Crane. Poi Jane decise che ormai non aveva più importanza a che ora sarebbe tornata a casa e fece il numero di Mr Chalid.

Chalid rispose a voce così bassa e timida, pronunciando il proprio nome in maniera così confusa, che Jane dovette chiedergliene conferma.

«Parlo con Mr Chalid? Hamzah Chalid?»

«Chi parla, prego?»

«Agente investigativo Scapin della polizia dello Yorkshire.» Per evitare che l'uomo si spaventasse alla parola «polizia», si affrettò ad aggiungere: «La chiamo a proposito della famiglia Crane».

«È successo qualcosa?» chiese Chalid allarmato.

«Non lo sappiamo. Dobbiamo parlare con loro con urgenza e la loro vicina ci ha detto che anche lei li sta aspettando.»

«Aspetto Jonas Crane. Devo parlare con lui.»

«A che proposito?» si informò Jane.

«Si tratta di un film. Sta scrivendo la sceneggiatura di un film. Su di me. Io sono stato...» Hamzah Chalid fece una pausa, poi abbassò la voce al punto che Jane dovette premersi il telefono all'orecchio per riuscire a sentirlo. «Sono stato in prigione. In Iraq. Sono stato prigioniero di Saddam Hussein.»

«Capisco» disse Jane. «E Mr Crane vuole farne un film?»

«Lui deve scrivere la sceneggiatura. Il film voleva realizzarlo una casa di produzione. La TV Adventure.»

Aveva notato che Chalid aveva parlato al passato. Siccome il suo inglese era impeccabile, non poteva essere un caso. «Ha detto *voleva*? *Volevano* realizzare il film? È cambiato qualcosa?»

Chalid era disperato. «L'ho saputo la settimana scorsa. Non vogliono più fare il film. Sostengono che non è un tema interessante!»

Saddam Hussein era morto da otto anni. Apparteneva alla storia. Chi si interessava ancora delle sue vittime?

«È di questo che vuole parlare con Mr Crane?»

«Me lo ha promesso. Mi ha promesso che il film verrà prodotto! Mi sono successe cose terribili, sa? A me come ad altri. Siamo stati torturati. Ci hanno minacciato di morte. Ci hanno sottoposto a finte fucilazioni, più volte. Riesce a immaginare che cosa significhi?»

Jane sapeva di non potersi fare neppure vagamente un'idea di cosa avevano provato le vittime, ma il pensiero le faceva venire i brividi. Hamzah Chalid aveva sofferto pene terribili, e anche al telefono si capiva quanto fosse profondamente traumatizzato. Ma tutta questa faccenda non aveva niente a che fare con la scomparsa dei Crane.

«Mi hanno legato le braccia dietro la schiena e mi hanno appeso per i polsi» proseguì Chalid. «Mi hanno tenuto così per ore. Fino a slogarmi le spalle.»

Jane si rendeva conto che Chalid tentava di elaborare il trauma parlandone tutte le volte che aveva l'occasione di farlo. Persino con una poliziotta sconosciuta che lo aveva chiamato per caso. Doveva liberarsi del peso dei ricordi e delle immagini che lo tormentavano, e cercava la solidarietà di chi gli stava intorno. La società doveva vedere, capire, partecipare. Sarebbe impazzito se fosse rimasto solo col ricordo di quelle torture. Ma nessuno voleva ascoltarlo. Jane capiva perché gli altri cominciassero a evitarlo. Tutti temevano i suoi monologhi, il racconto delle atrocità che aveva subito. Chalid era sempre più solo con l'orrore del suo passato, e stava sprofondando in una spirale di autocommiserazione.

Ai suoi occhi il film era una speranza e un'opportunità.

«Molto probabilmente non spetta a Mr Crane decidere se produrre o meno il film» disse Jane.

«Lo so, lo so, ma... non è giusto, sa? Alla casa di produzione mi hanno detto che prima di partire per le vacanze sapeva già che il progetto era stato annullato. Io l'ho conosciuto. Lui mi ha capito. Era turbato dalla mia storia. Molto turbato.»

Chi non lo sarebbe stato, pensò Jane.

Come se le avesse letto nel pensiero, Chalid aggiunse: «Era profondamente turbato. Voleva aiutarmi. Per lui era importante. Ne sono sicuro».

«Mr Chalid, io...»

«Dovevamo vederci subito dopo il suo ritorno. Doveva scrivere un trattamento e poi ne avremmo parlato insieme. Sono sicuro che si sarebbe fatto sentire, per dirmi che... che non se ne farà più niente.» La voce dell'uomo si incrinò. «Non avrebbe troncato i rapporti così.»

Jane non ne era troppo sicura. A nessuno piace dare brutte notizie, men che meno a persone che, come Hamzah Chalid, hanno già sofferto tanto. Non si sarebbe sorpresa se Jonas Crane volesse evitarlo.

«La vicina di casa non è più così sicura che i Crane dovessero tornare l'8 giugno» disse Jane.

«Io sì» rispose Chalid. «Sono sicurissimo. Me l'ero segnato. Non ci sono dubbi.»

Jane gli credeva. Non si sarebbe mai sbagliato su un dettaglio così importante. Da settimane aspettava quella data, ancor più da quando aveva saputo che il progetto era stato cancellato.

«Perché lo state cercando?» domandò all'improvviso Chalid.

Jane non voleva rivelargli troppi particolari. «Devo fargli una domanda che riguarda un'altra indagine» rispose vaga.

«Capisco» replicò Hamzah Chalid.

«Quando ha visto Mr Crane l'ultima volta?»

«Il 28 aprile. Non lo avevo ancora incontrato di persona. Poi ci siamo sentiti per telefono. Mi disse che sarebbe stato via fino all'8 giugno e che ci saremmo rivisti subito dopo.»

«Le disse dove sarebbe andato in vacanza?»

«Purtroppo no. Mi spiegò che era stressato e che il medico gli aveva consigliato di prendersi una pausa.»

«Conosce per caso il nome del medico?»

«Purtroppo no. Lui non me lo disse e io non glielo chiesi. Non pensavo che potesse essere così importante.»

«Non è detto che il medico sappia qualcosa» lo tranquillizzò Jane, sentendo che la voce di Chalid aveva assunto di nuovo una nota isterica. «Mr Chalid, le lascio il mio numero di telefono. Mi chiami, se dovesse venirle in mente qualcosa. Qualunque cosa, che le sembri importante o meno. Mi faccia sapere.»

Chalid promise di farlo e si annotò il numero di Jane. Poi aggiunse: «Se doveste trovarlo, gli dica di chiamarmi subito. Per me è molto importante».

«Non si preoccupi, non me lo dimenticherò» promise Jane.

Si salutarono, ma prima di chiudere la comunicazione Hamzah Chalid esclamò agitato: «È successo qualcosa, agente Scapin. Me lo sento. Temo che Mr Crane sia in pericolo. Deve trovarlo a tutti i costi. C'è qualcosa che non quadra. Mi avrebbe chiamato. Lo avrebbe fatto *in qualunque caso*. Qualcosa gli impedisce di farlo, e dev'essere qualcosa di grave».

Cinque

Caleb Hale lasciò i propri dati alla reception della pensione e chiese quale fosse la camera di Kate Linville. Era sul suo stesso piano, in fondo al corridoio. Caleb bussò alla porta e pochi secondi dopo Kate venne ad aprirgli.

Quel pomeriggio, quando si erano incontrati di sfuggita sulla scena del crimine, Caleb aveva notato qualcosa di diverso nell'aspetto di Kate. Non aveva capito subito di cosa si trattava. I capelli, ecco cos'era. Avevano un taglio moderno ed erano più luminosi e questo, sorprendentemente, faceva la differenza. Kate sembrava più giovane, il volto era meno spigoloso e pallido.

Sembrava anche molto arrabbiata. E questo sorprese Caleb molto più del fatto che avesse speso parecchi soldi per andare dal parrucchiere. Pensava di trovarla con il morale a terra. Piena di sensi di colpa per essersi immischiata di nuovo. Viceversa, a pensarci bene, nel pomeriggio non gli era parsa affatto intimidita. Al contrario, era molto attiva.

Kate sferrò subito l'attacco.

«Devo sapere perché mio padre stava insieme a quella donna» sbottò senza preamboli. «E devo sapere perché l'ha lasciata. Devo sapere che cosa significava per lui. Per questo sono venuta a cercare Norman Dowrick, perché poteva darmi delle informazioni. Sapeva tutto. Speravo di ottenere qualcosa da lui. È mio diritto andare a fondo di questa storia. Si tratta di mio padre, che è morto, e con il quale non posso più chiarirmi. Non puoi impedirmi di scoprire la verità su di lui e Melissa Cooper solo perché ogni volta che faccio un passo in questa direzione pensi che invada il tuo territorio.»

Caleb era ancora in corridoio e si sentiva in imbarazzo. Probabilmente non erano gli unici ospiti dell'albergo.

«Posso entrare?» domandò quando Kate prese fiato. «Sarebbe più opportuno parlare di queste cose in privato.»

Lei fece un passo indietro. Caleb la seguì nella stanza e si richiuse la porta alle spalle.

«Il problema...» esordì Caleb, ma lei lo interruppe.

«Il problema è che tutte le volte che scavo nella vita privata di mio padre, mi imbatto in un omicidio. Invece di farti saltare la mosca al naso, forse dovresti trarne le debite conclusioni, di tanto in tanto.»

«E quali sarebbero, secondo te, le conclusioni?»

«Che la morte di mio padre, di Melissa Cooper e di Norman Dowrick sono legate alla vita privata di mio padre. Stai cercando in ogni modo di trovare un movente nella vita professionale di mio padre e nel suo legame con Denis Shove. In realtà non c'è nessun legame con Melissa Cooper né con Norman Dowrick, che all'epoca dell'arresto di Shove non era più in servizio.»

«Questo spetta a me deciderlo.»

«Sono curiosa di sapere come farai quadrare le cose adesso. Non ti sembra strano? Mio padre aveva una relazione con una donna e dodici anni dopo la fine della loro storia vengono uccisi entrambi. Con efferata crudeltà. Non solo: troviamo l'unica persona che sapeva tutto. Peccato che sia morta.»

«Dimentichi un paio di dettagli» disse Caleb. «Per esempio l'ambiente di Melissa Cooper. Altre persone sanno della relazione tra Richard e Melissa. I figli. E le amiche, come mi ha riferito il figlio maggiore. Dowrick non era il solo a sapere. E l'unica persona da cui hai potuto avere informazioni su Dowrick è l'ex moglie. Anche lei era informata.»

«Secondo me Norman ne sapeva qualcosa di più» disse Kate, che nel frattempo si era calmata. «Comunque hai ragione, diverse persone sapevano di questa storia. Ma dopo quello che ho saputo da Susannah Dowrick e dalle amiche di Melissa a Whitby...»

Caleb le gettò un'occhiata severa, che lei sostenne senza battere ciglio.

«Nessuno sa perché mio padre e Melissa Cooper si siano lasciati. Dev'essere successo qualcosa che entrambi hanno tenuto segreto. Susannah Dowrick, tuttavia, ritiene che il marito sapesse qualcosa. E che fosse l'unico a saperlo. Ma non ne volle parlare nemmeno con lei. Poi si è allontanato anche da mio padre. La loro amicizia si è incrinata per sempre. La cosa strana è che, secondo Susannah, Norman se l'era presa con mio padre perché aveva tradito mia madre per tanto tempo, ma nonostante questo gli era rimasto amico. Poi, quando Richard è tornato da mia madre, Norman ha troncato l'amicizia. Proprio nel momento in cui tutto sembrava essere tornato a posto. Come mai? Cos'è successo prima che Richard e Melissa si lasciassero? È qui il nocciolo della questione, Caleb. Quando lo scopriremo, sapremo chi ha commesso i tre omicidi. E perché.»

«Mmm» fece Caleb. Non era un'ipotesi tanto astrusa, ma si sentiva inspiegabilmente a disagio. A essere proprio sinceri, forse dipendeva dal fatto che gli sembrava di essere un pivello che riceveva ripetizioni su come condurre un'indagine, per di più da una donna più giovane e di rango inferiore, che non godeva neppure della stima professionale dei colleghi. E, oltretutto, con una vita disastrata.

«Ti sei fissato troppo su Shove, Caleb.»

Ci mancava solo questa. Provò l'impulso di ribattere con qualcosa che potesse ferirla.

«Non dovresti cercare sempre gli errori degli altri, Kate. A proposito, avresti dovuto sorvegliare meglio la testimone. Proprio un bel capolavoro il tuo, lasciartela scappare così.»

Kate trasalì e Caleb si pentì di quello che aveva appena detto. Era stato impulsivo e anche ingiusto. Le procedure alla fabbrica erano nelle mani dei colleghi di Liverpool. La responsabilità era loro.

«Mi spiace» si affrettò a dire, «ho detto una sciocchezza. Tu non hai commesso nessun errore, Kate.»

Ma era chiaro che lei stessa era tormentata dai sensi di colpa. «Ero così sconvolta. Speravo di sapere qualcosa da Norman. L'ho cercato per due giorni. E poi, trovarlo così... avevo la mente annebbiata. Non ho pensato che Grace sarebbe potuta scappare. Quando ci ho pensato... era troppo tardi. Sparita nel nulla.»

«Sarebbe potuto capitare anche a me» riconobbe Caleb con onestà. «Probabilmente aveva paura di passare qualche guaio per via della sedia a rotelle. È assurdo, ma nessuno poteva immaginare come avrebbe reagito.»

Kate annuì, ma non sembrava affatto convinta. «C'è già qualche risultato?» domandò. «Si sa dove e come è stato ucciso Norman? E quando?»

Caleb aveva appena parlato con gli esperti della scientifica, i quali avevano avanzato le prime ipotesi, naturalmente tutte da confermare. «È morto annegato. Quindi scena del delitto e del ritrovamento coincidono.»

Kate fu scossa da un brivido. «È stato annegato in quel fusto? In quella fabbrica abbandonata?»

«Così pare. È già passato diverso tempo. Stando ai primi rilievi, l'omicidio dovrebbe risalire a gennaio o febbraio. Potremo restringere la finestra temporale dopo ulteriori esami.»

«Più o meno quando è stato ucciso mio padre.»

«Già. Forse poco prima.»

«Un uomo indifeso. Paralizzato su una sedia a rotelle. Chi può fare una cosa del genere?»

«I colleghi di Liverpool pensano a una banda giovanile. Sembra che qui ne esistano diverse, capaci di violenze simili. Naturalmente non possiamo escludere a priori questa pista. Sarebbe una coincidenza incredibile, ma non del tutto impossibile, e in questo caso l'omicidio di Norman Dowrick non avrebbe niente a che fare con i delitti dello Yorkshire.»

«Ritieni davvero che sia possibile, Caleb?»

«Dico solamente che non dovremmo tralasciare nessuna pista.» Sorrise per la prima volta da quando era entrato. «Sono state le tue parole, Kate. Sei stata tu stessa a rinfacciarmelo.»

Lei non sapeva cosa obiettare. «È vero.»

Caleb guardò l'ora. «Sono le nove passate. È da stamattina che non mangio. Accanto all'albergo ho visto un pub, magari ci preparano qualcosa.»

«Non ho fame.»

«Sono sicuro che anche tu non mangi da parecchio.»

«Come te. Da stamattina.»

«Allora accompagnami. Prova a essere più generosa con te stessa, una volta tanto. Più premurosa.»

La vide letteralmente affannarsi alla ricerca di una scusa. Come se la prospettiva di passare un'ora in un pub con lui fosse la cosa più orribile del mondo. Avrebbe potuto mangiare qualcosa. Magari bersi anche una birra.

Caleb, invece, avrebbe preso solo dell'acqua.

«Facciamo la pace» propose lui. «Ci stai? Nel caso sia questo che ti trattiene.»

«La pace? Perché, eravamo in guerra?»

«Forse non proprio in guerra. Ma abbiamo cercato di evitarci a vicenda. Io non volevo che ti immischiassi. Mi spiace se per questo sono stato così antipatico con te. Mi rendo conto ora quanto questa storia ti coinvolga profondamente e quanto sia importante per te scoprire la verità su tuo padre. Non è colpa tua se tutte le informazioni che cerchi di raccogliere si sovrappongono alle mie indagini.»

«Caleb, sei molto gentile. Ma... preferirei rimanere qui. Sono molto stanca. Vorrei andare a dormire.»

Lui si domandò perché d'un tratto fosse tornata quella di un tempo, la vecchia Kate chiusa in se stessa. Scostante. Del tutto diversa da pochi minuti prima, quando lo aveva affrontato con tanta rabbia. Gli era piaciuto quel suo lato battagliero, l'aveva fatta sembrare più sicura di sé, più determinata. Ora aveva davanti la Kate che si rifugiava nella sua corazza lasciando fuori solo un pezzetto della testa, come una tartaruga diffidente, sotto il peso delle esperienze negative.

Forse dipendeva anche da lui. Andare a mangiare insieme significava rischiare che il dialogo andasse oltre l'ambito strettamente professionale. Ripensò alla notte in cui Kate si era ubriacata e gli aveva chiesto apertamente di andare a letto insieme. Forse il ricordo la imbarazzava ancora moltissimo. Per lui era una storia ormai archiviata, un semplice effetto collaterale dell'alcol. Gli sarebbe piaciuto dirle che non ce l'aveva con lei né la disprezzava per questo. Ma se avesse affrontato l'argomento, temeva di metterla ancora più a disagio.

Così si limitò a rispondere: «D'accordo. Andrò a mangiare da solo. Buonanotte, Kate».

Era già in corridoio, quando lei disse: «Dobbiamo trovarla a tutti i costi. Il prima possibile».

Lui si voltò. «Chi?»

«Grace. È in pericolo.»

«Secondo te perché...»

«Perché forse ha davvero visto qualcosa. Perché conosce il colpevole. E costui rischia parecchio, soprattutto se dovessimo scoprire che ha ucciso anche mio padre e Melissa Cooper. Per colpa di una ragazzina tredicenne potrebbe finire in prigione per tutta la vita. Se venisse a sapere che abbiamo trovato Dowrick grazie a lei, farebbe tutto il possibile per trovarla prima di noi.»

«Ne parlerò con la responsabile delle indagini» disse Caleb. «Il nome di Grace non dovrà comparire sui giornali.»

«Bene, ma non dobbiamo trascurare il fatto che potrebbe comunque trapelare qualcosa. Nel quartiere di Grace troppi sanno cos'è successo.»

Lui annuì. Kate aveva ragione. «Che cosa proponi?»

«Dobbiamo chiarire alla polizia di Liverpool cosa c'è in ballo veramente. Rintracciare Grace deve diventare la loro priorità.»

«Provvederò subito domattina.» Caleb indugiò sulla porta. «Davvero non vuoi mangiare niente? Non mi va di andare da solo al pub.»

Lei scrollò il capo. «No, grazie.»

Continua a bloccarsi da sola, pensò Caleb. Ecco perché non riesce a uscire dalla sua solitudine.

Nonostante questo, era una brava investigatrice. Lo ammise quasi controvoglia. Strano che a Scotland Yard nessuno se ne fosse ancora accorto. Aveva una mente lucida, un intuito affidabile e sapeva leggere l'animo umano.

E su una cosa aveva ragione: dovevano assolutamente ritrovare Grace Henwood.

Mercoledì, 11 giugno

Uno

Mercoledì mattina Stella si rese conto che Jonas sarebbe morto se non avessero trovato il modo di uscire da quella prigione e di portarlo da un dottore. E se avessero aspettato ancora, sarebbero morti tutti e tre, perché le provviste, e soprattutto l'acqua, erano quasi terminate. Al massimo potevano resistere un altro giorno. Stella rinunciava a una parte delle proprie razioni, e ora era costretta a diminuire anche quelle di Sammy. Jonas, arso dalla febbre, aveva bisogno di ogni goccia a cui gli altri erano in grado di rinunciare. Ma non sarebbe bastato per salvarlo.

Stella lo aveva vegliato per tutta la notte, gli aveva inumidito le labbra con l'acqua, gli aveva fatto bere qualche goccia ogni ora. Non era più cosciente, non si rendeva conto della situazione. Il respiro si era ridotto a un rantolo preoccupante. Stella temeva che avesse contratto una polmonite. Inoltre l'addome sprigionava un odore sempre più forte di pus e decomposizione.

Ormai in preda alla disperazione, gli cambiava la fasciatura ogni due o tre ore, una procedura che lo faceva gemere di dolore nonostante fosse incosciente. Stella aveva smesso di pulire la ferita per non consumare l'acqua, ma tutta la zona intorno alla ferita si era infiammata e la carne era nerastra. Ogni benda che toglieva era intrisa di pus. Anche il materiale per le medicazioni si stava esaurendo. Fra poco Stella avrebbe dovuto dichiararsi sconfitta anche su questo fronte.

Nel frattempo la temperatura all'interno della rimessa stava lentamente salendo. Era un'altra giornata di sole, aveva constatato Stella salendo sull'impalcatura e affacciandosi dalla finestra. Erano proprio entrati in un periodo stabile di alta pressione, evento piuttosto eccezionale in quella parte della regione. Nella baracca l'aria era umida e con il sole che batteva sul tetto dalla mattina alla sera cominciava a fare molto caldo. La finestrella non lasciava entrare abbastanza aria fresca, nemmeno di notte, quando la temperatura esterna diventava più sopportabile. A Stella sembrava di respirare polvere, la sentiva depositarsi nei polmoni. In passato le era già capitato di soffrire la sete, nelle giornate molto calde o dopo un'intensa attività fisica. Ma aveva solo *creduto* di patire una *sete da impazzire*. Ora comprendeva fino in fondo il significato di quell'espressione. L'acqua era diventata un'ossessione, a volte più forte della preoccupazione per Jonas e Sammy. Non immaginava cosa sarebbe successo quando l'acqua sarebbe davvero finita. Aveva letto che la sete poteva portare alla follia e a comportamenti assurdi. Lei era la più forte in quella maledetta rimessa. Il marito gravemente ferito e il piccolo Sammy dipendevano completamente da lei. La sua mente funzionava ancora e lei si sacrificava il più possibile per aiutarli. Ma si era già sorpresa una volta a prendere una delle due bottiglie rimaste e a guardarsi intorno mentre Jonas era intontito dalla febbre e Sammy si era addormentato sulla coperta mentre guardava un libro illustrato. La tentazione era stata fortissima. Solo un sorso. Nessuno se ne sarebbe accorto. Aveva già svitato il tappo, quando un gemito di dolore di Jonas aveva riportato Stella alla realtà. Che cosa stava facendo, in nome del cielo, cosa voleva fare? Provò una terribile vergogna, ma si rese subito conto che la vergogna era un lusso che ben presto non si sarebbe più potuta concedere. Il suo senso morale diminuiva all'aumentare delle sue necessità fisiche.

Quel mattino finalmente dovette riconoscere con se stessa che Denis Shove non avrebbe mantenuto la sua promessa. Finora aveva cercato di convincersi che, per quanto fosse un criminale, non era una persona cattiva. Non avrebbe condannato un'intera famiglia a una morte sicura, non era spietato fino a quel punto. Ora capiva di essersi illusa: lui era in una situazione drammatica, proprio come loro, e ragionava seguendo le stesse leggi. Sempre più sotto pressione, aveva ignorato la situazione degli ostaggi. Shove aveva la polizia alle calcagna, la sua foto era sui giornali, probabilmente non aveva ancora trovato un nascondiglio. Il suo unico pensiero era di mettersi al sicuro. Forse ogni tanto pensava ai Crane, o forse li aveva completamente dimenticati. Doveva concentrare tutte le sue energie sulla fuga.

Dobbiamo cavarcela da soli, pensò Stella, altrimenti siamo perduti.

Jonas le aveva indicato l'unica strada percorribile. Stella aveva cercato disperatamente un'alternativa, ma invano.

E a quel punto non avevano nulla da perdere.

Trascorse la mattina a preparare una fune con cui avrebbe calato Sammy dalla finestra. Aveva trovato dei pezzi di stoffa, ma non bastavano. Si tolse i jeans e prese anche quelli di Jonas. Il tessuto era abbastanza morbido per essere annodato.

«Che cosa stai facendo, mamma?» chiese Sammy mentre la osservava in silenzio. Era sempre più debole e apatico. Stella non fece in tempo a rispondergli che il bambino aggiunse con voce stanca: «Ho tanta sete».

«Ti darò un po' d'acqua prima di affrontare una grande avventura.»

«Quale avventura?»

«Ora sei tu la persona più importante qui. Sei quello che ci salverà.»

«Ma la polizia non viene?» chiese Sammy deluso. Il bambino continuava a sognare l'irruzione della squadra d'intervento speciale.

Stella verificò la tenuta dei nodi. Li aveva stretti il più possibile.

«Sai, forse arriverà troppo tardi. Papà sta molto male. Non possiamo più aspettare.»

Sammy si girò a guardare il padre. «Morirà?»

Stella si sforzò di sembrare ottimista. «No. Guarirà. Ma ha bisogno di un dottore... in fretta.»

Sammy annuì. «Cosa devo fare?»

«Sarà divertentissimo, vedrai» gli assicurò Stella. «Sei l'unico che può passare da quella finestrella lassù. Vedi?»

Sammy guardò in alto. Si rese subito conto che né il padre né la madre si sarebbero potuti infilare nella piccola apertura. «Sì.»

«Credi di riuscire a scavalcarla? Poi ti calerò con questa fune.»

Sammy fu subito entusiasta all'idea. «Al campo estivo ci arrampichiamo sempre sulla fune. Io sono il più bravo!»

«Allora andrà benissimo. Ti legherò un capo della corda in vita e ti calerò pian piano.»

Naturalmente Sammy riteneva di potercela fare senza l'aiuto della madre. «Posso anche scendere da solo lungo la fune!»

«È troppo pericoloso. È molto alto. E come vedi questa non è una vera fune, solida e robusta. È fatta con della stoffa che potrebbe scivolarti tra le dita.»

Sammy mise il broncio, ma l'idea di diventare un eroe lo fece tornare subito di buonumore.

«Poi che cosa devo fare?» chiese.

«Per prima cosa dovrai cercare di entrare in casa. Magari Therese e Neil hanno lasciato una porta o una finestra aperta. Forse non hanno nemmeno chiuso a chiave.»

«Okay.»

«Poi devi cercare una chiave e vedere se entra nella serratura di questa rimessa. Se riesci a farci uscire andrà tutto bene.»

«E se non ci riesco?»

«Allora devi cercare il mio cellulare e chiamare aiuto. Sarò io a dirti da qui quali numeri schiacciare.»

«E se non trovo il cellulare?»

«Allora dovrai trovare dell'acqua. È molto importante.»

«Possiamo cominciare subito?» domandò Sammy eccitato.

Stella si passò una mano tra i capelli. «Sei un bambino davvero coraggioso. Ora bevi un bel sorso d'acqua e mangia un pezzo di pane. Poi ti metterai al lavoro.»

Gettò un'occhiata a Jonas. Respirava in modo sempre più affannato.

No, non avevano scelta.

Mezz'ora dopo Sammy era in cortile. Impiegò diverso tempo a sfilarsi la fune che Stella gli aveva legato in vita. Affacciata alla finestra, Stella si asciugava il sudore dalla fronte. Era andato tutto bene, ma lei era sfinita. Aveva temuto seriamente che Sammy potesse cadere, e lo sforzo fisico l'aveva stremata. Non immaginava quanto potesse pesare un corpicino piccolo come quello di Sammy appeso a una fune. In più, l'impalcatura traballante e la mancanza di appigli rendevano tutto ancora più difficile. Non solo doveva stringere la fune con tutte le forze, ma anche sforzarsi di mantenere l'equilibrio. Se fosse caduta, sarebbe caduto anche Sammy.

Finalmente il bambino si liberò dalla fune e guardò in alto.

«E adesso?»

«Entra in casa. Prova dalla porta d'ingresso. Poi con quelle sul giardino. Oppure controlla se c'è una finestra aperta.»

Sammy annuì e si allontanò. Dalla sua posizione Stella vedeva solo una porzione della casa, ma non il figlio che scuoteva una porta dopo l'altra. Si accorse che stava ancora stringendo la fune e cercò di rilassarsi. La sua paura peggiore, che Sammy potesse cadere, era superata. Ora avevano una possibilità concreta.

Ci volle un po' prima che riuscisse a vedere Sammy di nuovo. Aveva l'aria delusa. «È tutto chiuso, mamma!»

Maledizione. «Sei sicuro?»

«Sì. Tutto. Anche le imposte.»

La speranza di avere la libertà a portata di mano si infranse. Se Sammy non fosse riuscito a entrare in casa, non avrebbe potuto recuperare il cellulare. E nemmeno la chiave della rimessa. Solo in quel momento si rese conto di cosa le aveva detto il figlio. «Le imposte? Hanno chiuso anche le imposte?»

«Sì.»

Okay. Doveva cambiare strategia. Con le imposte chiuse Sammy non avrebbe potuto nemmeno rompere un vetro. In un misto di rabbia e disperazione Stella capì che Neil aveva previsto anche l'eventualità che uno dei prigionieri fosse riuscito a liberarsi, impedendogli di chiamare rapidamente i soccorsi.

«Che cosa devo fare adesso, mamma?» chiese Sammy.

Stella guardò le due macchine parcheggiate in cortile, quelle che Therese e Neil avevano usato per arrivare fin lì qualche giorno prima.

«Prova a controllare se le auto sono aperte. Se trovi qualcosa dentro. Un cellulare, o una chiave.» Bisognava provarle tutte, anche se lei aveva pochissime speranze. Neil aveva agito con la massima circospezione. Era improbabile che gli fosse sfuggito qualcosa.

Stavolta osservò i movimenti di Sammy. Vedere con quanto zelo eseguiva l'incarico era commovente. Aveva appena compiuto cinque anni e si stava comportando benissimo. Non brontolava, non piagnucolava. Faceva tutto quello che lei gli diceva. Non capiva la gravità della situazione, forse proprio grazie alla sua età. Se la mamma diceva che sarebbe andato tutto bene, doveva essere così.

Stella vide Sammy provare con le portiere e il bagagliaio della macchina di Neil, ma anche quella era chiusa. Quando si avvicinò all'auto di Therese, ebbe maggior fortuna. La portiera del guidatore era aperta. Sammy esultò. «Mamma! È aperta!»

«Benissimo! Ottimo!» Stella cercò di manifestare più entusiasmo di quanto provasse in realtà. Una macchina aperta di per sé non serviva a niente. «Controlla bene dappertutto. Gli scomparti nelle portiere. Il cassetto del cruscotto. Sotto i sedili. Il bagagliaio. Tutto. Anche sotto i tappetini.»

Sammy si diede subito da fare, ma Stella non era affatto ottimista. Anche se ci fossero state le chiavi nel cruscotto, eventualità piuttosto remota, Sammy non avrebbe potuto fare niente. Era altrettanto improbabile che Terry avesse lasciato lì il cellulare. Le chiavi di casa? Perché avrebbe dovuto metterle in macchina? L'unica cosa che Sammy trovò furono una bottiglia di plastica mezza piena di limonata e un Milky Way. Meglio di niente. Tornò di corsa verso la rimessa e si fermò sotto la finestra. «Mamma, guarda!»

«Bene, è già qualcosa» commentò Stella sforzandosi di sembrare allegra. Sperava che il figlio non intuisse quanto si sentisse disperata e impotente. Adesso Sammy aveva bisogno della sua serena fiducia infantile. Più che mai.

«Posso prenderli?»

«Ma certo. Bevi tutto e mangia la cioccolata. Ti darà forza.»

Sammy non se lo fece ripetere due volte. Quando cominciò a bere fece una smorfia. La limonata dovesse essere tiepida e disgustosa, ma non era il momento di fare gli schizzinosi. Sammy ingoiò il Milky Way mezzo squagliato in due bocconi. Con la bocca impiastricciata di cioccolata, tornò per un attimo il bambino felice di sempre. Stella gli fece segno di aspettare lì e scese a dare un'occhiata a Jonas. Le sue condizioni erano sempre gravi. Gli diede un po' d'acqua e strinse per qualche secondo la mano rovente e secca nella propria. La ferita emanava un odore sempre più forte, ma quello che preoccupava di più Stella era la difficoltà con cui respirava. Sperava solo che non soffrisse troppo. Salì alla finestra, ormai decisa.

Pregò Sammy di fare ancora una volta il giro della casa e della rimessa. Se avesse trovato un rubinetto da qualche parte, gli avrebbe calato le bottiglie e lui le avrebbe riempite. Ma anche in questo caso le sue speranze erano minime, perché nelle ultime due settimane non aveva notato nessun rubinetto. Forse non ci aveva nemmeno fatto troppo caso. Se avesse dovuto innaffiare le piante, magari... Ma aveva piovuto quasi sempre, e il problema non si era nemmeno posto.

Passò diverso tempo prima che Sammy tornasse sotto la finestra. Aveva cercato ovunque e sembrava deluso.

«Non ci sono rubinetti.»

«Non fa niente.» Era una vera catastrofe, ma Stella non poteva permettersi di piangersi addosso. Aveva lasciato passare fin troppo tempo, e ora non poteva più aspettare.

«Ora stammi a sentire, Sammy. Ormai sei grande e devi essere molto coraggioso, hai capito? Devi andare a cercare aiuto. Qualcuno deve avvertire la polizia perché ci liberi.»

«Sì?»

«Ti ricordi la strada che facciamo sempre quando andiamo a fare la spesa, o a fare una gita? Bisogna salire in cima alla collina fino alla stradina, giusto?»

«Sì.»

«E ti ricordi in che direzione bisogna andare per arrivare alla strada più larga? Dove passano le macchine?»

«Sì.»

«Te la senti di andare fin lassù e di provare a fermare una macchina?»

«Una macchina che non conosco?» Come la maggior parte dei bambini, anche Sammy era stato istruito dai suoi genitori a evitare le macchine e gli automobilisti sconosciuti e a scappare appena qualcuno gli rivolgeva la parola.

«Sì, una macchina sconosciuta. Lo so che non dovresti farlo, ma adesso non abbiamo scelta.» Stella si rendeva conto che anche questo era un rischio, ma sperava che il destino non si accanisse contro di loro. Ci mancava solo un pedofilo che bazzicava la brughiera dello Yorkshire. Dovette convincersi che, nonostante quello che scrivevano i giornali, soprattutto la stampa sensazionalistica, il mondo non pullulava di pervertiti, e che la maggior parte delle persone non faceva del male ai bambini.

«Devi chiedere al guidatore se per favore può avvertire la polizia. E devi mostrargli la strada per la fattoria. Credi di farcela?»

Per la prima volta da quando si era calato fuori dalla finestra, Sammy mostrò i primi segni di incertezza e paura. Una cosa era farsi calare legato a una fune, gironzolare per la fattoria, controllare porte e finestre, rovistare in una macchina e cercare un rubinetto. Tutt'altra era avventurarsi da solo in un territorio sconosciuto, allontanandosi dalla fattoria e dai genitori.

«E se viene un uomo cattivo?»

«Non verrà nessun uomo cattivo. Vedrai, incontrerai persone molto gentili che ci aiuteranno.»

«E se non è così?»

Stella si rese conto che Sammy stava per incastrarla in uno dei suoi soliti battibecchi infiniti, come faceva sempre quando voleva guadagnare tempo ed evitare qualcosa che non gli andava di fare. Come mettere a posto la camera, apparecchiare, o cose simili. Allora inventava una domanda dopo l'altra: *E se non è così?* Oppure: *E se fosse così?*

Questa volta doveva bloccarlo sul nascere.

«Sarà così, te lo prometto. Sei grande, ormai. E vuoi che il tuo papà venga curato, vero?»

«Sì, ma...»

«Devi sbrigarti, Sammy. Non possiamo stare qui a parlare. Papà sta molto male. Ce la farai. Non ti chiederei di allontanarti se non fossi sicura che ce la puoi fare.» Questo naturalmente non era vero. Non lo avrebbe mai costretto ad allontanarsi, se avesse avuto un'alternativa concreta. Aveva paura che potesse succedergli qualcosa. Un bambino così piccolo in giro da solo per la brughiera. Persino qualche escursionista esperto si era perso in quella zona ed era stato ritrovato dopo lunghe ricerche. E nessuno si sarebbe messo a cercare Sammy. Non subito, almeno.

«Mi raccomando, devi sempre rimanere sulla strada» lo istruì.

«Niente prati né sentieri. Solo la strada. Non ti succederà niente e prima o poi vedrai che passerà una macchina.»

Negli occhi del figlio Stella colse tutta la sua paura. Provò una stretta al cuore vedendolo costretto a una prova simile. «Ora vai, Sammy, ti prego.»

«Mamma...»

«Vai!» urlò. Non era mai stata così dura con lui. Lo vide trasalire e fu assalita dal rimorso. «Stai tranquillo. Andrà tutto bene.» Avrebbe voluto dargli un po' d'acqua, ma doveva conservare quella avanzata per Jonas. Sperava che a Sammy fosse bastata la limonata. E che incontrasse qualcuno.

Sammy sembrò capire che non aveva senso indugiare oltre. Alzò la mano in un breve cenno di saluto, poi scomparve oltre l'angolo della rimessa. Stella si sentì salire le lacrime agli occhi. Un bambino coraggioso, impaurito, ma che voleva obbedire alla mamma. Stella rimpiangeva che la finestra non si aprisse sull'altro lato della rimessa, perché in quel caso avrebbe potuto seguirlo fino alla strada. Guardò il cielo limpido e senza una nuvola, mentre cercava di ricacciare indietro le lacrime.

Sammy non aveva pianto. Non lo avrebbe fatto nemmeno lei.

Tornò nella penombra della rimessa, versò un po' d'acqua in un bicchierino e la diede a Jonas. Lui faticava a deglutire e una parte del prezioso liquido gli colò dall'angolo della bocca. Il respiro era flebile. Gli occhi rossi e infossati.

Disse anche a lui ciò che aveva detto a Sammy. «Andrà tutto bene.»

Probabilmente Jonas non la sentì, e forse era meglio così.

Altrimenti avrebbe capito che non ci credeva neppure lei.

Due

Chissà com'è triste qui quando c'è brutto tempo, pensò Terry.

Seduta in riva al Loch Ryan, una profonda insenatura nella costa occidentale della Scozia, guardava l'acqua leggermente increspata. Il paesaggio montuoso della Scozia digradava verso l'acqua in colline sempre più basse, creando un ambiente di opprimente solitudine. Lei e Denis – faceva ancora fatica a ricordare il suo vero nome, per lei era sempre Neil – avevano attraversato la Scozia in lungo e in largo, senza una meta precisa, circondati quasi sempre dal nulla, ma un nulla di tale grandiosa e romantica bellezza che Terry non avrebbe potuto definirlo *opprimente*. Giunti lì a Cairnryan, però, la desolazione l'aveva assalita come un macigno che le pesava sul cuore. Splendeva il sole, ma c'era vento, le case tutt'intorno erano malandate, e lei aveva l'impressione di essere arrivata alla fine. Avevano viaggiato da un capo all'altro del paese. Erano di nuovo in riva al mare, ed era finita. Forse era questo a rattristarla tanto: l'idea di abbandonare la sua terra.

A Cairnryan c'era un porto. Terry odiava i porti.

Per tutto il loro viaggio aveva avuto l'impressione che Denis non seguisse un piano, ma volesse soltanto allontanarsi il più possibile dalla fattoria dello Yorkshire dove avevano lasciato un uomo gravemente ferito, una donna e un bambino piccolo.

Il *mio* bambino, si era ripetuta Terry, cercando però di scacciare subito quel pensiero. Sapeva che Sammy e i suoi genitori non avrebbero resistito a lungo rinchiusi in quella rimessa, che acqua e provviste sarebbero finite presto. Come aveva potuto accettare una cosa del genere? Non avrebbe dovuto fare di tutto per avvertire la polizia? Non sarebbe stata la cosa più normale?

Invece aveva permesso a Denis di sbarazzarsi del suo cellulare quando erano ancora nello Yorkshire. Lui lo aveva gettato oltre una staccionata nell'erba alta di un pascolo per impedire alla polizia di localizzarli. Lei non aveva osato ribellarsi. Non osava fare niente per i Crane. L'idea di perdere Denis la spaventava così tanto da impedirle di aiutare in qualunque modo la famiglia.

Presto informeremo la polizia, si ripeteva per tranquillizzarsi, Denis lo ha promesso. Fino ad allora ce la faranno.

Durante la loro disordinata fuga per la Scozia, aveva chiesto un paio di volte a Denis quali fossero i suoi piani, ma era stata zittita bruscamente. «Taci, okay? Non mi tormentare più con le tue domande! Lo vedrai, cosa ho intenzione di fare.»

Terry non aveva avuto il coraggio di chiederlo di nuovo, ma sperava davvero che Denis decidesse il prima possibile cosa fare. Avevano lasciato la famiglia Crane in una situazione molto difficile. Non potevano aspettare in eterno.

Avevano passato la notte in un piccolo bed & breakfast sulla costa tra Cairnryan e Stranraer, presentandosi come Mr e Mrs Crane. Avevano preso i documenti dei Crane e tutti i contanti che avevano trovato alla fattoria. Denis era soddisfatto soprattutto per i passaporti, ma Terry temeva il momento in cui avrebbero dovuto mostrare i documenti: non somigliavano affatto alle foto.

Quel mattino a colazione Denis aveva annunciato che il giorno dopo avrebbero lasciato l'Inghilterra. «Da Cairnryan partono ogni giorno sei traghetti per Belfast. Ne prenderemo uno verso mezzogiorno. Più passeggeri ci sono a bordo, meno daremo nell'occhio.»

«Belfast?»

«Da lì passeremo in Irlanda, dove non ci cercherà nessuno.»

«Ma come faremo a mantenerci?»

«Tu puoi benissimo continuare a fare la cameriera. Io mi troverò un lavoro.»

Denis si era di nuovo innervosito per le domande di Terry, così lei aveva preferito rimanere in silenzio per il resto della colazione. Denis era andato al porto a prenotare i biglietti, mentre lei si era seduta sulla riva lasciando vagare la mente. Era tormentata da pensieri cupi. Per vivere dovevano lavorare. Per lavorare dovevano dichiarare la propria identità. Denis era ricercato dalla polizia, e ora probabilmente anche lei. Non potevano certo presentarsi come Denis Shove e Therese Malyan, neppure in Irlanda. Se avessero mantenuto l'identità di Jonas e Stella Crane, che cosa ne sarebbe stato dei Crane? Non appena Denis avesse chiamato la polizia e chiesto di mandare i soccorsi alla fattoria, non avrebbero più potuto utilizzare documenti e auto.

E poi?

Alzò lo sguardo e vide un'ombra su di sé. Denis. Era tornato dal porto.

«Domani a mezzogiorno» annunciò. «Ho già i biglietti.»

«Quanto dura la traversata?»

«Poco più di due ore. Non molto.» Lui si mise a fissare l'acqua. «Mi sentirò tranquillo solo quando saremo a bordo.»

Poco più di due ore... sarebbero arrivati a Belfast intorno alle due. Cinque giorni dopo aver dato acqua e viveri ai Crane.

Terry si fece coraggio, pur sapendo che Denis si sarebbe arrabbiato.

«Neil... Denis, quando saremo là, in Irlanda... faremo subito qualcosa per i Crane, vero?»

Il volto di Denis si fece subito cupo. «Abbiamo ancora bisogno della loro macchina. Come pensi di arrivare da Belfast a Dublino?»

«In treno?»

«Macché treno... l'auto è molto meglio» dichiarò Denis senza entrare nei particolari. «Non fare tante storie, Terry. La macchina ci serve ancora. E anche i documenti. È troppo presto per chiamare la polizia.»

«Ma Jonas è gravemente ferito. Aveva bisogno di cure subito. E poi Stella e Sammy... Denis, tra poco non avranno più niente da mangiare. E soprattutto da bere.»

«Gli abbiamo lasciato provviste a sufficienza. Resisteranno per un bel po'.»

Terry si domandava se Denis credesse sul serio a ciò che diceva. Forse cercava solo di convincersi.

«Secondo me non gli basteranno... è...»

Denis si lanciò verso di lei con fare minaccioso. Terry abbassò istintivamente la testa, proteggendosi il viso con le mani.

«Smettila subito con queste stronzate!» le urlò. «Abbiamo altri problemi. Non posso pensare ai Crane, e sono stufo di sentire le tue lamentele. Vedi di stare zitta, altrimenti ti mollo un ceffone. Capito?»

Lei annuì impaurita. Sapeva che le sue non erano minacce a vuoto. Avrebbe voluto avere il coraggio di dirgli quello che pensava: che quella fuga aveva solo peggiorato le cose, che era colpa sua se si era cacciato in quella situazione senza uscita. Le aveva ripetuto più volte di non avere niente a che fare con l'omicidio del poliziotto e lei gli credeva. Era convinta che lui avrebbe potuto chiarire la propria posizione con la polizia. Terry aveva provato a spiegargli che non sarebbe stato condannato per un reato che non aveva commesso, ma Denis aveva ribattuto con una risata cinica. Da allora non era più tornata sull'argomento. Nel frattempo le cose erano cambiate:

Denis aveva sparato a un uomo e rinchiuso una famiglia lasciandola al proprio destino. Per fuggire da un'accusa infondata, aveva commesso altri reati. Ora la prospettiva del carcere era una certezza.

«Vedrai, andrà tutto bene» le disse in tono conciliante.

Lei annuì pur non essendo affatto convinta. I Crane erano in serie difficoltà. Ma preferì non farglielo notare.

«Io però non assomiglio affatto alla foto di Stella» si azzardò a osservare. Denis la guardò socchiudendo gli occhi.

«È vero. Soprattutto per il colore dei capelli. Stella è bionda. Tu sei mora. Devi procurarti una parrucca.»

«Una parrucca? Non posso tingermi i capelli?»

«Anche questa è una possibilità. Stammi a sentire, adesso andiamo a Stranraer e diamo un'occhiata in giro. Potrai tingerti i capelli stasera in camera, ma domani dovrai saltare la colazione per non farti vedere dalla padrona. Potrebbe insospettirsi.»

Terry annuì, si alzò, si tolse qualche filo d'erba dai pantaloni e seguì Denis fino alla macchina. Percorsero la stretta strada costiera. Sulla destra scintillava l'acqua dell'insenatura, a sinistra le colline erano punteggiate da qualche pecora. Denis era tornato di buonumore, alzò la radio a tutto volume e canticchiò una canzone. A Stranraer trovò subito parcheggio. In giro non c'era quasi nessuno. Denis si guardò intorno.

«Là c'è una profumeria. Puoi andare a chiedere se hanno la tintura per capelli.»

«E tu?»

«Devo andare in banca. Voglio prelevare. Ci ritroviamo qui alla macchina.»

Da quando avevano lasciato la fattoria, era la prima volta che Denis la lasciava da sola in una città. Prima l'aveva sempre tenuta d'occhio. Ovviamente non si fidava di lei, temeva che potesse fuggire. Stranamente, l'aveva lasciata da sola al bed & breakfast anche quando era andato a comprare i biglietti. Forse sta cominciando a fidarsi di me? si chiese Terry. Oppure vuole mettermi alla prova?

Denis prese le chiavi della macchina e andò a cercare una banca. Lei non sarebbe potuta scappare facilmente, sicuramente non con la macchina.

Terry entrò nel negozio. Si sentiva a disagio e avrebbe voluto che

Denis fosse lì con lei. Forse i giornali avevano pubblicato anche la sua foto segnaletica. Non osava alzare la testa e guardare gli altri clienti negli occhi. Si aspettava che da un momento all'altro qualcuno la afferrasse per un braccio e chiamasse la polizia. Si nascose tra gli scaffali e fece un profondo respiro. Era in Scozia. Forse in Inghilterra era ricercata, forse soltanto nello Yorkshire. Ma di sicuro non lì sulla costa scozzese. Giusto?

Era troppo ingenua? Ormai era diventato impossibile trovare un nascondiglio sicuro. Forse anche Denis si era illuso di potersela cavare scappando in Irlanda. Ma soprattutto: la loro fuga sarebbe mai finita?

Cercò di non farsi prendere dallo disperazione. Preferiva non pensare troppo al futuro: una vita in fuga dalla polizia a fianco di un uomo imprevedibile, che di giorno in giorno peggiorava la propria situazione trascinando anche lei nel baratro. Aveva ragione Stella Crane. Avrebbe dovuto lasciarlo, altrimenti le avrebbe rovinato la vita.

Facile a dirsi. Lei non era forte come Stella. Il suo unico appiglio era proprio Denis.

Prese una confezione di tintura per capelli – biondo platino, prometteva la scritta – e si diresse alla cassa a testa bassa. Denis le aveva dato qualche sterlina. Bastarono appena. Prese il resto e uscì dal negozio.

La prima cosa che vide fu la cabina telefonica sul marciapiede di fronte.

Da quando tutti, persino i bambini, avevano un cellulare, le cabine telefoniche erano diventate sempre più rare. Eppure esistevano ancora. Lì nel centro di Stranraer ce n'era una rossa fiammante.

Terry strinse le monete che teneva nella mano destra. Era un'occasione perfetta.

Poteva telefonare.

Denis ci stava mettendo più del previsto. Poteva farcela. Una breve telefonata alla polizia. Un indizio sulla fattoria e sulle persone che erano rinchiuse lì.

Ma così la polizia avrà il nostro numero di targa. Domani non potremo salire sul traghetto. E anche i passaporti non serviranno più a niente.

Non sarebbe stato meglio così? Forse avrebbe convinto Denis a costituirsi.

Non ha più senso, Denis. Forse non ha mai avuto senso. Non saremmo riusciti a vivere per sempre sotto falso nome. Presentati spontaneamente alla polizia. È vero, hai sparato a Jonas, ma forse è ancora vivo. Non sarai accusato di omicidio. Dovrai andare in prigione, ma per poco. Poi potremo ricominciare da zero.

Si guardò intorno. Nessuna traccia di Denis.

Attraversò la strada. Aveva la mano così sudata che per poco le monete non le scivolarono. Aveva le ginocchia molli.

Non posso farlo. Non posso tradire Denis.

Nonostante la voce che le risuonava nella testa, non poteva fare a meno di avvicinarsi alla cabina telefonica.

Avrebbe salvato tre vite. Jonas, Stella e Sammy. Sammy era suo figlio. Denis doveva capirlo.

Invece non avrebbe capito. Lei lo sapeva. Denis pensava sempre e solo a se stesso. La capacità di capire gli altri non faceva parte del suo carattere.

Aprì la porta della cabina. L'apparecchio poteva essere guasto, o magari qualche vandalo si era divertito a distruggerlo.

Non era così. Sembrava tutto a posto.

Terry allungò lentamente la mano verso la cornetta. «Non sono in grado di dare una descrizione precisa della fattoria, e dovranno cercare a lungo» pensò. «Forse ce la faremo ad arrivare a Belfast domani.»

In quel momento una mano le strinse il braccio in una morsa d'acciaio. Lei non aveva sentito arrivare nessuno, non aveva nemmeno avvertito la corrente d'aria alle proprie spalle. Qualcuno la strattonò fuori dalla cabina e la fece voltare con tale violenza che le sfuggì un grido di dolore.

Si trovò davanti Denis. Era furioso.

«Lo sapevo» sussurrò lui. «Lo sapevo che era meglio non lasciarti da sola.»

«Denis...»

«Chi volevi chiamare, eh? Gli sbirri? Volevi raccontargli tutto, così domani ci avrebbero aspettato all'imbarco?»

«Non volevo raccontare tutto, davvero. Volevo solo che qualcuno andasse alla fattoria e salvasse Jonas e gli altri. Sul serio, Denis, volevo...»

«Ma come fai a essere così stupida?» sibilò lui in tono minaccioso. Poi si mise a urlare. «Ti sei bevuta il cervello? Non hai nemmeno un briciolo di buonsenso in quella testa vuota? Te l'ho spiegato un sacco di volte, no? Milioni di volte! Ci prenderanno subito, appena scopriranno che stiamo usando l'auto dei Crane. Che...»

Due pedoni si fermarono a guardarli, spaventati dalle urla. Denis abbassò la voce. «Sei una lurida traditrice, lo sai?»

Terry si rese conto che si tratteneva a fatica. Se fossero stati soli, le avrebbe dato un pugno in faccia. Ma per strada non poteva attirare l'attenzione su di sé, e sapeva che il giorno dopo sul traghetto li avrebbero guardati tutti se Terry avesse avuto un occhio pesto e un labbro gonfio.

«Scusami» disse Terry scoppiando a piangere.

«Certo, scusa, scusa. Se non fossi arrivato in tempo, avremmo già la polizia alle calcagna. Sembra quasi che non te ne freghi niente del fatto che potrei finire in prigione per anni.»

«Non è vero, ma vorrei aiutare Stella e Jonas. E Sammy. Ti prego, Denis. Il nostro problema è solo la macchina. Lasciamola da qualche parte e troviamone...»

Lui la interruppe in malo modo. «Sei veramente ingenua... Secondo te dovremmo procurarci un'altra macchina. E come? Rubandola? Comprandola? E a chi la intesteremmo? E poi...»

Tacque, ma Terry lo incalzò. «E poi che cosa?»

«Abbiamo un altro problema, cazzo. Non mi danno più i soldi.»

«Come?»

«Il conto è stato chiuso. Se ne sono accorti.»

Terry era confusa. «Chiuso? Di che cosa si sono accorti?»

«Non importa. Sappi che non ne posso più delle tue assurdità. Siamo nella merda, perché d'ora in poi non avremo più nemmeno un centesimo. Sarei un idiota se in un momento simile mi preoccupassi dei Crane. Dovranno cavarsela da soli. Come me.»

«Ma la tua eredità...» provò a dire Terry, ma lui le abbaiò in faccia: «Scordati l'eredità. Scordatela!»

La lasciò andare, si voltò e tornò verso la macchina. Lei si affrettò a seguirlo.

«Mi sono comprata la tinta» gli disse, nel tentativo di calmarlo.

«Per fortuna l'hai fatto prima che finissero i soldi. Altrimenti non ce la saremmo potuta permettere.»

«Ma allora...»

«Ti saresti messa un fazzoletto in testa, o qualcos'altro. Ti spiacerebbe tenere chiusa quella bocca una volta tanto?»

Per tutto il viaggio di ritorno Terry non osò fiatare. Denis era di pessimo umore. Al bed & breakfast parcheggiò la macchina nel cortile, spense il motore e rimase seduto in silenzio a fissare il vuoto. Alla fine si girò e guardò Terry con occhi freddi e inespressivi.

«Non voglio più tornare dentro, mai più. E se provi a mettermi di nuovo nei guai, a ingannarmi un'altra volta, giuro che ti ammazzo. Capito?»

Lei deglutì.

«Sì.»

«E non voglio più sentire il nome di quella famiglia. Capito?»

Terry annuì.

«Adesso sali in camera e tingiti quei cazzo di capelli» le disse. Quindi scese e la lasciò dove era.

Era assolutamente certo che gli avrebbe ubbidito.

Tre

Jane non aveva mai visto il capo così torvo. Così stanco. Così abbattuto.

Era tornato da Liverpool nel primo pomeriggio. Sembrava molto preoccupato.

Quando fu convocata nel suo ufficio insieme a Stewart, capì perché.

«Dobbiamo abbandonare la pista Shove» dichiarò con voce monocorde. «È molto improbabile che dietro gli omicidi di Richard Linville e Melissa Cooper ci sia Denis Shove.»

«Signore?» ribatté Stewart interdetto. Dopo mesi di tenace lavoro su un unico indiziato, l'improvviso cambio di direzione del capo lo aveva stupito.

Jane invece se lo aspettava. Si era immaginata quella scena. Quella situazione era durata anche troppo.

Caleb aveva l'aria di chi non ha chiuso occhio tutta la notte.

«Alcuni indizi fanno pensare che l'omicidio dell'ex sovrintendente Norman Dowrick sia collegato a quelli di Richard Linville e Melissa Cooper. Dopo i risultati dell'autopsia, sembra addirittura che Dowrick sia stato ucciso per primo. Per molti anni è stato il più stretto collaboratore di Linville, nonché suo amico, ma all'epoca dell'arresto di Shove era fuori servizio da più di un anno. E i rapporti con Linville si erano già interrotti. Non riesco a spiegarmi perché Shove sarebbe andato fino a Liverpool per annegare Dowrick in un fusto pieno d'acqua.»

Stewart impallidì. «Quell'uomo è stato annegato?»

«Esatto. A giudicare dalle tracce ha cercato di difendersi. Ma non ha avuto scampo.»

«E Shove sarebbe riuscito a sbarazzarsi di lui da solo?»

«È molto probabile. Dowrick era paralizzato dalla vita in giù.»

Nella stanza scese un silenzio pesantissimo. Poi Jane domandò pragmatica: «Che cosa la induce a collegare l'omicidio di Dowrick agli altri due delitti?»

Caleb riassunse la situazione: due persone molto vicine a Linville erano state uccise in modo particolarmente brutale. I tre delitti erano avvenuti nell'arco di sei mesi.

«Le coincidenze sono sempre possibili» proseguì, «e naturalmente esiste la remota possibilità che una spietata banda giovanile sia responsabile dell'omicidio di Dowrick, come sostengono i colleghi di Liverpool. Io tuttavia ritengo molto più plausibile un collegamento tra Dowrick, Linville e Cooper.»

«Avevamo già preso in considerazione l'ipotesi che il colpevole – Shove – si divertisse a eliminare anche le persone vicine a Linville» osservò Jane. «A mio parere l'omicidio di Dowrick rafforza questa tesi, anziché contraddirla.»

«Nel caso di Melissa Cooper non sapevamo spiegare perché fosse stata uccisa mesi dopo Linville. Il delitto non poteva più colpirlo personalmente. E per quanto riguarda Dowrick, non avrebbe avuto più senso far sapere a Linville dell'omicidio? Le probabilità che il cadavere di Dowrick venisse ritrovato erano nulle fin dall'inizio. Il che fa supporre che l'omicidio non sia stato commesso per spaventare o intimidire Linville.»

«Se scartiamo Shove» commentò Stewart deciso, «rinunciamo anche all'idea che il colpevole sia uno dei criminali arrestati da Linville nel corso della sua carriera. A questo punto anche gli altri sono altrettanto poco plausibili.»

«Potremmo concentrare le indagini sui casi a cui Linville e Dowrick hanno lavorato insieme» suggerì Jane.

Caleb scrollò la testa. «Non dobbiamo dimenticare Melissa Cooper.»

Nessuno seppe come rispondere. Alla fine Stewart domandò: «In che direzione dobbiamo muoverci, signore?»

L'ispettore capo si sfregò gli occhi. «Ho parlato ieri con Kate Linville. Stava cercando Norman Dowrick perché voleva trovare informazioni sulla relazione tra suo padre e Melissa Cooper. Peccato che noi non lo avessimo considerato come una possibile fonte di informazioni.»

Stewart abbassò gli occhi con aria colpevole.

Caleb se ne accorse. «Non è colpa sua, Stewart. Dopotutto ho deciso io che Dowrick non potesse esserci utile. Ero ossessionato da Shove.»

Spiegò brevemente cosa gli aveva riferito Kate. «Secondo lei la causa di questi delitti è da ricercare nella vita privata del padre, non in quella professionale. È convinta che tutto ruoti intorno alla relazione con Melissa Cooper. A quanto pare Norman Dowrick era uno dei pochi che conosceva bene quella storia. Forse l'unico.»

«In che senso?» domandò Stewart.

«Non è chiaro perché la relazione tra Linville e la Cooper sia finita. Me lo ha detto Kate, e anche la moglie di Dowrick me l'ha confermato. Dev'essere successo qualcosa che ha spinto Linville e la Cooper a lasciarsi, proprio nel momento in cui avrebbero avuto l'occasione di rendere pubblica la loro storia. Nello stesso periodo è finita anche l'amicizia tra Linville e Dowrick. L'atteggiamento di Dowrick nei confronti del collega cambiò radicalmente, ma lui non volle parlarne neppure con la moglie.»

«E secondo Kate Linville la rottura avrebbe portato a tre omicidi? Dopo tanti anni?» domandò Stewart aggrottando la fronte.

«Esatto.»

«Santo cielo. Da dove partiamo, signore?»

Caleb scosse la testa rassegnato. «Non saprei. Ci ho riflettuto tutta la notte, ma senza arrivare a nulla. Sono stanco... e depresso.»

«Si sa qualcosa della ragazza?» si informò Jane. «Della possibile testimone?»

«No. Al momento resta la nostra unica speranza. Se ha assistito all'omicidio, mi auguro che sia in grado di darci una descrizione del colpevole. Ma naturalmente prima bisogna trovarla» rispose Caleb.

«Se posso aggiungere una cosa» disse Jane, «dobbiamo comunque rintracciare Denis Shove. Non dimentichiamo la truffa che ha perpetrato per mesi con la pensione dello zio.»

«Inoltre ha sparato a una donna» intervenne Stewart. «Si è impossessato della sua macchina e l'ha abbandonata ferita in aperta campagna. È un miracolo che sia stata ritrovata in tempo.»

«Lo so» riconobbe Caleb. «C'è solo una cosa...»

Quattro occhi si posarono pieni di aspettativa su di lui.

«Da un punto di vista giudiziario è irrilevante, è ovvio» spiegò, «ma temo che proprio noi abbiamo peggiorato le cose lanciando una caccia all'uomo in grande stile. La truffa della pensione è una cosa, tra l'altro tipica per uno come Shove. Il furto dell'auto e il ferimento di Peggy Wild, invece... Forse tutto questo non sarebbe successo se non lo avessimo messo alle strette. Quando ha visto la sua foto su tutti i giornali, la situazione è precipitata. Shove si è fatto prendere dal panico, mettendo in pericolo altre persone.»

«Ma questa non è una giustificazione» obiettò Jane. «Non si può sparare a qualcuno e rubargli la macchina solo perché ci si sente con le spalle al muro.»

«Questo è ovvio» riconobbe Caleb, ma era chiaro ciò che pensava: non avremmo dovuto permettere che le cose arrivassero a questo punto.

Per il momento non c'era altro da fare. Susannah Dowrick era stata informata il giorno prima del ritrovamento del cadavere dell'ex marito, ma Stewart decise di andare comunque da lei. Era tormentato dal fatto di essersi accontentato dopo il primo colloquio con la donna.

Caleb decise di andarsi a prendere un caffè nero e Jane tornò nel suo ufficio. Era combattuta.

La ragazzina di Liverpool. Tutte le speranze erano riposte su una tredicenne ritardata.

Cosa poteva fare? Si sentiva sempre di più una spettatrice impotente.

Shove era in fuga. Caleb lo aveva messo da parte. Lei poteva continuare a dargli la caccia da sola, perché era giusto arrestarlo. Caleb Hale e Robert Stewart, però, avrebbero riesaminato tutti i dettagli del caso con il massimo scrupolo. In cerca di nuove piste.

Lo squillo del telefono la riempì quasi di sollievo.

Era una donna, dal tono di voce piuttosto spazientito.

«Agente investigativo Scapin?» domandò.

«Sì. Chi parla?»

«Mi chiamo Amelie Bromley. Lavoro presso l'ufficio stampa di TV Adventure.»

La casa di produzione per cui lavorava Jonas Crane.

«Mi dica» la invitò Jane prestando la massima attenzione.

«Mr Chalid mi ha dato il suo numero di telefono e... ecco, insomma, praticamente mi ha costretto a telefonarle.» Amelie Bromley sbuffò piano. «È da ieri che quell'uomo mi tormenta in continuazione. Ha voluto a tutti i costi che vi chiamassi per aiutarvi a ritrovare subito Jonas Crane.»

«Mr Chalid? Sta parlando di...»

«Esatto, Hamzah Chalid. Quell'iracheno, o iraniano, non so. Sa che non gireremo il film sulla sua vita, e questo lo sta facendo impazzire.»

«Ho parlato con Mr Chalid» disse Jane. «Conosco il problema.»

«Io non posso fare niente per lui. Nemmeno Jonas Crane, non è lui a decidere i film che produciamo. Ma Chalid sembra convinto che Jonas lo aiuterà. È come se la sua vita dipendesse da quell'uomo.»

«Lei sa dove si trova Jonas Crane con la famiglia?»

«Credevo che fossero tornati da un pezzo. Venerdì deve consegnarci due trattamenti e mercoledì prossimo ha un colloquio. Secondo Chalid è scomparso senza lasciare tracce.»

«In effetti i Crane sarebbero dovuti tornare domenica» confermò Jane.

«E come mai anche la polizia si interessa a loro?» chiese diffidente Amelie.

«Dobbiamo sentirli in relazione a un'altra indagine» rispose Jane evasiva. «Ma non sappiamo nemmeno se Jonas Crane sia in grado di darci le informazioni che ci servono.»

«Ho capito. In ogni caso bisogna fare qualcosa, Chalid mi sta assillando.»

«Perché si è rivolto a lei?»

«Ha parlato con tutti. E qualcuno l'ha mandato da me. Dicendogli che sapevo qualcosa. In realtà posso solo supporre che qualcuno abbia dato ai Crane una casa in affitto per le vacanze.»

«Sarebbe già qualcosa» osservò Jane. Forse i Crane l'avrebbero davvero portata da Denis Shove. Se non altro avrebbe aiutato il povero Mr Chalid.

«Jonas aveva chiesto ad alcuni colleghi se potevano consigliargli un posto dove staccare la spina completamente. Il medico gli aveva consigliato di prendersi una pausa. Lontano da tutto, senza Internet, senza televisione, mi capisce. Un periodo di totale isolamento. Per ritrovare se stesso, per ritrovare l'equilibrio, o qualcosa del genere.»

Era più o meno la stessa cosa a cui aveva accennato la vicina di casa a Kingston. «Sì, questo conferma le informazioni che ho già raccolto» disse Jane.

«Un altro autore che collabora con noi ha una casa del genere. Ci va per lavorare. È una vecchia fattoria completamente isolata nelle North York Moors.»

Da qualche parte nell'Inghilterra del Nord...

«Conosce l'indirizzo? Sa dove si trova questa fattoria?» domandò Jane.

«Purtroppo no. Non sono neppure sicura che Jonas abbia deciso di andare in un posto simile. Però potrei darle il nome e il numero di telefono dell'autore.»

Jane prese una matita. «Sarebbe davvero gentile.»

«Anche Hamzah Chalid voleva a tutti i costi quest'informazione, ma non potevo permettere che un pazzo fissato come lui andasse a importunare qualcun altro» spiegò Amelie. «È stato Chalid a consigliarmi di rivolgermi a lei. Lei è un agente di polizia, vero?» aggiunse diffidente.

«Se vuole, può farsi dare il numero della centrale di Scarborough e farsi passare il mio interno» le suggerì Jane.

Questa proposta sembrò fugare i dubbi di Amelie. «Non occorre. Allora, l'autore si chiama Benjamin Wilson. Non so dove si trovi al momento, ma le do il suo numero di cellulare.»

Dopo essersi annotata il numero, Jane la pregò di informare Chalid che si sarebbe occupata della faccenda. «Gli dica di tornare a casa e di non preoccuparsi.»

«Magari!» esclamò Amelie Bromley prima di riattaccare.

Jane fece subito il numero di Mr Wilson, ma le rispose la segreteria. Si presentò, spiegò che si trattava di una questione di routine e chiese di essere richiamata.

Non sapeva quanto dovesse prendere sul serio la scomparsa della famiglia Crane. Jonas Crane era un autore freelance. Poteva utilizzare il proprio tempo come meglio credeva, a patto di rispettare gli impegni. Molto probabilmente, visto il periodo di eccezionale bel tempo, i Crane avevano deciso di prolungare la vacanza. L'unica stranezza era che Stella Crane non ascoltava i messaggi sul cellulare e non aveva avvertito del cambiamento di programma neppure la vicina.

Ma non doveva scervellarsi per questo. Aveva già un sacco di altri problemi. Prima o poi Wilson l'avrebbe richiamata e tutta la faccenda si sarebbe chiarita.

Quattro

Verso sera Jonas non respirava quasi più. Era quasi sempre privo di sensi e, anche quando riprendeva coscienza, era confuso e disorientato. Non riconosceva nemmeno Stella. Si guardava intorno, poi richiudeva gli occhi. Una volta pronunciò una sola parola: «Acqua».

Stella gli sorresse il capo e gli diede da bere qualche sorso. Per cercare di contrastare la febbre, nel pomeriggio gli aveva dato da bere più del previsto: l'acqua non sarebbe bastata neppure per il giorno successivo. Anche il paracetamolo e le bende erano finiti. Se non fosse stato soccorso, Jonas non avrebbe superato la notte. Quel giorno Stella non aveva toccato neppure un goccio d'acqua per lasciarla a Jonas, e le forze la stavano abbandonando rapidamente. La sete le provocava allucinazioni di sorgenti gorgoglianti e laghi azzurri, bottiglie di vetro gelate e coperte di condensa. Si sforzava di scacciare quelle immagini che la tormentavano. Fissò con gli occhi gonfi e arrossati le ultime gocce rimaste nella bottiglia, in preda a una profonda disperazione. Quella poca acqua non avrebbe fatto la differenza per Jonas, ma avrebbe potuto dare a lei le energie per superare la notte. Di dormire non se ne parlava nemmeno, Jonas stava troppo male. Ma quelle poche gocce avrebbero potuto fare la differenza tra la vita e la morte. Se i soccorsi fossero arrivati presto, lei avrebbe resistito.

I soccorsi...

Sammy era via da più di sei ore. Era un bambino assetato, sotto il sole, e doveva essersi fermato molte volte. Ma in ogni caso avrebbe dovuto essere sulla statale già da parecchio, e anche se non era molto trafficata, qualche macchina passava sempre. Non era possibile che nessuno si fosse fermato vedendo un bambino che si aggirava da solo da quelle parti.

La polizia non avrebbe dovuto già essere lì?

Perché non era ancora arrivata?

Dov'era Sammy?

Non avrebbe dovuto lasciarlo andare da solo. Aveva corso un rischio eccessivo. Aveva compiuto cinque anni solo un mese e mezzo prima. Era un bambino intelligente, ma molto coccolato e poco autonomo. Stella non lo aveva mai lasciato solo, a parte quando giocava fuori con i figli dei vicini. E adesso lo aveva spedito in mezzo alla brughiera.

Jonas mormorò qualcosa e lei gli corse accanto. Per un istante sperò non solo che si fosse svegliato, ma che grazie a un miracolo avesse ritrovato per un istante la lucidità.

Si accorse subito che non era cambiato niente. Jonas delirava, non sapeva chi era né dove si trovava. Per quanto Stella si sforzasse, non riuscì a capire cosa diceva. Frammenti di parole, suoni privi di senso.

«Jonas!» singhiozzò lei con voce disperata. «Jonas, ho fatto come avevi detto. Sammy è uscito dalla finestra. Ci siamo riusciti, non si è fatto male. Porterà qui i soccorsi. Non ci vorrà molto. Devi resistere ancora un po'. Jonas? Mi senti? Non puoi mollare proprio adesso.»

Lui aprì brevemente gli occhi, ma il suo sguardo era vitreo e assente.

«Jonas!»

Le sue palpebre si abbassarono di nuovo. La testa si piegò di lato. Il respiro era un rantolo faticoso. Il suo corpo sprigionava un calore impressionante.

Stella fissò il marito domandandosi se sarebbe stata questa l'ultima immagine di lui: la rimessa polverosa, la luce che calava fuori dalla finestra. Lo stretto divano sfondato. E l'uomo con cui aveva giurato di trascorrere tutta la vita.

L'uomo che sarebbe morto se...

In quel momento udì una voce, poco più di un sussurro, provenire da fuori.

«Mamma...»

Stella balzò in piedi e si arrampicò di slancio sull'impalcatura, che oscillò pericolosamente sotto di lei. Una volta in cima, sporse la testa fuori dalla finestra.

«Sammy?»

«Mamma!»

Era schiacciato contro il muro della rimessa e lei non lo aveva visto subito. Teneva le mani appoggiate alle pietre e guardava verso l'alto. Il sole era tramontato, ma c'era ancora luce. Stella vide il viso stanco e impolverato del bambino. Se avesse potuto attraversare il muro lo avrebbe fatto, per tornare dalla sua mamma.

Dov'erano gli altri? La polizia? I soccorsi?

Perché tutto quel silenzio?

«Sammy, sei stato via parecchio tempo!»

Sulle guance incrostate di polvere le lacrime avevano lasciato due solchi lucidi. «Mamma, ho tanta sete!»

«Dove sei stato?»

«A cercare l'acqua.»

«Che cosa? Sammy, dovevi andare sulla strada. *Dovevi cercare aiuto!*»

«Avevo tanta sete. Volevo andare allo stagno.»

«Quale stagno?» Per la miseria, non era nemmeno arrivato alla strada. Aveva vagato per i dintorni in cerca d'acqua, ed era un miracolo che fosse tornato alla fattoria.

«Qui vicino c'è uno stagno!» insistette il bambino.

Stella non aveva idea di cosa parlasse. Forse nelle settimane precedenti aveva scoperto una pozza d'acqua mentre era fuori a giocare o a passeggiare con Jonas.

Lei lanciò un gemito soffocato. Tutto inutile. L'attesa, la speranza, la trepidazione.

«E poi non sono riuscito ad arrivare fino alla strada» raccontò Sammy.

Stella lesse sul viso del figlio tutta la sua disperazione. I rimproveri che le erano affiorati sulla lingua svanirono all'istante. Era così piccolo. Aveva sopravvalutato le sue capacità.

«Non preoccuparti, Sammy. Va bene così.»

«Non trovavo la strada. E nemmeno la casa. Faceva così caldo. Avevo tanta paura!» Scoppiò a piangere.

«È tutto a posto. Sei tornato. Non è successo niente.»

Siamo perduti.

«Ho tanta, tanta sete.»

«Aspetta un momento.» Stella prese una decisione. Tornò in basso, prese l'ultima bottiglia, la legò saldamente a un'estremità della fune che aveva usato per calare Sammy e risalì fino alla finestra.

«Ti calo dell'acqua» gridò. «Fai attenzione!»

La bottiglia scese lentamente lungo il muro della rimessa. Sammy allungò le braccia per prenderla.

«Attento!» ripeté Stella.

Sammy stappò la bottiglia e bevve avidamente.

Poi alzò gli occhi. «Mamma, ho ancora sete!»

«Non ce n'è più. Sammy, prova a dare un'occhiata nella macchina di Terry. E poi fai di nuovo il giro della casa, forse c'è un rubinetto che prima non hai visto.»

Stella non aveva grandi speranze e in effetti dopo un po' Sammy tornò a mani vuote. «Non c'è niente.»

«Va bene.» Non andava affatto bene. Non avevano più niente, assolutamente niente. Per un istante Stella valutò l'ipotesi di usare l'acqua del radiatore della macchina di Terry e quella del serbatoio per lavare i vetri. Ma il rischio che contenessero antigelo o detersivo era troppo grande. Vomito e diarrea erano l'ultima cosa che serviva loro in quelle circostanze.

«Ascoltami bene, Sammy. Ora devi dormire. Magari domani proverai a tornare sulla statale, che ne dici? Per farlo però, devi riposarti.»

Sammy la fissò spaventato. «Non voglio andarci di nuovo, mamma. Ho avuto tanta paura. Voglio restare qui con te e papà!»

Non aveva alcun senso discuterne ora. Stella poteva solo sperare che il mattino dopo Sammy ritrovasse il suo entusiasmo.

«Va bene. Ma adesso devi dormire.»

«Posso venire da voi?»

«Non è possibile, tesoro. È troppo pericoloso.»

«Posso arrampicarmi sulla fune!»

«Non è robusta e ti faresti molto male su uno dei nodi si sciogliesse.»

«Allora posso legarmela di nuovo in vita e tu mi tiri su.»

Era assurdo pensare che Sammy fosse capace di legarsi la corda in maniera sicura intorno alla vita.

«No, Sammy. Mettiti nella macchina di Terry, che ne dici? Ti sdrai sul sedile posteriore, che è morbido e comodo. Vedrai che dormirai benissimo.»

Sammy scoppiò di nuovo a piangere. «No, voglio venire da voi!»

La scena era straziante, ma Stella non poteva cedere. «Ehi, che cosa vedo? Piangi? Ho davanti lo stesso bambino che da settimane mi ripete che vuole dormire in tenda in giardino?»

In quel momento a Sammy non importava niente della tenda e del giardino. «Mamma, ti prego! Voglio venire da voi!»

«Ora sali sulla macchina di Terry» disse Stella con voce ferma. Non voleva discutere con Sammy, perché non ne aveva la forza e parlare le costava fatica. La polvere che si era accumulata in quella maledetta rimessa le bruciava in gola. E quando parlava era anche peggio.

«Mamma!» singhiozzò Sammy.

«Devi fare quello che ti dico. Mettiti a dormire. Papà e io siamo qui. Siamo vicini a te.»

Sammy dovette rendersi conto che rientrare nella rimessa era fuori discussione. Borbottò qualcosa sul fatto di avere molta fame e sete – anche noi, pensò Stella – poi finalmente andò verso l'auto. Stella lo vide aprire una delle portiere posteriori e salire sul sedile.

Bene. Lui era sistemato. Alla meno peggio, ma era già qualcosa.

Scese dall'impalcatura con le gambe molli e le braccia tremanti. Le forze le scivolavano letteralmente via dai muscoli. Si stava logorando, ed era incredibile con quale velocità. Stella era sempre molto attenta all'alimentazione, andava a correre e in piscina. Era orgogliosa del proprio fisico sano e allenato. E adesso, nel giro di pochi giorni, la prigionia, la fame e la sete stavano distruggendo il suo equilibrio fisico.

Per non parlare di quello mentale.

Controllò le condizioni di Jonas. Sempre pessime. Se non altro non erano peggiorate, almeno a prima vista. Di sicuro non erano migliorate. Ma come sarebbe stato possibile?

Si rannicchiò sulla stuoia accanto al divano. Si era quasi abituata a quel giaciglio duro. Desiderava solo un paio d'ore di oblio. Scivolare nel sonno, non essere più tormentata dai crampi allo stomaco, né dal desiderio bruciante di bere. Non dover più sentire il respiro faticoso di Jonas. Non dover più pensare a Sammy che si addormentava nella macchina di Terry sfinito dal pianto. Silenzio e quiete. Solo per un momento.

Non ci aveva sperato, ma era così sfinita che riuscì a addormentarsi.

Giovedì, 12 giugno

Uno

Jane detestava dover chiedere un favore alla vicina, Mrs Pollard. Ormai la donna non nascondeva più la propria irritazione tutte le volte che le toccava intervenire senza preavviso.

Succedeva troppo spesso, si era lamentata di recente. Che cos'era quella storia? Prima Jane riusciva a conciliare meglio il lavoro e Dylan.

«Ultimamente ho molti problemi sul lavoro» aveva spiegato Jane, ma Mrs Pollard aveva ribattuto soltanto che forse avrebbe dovuto pensarci bene prima di scegliere la carriera in polizia.

«Si vede sempre alla televisione! Straordinari in continuazione, orari impossibili. Le famiglie vanno a rotoli, i matrimoni si sfasciano...»

Jane avrebbe voluto replicare che la televisione era perfetta per diffondere i luoghi comuni più banali, ma per quanto riguardava il suo lavoro non poteva certo obiettare granché. Lavorando alla squadra omicidi era effettivamente un problema avere orari fissi e organizzare la vita familiare, soprattutto quando si era nel pieno di un'indagine complicata. In particolare, come nel caso di Jane, quando non si poteva neppure parlare di una famiglia nel vero senso della parola. La sua, più che altro, era una famiglia incompleta. Questo però non migliorava le cose, al contrario.

«Perché oggi non può andare al suo... istituto?» domandò Mrs Pollard scocciata. Aveva aperto a Jane in vestaglia e a piedi scalzi, con una cuffia da doccia trasparente in testa. Doveva essere appena uscita dal bagno. Jane le aveva chiesto se per favore poteva occuparsi ancora una volta di Dylan, solo per quel giorno, anzi, forse non solo per un giorno.

«Ieri è stato scoperto il quinto caso di scarlattina» rispose Jane alla domanda di Mrs Pollard. «È scattata la quarantena...»

Aveva trovato quella catastrofica notizia la sera prima sulla segreteria telefonica.

Merda, aveva pensato, mettendosi seduta in poltrona e prendendosi la testa tra le mani. *Merda, merda!*

«Significa allora che oltretutto Dylan ha la scarlattina?» chiese allarmata Mrs Pollard.

«È escluso. L'ha già fatta» le assicurò Jane.

«Per fortuna anch'io» disse la donna. Poi fece un sospiro esagerato. «Però non può andare avanti così, Jane. Deve trovare un'altra soluzione, sul serio. Al posto suo sarei molto arrabbiata. Dopotutto non è lei l'unica responsabile di Dylan! Anche Sean potrebbe...»

«Ha ragione» concordò Jane, «ma sa come sono fatti gli uomini...» Detestava simili generalizzazioni, ma sapeva che a Mrs Pollard piacevano molto. Il marito l'aveva lasciata di punto in bianco molti anni prima. Da allora la donna attribuiva al genere maschile ogni nefandezza immaginabile.

«Proprio così» confermò infatti. «Sono inaffidabili, egocentrici e interessati solo al proprio tornaconto. D'accordo. Ancora per oggi. Ma *soltanto oggi*! Per favore torni puntuale alle cinque e mezzo.»

«Ma certo» le garantì Jane, pregando dentro di sé di poter mantenere la promessa. «Allora...»

«Arrivo tra dieci minuti» brontolò Mrs Pollard. «Avrò pure il diritto di farmi una doccia, no?»

«Naturalmente. La ringrazio tantissimo. Non saprei cosa fare se...»

«Troverebbe un'altra stupida come me» concluse la vicina sbattendo la porta.

Un quarto d'ora più tardi Jane era in macchina. Con una mano stringeva il volante, con l'altra un toast. Non era riuscita a fare colazione come si deve. La maledetta epidemia di scarlattina le aveva già scombussolato tutti i piani. Mentre era ferma a un semaforo, le squillò il cellulare. Jane rispose con il vivavoce. Era Benjamin Wilson, lo sceneggiatore. Aveva un tono di voce diffidente. Evidentemente temeva che la richiesta lasciata in segreteria di chiamare quel numero fosse uno scherzo.

«Agente investigativo Scapin?» domandò circospetto. «Polizia dello Yorkshire?»

«Sì. Esatto. Lei è Mr Wilson?»

«Sì. Mi ha chiesto di richiamarla?»

«Vorrei farle solo una domanda, Mr Wilson. Si tratta del suo collega Jonas Crane.»

«È successo qualcosa?»

«Dobbiamo parlare con lui di una certa questione, ma non siamo ancora riusciti a sentirlo. Sarebbe dovuto tornare dalle vacanze domenica scorsa, ma...»

«Non lo ha fatto? Eravamo d'accordo così. Domenica 8 giugno.»

Centro, pensò Jane.

«Quindi ha affittato la sua casa?» chiese.

«La mia fattoria in mezzo alla brughiera, esatto. Come fa a saperlo?»

«Mi è stato detto alla TV Adventure. Come le ho accennato, è da diversi giorni che cerchiamo Mr Crane.»

«Glielo aveva consigliato il medico. Riposo assoluto. Crane era sull'orlo di un esaurimento nervoso. Così almeno aveva detto lui. Personalmente non credo che due settimane di pausa possano essergli servite a qualcosa, per di più portandosi dietro la famiglia... ma aveva deciso così.»

«La sua fattoria è il posto giusto per staccare la spina?»

«Assolutamente. Non esiste un posto più isolato di quello. Niente televisione, niente Internet, niente radio. Non prende nemmeno il cellulare. Anche se fosse scoppiata l'apocalisse, laggiù nessuno se ne sarebbe accorto.»

«Ha avuto sue notizie nel frattempo?»

«No, ma era stato deciso che non avesse alcun contatto con il mondo esterno. Se ci fossero stati dei problemi si sarebbe fatto sentire, ma a quanto pare era tutto okay.»

«Secondo lei è possibile che abbiano deciso di fermarsi più a lungo senza informarla?»

«No» rispose Wilson deciso. «Non credo. Mi aveva pagato l'affitto per due settimane in anticipo. Non molto, in realtà, solo le spese. Non è certo il tipo da rimanere più a lungo del periodo per cui ha pagato. A meno che non avesse intenzione di darmi la differenza al ritorno, ma anche in questo caso... senza dire niente... non è da lui.»

«Mr Wilson, potrebbe accompagnarmi alla sua fattoria?» domandò Jane.

Wilson scoppiò a ridere. «In questo momento non sono in Inghilterra, agente. La chiamo da Tenerife. Sto scrivendo un film in due parti che verrà girato qui e sto cercando di calarmi nell'atmosfera.»

Ma perché ho scelto di fare la poliziotta? si domandò Jane. Il lavoro di sceneggiatore sembra decisamente migliore.

Ma con Dylan e nonostante la disponibilità di Mrs Pollard sarebbe stato impensabile: oggi Tenerife, domani una fattoria isolata nella brughiera. E il giorno dopo ancora magari New York...

D'accordo, sognare era sempre lecito.

«Capisco» disse. «È d'accordo se vado a dare un'occhiata io? Per noi sarebbe molto utile trovare la famiglia Crane.»

Wilson ebbe un attimo di esitazione e Jane intuì le sue perplessità: voleva evitare che Jonas pensasse che il collega gli avesse mandato la polizia solo perché aveva deciso di fermarsi di più senza aver pagato l'affitto.

«Ecco, casomai Jonas fosse lì, deve assolutamente...» cominciò, ma Jane lo interruppe.

«Non si preoccupi. Dirò subito a Mr Crane che non ci ha chiesto lei di andare lì, Mr Wilson. In realtà ho solo una domanda da porgli e non ha niente a che fare con lei. A parte questo, comincio a essere preoccupata. I Crane non hanno avvertito nemmeno la vicina a Kingston, che ritirava la posta e bagnava i fiori. Secondo me c'è qualcosa che non va, e non sarà di certo un male controllare se è tutto okay.»

A questo punto Benjamin Wilson non ebbe più dubbi e spiegò a Jane come arrivare alla fattoria. Lei, bloccata nel traffico, cercò di memorizzare le indicazioni. Si augurò che al momento opportuno si sarebbe ricordata di ogni dettaglio.

«Sarebbe così gentile da avvisarmi quando sarà arrivata?» le chiese Wilson alla fine. «Che i Crane siano ancora lì o meno.»

«Ma certo. Mi farò viva in ogni caso» promise Jane. Dopo aver chiuso la telefonata, si domandò se fosse il caso di passare dall'ufficio. La procedura prevedeva che portasse con sé un collega, ma così su due piedi sarebbe stato difficile organizzare la cosa. Inoltre fin dall'inizio era stata incaricata delle indagini sulla famiglia Crane. Nel caso avesse fatto un buco nell'acqua, non c'era bisogno che lo sapesse nessuno.

Al primo incrocio Jane svoltò a sinistra. La località più vicina alla fattoria era Egton Bridge. Sarebbe riuscita a trovarla. Nel giro di un'ora poteva tornare in ufficio, nel caso in cui l'allarme si fosse rivelato infondato, e si sarebbe giustificata dicendo che aveva avuto dei problemi con Dylan.

Le sue previsioni si rivelarono del tutto sbagliate. Jane impiegò cinquanta minuti solo per trovare il casolare. Sbagliò strada due volte, dopo aver percorso stradine che finivano nel nulla. Tutt'intorno cespugli, qualche albero sparuto e pecore. Il sole scottava. La macchina di Jane non aveva l'aria condizionata. Imprecò e fece manovra. Non era più sicura di ricordarsi con precisione le indicazioni fornite da Wilson. Per la miseria, possibile che esistessero posti così isolati? Quella maledetta fattoria non aveva nemmeno un indirizzo da inserire nel navigatore.

Non andrei mai in un posto del genere, per niente al mondo, pensò Jane. Nemmeno se fossi così stressata e il medico mi costringesse a staccare la spina.

Alla fine imboccò la strada giusta. O almeno le sembrava. Strettissima e tortuosa.

«Vedrà la fattoria apparire all'improvviso dopo una curva» le aveva spiegato Wilson. «In fondo a una vallata proprio davanti a lei. Due edifici di pietra, una casa e una grande stalla. Intorno... il nulla!»

La descrizione calzava a pennello. Jane riconobbe subito la fattoria. E notò immediatamente che sembrava deserta.

Le imposte erano chiuse. I Crane non erano più lì. Ma allora dov'erano andati?

Nonostante questo, Jane decise di controllare ugualmente da vicino. Forse avrebbe scoperto qualcosa, un indizio su dove si trovassero i Crane.

Mi sto dando tanto da fare per niente, pensò. Jonas e la famiglia non ce la facevano più a stare qui, e posso capirli. Si saranno trasferiti in un bell'hotel in riva al mare e si saranno dimenticati di informare la vicina e tutti gli altri.

Ma perché Stella Crane non risponde al cellulare?

La macchina avanzò lentamente sul viottolo sconnesso. Una vera sfida per gli pneumatici. Jane cominciava a dubitare che la professione di sceneggiatore fosse davvero una scelta azzeccata. Ma perché spendere un sacco di soldi per comprare una casa come quella, dove ritirarsi regolarmente a lavorare? Quel tizio doveva essere fuori di testa. Jane era certa che sarebbe caduta in depressione nel giro di un paio di giorni, e l'ispirazione sarebbe andata a quel paese.

Entrata nel cortile, notò subito le due auto. Erano state parcheggiate in modo che non potessero essere viste dalla collina né dal sentiero che portava a fondovalle.

Una Renault blu e una Ford rossa.

Jane non ricordava i numeri di targa, ma sapeva che la polizia cercava la Renault blu di Therese Malyan e la Ford rossa rubata a Peggy Wild.

Denis Shove e Therese erano alla fattoria.

Jane prese immediatamente il cellulare. Doveva chiamare rinforzi. Il fatto che le imposte fossero chiuse la preoccupava. Tutto lasciava pensare che Shove e la sua amica si fossero barricati dentro. Con i Crane in ostaggio? Shove era armato. E pericoloso. Aveva sparato a Peggy Wild senza pensarci due volte.

Non c'erano altre macchine. Ma non significava nulla. L'auto dei Crane poteva anche essere nella rimessa.

Un'occhiata al display confermò ciò che le aveva detto Wilson: lì il cellulare non prendeva.

Doveva tornare in cima alla collina, da dove forse sarebbe riuscita a telefonare. Inoltre doveva allontanarsi subito. Nel punto in cui si trovava era un ottimo bersaglio.

Dio, che sprovveduta. Avrebbero potuto vederla. Il sospetto che potesse essere accaduto qualcosa ai Crane avrebbe dovuto spingerla ad agire con più prudenza.

Stupida! Ti comporti proprio come una maledetta pivella.

Ingranò la retromarcia senza perdere di vista la casa, pronta a mettersi al riparo se fossero partiti dei colpi. Shove doveva essersi già accorto della sua presenza, e sicuramente aveva capito che lei aveva visto le auto, giungendo alla conclusione più ovvia. Inoltre, vedendo che era sola, non le avrebbe permesso di andarsene. Jane si stupiva che nessuno le avesse ancora sparato.

D'altra parte, Shove non poteva sapere che era un'agente di polizia. Jane non ci aveva pensato. Poteva benissimo essere una turista che si era persa. Le conveniva allontanarsi senza dare nell'occhio.

Proprio mentre stava per imboccare il viottolo vide la portiera posteriore della Renault aprirsi all'improvviso. Un bambino scese dall'auto barcollando. Agitò le braccia verso di lei e le corse incontro. Doveva avere al massimo cinque anni e Jane intuì subito che si trattava del figlio adottivo dei Crane. La vicina di Kingston le aveva detto che si chiamava Sammy. Il figlio di Therese Malyan.

Il suo primo impulso fu di scendere e andargli incontro, ma poi pensò che potesse essere una trappola. Costeggiò la casa e fermò l'auto in fondo. Lì non c'erano finestre, il pericolo di essere colpiti era minore. Scese dall'auto restando accucciata e tenendo sempre la macchina tra sé e la casa.

Il bambino spuntò da dietro l'angolo. Era senza fiato per la corsa, ed era chiaramente in preda al panico all'idea che la sconosciuta potesse andarsene. Era sporco e sudato, i capelli biondi ispidi e spettinati. Negli occhi spalancati Jane vide il terrore.

Che cosa era successo?

«Sammy?» lo chiamò. Quando il bambino fu abbastanza vicino Jane lo afferrò per un braccio e lo strinse a sé al riparo della macchina. Lui si divincolò, ma era sfinito.

«Ehi, tranquillo. Sono Jane. Jane Scapin. Sono della polizia.»

Lui la guardò incredulo.

Lei si portò un dito alle labbra. «Fai piano. Rimani qui, non scappare, okay?»

Sammy annuì.

Jane gli lasciò andare il braccio. «Dobbiamo essere prudenti. Per Denis Shove.»

Lui la fissò perplesso e Jane ricordò che Shove aveva assunto un altro nome. «Volevo dire Neil. Neil Courtney.»

Il bambino finalmente parlò. Aveva le labbra gonfie e screpolate. «Se n'è andato. Neil. Con Terry.»

«Ne sei sicuro? Le loro auto sono ancora qui.»

«La mamma dice che hanno preso la nostra.»

«Dov'è la tua mamma?»

Sammy indicò la rimessa con un cenno della testa. «Lì dentro. Con il papà. Neil ci ha chiuso dentro. Il papà è molto malato. Neil gli ha sparato. Io sono uscito dalla finestra. Ma mamma e papà non ci passano, perché è molto piccola. Io dovevo cercare aiuto.» Era come un fiume in piena, non riusciva a smettere di parlare. «Però volevo cercare dell'acqua. Qui vicino c'è uno stagno. Tu sai dov'è?» La guardò pieno di speranza.

«Purtroppo no. Ma aspetta.» S'infilò in macchina e prese una bottiglia piena. Jane non si metteva mai in viaggio senza acqua. «Hai molta sete, vero?»

Lui si portò la bottiglia alla bocca e bevve come se ne andasse della sua vita. E probabilmente era così. Jane capì che stava dicendo la verità. Non era uno scherzo di cattivo gusto. Il bambino era troppo provato. Ed era disperato. Il suo racconto era credibile. Denis Shove aveva approfittato del rapporto di Terry con i genitori adottivi di Sammy per procurarsi un'altra macchina dopo l'aggressione a Peggy Wild. Aveva immaginato che Peggy sarebbe stata soccorsa e che la sua auto non fosse più sicura. E aveva rinchiuso i Crane per fuggire tranquillamente.

Il capo non doveva rimproverarsi di aver inseguito Shove con tanto impegno. Era un criminale senza scrupoli.

Jane si avvicinò alla rimessa e osservò la serratura. Era a doppia mandata e in più aveva un chiavistello bloccato da un lucchetto.

Shove non voleva brutte sorprese.

Sammy l'aveva seguita.

«Devi salvare la mamma. E il mio papà!»

Jane provò a scuotere la porta. Non cedeva. Doveva assolutamente chiedere rinforzi.

Dall'interno udì una flebile voce. «Sammy?»

«Sono l'agente investigativo Scapin della polizia dello Yorkshire. Mrs Crane?»

Un attimo di silenzio attonito. Poi una domanda concitata: «La polizia?»

«Sì. Vi tireremo fuori da lì, Mrs Crane. Lei sta bene?»

«Io sì. Ma mio marito... lui sta molto male. Non credo che ce la farà. Ha dell'acqua? Sammy è con lei?»

«Sì. È con me. E ho dell'acqua.» Nonostante la sete, Sammy aveva bevuto soltanto metà della bottiglia. «Sammy mi ha parlato di una finestra...»

«Sull'altro lato. C'è una fune. La prego, venga... sull'altro lato.» Stella Crane diceva di stare bene, ma dalla voce sembrava esausta.

Shove non gli ha nemmeno lasciato acqua a sufficienza, pensò Jane mentre correva dall'altra parte della rimessa. Che lurido bastardo.

Vide la finestrella in alto. Accidenti. Stella Crane aveva calato il figlio da lassù. Un'impresa coraggiosa. Ma non avevano altre possibilità. Un volto si affacciò dalla finestra. Gli occhi sgranati, i capelli ispidi, i lineamenti affilati. Stella Crane era allo stremo.

«Vede la fune?» disse con voce roca.

Jane notò la fune che penzolava dalla finestra fino ai suoi piedi. Vestiti, qualche straccio e una coperta annodati fra loro.

Che donna intelligente, pensò Jane.

Legò la bottiglia a un capo della fune.

«Ora tiri. Faccia attenzione!»

La bottiglia risalì con lentezza esasperante.

«Vado a chiamare aiuto» disse Jane. «Da dove si può telefonare?»

«In cima alla collina. Il segnale è debole, ma c'è.»

Jane si assicurò che Stella Crane avesse recuperato la bottiglia, poi tornò di corsa alla macchina, tenendo per mano Sammy. Meglio non rischiare che il bambino si perdesse lì intorno.

«Stammi a sentire. Sali in macchina. Andiamo in cima alla collina e telefoniamo per chiedere rinforzi. Polizia, ambulanza. Sarà una bella avventura, che ne dici?»

Sammy annuì, ma non era più così eccitato all'idea di sentir arrivare le sirene spiegate e i poliziotti armati. Sembrava traumatizzato. Jane gli accarezzò la testa.

«Andrà tutto bene» gli promise.

Lui non le diede l'impressione di crederle.

Due

Durante la notte aveva cominciato a piovere. Era una pioggia fine e regolare. Sarebbe andata avanti tutto il giorno, pulendo le strade dalla polvere delle ultime settimane di sole. Prima di sera i prati, ormai secchi, sarebbero tornati più verdi e più freschi. La temperatura era scesa bruscamente. Kate, che aveva soltanto una maglietta e un paio di jeans, rabbrividì quando uscì dall'albergo. Aveva bisogno di vestiti puliti, soprattutto di biancheria pulita. Era ora di tornare a Scalby.

Caleb era ripartito il giorno prima di buon'ora, lasciandole un messaggio alla reception. «Devo rientrare. Ti telefono. Saluti, Caleb.»

Nient'altro.

Le aveva chiesto di andare a cena insieme. Perché era stata tanto sciocca da non accettare? Perché si vergognava ancora della figuraccia che aveva fatto la sera dopo l'omicidio di Melissa? Oppure semplicemente perché aveva il talento naturale di lasciarsi sfuggire ogni occasione che le si presentava? Caleb le piaceva. Lo ammirava. Lo comprendeva. Lo trovava attraente. Molto. Molto interessante. Lei era sola, e desiderava un uomo nella propria vita.

E poi, quando l'uomo che nelle ultime settimane era stato al centro dei suoi pensieri le chiedeva di andare a mangiare insieme, lei rifiutava. La colpa era sua. Se la sua vita era così triste, la colpa era solo sua.

Non riusciva a togliersi dalla testa Grace. E la preghiera che la madre della ragazza le aveva sussurrato: «L'aiuti!»

Continuava a pensare ai lividi che aveva notato sui polsi di Grace. Ai vestiti troppo stretti, troppo corti, sbiaditi e lisi. Al sorriso trasognato sul viso della ragazzina, mentre girava sulla sedia a rotelle di Norman Dowrick sotto il sole a picco nella fabbrica abbandonata. Grace era una creatura incredibilmente fragile e indifesa. L'idea che si nascondesse chissà dove tutta sola e che potesse essere in pericolo tormentava Kate. Il giorno prima aveva girato per il quartiere, ampliando gradualmente il raggio delle ricerche. Aveva cercato un possibile nascondiglio – un magazzino vuoto, una casa disabitata, un giardino. Alla fine aveva rinunciato. Grace poteva essere dappertutto. Doveva lasciare che se ne occupasse la polizia di Liverpool, anche se aveva l'impressione che non si sarebbero impegnati più di tanto. Aveva incontrato solo poche squadre di ricerca, se non altro con un cane addestrato.

D'altro canto gli agenti dovevano cercare la ragazza senza attirare troppo l'attenzione. I media ancora non sapevano della ragazzina, del fatto che potesse essere una testimone dell'omicidio e che ora era in pericolo. Kate presumeva che Caleb avesse mantenuto la promessa e avesse parlato con la responsabile delle indagini. Aveva comprato un paio di quotidiani e, con sollievo, non aveva visto nulla su Grace. Certo, il caso non riscuoteva grande interesse. Il ritrovamento di un uomo annegato in un fusto pieno d'acqua, a mesi di distanza dalla sua scomparsa, era agghiacciante, ma... a chi interessava un uomo paralizzato che viveva in totale isolamento in uno dei quartieri più degradati della città? Due quotidiani lo avevano trasformato in un «vecchio», anche se Dowrick aveva appena cinquant'anni. La vittima era così emarginata che neppure le circostanze tanto raccapriccianti della sua morte suscitavano l'interesse del pubblico. Il *Liverpool Chronicle* sosteneva la tesi della polizia locale secondo cui l'omicidio andava attribuito a una pericolosa gang giovanile. L'articolo parlava solo marginalmente di Norman e si concentrava più che altro sul problema della violenza giovanile in Gran Bretagna, domandandosi fino a che punto potesse essere scatenata dalle diseguaglianze sociali.

Kate era dispiaciuta per Norman. Stavano trattando quell'uomo con la stessa indifferenza che gli era stata riservata quando era vivo. Al contrario, per Grace il disinteresse dell'opinione pubblica era una fortuna. La polizia poteva rintracciarla prima che ci riuscisse l'assassino di Dowrick. Quasi sicuramente, infatti, il colpevole non sapeva dell'esistenza di una testimone oculare.

Kate pagò la stanza e ripartì per Scalby, ma prima decise di fare un ultimo giro nel quartiere di Grace. Sotto la pioggia era ancora più squallido. Nel cortile della fabbrica l'acqua formava grandi pozzanghere. I nastri bianchi e rossi della polizia, che fino al giorno prima svolazzavano nella brezza estiva, ora pendevano come stracci bagnati.

Kate parcheggiò e scese, rabbrividendo sotto la pioggia. Non aveva importanza. A casa si sarebbe fatta un bagno e si sarebbe messa degli abiti più caldi.

La fabbrica era deserta. Nessuno cercava Kate lì. Solo Kadir era seduto sul solito muretto dondolandosi avanti e indietro, senza fare caso alla pioggia.

«Salve, Kadir.»

Lui le sorrise allegro, come se vedesse una vecchia amica. «Ciao!»

«Come piove, oggi» disse Kate. «Ce l'hai una casa, no?»

Kadir annuì. «Ho un bell'appartamento.» Indicò la casa alle sue spalle. «Su in cima, sotto il tetto.»

«Con un tempo simile non faresti meglio a stare all'asciutto?» Lei si strinse nelle spalle. «Fa pure freddo.»

Kadir, che indossava solo una maglietta, scrollò il capo. «Ci sono abituato. Non posso stare dentro.»

«No? Mai?»

«A volte, d'inverno. Ci vado per scaldarmi. Ma non ci rimango molto. Le pareti mi soffocano, capisce?»

«Credo... di sì. Immagino che tu non abbia notizie di Grace, vero?»

«È venuta la polizia. Ieri. Hanno parlato con me. Ma non ho saputo dire niente. Non so dove sia. Non so... se ha visto qualcosa.»

«Visto qualcosa?»

«È per questo, no? È per questo che la cercano come dei matti. Forse ha visto chi ha ucciso l'uomo sulla sedia a rotelle.»

Kate capì che non doveva sottovalutare Kadir. E che erano seduti su una polveriera: nessuno doveva venire a sapere del ruolo di Grace nell'omicidio. Sarebbe bastato che un giornalista venisse a parlare con qualcuno del quartiere. Kadir non era certo l'unico ad aver intuito il problema.

Era una corsa contro il tempo.

«Ieri sera è venuto un uomo» proseguì Kadir. «A chiedere di Grace.»

«Un uomo? Un poliziotto?»

Kadir scosse la testa. «No, non era un poliziotto. Ha parlato di *indagini*, per farmi credere di essere della polizia. Ma a me non me la fanno. So riconoscere i poliziotti. Per istinto, sa.»

Conosceva quel ritornello. Molti dicevano di saper fiutare un poliziotto da lontano, ma secondo Kate lo facevano solo per vantarsi. In più, quasi nessuno capiva che lei era una poliziotta, e quando diceva di essere di Scotland Yard la guardavano sempre stupiti. Tutte sciocchezze, dunque.

Come se le avesse letto nel pensiero, Kadir aggiunse: «Per esempio, lei è della polizia. Ne sono sicuro. Anche se per qualche motivo non vuole che gli altri lo sappiano. È una specie di... aura. Difficile da descrivere».

Kate era impressionata, ma non fece commenti. Kadir parlava in modo forbito e sembrava molto intelligente. Si domandò cosa gli fosse successo per finire su quel muretto.

Le pareti mi soffocano, aveva detto.

Le tornò in mente Caleb Hale e il loro dialogo in macchina davanti a casa del figlio di Melissa Cooper. In sostanza lui le aveva detto che doveva darsi una mossa, che il mondo era pieno di storie tragiche peggiori della sua.

«Parlami di quest'uomo... ha detto chi era?» chiese a Kadir.

«No. Parlava a voce bassa. Gli altri, i poliziotti, non parlano così. Lui era... diverso. Non mi è piaciuto.»

«Hai informato la polizia?»

«No. Mi riderebbero in faccia. La mia è solo una sensazione.»

«Che cosa ti ha detto esattamente?»

Kadir ci pensò su. «Voleva sapere se conoscevo Grace. No, non ha usato queste parole. Mi ha chiesto: 'Conosci la ragazza che cercano tutti? Quella che ha visto l'omicidio del poliziotto?'»

Kate sussultò. Nessuno poteva sapere che Norman Dowrick era un ex poliziotto. «Sei sicuro? Ha detto proprio *poliziotto*?»

«Sicurissimo. Sono rimasto molto sorpreso. Nemmeno io mi ero accorto che il vecchio sulla sedia a rotelle fosse uno sbirro. Qui non lo sapeva nessuno, credo.»

«Tu che cosa gli hai risposto?»

«Non sono mica scemo» disse Kadir. «Gli ho detto: 'Non mi risulta che abbia visto l'omicidio. So solo che ha trovato il cadavere'. Allora lui si è nervosito. Voleva sapere dove abita Grace. Io gliel'ho detto. Non aveva senso nascondergielo.»

«Lui poi ci è andato?»

«Sì, ma non deve preoccuparsi, Grace non è lì. L'appartamento dei genitori è l'ultimo posto dove andrebbe a rifugiarsi. Per lei è il luogo più pericoloso in assoluto.»

«Che tipo era l'uomo che ti ha parlato?»

«Alto. Molto alto. Biondo. Di bell'aspetto. Ma con un'aria da... fanatico. Non mi è piaciuto.»

Kate si disse che Kadir, per quanto intelligente, non poteva certo sapere tutto. Era assai probabile che l'uomo *alto, biondo e fanatico* fosse un investigatore della polizia di Liverpool. Loro sapevano che Dowrick era un ex collega. Tutto il resto era difficile da spiegare e sollevava domande inquietanti.

Kate tirò fuori un biglietto da visita dalla tasca, annotò il numero di casa a Scalby e quello del cellulare e lo diede a Kadir. «Tieni. Chiamami, se succede qualcosa di strano. O se ti viene in mente qualcosa che per qualche motivo non vuoi riferire alla polizia.»

Lui prese il biglietto. «Allora è vero, lei è della polizia. Lo sapevo. Scotland Yard. Wow!»

«Però non sono in servizio» precisò Kate. «Posso fidarmi di te? Mi chiamerai?»

«Lo farò» promise lui.

Lei proseguì verso l'appartamento dei genitori di Grace.

Il padre confermò che un uomo era passato da loro la sera prima. Non aveva detto di essere un poliziotto e aveva fatto domande sulla figlia.

Darren Henwood gli aveva risposto con sincerità che non aveva idea di dove fosse Grace.

«Quell'uomo non si è presentato?» chiese Kate. «Non ha detto come si chiamava, non ha mostrato un documento? Niente?»

«No. Pensavo... pensavo che andasse bene così» balbettò Darren. Aveva perso del tutto la sua arroganza. In quella grigia mattinata di pioggia aveva un'aria patetica e impaurita. Nell'appartamento era rimasto il calore dei giorni precedenti e Darren indossava una canottiera bianca puzzolente di sudore e un paio di boxer vecchissimi. Era a piedi scalzi. Doveva aver passato la notte in bianco, ma Kate era certa che a togliergli il sonno non fosse stata la preoccupazione per Grace, ma soprattutto per sé. La situazione lo spaventava: di colpo sua figlia era diventata la principale testimone di un omicidio ed era ricercata dalla polizia. A questo punto rischiava di essere scoperta anche la storia degli abusi e dell'abbandono che la ragazza subiva da anni. Finora nessuno si era interessato a Grace Henwood. Ma adesso... Darren non era stupido. L'ispettore capo della polizia dello Yorkshire, che era stato da lui due giorni prima, aveva subito capito la situazione, ovvero che Darren maltrattava la figlia, se non peggio, e non aveva nascosto il proprio disgusto. E anche quella donna sapeva ogni cosa. Non c'era da stupirsi se Darren sudava, era nervoso e avrebbe preferito sprofondare sottoterra.

«Lei parla di sua figlia con un perfetto sconosciuto, senza sapere che diritto abbia di chiedere informazioni su di lei?» domandò Kate.

Darren si asciugò il sudore dalla fronte. «Sono venuti in tanti a fare domande. Molti poliziotti... ho pensato... non ci capisco più niente...»

Era chiaro che la sua unica speranza di cavarsela senza conseguenze dipendeva dal fatto di mostrarsi disponibile a collaborare. Era pronto a dare informazioni a chiunque gli chiedesse notizie di Grace, per paura che qualcuno se la prendesse con lui e che la sua situazione peggiorasse ulteriormente. Kate non riuscì a scoprire altro, a parte che lo sconosciuto era alto e biondo – Darren non aggiunse *fanatico*. Decise di chiamare Caleb per informarlo. Lui avrebbe potuto scoprire se si trattava di un agente della polizia di Liverpool. Kate era sempre più propensa a credere a quest'ipotesi. Salutò con freddezza Darren Henwood e se ne andò. Mentre raggiungeva la macchina, vide Kadir dondolarsi sul muretto. Era completamente fradicio.

*

A Scalby la pioggia non era ancora arrivata e faceva molto caldo. Il giardino aveva bisogno di acqua, ma poiché secondo le previsioni avrebbe piovuto prima di sera, decise di non annaffiarlo. Entrata in casa, sentì il corpo rilassarsi e il respiro calmarsi in quel porto sicuro e fresco. C'era un profumo familiare lì dentro, che negli ultimi due giorni le era mancato moltissimo. Il profumo di casa.

Non posso abbandonare questa casa. Non potrei mai.

Entrò in cucina, aprì la porta che dava sulla veranda e una corrente d'aria calda soffiò all'interno. Kate prese una bottiglia d'acqua dal frigorifero, uscì e si sedette in giardino. Nel frattempo i vestiti si erano asciugati, e con quell'afa le passò del tutto la voglia di un bagno caldo. Bevve qualche sorso, quindi si guardò intorno. Il giardino era un'esplosione di fiori di tutti i colori, ma non era più così bello e curato come un tempo. Mancava la mano di Richard. Kate non aveva ereditato il suo pollice verde, lavorare in giardino non le piaceva e non sapeva nemmeno da che parte cominciare. A parte tosare l'erba e annaffiare le piante, non sapeva fare altro.

Viceversa, poteva trasferirsi lì e lasciare che il giardino si inselvatichisse. Nessuno ci avrebbe fatto caso.

Si domandò per l'ennesima volta se non si aggrappasse a quel mondo in maniera patologica. Se la sua incapacità di staccarsene dovesse in qualche modo preoccuparla. Forse aveva solo bisogno di un'alternativa prima di abbandonare tutto. E per ora non ne aveva.

Era troppo fissata sul padre? Oppure era fissata sul padre perché non aveva nessun altro? E il padre era stato semplicemente la soluzione meno complicata? Era stata l'unica persona di fronte alla quale lei non si sentiva piccola, insignificante e inferiore. Con lui poteva ridere, gli raccontava del suo lavoro. Con lui si confidava. Il padre non le aveva mai dato l'impressione di considerare il suo atteggiamento singolare. L'aveva sempre ascoltata con attenzione e interesse. L'aveva sempre considerata alla pari. L'aveva presa sul serio, l'aveva rispettata, e proprio per questo Kate era andata nello Yorkshire tutte le volte che le era stato possibile.

Di fronte agli altri, invece, era paralizzata dall'insicurezza. Era una sensazione molto radicata in lei: non valgo niente. Non sono alla loro altezza. Non sono altrettanto bella, intelligente, spiritosa, divertente, profonda. Non ho idee vincenti; quando le ho, non sono in grado di comunicarle. Non riesco a mostrarmi interessante. La gente si annoia con me. Non ho alcun carisma, non sono coinvolgente. E anche chi non se ne accorge subito, se ne rende conto in un secondo momento.

In fondo aveva rifiutato l'invito a cena di Caleb anche per questo motivo. Per paura che lui si accorgesse di quanto poco avesse da offrire. Dalle sue rare esperienze precedenti, conosceva bene la terribile sensazione che provava quando si rendeva conto che l'uomo davanti a sé si pentiva di averle chiesto un appuntamento e cercava in tutti i modi di andarsene. Era una sensazione di terribile inadeguatezza, che ben presto si trasformava in disperazione. La situazione era diventata così insopportabile che Kate aveva cominciato a evitare tutti, rifiutando persino l'invito di un collegaq a prendere un caffè durante la pausa. Era convinta che gli altri lo facessero solo per compassione. *No, grazie, preferisco continuare a lavorare.*

A un certo punto nessuno gliel'aveva più chiesto.

Il primo a farlo dopo tanto tempo era stato proprio Caleb. Caleb, che si era presentato con un piatto di curry a casa sua e non si era lasciato intimidire dai suoi modi scostanti. Caleb, che le aveva chiesto se aveva voglia di mangiare un boccone con lui. Lei si era nascosta per l'ennesima volta. Aveva ritenuto più sicuro restare a sopportare la fame in camera sua, sdraiata sul letto, guardando stupidi programmi in tv, invece di andare in un pub con un uomo che le piaceva.

Finora si era potuta permettere un comportamento simile perché il padre era ancora vivo. Aveva resistito, alla meno peggio, quasi sempre infelice, a vivere senza amici, senza una persona che le fosse vicina, che facesse parte della sua vita. Dopotutto c'era papà. Lontano, certo, ma non in capo al mondo. Poteva andarlo a trovare o telefonargli. Era lui a riempire i weekend lunghi, le ferie, i giorni di festa come Pasqua e Natale. Era lui l'unica ancora di salvezza che le restava.

Doveva cambiare qualcosa, altrimenti sarebbe sprofondata nella solitudine. Non poteva più permettersi il lusso di nascondersi dal mondo e dai suoi pericoli, di evitare tutto ciò che le faceva paura. Nel suo lavoro le capitava di trovarsi di fronte individui pericolosi, che tuttavia la spaventavano molto meno della prospettiva di un rifiuto nella vita di tutti i giorni. Indifferenza, disinteresse, disgusto. Le faceva meno paura rischiare di essere colpita da una pallottola durante un inseguimento che tornare a casa dopo un appuntamento con la consapevolezza di essersi rivelata ancora una volta di una noia mortale.

Si alzò, rientrò in casa e prese il cellulare dalla borsa. Lungo il tragitto aveva già provato a chiamare due volte Caleb, ma non le aveva risposto. Riprovò. Doveva informarlo dell'uomo misterioso che aveva chiesto informazioni su Grace Henwood a Liverpool, e voleva chiedergli se quella sera aveva già in programma qualcosa. Ammesso che non le venisse a mancare il coraggio.

Le rispose una collaboratrice che Kate non conosceva. Caleb era impegnato in una videoconferenza. Doveva riferirgli qualcosa?

«No, grazie. L'agente Scapin è disponibile?» Non era sua intenzione organizzare una serata con Jane, ma poteva parlarle dell'uomo misterioso. Qualcuno doveva esserne a conoscenza per consultarsi con i colleghi a Liverpool.

Ma anche Jane era impegnata su un'altra linea. Kate chiese di nuovo di essere richiamata da Caleb.

Poi salì al piano di sopra. Voleva farsi una doccia. E mettersi della biancheria pulita.

Tre

Erano in Irlanda del Nord. Finora era andato tutto bene. Anche l'umore di Denis era un po' migliorato.

Quel mattino era ancora così nervoso che Terry non si era azzardata neppure a chiedergli di portarle qualcosa per colazione. Una fetta di pane tostato, un muffin, magari un caffè. Non poteva presentarsi in sala da pranzo, perché i capelli di un colore diverso avrebbero destato troppa curiosità. La tinta non aveva dato come risultato un biondo vero e proprio, quanto piuttosto un castano chiaro tendente decisamente al verde. Terry era rimasta sconvolta guardandosi allo specchio, ma aveva sperato che nel corso della notte le cose sarebbero migliorate. Invece erano solo peggiorate, se possibile.

«Stai da schifo» fu il commento poco lusinghiero di Denis quando la vide. «Sei un insulto alla vera Stella Crane, bisogna dirlo.»

Terry stava per mettersi a piangere, ma trattenne le lacrime alla vista dell'occhiata minacciosa di Denis: una donna piagnucolosa era l'ultima cosa di cui aveva bisogno in quel momento. Non le aveva ancora spiegato cosa fosse successo, ma il suo malumore era legato al fatto di non poter più prelevare dal conto. Terry non osava fare domande, nel timore di scatenare la sua collera. Tutto quello che le aveva detto era che non avevano più un centesimo e non ne avrebbero avuti fino a chissà quando.

«Tutto quello che avevamo è andato nei biglietti del traghetto» annunciò prima di scendere a fare colazione. «Questo significa che purtroppo non potremo pagare neppure questo nobile alloggio. Mentre sono di sotto, porta le nostre cose in macchina senza farti vedere, capito? Ci vediamo lì alle nove in punto.»

«Ma non possiamo mica...»

«Per Dio, sei persino più stupida di quanto sembri, te ne rendi conto? Se non ho soldi, significa che non ne ho. Quindi vedi di fare come ti ho detto. E tieni la bocca chiusa!»

Non avevano molti bagagli, erano partiti dallo Yorkshire solo con una sacca dei Crane. L'avevano riempita di biancheria, magliette e pullover, oltre a shampoo, bagnoschiuma e dentifricio. Avevano acquistato gli spazzolini durante il viaggio. Era bastato per tirare avanti e non dare troppo nell'occhio nei posti dove avevano passato la notte.

«Se non avessimo bagaglio» aveva spiegato Denis, «penserebbero che qualcosa non va. Invece così sembriamo una coppia affiatata in vacanza.»

Non c'era niente di vero in questo. Non erano una coppia, non erano affiatati, non erano in vacanza. Niente di quello che Denis diceva o faceva sembrava sincero: il nome falso con cui si era presentato, il fatto di non averle detto che era stato in carcere, la fuga rocambolesca che durava ormai da giorni. Terry si era ritrovata con i capelli tinti e un documento che apparteneva a una donna prigioniera e indifesa. Terry stava male tutte le volte che ci pensava. Si sentiva risucchiata sempre più velocemente in un abisso di illegalità, violenza e menzogna. E Denis non era più quello di una volta. Certo, anche in passato era capitato che la trattasse bruscamente e le desse degli ordini, e l'aveva picchiata più di una volta. Ma per il resto aveva dimostrato sempre grande affetto e tenerezza e spesso le aveva fatto dei complimenti, dicendole che era una bella donna, una donna fantastica. Le aveva dato l'impressione di comprenderla e di essere dalla sua parte. Aveva condannato i suoi genitori che l'avevano costretta a dare in adozione il figlio e le aveva ripetuto più volte che era stata ingannata, anche dai Crane. Prima di andare a trovare la famiglia a Kingston, lui le aveva assicurato di voler conoscere a tutti i costi il piccolo Sammy, che «comunque è una parte di te, tesoro». A essere sinceri, Terry era rimasta un po' stupita che per tutto il pomeriggio lui non avesse dimostrato il minimo interesse per il bambino, facendo domande sullo stile di vita e le abitudini di Stella e Jonas. In seguito, vagando per la brughiera dello Yorkshire alla ricerca della casa dei Crane, le aveva spiegato: «Lo faccio soprattutto per te, Terry. Loro hanno il tuo bambino. E vogliono tagliarti fuori completamente. Hai potuto mettere al mondo il piccolo Sammy, ma adesso vogliono che ti faccia da parte e lasci in pace la loro piccola famiglia felice. Hai intenzione di permetterglielo? Ha il diritto di veder crescere tuo figlio. E io farò in modo che questo diritto ti venga riconosciuto».

In quel momento si era sentita lusingata. Da tempo non le capitava che qualcuno si interessasse così della sua vita. Che si preoccupasse per lei. *Che lottasse per i suoi diritti.* Era fantastico.

Ma ora... non c'era più traccia di tenerezza in lui, nemmeno l'ombra di un complimento. Non parlava più di Sammy né del fatto che Terry avesse il diritto di stare con suo figlio. A pensarci ora, sembrava che il suo interesse per i Crane avesse un solo scopo: scoprire cosa ottenere da loro.

Alla fine gli avevano rubato l'identità.

Come succedeva sempre, lei non osò ribellarsi neppure quel mattino. Una volta che Denis fu sceso a fare colazione, raccolse tutte le loro cose e si guardò intorno. Dopo il ridicolo tentativo di tingersi i capelli, il bagno aveva un aspetto spaventoso: la tinta era ovunque, nel lavandino, sugli armadietti, sullo specchio, sul pavimento di mattonelle bianche e sugli asciugamani in origine bianchi. Terry aveva ripulito alla meno peggio in preda al panico e aveva infilato gli asciugamani ancora umidi e macchiati in un sacchetto di plastica che poi aveva nascosto in fondo alla borsa da viaggio, per non destare sospetti. Prese anche due teli da bagno puliti. Sapeva che non era giusto, ma sperava di guadagnarsi l'approvazione di Denis. Se non avevano più soldi, dovevano approfittare di tutto quello che potevano ottenere gratis. Dopotutto non faceva molta differenza, visto che non avrebbero pagato nemmeno il conto.

Scese le scale con la sacca, fermandosi a ogni pianerottolo e rimanendo in ascolto. Dalla sala da pranzo giungeva un brusio di voci, dalla cucina il tintinnio di posate e stoviglie. C'era un profumo irresistibile di caffè, uova strapazzate con pancetta, pancakes allo sciroppo. Terry aveva l'acquolina in bocca. Chissà se sul traghetto ci sarebbe stato qualcosa da mangiare? L'importante ora era che la coppia che gestiva il bed & breakfast e la ragazza che si occupava delle pulizie fossero impegnati.

Terry uscì senza essere notata e andò alla macchina in cortile. Erano le nove in punto, come concordato. Dato che non si fidava, Denis si era portato dietro le chiavi dell'auto.

In quel momento arrivò. Sembrava piuttosto nervoso. «Tutto a posto? Hai preso tutto?»

Aprì la macchina, sistemarono la borsa sul sedile posteriore e salirono in tutta fretta.

«Ho avuto un'idea geniale» annunciò Denis mentre accendeva il motore. «Ho spiegato che ti sentivi malissimo. Nausea, diarrea, tutto il repertorio. Per questo non sei scesa a fare colazione. Mi hanno fornito le indicazioni per uno studio medico a Stranraer e sono convinti che voglia portarti lì. Non pensano nemmeno lontanamente che abbiamo intenzione di scappare.» Uscì dal cortile. «Erano molto preoccupati. Ti fanno gli auguri di una pronta guarigione.»

«Grazie» mormorò Terry. Diversamente da Denis, non considerava tutta quella messinscena come un'abile e raffinata mossa diversiva. D'un tratto rimpianse di aver portato via i teli da bagno.

Mancavano tre ore alla partenza del traghetto. Terry temeva che la loro fuga sarebbe stata scoperta troppo presto, ma Denis scacciò questa preoccupazione. «Mi hanno detto che potrebbe volerci parecchio tempo, perché è un dottore molto richiesto. E poi non staranno a pensare ogni minuto a quanto tempo ci mettiamo. Dopotutto hanno altro da fare.»

Nonostante queste parole, era agitato. Avevano raggiunto un parcheggio isolato a nord del porto e Denis aveva detto che avrebbero aspettato lì. Terry si rassegnò all'idea che per un po' non avrebbe potuto né bere un caffè né mangiare un pezzo di pane. Il sole aveva lasciato il posto alle nuvole, e ora pioveva.

Terry non si era mai sentita così sconsolata.

Quando giunse l'ora dell'imbarco, Denis era ancora più nervoso e Terry cominciò a temere che questo sarebbe bastato a trattenerli: chiunque avrebbe riconosciuto Denis come un criminale in fuga. Invece nessuno sembrò fare caso a lui. Mostrarono i biglietti e salirono senza problemi sul traghetto. C'erano pochi passeggeri. La pioggia era aumentata e la temperatura era scesa bruscamente. Non era certo il tempo ideale per una gita in mare.

Terry riuscì almeno a bere un caffè sul traghetto. Si scaldò le dita intorno alla tazza di plastica e si riprese un po' grazie alla caffeina.

Forse prima o poi tutto sarebbe finito bene. Lei e Denis si sarebbero sistemati dalle parti di Dublino, in una casetta bianca in mezzo a prati verdi, un muretto di pietra intorno al giardino, bambini che ridevano e giocavano...

Una volta in Irlanda, l'umore di Denis migliorò. Non avevano ancora lasciato la Gran Bretagna, ma erano quasi in Irlanda e lui sembrava sollevato.

Abbandonando il progetto iniziale di passare da Belfast, trovare una sistemazione e partire per il Sud il giorno dopo, decise di mettersi subito in viaggio per Dublino.

«Abbiamo quasi finito i soldi. Se ci fermiamo a Belfast per la notte, non ci rimarrà più niente. Inoltre mi sentirò più sicuro solo dopo aver lasciato l'Irlanda del Nord. Ci mettiamo in viaggio subito.»

Fecero il pieno, intaccando così ulteriormente le loro magre sostanze. Erano quasi le tre del pomeriggio e la pioggia continuava a scrosciare. Terry aveva sentito dire che in Irlanda pioveva molto spesso. La sua ondata di passeggero ottimismo svanì di nuovo. La casetta bianca si allontanò all'orizzonte, insieme ai bambini che si divertivano sotto il cielo estivo. Ciò che rimase era la strada deserta che girava intorno a Belfast e un paesaggio quasi invisibile oltre la fitta cortina di pioggia grigia. A Terry parve di riconoscere prati e muretti. Qua e là un casolare adagiato in un avvallamento, le finestre vuote e inanimate. A Terry tornò in mente di colpo il suo piccolo appartamento di Leeds e certe serate divertenti trascorse con Peggy ed Helen, le vicine del piano di sopra. A quell'epoca non si era sentita felice, ma a ripensarci ora si rendeva conto che non era stato un brutto periodo. Aveva avuto qualche amica, un lavoro e un appartamento piccolo ma accogliente. Si vedeva spesso con Peggy ed Helen a bere un bicchiere di vino, ed erano state una buona compagnia. Nelle fredde sere d'inverno Peggy preparava della cioccolata calda con il rum e poi si sedevano tutte insieme davanti al camino a chiacchierare, mentre fuori nevicava. Terry si lamentava sempre perché aspettava che le succedesse qualcosa di straordinario, qualcosa che le cambiasse la vita.

Adesso era accaduto. Ed era cambiato tutto. Era a bordo di una macchina rubata, aveva fame e freddo, e viaggiava sotto la pioggia in Irlanda del Nord in compagnia di un criminale ricercato dalla polizia.

Erano in viaggio da più di mezz'ora in mezzo a un paesaggio disabitato, quando Denis imboccò una stradina laterale e si fermò.

«Prendi la borsa. Mi serve uno dei pullover di Jonas. Fa un freddo tremendo.»

Per risparmiare carburante non avevano acceso il riscaldamento, e anche Terry moriva di freddo nella sua maglietta leggera. Prese la borsa dal sedile posteriore, Denis la aprì e si bloccò.

«Cos'è questo?»

«Cosa?» chiese Terry.

Lui tirò fuori uno dei due soffici teli da bagno che aveva preso Terry. «Non saranno quelli della nostra camera?»

«Sì. Io...»

«Tu cosa?» la fissò. Era furioso. «Cosa?»

Lei credeva di aver avuto una buona idea, e invece non sembrava affatto così. Nemmeno lontanamente.

«Pensavo...»

«Che cosa *pensavi*?»

«Che... potevano servirci. Cioè... hai detto che non abbiamo più soldi... così non dovremo comprarli...»

Lui rovistò meglio nella borsa e trovò il sacchetto di plastica con gli asciugamani sporchi. «Non ci credo! Hai rubato tutti gli asciugamani?»

Lei non disse niente, ma se ne avesse avuto il coraggio, gli avrebbe chiesto per quale motivo se la stava prendendo tanto. Per il furto? Denis era stato condannato a otto anni di reclusione per l'omicidio della sua ex fidanzata, aveva preso in ostaggio un'intera famiglia, gli aveva rubato la macchina e i documenti.

E adesso se la prendeva per qualche asciugamano?

Ma ben presto si rese conto che il problema non era di certo di carattere morale.

«Quanto sei stupida» le disse. «Sei di un'idiozia paurosa. Dovrei buttarti fuori dalla macchina e lasciarti qui, a cavartela da sola. Così non rischieresti di mandare tutto all'aria!»

Lei avrebbe voluto dire qualcosa, ma riuscì a pronunciare solo un singhiozzo e un flebile: «Denis...»

Lui guardò la pioggia oltre il parabrezza, come se si stesse domandando per quale motivo si fosse portato dietro un'imbecille come lei, poi si voltò senza preavviso e le sferrò due violenti schiaffoni in faccia.

«Sei una cretina, non sai nemmeno contare fino a tre!» gridò. «Prova a indovinare che cosa avrà pensato stamattina quella stupida che rifà le stanze a Cairnryan, vedendo che sono spariti tutti gli asciugamani. Credi che si sia detta: *Oh, i Crane se li saranno portati dal dottore?* Secondo te?»

Terry non osò obiettare che anche le tracce della tintura per capelli avrebbero suscitato sospetti e che non era stato del tutto stupido da parte sua sbarazzarsi degli asciugamani sporchi. Vedendo che non rispondeva, lui la colpì di nuovo. Terry sentì il sapore del sangue in bocca.

«Si sarà guardata intorno e avrà notato che non c'erano nemmeno i bagagli. E allora quegli scemi del bed & breakfast avranno capito che ce la siamo filata. Basterebbe un briciolo d'intelligenza in più per capirlo!»

«Ma...» Terry non riusciva a parlare. Le labbra le si erano gonfiate in un istante. «Ma... se ne sarebbero accorti in ogni caso» biascicò. «E comunque adesso siamo qui.»

«Perché siamo stati fortunati! Ma avresti potuto rovinare tutto! Avrebbero potuto chiamare la polizia e ci avrebbero potuto bloccare sul traghetto! Sai che ti dico? Se la stupidità puzzasse, non si resisterebbe vicino a te!»

Lei si rannicchiò il più possibile sul sedile. Era andato tutto bene. Erano saliti sul traghetto. Nessuno si era accorto di loro.

Erano in Irlanda.

Denis stava dando sfogando la tensione degli ultimi giorni e soprattutto delle ultime ore. Era quasi sollevato di aver trovato un pretesto per farlo. Terry glielo leggeva negli occhi. Non aveva ancora finito con lei. La sua compagna precedente l'aveva ammazzata di botte.

Terry spalancò la portiera e si lasciò cadere di schiena sull'erba alta e bagnata. La pioggia, il freddo e un vento forte la assalirono, ma lei si rialzò subito. Anche se le girava la testa e le faceva male tutta la faccia. Sputò il sangue che le si era raccolto in bocca. Le sembrò di sputare anche un dente.

Lo spirito di sopravvivenza aveva preso il sopravvento. Tardi, molto tardi, ma, questo era ciò che sperava, non troppo.

Si mise a correre il più veloce possibile. Corse sotto la pioggia in mezzo al nulla. Sentì che lui la inseguiva.

Sapeva che l'avrebbe raggiunta.

Nonostante questo, continuò a correre.

Lontano da Denis Shove, il più lontano possibile.

Lontano da lui. Per sempre.

Quattro

Era ormai sera e non l'avevano richiamata né Caleb né Jane. Kate non aveva osato telefonare di nuovo per non sembrare importuna. Poteva immaginare quanto avessero da fare dopo il ritrovamento del cadavere di Norman Dowrick. Il caso aveva assunto proporzioni allarmanti: tre morti e un unico sospettato che non era più tale.

Caleb doveva avere l'impressione di essere tornato alla casella di partenza.

Alla fine Kate si fece coraggio e richiamò l'interno di Caleb alla centrale, ma non le rispose nessuno. Provò sul cellulare, ma trovò la segreteria. Era frustrante, ma forse aveva deciso di staccare prima. Probabilmente negli ultimi due giorni non aveva chiuso occhio e aveva bisogno di una pausa.

Nella sua mente si affacciò un piano ardito, ma impiegò mezz'ora, vagando tra la casa e il giardino, prima di trovare il coraggio di metterlo in pratica: sarebbe andata a casa di Caleb. Poteva dirgli che si trovava a passare da quelle parti.

Ho pensato di venire a dare un'occhiata.

Dopotutto aveva appena deciso che doveva comportarsi in modo più deciso se voleva cambiare qualcosa nella propria vita.

Lui le aveva dato il proprio biglietto da visita quando era stato a trovarla la prima volta e l'aveva avvertita dei possibili pericoli. Lei così sapeva dove abitava, sul South Cliff di Scarborough, oltre la schiera di grandi alberghi a prima vista raffinati e signorili, ma che in realtò mostravano tutti i segni del tempo dietro la lussuosa facciata. Kate ci era andata spesso con il padre. Lasciavano la macchina e raggiungevano a piedi la scogliera subito dopo le ultime case. Quanto le piaceva la luce del crepuscolo delle serate estive. Quel giorno, però, non c'era nessun tramonto. Cupe nubi temporalesche si stavano ammassando da ovest. Poco dopo cominciò a piovere.

Caleb abitava in Wheatcroft Avenue, una via residenziale dove le ultime case erano affacciate direttamente sul mare. Quella di Caleb era a metà, e da lì si poteva vedere al massimo uno spicchio d'acqua dalle finestre del piano superiore. In ogni caso il quartiere, le dimensioni e l'eleganza delle abitazioni erano sicuramente fuori dalla portata dello stipendio di un poliziotto, anche di un ispettore capo. I casi erano due: o la moglie era ricca, o Caleb aveva ricevuto una grossa eredità.

La sua macchina era davanti all'ingresso, perciò doveva essere in casa. Kate sperava che non fosse già andato a dormire: in quel caso non sarebbe stato particolarmente felice di essere tirato giù dal letto. Ferma davanti alla porta, Kate esitò a lungo, cercando di cogliere un indizio qualunque a confermarle che Caleb era ancora sveglio.

A un certo punto le parve di sentire una specie di brusio monotono dall'interno della casa: forse la radio, o la televisione. Poi si accorse che il rumore proveniva dalla casa accanto, dove due persone chiacchieravano in giardino.

Okay. Non aveva importanza. Per ottenere qualcosa, bisognava rischiare.

Suonò il campanello e rimase in attesa.

Caleb le aprì quando Kate era sul punto di andarsene. Si accorse subito di non averlo svegliato: era completamente vestito e niente affatto assonnato. Ciò nonostante non sembrava contento di vederla. La lunga pausa prima di aprire indicava molto probabilmente che era infastidito all'idea di ricevere visite e aveva dovuto fare uno sforzo per andare alla porta.

Ho sbagliato, pensò Kate. Ho sbagliato anche stavolta, naturalmente. È stravolto dopo gli ultimi giorni e voleva passare una serata in santa pace. Ed ecco che io gli piombo in casa.

«Ah, sei tu, Kate. Che succede?»

«Io... ecco, passavo... da queste parti...» Si vergognava del proprio tono balbettante. «Ho provato a telefonarti un paio di volte...»

Lui si passò una mano tra i capelli. Kate si accorse di quanto fosse esausto. Ma la sua non era solo stanchezza. Sembrava tormentato. Infelice. Non stava affatto bene e non dipendeva solo dallo stress del lavoro.

«Sì, oggi è stata una brutta giornata. Praticamente non sono mai stato in ufficio. Sono accadute tante cose.» Fece un passo indietro. «Vuoi entrare?»

Lei si augurò che non lo dicesse solo per buona educazione.

«Se non disturbo...»

«Niente affatto. Oggi sono tornato a casa un po' prima del solito. Sono sfinito. Avevo bisogno di staccare.»

«Forse allora è meglio se torno in un altro momento...»

«No, no. Non preoccuparti. Vieni.»

Kate si era aspettata che la facesse accomodare in veranda, invece le aprì la porta della cucina. «Prego.»

Passandogli vicino, avvertì l'odore. Fin da subito aveva percepito qualcosa... qualcosa che non era stata in grado di definire, e che non era da lui. Poi capì. Puzzava di alcol. Caleb aveva bevuto.

Kate non fece in tempo a mascherare il proprio stupore e Caleb rise. «Sì. È la prima volta dopo sei mesi. È già qualcosa. C'è chi ci ricade prima.»

Che cos'è successo, avrebbe voluto chiedergli, in nome di Dio, cos'è successo? Invece rimase in silenzio e si guardò intorno a disagio. Il vasto ambiente era stato ricavato da due stanze. La parete divisoria era stata abbattuta e il soffitto era sorretto da un massiccio palo di legno verniciato di scuro. La cucina a vista aveva un lungo bancone d'acciaio e una comoda zona pranzo arredata con un tavolo, sedie di legno e mensole bianche alle pareti. Un'intera parete era occupata da una grande vetrata che dava sul giardino.

Kate era decisamente impressionata. «È... è una casa bellissima, Caleb.»

«La mia ex moglie aveva molto gusto. E molti soldi. La casa appartiene a lei, ma dopo la separazione non ha più voluto abitare qui. Le pago l'affitto, ma in realtà... vorrei andarmene anch'io. Finora non ho avuto il tempo di cercare un'altra sistemazione e di organizzare il trasloco. Il lavoro, sai. E poi sono stato ricoverato per mesi...» Scoppiò in una risata senza allegria. «Me lo sarei potuto risparmiare.»

Lei guardò la bottiglia e il bicchiere sul bancone.

«La mia cena» annunciò Caleb. «Vuoi favorire?»

«No, grazie.»

«Mi era sembrato che nemmeno tu disdegnassi la compagnia di un buon whisky.»

«Caleb...»

«Scusa. Divento antipatico quando bevo. Per questo mia moglie mi ha lasciato, sai? Diceva che divento cinico e offensivo. E aveva ragione. Ma non è tutto. È questo il problema.» Afferrò la bottiglia, versò un po' di whisky nel bicchiere e lo bevve tutto d'un fiato. «Oltre a diventare uno stronzo, divento anche un poliziotto maledettamente bravo. Più bevo, più ragiono in maniera geniale. I più grandi successi professionali li ho collezionati quando ero completamente ubriaco. Il mio cervello ha bisogno di questa merda per girare a pieno regime. È questa l'amara verità.»

La voce era diversa dal solito. Più dura, più forte. Con una nota aggressiva. Aveva già bevuto parecchio, prima della visita inaspettata di Kate. Per fortuna sono venuta io, pensò, per fortuna non qualcun altro.

«Lo sai qual è un'altra amara verità?» proseguì Caleb. «Il rovescio della medaglia. Senza bere sono un fallimento. Una nullità. Un perdente. Una catastrofe.»

«Questo non è vero.»

«Ne sei proprio sicura? Lo sai che cosa è successo oggi?»

Lei scrollò il capo. «No.»

«Shove» disse. «Denis Shove» ripeté, ascoltando il suono di quel nome.

«L'avete trovato?» chiese Kate. «È stato arrestato?»

«No, ma è solo questione di tempo. Sappiamo che si è imbarcato sul traghetto da Cairnryan a Belfast. È probabile che voglia passare in Irlanda. Viaggia su un'auto rubata. Abbiamo la targa. Non può sfuggirci.»

«Ma... è una bellissima notizia!»

«Ha preso in ostaggio una famiglia, nelle brughiere dello Yorkshire» disse Caleb. «In una fattoria isolata. Ha sparato al marito e poi lo ha rinchiuso insieme alla moglie e al figlio in una rimessa. Hanno rischiato di morire di sete. Jane li ha soccorsi appena in tempo.»

«Jane?»

Lui confermò con un cenno del capo. «Esatto. Ha seguito una pista secondaria, con tenacia e da sola. È davvero una donna fantastica! Dovrebbe essere lei a dirigere le indagini al posto mio. Non solo ho sbagliato a sospettare di Shove, ma non sono neppure riuscito ad avvicinarmi a lui. Jane, invece... ha la stoffa del poliziotto. Davvero!»

Prese di nuovo la bottiglia. Prima che la timidezza glielo impedisse, Kate fece un passo avanti e gli posò la mano sul braccio. «No, Caleb. Non farlo. Hai bevuto abbastanza per oggi.»

Lui la guardò sorpreso. «Credi di poter essere tu a decidere?»

«È un consiglio.»

Lui lasciò la bottiglia. «Il marito di questa famiglia... non si sa ancora se ce la farà. È in ospedale. In condizioni critiche.»

Lei gli teneva sempre la mano sul braccio. «Che cos'è successo, Caleb? Che cosa ti ha ridotto in questo stato? Perché ti tormenti?»

«Perché mi tormento? Lo sai anche tu. In questa indagine ho commesso un errore dopo l'altro. Ho ragionato in maniera unidirezionale. Mi sono fissato su una pista. Fin dall'inizio. Nella mia mente da sobrio c'era posto soltanto per Denis Shove. Persino quando mi sono trovato davanti il cadavere martoriato di Melissa Cooper e non riuscivo a stabilire un collegamento con Shove, ho continuato a insistere su di lui. Prima non mi sarebbe successo, Kate. Mai.»

«Shove è un uomo pericoloso. Non hai dato la caccia a un innocente.»

«Sai quali erano le accuse contro di lui prima che cominciassi a dargli la caccia? Truffa ai danni dell'istituto previdenziale. Una truffa ridicola, per somme irrilevanti. Naturalmente andava punita. Ma non così! Non organizzando una squadra speciale per dargli la caccia giorno e notte.»

«Ma tutto il resto...»

«Tutto il resto non sarebbe accaduto se non lo avessi messo alle strette. Shove era ed è un imbecille, e naturalmente si è reso molto sospetto sparendo sotto falso nome dopo l'omicidio di Linville, ma ha cominciato a sragionare solo dopo che la sua foto è apparsa sui giornali e non sapeva più dove nascondersi. Allora ha aggredito Peggy Wild e le ha rubato la macchina. Poi si è barricato da questa famiglia nella brughiera. Ha sparato a Jonas Crane. Ha compiuto una fuga rocambolesca in Irlanda. C'è il rischio che durante l'arresto spari a qualcuno e causi altri feriti e altri morti.» Senza curarsi dello sguardo severo di Kate, Caleb prese di nuovo la bottiglia, la rovesciò con un gesto impulsivo, versando del whisky sul bancone. Svuotò il bicchiere in un sorso.

«Vuoi che ti tratteggi il mio fantastico bilancio, Kate? Il bilancio del primo caso dell'ispettore capo Caleb Hale dopo la disintossicazione. Vediamo, che cosa abbiamo?» Elencò contando sulle dita. «Abbiamo Peggy Wild, una giovane donna gravemente ferita, ancora ricoverata in ospedale. Abbiamo un uomo in fin di vita, padre di famiglia, che non si sa se supererà la notte. Abbiamo una moglie traumatizzata e un bambino sotto choc. Non abbiamo ancora arrestato il colpevole, che si trova in compagnia della fidanzata, che non sappiamo se considerare un complice o un ostaggio. È armato e pericoloso. Ah, stavo quasi per dimenticarmene: non conosciamo ancora l'identità dell'assassino di tuo padre, Kate. Da febbraio non abbiamo fatto un solo passo avanti. A meno che non consideriamo la mia ridicola fissazione per Shove come il primo passo verso una ricerca del colpevole per esclusione. Già, niente male, vero? Ora sappiamo di poter eliminare Shove dalla lista dei sospetti. Non è un grande progresso?»

«Smettila, Caleb. Non ne vale la pena.»

Lui la fissò. «Che cosa non vale la pena?»

«Ricominciare a bere. Qualunque cosa sia andata storta, non può riportarti al punto in cui eri prima.»

«E dov'ero?»

«A quanto ho sentito, eri sull'orlo dell'abisso. Ora puoi benissimo credere che fossi un geniale investigatore, ma ti illudi. Il tuo era un suicidio a tappe.»

Lui guardò pensieroso il bicchiere. «Quando sono uscito dalla clinica, il mio terapeuta mi disse che la vera prova sarebbe arrivata nel momento in cui avrei dovuto affrontare dei problemi seri. Quando sarei stato sconvolto da qualcosa, quando mi sarei sentito scuotere nel profondo, quando avrei creduto che non ci fossero altre vie d'uscita a parte l'alcol... non è vero, è cominciato molto prima. La prova è iniziata fin dal primo giorno. Sono tornato in ufficio e tremavo di paura. Il caso di tuo padre era sulla mia scrivania e io provavo solo un'abissale disperazione. Non mi sentivo all'altezza. Ero fragile e inerme. È questo il punto cruciale, Kate: senza alcol non ho alcuna fiducia in me stesso. Non credo di poter ottenere o raggiungere qualcosa. Ho delle idee, ma mi sembrano sciocche, inconcludenti. Resto letteralmente paralizzato. Non sono in grado di dire a nessuno che cosa fare, non so prendere decisioni. Me ne sto seduto lì a sperare che succeda qualcosa.»

«Ma tu hai preso delle decisioni, Caleb. Ti ho visto io. Sei sempre sembrato convincente. E perfettamente padrone della situazione.»

«Mi sono fissato su Denis Shove. Era lì, e io mi ci sono letteralmente aggrappato. Era come un faro nella notte.» Scrollò il capo. «È assurdo che dica una cosa simile proprio di Denis Shove.»

Lei avrebbe voluto dirgli che lo capiva. Avrebbe voluto interromperlo, quando aveva parlato della sua mancanza di autostima.

Sono così anch'io! Stai descrivendo me. So esattamente quello che provi. Non sei solo.

Ma lui aveva già ricominciato a parlare. «La mia ex moglie cercava sempre di analizzare da dove derivasse la mia mancanza di autostima, la mia incapacità di credere in me stesso e nelle mie doti. Ripercorreva regolarmente la mia infanzia e la mia giovinezza. Dov'era il problema? Dov'era stato commesso l'errore decisivo? Sai una cosa, Kate? Non c'era niente. Nella mia vita non c'è niente che possa spiegare come sono fatto. Perché solo quando bevo non mi sento un fallito. Non ho avuto un'infanzia difficile. I miei genitori erano affettuosi e premurosi. Il rapporto con i miei fratelli era splendido. Nessun insegnante cattivo. Tutto è sempre andato bene. Bel casino, vero? Niente di niente che potesse giustificare il mio comportamento.»

Lei allungò di nuovo la mano e gliela posò sul braccio. Stavolta non per impedirgli di prendere la bottiglia. Stavolta era un gesto d'affetto, di partecipazione. Di comprensione.

«A volte succede, Caleb. Capita di non trovare una spiegazione. Perché sono tanto sola? Perché mi è così difficile aprirmi con le altre persone? Perché non riesco a credere in me stessa? Ho cercato spesso una risposta a questi interrogativi. Esiste. Per me come per te. Ma è nascosta e non riusciamo a trovarla. Probabilmente non la troveremo mai. E dobbiamo rassegnarci a conviverci.»

Non sapeva se lui l'avesse ascoltata, perché cambiò subito argomento. «Ho sempre avuto la sensazione che Jane non fosse del tutto convinta della colpevolezza di Shove. Ma ha seguito i miei ordini e ha fatto del suo meglio. Ha salvato questa famiglia. All'ultimo momento. Lei e quell'iracheno in esilio. Lui sapeva che c'era qualcosa di sospetto. E Jane gli ha creduto.»

Kate, che non era al corrente dei particolari, non aveva l'impressione che fosse il momento migliore per chiedere spiegazioni più precise. Così si limitò ad annuire. «Sì, okay.»

«Liberando la famiglia Crane, Jane ha scoperto con che macchina sono fuggiti Shove e Malyan. Therese Malyan è la madre biologica del figlio adottivo dei Crane. Capisci?»

A Kate girava la testa. «Più o meno.»

«Fino a stamattina erano ancora a Cairnryan, in Scozia. Lì hanno preso il traghetto per Belfast. Non hanno pagato il conto del bed & breakfast e si sono portati via anche qualcosa. Li hanno già denunciati. Inoltre sono stati così stupidi da presentarsi con il nome dei Crane. Stella e Jonas Crane. Una volta inseriti i loro nomi nel computer, è stato facile risalire ai loro movimenti. I colleghi scozzesi ci hanno informato subito. Per questo sappiamo con precisione dove si trovano.»

«Questo è un successo, Caleb!»

«Un successo di Jane. Non mio.»

«Siete una squadra.»

«Sì, sì» borbottò. Se non altro non si riempì di nuovo il bicchiere. Era abbattuto e sconfortato.

Lei ritirò la mano. Non poteva lasciarla lì in eterno. Comprese che lui non l'avrebbe mai presa. Né stasera né mai.

«Dovresti andare a riposare, Caleb. Domani forse tutto ti sembrerà diverso.»

«Domani» disse Caleb «dovrò pensare a come procedere.» Indicò con un cenno della testa la bottiglia di whisky.

«Dovresti buttare via quello che resta.»

«Forse.» Non sembrava troppo convinto.

«Vuoi che resti?»

«No. Torna a casa. Voglio rimanere solo.»

«Ho paura che tu possa...»

«Cosa?»

«Che continui a bere.»

«Andrò a dormire.»

Si guardarono negli occhi. Kate non avrebbe saputo dire se lui si sarebbe ripreso da quello scivolone o se la sua fosse stata una ricaduta vera e propria. Con conseguenze imprevedibili. Tutto era possibile.

Prese la borsetta. Poi le tornò in mente il motivo per cui era lì. «Ascolta, Caleb, ero venuta a dirti una cosa. Stamattina ho parlato con Kadir Roshan. È quello strano individuo che sta sempre seduto sul muretto davanti a casa di Grace Henwood. Un tipo singolare, ma un ottimo osservatore.»

Si accorse che Caleb si sforzava di seguirla. Anche lui se ne rese conto. «Ecco l'unico risultato della disintossicazione! Maledizione, non reggo più niente. Prima, dopo mezza bottiglia di whisky, ero brillante. Adesso ho l'impressione di avere la testa a mollo. Come parlo? Si sente? Che sono ubriaco?»

«Un pochino. Forse per stasera faresti meglio a non parlare più con nessuno. Non c'è bisogno che si venga a sapere.»

«Sì. Certo. Mi sembra ragionevole. Che cosa mi volevi dire? Del tizio sul muretto?»

«Mi ha detto...»

Caleb la bloccò con un gesto della mano. «Stammi a sentire, Kate, credo di non essere in grado di sostenere una conversazione importante stasera. Meglio che ti rivolga a Jane. Oggi è Jane l'eroina. Si merita una promozione.»

Kate avrebbe voluto dire che Jane era troppo giovane per una promozione a sovrintendente, ma ricacciò in gola quelle parole. La cosa non la riguardava.

«Secondo te dovrei chiamare Jane?»

«Sì, è la cosa migliore. Oppure puoi andare da lei. Sta a Burniston. Limestone Grove numero... Per la miseria, non me lo ricordo...» Si afferrò la testa come se così potesse concentrare i pensieri. «15, credo. Oppure 5. 25.»

«Secondo te posso presentarmi così, senza avvertire?»

Lui scoppiò a ridere, ma era una risata quasi ostile. «Con me non hai avuto problemi a farlo.» Vedendo l'espressione di lei, si affrettò a rimediare. «Non dicevo sul serio. No, penso che le farà piacere. La sera non può uscire. Jane è molto sola. A causa di Dylan. È questo il suo grande problema.»

Cinque

Almeno il nome della via corrispondeva. Fin lì la memoria di Caleb era stata precisa. Kate riconobbe la casa grazie all'auto di Jane parcheggiata davanti all'ingresso. Il numero cinque, invece, non c'entrava nulla. Burniston, alla periferia di Scarborough, era un sobborgo pulito e ordinato, costruito di recente. Casette di mattoni rossi con bovindo e portoncini bianchi, i giardini ben curati. Non era un ambiente in sintonia con Jane, almeno per quanto Kate poteva giudicare. Ma forse Jane ci si era ritrovata senza volerlo. Le case erano piuttosto piccole e quindi poco costose. Una giovane poliziotta come Jane non guadagnava molto, ma forse preferiva abitare in una villetta anziché in un appartamento nel centro di Scarborough. Se non altro per il bambino. Non si poteva avere tutto. Burniston era il compromesso giusto per Jane.

Sebbene non piovesse ancora, le nubi che si ammassavano sempre più dense e nere preannunciavano un acquazzone.

Per la seconda volta nel corso della serata, Kate si trovò davanti a una porta sconosciuta, suonò e si domandò se stesse facendo la cosa giusta. Caleb non era stato troppo contento di vederla. Forse avrebbe dovuto telefonare a Jane. Ma in cuor suo sapeva perché non lo aveva fatto: dopo aver trascorso mesi in completa solitudine a casa del padre, d'un tratto sentiva di non poterne più. Non voleva più restare sola. Voleva vedere altre persone. Voleva vivere.

Un rumore di passi frettolosi e la porta si aprì. Jane. Guardò Kate con espressione stupefatta. Almeno Kate si augurava che fosse stupore, e non sgomento.

«Kate? Ma che sorpresa.» Non si mosse dalla soglia. «È successo qualcosa?»

«Be', no. O almeno spero. Avrei dovuto telefonarle...» balbettò Kate. Ecco, il suo è *sgomento*, pensò a disagio. Non sarei dovuta venire.

«Sì?»

Dall'interno della casa si udì un tonfo violento seguito da un frastuono. «Santo cielo» esclamò Jane, girandosi e correndo dentro.

Kate rimase qualche minuto sulla soglia, indecisa. Era certa di essere l'ultima persona che Jane voleva vedere quella sera. Era una seccatura. Ma forse chiunque lo sarebbe stato. Jane aveva l'aria stressata. Sfinita. Stanca. Come se a casa sua si fosse tolta la maschera della poliziotta sicura di sé, impegnata, decisa, che fa il proprio lavoro in maniera affidabile e precisa. Dietro quella maschera si celava una donna che doveva ricorrere a tutte le proprie energie per far fronte ai problemi quotidiani. Alla vita.

Vedendo che Jane non tornava, Kate pensò che forse era il caso di andarsene. Richiudere la porta in silenzio e sparire.

Ma poi cambiò idea. Entrò, percorse il corridoio e arrivò in cucina. Si fermò sorpresa.

Jane era accovacciata sul pavimento cosparso di cocci. Dovevano essersi rotti diversi oggetti di vetro e porcellana. I frammenti si erano infilati dovunque. Jane era in mezzo a quel disastro e raccoglieva con cautela i pezzi più grossi per gettarli nel sacco della spazzatura accanto a sé.

Alzò la testa. «Ah, Kate. Mi scusi. Un piccolo incidente.»

Un giovane era seduto al tavolo della cucina. A giudicare dall'altezza e dalla corporatura doveva essere un ragazzo di diciotto o diciannove anni. L'espressione del viso, però, era quella di un bambino. Un sorriso ebete era stampato sui lineamenti morbidi e flaccidi, privi di contorni. Ciuffi di capelli biondi erano appiccicati alla fronte e intorno alla grossa testa rotonda. Il ragazzo indossava una tuta blu che con ogni probabilità era l'unico capo di vestiario in grado di contenere la sua mole. Era incredibilmente grasso. Mani enormi e carnose, braccia come grosse salsicce.

Lanciò una specie di singulto e arraffò un cibo non meglio identificato ridotto a un ammasso informe mescolato a pezzi di vetro e ceramica.

«Fame» biascicò. «Fame!»

Jane balzò in piedi e gli fu accanto. Gli prese le mani. «No! Ci sono i vetri. È pericoloso!»

Lui la fissò. «Fame.»

«Abbi pazienza. Tra un attimo ti do da mangiare. Prima devo mettere in ordine. Non infilarti niente in bocca, hai capito?»

Lui mise il broncio, ma tolse la mano da quel composto pericoloso spiaccicato sul tavolo.

Kate era paralizzata dallo spettacolo.

Rimpiangeva di essere entrata. Capiva perché Jane non l'avesse invitata ad accomodarsi.

Jane si girò verso di lei. Si scostò i capelli spettinati dalla fronte sudata.

«Già» disse. «Eccolo. Lui è Dylan.»

C'era un metodo infallibile per farlo calmare: focaccine con panna montata e marmellata di prugne.

«Non è il metodo più indicato» osservò Jane, «vista la sua mole. Ma è l'unico modo. Ho bisogno di qualche momento per me. Oddio, *per me* è un'espressione impegnativa. In realtà devo tagliare il prato, fare la doccia, dare un'occhiata ai documenti che non sono riuscita a controllare in ufficio. Per farlo ho bisogno di tranquillità. Allora lo rimpinzo del suo cibo preferito. Poi diventa pacifico come un agnellino.»

Dylan era seduto in cucina e divorava focaccine coperte da una montagna di panna montata. Kate aveva aiutato Jane a riordinare, raccogliendo i cocci, ripulendo la cucina dal cibo sparso ovunque e infine passando l'aspirapolvere. All'arrivo di Kate, Dylan e Jane stavano cenando e lui aveva lanciato sul pavimento tutto quello che c'era in tavola.

«Perché ho suonato alla porta?» disse Kate. «Oddio, quanto mi dispiace.»

«Non so se sia stato per quello» osservò Jane. «Qualcosa lo ha contrariato. Quando succede diventa imprevedibile. Scene come questa non sono una novità per me.»

Erano sedute in salotto. La porta era aperta, come quella della cucina, in modo che Jane potesse tenere d'occhio il figlio.

«Vuoi qualcosa da bere?» le chiese. Da quando avevano ripulito il campo di battaglia, tra di loro si era creato un nuovo affiatamento. Kate era preoccupata per aver scatenato la crisi di Dylan, ma si rendeva conto anche di una cosa: Caleb aveva ragione, Jane era molto sola. E non sembrava più tanto ansiosa di liberarsi il prima possibile di Kate. Ormai non deve più nascondere niente, pensò Kate.

«No, grazie» rispose. «Rimani seduta qui tranquilla e riposati almeno un attimo.»

Jane annuì e si appoggiò allo schienale della poltrona. «Durante la settimana lo porto in un centro per disabili. Gli danno sempre qualcosa da fare, e lui è contento. Costruisce piccoli oggetti, mollette per il bucato, sottopentole intrecciati. Cose così. La mattina passa a prenderlo il bus che lo riporta nel tardo pomeriggio. Torna alle cinque e mezzo. Purtroppo non riesco sempre a essere a casa per quell'ora. L'ispettore Hale lo sa e cerca di lasciarmi uscire prima. È un capo davvero premuroso. Ma non sempre riesce ad accontentarmi.»

«E allora?»

Jane si strinse nelle spalle. «Ho una vicina di casa. Finora mi ha sempre aiutato. Brontola e protesta, ma posso contare su di lei. Per fortuna è sola e si annoia parecchio. E poi le piace esercitare il potere sugli altri. Le piace sapere che qualcuno dipende da lei, e io mando giù i suoi commenti velenosi e vado a bussare umilmente alla sua porta più volte alla settimana, per farmi aiutare. Naturalmente anche lei, per farlo stare tranquillo, lo rimpinza a volontà. A guardarlo così, sembra che debba esplodere da un momento all'altro, e invece riesce a mangiare quantità incredibili di cibo. Che cosa posso fare? Non posso certo pretendere che lei lo tenga occupato. Sono già fortunata se lo sorveglia.»

Kate era allibita. Aveva creduto che Jane fosse una madre single, stressata come la maggior parte delle donne nella sua situazione, ma nel contempo felice per il fatto di avere un figlio, un piccolo essere umano che aveva bisogno di lei e l'amava. E invece... quel gigante d'uomo, quel colosso obeso dipendeva completamente da lei. Era un fardello pesantissimo per quella giovane donna delicata. Un parassita che la consumava. Senza darle niente in cambio. Senza *riuscire* a dare niente.

«Quanti anni ha Dylan?»

«Ne ha compiuti diciotto in aprile.»

«È...»

«Mio fratello. Il mio *fratellino.*» Jane rise di fronte all'assurdità di quella definizione. «Praticamente l'ho ereditato dai miei genitori. Insieme all'obbligo di prendermi cura di lui per sempre.»

Kate era sconvolta. «Hanno preteso da te che...?»

«Mia madre» la interruppe Jane. «Mio padre se n'è andato quando Dylan era ancora piccolo. Mia madre da allora ha dedicato tutta la vita a lui. Poco prima che morisse ho dovuto prometterle che non lo avrei mai messo in un istituto.»

«È una promessa molto impegnativa» sussurrò Kate.

«Già. E non so se riuscirò a mantenerla per sempre.» Jane si alzò, prese un bicchiere da un armadietto e si versò un po' di gin. Gettò un'occhiata interrogativa a Kate, che scrollò il capo. «Le cose si stanno complicando con lui. È sempre più forte. Più aggressivo. Prende un sacco di medicine. Un po' è per questo che è obeso.

Ma dipende anche dal fatto che per calmarlo lo riempio di cibo. È un circolo vizioso, ma non so proprio come uscirne.»

«Sei sola con questo problema?»

«A eccezione della mia simpatica vicina di casa, sì» rispose Jane.

«È nato così?»

«Una complicazione durante il parto.»

Rimasero in silenzio. Dalla cucina giungeva il lieve tintinnio del piatto da cui mangiava Dylan. Jane fissava il vuoto davanti a sé. Kate provò a immaginare le sue serate: tornava a casa trafelata dal lavoro. Lungo il tragitto si fermava a comprare il minimo indispensabile. Difficilmente ce la faceva prima delle cinque e mezzo. La vicina di casa si lamentava perché era dovuta intervenire per l'ennesima volta. Jane doveva incassare le sue risposte sgarbate, non potendo permettersi di perdere la collaborazione della donna. Poi rimaneva bloccata lì. A sorvegliare il fratello e i suoi scatti imprevedibili. Non poteva organizzare niente: una passeggiata sulla spiaggia. Un corso in palestra. Una pizza veloce con gli amici. Un cinema. Men che meno un appuntamento galante. Tanto più che poteva scordarsi del tutto qualunque relazione con un uomo: chiunque sarebbe scappato non appena avesse scoperto la dote che Jane portava con sé. Kate era convinta che Dylan fosse anche il motivo della fine del matrimonio di Jane.

«Ah, Jane» mormorò Kate.

Lei si voltò a guardarla. «Ti stanno bene i capelli. Sei stata dal parrucchiere, vero? Bravissima. Sembri molto più giovane.»

«Grazie!»

«Per quale motivo sei venuta qui?» domandò Jane. «Cioè, mi fa piacere, davvero. Come puoi ben immaginare raramente ricevo la visita di qualcuno. Ma volevi parlare di qualcosa, giusto?»

«Infatti.» Kate le riferì brevemente ciò che aveva saputo da Kadir Roshan a proposito dell'uomo misterioso che andava in giro per il quartiere facendo domande su Grace.

«Mi interessava chiarire se si trattava di un poliziotto. In quel caso non ci sarebbe da preoccuparsi. Sono stata da Caleb, ma...» Si interruppe e si morse il labbro. Non avrebbe dovuto accennare al loro incontro.

Jane si accorse subito del suo imbarazzo. «Sei stata da Caleb? Stasera?»

«Sì.»

«E lui ti ha mandata da me?»

«Ha detto che potevi chiarire la cosa facendo una telefonata alla responsabile delle indagini a Liverpool.»

«Perché non ci ha pensato lui? Gli bastavano due minuti.»

«Ecco...» Kate esitò, ma poi le tornò in mente ciò che Jane aveva detto di Caleb qualche minuto prima: è un superiore davvero premuroso. Anche l'espressione del suo viso tradiva la stima per Caleb. Non lo avrebbe mai tradito. Forse poteva aiutarlo.

«Era ubriaco, Jane. L'ho trovato in cucina che si scolava una bottiglia di whisky. Era abbastanza lucido per capire che stasera avrebbe fatto meglio a non telefonare a nessuno. La sua voce l'avrebbe tradito.»

«Accidenti» disse Jane. «Che casino!» Posò il bicchiere senza averne bevuto nemmeno un sorso. «Oggi pomeriggio avevo un brutto presentimento. Per via della storia di Shove. Era sconvolto.»

«Ho saputo che oggi hai salvato una famiglia.»

«Esatto. E adesso Caleb è convinto che a quella famiglia non sarebbe successo niente se non avessimo messo alle strette Shove. Forse in parte è vero, ma resta il fatto che Shove è un pericoloso criminale. Verrà arrestato in Irlanda ed è giusto che sia così. È un successo per la nostra squadra. Vorrei che anche Caleb riuscisse a vederla in questo modo.»

«Lui non ha ancora trovato l'assassino di mio padre. Né quello di Melissa Cooper e di Norman Dowrick.»

«Secondo me Shove non è una falsa pista. È estremamente violento. Prima o poi si sarebbe ritrovato comunque in una situazione in cui avrebbe sparato o aggredito qualcuno. È fatto così. Un delinquente cronico. Non cambierà mai.»

«Jane, per favore, nessuno deve venire a sapere quello che ti ho appena detto di Caleb» si raccomandò Kate.

«Io non lo farò di certo. La domanda è se domattina Caleb sarà di nuovo lucido. E se non ci ricadrà.»

Le due donne si scambiarono un'occhiata. Caleb era sull'orlo del precipizio.

«Fame.» Dylan era entrato in salotto in silenzio. La sua mole sembrava riempire lo spazio, facendo sembrare la casa ancora più piccola. Aveva la faccia impiastricciata di panna. Anche la felpa era macchiata, mentre i pantaloni erano costellati di chiazze indefinibili. Kate si domandò come facesse Jane a tenere pulito quel ragazzo.

Jane prese il fratello per il braccio. «Per oggi basta così, Dylan. Che ne dici di guardare un po' di tv?»

«Tv» ripeté Dylan. Si lasciò cadere sul divano che sotto il suo peso si piegò fino a sfiorare il pavimento.

«Nella sua scuola è scoppiata un'epidemia di scarlattina» spiegò Jane, «e hanno chiuso per qualche giorno. Dovrò fare in modo di convincere la mia vicina a badare a lui domani.»

«Tv!» ripeté Dylan con un tono più deciso, quasi aggressivo. Kate capì che poteva diventare molto nervoso. «Tv!»

La sorella inserì un dvd e accese l'apparecchio. *Il trenino Thomas*. Dylan ridacchiava divertito e imitava i rumori del treno.

In quel momento squillò il telefono di Kate. Uscì dalla sala, perché il volume del televisore e gli schiamazzi di Dylan le impedivano di sentire alcunché.

«Pronto? Sono Kate Linville.»

Un sussurro. Incomprensibile.

«Pronto! Chi parla? Sono Kate Linville.»

«Sono Kadir.» L'uomo parlava sottovoce. Kate andò in cucina. Dylan nel frattempo sembrava un treno espresso che sferragliava proprio davanti alle finestre.

«Kadir? Che succede? Puoi parlare più forte?»

«È qui» sussurrò Kadir. «L'uomo. Cerca Grace.»

«È lì con te?»

«Non deve sentirmi. È pericoloso.»

«Kadir, devi...»

«So dov'è Grace.»

«Ne sei sicuro?»

«Penso di sì.»

«Puoi chiamare la polizia di Liverpool?»

«Sto per finire i soldi...»

Kate udì uno scatto. Naturale. Kadir non aveva un cellulare. Era una fortuna per lei che avesse trovato una cabina telefonica funzionante in quel quartiere fatiscente. E che avesse qualche spicciolo con sé.

«Okay, Kadir. Rimani dove sei. Ci penso io. Dov'è Grace?»

Un altro scatto sulla linea. La voce di Kadir era un sussurro. Kate avvertiva tutta la sua paura. Era quasi in preda al panico.

«...prima... sotto il Canada Dock... lungo il fiume...»

Fu tutto ciò che riuscì a comprendere.

Poi cadde la linea.

Sei

Un altro appuntamento cancellato per il sovrintendente Robert Stewart, che non aveva nessuna voglia di tornare a casa. Il solito problema con le conoscenze su Internet. Ci si scambiava e-mail per settimane, ci si convinceva che potesse nascerne qualcosa di concreto, ma quando si trattava di trasferire il rapporto virtuale nella vita reale, ecco le prime difficoltà. Il suo attuale contatto, se così si poteva chiamarlo, continuava a sfuggirgli da quando lui le aveva proposto un incontro. Finalmente aveva accettato per quella sera, ma all'ultimo momento gli aveva scritto un messaggio per annullare tutto adducendo pretesti fumosi. Sembrava avesse paura, e le ragioni potevano essere moltissime. Esperienze negative, oppure il terrore che la magia di quella storia virtuale potesse svanire di fronte a un piatto di pasta e un bicchiere di vino. La spiegazione più probabile, tuttavia, era che le informazioni fornite su di sé non corrispondessero del tutto alla verità e che incontrandosi venisse smascherata.

Sulla strada del ritorno doveva passare dallo Scarborough General Hospital. Poiché non aveva intenzione di starsene tutta la sera davanti alla tv, Robert decise di fermarsi a trovare Stella Crane, per sapere come stava e soprattutto per informarsi sulle condizioni del marito e del figlio. Erano le otto, un orario che gli pareva ancora accettabile per una visita. Se Mrs Crane dormiva di già, o preferiva non parlare, se ne sarebbe andato senza troppi problemi.

Quel giorno Jane Scapin era stata eccezionale, questo le andava riconosciuto. Davvero un ottimo lavoro: aveva seguito in silenzio una pista secondaria e grazie a lei era stato arrestato anche Denis Shove; quaranta minuti prima Robert aveva saputo che i colleghi irlandesi avevano fermato Shove e la sua compagna a uno dei numerosi posti di blocco intorno a Belfast. Per fortuna non c'erano state altre vittime. Il ricercato, profondamente scosso, non aveva neppure tentato di opporre resistenza, ma si era consegnato subito. La sua compagna era scoppiata a piangere. I due non potevano certo essere considerati dei moderni Bonnie e Clyde.

Dopo aver appreso la notizia, Robert aveva cercato ripetutamente di chiamare l'ispettore capo Caleb Hale, ma senza riuscirci. Era tornato a casa prima del solito, ma in genere era raggiungibile. In particolare in una giornata come quella, coronata dall'arresto dell'uomo al quale tutti – e Caleb con particolare tenacia – davano la caccia da mesi. Non era da Hale sparire proprio in quel momento. D'altro canto era stato di pessimo umore per tutto il giorno e Robert, che non era particolarmente sensibile alle emozioni altrui, non riusciva a capirlo. Finalmente lo avevano preso, avevano Denis Shove! D'accordo, molto probabilmente non era l'assassino di Linville, questo era vero. Non avevano fatto grandi progressi su quel fronte. Ma la situazione poteva cambiare radicalmente, se fossero riusciti a scovare la testimone di Liverpool. Era solo questione di tempo. In ogni caso Shove era un bastardo, ed era un bene che finisse di nuovo in galera. E poi la macabra scoperta del cadavere di Norman Dowrick. Due successi, uno da attribuire a Jane Scapin, l'altro ottenuto da quella donnetta scialba e insignificante, Kate Linville.

Era questo il problema di Hale? Il fatto che due *donne* fossero risucite laddove lui aveva fallito? No, il capo non era mai stato così meschino.

Si era messo a piovere. Robert, che non aveva niente per coprirsi, scese dall'auto e corse lungo il vialetto fino all'ingresso dell'ospedale. Dopo aver parcheggiato, aveva provato a chiamare Hale per l'ennesima volta, inutilmente. Per un attimo aveva valutato l'idea di informare Jane, ma poi aveva deciso di lasciarle la serata libera. Negli ultimi tempi sembrava davvero sfinita, poverina.

Stava per chiedere il numero di stanza di Stella Crane, quando la incontrò nell'atrio. Ne fu stupito, ma la riconobbe subito. Quella mattina Stewart era fra i poliziotti che avevano risposto alla chiamata di Jane alla fattoria. Aveva visto i paramedici trasportare Jonas Crane privo di sensi fuori dalla rimessa surriscaldata e puzzolente di escrementi umani. Aveva fatto un paio di domande preliminari a Stella, molto provata dall'esperienza. Aveva regalato al bambino una figurina del Manchester United che aveva trovato per caso in macchina. Il piccolo aveva sorriso e Stella lo aveva ringraziato sottovoce.

E ora eccola di nuovo lì, in jeans, scarpe da ginnastica e maglia a maniche lunghe. Era ancora molto pallida, gli occhi troppo grandi nel volto tirato, ma rispetto al mattino si era ripresa in maniera sorprendente. Si era lavata i lunghi capelli biondi e li aveva raccolti in una treccia. Si era persino truccata.

«Buonasera, sovrintendente» disse non appena lo vide. «Stavo per andare a fare una passeggiata. Ma vedo che ha cominciato a piovere.»

«Il tempo non è dei migliori» confermò Robert scrollandosi la pioggia dai capelli. «E fa anche più freddo. Al posto suo non uscirei. Non si è ancora ripresa del tutto. Si prenderebbe un raffreddore.»

«Sono d'accordo con lei» riconobbe Stella. Parlava in maniera stranamente lenta. Dovevano averle dato un forte tranquillante.

«Sono passato per informarla che lo abbiamo preso» disse. «Denis Shove. Lo hanno bloccato in Irlanda del Nord.»

Lei non si mostrò particolarmente entusiasta, ma era chiaro che la notizia le faceva piacere. Poi le venne in mente qualcosa e i suoi occhi si fecero ancora più grandi. «Ha cercato...?»

Robert sapeva cosa voleva chiedergli. «No, non ha opposto resistenza. Non è stato sparato nemmeno un colpo. Verrà processato e riceverà una lunga condanna, immagino.»

«Che ne sarà di Terry? Therese Malyan? La ragazza che era con lui?»

Robert esitò. «Non se la caverà tanto facilmente. Sarà accusata di complicità.»

«Era completamente succube. Lui l'aveva in pugno.»

«La sua posizione verrà esaminata con attenzione. Sarà presente anche uno psicologo. Di sicuro anche lei è una vittima, e il giudice ne terrà conto. I colleghi in Irlanda dicono che è messa male. Ha dichiarato di aver tentato la fuga, ma Shove l'ha sorpresa e l'ha picchiata selvaggiamente. Però non deve preoccuparsi per lei. È giovane, ma è una donna adulta. È giusto che si prenda le sue responsabilità.»

Stella annuì.

È ancora sotto choc, pensò Robert.

Chiese con delicatezza: «Come sta suo figlio? E soprattutto... suo marito?»

«Mio figlio è con una delle infermiere. Stanno disegnando. Qui sono tutti molto gentili. E mio marito...» Sollevò le braccia. «Sta molto male. Sperano che superi la notte.»

«Ce la farà» disse Robert, nella speranza di dare un po' di fiducia a quella donna pallida e impaurita. «Andrà tutto bene.»

«È tutto un incubo. Un incubo terribile.» Rabbrividì. «Volevamo riposarci. Jonas, soprattutto. Era stressato per il lavoro e tormentato dalle preoccupazioni. Il medico gli aveva consigliato di prendersi una pausa. Di trovare un posto isolato dal mondo. Senza telefono, senza Internet. Dove fosse possibile pensare solo a se stessi e ritrovare il proprio equilibrio interiore. Già, e guardi invece che cos'è successo.» Rimase in silenzio a guardare la pioggia.

«L'idea però era buona» disse Robert. «Non potevate immaginare quello che sarebbe successo. Nessuno avrebbe potuto. Il fatto è che c'è del male nel mondo. Purtroppo.»

Cosa avrei potuto dire di più banale? si domandò subito dopo.

Lei invece annuì seria. «Ha ragione. Però pensiamo che non ci riguardi, che a noi non possa succedere. Malattie, incidenti mortali. Capitano sempre e solo agli altri. Finché...»

«È tutto finito.»

Stella si riscosse. Le era venuto in mente qualcosa. «Devo assolutamente parlare con la sua collega. Quella donna fantastica che ci ha trovato. Crede sia possibile?»

«L'agente investigativo Jane Scapin. Certo che è possibile. Dobbiamo comunque convocarla alla centrale. Abbiamo bisogno della sua testimonianza. Se vuole, sarà Jane a occuparsi della cosa.»

«Sarebbe bello. Le sono molto grata. Vorrei dirglielo.»

«Jane è fantastica» riconobbe Robert, «e ha risolto il caso in maniera spettacolare.»

Rimasero in silenzio, ciascuno immerso nei propri pensieri. Alla fine Robert si schiarì la voce. «Bene, allora...»

Lei gli sorrise. Il suo era un sorriso stanco, che le costò molta fatica. «Vado a sdraiarmi. Meglio rinunciare alla passeggiata.»

«Ero venuto solo per informarla che abbiamo preso Shove» disse Robert. «Se non altro pagherà per ciò che ha fatto.»

«La ringrazio.» Gli strinse la mano, poi si girò e si allontanò con passi lenti e strascicati.

Robert pregò che il marito ce la facesse.

Uscì dall'ospedale e corse verso la macchina, dove cercò nuovamente di chiamare Caleb Hale.

Niente da fare.

Non era un comportamento consueto per il capo, e Robert cominciava a preoccuparsi. Ma poi pensò che forse Hale voleva soltanto stare un po' in pace. Negli ultimi tempi aveva dormito poco.

Forse per una volta era andato a letto presto.

Sette

«Sotto il Canada Dock» disse Kate. «È tutto quello che ho capito. Crede di sapere dove si nasconde Grace. E ha paura, era evidente. Quel tipo è tornato. L'uomo che non siamo ancora riusciti a identificare.»

«Dobbiamo informare i colleghi di Liverpool» disse Jane nervosa. «Questo Kadir Roshan deve portarli al nascondiglio.»

«Gli ho detto di rimanere dov'è. Spero che mi dia retta.»

«In ogni caso abbiamo un indizio. Sotto il Canada Dock. Loro sapranno dove si trova.»

«Hai il numero della responsabile delle indagini?» chiese Kate.

Jane annuì. «La chiamo subito.» Indicò le scale. «Tengo il cellulare di sopra, per evitare che Dylan lo rompa.»

Dylan continuava a imitare i rumori di un treno e si agitava sul divano. Mentre Jane saliva di sopra, Kate ebbe un'idea. Tornò in cucina e compose il numero di Susannah Dowrick. La donna le rispose al secondo squillo.

«Susannah, sono Kate Linville. Sono addolorata per quello che è successo.»

Susannah aveva una voce controllata. «Grazie, Kate. Sono turbata, certo. Ma non ci sentivamo da anni. Quindi...» Non terminò la frase. Era chiaro: la morte di Norman non cambiava niente nella vita di Susannah. E dopo tutto quel tempo non era in grado di provare neppure dolore.

«Susannah, dovrei farle una domanda. Mi ha detto che ogni tanto qualche ex collega veniva a chiedere di Norman. Anche quelli che lei non conosceva. Si ricorda quand'è stata l'ultima volta che è venuto qualcuno? Prima che il sovrintendente Stewart venisse da lei per la morte di mio padre?»

«Dunque, vediamo» disse Susannah. «L'ultima volta... non è stato molto tempo fa. All'inizio di gennaio, direi. Sì, se non sbaglio a gennaio venne qualcuno.»

«Lei lo conosceva?»

«No. Mi disse che da giovane aveva lavorato per un po' insieme a Norman e che gli doveva molto. Avrà avuto al massimo una trentina d'anni.»

Kate trattenne il respiro. «Che aspetto aveva?»

«Era molto alto» rispose Susannah. «E biondo.»

«Le ha detto come si chiamava?»

«Si presentò, certo. Ma in tutta sincerità non ricordo più il suo nome. Non ci ho fatto molto caso.»

Probabilmente non avrebbe fatto differenza. Se l'uomo voleva scoprire dove viveva Norman per ucciderlo, di certo non si era presentato con il suo vero nome.

«E lei gli diede l'indirizzo di Norman?»

«Esatto. Io...» Susannah tacque sgomenta. «Vuol dire... vuol dire che era lui quello che poi...?»

«Questo non lo so. Non si preoccupi, Susannah. Anche se si fosse trattato di lui, sarebbe comunque riuscito a raggiungere il suo scopo. Mi creda.»

Susannah sembrava molto triste quando si salutarono. Kate era quasi certa che lo sconosciuto segnalato da Kadir non fosse un poliziotto di Liverpool. L'omicida era tornato. Cercava Grace Henwood, una testimone troppo pericolosa.

Come fa a saperlo? si domandò Kate. Come ha fatto a scoprire così in fretta che c'è una testimone oculare? E a sapere chi è?

Sulla stampa non era stato pubblicato nessun particolare. E anche ammesso che molti abitanti del quartiere sapessero cosa c'entrava Grace in tutta quella storia e il motivo per cui la polizia la stava cercando, Kate non riusciva a spiegarsi la rapidità con cui il colpevole aveva scoperto ogni dettaglio.

Deve conoscere qualcuno, pensò Kate. Ci dev'essere qualcuno sul posto che collabora con lui.

Una prospettiva inquietante, e in più assurda. Ma doveva essere così. Doveva esserci un complice.

Jane scese le scale tenendo in mano il cellulare. «Manderanno subito qualcuno da Kadir Roshan. E degli agenti al Canada Dock. Non erano molto entusiasti di ricevere l'informazione da noi, ma se non altro non hanno fatto storie. Non mi hanno saputo dire così su due piedi chi possa essere lo sconosciuto. Tra i loro agenti ce ne sono diversi alti e biondi, quindi non possono escludere che si tratti di un poliziotto. Comunque la cosa verrà chiarita entro stasera.»

Kate le riferì della conversazione con Susannah Dowrick e concluse con queste parole: «Sono quasi certa che si tratti del colpevole. Ha raccolto informazioni su Dowrick in gennaio, poi è andato a Liverpool e lo ha ucciso. Quindi ha eliminato mio padre, trovando l'indirizzo sull'elenco telefonico, e infine Melissa Cooper. La successione degli omicidi è determinante, Jane».

«Può darsi» concordò lei. «Al momento però...»

«E poi ha saputo di Grace nel giro di ventiquattr'ore. E ha una rete di contatti molto capillare, non trovi?»

«Non puoi saperlo, Kate. Potrebbe benissimo essere un poliziotto. E l'uomo che è andato da Mrs Dowrick poteva davvero essere un ex collega. Non devi scervellarti. La polizia di Liverpool esaminerà la situazione. Di più non possiamo fare.»

Kate guardò fuori dalla finestra. Aveva cominciato a piovere. Grosse gocce si spiaccicavano sul terreno ancora caldo. Dietro le nubi temporalesche la serata era più buia delle precedenti.

Pensò alla voce di Kadir incrinata di terrore. Pensò a Grace. Negli ultimi giorni l'immagine di quella ragazza fragile le si era affacciata spesso alla mente: il viso pallido, il sorriso angelico. I vestiti troppo stretti e corti per il corpo di un'adolescente. I lividi bluastri sui polsi. Risentì la voce della madre di Grace: «La prego, l'aiuti!»

Era tornata, la certezza istintiva che le indicava che cosa doveva fare, senza una possibile spiegazione logica. Era una sensazione rimasta a lungo sepolta sotto i dubbi e le paure, ma che continuava a riemergere da quando era venuta a Scalby per scoprire chi fosse davvero suo padre.

Doveva partire. Doveva andare a Liverpool. Grace era in pericolo ed era stata proprio lei a metterla in quella situazione.

Per qualche motivo, inoltre, temeva che i colleghi di Liverpool non fossero consapevoli della gravità della situazione. Fin dall'inizio c'era stata molta diffidenza, quando era arrivata la polizia dello Yorkshire a ipotizzare un collegamento con due omicidi avvenuti a Scarborough. E ora, un'altra informazione venuta da loro. Come aveva appena detto Jane, *non erano stati particolarmente entusiasti di ricevere l'informazione da loro...*

Kate riteneva probabile che avrebbero mandato al Canada Dock una volante qualsiasi. E se gli agenti non avessero notato subito qualcosa di sospetto, avrebbero fatto dietrofront e se ne sarebbero andati.

Dopo un attimo di esitazione, Kate decise di non fare parola con Jane dei propri piani. Jane non sarebbe stata d'accordo, anche perché più tardi ne avrebbe dovuto risponderne all'ispettore Hale. Perché avrebbe dovuto esporsi deliberatamente alla rabbia del suo capo?

Inoltre aveva appena espresso i propri dubbi sul fatto che l'uomo misterioso fosse il colpevole.

«Bene» disse Kate allora, «a questo punto è tutto sistemato. Tienimi informata, se dovesse esserci qualche novità, okay?»

«Ma certo» promise Jane.

«Posso lasciarti da sola?»

«Sicuro. È tutto sotto controllo.» In effetti Dylan si era calmato e seguiva con trepidazione le avventure del trenino sullo schermo. Jane era inquieta. Kate avrebbe voluto dirle qualcosa per incoraggiarla, ma non le veniva in mente niente di adeguato alla sua situazione.

Così si limitò ad augurarle la buonanotte.

Jane non tentò di trattenerla. Sarà stata anche una donna troppo sola, come aveva detto Caleb, ma era non meno terribilmente stanca e stressata. Sera dopo sera.

Di certo non le andava di avere ospiti in casa.

Kate viaggiò a folle velocità sotto la pioggia, e fu un miracolo che nessuno la fermasse. Era uscita dall'abitazione di Jane intorno alle otto ed era passata da casa a prendere la pistola del padre che aveva nascosto nella borsetta. Solo per precauzione, si era detta. Non aveva più mangiato niente da colazione e, pur non avendo appetito, versò una manciata di cereali in una ciotola, vi aggiunse del latte e trangugiò il tutto. Non sapeva che cosa l'aspettava quella notte e voleva essere in forma. Quando partì erano quasi le nove.

Sarebbe potuta arrivare per le undici.

In realtà il suo era stato un pronostico azzardato. Superando tutti i limiti di velocità e senza trovare molto traffico, raggiunse la periferia di Liverpool alle undici e mezzo. Pioveva ancora. Kate aveva fatto solo una sosta per andare alla toilette e bere un caffè e si sentiva perfettamente sveglia. Elettrizzata. Probabilmente era carica di adrenalina.

Quando finalmente arrivò, non sapeva più se ciò che stava facendo avesse senso. Jane aveva avvertito la polizia più di tre ore prima. Kate non poteva pretendere che tutto si fosse fermato mentre attraversava il paese da una costa all'altra, solo perché era convinta che senza di lei sarebbe andato tutto a rotoli. Qualunque cosa fosse successa, ormai doveva essere tutto finito.

La via di Grace era deserta e silenziosa. Nessuna luce alle finestre. Due lampioni erano rotti. Kate parcheggiò e scese. Ricordava bene la casa che le aveva indicato Kadir. *Su in cima, sotto il tetto...*

La serratura del portoncino d'ingresso non c'era più, Kate entrò senza difficoltà. Provò ad accendere la luce pigiando l'interruttore sul muro a destra. Niente da fare, come aveva immaginato. Brancolando nel buio salì due rampe di scale e si fermò sul pianerottolo su in alto. «Kadir?» chiamò sottovoce. «Sono Kate. Sei qui?»

Nessuno le rispose. Abbassò la maniglia ed entrò nell'appartamento. I suoi occhi nel frattempo si erano abituati all'oscurità e si rese conto di trovarsi in una stanza minuscola sotto il tetto. La pioggia tamburellava contro la finestra. La stanza era in perfetto ordine. In un angolo, un materasso con una coperta di lana. Un tavolo, una sedia. Una cucina economica. Sopra una mensola, un piatto e una tazza. Un'immagine di massima austerità – o di estrema povertà. Un'altra porta conduceva in un bagno minuscolo e squallido. Anche lì non c'era nessuno.

Kate uscì dall'appartamento. Kadir non era in casa. Questo non significava niente: ci stava di rado. Le pareti mi soffocano, aveva detto. Kate l'aveva presa come una manifestazione del suo disturbo mentale, ma adesso comprendeva il vero significato di quelle parole. Nemmeno lei avrebbe resistito in quello spazio angusto, sotto il tetto così basso.

Procedendo cauta al buio, tornò di sotto e quando si ritrovò per strada fece un bel respiro. Proseguì fino al muretto dove si sedeva sempre Kadir. Non c'era nessuno.

Guardò verso la casa dove abitava Grace con i genitori. Le finestre erano buie. Nel caso la polizia avesse rintracciato Grace, era plausibile che l'avesse riportata a casa dalla famiglia. Kate però non se la sentiva di suonare in quel momento.

Prima darò un'occhiata al Canada Dock, si disse. Se non trovo nessuno, torno qui e butto giù dal letto quel padre spregevole.

Inserì l'indirizzo nel navigatore, che le indicò un tragitto di sei minuti. Non era molto lontano; Grace e Kadir potevano tranquillamente arrivarci a piedi.

Kate partì.

Superò altre vie deserte. Negozi chiusi, palazzi bui. Di tanto in tanto incrociava qualche macchina. La pioggia era diminuita, ma continuava a cadere regolare. Non era certo una notte da passare vicino al fiume. Mentre procedeva lungo Regent Street, Kate guardò ripetutamente alla propria sinistra, dove scorreva scuro e imperscrutabile il Mersey. C'erano dei lampioni accesi lungo la riva e, oltre la pioggia, si riconoscevano le luci sulla sponda opposta. Le davano la sensazione di non essere del tutto sola in quella zona sempre più disabitata. Spariti i negozi, i palazzi, i bar. Al loro posto magazzini, gru che svettavano nel cielo buio, un intrico di edifici di mattoni a più piani, probabilmente uffici e quindi a quell'ora completamente vuoti. Alte recinzioni con filo spinato che delimitavano i grandi cantieri navali dove fino al mattino successivo non si sarebbe visto nessuno. Kate rallentò. Sulla sinistra, lungo il fiume, al posto delle costruzioni si susseguivano spiazzi erbosi vuoti oltre i muretti bassi. Di tanto in tanto un container, una baracca, qualche ruspa.

Siete arrivati a destinazione, annunciò la voce del navigatore.

Kate frenò, fece manovra e tornò indietro. Sotto il Canada Dock, aveva detto Kadir. Le gocce di pioggia danzavano alla luce dei fari. Alla sua sinistra scorse un magazzino abbandonato di forma allungata. Sulla destra c'era un muro. A che cosa si riferiva esattamente Kadir? Era difficile trovare un punto di riferimento, non sapendo nemmeno che cosa cercare.

Si rimise in marcia, lentamente, scrutando intorno a sé. E poi la vide: un'auto parcheggiata che prima le era sfuggita. Una Peugeot.

Le si affiancò e si fermò. Il cuore le salì in gola. Era proprio una Peugeot. Scese, strizzò gli occhi. Nell'oscurità non riusciva a distinguerne il colore, ma aveva con sé una torcia. Si avvicinò camminando rasente al muro, per non farsi vedere, nel caso ci fosse stato qualcuno a bordo dell'auto. Respirò l'odore del fiume. La pioggia rendeva più intenso il puzzo di alghe marce.

Era fradicia quando arrivò all'altezza della macchina. Vide subito che era vuota. La illuminò e rimase paralizzata: era verde.

Una Peugeot verde.

Le tornò in mente all'istante la dichiarazione della fidanzata di Robin Spencer. Una Peugeot verde che aveva percorso più volte Church Close. All'epoca nessuno aveva saputo dire se si trattasse di un particolare rilevante. Ora invece assumeva un peso affatto diverso.

Non poteva essere un caso.

Si annotò velocemente la targa – era di Scarborough – poi si girò. Nel muro davanti al quale era parcheggiata la vettura c'era un passaggio chiuso provvisoriamente con assi di legno e filo spinato. Era l'unico varco nelle vicinanze, almeno a quanto poteva vedere. Maledizione, dov'era la polizia? Oppure era tutto finito? Ma allora perché la macchina era ancora lì? Avevano trovato Grace e l'avevano portata al sicuro, ma non erano riusciti a catturare il suo inseguitore? Oppure era successo come Kate aveva temuto fin dall'inizio:

una pattuglia era passata nella zona, aveva dato un'occhiata distratta e si era allontanata?

Si fermò davanti al passaggio e cercò invano di spostare la barricata costruita da chissà chi. Forse c'era un altro accesso, ma non voleva perdere tempo a cercarlo. Decise di scavalcare la recinzione ma, mentre saltava dall'altro lato, rimase impigliata nel filo spinato con la gamba destra. Udì il rumore del jeans che si strappava e avvertì una fitta bruciante. Subito dopo il sangue le gocciolò sulla caviglia.

Imprecò tra sé. In ogni caso ce l'aveva fatta. Era dall'altra parte. Avrebbe voluto accendere la torcia, ma non si azzardava a farlo. Capì di trovarsi su un prato che digradava lievemente verso il fiume. Al centro, una specie di spazio vuoto e un edificio. Una porta o una finestra sbatteva lieve nel vento. Il luogo era completamente abbandonato, cosa che spiegava l'accesso sbarrato.

Kate sapeva che era giunto il momento di chiamare rinforzi. Aveva motivo di credere che da quelle parti si aggirasse un pluriomicida, e lei era da sola. Per precauzione prese la pistola e tolse la sicura. Il problema – come sempre negli ultimi mesi – era che non era in servizio. Pertanto non era autorizzata a chiamare rinforzi. Poteva soltanto fare una normale chiamata d'emergenza come un cittadino qualsiasi.

Okay. Avrebbe rispettato le regole del gioco, ma in maniera da creare un'urgenza tale da innescare finalmente una reazione adeguata.

Non lo aveva sentito arrivare. Era troppo impegnata a cercare il cellulare.

Quando la colpì alla nuca, non ebbe nemmeno il tempo di spaventarsi. Cadde in avanti svenuta.

Otto

Kadir sapeva di non essere mai finito in un guaio simile. Ne aveva passate parecchie in vita sua, e di rado si era trattato di cose positive. Si vergognava del colore della sua pelle praticamente da quando era nato e spesso era stato oggetto degli scherzi degli altri; a volte erano battute innocue, ma più spesso era puro odio razziale. A scuola lo chiamavano *curry*. A casa piangeva e diceva a sua madre di non farcela più, ma lei ribatteva solo che doveva essere contento se non gli capitava di peggio.

Poi la situazione era degenerata.

Ripensò a quella sera di otto anni prima, quando era andato da un conoscente e poi aveva aspettato il treno per tornare a casa. Era tardi, in una stazione deserta di un sobborgo di Liverpool. Erano spuntati dal nulla: skinhead, cinque tipi tarchiati con la testa rasata vestiti di pelle e con gli anfibi. Kadir aveva capito subito che non lo avrebbero ignorato – un indiano esile, tutto solo, che cercava di allontanarsi inosservato verso le scale fingendo di non averli visti.

Lo avevano circondato. Lo avevano spintonato finché aveva perso l'equilibrio ed era caduto a terra. Allora lo avevano preso a calci. Gli avevano rotto il naso e diverse costole. Poi lo avevano trascinato fino a un sottopassaggio buio non lontano dalla stazione. Ricordava ancora le pareti imbiancate a calce con i graffiti colorati e la notte fuori dal tunnel. Le torce che lo accecavano.

Gli dissero che non aveva il diritto di stare nel loro paese e che doveva rendersi conto di quello che succedeva ai tipi come lui. Che si sarebbe pentito di essere venuto in Inghilterra.

Lo torturarono. Per ore. Senza pietà. Avevano smesso solo quando avevano creduto che fosse morto. Aveva ripreso i sensi molte ore dopo, il mattino successivo, e si era trascinato fino alla stazione lasciando dietro di sé una scia di sangue. A quell'ora i marciapiedi brulicavano di pendolari diretti al lavoro. Ricordava le grida spaventate di alcuni. Poi era arrivata l'ambulanza. La polizia. All'ospedale lo avevano ricucito e il medico aveva detto di non aver mai visto nessuno ridotto così. Il fisico era guarito. Ma la mente no.

In ogni caso era sopravvissuto. Mentre ora non era sicuro di riuscirci.

Aveva mani e piedi legati a un tubo che lo costringeva in una posizione scomoda e sempre più dolorosa con il passare dei minuti. Era rinchiuso in una stanza quadrata di mattoni grezzi. Non vedeva nulla, era immerso nella più totale oscurità. Ma il tizio che lo aveva portato lì aveva una torcia e alla sua luce Kadir aveva scorto il luogo dove ora era tenuto prigioniero. Poi la pesante porta si era richiusa, i passi si erano allontanati. Era stato... quante ore prima? Non ne aveva idea. Forse non erano passate nemmeno delle ore. L'assoluta oscurità intorno a lui lo aveva disorientato completamente, anche nella cognizione del tempo. Ora capiva perché le persone possono impazzire se vengono lasciate al buio.

La cosa peggiore era la totale inerzia a cui era condannato. Sapeva che il tizio cercava Grace. Sperava tanto di sbagliarsi. Che Grace non fosse lì. Che si nascondesse da qualche altra parte. Non l'aveva vista, e forse la sua supposizione era del tutto sbagliata. Si domandava come avesse fatto quel tipo a seguirlo fin lì. Se c'era qualcosa che Kadir aveva imparato, era l'arte di muoversi da un posto all'altro senza farsi notare e in perfetto silenzio. Era scivolato come un'ombra fino alla fabbrica abbandonata sotto il Canada Dock. Aveva utilizzato passaggi segreti che probabilmente conosceva soltanto lui. Nonostante questo, il tizio era riuscito a rimanergli attaccato per tutta la mezz'ora necessaria ad arrivare fin lì. Poi lo aveva aggredito e immobilizzato. Non era stato difficile: Kadir non aveva opposto la minima resistenza. Si vergognava per questo, ma la paura lo aveva paralizzato. Era rimasto passivo. E adesso era rinchiuso lì. Senza la possibilità di fare nulla per Grace.

Ascoltò con inquietudine i gorgoglii e gli scrosci, gli unici suoni che provenivano dall'oscurità. Il Mersey, il grande fiume profondo che scorreva lì fuori. Quella stanza doveva trovarsi sotto il livello del fiume. Kadir provò un nodo alla gola. Cominciò a sudare freddo, pensando alle tonnellate d'acqua sopra di lui. Si disse che di sicuro quella cantina esisteva da molto tempo. E non era mai crollata. Perché sarebbe dovuto succedere proprio adesso?

Udì nuovamente dei passi e si irrigidì. Il tipo stava tornando. Di certo non per liberarlo. Kadir lo aveva visto in faccia. Lo aveva aggredito e rinchiuso. Non lo avrebbe più liberato.

Lo scatto di un chiavistello, e la porta si aprì. Kadir registrò un rumore come se i cardini fossero allentati: una specie di cigolio. Forse era possibile aprirla dall'interno, spingendola con tutte le forze. Ma era una possibilità molto remota, finché rimaneva legato a quel tubo.

La luce della torcia tornò a rischiarare l'ambiente. Kadir sbatté le palpebre accecato. Vide che l'uomo trascinava qualcosa, dopo un po' capì che era una persona. Una donna. Grace?

Lui la lasciò cadere come un sacco sul pavimento umido. Non era Grace. Era la poliziotta. Kate.

Le sue ultime speranze si spensero. Si era aggrappato a Kate per tutto il tempo. Lei sapeva. Lui le aveva detto che l'individuo sospetto era tornato. Che secondo lui Grace si nascondeva al Canada Dock. E Kate era arrivata. Ma era caduta nella sua stessa trappola.

Sperava solo che fosse riuscita ad avvertire i colleghi.

Senza parlare, l'uomo posò la torcia e cominciò a legare Kate. Lei doveva essere svenuta, perché non reagì in alcun modo. Non la legò al tubo, forse temeva che insieme avrebbero cercato di liberarsi a vicenda. La legò in maniera brutale, bloccandole braccia e gambe dietro la schiena. Il suo corpo formava così un arco che ben presto le avrebbe causato tremende sofferenze.

Kadir approfittò di quegli istanti di luce per guardarsi intorno. Forse poteva trovare una via d'uscita. Ciò che vide non lo rincuorò affatto: sul soffitto c'era una specie di botola dai cui bordi filtrava l'umidità, che penetrava nel muro e sgocciolava sul pavimento. Se i suoi calcoli erano corretti e la cantina si trovava sotto il livello del fiume, quella botola serviva per allagare la cantina. Non sapeva dire a quale scopo, ma per loro sarebbe stata la fine.

Sotto la botola c'era una grata fissata al soffitto. Aprendo la botola l'acqua sarebbe caduta nella cantina e la grata avrebbe impedito loro di uscire, anche nel caso in cui si fossero liberati. Kadir deglutì in silenzio.

Di una cosa era sicuro: dovevano uscire da lì. Il più in fretta possibile.

Venerdì, 13 giugno

Uno

Non sapeva quanto tempo fosse passato. La mezzanotte doveva essere passata da parecchio, quando all'improvviso udì la voce di lei. Risuonò inaspettata nell'oscurità, spaventandolo a morte.

«Ehi? C'è qualcuno?» chiese.

Era perfettamente vigile, addirittura energica. Grazie a Dio lo sconosciuto non l'aveva ferita gravemente quando l'aveva tramortita.

«Sono qui» rispose. «Kadir.»

«Ho sentito qualcuno respirare» disse lei. «Eri tu, allora.»

«Sono legato. Sono bloccato a un maledetto tubo. Non riesco a muovermi.» Una luce si accese all'improvviso e lui trasalì di nuovo. In un primo momento pensò che fosse tornato l'aggressore. Sbatté le palpebre, poi scorse Kate, ancora sdraiata sul pavimento con la schiena inarcata. Accanto a lei c'era una torcia.

«Ce l'avevo nella tasca dei calzoni» disse Kate. «Per fortuna lui non se n'è accorto. Almeno adesso abbiamo un po' di luce.»

Non era certo la salvezza, ma Kadir sentì riaccendersi un barlume di speranza dentro di sé. Kate era una poliziotta, era abituata a situazioni e persone pericolose. Se non altro sembrava in grado di mantenere la calma. Un'ottima prerogativa per tentare di uscire da quella trappola.

«I tuoi colleghi?» le chiese. «Lo sanno che siamo qui?»

«Sì. Una collega sa tutto e si terrà in contatto. Non preoccuparti, Kadir. Non siamo perduti.»

«È stato quel tizio. Quello che faceva domande in giro su Grace. Mi ha aggredito e legato. Non so come facesse a sapere che ero qui.»

«Ti avrà seguito. Ha ucciso tre persone. È senza scrupoli e completamente pazzo.»

Mentre parlava, Kate si dimenava nel tentativo di allentare le corde, ma a Kadir non sembrava che ottenesse grandi risultati. Il tizio l'aveva legata saldamente.

«L'ho visto in faccia» disse Kadir. «Kate, mi ucciderà!»

«La polizia sarà qui presto» lo rassicurò Kate. Aveva la voce affannata. Nella posizione in cui era doveva fare fatica a respirare. «Come ti è venuta l'idea che Grace potesse trovarsi in questo posto abbandonato?»

«Mi sono ricordato che suo padre ha lavorato qui. Me lo ha raccontato non so chi. Qui c'era una fabbrica che costruiva attrezzature nautiche, ma è fallita cinque anni fa. Da allora tutti gli impianti sono stati abbandonati e Darren Henwood è disoccupato. Ho pensato che Grace conoscesse il posto, perché di sicuro ci è venuta qualche volta con suo padre. Darren era più socievole quando lavorava. Grace potrebbe essersi nascosta qui.»

«Ipotesi interessante. Però non l'hai vista, vero?»

«No. Forse mi sono sbagliato. Era solo una supposizione.»

«Se invece avessi ragione, spero che nel frattempo Grace se ne sia andata. Il killer la starà cercando ovunque.»

«Qui sotto c'è un dedalo di passaggi sotterranei» spiegò Kadir. «Gallerie, stanze... tutto sotto il livello del fiume. Sente questo scroscio? È il Mersey. È sopra di noi.»

Rimasero in silenzio, angosciati, ascoltando il gorgoglio dell'acqua.

«Un'altra cosa» proseguì Kadir. «Sul soffitto ho visto una lastra di metallo. Dai bordi filtra dell'acqua. Credo si possa aprire. Per allagare il sistema di gallerie sotterranee.»

Kate non rispose, ma lui la vide guardare in alto, fissare la botola e la grata e poi ricominciare a divincolarsi energicamente. Non c'era niente da fare. Non sarebbe mai riuscita a liberarsi da sola.

Dopo una breve riflessione, Kate disse: «Adesso ascoltami, Kadir. Non possiamo restarcene qui con le mani in mano. Dobbiamo cercare di liberarci. Proverò ad avvicinarmi a te. E tu devi provare a scivolare verso il basso lungo il tubo. È probabile che ti ritroverai in una posizione dolorosa come me, ma dovrai resistere. Dobbiamo fare in modo che tu possa slegarmi i polsi. Io non posso farcela, ho le mani legate dietro la schiena e non riesco a vedere quello che faccio. Se tu mi liberassi, poi io libererei te, e sarà già qualcosa».

«Non molto» commentò Kadir. «La porta è sprangata. Anche se dal rumore sembra che il chiavistello sia piuttosto vecchio.»

«Vedremo. Forza, al lavoro, adesso. Non dobbiamo perdere tempo.»

È brava, pensò lui, è proprio brava. È intelligente e ha i nervi saldi. Dopotutto è di Scotland Yard. Gente di prima classe.

Un poco alla volta, senza badare alla pelle che gli si scorticava, Kadir cominciò a scivolare verso il basso. Non c'era tempo, pensò, non c'era tempo, non c'era tempo...

Ma forse avevano una possibilità.

Due

Caleb aveva l'impressione che tutti sapessero cos'era successo. Quasi portasse un enorme cartello luminoso sulla fronte con scritto HO AVUTO UNA RICADUTA.

In realtà avrebbe dovuto chiamare il terapeuta. Erano questi gli accordi. Per discutere dei passi giusti da compiere.

«Non cerchi di uscirne da solo» gli aveva ordinato il terapeuta. «Correrebbe solo un rischio enorme. Riconosca di aver bisogno d'aiuto e mi chiami.»

Riconosca di aver bisogno d'aiuto... facile a dirsi. Quando ci si sentiva comunque un fallito, un perdente... Ci mancava solo di dover confessare al terapeuta di essersi letteralmente tuffato nel whisky, di aver bevuto fino a svenire... di aver avuto alcolici in casa e di non aver buttato via tutto, trasgredendo le regole... Caleb non aveva nessuna voglia di vestire i panni del peccatore. Durante la terapia aveva dovuto dichiarare già abbastanza spesso a voce alta: mi chiamo Caleb Hale e sono un alcolista.

Non ne poteva più.

La testa gli rimbombava, aveva la nausea e la bocca secca, come se il corpo avesse smesso di produrre del tutto saliva, ma nonostante questo riuscì a salire in macchina, guidare fino alla centrale ed entrare in ufficio a testa alta. Sapeva di essere pallido come un fantasma e di sudare molto, e non poteva evitare di strizzare ripetutamente gli occhi, accecato dalla luce, nonostante la giornata grigia e piovosa. Era tormentato dai postumi di una solenne sbronza e gli sembrava improbabile che gli altri non se sarebbero accorti.

Prese un caffè doppio alla macchinetta, si mise seduto alla scrivania e si domandò come avrebbe fatto ad arrivare alla fine di quella giornata. Gli sembrava che la testa dovesse scoppiargli da un momento all'altro.

C'è forse un idiota peggiore di me? si chiese esasperato.

Il sovrintendente Robert Stewart infilò la testa nel suo ufficio. «Ah, capo, è arrivato! Ho appena parlato con Mrs Crane. Il marito ha superato la notte. Le sue condizioni sono migliorate.»

Caleb impiegò qualche istante per fare mente locale. Giusto, i Crane. La famiglia che aveva preso in ostaggio Shove.

«Oh» disse. Poi riuscì ad aggiungere: «Grazie al cielo».

«Ieri sera ho cercato più volte di telefonarle, signore. I colleghi irlandesi hanno arrestato Shove. E anche la Malyan.»

«Qualche ferito?»

«No. Shove era allo stremo. Si è arreso subito.»

«È... un'ottima notizia» disse Caleb faticosamente.

Robert lo scrutò. «Tutto bene? Non ha un bell'aspetto.»

«Un mal di testa tremendo. Da ieri sera. Per questo non rispondevo al telefono.»

«Forse dovrebbe mettersi a letto. Sembra proprio conciato male.»

Caleb non voleva approfondire l'argomento. «Ce la faccio. Altre novità?»

Robert assentì. «Più tardi Mrs Crane verrà qui per rilasciare una dichiarazione ufficiale. Vorrebbe anche ringraziare Jane. Lei sa dov'è?»

«Non l'ho ancora vista. Ma sono appena arrivato.» Caleb non vedeva l'ora che Robert se ne andasse. Temeva di puzzare ancora di alcol e che il collega potesse accorgersene. Notò che d'un tratto Robert aveva assunto un'aria assorta. Forse stava ripensando a tutte le volte che in passato il capo aveva detto di avere il mal di testa, finché era stato chiaro quale fosse il vero problema.

Per fortuna suonò il telefono.

Era il centralino.

«Ho in linea una certa Mrs Pollard, signore. Vuole parlare subito con l'agente Scapin, ma non riesce a chiamarla. È fuori di sé, dice che è molto importante. Posso...?»

«Me la passi» disse Caleb. Si sarebbe aggrappato a qualunque pretesto per chiudere la conversazione con Robert.

Subito dopo risuonò al suo orecchio una voce agitata e stizzita. «Così non può più andare avanti! Proprio no. Sono sempre stata disponibile, ho sempre dato una mano. Ma ho l'impressione che se ne stia approfittando, e non ce la faccio più. Non sono più giovane, e questa situazione è troppo faticosa per me!»

«Un momento» la interruppe Caleb. Quella voce penetrante non faceva che peggiorare il suo mal di testa. Aveva già preso diverse pastiglie quel mattino, e gliene sarebbero servite altre nel corso della giornata. «Scusi, lei chi è?»

«Margaret Pollard. La vicina di casa di Jane Scapin.»

Dai racconti di Jane, Caleb sapeva che la vicina badava spesso a Dylan. «Ah, Mrs Pollard. Ho capito. Cos'è successo?»

«Cos'è successo?! In vita mia ne ho viste tante, ma... stamattina presto sono stata svegliata da un fracasso indescrivibile che veniva dalla casa di Jane. Grida, colpi, sembrava che qualcuno volesse buttare giù la casa. Ho pensato, povera Jane, Dylan ha un'altra delle sue crisi e lei non riesce a calmarlo. Mi sono vestita e sono corsa di là, perché sono una persona generosa. Insomma, avrei potuto anche far finta di niente. Che c'entro io?»

Si interruppe come se si aspettasse una risposta. Caleb emise un generico: «Mmm».

«Nessuno veniva ad aprirmi. Siccome ho le chiavi, sono entrata. E cosa ha trovato? Lei non c'era. Jane. Poi mi sono accorta che non c'era nemmeno la sua macchina. Se n'era andata. E lui era scatenato. Secondo me deve avergli dato dei tranquillanti, a volte lo fa. Ma quando l'effetto finisce, lui diventa incontrollabile. Bisogna tornare in tempo, ma lei non ci riesce mai! »

Caleb si rese conto che la vita di Jane Scapin era più problematica di quanto una persona sola potesse affrontare. L'aveva sempre ammirata per come si prendeva cura del fratello nonostante la sua professione impegnativa. Non si lamentava mai e faceva sempre l'impossibile, ma per la prima volta Caleb capì l'entità del problema. Finora era stata fortunata che non fosse successa una tragedia. Coprendo la cornetta con una mano, sibilò a Robert, che era ancora nel suo ufficio: « Vada a cercare l'agente Scapin. È urgente! »

Robert annuì e uscì.

« Gli ho dato le sue medicine » proseguì Mrs Pollard. « Adesso finalmente dorme. Ma quando si sveglia, sarà di nuovo furioso e non credo potrà prendere altri tranquillanti. Anche perché non so quanti gliene avesse già dati Jane e quando. Che cosa devo fare? »

Caleb non trovava particolarmente simpatici la voce e l'atteggiamento di Mrs Pollard, ma le andava riconosciuto di essersi presa una bella responsabilità e di non aver lasciato Dylan da solo.

« Mrs Pollard... » provò a dire, ma lei lo interruppe. « Non riesco a chiamarla. Non risponde al cellulare e il numero diretto del suo ufficio suona a vuoto. È una situazione intollerabile. Non può andare avanti così. »

In cuor suo Caleb doveva dare ragione a Mrs Pollard. La situazione non poteva andare avanti così né per Jane né per la sua vicina di casa. Molto probabilmente nemmeno per il fratello.

« Mrs Pollard, cercheremo in ogni modo di rintracciare al più presto l'agente Scapin » disse. « Nel frattempo può rimanere a sorvegliare il fratello? »

« E se non la trovate? »

« È in servizio. Dovrebbe essere raggiungibile. » In realtà Jane *doveva* essere raggiungibile. Se non era in ufficio, Caleb, in qualità di suo superiore, doveva essere informato dei suoi spostamenti. Era molto strano che non rispondesse al cellulare. Maledisse il mal di testa e il malessere che provava. Poi ebbe un'intuizione su dove potesse essere Jane. Forse gli aveva detto qualcosa, ma Caleb non se lo ricordava. Di solito diventava geniale quando beveva, ma la sera prima aveva esagerato. Oppure non ci era più abituato. Di sicuro non c'era la minima traccia di genialità in lui. Era solo un patetico relitto dolorante.

Robert Stewart tornò nel suo ufficio. «Qui non c'è. E nessuno ha idea di dove sia.»

Mrs Pollard aveva sentito. «Non è possibile! Siete i suoi colleghi! Dovete sapere dove si trova!»

«La troveremo» tagliò corto Caleb. «Stia tranquilla. E ci sarà una spiegazione ragionevole per tutto questo.»

«È da parecchio che la ragione non c'entra più con la vita di Jane Scapin» dichiarò Mrs Pollard. «Mi chiedo sempre perché continui a farsi sfruttare così. Dopotutto non è l'unica responsabile di Dylan. Perché Sean si sottrae sempre alle proprie responsabilità?»

La testa di Caleb quel giorno funzionava a rilento. Doveva rassegnarsi.

Sean. Qualche volta Jane aveva fatto quel nome. Caleb aveva immaginato che si trattasse dell'ex marito. Quale responsabilità poteva avere per Dylan?

«L'ex marito di Jane Scapin?» chiese.

«No. Quello se l'è filata appena ha potuto. Sean è l'altro fratello. Il fratello di Jane. Non si fa vedere tanto spesso.»

«Jane ha un altro fratello?»

«Un vero perdigiorno. Credo che non abbia nemmeno un lavoro fisso. Posso contare sulle dita di una mano le volte che si è fatto vedere in tutti questi anni. Ho ripetuto spesso a Jane che la responsabilità non è soltanto sua, ma lei non è capace di imporsi. Se non riuscite a rintracciare Jane, forse potete provare con il fratello. Tra l'altro non sarebbe male richiamarlo ai propri doveri e fargli venire qualche senso di colpa. Sean Holgate. Vive a Newcastle. Non so altro. Rimango qui in attesa di notizie. Ma è l'ultima volta!» Poi chiuse la comunicazione.

Caleb guardò Robert. «Lo sapeva che Sean non è l'ex marito di Jane ma suo fratello?»

Robert era perplesso quanto il suo capo. «No. Pensavo...»

«Veda se riesce a rintracciarlo. Sean Holgate. Newcastle.» Non rientrava nei suoi incarichi sistemare la complessa vita privata di Jane Scapin, ma Caleb lo riteneva un gesto di altruismo dovuto.

Ora era ancora più preoccupato. Non era da Jane imbottire il fratello di medicine e lasciarlo da solo.

C'è qualcosa che non va, pensò.

Non vedeva l'ora che la mente gli si snebbiasse.

Tre

Si trovò con le mani libere quando ormai non ci sperava più. La posizione in cui era stata legata le aveva procurato dolori sempre più intensi, alla fine quasi insopportabili. Per un paio di volte le erano salite le lacrime agli occhi e non era riuscita a trattenerle.

Ce la farò, si era ripetuta, ce la farò, ce la farò...

Kadir era riuscito ad accovacciarsi sul pavimento, ma anche da quella posizione arrivava a toccare a stento i polsi di Kate. Essendo legato, poteva muovere pochissimo le dita e più volte i crampi ai polpacci lo costrinsero a fermarsi, tornare faticosamente in piedi e aspettare che le gambe si rilassassero.

«Mi spiace» diceva tutte le volte con voce tremante e sofferta. «Mi spiace tanto, ma...»

Kate era tesa e sapeva che stavano sprecando tempo prezioso, ma non aveva senso mettere Kadir sotto pressione; stava già facendo del suo meglio. Le ore però passavano e di certo l'assassino non aveva nessun interesse a lasciare in vita i due ostaggi, neppure in quel nascondiglio sotterraneo. Pur essendo una zona abbandonata, c'era comunque il rischio che qualcuno li trovasse. Il tizio aveva dimostrato di essere crudele e spietato. Si sarebbe sbarazzato di due persone che erano in grado di identificarlo, Kate ne era certa.

Una volta sciolto l'ultimo nodo, Kate avrebbe voluto liberare anche le caviglie, ma si accorse di non riuscire a muovere né le braccia né le mani. Anzi, nessun muscolo sembrava obbedirle.

Ricadde subito di lato, liberata da quella scomoda posizione, ma non dai dolori. Al contrario. Il lento risveglio di parti del corpo intorpidite le provocava sofferenze atroci. Appoggiò la fronte al pavimento freddo e umido piangendo piano: stava perdendo altro tempo, ma non poteva farci niente. Alla fine riuscì a rialzare il busto e a piegarsi in avanti sino a sciogliere lentamente i nodi alle caviglie.

Solo a questo punto le venne in mente di guardare l'orologio. Erano quasi le sette del mattino. Avevano impiegato ore per liberare uno soltanto di loro.

Kate si accorse che le era rimasta solo la torcia tascabile – comunque una preziosa risorsa. La borsa era sparita, come pure il cellulare che aveva in mano al momento dell'aggressione. Mancava anche la pistola del padre. L'assalitore le aveva portato via tutto, tranne la pila.

La loro unica speranza adesso era Jane.

Quando si sarebbe accorta che qualcosa non andava?

Aveva detto a Kadir che una sua collega era al corrente di tutto, ma lo aveva fatto più che altro per tranquillizzarlo. In realtà non era così. Era stata una stupida, avrebbe dovuto dire a Jane che sarebbe andata a Liverpool. Jane sapeva che Grace era in pericolo e che secondo Kadir poteva essersi nascosta al Canada Dock, ma con ogni probabilità presumeva che se ne sarebbe occupata la polizia di Liverpool. Naturalmente il giorno successivo avrebbe insistito e sarebbe così venuta a sapere che i colleghi non avevano notato niente di strano.

A questo punto Jane non si sarebbe accontentata e avrebbe provato a chiamarla. Lei non le avrebbe risposto e Jane si sarebbe insospettita. Ma quando?

Troppo tardi, forse. Non aveva senso aspettare. Dovevano cavarsela da soli.

Raccolse la torcia. La luce sembrava già meno intensa. Le batterie prima o poi si sarebbero esaurite.

Si alzò e zoppicò fino alla porta. Abbassò la maniglia e la porta cedette di un millimetro, ma il chiavistello la bloccò. Kate la scosse con forza. Kadir aveva ragione, il chiavistello era allentato.

«Kate» le disse Kadir, «mi liberi. Forse, se spingiamo in due, riusciremo ad aprirla!»

Lei provò ancora un paio di volte, ma alla fine si rassegnò. Avrebbe voluto lasciare Kadir da solo, uscire di corsa, chiamare aiuto e tornare da lui, ma si rese conto che non era possibile. Il chiavistello aveva conosciuto tempi migliori, ma non era del tutto inutile.

Aveva bisogno di rinforzi. Aveva bisogno di Kadir.

Con un sospiro tornò verso di lui, sistemò la torcia in modo che le facesse luce e cominciò a slegarlo. Erano le otto quando, finalmente libero, stramazzò a terra. Lei gli si inginocchiò accanto per massaggiargli i muscoli.

«Devi provare ad alzarti» gli ripeté. «Forza, Kadir, alzati. Dobbiamo uscire da qui!»

Strisciando carponi, il ragazzo raggiunse la porta.

Un'ora più tardi erano entrambi seduti contro il muro, sfiniti. Non c'erano speranze: il chiavistello reggeva. Si erano liberati dalle corde, ma erano ancora prigionieri.

Quattro

Caleb non riusciva a scrollarsi di dosso la sensazione che qualcosa non andasse. Aveva cercato più volte di raggiungere Jane sul cellulare. Le aveva lasciato due messaggi, pregandola di richiamarla immediatamente.

Lei però sembrava sparita.

Caleb sapeva quanto si sentisse responsabile per Dylan, quanti sforzi facesse per prendersi cura di lui. Era strano che l'avesse lasciato da solo senza neppure mettersi d'accordo con la vicina. Era così strano che persino nella testa dolorante e annebbiata di Caleb risuonarono diversi campanelli d'allarme.

Ingoiò altre due compresse, bevve un caffè ristretto e cominciò a sentirsi meglio. Finora l'aveva rimossa, ma ora si ricordò della visita di Kate. Se l'era trovata sulla porta, di punto in bianco, e poi in cucina, dove lei aveva fissato con aria scioccata la bottiglia di whisky. L'avrebbe detto agli altri? Non gli sembrava una pettegola.

Gli aveva detto qualcosa... della faccenda di Liverpool... qualcosa a proposito del ragazzo indiano che stava tutto il giorno seduto sul muretto... e che aveva fornito l'indizio decisivo per risalire a Grace Henwood...

Peccato che non avesse fatto più attenzione; nello stato in cui era non aveva voluto sapere niente. L'aveva mandata da Jane, la superdetective.

Riprese il telefono e fece il numero di Kate a Scalby. Lasciò suonare per un'eternità, senza che rispondesse nessuno. Poi provò sul cellulare. Segreteria.

«Kate, sono io. Caleb. Ho bisogno di parlare con te. È urgente. Riguarda ieri sera, soprattutto la tua visita all'agente Scapin. Richiamami appena puoi.»

Riagganciò e rimase a fissare il telefono. Strano che nemmeno Kate fosse raggiungibile. A poco a poco le parole e le immagini della sera prima riaffiorarono alla sua memoria. Kate gli aveva detto di aver cercato più volte di chiamarlo. Alla fine si era presentata a casa sua di persona – Kate, quella donna impacciata, che era quasi andata in crisi quando lui l'aveva invitata a mangiare qualcosa insieme in un pub. Doveva trattarsi di un'informazione importante che lei avrebbe voluto condividere subito. Invece si era rivolta a Jane Scapin.

E adesso le due donne erano scomparse.

La cosa era preoccupante.

Liverpool. Possibile che Jane avesse imbottito il fratello di sonniferi e poi fosse partita per Liverpool insieme a Kate? Erano andate lì a cercare Grace Henwood? Ma allora perché non si facevano sentire? Jane Scapin stava trasgredendo le regole.

E nemmeno questo era da lei.

Telefonò alla polizia di Liverpool, si fece passare la responsabile delle indagini sul caso di Norman Dowrick e le chiese se ci fossero stati sviluppi. Non era accaduto niente di rilevante, lo informò lei. Grace Henwood non era stata ancora rintracciata e per il resto non c'erano novità da segnalare.

«Kadir Roshan vi ha chiamato?» chiese Caleb.

«Chi?» domandò stupita la collega.

Non lo aveva mai sentito nominare. Eppure Kate gli aveva detto di aver parlato con Roshan. Lui le aveva fornito un'informazione...

Caleb riagganciò. Provò di nuovo con Jane. Niente da fare. Kate. Niente nemmeno qui.

Robert Stewart entrò nel suo ufficio. Era agitato. O turbato. O entrambe le cose.

«Signore, c'è qualcosa di strano. Ho trovato l'indirizzo e il numero di telefono di Sean Holgate. Ma non risponde nessuno.»

«Provi a mandare una volante. Forse Holgate è a casa. O qualche vicino sa dove lavora. Deve occuparsi subito del fratello. Che cosa intendeva per *qualcosa di strano*?»

«Ho già avvertito la polizia di Newcastle, signore. La volante è già partita. Ma ho scoperto che la polizia conosceva già la famiglia Holgate. Lei lo sapeva?»

«No. Come mai? Qualcosa di grave?»

«Sì, purtroppo.» Robert lo guardò accigliato. «Riguarda un omicidio stradale. Omissione di soccorso.»

«Buon Dio» esclamò Caleb. Aveva l'impressione che quella mattina Robert Stewart fosse particolarmente reticente e che fosse necessario strappargli con le pinze ogni singola informazione. «Sean Holgate? È accusato di omissione di soccorso?»

Robert scrollò il capo. Se non impara a essere più reattivo la mattina, non farà mai carriera, pensò Caleb.

«Al contrario» disse Robert. «Gli Holgate non sono i colpevoli, bensì le vittime. L'handicap di Dylan non deriva da una complicazione del parto, come dice sempre l'agente Scapin. Il ragazzo fu investito da una macchina quando aveva cinque anni e rimase per mesi in coma. L'automobilista non fu mai rintracciato.»

Caleb non sapeva se quella storia potesse avere qualche relazione con il suo attuale problema. Jane Scapin e Kate Linville erano scomparse in circostanze misteriose. Grace Henwood non era stata ancora ritrovata. Nessuno sapeva chi fosse l'autore degli omicidi di Norman Dowrick, Richard Linville e Melissa Cooper.

C'entrava qualcosa il fatto che Jane Scapin avesse un fratello, e che nessuno dei colleghi ne sapesse nulla?

E quanto erano importanti le cause della grave invalidità del fratello minore?

Le prime indagini svolte da Robert Stewart avevano rivelato che il piccolo Dylan Holgate era stato investito da un'auto mentre andava in bicicletta su una stradina di campagna nei pressi di Newcastle. Era caduto a terra ed era stato trascinato per diverse decine di metri. L'automobilista era fuggito, e non c'erano testimoni. Un'ora e mezzo più tardi una telefonata anonima aveva avvertito la polizia della presenza di un bambino gravemente ferito, ma non era stato possibile appurare se a chiamare fosse il responsabile dell'incidente oppure un passante che aveva preferito restare anonimo. La vita di Dylan era rimasta a lungo appesa a un filo, e quando si era risvegliato dal coma molti mesi dopo non era più lo stesso di prima. Aveva riportato gravi lesioni fisiche e cerebrali. Era stata sporta denuncia contro ignoti e non c'erano stati progressi.

«Lei sa perché Jane non ci ha mai raccontato niente?» chiese Robert confuso. «E come mai non ci ha mai detto di avere un altro fratello?»

«Ogni tanto nominava questo Sean, ma tutti pensavamo che fosse l'ex marito» osservò Caleb. «L'errore è nostro. E comunque Jane parla molto raramente dei suoi problemi. Spesso ho avuto l'impressione che ci abbia parlato di Dylan solo perché le serviva il nostro aiuto, quando era costretta a tornare a casa prima o a presentarsi in ritardo. Non poteva nascondere del tutto il problema, ma secondo me lo avrebbe fatto volentieri.»

«Perché? Non c'è nulla di cui vergognarsi. Al contrario. Lei fa i salti mortali.» Robert non riusciva proprio a capire.

Al contrario Caleb, che si portava dietro una storia difficile – e con ogni probabilità ci era ancora dentro fino al collo – conosceva bene la spiacevole sensazione che si prova davanti agli sguardi pieni di compassione, le parole sussurrate, i silenzi improvvisi. Jane era una donna forte, indipendente, autonoma, che odiava essere compatita e detestava la curiosità morbosa che spesso suscitano le storie come la sua. Non era sorpreso che avesse tenuto nascosto il tragico incidente del fratello. E, stando alle parole della vicina, l'altro fratello doveva essere piuttosto egoista e superficiale, tanto che aveva lasciato completamente sola la sorella in quella difficile situazione senza farsi mai vedere. Una donna come Jane non andava certo a spiattellare certe cose ai quattro venti. In realtà, pensò Caleb, è tutto molto logico. Non c'è niente di strano.

«Dobbiamo trovare Sean Holgate» disse. «Se non ci riusciamo, non importa. Secondo me questa Mrs Pollard brontola tanto, ma non lascerà Dylan da solo. Quello che mi preoccupa veramente è che non riusciamo a parlare con l'agente Scapin.» E con Kate Linville, aggiunse mentalmente. Non era necessario che Robert sapesse che la sera prima Kate era stata da lui per parlargli di qualcosa di importante. Visto che poi sarebbe stato impossibile evitare la domanda successiva: per quale motivo non avevano parlato? Era un argomento al quale Caleb non voleva avvicinarsi neppure lontanamente.

L'indiano. L'indiano era l'unico punto di riferimento. Caleb non aveva permesso a Kate di raccontargli altro.

Si alzò deciso, senza badare alle fitte alla testa provocate da quel brusco movimento. «Parto per Liverpool» annunciò. L'unica soluzione era parlare di persona con Roshan. «Lei mi sostituirà qui. Resti in contatto con i colleghi di Newcastle, nel caso riescano a scovare Sean Holgate. E pensi a Mrs Crane quando arriverà. Si occupi della sua deposizione.»

Robert non sembrava entusiasta dell'incarico. Caleb e Jane se ne andavano in giro per il paese indagando sull'omicidio di Norman Dowrick e lui era bloccato lì, a protocollare deposizioni. Ovviamente, però, non disse niente. Un ordine del capo non andava discusso. Anche se aveva l'impressione che il capo quel giorno... be', non fosse perfettamente lucido. Aveva anche una teoria che poteva spiegare tutto... Che sfortuna! pensò. Non ce l'ha fatta.

Ma ovviamente non disse nulla.

Cinque

Stella Crane arrivò puntuale e rimase delusa di non trovare Jane. Aveva portato un mazzo di fiori, che consegnò a Robert.

«Magari può darglielo lei più tardi» disse. «Voglio sappia quanto le siamo riconoscenti. Dobbiamo la nostra vita alla sua tenacia.»

Aveva un bell'aspetto, era decisamente più riposata e rilassata. Jonas aveva superato la notte, tutto lasciava supporre che ce l'avrebbe fatta. Robert aveva una certa esperienza di vittime di crimini violenti e sapeva che le conseguenze di quanto accaduto avrebbero accompagnato Stella e la famiglia ancora per molto tempo, lasciando cicatrici ben più profonde di quanto potessero immaginare adesso. Per il momento Stella era felice e sollevata: era sfuggita a un incubo che avrebbe potuto concludersi in modo molto più tragico.

Robert aveva incaricato una giovane collega delle ricerche di Sean Holgate, così adesso poteva dedicarsi a Stella Crane. La invitò ad accomodarsi e quindi registrò la sua testimonianza, rivolgendole qualche domanda e prendendo appunti.

Che storia pazzesca, pensò. Una coppia adotta un bambino e all'improvviso si ritrova davanti persone che non avrebbe mai frequentato. Finisce in una situazione di estremo pericolo, sfugge per un soffio alla morte, senza aver mai commesso niente di avventato o irresponsabile.

Era affascinato dall'ineluttabilità delle esperienze vissute da Stella. Per lui perdere il controllo degli eventi nella propria vita rappresentava quanto di più devastante si potesse immaginare, proprio com'era accaduto ai Crane: da un momento all'altro erano stati risucchiati in un gorgo che non potevano controllare e da cui sarebbe stato impossibile uscire con le proprie forze.

Non doveva essere sorpreso dai fiori per Jane, dalla evidente gratitudine di Stella. Jane era l'angelo salvatore della sua famiglia. Senza di lei i Crane non avrebbero avuto scampo. Un altro punto lo interessava in modo particolare. «Secondo lei Therese Malyan era vittima o complice?» domandò.

Stella ci pensò un attimo. «Vittima» rispose. «Era in una condizione di totale dipendenza emotiva da lui. Gli obbediva in tutto. Se lui le avesse ordinato di buttarsi in mare, lei lo avrebbe fatto. Era convinta di non avere nessun altro al mondo, a parte lui. Lui la manipolava come voleva.»

Robert annuì. «Questo tuttavia non le eviterà di essere condannata. È una donna adulta. Ha accettato volontariamente di farsi influenzare da un criminale. Il tribunale comunque terrà conto della sua situazione psicologica.»

«L'autore di tutto è solo Shove» disse Stella. «Ho avuto l'impressione che lei non volesse lasciarci rinchiusi nella rimessa. Era preoccupata per noi. Ma non osava contraddirlo. In un certo senso era prigioniera esattamente quanto noi.»

«Okay» disse Robert dopo un breve silenzio. «Per il momento ho tutte le informazioni che mi occorrono. Che cosa farà adesso,

Stella? Suo marito dovrà rimanere ricoverato ancora a lungo, immagino.»

Lei annuì. «Troverò un albergo dove stabilirmi con Sammy. Resteremo qui finché Jonas non sarà dimesso. Vorrei che tornassimo a Kingston tutti insieme. Sarà... un momento molto particolare. Disperavo che potesse succedere. Pensavo che, anche se fossero arrivati i soccorsi, Sammy e io saremmo rimasti da soli. Siamo stati davvero molto fortunati.»

Lui non poteva far altro che essere d'accordo. Senza Jane... pensando a lei, aggrottò involontariamente la fronte. Davvero strano che non fosse lì. Che nessuno avesse idea di dove si trovasse. Che avesse lasciato il fratello completamente solo.

Dentro di sé sentiva crescere un presentimento inquietante.

Stella Crane era appena uscita quando entrò nel suo ufficio la giovane agente incaricata da Robert di trovare Sean Holgate.

«Ho il rapporto dei colleghi di Newcastle che hanno mandato una volante a casa di Holgate» disse. «Lui non c'è. Gli agenti hanno interrogato i vicini. A quanto pare Holgate non ha un lavoro fisso e si mantiene con il sussidio. Per questo nessuno sa dove possa essere.»

«Capisco» disse Robert. Bell'esemplare di parassita, il fratello di Jane. E pensare che lei si faceva in quattro per occuparsi di Dylan senza trascurare il lavoro. Sean, invece, non faceva niente tutto il giorno e non si faceva mai vedere dalla sorella.

«Grazie, agente» disse. «Non possiamo fare altro, se non sperare che l'agente Scapin torni quanto prima e che la vicina riesca a tenere a bada Dylan fino a quel momento. Di sicuro per Dylan è meglio stare con lei che con quel fannullone del fratello.»

La giovane agente era ambiziosa e apparteneva a quella categoria di persone in grado di riconoscere e sfruttare anche le minime occasioni.

«Signore, ho fatto qualche altra ricerca. Sulla storia dell'incidente di Dylan Holgate.»

Robert aggrottò la fronte. «Al momento la cosa non è rilevante.»

Lei annuì. «Può darsi. Tuttavia... c'è qualcosa di singolare. Ho parlato con un collega di Newcastle che all'epoca si occupò del fatto. La storia suscitò un certo scalpore. Un caso di omissione di soccorso con gravissime conseguenze.»

«E allora?»

«Provi a indovinare chi fu a chiamare l'ambulanza e ad avvisare la polizia di Newcastle... Più o meno un'ora e mezzo dopo il momento dell'incidente, secondo le dichiarazioni dei medici.»

«Chi è stato? Credevo fosse una telefonata anonima.»

«L'ispettore capo Richard Linville. È stato lui a telefonare.»

«Linville? Ma...»

«No, non è lui l'autore dell'incidente. Ma è stato avvertito. In forma anonima. E ha subito reagito.»

Robert si sentiva girare la testa. Ma com'era possibile? «Ho capito bene? Chi effettuò la chiamata anonima si rivolse all'ispettore capo Linville?»

«Esatto. E fu Linville a occuparsi del resto.»

«Significa che chi telefonò non usò il numero d'emergenza della polizia, ma chiamò il dipartimento investigativo di Scarborough. *Perché?*»

La voce della giovane agente tradiva una certa emozione. Aveva un'altra sorpresa in serbo per il sovrintendente Stewart. «L'informatore anonimo non ha chiamato Scarborough, ma ha telefonato direttamente a Linville. Sul cellulare.»

Robert la guardò esterrefatto. «Sul cellulare di Linville?»

«Sì. È strano, no? Uno sconosciuto, che ha appena investito un bambino o è stato testimone dell'incidente, chiama un funzionario di grado elevato della polizia criminale. Non è la procedura normale, giusto?»

«Come faceva quell'individuo ad avere il numero di cellulare di Linville?»

La giovane si strinse nelle spalle. «Non è mai stato chiarito, signore.»

Si era fermato a bere un caffè a una stazione di servizio, quando ricevette la chiamata del sovrintendente Stewart. Reggendo in mano la tazza di plastica, girò intorno all'edificio e si fermò tra cardi e denti di leone di fronte a un campo che sembrava perdersi all'orizzonte. Da dietro gli giungeva il rumore delle macchine che sfrecciavano sull'autostrada. Di fronte a lui lo stridulo verso di un uccello. Un vento fresco gli accarezzò la faccia. Lo accolse con gratitudine. Le compresse per il mal di testa e il caffè cominciavano a fare effetto, ma Caleb si sentiva ancora uno straccio. Se il tempo fosse stato ancora afoso come i giorni precedenti, non si sarebbe retto in piedi.

«Robert, cosa succede?» domandò. «Sono quasi a Liverpool.»

«Signore, non so se è importante... ma oggi abbiamo scoperto in un paio di cose piuttosto strane.»

«In relazione alla storia di Liverpool?» chiese Caleb. «E agli altri omicidi?» Si augurava che Robert non stesse per tirare fuori qualche altra scocciatura da risolvere con urgenza. Non ne avrebbe avuto la forza.

«Non saprei. Forse non è importante... Ma riguarda l'ispettore Linville.»

«Sovrintendente, vorrei finire velocemente il caffè e ripartire subito per Liverpool. Quindi veda di essere sintetico.»

Intuendo l'impazienza del capo, Robert riassunse in maniera enfatica e un po' confusa ciò che aveva appena saputo: la telefonata anonima sul cellulare di Linville. La reazione immediata di Linville. L'interrogativo ancora aperto di come lo sconosciuto si fosse procurato il numero dell'ispettore capo.

Caleb era perplesso quanto Robert. «Già... questo significherebbe che l'autore della telefonata conosceva Linville. E che Linville sapeva chi lo stava chiamando.»

«Così sembrerebbe, signore. Io stesso ho appena chiamato Newcastle e ho parlato con l'agente che si occupò del caso. All'epoca furono condotte ricerche a tappeto dell'automobilista e dell'autore della telefonata, ma non fu possibile stabilire se si trattasse della stessa persona. Linville rilasciò una dichiarazione dettagliata. Sul display del suo cellulare non comparve nessun numero e durante la conversazione lo scatto di alcune monete lo indusse a pensare che la chiamata provenisse da un telefono pubblico. Non conosceva la voce dell'uomo che lo chiamò. Aveva cercato qualche indizio, ma non era giunto a nessun risultato concreto. Nemmeno lui sapeva spiegarsi perché quell'uomo si fosse rivolta a lui e come facesse a conoscere il suo numero privato.»

«Nella sua posizione, Linville aveva certamente incontrato persone che sapevano chi era senza che lui le conoscesse o ricordasse di averle mai incontrate. Poteva benissimo essere qualcuno che aveva avuto a che fare con lui in maniera superficiale, o aveva sentito parlare di lui e in una situazione d'emergenza aveva preferito chiamarlo direttamente anziché fare il 999... È plausibile, ma...»

«... questo non spiega la chiamata sul cellulare. La cerchia di chi conosceva quel numero era decisamente ristretta. Si limitava all'ambito personale di Linville e...»

«... a quello professionale» concluse Caleb con un gemito. «*Uno di noi?*»

I due poliziotti rimasero in silenzio per un istante. Caleb rovesciò il caffè che non aveva bevuto sul prato. Non gli andava più.

«E non è finita» aggiunse Robert. «La storia si fa ancora più misteriosa.»

«Davvero?»

«I colleghi di Newcastle si sono stupiti della mia ignoranza in materia. Alla fine dello scorso anno, infatti, un'agente del dipartimento investigativo di Scarborough si è messa in contatto con loro chiedendo informazioni dettagliate sul caso e sullo stato delle indagini.»

Caleb aggrottò la fronte. «Una nostra agente?»

«Sì. Provi a indovinare...»

«Chi?»

«Jane. Jane Scapin.»

«*Cosa?*»

«Signore, non è detto che significhi qualcosa. Dopotutto Jane era coinvolta nella vicenda. Si trattava di suo fratello. Non c'è niente di strano che abbia approfittato della propria posizione per procurarsi informazioni. Che naturalmente ha ricevuto. Tra colleghi.»

Caleb fu assalito da una nausea improvvisa. «Ma questo significa che... dopo l'omicidio di Linville, quando abbiamo cominciato a scavare nella sua vita professionale, l'agente Scapin ci ha tenuto nascoste queste informazioni. La strana telefonata, le affermazioni di Linville di non conoscerne l'autore... le conseguenze sulla famiglia... la *sua* famiglia...»

«Forse non lo riteneva importante.»

«Forse riteneva improbabile che lui non conoscesse chi lo aveva chiamato?»

«Signore!» esclamò Robert sgomento. «Che cosa intende con questo?»

«Non lo so nemmeno io, Robert. Maledizione, perché finora non abbiamo saputo niente di questa faccenda? Girano pettegolezzi su tutto e tutti! E nessuno al dipartimento tira fuori una cosa simile? Ci saranno pure dei colleghi che all'epoca parteciparono alle indagini!»

«La parte svolta da Linville non è mai stata resa pubblica. Nemmeno gli Holgate ne furono informati. Volevano proteggere Linville, evitare che la famiglia o i suoi collaboratori insistessero perché si ricordasse chi poteva essere l'autore della telefonata. La sua reputazione lo poneva al di sopra di ogni sospetto, anche presso il comando di Newcastle. Se lui diceva di non sapere chi lo aveva chiamato, doveva essere così. I colleghi volevano evitare che un poliziotto del suo rango ricevesse chiamate o lettere da parte delle vittime, o che girassero pettegolezzi su di lui. Immagino che qui qualcuno fosse informato, ma che col tempo i particolari della vicenda siano stati dimenticati. Non se n'è mai discusso, perché tutti erano convinti che Linville non sapesse niente.»

«Significa che nemmeno Jane Scapin era al corrente del ruolo di Linville in tutta questa storia. Un giorno telefona a Newcastle, forse perché, essendo così coinvolta, non riesce a darsi pace. Vuole scoprire com'erano andate le cose. È convinta che non le diranno nulla d'importante, ma inaspettatamente ottiene nuove informazioni.»

«Dev'essere andata così, signore.»

«E a noi non dice una parola.»

«Già.»

Caleb si mise a riflettere. «Per come conosco Jane Scapin, deve aver approfondito la cosa. Forse sospettava che Linville fosse...»

Anche Robert si era posto la stessa domanda. «L'automobilista che era fuggito in preda al panico e poi aveva cercato di inviare i soccorsi inventandosi tutto? Tanto per cominciare è poco plausibile. Gli sarebbe bastato chiamare il pronto intervento, invece di farsi coinvolgere personalmente. Perché correre un rischio del genere? Inoltre ho controllato. Anche a Newcastle avevano verificato – per puro scrupolo procedurale, mi è stato assicurato – l'alibi di Linville per l'ora dell'incidente. Era qui in ufficio. Con il sovrintendente Dowrick. Tutto il giorno, lo confermarono anche i colleghi.»

«Il sovrintendente Dowrick...» Caleb si sentiva a terra. Adesso non c'entrava più la sbronza della sera prima, ma un presentimento sempre più forte. Un'oscura minaccia. Non riusciva ancora a dare un senso logico ai pensieri che gli affollavano la mente. «A Jane Scapin fu fatto il suo nome?»

«Sì, perché Dowrick era nell'ufficio di Linville quando arrivò la telefonata misteriosa. In seguito dichiarò che Linville aveva chiesto più volte 'Chi parla?', senza tuttavia ricevere risposta.»

«All'agente Scapin sono stati fatti i nomi di Linville e Dowrick in relazione all'incidente che ha reso invalido il fratello, distruggendo di conseguenza la vita dell'intera famiglia. Poco dopo, Dowrick muore. E poi anche Linville. Mi domando...»

«Signore!» Robert era sconvolto.

«Ieri sera ho mandato Kate da lei. Kate aveva nuove informazioni, ma io... non avevo voglia di ascoltarla. Le ho detto di parlarne con l'agente Scapin. Kate è andata subito da lei. E adesso sono sparite entrambe.»

«Può esserci una spiegazione banale» obiettò Robert, ma la sua voce era cambiata. Nemmeno lui sembrava credere alle proprie parole.

«Dobbiamo trovare subito l'agente Scapin, sovrintendente. Mandi una pattuglia a casa sua. Devono trovare una traccia. Devono spremere anche la vicina di casa. Magari c'è qualcosa. Se troverò qualcosa a Liverpool, mi farò vivo.» Caleb chiuse la comunicazione, fece dietrofront e tornò di corsa alla macchina.

Non c'era un minuto da perdere.

Sei

Aveva dimostrato il proprio istinto materno, come sempre, anche da poliziotta. Da donna in carriera.

Aveva comprato dei tramezzini. Avevano il sapore della plastica in cui erano confezionati, ma non aveva importanza: lui era così affamato che avrebbe mangiato qualunque cosa, qualunque schifezza. Naturalmente non si era dimenticata dell'acqua, e lui aveva apprezzato anche questo, perché gli sembrava di morire di sete. Erano seduti nell'auto di lei, lui divorava i panini e provava una sensazione da tempo dimenticata: era come tornare a casa, sentirsi al sicuro. In realtà non era ciò che stava accadendo. Al contrario. Lui era invischiato in una situazione difficile, forse la più complicata della sua vita, ma una volta che l'avesse superata, sarebbe passato tutto. Avrebbe cominciato una nuova vita.

La salsa gli gocciolò sulla camicia, ma non aveva importanza. L'unica cosa che contava era mangiare qualcosa. Era rimasto sveglio tutta la notte ed era esausto.

Jane lo stava salvando. Come aveva sempre fatto quando era un ragazzo, anni e anni allo sbando. Lei gli preparava la cartella, gli lavava i vestiti e glieli teneva in ordine. Gli preparava la cena. Gli comprava le provviste per le gite.

Si era sempre occupata di tutto. Proprio come ora.

«Senza di te sarebbe finita male allora» le disse.

Lei era pallida, tesa, triste. «Comunque è successo ora» osservò sottovoce.

Lui non poteva permetterle di dire così. «No. È tutto a posto. Si sistemerà tutto, vedrai!»

Era una giornata grigia. Davanti a loro si allungavano le costruzioni dei dock. Forse altrove la città si stava già risvegliando, ma lì oggi non c'era nessuno. Meglio così, si disse lui. Era salvo, ma doveva trovare una soluzione. In parte sapeva già che aspetto poteva avere, ma non era ancora sicuro che sua sorella lo avrebbe aiutato.

Finì l'ultimo boccone. Poi svuotò a grandi sorsate mezza bottiglia d'acqua. Forse stava perdendo tempo, ma doveva rimanere lucido. Non doveva crollare proprio ora. Stava recuperando le forze, e sentiva l'adrenalina scorrergli nelle vene, spazzando via la stanchezza. Prima o poi sarebbe caduto, come un albero abbattuto, ma non ora. Non prima di aver portato a termine l'impresa.

«Ci sono ancora due cose da fare» annunciò. «Due cose, e abbiamo finito. Poi potremo ricominciare daccapo.»

Lei aveva un'espressione dubbiosa. «E come? Che cosa è cambiato?»

«Tutto» rispose lui. «Almeno per me. Per te no?»

«Non credo che la faremo franca. La situazione ci è sfuggita di mano. C'è Grace Henwood, che prima o poi verrà rintracciata dalla polizia. E c'è Kate Linville, che vuole andare a fondo del caso. Siamo in un vicolo cieco, Sean. E ci stiamo mettendo in trappola da soli.»

«Non è vero. Ne stiamo uscendo. Vedrai.» Bevve un'altra sorsata d'acqua, poi richiuse la bottiglia. Si sentiva rinvigorito e più fiducioso. «Non vorrai lasciarti andare proprio adesso, vero? Solo perché per una volta non sta filando tutto liscio?»

Lei non rispose, si chinò in avanti e si nascose il viso tra le mani.

Lui le accarezzò teneramente i capelli. Guardò le sue spalle, ossute e spigolose sotto la stoffa leggera del maglione. Era così magra. Così consumata. Così prigioniera di quella vita con Dylan. Del destino a cui erano stati costretti.

«Avevo sempre desiderato essere una brava poliziotta» mormorò lei dopo un po'.

«Tu sei una brava poliziotta» ribatté lui.

Lei scrollò il capo. «Se lo fossi, non avrei permesso tutto questo. Non sarei seduta qui a darti da mangiare e da bere. Avrei cercato di fermarti. Ecco che cosa avrebbe fatto una brava poliziotta!»

«Ma tu non sei solo Jane, la poliziotta. Sei Jane, la sorella. Jane, la figlia. Jane, la donna con un passato. Con un passato doloroso in cui è successo qualcosa di molto brutto. Non puoi separarti da tutto questo, dal tuo passato. E anche tu sentivi, come me, che le cose non potevano restare com'erano. Le vittime non possono rimanere vittime per sempre, e i colpevoli vanno puniti.» Le accarezzò di nuovo i capelli. «Proprio perché sei una poliziotta, Jane. Qui si tratta di fare giustizia. Senza giustizia, rimane solo l'amarezza. Una storia come la nostra pretende giustizia. Sono sicuro che anche tu la pensi così.»

«Non ne sono sicura» replicò Jane.

Aveva paura. Era stanca. Se Sean avesse rimesso le cose a posto, lei avrebbe guardato il mondo con occhi diversi.

«È stato terribile, troppo» aggiunse lui. «Allora. Te lo ricordi, vero?»

Lei annuì.

*

Era stato subito chiaro a tutti che Dylan sarebbe rimasto gravemente menomato. All'inizio non avevano voluto accettare l'entità del danno, travolti dall'euforia di vederlo risvegliarsi dal coma. Per mesi avevano creduto che sarebbe morto o che, nella migliore delle ipotesi, non si sarebbe mai svegliato, prigioniero per sempre nell'oscurità e nella paralisi totale. Invece Dylan Holgate, quel vivace bambino biondo di cinque anni che in un soleggiato pomeriggio d'autunno se ne andava allegramente in bicicletta, era tornato alla vita, era di nuovo con loro. Ma era diventato un altro. Era così cambiato che la famiglia a un certo punto non ricordava nemmeno più come fosse prima dell'incidente.

Era stata Jane a rendersi conto per prima di quanto fosse grave la tragedia, anticipando persino i genitori. Aveva smesso di farsi illusioni prima di tutti gli altri: che tutto sarebbe migliorato, che le cose avrebbero preso una piega positiva.

La madre diceva spesso che dopo il coma era normale che non sarebbe tornato più quello di prima e, sebbene all'epoca avesse solo quindici anni, Jane si era domandata meravigliata come facesse a saperlo. Che cosa ne sapeva sua madre delle conseguenze a lungo termine dei pazienti usciti dal coma? Aveva accompagnato spesso Dylan dai medici con i genitori, e si stupiva che, a parte lei, nessuno sembrasse intuire la brutale verità nascosta dietro i circospetti giri di parole dei dottori: rispetto alle conoscenze mediche dell'epoca, il cervello di Dylan era irrimediabilmente danneggiato e non poteva più essere curato. Poteva essere stimolato, certo, ma nulla avrebbe portato un cambiamento sostanziale. Dylan sarebbe rimasto un disabile non autosufficiente.

A un certo punto le illusioni erano crollate, e la famiglia si era distrutta.

Con il senno di poi Jane aveva capito i motivi di quel disastro. Da una parte sua madre non aveva più tre figli, ma uno solo. E il padre non aveva trovato la forza di accettare il destino e agire per il meglio.

Ognuno a modo suo, entrambi i genitori avevano fallito. La vita di sua madre ruotava interamente intorno a Dylan. Il ragazzo era aggressivo e incontenibile. L'unico modo per calmarlo era costringerlo a prendere dosi massicce di farmaci, rendendolo apatico e passivo. La madre non sopportava di vederlo così, e a un certo punto aveva gettato le medicine nel water in preda alla rabbia.

«Non posso permettere che lo riducano così! » aveva esclamato, privando così la famiglia dei pochi momenti di tregua che ancora rimanevano loro.

Il padre non voleva saperne. Stava a casa pochissimo, tornava sempre più tardi dal lavoro e anche nei fine settimana trovava sempre una scusa per rimanere lontano dalla famiglia. Poi era sparito. Per un po' credettero che sarebbero tornato, ma presto fu chiaro che se n'era andato e non lo avrebbero più rivisto. Dopo qualche tempo la madre si era decisa a denunciarne la scomparsa, ma le ricerche non avevano dato nessun risultato.

Purtroppo era lui l'unico sostegno della famiglia. Da allora non era entrato più un soldo in casa.

La madre era così assorbita da Dylan da non poter affrontare nemmeno questo problema. Jane era riuscita a trascinarla dai servizi sociali per ottenere almeno un sussidio per la famiglia. Erano stati costretti a lasciare il loro appartamento grande e luminoso e avevano trovato tre minuscole stanze in uno dei quartieri più brutti in periferia. Jane divideva la stanza con Sean, la madre dormiva con Dylan. I soldi erano sempre troppo pochi: non bastavano per i vestiti, per la scuola, men che meno per il cinema o la discoteca. Anche gli amici si allontanarono: chi aveva voglia di andare a trovare gli Holgate? Chi voleva guardare la gracile Mrs Holgate mentre cercava di domare un Dylan sempre più alto e più forte? Chi voleva sopportare le sue grida, i suoi accessi di collera?

Era Jane che, dopo la scuola, faceva di tutto per evitare che la famiglia piombasse nel caos più completo. Lei si occupava soprattutto di Sean. Era sempre stato un ragazzino silenzioso, molto alto per la sua età, una specie di gigante buono. Era un sognatore, un bambino che si teneva tutto dentro. Jane gli faceva da madre, per quanto possibile. Non poteva impedire che venisse emarginato dai coetanei. Né evitargli le scene che ogni giorno si svolgevano davanti ai suoi occhi. Né rimediare al fatto che all'età di tredici anni fosse stato abbandonato da entrambi i genitori.

Una sera, lo ricordava ancora perfettamente, le aveva parlato per la prima volta del suo odio. E della giustizia. All'epoca aveva quindici anni, Jane diciassette. Erano sdraiati nei loro letti nella loro stanzetta, così piccola che non c'era posto neppure per un armadio. All'improvviso Sean aveva detto nel buio: «Non è colpa dei nostri genitori. È colpa del tizio che ha investito Dylan e poi è scappato».

Jane sapeva benissimo che era colpa di quello sconosciuto, ma capiva perché Sean si riferisse ai genitori: lei stessa aveva espresso più volte la propria tristezza e delusione nei loro confronti. Il pirata della strada non aveva un volto né un nome. I genitori, invece, di fronte a una prova difficile come quella, avevano entrambi fallito. Il comportamento del padre e della madre addolorava Jane più di qualunque altra cosa. Il padre era scappato come un vigliacco, pur sapendo che avrebbe reso ancora più grave la situazione della famiglia. La madre si era così concentrata su Dylan da isolarsi da tutto il resto. Jane, che all'epoca dell'incidente aveva quindici anni, non ne aveva sofferto più di tanto; a lei era stata concessa un'infanzia serena. Ma era preoccupata per Sean, un ragazzo sensibile che avrebbe avuto bisogno di premure, amore e stabilità, il più debole dei tre fratelli. Solo per questo Jane non avrebbe mai perdonato i genitori. In quel momento si rese conto di aver espresso in maniera troppo esplicita il proprio punto di vista.

«Questa persona ha distrutto la nostra vita» proseguì Sean. «Quella di Dylan, ma anche quella di mamma e papà. E la tua. E la mia.»

Erano i pensieri che Jane aveva sempre scacciato con determinazione. Non voleva sentir parlare di una *vita distrutta*. E nemmeno pensarci.

«Non siamo condannati, Sean» rispose.

«Non credo» disse Sean. «Vorrei tanto trovare quel tipo. Quello che ha investito Dylan.»

Lei aveva sorriso. Sean il vendicatore. «E poi?»

«Gli chiederei perché l'ha fatto. Perché è scappato.»

Nessuno aveva saputo dire se le condizioni di Dylan sarebbero state meno gravi se fosse stato soccorso prima. Se l'automobilista non avesse aspettato così tanto. Ma Sean era convinto che tutto dipendesse da quello. Se l'automobilista avesse avuto il coraggio e l'umanità di chiamare subito i soccorsi, le cose sarebbero andate diversamente.

«Sean, non lo troveremo mai. È passato troppo tempo. Dobbiamo rassegnarci.»

«Io non ci riesco.»

«Dobbiamo guardare avanti. La situazione è questa. Dobbiamo farci forza e trarne il meglio.»

«Non riesco a pensare ad altro» disse Sean. «A quel pirata della strada. E al fatto che possa farla franca.»

Avrebbe dovuto accorgersi che nella testa di quell'adolescente taciturno si annidavano pensieri che in seguito sarebbero diventati l'ossessione di un uomo adulto?

«Senti» mormorò lei, «sai a cosa penso io spesso?»

«A cosa?»

«Di entrare in polizia. Come lavoro.»

«Vuoi diventare una poliziotta?»

«Perché no?»

«Ma con Dylan non hanno combinato niente!»

«Io potrei essere migliore di loro.»

«Wow!» Lui era impressionato. «Mia sorella poliziotta. Ganzo!»

Ora, a tanti anni di distanza, Jane non era più sicura di essere mai stata così *ganza*.

Sette

Caleb andò subito nel quartiere di Kadir Roshan. Non era seduto sul muretto.

Si augurava che non fosse un brutto segno.

Parcheggiò e scese dall'auto. Per prima cosa raggiunse l'appartamento di Grace Henwood, senza nutrire grandi speranze che nel frattempo i genitori avessero notizie della figlia.

Fu Mrs Henwood ad aprirgli; sembrava ancora più smunta dell'ultima volta. «Ispettore» disse con un filo di voce. «Grace non è ancora tornata. Non abbiamo idea di dove sia. La polizia ha controllato da tutti i compagni di scuola. Niente.»

Mr Henwood uscì dalla cucina. «Avete trovato Grace?» domandò.

«No, mi spiace.» Caleb scrollò il capo.

Gli occhi di Mrs Henwood si riempirono di lacrime. «Sembra scomparsa nel nulla. Non capisco! C'entra con l'uomo che è stato trovato morto nella fabbrica abbandonata, vero? Ma Grace non ha niente a che fare con lui! Non avrebbe dovuto prendere la sedia a rotelle, certo, ma...»

«Mrs Henwood» la interruppe dolcemente Caleb. «Grace non è accusata di nulla. Non ha fatto niente di male. Evidentemente lei crede il contrario e per questo si nasconde, ma non ne ha motivo.»

«Crede davvero che si stia solo nascondendo? Che non le sia accaduto niente?»

Caleb purtroppo non ne aveva la certezza, ma non voleva spaventare ancora di più la donna. «Credo veramente che voglia nascondersi. A voi non è venuto in mente dove possa essere andata?»

«Potrebbe essere dovunque» rispose Mr Henwood.

«È venuto di nuovo qualcuno a chiedere di lei?»

«No, né ieri né oggi.»

«È passato da voi Kadir Roshan?»

«Chi?»

«Un giovane indiano. Di solito è seduto fuori sul muretto.»

«Ah, quello» disse Mr Henwood. «Un tipo strano. Non ci sta mica con la testa. No, non lo abbiamo visto.»

«Lei sa dove abita?»

Mrs Henwood annuì. «Nella casa di fronte. Nel sottotetto, a quanto ne so.»

«Ha qualcosa a che vedere con la scomparsa di Grace?» chiese Mr Henwood.

Caleb fece un cenno negativo. «No. Può darsi però che abbia visto qualcosa.»

Caleb non nutriva grandi speranze di trovare Kadir Roshan. Era strano non vederlo sul muro. Sembrava che tutte le persone coinvolte nel caso stessero sparendo una dopo l'altra.

Salutò gli Henwood, attraversò la strada ed entrò nella casa di fronte. Gli sembrò vuota, ma dietro una delle porte udì uno scalpiccio di passi che si interruppe appena lui passò avanti. Nel quartiere non erano abituati a ricevere visite.

«Nel sottotetto» aveva detto Mrs Henwood.

Aprì cauto la porta, che era solo accostata. Con un'occhiata scrutò la stanzetta nuda. Il tetto inclinato. La finestra minuscola che lasciava filtrare pochissima luce. Il mobilio ridotto al minimo essenziale: materasso, fornello, piatto, tazza, posate. Un catino. Tutto molto pulito, molto ordinato.

E proprio lì in mezzo: Grace Henwood.

Era rannicchiata in un angolo. Con le braccia si stringeva le gambe al corpo. I lunghi capelli la ricoprivano come una morbida tenda.

Caleb la riconobbe subito grazie alla descrizione di Kate. Il viso dolce. I grandi occhi azzurri. I lunghi capelli che ormai avevano bisogno di essere lavati.

«Grace?» le chiese comunque.

Lei annuì. Era terrorizzata e sembrava volersi nascondere nel muro. «Sì» gli rispose.

Lui fece un passo avanti, con grande cautela. «Mi chiamo Caleb Hale. Sono una delle persone che si occupano dell'omicidio dell'uomo sulla sedia a rotelle.»

L'espressione della ragazza si fece ancora più spaventata. «Polizia» disse sgomenta.

Caleb sorrise. «Sì. Ma nessuno vuole farti del male, Grace, nemmeno la polizia. Non hai commesso nessun reato, quindi non devi aver paura. Vorremmo solo sapere se hai visto qualcosa. Quando l'uomo della carrozzella è stato... gettato nel bidone.»

«La sedia a rotelle» disse Grace.

Caleb fece un cenno negativo. «Puoi tenerla. Davvero, Grace, non devi avere paura. Però potresti esserci molto utile, perché sapevi che l'uomo era nel bidone. Hai visto chi ce lo ha infilato?»

Era a metà tra una domanda e un'affermazione. Grace annuì. «Sì.»

«È stato un uomo? O erano più uomini? In quanti erano?»

«Un uomo» disse Grace.

«Un uomo? Ha fatto tutto da solo?»

«L'altro era paralizzato. Non poteva difendersi.»

«Hai ragione. Che cosa brutta, vero? Sapresti descrivermelo? O forse lo conosci?»

«Non lo conosco. È molto alto. Biondo. Non così vecchio.»

«Quanto vecchio?»

«Non come lei» rispose Grace.

Okay. Allora doveva avere meno di quarant'anni.

«Ma... non sai come si chiama? O dove abita?»

«No.»

«Lo hai più rivisto da allora? Intendo da quando... ha fatto quella cosa?»

Lei si strinse le gambe più vicine al corpo. Aveva paura. «Sì» bisbigliò.

«Quando? Dove?»

«Ieri notte.»

«Dove?»

«È venuto al mio nascondiglio. Aveva una pila. Ha cercato da tutte le parti.»

«Però non ti ha trovato, giusto?»

«No. Perché poi è arrivato Kadir. E anche la signora.»

«Quale signora?»

«Quella a cui ho fatto vedere il corpo nel bidone.»

«Kate» disse Caleb.

Grace annuì con foga. «Kate. È molto simpatica.»

Caleb si avvicinò e si accovacciò per sembrare meno minaccioso. «È vero, Grace. Kate è molto simpatica. Ed era molto preoccupata quando sei scomparsa. Voleva trovarti a tutti i costi. Per proteggerti, capisci?»

Grace lo guardò sbattendo le palpebre, dubbiosa. Evidentemente non le era mai capitato di incontrare qualcuno che volesse proteggerla e faceva fatica a capire quello che Caleb le stava raccontando.

«Dov'è Kate ora, Grace? E Kadir? Sono insieme?»

«Sì.»

«Dove?»

«Rinchiusi.»

«Rinchiusi? L'assassino dell'uomo sulla sedia a rotelle li ha rinchiusi?»

«Sì.»

«Dove?» chiese lui con foga. «Dove, Grace? È importante!»

Kate Linville e Kadir Roshan erano nelle mani di un assassino che con ogni probabilità aveva già commesso tre brutali omicidi. Che si sentiva in trappola e non aveva più niente da perdere.

«Per favore, Grace. Dove sono?»

Grace si alzò con un movimento aggraziato. Sembrava un puledro malfermo sulle zampe. Solo in quel momento Caleb si rese conto delle sue condizioni. Era sporca, i vestiti puzzolenti. Erano giorni che viveva per strada. Ma neppure prima doveva esserci qualcuno che badasse a lei.

«Te lo faccio vedere» disse.

Era il momento di chiamare rinforzi. «Non puoi spiegarmi soltanto dove si trova il posto?» Lei lo guardò senza capire.

D'accordo, non era in grado di fornirgli indicazioni. Doveva accompagnarlo. Era meglio aspettare che arrivasse la polizia? Avrebbe potuto perdere del tempo prezioso; inoltre, se fossero arrivati altri poliziotti, c'era il rischio che Grace rimanesse paralizzata dalla paura e non volesse più collaborare.

Le sorrise. «Va bene, Grace. Fammi vedere dov'è. Dobbiamo sbrigarci.» Avrebbe potuto telefonare una volta capito dove erano diretti. La prima cosa da fare, però, era non tradire in alcun modo la fiducia di Grace.

«Dobbiamo sbrigarci» ripeté lei serissima. «Sì, dobbiamo proprio sbrigarci!»

Otto

«Devo sistemare la faccenda» annunciò lui. Aveva mangiato tutti i tramezzini e si era bevuto una bottiglia d'acqua. Non restava altro da fare se non proprio ciò che aveva appena detto: sistemare la faccenda.

«Per favore» lo implorò Jane, «non farlo. Hai già esagerato. E le cose potranno solo peggiorare. Sei sempre più nei guai. Smettila!»

Lui la fissò. «Ma sei impazzita? Quei due potrebbero farmi finire in prigione. Sei stata tu a dirmi che la funzionaria di Scotland Yard mi stava col fiato sul collo. Non ho scelta! »

« Hai rinchiuso Kate e quell'indiano. Non hai ancora trovato la ragazza che ha assistito all'omicidio di Norman Dowrick. Non te ne rendi conto? Le cose ti sono sfuggite di mano! Non c'è via d'uscita. »

« Una volta sistemati Kate e l'indiano, mi metterò a cercare la ragazza. Non può essere svanita nel nulla. »

« E poi? Ucciderai anche lei? Sean... »

« Ma tu da che parte stai? »

« Dalla tua, ma non posso permettere che... » Lasciò la frase in sospeso e fece un respiro profondo.

« Che cosa? Che cosa non puoi permettere? »

« Hai ucciso tre persone, Sean. Io ti ho coperto, ma... »

« Tu non mi hai solo coperto, Jane. Mi hai sostenuto. Mi hai informato che la mia macchina era stata vista a Scalby. E adesso mi hai avvertito che c'è una testimone oculare, quella ragazza ritardata. Secondo te, che cosa avrei dovuto fare? Tirarmi indietro, dire *ah, be'*, e poi aspettare che venissero a prendermi? »

« Per prima cosa ti saresti dovuto sbarazzare della macchina. È una follia continuare a usarla. E adesso saresti potuto scappare. La polizia al massimo avrebbe avuto un tuo identikit basato sulle indicazioni di un'adolescente con problemi mentali. Non sarebbero mai riusciti a trovarti. In nome di Dio, Sean, volevo avvisarti. Volevo farti sapere che ti avevano visto. Non volevo spingerti a uccidere di nuovo! »

Lui fece una smorfia sprezzante. Non avrebbe mai creduto che sua sorella fosse così vigliacca. Che perdesse così facilmente il sangue freddo. Si era rassegnata e cercava di convincerlo a fare lo stesso.

« Mi hai telefonato anche ieri sera » le ricordò. « Per dirmi dove si trovava questa Grace. Che l'indiano la conosceva bene. E che la poliziotta di Scotland Yard sarebbe venuta qui. Cosa credevi che avrei fatto? »

« Volevo che te ne andassi da Liverpool. Che smettessi di girare per questo maledetto quartiere chiedendo a tutti di Grace. Per la miseria, Sean, un sacco di persone avrebbero potuto fornire una tua descrizione precisa. Le tue continue ricerche stavano per confermare le dichiarazioni di Grace. In circostanze normali le affermazioni di questa ragazza sarebbero state considerate con la massima cautela, ma il tuo comportamento ha reso credibile il suo racconto. È una pazzia. Volevo fermarti!»

«Ma quanto sei astuta» ringhiò lui. Aveva ragione lei, lo sapeva. Era riuscito solo a peggiorare la propria situazione.

«Non ha più importanza» dichiarò alla fine. «Le cose adesso stanno così. Devo sbarazzarmi di quei due là sotto. Altrimenti non avrò scampo.»

Aprì la portiera e scese dalla macchina. Si guardò intorno. Non c'era anima viva. Meglio approfittare subito, più tardi sarebbe potuto arrivare qualcuno. Aveva già aspettato troppo. In preda a una rabbia improvvisa, pensò: Ecco il motivo dei panini, dell'acqua, di tutte quelle premure. Voleva fermarmi. Voleva portarmi dalla sua parte.

Avrebbe allagato la stanza sotterranea. Grace Henwood lo aveva condotto nel luogo perfetto e l'indiano e la poliziotta non avrebbero potuto fargli un favore migliore raggiungendolo lì. Aveva già trovato la valvola che azionava le paratie. Un lavoretto pulito. Non c'era bisogno di tornare dai prigionieri, di vederli un'altra volta. Nessun pericolo di essere sopraffatto né di lasciare altre tracce.

Anche Jane scese. Lei e Sean si fronteggiarono, ai due lati dell'auto.

«Che cosa vuoi fare?» gli chiese.

«Aprirò il rubinetto. E poi, okay, mi fermerò. Farò perdere le mie tracce. Magari andrò sul continente, per un po'. Lascerò stare la ragazza. Hai ragione: il suo racconto verrà ritenuto attendibile solo a metà.»

Jane lo guardò raccapricciata. «Non puoi lasciare che Kate e l'indiano anneghino là sotto!» Aveva capito subito qual era il piano di Sean. Sapeva che in posti come quello era possibile allagare le stanze sotterranee.

«Lo farò eccome» ribatté lui. «Quei due sono troppo pericolosi. Soprattutto la tizia di Scotland Yard. Non ho voglia di passare il resto della mia vita in galera per colpa sua.»

Jane girò intorno alla macchina e tirò fuori il cellulare dalla borsa.

«Mi spiace. Non posso permetterlo. Chiamerò rinforzi.»

Dapprima Sean pensò che non facesse sul serio. Non poteva essere così stupida, anche lei era coinvolta. Era stata lei a fornirgli le informazioni più importanti. A inscenare tutta quella farsa con i colleghi, fingendo di non conoscere l'identità del pluriomicida, ad avvertirlo, quando le cose cominciavano a mettersi male.

«Non fare l'idiota» le disse. «Anche tu finirai dentro come me. Magari non così a lungo, ma per un bel po'. E potrai dimenticarti la carriera.»

Lei non batté ciglio. «Lo so. Ma non posso permettere che qualcun altro ci rimetta la vita.»

«Povero Dylan» disse Sean in tono leggero. «Le uniche persone che gli rimangono finiranno per anni dietro le sbarre. Hai pensato a cosa ne sarà di lui?»

Sul viso di lei comparve un lampo d'incertezza. L'ombra di un dubbio, un fremito.

Ma durò solo una frazione di secondo. «Chiamo i colleghi.»

«Non farlo» le intimò Sean.

Lei guardò stupita l'arma che il fratello stringeva in mano. Dove l'aveva trovata? Gliela stava puntando addosso.

«Getta via il cellulare» le ordinò. «Molto lontano.»

Lei era convinta che non lo avrebbe fatto. Non le avrebbe sparato.

«Non peggiorare le cose» gli disse.

«Getta via il cellulare» ripeté lui. Jane sentì chiaramente lo scatto della sicura che veniva tolta. Lasciò cadere a terra il cellulare. Sean gli diede un calcio e lo lanciò a distanza di sicurezza.

«Vuoi spararmi?» chiese Jane. «Per non avermi tra i piedi? Oppure credi che me ne starò qui a guardare mentre anneghi quei due?»

Vide che Sean stava riflettendo. Non avrebbe ucciso la sorella. Ma lei era diventata anche un pericoloso avversario.

«Dove hai preso quella pistola?» gli domandò.

Lui sorrise fiero. «L'ho tolta alla poliziotta.»

Doveva essere la pistola di Richard Linville. Jane sapeva che era stata consegnata a Kate.

Anche questa una forma di giustizia, pensò, il fatto di essere uccisa con la pistola di Linville.

Sean fece un passo avanti e lei pensò: Ora. Ora mi uccide.

Invece fu colpita con il calcio della pistola, avvertì una fitta lancinante alla tempia e subito dopo piombò nell'oscurità. Non fece nemmeno in tempo ad accorgersi di stramazzare sull'asfalto.

Nove

Avevano continuato a provare a forzare il chiavistello. Avevano spinto, scosso, tirato, si erano buttati contro la porta per scardinarla. Niente da fare. Ogni tanto qualche cigolio dava loro qualche speranza, ma era un'illusione: la porta reggeva.

Erano entrambi sfiniti. Non sentivano la stanchezza per l'adrenalina che avevano in corpo, ma erano esausti e scoraggiati. Avevano impiegato ore per liberarsi dalle corde, ora stavano lottando disperatamente con la porta. Avevano fame, e soprattutto sete. Se non fossero stati liberati rapidamente, l'acqua sarebbe diventata il loro primo problema.

Si erano dovuti arrendere al fatto che la torcia si stava esaurendo, e avevano deciso di spegnerla. Così trascorrevano lunghi periodi nell'oscurità più impenetrabile. Kate ogni tanto la riaccendeva, per non impazzire, per assicurarsi che intorno a loro ci fosse ancora qualcosa, anche se solo una cella di pietra. Ogni volta guardava l'ora. Era quasi mezzogiorno.

La solita domanda: quanto ci avrebbe messo Jane a capire che qualcosa non andava?

«Secondo lei che cosa succederà?» domandò Kadir. Era rimasto in silenzio a lungo. A volte, alla luce della torcia, Kate lo aveva visto muovere le labbra in silenzio. Probabilmente cercava conforto in un qualche mantra che lo aiutava a tenere sotto controllo il panico.

«Secondo me quel tipo non è più qui» rispose Kate. La sua era più che altro una speranza, ma si sforzò di sembrare convincente. «Non è riuscito a trovare Grace ed è fuggito. Io almeno avrei fatto così. Mi sarei allontanata il più possibile da Liverpool.»

«Ha intenzione di lasciarci chiusi qua sotto?» domandò Kadir.

«Non può liberarci. Ed è convinto che qua sotto non ci troverà nessuno. Ma si sbaglia. L'agente Scapin sa che mi hai detto del Canada Dock. Verrà di sicuro, se non avrà mie notizie.»

«Ma quando?»

«Presto. È molto intelligente e capirà che è successo qualcosa appena si accorgerà che sono sparita. Verrà a cercarmi.»

Lo spero! Jane non sa che sono venuta qui. Spero che non si accontenterà delle vaghe spiegazioni della polizia di Liverpool.

Jane non lo avrebbe mai fatto. Era puntigliosa, tenace. Kate non conosceva ancora tutta la storia, ma aveva capito che Jane aveva salvato una famiglia intera e aveva portato alla cattura di Denis Shove, e tutto da sola.

«Anche lei ha tanta sete, Kate?»

«Sì, ma non parliamone. Concentriamoci su qualcos'altro, Kadir. Se continui a pensarci, la sete peggiora.»

«Non ci riesco. Non riesco a pensare ad altro che all'acqua...»

Lui era lì sotto da più tempo, e molto probabilmente non aveva mangiato granché prima di correre in aiuto di Grace.

«Andrà tutto bene» disse Kate accendendo la pila. Kadir era pallido e tirato. Aveva gli occhi asciutti, quasi febbrili.

«Non ci vorrà molto» gli garantì.

«Vogliamo fare un altro tentativo con la porta?» propose Kadir.

Si alzarono faticosamente, si gettarono contro la porta, provarono a scuotere il chiavistello. Niente da fare. Kate aveva dolori in tutto il lato destro del corpo. Aveva provato così tante volte a sfondare la porta che il giorno dopo sarebbe stata piena di lividi.

«Meglio risparmiare le forze» suggerì. «Non ci resta che aspettare Jane. Questa maledetta porta non vuole aprirsi, Kadir. Dobbiamo farcene una ragione.»

«Secondo lei è possibile leccare l'acqua dai muri?» chiese Kadir guardando i rivoli che scorrevano lungo i mattoni.

Kate si strinse nelle spalle. «È l'acqua del fiume. Non credo che il Mersey sia potabile.»

«Da noi in India la gente beve dal Gange. Lo usano per lavarsi, lasciarci gli escrementi, buttarci i rifiuti... e per bere.»

«Molte persone si ammalano e muoiono.»

«Ma un numero incredibile di loro sopravvive. Tra un paio d'ore non resisterò più...»

S'interruppe di scatto. Dall'alto si udì uno strano rumore. Un cigolio prolungato che cessò e poi ricominciò.

«Che cos'è?» chiese Kadir impaurito.

Kate balzò in piedi e puntò la pila sul soffitto. Non capiva se la botola d'acciaio sopra di loro si fosse spostata, ma il rumore proveniva senz'altro da lassù.

Qualcuno stava cercando di aprire la botola arrugginita.

Venne assalita dalla nausea. Merda. Il tizio non se n'era andato. Voleva evitare ogni rischio e sbarazzarsi dei prigionieri.

Stava cercando di aprire la botola.

Anche Kadir era saltato in piedi e intuì cosa stava per accadere.

«No!» esclamò boccheggiando. «No. Kate, che cosa dobbiamo... che cosa possiamo...»

Come in risposta a un impulso misterioso, si gettarono entrambi di nuovo contro la porta. Provarono a scuoterla, a percuoterla con i pugni. Si misero a gridare.

La situazione stava precipitando.

Nel giro di pochi minuti il loro problema principale non sarebbe stata più la mancanza d'acqua.

Quando riprese i sensi, per un attimo Jane non ricordò dove si trovasse. Era sdraiata su qualcosa di morbido, ma non era in una posizione comoda. Le facevano male i muscoli e non riusciva ad allungare le gambe. Si sollevò e si ritrovò a guardare fuori dal parabrezza appannato della sua auto. Vedendo i magazzini abbandonati, ricordò ogni cosa.

Liverpool. Sean. Lui l'aveva tramortita e poi doveva averla caricata in macchina dal lato del passeggero.

Abbassò il parasole per guardarsi nello specchietto. Era pallidissima, ma sulla fronte non c'erano ancora segni visibili del colpo che aveva ricevuto. Solo un piccolo bernoccolo... Entro sera sarebbe diventato grosso come un uovo e bluastro.

Un istante dopo le tornò alla mente anche ciò che Sean aveva intenzione di fare, così cercò di aprire la portiera. Maledizione, Kate e Kadir erano rinchiusi là sotto in qualche cunicolo e Sean stava per allagare tutto. O forse lo aveva già fatto.

La portiera non si apriva, Sean l'aveva bloccata. Jane si sporse dalla parte del volante e sbloccò la chiusura centralizzata. Si trascinò fuori, cercando di ignorare l'emicrania pulsante che la tormentava. Il cellulare... doveva essere per terra da qualche parte. Doveva chiamare subito la polizia.

Per quanto lo cercasse dappertutto, non riusciva a trovarlo. Sean non era stupido, immaginava che la sorella si sarebbe svegliata e sarebbe scesa dalla macchina. Si era portato via il telefono.

Guardò l'orologio, ma non sapeva dire quanto tempo fosse rimasta priva di sensi. Dopo una breve esitazione valutò se fosse il caso di mettersi a correre, sperando di incontrare presto qualcuno che le avrebbe permesso di telefonare, ma decise che era troppo rischioso. Per Kate e l'indiano era ormai questione di minuti. Doveva trovarli e liberarli.

Superò la barricata che ostruiva l'accesso. La Peugeot di Sean era ancora fuori e per questo Kate si augurò che il fratello non avesse ancora messo in pratica il suo proposito. D'altro canto lei doveva fare attenzione a non cadere direttamente nelle sue braccia. Era armato. Era determinato. E disperato.

Forse non si sarebbe limitato a tramortirla, stavolta.

Non le fu difficile trovare l'ingresso. La porta era aperta. Jane entrò trattenendo il fiato. Temeva quasi di sentire sotto i piedi l'acqua del fiume, ma il pavimento sembrava ancora asciutto. Poi udì i cigolii e capì che Sean stava per mettere in atto il suo folle piano. Il complesso non era più utilizzato da molto tempo e gli ingranaggi erano in cattivo stato, bloccati, arrugginiti o guasti. Questo avrebbe rallentato Sean. Ma lui era forte e non avrebbe rinunciato.

Non c'era tempo da perdere.

Scese la ripida scala, in apparenza interminabile, ritrovandosi circondata da un'oscurità sempre più impenetrabile. Non sapeva quanto avrebbe impiegato a trovare i prigionieri, ammesso che ci fosse riuscita. L'acqua era una minaccia sempre più imminente. Sean poteva aprire la valvola in qualunque momento. Jane non sapeva se in quel caso sarebbe riuscita a ritrovare la strada fino alla scala.

Dieci

Grace si rifiutò di salire in macchina, così si incamminarono a piedi. Emanava letteralmente paura e diffidenza. Caleb intuì che era solo il timore per Kate a indurla a collaborare anziché fuggire. Grace era terrorizzata dagli uomini e dai poliziotti. Caleb era entrambe le cose, l'incarnazione di un incubo. Nonostante stessero perdendo tempo prezioso, si sforzò di rimanere tranquillo, fingendo che andare a piedi fosse la cosa migliore anche per lui. Doveva evitare tutto ciò che avrebbe potuto spaventare Grace.

Erano in cammino da quasi mezz'ora, quando il paesaggio intorno a loro cominciò a cambiare. Pur rimanendo in città, l'ambiente era sempre più desolato. In quella zona si vedevano tutti gli effetti del problema più grave di Liverpool: imprese fallite e un elevato tasso di disoccupazione. Palazzi di uffici vuoti, cantieri navali abbandonati, file interminabili di enormi container arrugginiti e infestati dalle erbacce. Tutta l'attività industriale di quella zona si basava sul fiume e sui cantieri, ma ogni speranza era andata delusa. A poco a poco le fabbriche avevano chiuso. Un'area enorme simile a una città fantasma.

«Manca ancora molto?» chiese Caleb col fiato corto. Grace procedeva senza alcuna fatica. Lui invece quel giorno era in condizioni pessime. Preferiva non pensare all'alcol che aveva ancora nel sangue.

«È laggiù» rispose Grace. Sorrise. «Ecco, lì!» Indicò una spianata erbosa proprio in riva al fiume circondata da un muro di pietra. Il cancello era stato bloccato in qualche modo con alcune assi di legno. Caleb notò subito un altro particolare: una Peugeot verde parcheggiata proprio a ridosso del muro di cinta e accanto, inconfondibile, la macchina dell'agente Scapin.

Merda, pensò.

Era coinvolta anche lei. Ancora non sapeva in che modo e fino a che punto, ma alla luce di ciò che aveva appreso quella mattina, non riusciva a immaginarsi nulla di buono.

Per un istante la consapevolezza che Jane Scapin lo avesse ingannato gli provocò un dolore fisico, così intenso da costringerlo a fermarsi e fare qualche respiro profondo.

Non era il momento di fermarsi a riflettere. Doveva proseguire. Non poteva perdere tempo a preoccuparsi per una collega di primissimo livello.

Grace proseguì a passo veloce e lo aspettò all'ingresso sbarrato dell'ex cantiere navale.

«Sono lì dentro» disse. «Di sotto.»

Lui gettò un'occhiata oltre l'entrata. Vide un edificio basso e allungato, una specie di piccolo deposito dismesso, circondato dalle solite erbacce e ortiche. La porta era aperta.

«Sono in quel magazzino?» domandò.

«Di sotto» ripeté Grace scostandosi dal viso una ciocca di capelli. «C'è una grande cantina. Sono lì dentro.»

«Ho capito.» Doveva essere una specie di bunker. Tirò fuori il cellulare.

«Non avere paura» disse a Grace. «Adesso arriverà la polizia. Ma non per te, hai capito? Tu sei al sicuro.»

Lei lo fissò diffidente, ma almeno non scappò subito via.

Caleb intanto aveva chiamato la polizia di Liverpool. Chiese rinforzi in quantità, indicando la sua posizione. Non conosceva i nomi delle località, ma si era annotato quelli delle vie man mano che procedevano.

«Dev'essere dalle parti del Canada Dock» disse l'agente in linea.

«È possibile. Mi raccomando, è molto urgente.»

Valutò la situazione. Di sicuro aveva a che fare con due avversari, ma potevano essere anche di più. Non sapeva dove si trovassero all'interno della struttura. Non sapeva se fossero armati. Non sapeva che intenzioni avessero. Sulla base degli omicidi precedenti, aveva una sola certezza: erano individui brutali e senza scrupoli.

La procedura prevedeva che allontanasse Grace dalla zona di pericolo e poi aspettasse l'arrivo dei rinforzi. Non doveva agire da solo, per di più disarmato.

Ma oltre alle procedure c'era la voce interiore che già da diverso tempo lo incalzava a non perdere tempo. Non avrebbe saputo spiegarlo in maniera logica, se non con il fatto che aveva a che fare con criminali estremamente aggressivi, ma intuiva un pericolo imminente. Aveva la sensazione che sarebbe passato troppo tempo prima dell'arrivo degli aiuti.

«Vieni» disse Grace, preparandosi a scavalcare lo sbarramento.

Lui la bloccò tenendola per un braccio. «No, Grace. Da qui vado da solo. Non puoi venire là sotto con me. Torna a casa.»

Alla parola *casa* lo sguardo di Grace lampeggiò.

«Oppure torna da Kadir» le suggerì Caleb. «Lì sarai al sicuro.»

«Non li troverai» disse la ragazza. «Sono molto in fondo.»

«Ce la farò. Credimi. Per favore. Ci sei stata molto d'aiuto. Ora vai via da qui.»

Grace saltò giù dallo sbarramento e fece un passo indietro. Caleb sperava che gli avrebbe obbedito e si sarebbe allontanata.

Con un balzo scavalcò le assi e atterrò sull'altro lato su un letto di soffice erba. Il silenzio era rotto soltanto dai richiami striduli dei gabbiani e dal lieve sciabordare della corrente lungo l'argine. Sembrava che non ci fossero altri esseri umani a parte lui.

Ma le due macchine là fuori dicevano tutt'altro.

Si avvicinò all'edificio procedendo chino. Avrebbe potuto benissimo camminare eretto, lo avrebbero visto comunque, e chiunque avrebbe potuto farlo fuori senza problemi. Invece non accadde niente. Caleb raggiunse la porta e l'aprì. Vide una scala. Scendeva molto ripida. Sotto regnava la totale oscurità.

Un labirinto sotto il fiume, pensò Caleb.

Ebbe un momento di esitazione. Non era equipaggiato. Non aveva con sé nemmeno una torcia. Come si sarebbe orientato là sotto?

Meglio aspettare lì.

In quello stesso momento udì un rumore raccapricciante. Un cigolio assordante, stridulo e metallico, fastidioso come il trapano di un dentista, ma molto più forte. Ferro contro ferro. Un rumore che gli fece dolere la testa e le ossa.

Caleb non sapeva cosa fosse. Ma non poteva essere niente di buono. Il tempo stringeva.

Cominciò a scendere le scale.

Quando udì qualcuno che armeggiava con il chiavistello da fuori, Kate si sentì salire le lacrime agli occhi per l'improvvisa speranza. Forse si sarebbero salvati. Quando riconobbe la voce di Jane, non le fu più possibile mantenere quell'aura di serenità che aveva conservato così faticosamente per tutte quelle ore di fronte a Kadir.

«Siete lì dentro?» chiese Jane e Kate si schiacciò contro la porta. «Sì, Jane, siamo qui. In nome del cielo, facci uscire! Quello vuole allagare le gallerie! Presto!»

Sentirono Jane che cercava di togliere il chiavistello. «Per la miseria, non si muove!» Subito dopo si udì un grido di dolore soffocato.

«Che cosa succede?» domandò Kate.

«Temo di essermi strappata un'unghia. Non importa. Non riesco a spostarlo!»

«Devi farcela! Lui lo ha spostato giusto qualche ora fa.»

«Sì, ma lui è molto più alto di me e passa le sue giornate in palestra a sollevare pesi» ansimò Jane. «Merda, è bloccato!»

Dal soffitto risuonò di nuovo il cigolio della botola. Il loro avversario e Jane combattevano contro lo stesso problema: ingranaggi vecchi e arrugginiti. Restava da vedere chi ce l'avrebbe fatta per primo. Kate si sentì venir meno il coraggio. Jane doveva aver visto l'aggressore e, a giudicare dalla sua descrizione, doveva trattarsi di un gigante muscoloso. Per quanto tempo ancora Jane sarebbe stata disposta a provare ad aprire la porta? A che punto avrebbero dovuto dirle per coscienza: *Scappa di sopra e mettiti al sicuro?*

«Jane, possiamo contare sui rinforzi?» si informò Kate.

Jane intanto continuava a strattonare disperatamente il chiavistello. «Mi ha preso il cellulare. Mi ha tramortito. Non ho avuto il tempo di chiamare nessuno. E poi è armato.»

«Caleb lo sa che sei qui?»

«No.»

Ora che la salvezza sembrava a portata di mano e nel contempo irraggiungibile, Kate si sentì invadere dal panico che finora era riuscita a tenere sotto controllo.

«Jane...»

«Non ce la faccio» ansimò Jane.

Un altro agghiacciante cigolio. Kadir rivolse il fascio di luce della pila verso la botola. «Mi sembra che si sia mossa leggermente.»

«Scemenze. O si muove del tutto oppure no» dichiarò Kate. «È completamente arrugginita.»

«Potrebbe anche scendere qui sotto a spararci» disse il ragazzo.

Sempre meglio che annegare, pensò Kate.

In quello stesso momento udirono un'altra voce. Dall'esterno. Una voce che Kate non avrebbe mai creduto potesse riempirla di tanta gioia.

Era Caleb.

«Siete voi? Non si vede un accidente! Jane?»

«Signore! Mi aiuti. Kate è qui dentro. Il chiavistello...»

In due riuscirono a sbloccare il chiavistello, al quarto tentativo. La porta si aprì. Alla luce della pila Kate vide Jane, con la mano destra insanguinata. Caleb sembrava distrutto, come se fosse invecchiato di colpo.

La botola sopra di loro si mosse con uno scricchiolio.

Caleb guardò in alto e comprese all'istante la situazione.

«Fuori! Fuori di qui! Presto!»

Kate corse avanti con la pila, seguita dagli altri.

Le paratie si aprirono e il fiume si riversò nelle stanze e nelle gallerie sotterranee.

Fuori era giorno, c'era la luce. Fuori pullulava di poliziotti. Qualcuno gettò una coperta sulle spalle di Kate, qualcun altro le mise in mano una tazza di caffè. Notò Kadir accovacciato sull'erba. Vide Grace, in compagnia di una poliziotta che le parlava in tono amichevole cercando di calmarla.

Poi vide Jane.

«Jane!» Le allungò una mano. «Jane, ti sono riconoscente. Hai resistito tutto quel tempo là sotto, hai rischiato la vita...»

«Non mi devi ringraziare» replicò Jane. Era molto pallida, più di Caleb, che comunque sembrava più morto che vivo. «Presto capirai. I ringraziamenti sono fuori luogo.»

Kate gettò un'occhiata meravigliata a Caleb ed ebbe la singolare sensazione che lui avesse già capito.

Aveva un'espressione terribilmente triste. Ferita. Profondamente delusa.

«Era Melissa Cooper, vero?» disse. «Alla guida dell'auto. È stata lei a investire Dylan. E, in preda al panico, ha telefonato al suo amante: Richard Linville. Lui e Norman Dowrick hanno fatto in modo di nascondere la cosa. Per questo sono morti tutti e tre.»

Jane annuì.

Kate non ci capiva assolutamente niente. Sapeva soltanto che ce l'avevano fatta. Per un soffio. Erano sopravvissuti.

E in quel momento, sopraffatta dalla stanchezza e dalla debolezza, in quel momento, pensò, era tutto ciò che contava.

Sabato, 14 giugno

Uno

Quella sera spuntò anche il sole. Era rimasto nascosto tutto il giorno dietro una fitta coltre di nubi, a parte qualche raggio isolato di tanto in tanto, ma nel tardo pomeriggio si alzò un vento leggero che squarciò la cortina di nuvole, scoprendo un cielo di un azzurro intenso. La luce si riversò sulla terra.

La scena era la stessa del primo giorno dopo il suo arrivo a Scalby: Kate e Caleb erano seduti in veranda, davanti a loro un grosso sacchetto di carta. C'era profumo di curry. Kate aveva preso piatti e posate dalla cucina, ma nessuno dei due aveva abbastanza appetito da aprire il sacchetto.

C'era qualche differenza rispetto alla prima volta: un tramonto purpureo al posto della luce accecante di mezzogiorno. L'aria più fresca e più asciutta. Il giardino più trascurato.

Anche loro due erano cambiati, sebbene in quel momento non avrebbero saputo spiegare in che modo. Lo percepivano. Forse era solo per il fatto di essere entrambi decisamente più disillusi.

La notte precedente Caleb non doveva aver chiuso occhio.

Quanto lo ha deluso, pensò Kate.

Anche lei era rimasta scioccata quando aveva appreso tutta la verità.

Non riusciva a crederci. Caleb si era presentato a casa sua verso sera, con un sacchetto di curry in mano e lo sguardo pieno di tristezza. Si erano seduti fuori e lui aveva cominciato a raccontarle tutto.

Jane aveva confessato. Anche suo fratello.

«Fu Melissa Cooper a causare il grave incidente a Dylan. Involontariamente, è chiaro. Una disgrazia terribile. Probabilmente stava tornando a Whitby. All'epoca lavorava a Newcastle. Forse andava troppo veloce, forse era distratta. Ogni giorno doveva compiere un tragitto troppo lungo per arrivare al lavoro, era sempre stanca e stressata. O chissà cos'altro. Fatto sta che investì il bambino in bicicletta. Dylan Holgate. In preda al panico fuggì, lasciando il bambino gravemente ferito sull'asfalto e vagando senza meta. Dopo più di un'ora tornò in sé, ma anziché chiamare la polizia o l'ambulanza, telefonò da una cabina al suo amante: Richard Linville. Gli raccontò cos'era accaduto. Gli disse che non sapeva che cosa fare.»

«Ma mio padre... fece subito tutto il possibile per soccorrere il bambino?»

«Si fece descrivere con precisione il luogo dell'incidente e inviò subito un medico, sì. Naturalmente sarebbe stato più prudente suggerire a Melissa di farlo personalmente, in maniera anonima, per tenersi fuori dalla storia. Posso solo supporre perché Linville decise di esporsi tanto: forse Melissa era così sconvolta che Richard dubitava che avrebbe telefonato, e soprattutto che lo avrebbe fatto subito. Linville preferì correre il rischio e fare in modo che i soccorsi arrivassero il prima possibile. Questo non devi dimenticarlo, in qualunque modo giudichi quello che è successo.»

Kate capì dove sarebbe andato a parare. «Però coprì Melissa.»

«Si inventò una storia. Una telefonata anonima. Di un uomo. Purtroppo non sapeva dire chi fosse. Naturalmente tutti capirono che doveva trattarsi di qualcuno che aveva il numero privato di Linville. Ma tuo padre, Kate, era sempre stato al di sopra di ogni sospetto. Se aveva detto di non conoscere l'autore della telefonata, nessuno osava dubitarne.»

«Dylan si salvò. Ma rimase disabile per sempre.»

«Già. E la famiglia Holgate fu lasciata sola in questa tragedia. Non c'era nessuno da portare in tribunale, almeno per avere l'impressione di ottenere giustizia. Jane sostiene che sia stato proprio questo l'aspetto più difficile da accettare. Non c'era nessuno da cui pretendere un risarcimento, nessuna assicurazione, niente. E la famiglia rimase senza un soldo.»

«E di questo è responsabile mio padre» bisbigliò Kate.

Caleb assentì. Sapeva quanto dovesse farle male scoprire queste cose sul padre, ma non avrebbe potuto certo tenergliele nascoste.

«Sì. Lui mantenne il riserbo più assoluto. E il secondo testimone che rimase in silenzio fu il sovrintendente Norman Dowrick, il suo più stretto collaboratore. Era seduto nell'ufficio di Linville quando arrivò la telefonata. Sapeva chi c'era dall'altra parte, immagino che in un primo momento Linville avesse addirittura chiamato Melissa per nome. Dowrick era al corrente della loro relazione. Linville gli chiese di comportarsi da amico anche in questo frangente: di non rivelare le circostanze dell'incidente e suffragare la versione della telefonata anonima. Dowrick acconsentì. E in questo modo la storia di Linville acquistò ulteriore credibilità.»

Kate non riusciva a capacitarsi che il padre avesse agito in quel modo. «Già, chissà che cosa sarebbe successo a Melissa Cooper se avesse detto la verità? Un incidente stradale è una cosa. Ma scappare e aspettare quasi un'ora e mezzo prima di chiamare i soccorsi rendeva la sua posizione molto più grave.»

Caleb annuì: «E a quel punto non si sapeva ancora se Dylan ce l'avrebbe fatta. Se si fosse scoperto che poteva essere salvato con un intervento tempestivo, si sarebbe potuto configurare un reato di omicidio colposo per omissione di soccorso. Ed è stato proprio questo uno degli aspetti che ha reso così profondo l'odio di Sean Holgate, il fratello: era sicuro che Dylan sarebbe guarito, o che comunque non sarebbe rimasto in quelle condizioni se fosse stato soccorso in tempo. A quanto mi è parso di capire dalle dichiarazioni dell'agente Scapin, tuttavia, il punto non è mai stato chiarito con sicurezza. In ogni caso, tuo padre, Kate, capì immediatamente che Melissa Cooper rischiava accuse molto pesanti. Così decise di proteggerla.»

«Doveva amarla molto. Non avrei mai creduto che sarebbe arrivato a infrangere la legge. Non avrei mai creduto che esistesse una persona capace di spingerlo a farlo.»

«Non sappiamo con precisione quali fossero le motivazioni, Kate. Richard dovette agire molto in fretta, probabilmente fece la prima cosa che gli venne in mente, e così si ritrovò al punto di non ritorno. Finire in tribunale avrebbe significato distruggere la sua reputazione impeccabile, rovinare la sua carriera, probabilmente perdere anche la pensione. Inoltre Dowrick sarebbe stato trascinato nel fango insieme a lui. Non se la sentì di affrontare una prova simile. Tutti e tre, Melissa, Richard e Norman, non potevano più tornare indietro.»

Tutto combaciava. Tutto diventava chiaro.

«E così il rapporto tra loro non resse alla prova» disse Kate.

«Infatti. Quello che era accaduto era troppo grave. Tu stessa mi hai fatto notare quanto fosse singolare che la storia segreta tra Richard e Melissa si fosse interrotta proprio quando avrebbero potuto renderla nota e ufficiale. Secondo me Richard non riuscì mai a perdonare Melissa di averlo trascinato in questa storia, di averlo costretto a gettare al vento tutti i suoi principi. E lo stesso accadde a Norman Dowrick nei confronti di Richard. I tre erano legati da un oscuro segreto e ciascuno di loro addossava agli altri le responsabilità maggiori. A un certo punto le loro strade si sono separate. E come sappiamo, il destino trascinò Norman Dowrick alla distruzione.»

Kate aveva bisogno di porre domande concrete, per riuscire a superare almeno in parte lo choc. Suo padre era un perfetto sconosciuto. Aveva ingannato la moglie e la figlia, e aveva una seconda vita. Aveva insabbiato un caso di omissione di soccorso e coperto il colpevole. E invece di aiutare una famiglia segnata dal destino, aveva pensato solo ai propri interessi personali: la carriera, la reputazione, la pensione. Aveva nascosto una relazione extraconiugale che andava avanti da anni. Anche questa, infatti, sarebbe stata scoperta, se avesse confessato.

Chi era? Al di là dell'uomo che lei aveva creduto di conoscere a fondo?

Molto probabilmente non avrebbe mai trovato una risposta a questo interrogativo.

«Come hanno fatto Jane e suo fratello a scoprire la verità?» chiese. «Dopo tutti questi anni? È per questo che Jane era entrata in polizia? Nella speranza di scoprire qualcosa?»

«Secondo la sua versione, non è così. Ma il desiderio di diventare poliziotta era strettamente legato a quegli avvenimenti. Non è stato un caso. Agli occhi della famiglia Holgate la polizia aveva fallito miseramente. Jane, all'epoca adolescente, ne trasse conclusioni di segno sostanzialmente positivo: decise di entrare lei stessa in polizia.

Per fare bene il mestiere. Per diventare un'investigatrice eccezionale. Dedita al lavoro, tenace. Che non si fa sfuggire persone come quelle che avevano sulla coscienza suo fratello. Per ridare fiducia nella giustizia alle famiglie come la sua. Era piena di idealismo. Non voleva la vendetta. Riuscì a realizzare il proprio sogno. Ha frequentato la scuola di polizia con ottimi risultati. E anche da noi è stata sempre... bravissima. L'agente migliore che io abbia mai avuto.»

«Si è trattato davvero di un caso?» chiese Kate. «Che sia venuta proprio a Scarborough? Dove lavorava mio padre?»

Caleb annuì. «Sì, è stata una coincidenza. Peraltro abbastanza scontata: Jane era di Newcastle e voleva restare nell'Inghilterra nordorientale. Inoltre voleva entrare nel nucleo investigativo. Non c'erano molte alternative.»

«Qui nessuno conosceva la sua storia?»

«Come avremmo potuto? L'incidente non aveva suscitato grande scalpore. Inoltre Jane era sposata e aveva preso il cognome del marito. Nessuno immaginò un collegamento. Era impossibile.»

«Che cosa sapevi di lei all'epoca?»

«Quello che ci raccontava. Nel suo caso non molto. All'inizio sapevamo solo che era giovane e aveva un grande talento. Era sposata, ma nessuno conosceva il marito. Poco dopo la madre morì. Solo allora si scoprì l'esistenza di un fratello con gravi handicap mentali e fisici, che fino a quel momento era stato accudito dalla madre. Un giorno Jane mi chiese un colloquio e mi spiegò che si sarebbe fatta carico del fratello. Di giorno frequentava un istituto per disabili, ma naturalmente poteva capitare che dovesse a tornare a casa prima o presentarsi al lavoro più tardi. Voleva sapere se secondo me era compatibile con il suo lavoro e se avrei accettato la situazione. Naturalmente le risposi di sì. Lei era fantastica. Avrei accettato qualunque compromesso pur di farla rimanere con noi.»

Kate si strofinò gli occhi. Tutto era iniziato in maniera così innocua, tranquilla, anonima. Secondo la sua esperienza era tipico delle tragedie più grandi: all'inizio erano sempre invisibili. Solo con il senno di poi ci si rendeva conto che con più attenzione sarebbe stato possibile cogliere molto prima gli indizi più allarmanti.

Caleb sembrò leggerle nel pensiero. «Da ieri ho iniziato a rendermi conto sempre di più di quanto sia stato distratto. Lavoravo a stretto contatto con Jane giorno dopo giorno e non so come avremmo fatto senza di lei, ma di lei come persona non sapevo praticamente niente. Sapevo soltanto – o quantomeno intuivo – che la sua vita non doveva essere una passeggiata, occupata com'era ventiquattr'ore al giorno a prendersi cura del fratello. Ma siccome riusciva a svolgere alla perfezione il suo lavoro, non mi sono mai preoccupato più di tanto. Poi venni a sapere che il marito l'aveva lasciata. Oggi so che fu per colpa del fratello. All'epoca pensai soltanto: Peccato. Un altro matrimonio finito. Ma del resto succede continuamente.»

Kate pensò a Dylan, che fracassava le stoviglie e le lanciava per la cucina. Che urlava pretendendo di mangiare. Che imitava i rumori di una locomotiva rannicchiato davanti alla televisione.

Evidentemente il marito di Jane non ce l'aveva fatta.

«Jane dice che è stato quello il momento in cui tutto ha cominciato a precipitare» proseguì Caleb. «Aveva sperato che il marito la sostenesse, invece l'abbandonò. Si ritrovò da sola con il fratello e la promessa fatta alla madre: che si sarebbe occupata di lui. Che non lo avrebbe mai messo in un istituto.»

«Che pazzia» disse Kate. «Quella promessa era una vera follia.»

«Lei si sentiva vincolata. Ed è stata travolta da una sfida impossibile. Noi, i suoi colleghi, vedevamo solo ciò che lei ci lasciava vedere: una donna stressata, certo, ma in grado di lavorare bene. A nessuno, neppure a me, venne in mente di prenderla da parte e di domandarle come riuscisse a gestire tutto quanto.»

«Non ti avrebbe mai detto la verità. Caleb, non devi tormentarti così! Come hai appena detto, voi vedevate solo ciò che lei vi lasciava vedere. Jane non voleva che i suoi problemi diventassero evidenti. In questo l'avete rispettata. Dopotutto anche tu, Caleb...» Si morse il labbro e lasciò la frase a metà.

Caleb indovinò che cosa stava per dire. «Già. Io stesso mi sono dato molto perché nessuno si accorgesse che bevevo come una spugna. E sarei saltato alla gola di chiunque avesse cercato di farmi ragionare al riguardo. Strano, vero? Siamo fatti tutti allo stesso modo. Preferiamo salvare le apparenze, mostrare una facciata impeccabile. Anche se dietro va tutto in rovina.»

Lei non ribatté. Aveva proprio ragione lui.

«Insomma» riprese Caleb, «per farla breve: Jane era completamente prigioniera della tragedia in cui la famiglia era precipitata a causa dell'incidente. Il padre se n'era andato. La madre si occupava esclusivamente di Dylan. I problemi economici erano diventati insostenibili. La famiglia era crollata sotto ogni punto di vista. Non solo per colpa di Dylan. Dipendeva anche dall'incapacità dei genitori di affrontare la situazione. In ogni caso, Jane non era mai riuscita a tirarsene fuori. Di colpo la rabbia e la disperazione si erano riaccese. Emozioni che Jane aveva cercato di contrastare. Ma che a un certo punto erano diventate incontrollabili.»

«Allora aveva cominciato a fare ricerche?» ipotizzò Kate.

«Esatto. Dapprima senza credere veramente di arrivare a nuovi risultati. Provò a parlare con gli investigatori che all'epoca si erano occupati del caso a Newcastle. Come collega. Disse di conoscere la famiglia e di voler sapere a che punto erano le indagini quando erano state sospese. Il collega era un chiacchierone, e in fondo non aveva motivo di sospettare qualcosa. Il nome 'Scapin' era del tutto estraneo al caso. Fu allora che Jane venne a sapere della bizzarra telefonata ricevuta da Richard Linville. Della sua dichiarazione di non conoscere chi lo aveva chiamato sul cellulare. Emerse il nome di Norman Dowrick, il più stretto collaboratore di Linville, che aveva confermato il suo racconto. Jane non pensò subito che fossero d'accordo. Ma cominciò a insospettirsi. E approfondì le ricerche.»

«L'autore degli omicidi però è il fratello, vero?» si accertò Kate.

«Sì. Lo hanno confermato entrambi. Lui ci ha tenuto a precisare che Jane non era presente. Ma Jane ha voluto sottolineare che sapeva tutto. Pare che Sean le abbia offerto la possibilità di dichiararsi estranea a tutta la faccenda, ma lei non vuole.»

«Sapeva tutto fin dall'inizio?»

«Subito dopo l'omicidio di tuo padre non ancora. Ma aveva un brutto presentimento, che cercò di soffocare. Ma con la testimonianza della donna che aveva visto la Peugeot verde ebbe la conferma dei propri timori. E dopo l'assassinio di Melissa Cooper capì che era tutto vero. Parlò con Sean, che confessò i delitti. Da quel momento Jane ha saputo ogni cosa. Ora che ci penso, mi rendo conto che aveva sempre spinto a puntare su Denis Shove. Voleva impedirmi di abbandonare quella pista per cercare in altre direzioni. Sarebbe stato pericoloso per Sean e per lei. Il sovrintendente Stewart è stato l'unico a esprimere delle perplessità, ma non poteva opporsi a noi due.»

«Jane ha cercato di salvare me e Kadir. Rischiando la propria vita. Non dobbiamo dimenticarlo.»

«Certo. Ma la sera prima ha avvisato per telefono il fratello che Grace molto probabilmente si trovava al Canada Dock. E che Kadir Roshan e tu, Kate, eravate quasi riusciti a trovarla. Quando Jane ti ha detto di aver telefonato alla polizia di Liverpool, ti ha mentito. In realtà aveva chiamato il fratello. Lo aveva informato dell'esistenza di una testimone oculare. Kate, puoi girarla e rigirarla come ti pare: Jane è complice di un assassino.»

«Che è suo fratello.»

«È vero» confermò Caleb. «E i legami familiari per lei sono sempre stati sacri.»

Rimasero entrambi in silenzio, poi Kate prese il sacchetto e lo aprì con decisione.

«Avanti. Ora mangiamo qualcosa. A volte aiuta.»

«Contro che cosa?»

«Contro il dolore. La delusione.»

Lui non protestò quando lei gli versò nel piatto un po' del riso al curry ormai freddo.

«Cosa farai adesso?» le chiese. «Rimarrai qui? Potresti fare domanda di trasferimento al dipartimento investigativo di Scarborough. Da noi si è liberato un posto.» Aveva usato un tono quasi scherzoso. Kate gli rivolse un'occhiata interrogativa.

Lui si sporse in avanti. «Dico sul serio. Sosterrei la tua candidatura. Hai svolto un lavoro egregio. Sei stata davvero brava. Sei molto brava.»

Lei sorrise per la prima volta da quando si erano seduti in veranda. «Grazie, Caleb, ma ho deciso di andarmene. Venderò la casa il più in fretta possibile. E poi tornerò a Londra. Alla mia vecchia vita. Poi staremo a vedere.»

«Ne sei sicura?»

«Sì. È giunto il momento di staccarmi da mio padre. Così non posso più vivere qui, nella sua casa. Nella sua città. E in fondo, per quanto la tua proposta sia interessante, non posso accettare di lavorare dove lavorava lui e di sedere alla sua stessa scrivania. Voglio costruirmi qualcosa per me. Sono grande, ormai.»

«La tua carriera a Scotland Yard è già qualcosa di tuo.»

«Veramente non la definirei una carriera. E in un certo senso... sono sempre stata per metà qui, da mio padre. Non ho mai tagliato il cordone ombelicale. Non sono mai riuscita ad andare veramente per la mia strada. Ora voglio provarci.»

«Hai la stoffa per fare una brillante carriera.»

Lei annuì, ma si rendeva conto che non era così semplice. Era stata brava, non c'erano dubbi. Aveva dimostrato intuito, creatività, tenacia, determinazione e, cosa che non avrebbe mai pensato, autostima. Era stata proprio come ci si immagina un'abile investigatrice. Ma sapeva anche che aveva agito in circostanze estremamente particolari, che non si sarebbero mai più ripetute. Si era trovata da sola, si era mossa come privata cittadina, responsabile solo di se stessa, senza dover rispondere a nessuna autorità. D'ora in poi invece avrebbe avuto di nuovo dei colleghi. Dei superiori. Delle riunioni. Avrebbe dovuto motivare le proprie decisioni. Difenderle di fronte ai colleghi che la vedevano diversamente da lei. Sapeva già che sarebbe tornata a essere la creatura insicura di una volta: timida, taciturna, timorosa. Incapace di prendere posizione, di manifestare il proprio punto di vista. Era fatta così. Non era più tanto giovane né tanto ingenua da credere che una volta tornata a Londra sarebbe diventata una persona diversa.

«Non dimenticare mai i risultati che hai raggiunto» disse Caleb. «A volte aiuta a farsi forza.»

Ci avrebbe provato. Al momento non poteva permettersi di più.

«E tu?» chiese. «Che cosa farai?»

Lui si strinse nelle spalle. «Per prima cosa parlerò con la polizia di Liverpool. Devono tenere d'occhio il padre di Grace Henwood. Quella ragazza ha bisogno di aiuto. E poi... poi cercherò qualcuno che sostituisca l'agente Scapin. Sperando che la squadra superi velocemente lo choc. Sono tutti sconvolti. Nessuno, *nessuno* avrebbe creduto possibile una cosa del genere.»

«Sono sicura che ci rivedremo. Tornerò presto qui al Nord, anche dopo aver venduto la casa. Vorrei venire a trovare Jane.»

«Alla fine per te era quasi un'amica, vero?»

«Sì. E non dimenticherò mai che ha cercato in tutti i modi di liberarci da quelle spaventose catacombe. Caleb, era decisa a fermare la follia omicida del fratello. Non era più dalla sua parte.»

«Ma era troppo tardi.»

Si misero a mangiare in silenzio. Da bere c'era solo acqua e Caleb avrebbe voluto tanto una birra. E un whisky. La sera prima aveva bevuto per scacciare dalla mente la giornata a Liverpool e tutto quello che aveva portato, e sapeva che, appena tornato a casa, avrebbe subito preso di nuovo la bottiglia. Ora l'acqua era una farsa. Ma non voleva discutere, essere rimproverato. Le cose stavano così. Forse Kate sarebbe riuscita a migliorare, lo sperava e glielo augurava.

Lui era condannato a rimanere indietro.

Doveva rassegnarsi.

O sprofondare, prima o poi.

Martedì, 17 giugno

«Sono il suo avvocato, Sean. Posso chiamarla per nome, vero? A me può raccontare tutto. Sarò in grado di rappresentarla meglio, se so che cosa le è accaduto. Che cosa l'ha spinta ad agire in questo modo.»

«Non ho niente da nascondere.»

«Benissimo. Ha commesso tre omicidi e si è dichiarato colpevole. Ora dobbiamo cercare di appellarci alla clemenza della corte e fare in modo che tenga conto della sua situazione.»

«Non è stata mia sorella a dirmi di farlo. Lei non c'entra niente.»

«Ma sua sorella le ha parlato della telefonata ricevuta dall'ispettore Linville? La telefonata in cui un sedicente sconosciuto informava dell'incidente in cui era rimasto vittima suo fratello?»

«Sì. Mi disse anche che era coinvolto qualcun altro. Il sovrintendente Norman Dowrick, che nel frattempo aveva dato le dimissioni. Ho pensato di cercarlo. Mia sorella mi aveva detto che era rimasto paralizzato dopo una sparatoria. Era su una sedia a rotelle. Ho pensato...»

«Che fosse un osso meno duro di Linville, giusto? Un disabile... forse da lui sarebbe riuscito a ottenere più informazioni?»

«Sì, qualcosa del genere.»

«Si è recato a casa sua?»

«Sì, ma c'era soltanto la moglie. Le ho detto di essere un ex collega che era venuto a trovarlo. Ho saputo che erano separati e che lui viveva a Liverpool.»

«Allora è andato a Liverpool?»

«Sì. La moglie mi aveva dato l'indirizzo. Pensava che...»

«Che lei fosse un collega, lo so. È successo a gennaio di quest'anno?»

«Sì.»

«Aveva intenzione di attaccarlo?»

«Attaccarlo?»

«Di metterlo alle strette, per ottenere informazioni su quella telefonata?»

«Non lo so. Volevo parlare con lui. Mi sembrava strano che l'ispettore avesse ricevuto una telefonata sul cellulare, avesse parlato per diversi minuti e non sapesse nemmeno lontanamente con chi. Lo trovavo bizzarro.»

«Si è incontrato con Norman Dowrick in quella fabbrica dismessa?»

«Sì. Non era nel suo appartamento. Ho cercato nei dintorni. L'ho incrociato per caso in mezzo a quei capannoni abbandonati. Andava avanti e indietro sulla carrozzella. Era ridotto male. Un relitto, pieno di odio nei confronti di tutto e di tutti.»

«L'ha affrontato direttamente?»

«Sì.»

«E...?»

«Ho subito capito che c'era qualcosa. Si capisce da come reagiscono le persone. Quella storia... lo perseguitava. Ha capito subito a che cosa mi riferivo. L'incidente. Il bambino. La telefonata. C'era qualcosa che non tornava. Ero pronto a giurarci.»

«Dowrick poi le ha raccontato tutto?»

«Sì.»

«E cioè?»

«Ecco, che a telefonare era stata l'amante dell'ispettore. Melissa Cooper. Era stata lei a investire Dylan. Lo aveva lasciato lì, era scappata. Poi aveva telefonato in lacrime a Richard. Lui naturalmente aveva capito subito che lei si era cacciata in un bel guaio. Allora si sono inventati quella storia. Una telefonata anonima. Così la Cooper sarebbe stata tenuta fuori dal caso. Linville chiese poi a Dowrick di non rivelare niente.»

«Norman Dowrick le ha raccontato tutto questo spontaneamente?»

«Non proprio.»

«Che cosa significa?»

«Non voleva parlare. Ma era troppo tardi. Avevo capito che la storia non funzionava.»

«Come ha fatto a convincerlo a raccontarle tutto?»

«L'ho fatto, e basta.»

«Come ci è riuscito?»

«È importante?»

«In tribunale verrà fuori. Il referto della scientifica è inequivocabile. Il cadavere è stato sottoposto a un'accurata autopsia.»

«C'era quel bidone.»

«Un bidone? Vuoto?»

«No. Era pieno d'acqua. Il coperchio era stato tolto, e con il tempo si era riempito. Doveva anche esserci della roba chimica. Aveva un odore strano.»

«Okay. E poi?»

«Gli ho messo la testa sott'acqua.»

«Lui ha cercato di difendersi?»

«Be', sì.»

«Ma lei naturalmente era più forte.»

«Faccio molto esercizio fisico.»

«Già. Si vede. E Dowrick era paralizzato.»

«Sì.»

«Gli ha infilato la testa sott'acqua. Più volte.»

«Sì.»

«E tutte le volte ce l'ha lasciato facendogli credere che l'avrebbe annegato?»

«Sì.»

«Poi lo tirava fuori.»

«Sì. E gli chiedevo se voleva raccontarmi tutto.»

«E a un certo punto...»

«L'ha fatto. Mi ha raccontato tutto. Di Linville. Della Cooper. Insomma, ogni cosa.»

«Il fatto che avesse soddisfatto le sue richieste non è bastato, però.»

«Che cosa avrei dovuto fare? Dovevo dirgli: *Grazie, Mr Dowrick, è stato molto gentile a fornirmi queste informazioni*? Per poi andarmene? Lo avevo aggredito. Mi avrebbe subito denunciato agli sbirri!»

«Allora ha portato a termine il lavoro.»

«Sì.»

«Lo ha annegato. Poi lo ha infilato nel bidone e ha chiuso il coperchio.»

«Sì.»

«Un ottimo nascondiglio. Probabilmente nessuno lo avrebbe trovato. Lei non sapeva di essere stato spiato.»

«No. Da quella pazza. Non me n'ero accorto.»

«Ha raccontato a sua sorella quello che aveva fatto?»

«No. Le ho detto soltanto che avevo parlato con Dowrick. E le ho riferito quello che mi aveva raccontato.»

«Come ha reagito sua sorella?»

«Era sconvolta. Linville era considerato un superuomo al dipartimento investigativo. Era già in pensione all'arrivo di Jane, ma tutti ne parlavano ancora con grande ammirazione. Il migliore, il più forte, il più integerrimo che avesse mai lavorato lì. Jane era indignata. Era un'ingiustizia. Quel tipo e la sua amante avevano distrutto la nostra famiglia, pensando soltanto a salvare la pelle, ma tutti lo ritenevano un dio. Com'è possibile, ho pensato, com'è possibile? Come fa la gente a farsi fregare così?»

«Quindi all'inizio sua sorella non sapeva della morte di Dowrick, è esatto?»

«No.»

«E poi?»

«Lo sa benissimo. Sono andato a sistemare Linville. E poi la Cooper.»

«Sua sorella...»

«Dopo la morte di Linville non si è fatta sentire. Ma dopo quella della Cooper sì. Mi ha telefonato. Era fuori di sé. Voleva sapere se c'era di mezzo io.»

«E...? Lei ha confessato?»

«Preferisco non rispondere.»

«Dopo il ritrovamento del cadavere di Dowrick l'agente investigativo Scapin l'ha avvertita telefonicamente che c'era una testimone. Inoltre, la sera di giovedì scorso, le ha rivelato il presunto nascondiglio della testimone che lei stava cercando con tanta insistenza. Sua sorella, a questo punto al più tardi, era consapevole che lei era l'autore dei tre omicidi, Sean.»

«Non lo so.»

«Ammette che sua sorella le ha telefonato?»

«Non voglio rispondere.»

«Sono il suo avvocato, Sean. Non il pubblico ministero. E non sono qui nemmeno per accusare sua sorella.»

«Preferisco non dire niente.»

«Ha commesso tre omicidi, Sean. E stava per assassinare anche il sovrintendente Kate Linville di Scotland Yard e Kadir Roshan, che non aveva niente a che fare con la storia, e voleva soltanto proteggere Grace. Si trova in una pessima posizione. Si è lasciato dietro una lunghissima scia di sangue.»

«È quello che hanno fatto anche la Cooper, Linville e Dowrick. Era il sangue del mio fratellino, abbandonato su una strada di campagna, con ferite così gravi che il medico era convinto non potesse sopravvivere. La scia di sangue della mia famiglia, distrutta. Mio padre è sparito. Mia madre è morta troppo presto. Il matrimonio di mia sorella è finito. Io sono un fallito. Non sono riuscito a realizzare niente nella mia vita. Un tempo eravamo felici. Andava tutto bene. E poi arriva un'idiota isterica, investe un bambino e scappa. Non ha avuto nemmeno il fegato di chiamare subito i soccorsi. E il suo amante, che casualmente è un pezzo grosso della polizia, insabbia ogni cosa. Fa in modo che lei rimanga ne rimanga fuori. Ma scommetto che il giudice non comprenderà la tragedia. Nessuno di voi ci riuscirebbe.»

«Qual è precisamente la sua tragedia, Sean?»

«L'ingiustizia. Nessuno sa cosa si prova. Il fatto di dover continuamente ingoiare questa ingiustizia. Sapere che c'è un colpevole a piede libero. Mentre noi siamo nella merda. Per sempre. È una sensazione terribile. A un certo punto ti sembra di non farcela più. Per questo è giusto che sia finita così.»

«Che cosa è giusto? Che lei e sua sorella finirete per molti anni dietro le sbarre?»

«No. Ma che gli altri abbiano pagato. È questo che conta. Tutto il resto non ha importanza. Solo questo conta.»

Lunedì, 23 giugno

«Per prima cosa» annunciò Jonas, «devo tagliare l'erba. Il prato così fa paura. Non si riesce quasi a entrare in casa.»

«Per prima cosa» disse Stella, «devi sdraiarti sul divano. Penserò io al prato. Ti sei salvato per un pelo, Jonas. Ricorda quello che ti hanno detto i medici. Devi riguardarti!»

Erano davanti alla casa e, nelle quattro settimane della loro assenza, il giardino era diventato una giungla.

Un mese, pensò Stella, siamo stati lontani solo un mese. E sembra di stare in una foresta. Anche noi siamo piuttosto malconci. E provati. Jonas ha perso come minimo dieci chili.

«È bello essere a casa» disse lui. Era bastato lo sforzo di scendere dalla macchina per sfinirlo. Era stato dimesso quella mattina dall'ospedale ed era subito voluto tornare a casa. Tutti volevano tornare a casa. Tornare alla normalità. Alla loro vita, senza Denis Shove e Therese Malyan. Stella avrebbe voluto tanto cancellarli per sempre dalla memoria, ma sapeva che non era possibile. Therese era la madre di Sammy e lo sarebbe rimasta. Forse un giorno si sarebbe fatta di nuovo viva. Forse un giorno Sammy avrebbe voluto sapere di più su di lei, avrebbe voluto riprendere i contatti. Quello che era accaduto, e di cui per ora il bambino non si rendeva conto, non avrebbe reso le cose più semplici.

Ma, pensò Stella, a questo penseremo più avanti.

Ora doveva mettere ordine nei pensieri. Le spiaceva non poter più parlare con la simpatica poliziotta che li aveva salvati, l'agente investigativo Jane Scapin. Stella era convinta che senza il suo intervento sarebbero morti tutti. Ma a Scarborough le avevano detto che erano sorte delle complicazioni. Aveva a che fare con il poliziotto morto di cui aveva parlato Denis e per il quale era ricercato. Denis si era sempre dichiarato innocente e, a quanto sembrava, era stato sincero. Questo aveva confortato Stella, in un certo senso. Era contenta che Therese non si fosse messa con un assassino. Anche se Denis lo era quasi diventato, ma questa era un'altra storia. Quel *quasi* cambiava molte cose, almeno dal punto di vista di Stella. Non voleva che il compagno della madre di suo figlio fosse un assassino. Un pensiero irrazionale? Forse, ma era così.

Quella coinvolta, invece, era Jane. Stella non conosceva ancora i particolari. Ma si sarebbe tenuta informata. Voleva sapere tutto.

«Entriamo» disse. La vicina poteva spuntare da un momento all'altro e li avrebbe sommersi di domande a cui in quel momento Stella non aveva nessuna voglia di rispondere. Magari più tardi.

Udì una voce che li chiamava timidamente. «Mrs Crane! Mr Crane!»

Stella si girò e vide un uomo anziano che attraversava la strada zoppicando. Doveva essere rimasto in attesa sotto un albero sul marciapiede di fronte.

Anche Jonas si girò. «Oh, Mr Chalid.»

Hamzah Chalid li raggiunse. I suoi grandi occhi scuri scrutavano inquieti qua e là, tenendo d'occhio contemporaneamente ogni angolo della strada deserta, le case e i giardini. «Mi fa piacere che sia tornato, Mr Crane. L'ho aspettata tanto! Sa, è...»

«Lo so» lo interruppe Jonas. «So quello che è successo, Mr Chalid.»

Gettò un'occhiata disperata a Stella sopra la testa di Hamzah Chalid. *Che cosa facciamo adesso con lui?* chiese con lo sguardo.

Stella capì subito chi era. L'iracheno torturato. La cui storia avrebbe dovuto diventare un documentario.

«Mr Chalid» disse porgendogli la mano. «Che piacere conoscerla. Sono Stella Crane.»

Hamzah gliela strinse. Aveva le dita ossute e fredde. «Mrs Crane» sussurrò.

Dal racconto del sovrintendente Stewart, Stella sapeva che anche Hamzah Chalid aveva avuto un ruolo non secondario nel loro salvataggio. Aveva telefonato a Jane Scapin. Si era stupito che i Crane non fossero tornati. Aveva dato l'allarme.

Bene, se per il momento non le era possibile ringraziare Jane come avrebbe voluto, poteva prendersi cura di questo individuo tormentato.

Lo abbracciò. «Venga dentro con noi» disse. «Berremo un tè insieme e poi discuteremo sul da farsi.»

Non dargli false speranze, l'ammonì Jonas con lo sguardo.

Lei rispose nello stesso modo: *Ma è proprio la speranza a tenerci in vita.*

La casa li accolse fresca e silenziosa. Sammy lanciò un grido di gioia quando vide sparsi in salotto i giocattoli che gli erano mancati tanto.

È tutto così normale, constatò Stella meravigliata. Come se non fosse successo niente.

Poi il suo sguardo si posò su Hamzah Chalid e per un istante fu vicinissima a riconoscere che si stava illudendo. Che dopo un'esperienza estrema come la loro non si può tornare alla vita di un tempo. Che le cicatrici restano. D'ora in poi tutti, persino Sammy, si sarebbero portati dentro qualcosa da cui forse non si sarebbero mai liberati.

Più tardi. Ci avrebbe pensato più tardi. Ora doveva preparare il tè. E una cioccolata per Sammy. In casa c'era odore di chiuso, doveva aprire porte e finestre e cambiare aria.

Per quanto sarà difficile, pensò, è pur sempre la nostra vita. Ci appartiene di nuovo.

MELANIE RAABE

LA TRAPPOLA

Autrice di bestseller, Linda Conrads, trentott'anni, è un mistero per i suoi fan e per la stampa. Da undici anni non mette piede fuori di casa, una villa isolata sul lago di Starnberg. Solo pochissime persone sanno che dietro al successo straordinario della scrittrice si cela un terribile segreto. Molti anni prima, Linda, entrando in casa della sorella Anna, l'ha trovata riversa a terra, brutalmente assassinata e ha intravisto l'omicida che si dava alla fuga e che non è mai stato identificato. «Perché Anna è dovuta morire?» è la domanda che tormenta Linda da allora, così come il volto dell'assassino tormenta ogni notte i suoi sogni. Finché un giorno, casualmente, Linda si ritrova a fissare scioccata la televisione dove compare quel viso, il viso dell'assassino. È la spinta che le serve per uscire finalmente di casa: servendosi dell'unica arma che ha a disposizione, ovvero la sua capacità di scrivere, Linda pianifica nei minimi dettagli una trappola mortale ma, nel momento in cui sta per scattare, la realtà si capovolge, fatti e fantasie si mescolano e Linda non sa nemmeno più se l'uomo che ha di fronte è veramente il mostro che credeva...
Coinvolgente, raffinato, incalzante, *La trappola* avviluppa il lettore facendogli perdere il senso della realtà, per poi spiazzarlo nel finale.

CORBACCIO

RUTH WARE

L'INVITO

Dieci anni cambiano una persona. A dieci anni dalla fine del liceo Leonora Shaw, Nora, ne ha fatta di strada: è diventata una scrittrice, la sua vita è scandita dal lavoro alla scrivania nel suo monolocale dell'East End londinese, dalle tazze di caffè e dalle corse nel parco. Della vecchia Leonora non resta più nulla, nemmeno il nomignolo di allora, Lee. Tutti possono avere mille buoni motivi per non frequentare gli amici di un tempo, per troncare con il passato, per incominciare una nuova vita. E Nora ha un ottimo motivo. Eppure, quando riceve l'invito all'addio al nubilato della sua ex amica del cuore, si fa strada in lei un assurdo senso di colpa unito a un assurdo sentimento di riconoscenza verso Clare per essersi fatta viva dopo dieci anni. Sebbene con riluttanza, accetta di trascorrere un weekend in una villa nei boschi del Northumberland insieme ai vecchi amici, e di colpo si trova catapultata indietro nel tempo di dieci anni, in quel passato che ha meticolosamente cercato di cancellare. E capisce di aver commesso un errore.

Il peggior errore della sua vita...

Ruth Ware, inglese, ha scritto un thriller psicologico che è già stato venduto negli Stati Uniti e nei principali paesi europei e che aggancia il lettore fin dalla prima pagina per condurlo, attraverso colpi di scena imprevedibili, nei recessi della psiche umana.

CORBACCIO

Fotocomposizione:
Nuovo Gruppo Grafico s.r.l. - Milano

Finito di stampare
nel mese di ottobre 2015
dal Nuovo Istituto Italiano d'Arti Grafiche – Bergamo
Printed in Italy